LC
1

LETTERATURA CINESE

Vol. 1

In copertina:

1. Megafoni rossi in ogni casa. Anno 1972. Autore: Huang Enbao. Casa Editrice delle Belle Arti del Popolo di Pechino.

2. Le direttive del 3 e del 24 luglio sono un grande piano strategico del presidente Mao! Unite tutte le forze suscettibili di essere unite per colpire con fermezza, precisione e durezza il pugno di nemici di classe. Anno 1968. Autore ignoto. Casa Editrice di Belle Arti del Popolo di Tianjin.

3. Riferire i dati con fedeltà, per il successo del censimento. Anno 2000. Autore: Consiglio di Stato, Ufficio del Gruppo dirigente per il Quinto Censimento Nazionale. Casa Editrice di Statistica della Cina.

Li Er

COLORATURE

Traduzione e annotazioni di Patrizia Liberati

«L'ERMA» di BRETSCHNEIDER
Roma – Bristol CT

Li Er

Colorature

Titolo originale Huaqiang ©(2017) Li Er

Via Marianna Dionigi, 57
00193 Roma – Italia
www.lerma.it

70 Enterprise Drive, Suite 2
Bristol, CT 06010 – USA
lerma@isdistribution.com

Sistemi di garanzia della qualità
UNI EN ISO 9001:2015

Sistemi di gestione ambientale
ISO 14001:2015

Colorature: Roma: «L'ERMA» di BRETSCHNEIDER®,
2023 - 484 p.; 12,5x19,5 cm

ISBN BROSSURA: 978-88-913-2736-9
ISBN PDF: 978-88-913-2738-3

CDD 895.1

1. Letteratura cinese

*Stampato nel rispetto dell'ambiente su carta proveniente
da zone a deforestazione controllata*

INDICE

LISTA DEI PERSONAGGI

(i personaggi storici sono contrassegnati da un asterisco)

Ah Q – Protagonista di *La vera storia di Ah Q*, scritto da Lu Xun nel 1921. Il personaggio racchiude in sé molti lati negativi del carattere nazionale cinese del tempo.

Aqing (vedi Zhao Yaoqing)

Bai Ling – Nipote di Bai Shengtao, accompagna Fan Jihuai nel viaggio da Hong Kong a Baibei.

Bai Shengtao – Medico dell'esercito comunista, bollato di trotzkismo e imprigionato durante la prima campagna di rettifica (1942). Fornisce la prima testimonianza del libro.

Reverendo Samuel Beal – Missionario straniero.

Bingying (vedi Hu Bingying)

***Cai Tingkai (1892-1968)** – Generale al comando del XIX Corpo d'armata. Nel 1932, contravvenendo agli ordini del governo nazionalista, ingaggiò battaglia contro l'esercito giapponese che assediava Shanghai, in un episodio ricordato come l'Incidente del 28 gennaio.

***Cai Yuanpei (1868-1940)** – Filosofo, politico ed esperantista. Ministro dell'istruzione nella prima Repubblica Cinese (1911), rettore dell'Università di Pechino (1917-1923), presidente dell'Accademia Sinica (1928-1940).

Candou – Figlia di Bingying e Zong Bu, figlioccia di Ge Ren e madre del narratore.

Canto dei fiori – Amante di Yang Fengliang.

***Chen Duxiu (1879-1942)** – Uomo politico e scrittore, uno dei fondatori del Partito comunista cinese (1921), accusato di trotzkismo ed espulso nel 1929.

***Maggie Cheung (Zhang Manyu, 1964)** – Attrice di Hong Kong, nota al pubblico occidentale per le sue interpretazioni nei film *In the mood for love* (2000) e *Hero* (2002).

***Chiang Kai-shek (Jiang Jieshi, 1887-1975)** – Uomo politico e militare, partecipò alla rivoluzione del 1911, dal 1918 fu uno dei comandati militari del Kuomintang, nel 1928 nominato "Generalissimo" di tutte le forze cinesi e presidente del governo nazionalista. Sconfitto dai comunisti nel 1949, si rifugiò a Taiwan dove rimase a capo del regime nazionalista fino alla sua morte.

Dabao (Guo Baojuan) – Bandito, responsabile di una serie di attentati alle ferrovie nel Jiangxi.

***Dai Li (1897-1946)** – Tenente generale del KMT. Capo dei servizi segreti. Morì in un incidente aereo probabilmente orchestrato dall'OSS (Office of Strategic Services) statunitense.

Ding Kui – Attendente del tenente generale Fan Jihuai.

***Ding Ling (1904-1986)** – Scrittrice cinese, autrice tra gli altri del *Diario della signorina Sofia* (1927).

Donnina rossa (Xiao Hongnü, Hong Yan) – Attrice di opera di Pechino, accompagna Bai Shengtao fino a Hankou.

Dou Niancheng – Assassino di Ge Cundao.

Dou Sizhong – Luogotenente di Tian Han, proprietario di un negozio di antiquariato a Zhangjiakou.

Reverendo Ellis – Missionario straniero.

Fan Jihuai – Tenente generale dell'esercito del KMT, noto giurista. Fornisce la terza testimonianza nel libro.

***Fan Qin (1506-1585)** – Viceministro della guerra durante il regno dell'imperatore Jiajing, dinastia Ming. Rinomato bibliofilo, nel 1561 creò Tianyi Ge, probabilmente la più antica biblioteca esistente in Cina.

*__Fujino Genkuro (1874-1945)__ – Giapponese, docente di medicina presso la Scuola Sendai di Tokyo. Negli anni 1904-1905 insegnò allo scrittore Lu Xun, che lo ricorda nel saggio *Mr. Fujino* (1926).

Jacques Ferrand – Giornalista francese.

Ge Cundao – Padre di Ge Ren.

Ge Zhengxin – Nipote di Ge Ren.

Guo Ping – Nipote del bandito Dabao, segretario comunale di Baibei.

*__Guo Moruo (1892-1978)__ – Scrittore, drammaturgo, storico e poeta. Ricoprì innumerevoli ruoli di rilievo nelle istituzioni culturali della Nuova Cina, i suoi ottimi rapporti con Mao Zedong gli permisero di superare indenne la Rivoluzione Culturale.

*__Guan Yu (Guan Yunchang, Guan Gong, 160-220)__ – Generale al servizio del signore della guerra Liu Bei durante la dinastia Han e il periodo dei Tre Regni, venerato come dio della guerra. Divinizzato dai taoisti come Guandi, Sacro Imperatore Guan, dai buddhisti come Sangharama Bodhisattva. Protettore dei mercanti, dei militari e dei poliziotti.

Hu An – Padre di Hu Bingying.

Hu Bingying – Nota attrice teatrale degli anni '30 e '40, figlia di Hu An, amante di Ge Ren, moglie di Zong Bu e nonna del narratore.

*__Hu Die (Butterfly Wu, 1908-1989)__ – Stella del cinema cinese degli anni '20 e '30. Tra le decine di film interpretati si ricordano *The Burning of the Red Lotus Temple* (1928) e *Twin Sisters* (1934).

*__Hu Shi (1891-1962)__ – Scrittore, filosofo, uno dei maggiori artefici del Movimento del 4 maggio, ambasciatore della

Repubblica di Cina negli Stati Uniti (1938-1945), rettore dell'Università di Pechino (1946-1948).

*__Hu Zhongnan (1896-1962)__ – Generale nell'esercito del KMT.

Hu Zikun – Padre di Hu An e nonno di Bingying. Mercante di tè e mecenate. Personaggio ispirato ai magnati di tè del Fujian durante la dinastia Qing.

Hua Mulan – Leggendaria eroina popolare, protagonista della "Ballata di Mulan" composta durante la dinastia Wei settentrionale (386-535). Travestita da uomo prende il posto del padre, troppo anziano per rispondere alla chiamata alle armi. Al suo ritorno, ricoperta di onori imperiali, è costretta a rivelare la sua vera identità.

Huang Jishi – Giornalista, fonda insieme a Zong Bu la rivista *Molo di Shanghai.*

Huang Yan – Compagno di Ge Ren durante il viaggio in Giappone, poi emigrato in America.

*__Jiang Qing (Lan Ping, Madame Mao, 1914-1991)__ – Attrice di ruoli minori, attraverso l'amico Kang Sheng conobbe Mao Zedong a Yan'an e divenne la sua quarta moglie. Dirigente del Partito comunista cinese, promotrice della riforma delle arti e della letteratura e sostenitrice della creazione delle Otto opere modello. Condannata a morte come membro della Banda dei Quattro, la sua pena fu commutata in ergastolo nel 1983, si suicidò nel 1991.

*__Kang Sheng (Zhang Zhongke, 1898-1975)__ – Uomo politico, dirigente del Partito comunista. Capo dei servizi segreti, coinvolto attivamente nelle purghe di partito durante le campagne di rettifica (1942-1944), nel movimento antidestra (1957) e nella Rivoluzione culturale (1966-1976). Nel 1980 il partito ne riconobbe gli eccessi e lo espulse a titolo postumo.

*__Kang Youwei (1858-1927)__ – Pensatore e riformatore di epoca Qing. Fervente nazionalista e teorico della Riforma dei cento giorni (1898), fuggì in Giappone dopo il colpo di stato dell'imperatrice madre Cixi ai danni di Guangxu.

Kawai – Giapponese, uomo d'affari, fratello di Kawada e Norico.

Kawada – Giapponese, insegnante di Ge Ren alla Scuola di Medicina di Pechino.

Kong Fantai – Compagno di prigionia di Ge Ren, discendente di Confucio.

***Li Dazhao (1888-1927)** – Intellettuale e rivoluzionario, partecipò al movimento della Nuova Cultura e fu uno dei fondatori del Partito comunista cinese.

***Li Youyuan (1903-1955)** – Contadino, autore dell'inno rivoluzionario *L'Oriente è rosso*.

***Lin Biao (1908-1971)** – Uomo politico e militare. Comandante delle armate comuniste in Manciuria (1947), ministro della Difesa (1959), vicesegretario del Partito comunista (dal 1959). Presunto organizzatore di un colpo di stato fallito, scomparve in circostanze oscure.

***Lin Huiyin (1904-1955)** – Prima donna architetto della Cina, moglie di Liang Sicheng "padre dell'architettura cinese moderna", insieme a lui disegnò lo stemma nazionale della Repubblica popolare cinese. Nel 1921 ebbe una relazione con il poeta Xu Zhimo (1897-1931).

Lin Xinyi (Sorella Jiang) – Amante di Ge Cundao.

Liu Faqing – Monaco buddhista, nipote di Liu Shaoqi.

***Liu Shaoqi (1998-1969)** – Secondo presidente della Repubblica popolare cinese, epurato da ogni carica pubblica nel 1967 e imprigionato nei campi di lavoro, morì in carcere per mancanza di cure mediche e fu sepolto in luogo ignoto e sotto falso nome.

***Lu Xun (Zhou Shuren, 1881-1936)** – Scrittore, saggista, poeta e critico letterario. Uno dei teorici del movimento della Nuova Cultura, padre della letteratura cinese moderna.

Mei Su – Attore di opera di Pechino. Personaggio ispirato a Mei Lanfang (1894-1961), interprete di ruoli femminili che con le sue tecniche ispirò i grandi autori del teatro mondiale da Stanislavskij a Mejerchold, Ejzenstein e Brecht.

Meng Dequan – Suocero di Bai Shengtao.

Yoko – Giapponese, sorella di Kawada e Kawai.

Qiu Aihua – Figlioccio di Fan Jihuai.

***Qu Qiubai (1899-1935)** – Intellettuale di sinistra e martire rivoluzionario, giustiziato dal KMT.

Rossa donnina (Xiaonü Hong) – Attrice e interprete di opera di Pechino, nipote di Donnina rossa.

***Ruan Lingyu (1910-1935)** – Star del cinema di Shanghai degli anni '30 e una delle ultime dive del muto, tra i suoi film si ricordano *Donne Nuove* (1934) e *La dea* (1934). Vittima di una violenta campagna scandalistica, si suicidò a 24 anni. Nella sua ultima nota scrisse "I pettegolezzi sono una cosa spaventosa", anche titolo di un saggio di Lu Xun a lei dedicato.

***John Leighton Stuart (1876-1962)** – Missionario, presidente della Harvard Yenching University (1919-1946) e ambasciatore degli Stati Uniti in Cina (1946-1949). Il discorso *Addio, Leighton Stuart!* scritto da Mao Zedong nel 1949 celebra, in tono sarcastico, la sua partenza e il fallimento della politica imperialistica americana in Cina.

***Song Jiaoren (1882-1913)** – Rivoluzionario, uno dei fondatori del KMT. Assassinato probabilmente per ordine di Yuan Shikai, signore della guerra e presidente provvisorio della Repubblica di Cina.

***Song Ziwen (T.V. Soong, 1894-1971)** – Uomo d'affari, fratello delle "sorelle Song", fu primo ministro della Repubblica di Cina (1945-1947).

***Su Xiaoxiao (479-501)** – Cortigiana nota per il talento e la straordinaria bellezza, ispirò poeti come Bai Juyi e Li He.

Morì a 19 anni, la sua tomba si trova a Hangzhou sulle rive del Lago dell'ovest.

*__Sun Weishi (1921-1968)__ – Regista e direttrice artistica del China Youth Art Theatre dal 1950. Fu adottata da Zhou Enlai alla morte del padre Sun Bingwen, assassinato dal KMT. Diresse *Come è stato temprato l'acciaio* (1950). Arrestata durante la Rivoluzione Culturale, morì in prigionia.

*__Tan Sitong (1865-1898)__ – Pensatore e riformista, uno degli artefici della Riforma dei Cento giorni e uno dei "sei gentiluomini" giustiziati da Yuan Shikai.

*__Tang Enbo (1898-1954)__ – Generale del KMT.

Anthony Thwaite – Giornalista e scrittore americano. Amico di Bingying.

Tian Han – Alto ufficiale dell'esercito comunista e vice capo del Reparto per l'estirpazione dei traditori a Yan'an.

*__Wang Ming (Chen Shaoyu, Golubev, 1904-1974)__ – Alto dirigente del Partito comunista cinese durante il periodo di Yan'an e ideologo del Gruppo dei 28 bolscevichi. Maggior rivale politico di Mao Zedong negli anni '30, uno dei sostenitori del Fronte unito con il KMT, bollato come revisionista, fuggì nel 1956 in Unione Sovietica dove morì nel 1974.

*__Wang Shiwei (1906-1947)__ – Giornalista e autore del saggio "Gigli selvatici" che criticava i privilegi di cui godeva la dirigenza comunista a Yan'an. Fu quindi accusato di trotskismo e, dopo una serie di sessioni di lotta, dichiarato colpevole, espulso dal partito e, in seguito, assassinato per ordine di Mao Zedong.

Wu Yishi – Carrettiere, porta Bai Shengtao a Baibei.

*__Wu Yue (1878-1905)__ – Anarchico, rivoluzionario, ucciso dalla sua stessa bomba in un attentato a una delegazione di cinque ministri del governo Qing.

Xu Yusheng – Amico di Ge Cundao e maestro del giovane Ge Ren.

*__Xu Xilin (1873-1907)__ – Rivoluzionario e funzionario Qing, confessò sotto tortura l'assassinio di En Ming, governatore della provincia dell'Anhui, fu giustiziato con il supplizio dei mille tagli.

*__Xu Zhimo (1897-1931)__ – Uno dei più noti poeti moderni cinesi. Fondò la società letteraria della Luna crescente insieme a Hu Shi e Chen Duxiu. Morì in un incidente aereo.

Yang Fengliang – Ufficiale nell'esercito di Cai Tingkai.

Yang Min (Minghai) – Monaco buddista, nipote di Yang Fengliang.

Yin Jifu – Poeta, lavora per la casa editrice Orientale, si suicida gettandosi dalla Tachang Maru.

Yu Fenggao – Capo del gruppo di indagine, trascrive la testimonianza di Zhao Yaoqing nel campo di detenzione.

Yu Liren – Figlio di Yu Fenggao, fondatore della Lega dei consumatori Huawei.

*__Yue Fei (1103-1142)__ – Generale della dinastia Song, impegnato nella lotta contro gli Jurchen. Secondo la leggenda, fu giustiziato sulla base di false accuse. È onorato come eroe nazionale

*__Zhang Xiruo (S.Y. Chang, 1889-1973)__ – Uomo politico e di cultura, partecipò alla rivoluzione del 1911, fu ministro dell'Istruzione (1952-1958), professore di scienze politiche presso l'Università Tsinghua, presidente dell'Istituto cinese per gli Affari Esteri (1949-1973).

*__Zhang Xun__ (1854-1923) – Conosciuto come "il generale dal codino" mantenuto in segno di lealtà verso la dinastia Qing. Nel 1917 tentò un colpo di stato per reinstaurare l'ultimo imperatore Pu Yi sul trono.

Zhang Zhankun – Direttore del reparto di chirurgia a Yan'an.

Zhao Yaoqing (Aqing) – Amico di Ge Ren e Bingying, si dichiara agente del partito comunista infiltrato nel Juntong. Fornisce la seconda testimonianza nel libro.

***Zhao Yidi (1912-2000)** – Artista, seconda moglie del signore della guerra Zhang Xueliang.

***Zhao Zhongxiang (1942-2020)** – Presentatore della CCTV, noto per la serie di documentari *Animal World.*

***Zheng Banqiao (pseudonimo di Zheng Xie 1693-1765**) pittore, conosciuto come uno degli Otto eccentrici di Yangzhou.

Zhu Xudong – Scrittore fantasma dell'autobiografia di Tian Han.

Zhu Yingtai – Protagonista femminile della leggenda "Gli amanti delle farfalle", che narra la sua tragica storia d'amore con Liang Shanbo.

Zong Bu – Marito di Bingying e padre di Candou.

***Zou Rong (1885-1905)** – Rivoluzionario, nazionalista, autore del libro *L'esercito rivoluzionario* (1903), morì in prigione all'età di 20 anni.

PARTE PRIMA

Diciamo le cose come stanno

Data: marzo 1943
Luogo: da Baibei a Hong Kong
Narratore: Bai Shengtao
Ascoltatore: il tenente generale Fan Jihuai
Trascritto da: Ding Kui, attendente di Fan Jihuai

@ La notizia

Generale, diciamo le cose come stanno, fu Tian Han a venire a Zaoyuan Hougou[1] il Fosso dietro al Giardino dei giuggioli, per darmi la notizia. Quelli del tuo mestiere sanno di sicuro che lì c'erano la Scuola pubblica del Nord-ovest e il centro di detenzione, dove io avevo già passato due mesi. Quando lo vidi pensai: Ecco là, il compaesano è venuto a dirmi addio. Eh, vuoi vedere che è giunta la mia ora? Ho studiato medicina e sono stato in guerra, ho visto montagne di cadaveri e la morte non dovrebbe certo farmi paura. Eppure quando me lo sono ritrovato davanti e ho annusato il tanfo di liquore che si portava addosso, mi si sono ristrette le budella come se le avessero messe in ghiacciaia. Mai avrei immaginato che era lì per darmi la notizia.

Mi portò in cortile dove c'erano le sue guardie del corpo. Stavano a una decina di passi di distanza da noi e si spostavano avanti e indietro, le loro sagome raggomitolate mi ricordarono enormi cespugli rotolanti. Vidi anche alcune sentinelle armate di lance con le nappe rosse, che nell'oscurità sembravano nere. In quel momento si levò un forte vento dal Nord e iniziò a cadere la neve. Una delle guardie si avvicinò a Tian Han e gli porse una giacca di saia, come quelle che indossano i malati in ospedale. Sono molto più morbide dei rozzi panni dei contadini, a Yan'an le portavano solo i

[1] Residenza di Kang Sheng a Yan'an che alloggiava anche le prigioni. Quando anche gli altri dirigenti vi si trasferirono prese il nome di Giardino di Yan'an.

dirigenti e gli intellettuali[2]. Non posso negare che, quando me la mise sulle spalle, mi si riempirono gli occhi di lacrime. Mi guardava, pensai che stesse per dirmi qualcosa ma rimase in silenzio. Ero sempre più perplesso. Dopo un po' di tempo mi disse: "Fa freddo, torniamo a Hougou". Ma non mi riportò in prigione. Andammo in una casa grotta ben riscaldata. Sulle pareti vidi un ritratto di Lenin e lo schema delle aule, probabilmente era uno degli uffici della Scuola. Tian Han si tolse le scarpe, tirò fuori le solette e, reggendole con le pinze da fuoco, le mise ad asciugare sul braciere. Uno dei suoi uomini si offrì di aiutarlo, ma con un gesto lui lo allontanò dicendogli di mettersi di guardia alla porta e non far entrare nessuno. Quel fetore di solette arrostite e il fumo del fuoco a carbone mi irritavano gli occhi, riuscivo a malapena a tenerli aperti. Senza tema di sembrare ridicolo, confesso però che, in quelle circostanze, mi sembrò un delizioso profumo di casa. Poi si slacciò i pantaloni, afferrò una piattola e la buttò nel fuoco, dove mandò uno scoppiettio. Continuò ad acchiapparne altre che schiacciò tra le unghie[3].

Sarebbe bastato l'odore dell'alcol che si portava addosso a farti ubriacare. Frugandosi nel cappotto, tirò fuori una zucca che usava come borraccia e due tazzine, le pulì sfregando il pollice all'interno e ci versò del liquore. "Forza prendi. Che c'è? Devo venire lì a portartelo?" Era la prima volta in due mesi che mi offrivano da bere. Ancora una volta mi salirono le lacrime agli occhi. Quando poi, dopo essersi tastato nuovo le tasche, tirò fuori due zampetti di maiale, dovetti mordermi le labbra per non cominciare a sbavare. Mi chiese com'era la

---

[2] Wang Shiwei, nel saggio *Gigli selvatici* (1942) criticò i privilegi di cui godevano i massimi dirigenti del Partito comunista cinese, esprimendo il malcontento che da tempo serpeggiava tra i bassi ranghi a Yan'an.

[3] Edgar Snow in *Stella rossa sulla Cina* (1937) racconta "ricordo che una volta, mentre stavamo chiacchierando, (Mao Zedong) si slacciò distrattamente la cintura dei pantaloni e si mise a dar la caccia a certi suoi ospiti...".

grappa. "Superba", gli dissi. Stavo addentando lo zampetto quando annunciò: "Sono venuto per dirti che Ge Ren è ancora vivo". Lo stupore mi fece saltare in piedi, come se mi avessero dato fuoco alle chiappe.

Eh, diciamo le cose come stanno, ammetto che quella volta non credetti alle mie orecchie. L'anno precedente, l'inverno del trentunesimo anno della Repubblica (1942) per l'esattezza, quando ero tornato dal fronte a Yan'an, era stato sempre Tian Han con gli occhi lucidi a dirmi che Ge Ren era morto. Aveva descritto l'episodio con dovizia di particolari. In un crepuscolo d'estate, Ge Ren al comando delle truppe aveva incontrato un drappello giapponese nei pressi di Erligang. I nostri avevano ingaggiato battaglia per ore attorno al tempio dedicato a Guan Yu, il dio della guerra, e alla fine erano caduti, martiri ed eroi della patria. Mi disse anche che, di nascosto, lo avevano celebrato come il nuovo Guan Yu e avrebbero voluto collocare nel tempio una lapide alla sua memoria. Caro generale, io ascoltai quel racconto con il viso inondato di lacrime, ero senza parole. Poi per un lungo periodo, sognai Ge Ren tutte le notti e ogni volta mi svegliavo tra i singhiozzi. Eh, chi s'immaginava che, dopo tutte quelle peripezie, fosse ancora vivo!

A quel punto, Tian Han si diede una pacca sulla coscia: "Sia fottuto il mio somaro se non è una splendida notizia! Il compagno Ge Ren è riuscito a superare le avversità, un brillante futuro lo attende. Quando ci penso, non riesco a dormire la notte". Si raccomandò che mantenessi il segreto, se l'avessero saputo i demoni giapponesi o i reazionari del Kuomintang, il Partito nazionalista, avrebbero avuto il vantaggio della prima mossa e lui sarebbe stato in pericolo di vita.

Generale, sei un uomo perspicace. Ovvio che Tian Han non aveva sfidato la bufera solo per dirmi quello. Anch'io l'ho pensato ma, visto che lui non si palesava, non chiesi niente. L'ordine arrivò quando avevo appena finito di strafogarmi di zampetto: dovevo andare al Sud a prendere Ge Ren. Ricordo esattamente le sue parole: "Si trova in difficoltà, è sempre stato fragile e con i polmoni malati. A Yan'an potrà stare tranquillo per qualche giorno e rimettersi in salute. Sei un dottore e quindi la persona più adatta. Cosa ne dici? Quando avrai compiuto la missione, andrò a discutere la tua causa con il Partito. Forse a te non importa di essere stato bollato come trotskista[4] ma io sono tuo compaesano e ci sto perdendo la faccia. Però ti avverto: prova a combinare qualche guaio e poi non prendertela quando, seppur tra le lacrime, non esiterò a decapitare Ma Su"[5].

Aveva detto "al Sud" rimanendo sul vago, senza menzionare Dahuangshan[6] né il borgo di Baibei. Io mi schermii, ero solo un povero intellettuale che aveva commesso un errore di allineamento politico, non ero certo all'altezza del compito. "Non importa se il gatto è bianco, nero oppure a macchie, se cattura i topi è un buon gatto[7]. Sono sicuro che ti farai onore." Chiesi se era tutto già deciso. Si rabbuiò e mi agitò davanti agli occhi le pinze roventi: "Sei proprio come un cane, non riesci a toglierti il vizio di mangiare merda. Ora fissati bene in testa ciò che sto per dirti: vedi di non fare domande inopportune e, per carità, che non ti venga in mente di tenere un diario. Se

---

[4] Seguace di Lev Davidovich Trotsky (1879-1940). Quella di trotskismo fu una delle accuse mosse agli intellettuali di Yan'an durante le Campagne di rettifica, epurazioni politiche e ideologiche lanciate dal Partito comunista cinese dal 1942 al 1944.

[5] Nel *Romanzo dei Tre Regni* si racconta come Zhuge Liang (181-234), primo ministro e reggente del regno di Shu, seppur a malincuore ordina di decapitare il generale Ma Su. Nonostante la stima che prova verso di lui, è costretto a condannarlo per un'insubordinazione che ha causato la gravissima sconfitta della Battaglia di Jieting.

[6] Nella provincia del Jilin, sito del Soviet e base politica del partito comunista durante la guerra di resistenza contro il Giappone dal 1932 al 1943.

[7] Proverbio originario della provincia del Sichuan, utilizzato spesso da Deng Xiaoping a partire dal 1962, riassume il suo pragmatismo nei confronti dello sviluppo economico della Cina negli ultimi decenni. Deliberato anacronismo volto a sottolineare l'inattendibilità della confessione di Bai Shengtao.

stai zitto, nessuno penserà che sei muto e, se non scrivi niente, non ti prenderanno per analfabeta". Io scattai sull'attenti: "Ho scalato montagne e guadato fiumi per venire a Yan'an e dare il mio contributo alla causa rivoluzionaria. Oggi mi si presenta l'occasione propizia per riscattarmi. Obbedirò ai tuoi ordini anche se dovessero mozzarmi la testa e far scorrere il mio sangue fino all'ultima goccia".

Quella notte sarei rimasto a Hougou, Tian Han ordinò alle guardie di lasciarmi solo in una delle case grotta. Non mi riusciva di chiudere occhio, non facevo che alzarmi per pisciare e, ogni volta, un brivido mi scuoteva e mi inchinavo al ritratto di Lenin. Fuori nevicava ancora, il grigiore soffuso che univa cielo e terra mi fece capire che stava per spuntare l'alba e un gallo, ingannato dal chiarore della neve, si mise a cantare nel cuore della notte. Sentendolo rotolai giù dal *kang*, ero in piedi e, senza accorgermene, sollevai un piede. Dopo un po' sentii un crampo alla gamba destra, sperai che la flebite al polpaccio non fosse peggiorata altrimenti avrei dovuto ritardare la partenza. In prigione mi avevano spesso preso a calci e quel punto era diventato particolarmente sensibile.

Tutti hanno bisogno di confidarsi e, poterne avere l'occasione, è sempre una grande fortuna. Il pensiero che avrei rivisto Ge Ren e avrei potuto aprirgli il mio cuore mi sembrò di buon auspicio per il mio viaggio. Immaginai come sarebbe arrossito nel vedermi. Era un uomo schivo e, se qualcosa lo allietava, diventava tutto rosso. Generale hai ragione, un atteggiamento che non si addice al vero rivoluzionario. Ma, sapendo che avevo percorso mille miglia per vederlo, come avrebbe potuto non arrossire? Assorto in quei pensieri mi riassopii mentre il gallo cantava. D'un tratto fui svegliato da un boato, qualcuno che urlava: "C'è stata una disgrazia!". Poi udii dei lamenti, gente che chiedeva aiuto. Pensai fossimo vittime di un assalto nemico, mi precipitai a prendere una pietra, avrei venduto cara la pelle. Poi capii che era crollata una delle grotte della prigione e alcuni prigionieri erano rimasti schiacciati. Generale Fan, ottima domanda la tua.

Come era potuta franare una grotta? Qualcuno aveva avuto l'audacia di mettersi a scavare un tunnel? Se ci avevo pensato io, di sicuro ci sarebbero arrivate anche le guardie di Hougou. Avvertii un formicolio alla nuca e immaginai la pallottola che usciva dalla fronte di un uomo.

Mentre ero assorto in quei pensieri, vidi un'ombra infilarsi nella grotta, un uomo tirandomi per un braccio mi portò fuori. Gli chiesi: "Compagno, cosa succede?". Mi fece cenno di stare zitto e di seguirlo. Fuori in cortile, ai fiochi bagliori della neve lo riconobbi, era una delle guardie di Tian Han. Quel furbastro sapeva come arruffianarsi, disse che il comandante l'aveva mandato a controllare che non fossi ferito. Tian Han mi attendeva vicino a una stalla, con le mani infilate nelle maniche, una giacca di pelle di pecora gettata sulle spalle, una sigaretta appesa all'angolo delle labbra. Mi disse che dovevo lasciare immediatamente Yan'an per andare a Zhangjiakou. Lì avrei incontrato Dou Sizhong e poi mi sarei diretto al Sud. Niente affatto, generale, ancora non aveva menzionato il borgo di Baibei. Dou Sizhong mi avrebbe fornito tutti i dettagli. Vuoi sapere chi era? Un luogotenente di Tian Han che con lui ne aveva viste di tutti i colori e per lui si sarebbe anche fatto ammazzare. In seguito ne parlerò ancora. Quando Tian Han nominò Zhangjiakou mi venne in mente mio suocero che viveva lì. Non avrei voluto coinvolgerlo in quella storia. Tian Han era un uomo perspicace e nulla sfuggiva al suo sguardo penetrante. Vedendo che esitavo capì cosa mi passava per la testa: "Tuo suocero può rimanerne fuori. Questa faccenda riguarda Ge Ren, devi andare dal compagno Dou Sizhong perché lui sa dove trovarlo". Gli chiesi se con lui c'era anche Bingying e se avrei dovuto portare indietro anche lei. Tian Han si rabbuiò: "Tu pensa a compiere la tua missione senza chiedere altro". Sentivo freddo, stavo per tornare indietro a prendere dei vestiti. Mi fermò: "Abbiamo preparato tutto, anche le mutande. Cucita dentro c'è una lettera per Dou Sizhong". Si raccomandò che in viaggio non facessi il nome di Ge Ren. "Ricorda bene, il suo nome in codice è Zero, come la chiusura del cerchio, un'opera portata a compimento. Ti auguro di portare a compimento la tua opera". Detto questo, indicò il fondo del fosso, dove intravidi le sagome confuse di un uomo e un somarello.

Tian Han se ne andò. Per un attimo mi sentii perso, rimasi immobile sotto la neve che cadeva. I fiocchi erano sempre più fitti poi, quando la sagoma di Tian Han scomparve dietro al pendio, iniziai la discesa. Sul clivo brullo soffiava forte il vento, lame di gelo mi ferivano il viso. Poi mi tornò in mente che presto avrei rivisto Ge Ren e ogni sofferenza si dileguò. Le raffiche si accanivano sul tetto di canne palustri che si agitavano frusciando, alla fine riuscirono a scoperchiare la stalla. Gli uccelli atterriti si alzarono in volo, non saprei dire se erano corvi oppure gazze. Le gazze non mi amano perché le faccio arrosto per curare la stitichezza. Solitamente sono uccelli di buon auspicio, annunciano l'arrivo di visitatori, ma ora con le loro grida mi stavano cacciando via. Generale, in quel momento non avrei immaginato che, come una zucca staccata dallo stelo, non sarei più riuscito a tornare indietro. Che giorno era? Non ricordo. Quei due mesi di prigione a Hougou mi avevano ottenebrato il cervello.

& Fatti risaputi sulla battaglia di Erligang

Secondo il libro *Storia della Seconda Guerra Mondiale – I teatri cinesi di battaglia*, il primo maggio del 1942 il generale Yasuji Okamura, comandante in capo dei corpi dell'esercito giapponese stanziati nella Cina settentrionale, aveva messo in atto la strategia "stendere reti a linee incrociate, ripulire lungo le diagonali con attacchi ripetuti e sistematici" che si affiancava alla strategia dei "tre tutti" (la cosiddetta *sanko sakusen*, uccidi tutti, saccheggia tutto, distruggi tutto)[8]. Con tre divisioni e due brigate, per un totale di cinquantamila uomini e ottocento mezzi di trasporto, compresi camion, carri armati e aerei, la campagna di annientamento si protrasse per due mesi nella zona di resistenza anti-giapponese della piana di Jizhong, nella provincia dello Hebei. Avevano lo scopo di accerchiare e sgominare l'Ottava Armata, descritta da Okamura come "viscida e inafferrabile come un'anguilla". Dal 16 al 20 maggio, nel triangolo delimitato a sud dal fiume Hutuo, a nord dalla via da Dezhou a Shijiazhuang e a ovest dal fiume Fuyang, le forze giapponesi lanciarono un attacco a tappeto. Fu durante questo periodo che si combatté la battaglia di Erligang, descritta nel libro *Storia della Guerra della Grande Asia Orientale* pubblicato in Giappone, come "una tipica schermaglia del maggio di annientamento".

La battaglia fu menzionata per la prima volta l'11 ottobre 1942 nell'articolo "Un fiume di ferro dietro le linee nemiche"

[8] Ordine n. 575 impartito nel 1941 al generale Yasuji Okamura, comandante dell'Armata della settore settentrionale, nello sforzo di annientare l'Esercito rosso nella Cina del Nord.

pubblicato nel *Giornale della guerra di confine*. L'autore era Huang Yan che aveva viaggiato sulla stessa nave di Ge Ren e Fan Jihuai per recarsi in Giappone a studiare.

Nel terzo paragrafo si legge:

Durante la lotta contro la campagna di annientamento, numerosi figli e figlie della nazione cinese perirono eroicamente... nella battaglia di Matian, il mio attendente Zuo Quan sferrò ripetuti attacchi e inflisse gravi perdite alle truppe nemiche, che si ritirarono dandosi alla fuga nel cuore della notte. Lui, con sprezzo del pericolo, si lanciò all'inseguimento insieme ai suoi soldati ma, a Shiziling, fu raggiunto da una pallottola e cadde per la patria. Ai piedi dei monti Taihang, la soldatessa Huang Junyu fu accerchiata dai nemici che avanzavano senza tregua. La battaglia imperversò per un'intera giornata e, terminate le munizioni e in mancanza di rinforzi, con un atto di esemplare eroismo lei decise di mettere fine alla sua vita gettandosi in un burrone. Durante la battaglia di Erligang il compagno Ge Ren, istruttore culturale dell'esercito, durante una missione si imbatté nelle truppe giapponesi, le affrontò con coraggio e morì portando con sé numerosi nemici, e conquistandosi gloria eterna... Così il popolo perse un eroe e la resistenza fu privata di un abile soldato. Con una sola voce i militi lo piangono, giurando che laveranno quel lutto con il sangue...

Per essere esatti, Ge Ren non era istruttore culturale, lui lavorava nella sezione di redazione e traduzione dell'Istituto di studi marxisti-leninisti[9] Huang Yan rettificò l'errore anni dopo, quando si stabilì negli Stati Uniti e scrisse nelle sue memorie *Tornando a sognare quei cento anni*:

Ge Ren lavorava come traduttore nella sezione di redazione e traduzione dell'Istituto di studi marxisti-leninisti, nel contempo faceva ricerche sulla

---

[9] Fondato nel 1938 a Yan'an. A partire dal 1979 divenne l'Istituto di Studi marxisti-leninisti e del pensiero di Mao Zedong, affiliato all'Accademia Cinese di Scienze Sociali.

latinizzazione[10] *della lingua cinese. Dal momento che, oltre allo stipendio, percepiva compensi per le pubblicazioni era l'unico del nostro gruppo che aveva qualche soldo in tasca. Eravamo stati compagni di corso in Giappone e spesso mi invitava a gustare le specialità locali insieme a un paio di compaesani: Tian Han che era vice comandante del Reparto per l'estirpazione dei traditori*[11] *e Bai Shengtao il medico della zona di confine. Nel corso di una delle nostre scampagnate, seppi che amava raccogliere le bacche di goji che crescevano sulle tombe, le chiamava "il rosario dei bambini morti" ... Ah, come corre il tempo! È ormai trascorso più di mezzo secolo dalla battaglia di Erligang. Sono certo che, se esiste ancora, la tomba di Ge Ren è ammantata di cespugli di goji. Diceva che per i contadini cinesi il bue* è *un animale prezioso e che non hanno il cuore di ammazzarlo, aveva quindi pensato di tradurre il "goulash di manzo e patate" di Trotsky come "stufato di cane e bacche di goji".*

Dall'articolo di Huang Yan emerge un dato importante: dopo mezzo secolo, tutti erano ancora convinti che Ge Ren fosse caduto a Erligang. Anche nella recente pubblicazione *Personalità della Cina moderna* la data della sua morte è riportata come "l'anno 1942".

Nella primavera del 1998 sono andato a Erligang e ho visitato il tempio di Guan Yu. Sulla targa ufficiale c'era scritto

---

[10] La nuova lingua latinizzata (Latinxua Sin Wenz) fu il primo sistema di romanizzazione della lingua cinese, nato nei primi anni '30 frutto di uno sforzo congiunto tra gli intellettuali cinesi e i linguisti russi per agevolare gli immigrati cinesi in Unione Sovietica. Al ritorno di Qu Qiubai, Wu Yuzhang e altri intellettuali impegnati nel lavoro, il sistema si diffuse velocemente in Cina e ottenne il supporto di Mao Zedong, Liu Shaoqi, Lu Xun, Guo Moruo, Sun Yat-sen, Cai Yuanpei. Nel 1944 fu abolito ufficialmente nelle zone controllate dai comunisti per insufficiente numero di quadri in grado di insegnarlo.

[11] Il nome completo era Reparto per l'estirpazione dei traditori, delle spie e dei trotskisti. Istituito nel 1941 all'interno della Quarta armata per punire il tradimento militare, estese poi il suo raggio di azione all'interno dei Soviet. Aveva tre funzioni principali: controllo e deterrenza delle infiltrazioni di spie nemiche nelle basi e mantenimento dell'ordine sociale; gestione delle informazioni, spionaggio e controspionaggio; indagini preliminari, arresti e gestione dei luoghi di detenzione.

che, dopo la Rivoluzione culturale, è stato ricostruito con fondi stanziati dal governo, come parte delle iniziative per lo sviluppo del turismo e dell'economia locale. All'interno c'era una stele che faceva parte dell'edificio originale. L'uomo che vendeva i biglietti all'ingresso mi ha detto di averla rinvenuta nella stalla di suo genero. Risale al ventitreesimo anno del regno dell'imperatore Kangxi e racconta l'intensa e avventurosa vita di Guan Yu:

Guan Yu, non accettò il titolo di marchese di Hanshou da Cao (...) rimanendo fedele alla casata degli Han. Fece questo soltanto per lealtà verso la dinastia? Quando sedò la rivolta dei Turbanti gialli, annientò le truppe di Pang De a (...), era solo per rendere un servizio al popolo? Attraversò mille miglia alla ricerca del fratello, affrontò da solo il nemico e morì in nome della giustizia, diresti che sia stato meramente (...) per accrescere la sua reputazione?

La guida mi spiegò che la stele era stata scheggiata dai proiettili e dai calci degli asini. Una troupe televisiva era venuta a filmarla e l'avevano menzionata nel telequiz *Happy camp*[12]. Avevo visto il filmato, si chiedeva ai partecipanti quando fossero stati causati i danni e la risposta esatta era: "Durante una battaglia tra l'Ottava Armata e l'esercito giapponese". Grazie ai suggerimenti del presentatore, gli ospiti d'onore, tutti personaggi del cinema, della televisione e del mondo della canzone, a forza di tentativi "come un gatto cieco che inciampa nel topo morto" riuscirono a indovinare e vinsero il premio: una confezione di grasso di foca dell'Alaska. Per sfoggiare la sua erudizione, il presentatore aggiunse: "La domanda era facile perché, come tutti sanno, fu proprio lì

---

[12] Programma televisivo della Hunan TV in onda a partire dal 1997, ha ospitato celebrità del mondo dei media e dello spettacolo. Sospeso nel 2020 a seguito di una serie di scandali, in cui gli ospiti ammisero di aver rivenduto i costosi regali offerti dagli organizzatori su piattaforme online specializzate nei prodotti di lusso di grandi firme di seconda mano.

che il primo giugno del 1942, il celebre traduttore, poeta e linguista Ge Ren affrontò i demoni giapponesi in uno scontro all'ultimo sangue. E se c'è qualcuno tra i nostri spettatori che non ricorda chi fosse Ge Ren, mi basterà menzionare Bingying, la sua compagna e nota attrice degli anni '30 e '40. Come dire, potreste non conoscere David Beckham ma di sicuro sapete che sua moglie Victoria era una Spice girl. Ge Ren è perito in quell'occasione, eroicamente e in nome della patria. Questo è un fatto risaputo".

Amici lettori potrà sembrarvi ridicolo ma persino io, che sono suo discendente, prima di leggere il racconto di Bai Shengtao, ero convinto che Ge Ren fosse morto nel 1942 a Erligang. Non mi ero accorto però che mancassero i dettagli su come lui era giunto fin lì e a quale scopo. A quanto pare, i fatti risaputi vanno accettati di sana pianta oppure rifiutati del tutto.

@ Somarovsky

Diciamo le cose come stanno, Tian Han quella notte non mi aveva imbrogliato. Sul carretto c'era ogni bendidio, cibo, bevande e abiti necessari Persino il liquore. Ricordi la zucca a fiasco di quella sera? Beh, proprio quella. L'ordine mi era calato sulle spalle come un masso e io ero partito in fretta, senza avere il tempo di prendere niente. Tian Han mi aveva fatto preparare giacca e pantaloni imbottiti, ah certo, anche le mutande. Le baciai come fossero state la mia ragazza.

Generale, sei mai stato nel nord dello Shaanxi? Va bene, non spetta a me fare domande. Prima di tutto vi parlerò di somari. Sono un tesoro prezioso, meglio dei braccianti fissi, arano i campi, spingono la macina, trasportano il carbone rendendosi assolutamente indispensabili. La gente da quelle parti li nomina di continuo. Quando ti insultano dicono "ti si fotta il mio somaro". Se fai uno sbaglio, ti dai del "somaro fottuto". Non ridere, così stanno le cose. Se sei contento, mormori sottovoce "sia fottuto il mio somaro" con lo stesso tono di chi sussurra paroline dolci alla sua donna. Appena arrivato a Yan'an, io ardevo di entusiasmo rivoluzionario e non mi risparmiavo alcuna fatica. Una volta a Yanchang trapelò che Hu Zongnan, il generale del Kuomintang, si preparava a invadere la zona. Dovevamo trasferirci in fretta e non avevamo abbastanza carri, io portai un ferito in spalla per più di un chilometro tra fossi e ravine. Così mi guadagnai il soprannome di "Somarello", ero felice come se mi avessero cinto il capo di alloro e ogni mattina mi svegliavo con il sorriso sulle labbra. Poi mi bollarono come trotskista e "Somarello" diventò "Somarovsky".

Il carrettiere conosceva il soprannome, era stato presente quando me l'avevano affibbiato perché mi consideravano un seguace di Trotsky. Il carrettiere era stato il padrone di casa di Kang Sheng. Sai chi era, no? Il direttore del Dipartimento per gli Affari Sociali[13]. Disse di aver incontrato varie volte Mao Zedong, aveva persino conosciuto Wang Ming. Era una vecchia spugna, una volta che mi ero allontanato per fare i bisogni mi aveva soffiato la fiaschetta e se l'infilata sotto la giacca. Quando beveva gli si scioglieva la lingua, attaccava a parlare e non la finiva più. Disse che Wang Ming, nella sua giacchetta alla Lenin, era sempre lindo e pinto come un damerino. Buttò giù un altro sorso e si voltò a guardarmi: "Sarai pure Somarovsky ma non hai manco un pelo sulla faccia". Rideva in modo bizzarro, allungando e ritraendo il collo. Gli dissi che non mi chiamavo Somarovsky, il mio nome era Bai e i peli in faccia ce li avevo, mi ero semplicemente rasato prima di partire. Rispose che lo sapeva, lui sapeva tutto, ma visto che, con quel tempo infame dovevamo essere per strada, tanto valeva farsi quattro risate.

Cosa, generale? Vuoi che ti racconti come sono diventato Somarovsky? Diciamo le cose come stanno, è stato per colpa dei somari. O dei loro bisogni, per la precisione. Secondo il principio di causa ed effetto, se gli asini sono tanti spargono un mucchio di merda in giro. Perciò bisogna lanciare una campagna per organizzarne la raccolta e, come sempre, c'è qualcuno che ci va di mezzo. Diciamo le cose come stanno, eravamo stati noi medici a sollevare il problema. Una notte che un soldato stava facendo il giro per convocare tutti a una riunione, uscendo aveva messo il piede su un escremento gelato. "Wuuush" era scivolato come fosse su una lastra di ghiaccio ed era andato a schiantarsi contro un albero. Una ferita di guerra gli aveva indebolito l'osso della gamba e

---

[13] Organo di spionaggio e controspionaggio del Partito comunista a Yan'an, nel 1949 divenne Ministero della pubblica sicurezza.

quel colpo glie l'aveva fratturata del tutto. Quando uno dei dirigenti venne in ospedale a visitarlo, noi medici suggerimmo di chiedere ai contadini di appendere una sacca alla coda delle bestie, per raccogliere concime e al tempo stesso evitare che si ripetessero simili incidenti. La nostra proposta gli piacque molto e, fregandosi le mani, esclamò: "Sia fottuto il mio somaro, mi sembra un'ottima idea!". Ci si presentava però un problema pratico: quei contadini che erano disposti a far indossare una divisa ai figli per mandarli a farsi massacrare in nome della rivoluzione, non avrebbero mai sprecato un pezzo di stoffa per farci cagare dentro un somaro. Convincerli sarebbe stata un'impresa impossibile, come cavare un dente a una tigre. Lui tuttavia ci assicurò che avrebbe presentato il piano alla prossima riunione per un'accurata valutazione. Attendemmo a lungo un risultato. Poi un giorno ci giunse la notizia che alcuni giornalisti americani sarebbero venuti in visita a Yan'an e che, per dare un'impressione di igiene e pulizia, il partito aveva deciso di lanciare una campagna in grande stile per la raccolta del letame.

Sappiamo che è sempre la pubblica opinione a guidare una rivoluzione. Sul muro dell'ospedale appendemmo uno striscione: "Per la causa della resistenza, riportiamo il letame alla semenza". Le troupe artistiche di propaganda del giornale e della scuola crearono una nuova versione di *yangge*[14] adattando le parole della *Cantata della produzione*[15] di Xian Xinghai e Sai Ke:

---

[14] "Canzone del germoglio di riso", danza di gruppo originaria del Nord della Cina, adottata negli anni '40 dai comunisti a Yan'an che lanciarono il movimento del nuovo *yangge*, semplificandone i passi e incorporando elementi socialisti, per celebrare la liberazione del popolo dai nazionalisti e le vittorie del partito comunista.

[15] Opera del compositore rivoluzionario Xian Xinghai (1905-1945), direttore del dipartimento di musica dell'Istituto d'Arte Lu Xun di Yan'an a partire dal 1938. L'autore è conosciuto anche per la *Cantata del Fiume Giallo*, scritta in sei giorni in una casa grotta a Yan'an.

Ecco il secondo mese, nel tempo di primavera, raccogliamo insieme gli escrementi.

Nella speranza di un prospero raccolto per nutrire i nostri combattenti.

Per la promozione della campagna, fu organizzato un concerto con due interpreti soliste. Una veniva da Chongqing, la capitale provvisoria, e l'altra dall'isola solitaria di Shanghai[16] e ora cantavano nel coro locale. La cantante di Shanghai una volta venne a farsi visitare da me. Mi raccontò che in Germania aveva studiato coloratura. "Cosa? C'è bisogno di andare fin laggiù per imparare a indorare la pillola e intortare le informazioni? Sviolinate e salamelecchi fanno parte del nostro carattere nazionale!" Dandomi del bifolco, mi mollò un pizzicotto e disse che in Unione Sovietica avevo solo sprecato il mio tempo. Poi facendo svolazzare le mani e indicandosi il collo, mi aveva spiegato che la coloratura è uno stile di canto lirico, ricco di virtuosismi e decorazioni vocali che si impara dopo anni di studio. Quella descrizione fantasiosa mi spinse a chiederle una dimostrazione. Ascoltai un trillo e tre gorgheggi eseguiti con voce tremolante e direi che tra lei e un somaro che raglia non c'era una gran differenza. Mi disse che gli americani avrebbero senz'altro apprezzato quell'esecuzione, l'aveva fatta ascoltare al direttore del coro ma lui aveva comunque deciso di farle interpretare *Ecco il secondo mese*.

Il concerto fu la prova generale prima dell'arrivo degli ospiti. La cantante di Chongqing ci urlò in preda all'eccitazione: "*Are you ready?*". Rispondemmo in coro che eravamo pronti. Allora cominciò a cantare e ogni tanto stendeva il microfono

[16] La zona che ospitava le concessioni straniere e che, dopo la Battaglia di Shanghai nel 1937, divenne un'enclave di prosperità circondata da zone di guerra, attirando circa 400.000 rifugiati cinesi in 4 anni. Durante la Seconda Guerra Mondiale, l'extraterritorialità dell'insediamento internazionale la rese zona franca neutrale in grado di fornire asilo ai rifugiati europei, tra cui migliaia di ebrei, mentre la città di Shanghai rimaneva sotto il controllo del Giappone fino alla sua resa nel 1945.

verso di noi, chiedendoci di accompagnarla. Anche se nessuno reagiva, lei ripeteva: "Bravi, cantate proprio bene. Ancora una volta, ok? Voi sui lati superateli, *yes*? Forza, un applauso di incoraggiamento!". E noi sollevavamo i cesti per raccogliere il letame, agitando le teste a tempo di musica.

Il vantaggio delle campagne è che si ottengono risultati fulminei. Uomini e donne, vecchi e bambini, tutti erano in strada per la raccolta. Lo sterco fu subito rimosso e le vie erano talmente pulite che parevano l'Avenue Joffre (ora Viale Huaihai) di Shanghai. Una mattina tornavo dall'ospedale dopo aver fatto il turno di notte e trovai la strada invasa da pecore e mucche. C'erano pure gli asini agghindati a festa, avevano una trapunta sulla groppa e la mordacchia, e anche un fazzoletto al collo, l'equivalente della cravatta che ci si mette per i ricevimenti. Si rotolavano a terra e stavano alzando un mucchio di polvere. A Yan'an in quei giorni si criticava il liberalismo[17], ma a quelle bestie non importava un fico secco, erano liberi come l'aria e cagavano a piacimento. Cosa succedeva? Perché li avevano radunati come se fosse il mercato del bestiame? Scoprii che li portavano apposta a fare i bisogni sulla strada, così la campagna avrebbe raggiunto nuovi picchi. Ero ancora in preda alle perplessità quando udii i pifferi *suona*, allora mi voltai e vidi la banda con i tamburi legati alla vita e il gruppo di danza del leone. La raccolta si svolse tra canti di giubilo e ben presto il terreno fu ripulito di nuovo. A quel punto ebbi la malaugurata idea di mettere

[17] La critica al liberalismo ha costituito uno dei punti fondamentali delle campagne di rettifica messe in atto a Yan'an dal 1942 al 1944. Dal discorso *Contro il liberalismo* (1937) "… Il liberalismo invece respinge la lotta ideologica ed è per una pace senza principi; ne risulta un atteggiamento decadente e filisteo e la degenerazione politica di certe unità e alcuni individui nel partito e in organizzazioni rivoluzionarie… Il liberalismo deriva dall'egoismo piccolo-borghese che pone al primo posto gli interessi personali e al secondo posto quelli della rivoluzione; è così che nasce il liberalismo in campo ideologico, politico e organizzativo…"

gli occhi su un mucchietto di bisogni piazzati in mezzo alla strada. Erano una bellezza, invitanti come pepite d'oro. Mi avvicinai sculettando al ritmo dello *yangge* e ne avevo appena raccolta una quando mi strapparono la pala di mano. Era stato Zhang Zhankun, il primario di chirurgia responsabile per la campagna nel nostro ospedale. Anche lui era stato in Unione Sovietica, di solito andavamo d'amore e d'accordo e, in passato, avevamo condiviso una casa grotta. Gli dissi: "Come vedi sto facendo il mio dovere". "Questa è riservata ai dirigenti. Se la prendi tu, a loro cosa rimane?" "I somari ne cagheranno ancora." Zhang Zhankun, furioso, si lanciò in avanti e diede un calcio al mio cesto: "Come ti permetti di disobbedire agli ordini?". Mi diede una tale manata sulla spalla che per poco non mi scaraventava a terra. Aveva un carattere mite ed era sempre cortese, trovai quei modi bruschi assolutamente inspiegabili. Prima che mi mollasse un altro calcio, gli diedi una gomitata nelle costole. Non ci avevo messo molta forza ed era riuscito a rimanere in piedi. Sorridendo mi disse: "Sei cocciuto proprio quanto un somaro!". Io sorrisi di rimando e credevo fosse finita lì. Invece lui, il giorno dopo, si impadronì del diario che tenevo sotto il cuscino e lo consegnò al Partito. E da lì iniziarono i miei guai.

Diciamo le cose come stanno, nelle pagine che mi inguaiarono era annotata una conversazione tra me, Ge Ren, Tian Han e Huang Yan. Era stato Ge Ren a consigliarmi di tenere un diario. Diceva che la scrittura arricchiva la vita dello spirito, altrimenti eri un uomo senza ombra, una casa senza porte e finestre. Non pensava che avessi trascritto proprio quella nostra chiacchierata. Come? Conosci Huang Yan? Certo, era giornalista e redattore. Quella volta eravamo in una casa grotta a chiacchierare e finimmo per parlare di Trotsky. Ge Ren raccontò un aneddoto: l'anno in cui Stalin lo aveva esiliato ad Alma-Ata (oggi Almaty, capitale del Kazakstan) i contadini erano in rivolta contro la collettivizzazione. Trotsky era convinto che il regime dei Soviet che lui aveva realizzato insieme a Lenin sarebbe stato distrutto dalla tirannia e dall'avventurismo di Stalin. Ma piuttosto che tornare a Mosca e approfittare del caos, Trotsky scrisse agli amici invitandoli a considerare la situazione nel complesso, a ignorare le differenze per privilegiare gli interessi comuni, dovevano dimenticare il passato e aiutare Stalin a superare le avversità. Avevo scritto questo, per fortuna senza aggiungere che eravamo nella grotta di Tian Han e che l'aveva detto Ge Ren, altrimenti anche loro avrebbero fatto una brutta fine. Mi spaventava ancora il pensiero che ero stato sul punto di aggiungere che, se fosse stato Trotsky a ereditare il governo, probabilmente avrebbe fatto come Stalin e sterminato i vecchi compagni d'armi. Puoi anche trasferirlo dalla bottiglia alla zucca, ma il liquore non cambia. Per fortuna non lo scrissi, sennò, avessi anche avuto cento teste me le avrebbero mozzate tutte.

Il diario venne consegnato e io fui interrogato. Quando ci ripenso mi torna una fifa nera. Entrarono nella mia stanza e sbatterono la pistola sul tavolo, lo schianto quasi mi fece uscire l'anima dal corpo. Bada bene, quella non una qualsiasi tavoletta da giudice ma un'Arisaka 38 che avevano tolto ai giapponesi. Quando mi portarono dentro, stavano già torchiando qualcun altro. Era un intellettuale che era stato bollato anche lui come trotskista perché non sapeva tenere a freno la lingua. Dopo aver ascoltato i discorsi sul campo delle esercitazioni, se ne era andato a passeggiare lungo il fiume Yan commentando: "Con la scusa di acchiappare i pidocchi, Jiang Qing si è arrotolata i pantaloni e ha mostrato le cosce alla soldataglia. Quella è proprio senza vergogna". Qualcuno aveva fatto la spia e ora se lo stavano lavorando. Quel troskista di Wang Shiwei se ne era appena uscito con una frase simile e quelli del Reparto per l'estirpazione dei traditori avevano pensato che i due fossero in combutta. Avevano anche scoperto che erano stati compagni all'Università di Pechino. All'inizio l'uomo aveva negato perciò lo avevano appeso al trave con una corda. Poi, nel tempo che ci vuole per fumarsi una pipa, aveva confessato tutto. Sentii uno degli inquirenti che diceva: "Lo vedi, appena spari un colpo si sente l'eco!

Noi siamo clementi con chi confessa e severi con chi resiste, se ammetti di essere un troskista ti diamo una ciotola di spaghetti con un uovo dentro". Quel tizio evidentemente moriva di fame, si spazzolò la prima ciotola, si pulì la bocca e disse che non aveva finito. Confessò di essere una spia e subito arrivò un'altra ciotola di spaghetti. L'uovo aveva due tuorli e per questo rese grazie al Partito. C'era ancora qualcosa. Si vantò che Chiang Kai-shek e sua moglie Song Meiling erano suoi nipoti. Song Ziwen? Certo, anche lui un parente. Era proprio uscito di testa. Aggiunse che il generale Hu Zongnan e il signore della guerra Yan Xishan erano suoi figliocci. A quel punto, invece degli spaghetti, arrivarono le frustate. Il giorno stesso si tolse la vita. Studiando e applicando creativamente[18] ciò che aveva imparato, decise di impiccarsi alla trave, con la cinta dei pantaloni però, non con la corda. Le sue ultime parole furono: "Un filosofo ha detto che non ci si può sollevare da terra tirandosi per i capelli[19], ma io l'ho appena fatto".

Cosa? Certo che hanno appeso anche me. E anch'io ho mangiato un paio di ciotole di deliziosi spaghetti con l'uovo. La seconda ciotola l'ho rimediata accusando Zhang Zhankun per quello che c'era nel diario. Coinvolgere gli altri non è nel mio stile ma "non attaccheremo se non saremo attaccati; se saremo attaccati, contrattaccheremo"[20]. Lo rinchiusero a Hougou e, nel cuore della notte, lo sentivo latrare come un cane rabbioso, maledicendo otto generazioni dei miei antenati. All'inizio ero furioso e lo avrei fatto a pezzi. Ma sono una persona ragionevole e decisi che non valeva la pena di mettermi a competere con lui. A dir la verità, mi sentivo un po' in colpa, poi ho smesso di pensarci. Perché io non sono un cane ma un uomo, e so usare la testa. Mi convinsi che "imparando dagli

---

[18] Dalle *Linee guida in trenta caratteri* (1960) di Lin Biao, in cui si delineava l'approccio allo studio delle opere di Mao Zedong.

[19] Dal saggio *Sulla terza categoria* (1927) di Lu Xun.

[20] Dall'*Intervista con tre corrispondenti dell'Agenzia Centrale di Informazione, del Sao Tang Pao e del Hsin Min Pao* (1939) di Mao Zedong.

errori passati si evita che tornino in futuro, dobbiamo curare la malattia per salvare l'ammalato"[21]. A quel punto, mi sentivo molto meglio e, tappandomi le orecchie, pensai: "Ti si fotta un somaro. Sbraita pure, tanto io non ti sento".

Diciamo le cose come stanno, a Hougou il lavoro ideologico me lo sono fatto da solo. Sapevo di essere in torto, per lo meno sulla faccenda del letame. Era stato un errore imperdonabile dire che i somari ne avrebbero prodotto ancora. Anni di istruzione politica avrebbero dovuto farmi mettere nei loro panni: il foraggio diminuiva giornalmente ma loro, per la causa della rivoluzione, continuavano a spingere la macina, a trasportare carbone, a tirare l'aratro. Ormai erano a pancia vuota, tuttavia "se ci sono le condizioni bisogna andare avanti, se non vi sono, bisogna crearle e andare avanti"[22] e, obbedendo alla chiamata del Partito, loro continuavano a cacare. Ma io, che avevo l'ardire di ritenermi un intellettuale, non provavo alcuna pietà nei loro confronti, anzi pretendevo che ne producessero ancora di più. Il mio errore era stato grave quanto lo stile stereotipato, il settarismo e il soggettivismo[23] che si nascondono tra le fila del Partito. Dov'era finita la mia solidarietà di classe, l'avevo data in pasto ai cani? Possibile che la mia coscienza politica fosse inferiore a quella di un somaro?

Ho già detto che, quando mi appesero al trave, era presente anche il carrettiere. Ora mi informò con grande orgoglio che era stato lui a fornire la corda. Non una semplice fune di canapa o di paglia, ma una cavezza che aveva ereditato dai

---

[21] Dal discorso *Rettificare lo stile di lavoro del partito* (1942) di Mao Zedong, uno dei testi che pone le basi per la prima Campagna di rettifica a Yan'an.

[22] Parole di Wang Jinxi (1923-1970), conosciuto come Wang Uomo di ferro, leggendario lavoratore modello a cui si attribuivano poteri soprannaturali, dedicò la vita allo sviluppo dell'industria petrolifera di Daqing. Insieme al buon soldato Lei Feng, a Chen Yonggui della comune di Dazhai, al segretario di partito Jiao Yulu e altri costituiscono l'agiografia per la celebrazione del lavoro creata dal Partito comunista.

[23] Nel discorso *Rettificare lo stile di lavoro del partito* (1942) Mao Zedong li indica come i "tre venti nefasti" da combattere.

suoi antenati. In ringraziamento, lui e suo figlio ricevettero ognuno una ciotola di spaghetti con l'uovo. Oltre al somaro, la corda era l'unico altro bene di famiglia e aveva temuto potesse spezzarsi. Gli serviva per legare i fasci d'erba, le bestie e le persone. Suo figlio era un mezzo idiota e la moglie da tempo avrebbe voluto tornarsene dai suoi nel borgo di Jiahu, al distretto Jia, che si trovava molto lontano da Yan'an, il luogo sacro della rivoluzione. Andare a riprenderla sarebbe stato molto complicato, ci volevano un giorno e una notte di cammino, e poi bisognava convincere i consuoceri a lasciarla andare. Perciò meglio tenerla legata al *kang*. Mi disse con gran sincerità: "Somarovsky, diciamo le cose come stanno, se ti capita una rogna come quella, la corda è un attrezzo indispensabile".

& Quattro chiacchiere con Tian Han

Tian Han fu stroncato da un ictus il 5 giugno del 1991, alla veneranda età di novant'anni. Un certo Zhu Xudong rimase al suo fianco nell'ultimo periodo. Era stato chiamato per fare il redattore dell'*Autobiografia di Tian Han* ma, in realtà, fu lui a scriverla e, dopo la sua morte, pubblicò anche le loro conversazioni. In un'occasione, il vecchio gli rivelò di essere stato lui a suggerire l'invio di Ge Ren in prima linea. Menzionò anche un giapponese di nome Kawada:

Ge Ren stava traducendo le opere di Lenin e gli chiesero se riteneva che Trotsky fosse un bastardo. Se sei in groppa al somaro dovresti spingere la macina. Gli sarebbe bastato assentire e la faccenda sarebbe finita lì. Invece lui, tanto per fare il bastian contrario, disse che Trotsky era amico di Lenin. Era vero, ma in un particolare momento storico anche le verità possono trasformarsi in menzogne. Come era possibile che Lenin fosse amico di un bastardo? Bollarono Ge Ren come trotskista. Eh, i poeti! Era cocciuto come un somaro e non sapeva tenere a freno la lingua. Andai a cercare le persone giuste e, in un modo o nell'altro, la questione fu messa a tacere. Onestamente parlando, lo feci anche per me stesso, non volevo andarci di mezzo. Eravamo compaesani e la gente sapeva che eravamo talmente amici che ci saremmo potuti scambiare i pantaloni.

Poi ci fu un altro fatto. Lui ricevette una lettera da Shanghai e io riconobbi la calligrafia sulla busta. Era di Bingying e, per il bene di Ge Ren, la aprii di nascosto. Mi trovavo davanti a un profondo dilemma che mi punse come la coda di uno scorpione. Bingying voleva andare in Francia e chiedeva a Ge Ren di accompagnarla. Se lui non intendeva andarsene e non aveva trovato un'altra donna, lei lo avrebbe raggiunto a

Yan'an. Aggiunse che se continuava a ignorarla, non gli avrebbe più scritto. Perciò dovevano esserci state altre lettere. Avvertii il solito formicolio alla nuca. Bingying era un'artista, faceva una vita complicata e frequentava ogni genere di persone, aveva anche rapporti con un americano, un certo Anthony. Donne come lei sono pericolose come bombe a orologeria. Se fosse venuta a Yan'an, chissà che sarebbe successo. Una cosa però era certa: Ge Ren sarebbe finito nei guai e io insieme a lui. E sarebbero stati guai grossi, rogne a non finire.

Ma la carta non riesce ad avvolgere il fuoco. Dopo qualche giorno, un tizio venne a cercarmi per fare quattro chiacchiere, andammo a passeggiare sull'argine del fiume Yan. "Ge Ren è *ancora in contatto con Bingying?" Cosa potevo rispondere? Rimasi impassibile e replicai con una domanda: "Ma davvero?". Avevo un'espressione sincera e lui mi credette. Disse però che, imparando dagli errori passati si evita di commetterne in futuro e curando la malattia si può salvare il paziente, quindi intendeva andare a fondo su quella faccenda. Per l'ansia mi erano venute le vesciche sulle labbra, decisi che non potevo rimanere a guardare mentre Ge Ren si scavava la fossa. Andai all'Istituto di studi marxisti- leninisti per chiedergli come stavano realmente le cose. Li trovai che litigavano. Avevano appena portato il pranzo e, mentre passava, Wang Shiwei aveva infilzato al volo con i bastoncini un bel pezzo di grasso e se l'era ficcato in bocca*[24]*. A quei tempi, la carne grassa era molto più preziosa di quella magra. Come sapete, lui fu poi condannato come trotskista e, in quel momento, cominciava già ad avere dei problemi. Gli si erano buttati addosso e volevano gonfiarlo di botte. Vidi Ge Ren che cercava di fermarli e pensai: "Fratello, questo* è *niente a confronto del problema in cui ti sei ficcato". Quella riflessione aumentò sensibilmente la mia ansia. Alcuni giorni dopo, ricevemmo un importante rapporto segreto. Il maggior generale Sakamoto, ufficiale prediletto dal generale Yasuji Okamura e comandante in capo della zona speciale Hebei-Bohai, si sarebbe recato a Songzhuang con una delegazione per un sopralluogo nelle zone di guerra. Ad accompagnarli come interprete*

[24] Nel saggio *Gigli selvatici*, Wang Shiwei dichiara di non soffrire di "sindrome della volpe e l'uva" dal momento che la sua carica gli permette di "vestire da quadro e nutrirsi dalla cucina privata".

ci sarebbe stato un certo Kawada, che in Giappone era stato il padrone di casa di Ge Ren. Dovevamo comunicare all'Ottava Armata stanziata a sud del fiume Hutuo che avrebbero dovuto prepararsi a catturare uno o due delegati. I servizi segreti mi chiesero se avevo qualcuno in mente. Pensai: Perché non mandare Ge Ren? "È affidabile?" "Ma certo." Secondo loro Ge Ren era un topo di biblioteca e, di fronte al nemico, non avrebbe saputo come comportarsi. Li informai che Kawada era una sua vecchia conoscenza e che, fuggendo, avrebbe potuto convincerlo a seguirlo e noi gli avremmo estorto informazioni ancora più importanti. Lo avevo fatto semplicemente per dare a Ge Ren la possibilità di allontanarsi per un po', visto che stava per iniziare la campagna di rettifica. Certo, avevo anche pensato che avrebbe potuto lasciarci la pelle. Ma meglio finire ammazzato dai giapponesi che giustiziato dai tuoi. Non mi aspettavo che capitasse sul serio. Che tragedia!

E così Ge Ren fu spedito a Songzhuang. Sì, oggi è Chaoyangpo, gli hanno cambiato nome durante la riforma agraria. C'è anche un'opera omonima che lo descrive. Era la fine di maggio quando Ge Ren lasciò Yan'an e, prima di arrivare a Songzhuang, si imbatté nei giapponesi a Erligang. Sakamoto era furbo come un demonio e aveva inviato una squadra di uomini scelti in avanscoperta per controllare le difese e sminare il territorio. Ge Ren e gli altri si imbatterono in quel drappello. La strategia giapponese del momento era sanko sakusen, *ammazza tutti, saccheggia tutto, brucia tutto. Era il primo giugno, un lunedì, e i nostri, compreso Ge Ren, furono sterminati. Una data facile da ricordare, è il giorno della Festa dei bambini. Il sangue si lava con il sangue e il venti giugno, quando i giapponesi stavano tornando indietro, gli tendemmo un'imboscata a Chaoyangpo. Non fecero in tempo a scappare e caddero urlando come ossessi e imprecando contro i genitori che non gli avevano fatto un paio di gambe in più. Ispezionando il campo di battaglia, trovammo un ufficiale ancora vivo. Era proprio Kawada! Continuava a ripetere di essere stato inviato dalla Sfera di Co-prosperità della Grande Asia Orientale[25] per*

---

[25] In giapponese *Daitoa Kyoeiken*. Fu l'ambizioso progetto dell'impero giapponese di creare, durante gli anni '40 del XX secolo, un'unione economica e politica pan-asiatica sotto la propria giurisdizione. Basato sull'idea della superiorità della razza yamato, il progetto geopolitico intendeva organizzare

una ricerca culturale, era stato allievo di Fujino Genkuro e aveva studiato insieme a Lu Xun. Cosa? Speri di cavartela tirando in ballo Lu Xun? Gli mollai un ceffone. Mentre eravamo distratti, si avvelenò. No, non fece seppuku *perché gli avevamo tolto la spada.*

Ho spesso pensato che Ge Ren fosse morto troppo presto ma al momento opportuno. Wang Shiwei, che era con lui nell'Istituto di studi marxisti-leninisti, fu poi condannato come troskista, smembrato e gettato in un pozzo. Per lo meno Ge Ren, grazie alla mia trovata, evitò di fare la stessa fine. Te lo dico francamente, se fosse stato ancora vivo lo avrebbero giustiziato non solo come troskista ma anche come spia, un'onta vergognosa. Compagno Zhu, dimmi se non è stata una morte opportuna. Quando mi hanno dato la notizia sono stato fiero di lui e ho versato calde lacrime. Le lacrime però non sono tutte uguali, il mio occhio sinistro piangeva di dolore e il destro di orgoglio.

Questa conversazione si svolse nella primavera del 1990. In quell'occasione, il compagno Tian Han si raccomandò: "Questa è una semplice chiacchierata e sono stato sincero. Ma non c'è bisogno di andare a raccontarlo in giro o di metterlo per iscritto". Infatti il brano non si trova nell'*Autobiografia*, è stato pubblicato a parte con il titolo *Quattro chiacchiere con Tian Han*. In seguito parlerò ancora di Chaoyangpo e della morte di Kawada.

---

intorno al Giappone un vasto spazio asiatico, dall'Indocina francese alle Indie olandesi, dalle Filippine alla Cina e alla Manciuria.

@ Il prematuro

Seduto sul carretto pensai che Tian Han ci aveva visto giusto, io ero proprio la persona adatta. Per prima cosa, io, Tian Han e Ge Ren eravamo compaesani e poi facevo il medico. Era un compito importante e difficile che non avrebbero potuto assegnare ad altri. Per sgominare la tigre bisogna contare sull'aiuto dei fratelli. Tra me e Ge Ren non c'era un legame di sangue, ma ci univa una fratellanza profonda. Lo avevo visto prima ancora che nascesse, con questo mi riferisco alla pancia di sua madre. Lei amava dipingere e comporre poesie, la sua profonda influenza aveva plasmato in Ge Ren la sensibilità e il gusto estetico. Ripensandoci, Bingying le assomigliava molto, la fronte, gli occhi e persino le pieghe che le si formavano agli angoli della bocca quando sorrideva, guardando le due donne di sfuggita potevano sembrarti la stessa persona. Diciamo le cose come stanno, la loro unione era predestinata e, anche se travagliata e conflittuale, sarebbe diventata un legame indissolubile.

Va bene, lasciamo stare questo argomento e torniamo a Ge Ren. Ricordo che era nato durante le manifestazioni dell'anno Yihai, durante il regno di Guangxu (1899). Era un bambino prematuro, la mia quinta zia aveva fatto da levatrice a sua madre. Quali manifestazioni? Mi riferisco alle celebrazioni della ricorrenza della decapitazione dei sei gentiluomini della Riforma dei cento giorni[26]. Dicevano che il padre di Ge Ren

---

[26] Anche conosciuta come la Riforma dell'anno Wuxu (1898), intrapresa dall'imperatore Guangxu e dai suoi sostenitori riformisti per realizzare

li conoscesse perciò, per neutralizzare ogni possibile sospetto, anche la sua famiglia scese in piazza a festeggiare. Quando la parata arrivò al ponte Qilin, sua madre d'un tratto si accasciò sulla balaustra. La portarono a casa in fretta e partorì due gemelli. Il primo era lui, la seconda era una femmina, aveva il cordone ombelicale stretto intorno al collo e morì quasi subito. Quando eravamo in Unione Sovietica, una volta Ge Ren mi disse che il dio della morte era stato al suo fianco fin dalla nascita. Sapevo che si riferiva a quell'episodio. La mia quinta zia disse che la placenta del neonato era molto sottile. Nella zona di Qinggeng la chiamano "mantella" ed è l'auspicio che il nascituro avrà un futuro brillante. Noi medici la pensiamo in maniera diversa: una placenta sottile provoca il parto prematuro. A mio parere, quella nascita anticipata fu uno dei motivi che aumentarono il suo rischio di contrarre la tubercolosi. Nei testi di medicina si legge che, in caso di nascite premature, il tessuto polmonare dei neonati non è completamente formato, ci sono meno alveoli e più vasi sanguigni, ed è quindi più soggetto a emorragie. Generale, sai qual era il nomignolo di Ge Ren da piccolo? Proprio così, Ashuang, Doppio. Sai proprio tutto di lui. Infatti, aveva una doppia vertigine nei capelli. Lui però diceva che sua madre l'aveva scelto pensando alla sorellina morta. Secondo me c'era anche un altro motivo: nella sua profonda solitudine, vedendo le persone in coppia a condividere gioie e dolori, sperava che il marito tornasse presto al suo fianco.

Ma il padre di Ge Ren era fuggito in Giappone. Ogni volta che il bambino tornava a casa da scuola, avrebbe voluto aiutare la madre nelle faccende di casa. Lei allora lo mandava

---

cambiamenti sociali e istituzionali a rafforzamento della Cina. L'imperatrice madre Cixi pose poi fine alle riforme con un colpo di Stato. I sei gentiluomini decapitati furono Tan Sitong, Kang Guangren (fratello di Kang Youwei), Lin Xu, Yang Shenxiu, Yang Rui e Liu Guangdi. Kang Youwei e il suo allievo Liang Qichao, principali teorici della riforma, riuscirono a rifugiarsi in Giappone.

a comprare i fiammiferi. Che, in casa di fumatori, non possono mai mancare. Il nonno di Ge Ren era un oppiomane, da piccolo avevo visto la pipa con il bocchino di giada e un motivo cesellato in argento sulla canna. Quando si sdraiava a fumare, siccome il letto non era abbastanza lungo, teneva i piedi su uno sgabello. La madre di Ge Ren con un bastoncino prendeva la pasta da un vasetto e la riscaldava sulla lampada. La fiamma baluginava, come le vampe e lo zolfo dell'inferno. Si dice che quando si brucia l'oppio in una casa, se ne profumano altre tre. Ogni volta che l'odore si spandeva oltre il muro, chi lo riconosceva interrompeva quello che stava facendo e, come un cane, alzava il naso in aria ad annusare. Quando la madre di Ge Ren gli implorava di fumare di meno, lui ribatteva con una logica distorta che se il suo antenato, il noto alchimista Ge Hong, avesse provato l'oppio non avrebbe sprecato il tempo a cercare la pillola dell'immortalità. Ogni volta che Ge Ren le portava i fiammiferi, sua madre ne prendeva un paio, con un coltellino grattava via lo zolfo dalle teste e lo riponeva in una scatoletta. Scaltramente ne prendeva poco per volta così suo suocero non se accorgeva. Una volta disse a Ge Ren: "Ashuang, quando la scatola sarà piena, tuo padre tornerà". Allora lo stesso Ge Ren aveva aggiunto qualche capocchia, nel desiderio di rivedere presto il padre. Ma quando la scatola fu piena, sua madre si suicidò.

Aveva bevuto lo zolfo insieme al liquore di ossa di tigre e l'alcol aveva reso il veleno ancora più potente. Il pomeriggio del secondo giorno tuttavia non aveva ancora esalato l'ultimo respiro, dal borgo arrivò il medico tradizionale che disse al nonno di Ge Ren: "Mi hai spesso offerto da fumare e quindi sarò sincero con te: anche se non muore, non sarà più la stessa. Dimmi cosa vuoi che faccia". Lo zio di Ge Ren, che viveva ancora con loro, si intromise: "Salvala, devi assolutamente salvarla". "Allora vai a prendere qualche mestolo di letame nella latrina. Lo voglio bello liquido." Disse ai curiosi raccolti a guardare che il veleno si combatte con il veleno, l'avrebbe costretta a vomitare lo zolfo non ancora assimilato. Lei era lucida e stringeva le labbra rifiutandosi di bere. Quando Ge Ren tornò di corsa da scuola, trovò il medico coperto di merda dalla testa ai piedi. Allora ebbe uno sbocco di sangue e svenne al fianco della madre. Ripensandoci, quello dev'essere stato il primo sangue che sputava.

Io ero presente, insieme alla mia quinta zia lo portammo a casa, lo nutrimmo e, poco per volta, lui si riprese. In quei giorni eravamo sempre insieme, lo controllavo perché avevo paura che mettesse fine alla sua vita. Poi il suo umore migliorò e, in seguito, mi disse: "Fratello Bai, vi ricompenserò per ciò che avete fatto per me". Mantenne la sua promessa e, negli anni che seguirono, spesso mi dimostrò la sua gratitudine.

& L’albero genealogico di Ge Ren

Bai Shengtao ha nominato Ge Hong, quindi fornirò qualche informazione sul suo conto. Secondo l’albero genealogico della famiglia, l’alchimista Ge Hong della dinastia Jin orientale era un loro antenato. Il clan dei Ge di Qinggeng era originario del distretto di Boluo, situato sulla riva nord del fiume Dong, nella provincia del Guangdong. In quel distretto si trova anche il monte Luofu. Il giovane Ge Hong era interessato alle pratiche per ottenere l’immortalità, perciò divenne allievo dell’alchimista Zheng Yin e imparò a produrre l’elisir di lunga vita. Si trasferì poi, insieme al figlio e al nipote sul monte Luofu, dove scrisse il *Baopuzi*, il *Libro del Maestro che abbraccia la semplicità*, composto da settanta capitoli di cui venti “interni” che trattano il *tuna*, il respiro profondo che controlla l’energia divina per esorcizzare il male, e cinquanta “esterni” che trattano delle sorti degli uomini e delle vicende del mondo. Ge Hong morì in età molto avanzata e fu sepolto sul monte Luofu.

Ancor prima troviamo Ge Xuan, discendente di Yu il Grande. Nel *Classico dei Documenti – Canone di Yao* si dice “le acque avevano inondato la terra, circondando le montagne e sommergendo le colline” e Yu il Grande le aveva domate. A Shanghai, Ge Ren aveva frequentato lo scrittore Lu Xun. Il giapponese Kawada nell’opera di gioventù *Memorie di un incontro con Lu Xun* scrisse che, il giorno 11 novembre 1932, Ge Ren aveva detto a Lu Xun che Ge Hong era suo antenato e lo aveva incluso nell’incipit de *L’ombra che cammina*, il romanzo autobiografico che stava scrivendo. Lu Xun gli aveva chiesto:

"Non è vietato parlare di Ge Hong?". E poi aveva aggiunto: "Se proprio lo desideri potresti menzionarlo in modo velato. Gong Gong, il dio delle acque, lottando contro l'imperatore Zhuan Xu per ottenere il trono, in preda all'ira fece crollare il monte Buzhou. Io intendo scrivere del monte e delle origini della legge imperiale così, per vie traverse, potrò sollevare un angolo della loro maschera di rispettabilità. Yu il Grande era un antenato di Ge Hong, perché non scrivi qualcosa su di lui? Potresti intitolarlo 'Il diluvio', che ne dici?".

Tutti sanno che fu poi Lu Xun a scrivere 'Il diluvio'. Lo terminò nel mese di novembre del 1935 e, dopo alcuni mesi, morì di malattia a Shanghai. Ge Ren inviò un telegramma di condoglianze: "così è la vita, le lacrime hanno inondato il viso, il dolore ha circondato le montagne", facendo riferimento alla citazione dal *Classico dei Documenti* che Lu Xun aveva inserito nell'incipit della sua opera.

Nel registro del clan dei Ge erano elencati i nomi dei membri delle ultime venti generazioni: Gong, Yi, Ding, Tian, Jing, Rong, Hua, Ju, Yong, Qing, Fu, Wei, Zhuan, Gao, Gui, Xin, De, Cun, Xing, Zheng. Infatti il bisnonno di Ge Ren si chiamava Ge Xintang, suo nonno era Ge Derong e suo padre Ge Cundao. Ge Ren avrebbe dovuto chiamarsi Xing, ma suo padre non c'era e il nonno non si curava della famiglia, perciò la tradizione non fu rispettata.

Anche la bambina che, secondo la testimonianza del medico Bai Shengtao, "aveva il cordone ombelicale stretto attorno al collo" avrebbe dovuto avere il carattere "*xing*" nel nome. Era il settimo giorno dell'ottavo mese secondo il calendario lunare e quando si accorsero che la neonata non piangeva ed era livida in viso, la misero in un cesto di paglia e l'abbandonarono sulle rive del fiume Ji. Questo è il momento di rivelarvi che la bambina non morì e divenne la mia prozia.

Mia madre era la figlia di Ge Ren e, sempre secondo il registro del clan, avrebbe dovuto avere il carattere "*zheng*" nel nome.

Ho visitato due volte il borgo di Qinggeng, si trova ai piedi del monte omonimo. In tutti questi anni quella zona non è cambiata affatto. In inverno il monte si ammanta di neve e in primavera il fiume scorre impetuoso sotto il ponte Qinlin e attraversa il borgo. Lì vive ancora il nipote di Ge Ren che è mio zio, si chiama Ge Zhengxin, ed è convinto che Ge Ren sia morto nel 1942 a Erligang. È stato lui a raccontarmi la nascita e l'abbandono della mia prozia. Glielo avevano detto gli anziani e, in sostanza, la sua storia assomiglia molto al racconto di Bai Shengtao:

Ho sentito dire che mio zio Ge Ren nacque durante una marcia e quindi il suo destino era di vagare, prima in Giappone e poi in Unione Sovietica. Certo, quella che oggi si chiama Comunità degli Stati Indipendenti. Non si fermò mai e morì lontano da casa, in un luogo chiamato Erligang. Bisogna credere nel destino. Raccontano che nacque a mezzodì, quando le ombre che si proiettano a terra sono più corte delle dita di una mano. C'era anche una sorella gemella ma sfortunatamente morì subito dopo. Da noi, ancor prima del latte, si fanno assaggiare ai neonati i "cinque sapori". Quali sono? Aceto, huanglian *cioè coptis, sale,* gouteng cioè *uncaria, e zucchero. Se bevi cinque giare di aceto, potrai fare il primo ministro. Tappandogli il naso, costringono il neonato a bere un brodo di coptis, sale e uncaria, l'amaro viene sempre prima del dolce. Poi arriva l'acqua zuccherata. La piccola aveva il cordone ombelicale stretto intorno al collo ed era cianotica, non voleva l'aceto ma neanche lo zucchero. Quale neonato non ama i sapori dolci? Dev'essere idiota oppure già morto. Il mio bisnonno la mise in una cesta, la coprì di foglie di uncaria e l'abbandonò in riva al fiume.*

Gli anziani mi hanno detto che, durante il primo mese dalla nascita, la puerpera era sempre agitata e vagava lungo il fiume. Non trovava il cadavere e le dissero che forse l'avevano portato via i lupi. Lei non era convinta e tornava sulla riva. Quando andavano a riprenderla, lei che era sempre stata una donna ragionevole e tranquilla, si dimenava e piangeva disperata. Per un lungo periodo sembrò uscita di senno. D'un tratto esclamava di averla sentita singhiozzare, di averla vista con gli occhi gonfi e rossi come giuggiole a forza di piangere. Era un racconto dai particolari orrendi, sembrava proprio che la vedesse. Per fortuna non le capitava spesso e in famiglia la lasciavano fare. Accendeva candele e bruciava incenso, parlando con la figliola morta. Poi si suicidò, forse perseguitata dagli incubi. Certo, questa è una mia ipotesi. Neppure gli anziani seppero spiegarselo.

La neonata in realtà fu raccolta da un missionario straniero. Era il reverendo Samuel Beal, che predicava nella zona di Qinggeng. Il giorno in cui nacque Ge Ren, lui stava fotografando la marcia. L'immagine fu inserita nel libro *Maestosità d'Oriente* che scrisse insieme al reverendo Ellis. La mia prozia la fece ingrandire e, anche se tra la folla non si vede la madre di Ge Ren, la custodisco sulla mia scrivania come un tesoro.

@ Trucchi con il cappello

Diciamo le cose come stanno, il viaggio fino a Baibei fu una vera tortura. Per non far soffrire oltre il mio compagno, al confine con Chahar (in passato un'unica provincia, che fu poi suddivisa e annessa alla Mongolia interna, allo Hebei e allo Shanxi) gli chiesi di tornare indietro. Ma lui non se la sentiva di abbandonarmi. Non sapevo come ringraziarlo, sogghignò e mi disse che bastava che ci fosse da bere. Il cielo si stava tingendo di nero, eravamo al limitare di un borgo circondati da collinette e strisce d'orto. D'un tratto una donna corse giù da un pendio urlando come un'ossessa, con i capelli scarmigliati sciolti sulle spalle. La seguiva un vecchio in giacchetta corta brandendo un bastone. Gli chiesi spiegazioni, ma non rispose. Era macilento e aveva un colorito giallastro, gli porsi una frittella. L'addentò e poi sbraitò dietro alla donna: "Il cane fedele va a morire lontano da casa". Era sua figlia, l'avevano violentata i demoni giapponesi e lui la stava cacciando via perché la sua presenza disonorava la famiglia. Un mio amico di Shanghai dice che i giapponesi sono dei pervertiti, vivono su un'isola e sono ghiotti di pesce e di gamberi, alimenti ricchi di fosforo e con proprietà stimolanti, per questo fanno abuso di donne e alcol. Pensano di poter conquistare la Cina, come se il serpente fosse in grado di inghiottire un elefante. I serpenti sono delle creature spregevoli. Il mio amico con gran senso dell'umorismo, diceva che i giapponesi "fottono se stessi"[27] quindi figuriamoci cosa possono

[27] Gioco di parole pressocché intraducibile, basato sul doppio significato dei caratteri cinesi "*ri*" (sole e fottere) e "*ben*" (radice e stesso). Quindi "il

fare agli altri. Va bene, lasciamo stare. Lo dicevo soltanto per illustrare quanto il viaggio a Baibei sia stato pericoloso, se fossimo stati sfortunati saremmo potuti incappare in un drappello di giapponesi.

Il borgo si chiamava Dexing. Vidi l'insegna di un'osteria che si agitava al vento e invitai il carrettiere a mangiare *baozi*, panini imbottiti di carne, e a bere qualcosa con me. Avevano un distillato di patate dolci che scendeva in gola come una palla di fuoco. Lui beveva a garganella, in un attimo fu sbronzo e si mise a raccontare le prodezze del figlio deficiente. Si avvicinò i bastoncini all'inguine: "Se trova un bastone ci si mette a cavallo. Agli attori dell'opera glielo insegna il maestro, lui l'ha imparato da solo". Era tutto contento ma io mi sentivo l'amaro in bocca. Dietro l'osteria c'era una locanda, dove caddi subito addormentato. Mi risvegliai dopo poco e lo sentii che si vantava con il padrone, raccontando le prodezze di Tian Han. Temetti che rivelasse qualche segreto poi mi resi conto che l'uomo era suo amico. Non eravamo lì per caso, era tutto organizzato.

Gli raccontò qualcosa che sapevo anch'io: Tian Han al comando del suo battaglione era arrivato a Yan'an per primo e subito aveva organizzato un raduno dei contadini in riva al fiume e si era esibito in una serie di giochi di prestigio. Prima chiese loro se avevano polli. "Col cavolo!" gli risposero. Quel bastardo di Hu Zongnan, il generale del KMT, se l'era presi tutti. Si erano pure scordati come erano fatti. Tian Han disse: "Bene, allora eccone uno". Si tolse il cappello, mostrò il fondo, volle che controllassero, era vuoto. Lo resse con una mano e ci sventolò l'altra davanti, come per acchiappare qualcosa. Tirò su la manica, fece schioccare le dita e, voilà, ecco un pulcino. Poi chiese se volevano un piccione. Quelli erano ancora inebetiti dalla sorpresa. Certo che lo volevano.

---

popolo alle radici del sole" può anche essere tradotto come "il popolo che fotte se stesso".

Schioccò di nuovo le dita e dal cappello uscì un piccione dalle piume screziate. Con un battito d'ali si alzò in volo nel cielo azzurro e tutti rimasero a guardarlo stupefatti. "I piccioni sono difficili da allevare. Sono traditori e cambiano facilmente padrone. Lasciamoli perdere." Sparò un colpo e il piccione piombò a terra. "Fa un freddo tale che quasi mi cadono le orecchie. Siete tutti a capo scoperto, ora rimediamo subito." E così dal suo cappello cominciarono a volar fuori come uno stormo di gazze, uno, due, tre, copricapi a bizzeffe. La gente era impazzita dalla gioia. A quel punto Tian Han, disse: "Ecco, questo è il comunismo". Nel tempo che ci vuole per fumarsi una pipa, le masse erano convertite.

Quando mi svegliai, il carrettiere stava arricchendo il racconto di dettagli succulenti. I primi a reagire erano stati i cani, avevano scambiato i cappelli per frittelle e si erano messi a saltare per acchiapparle al volo. Il vento soffiava, i cappelli volavano e i cani li inseguivano facendo capriole. Quindi lui si alzò in piedi e si mise ad allungare il collo e dimenare il sedere, imitando i cani. Quando si accorsero che non li potevano mangiare, tenendoli in bocca, li portarono ai padroni. A quel punto qualcuno gridò che voleva un asino. Tian Han promise che, con l'impegno comune, ogni famiglia avrebbe potuto avere polli e asini a volontà. Il carrettiere si mise le mani sui fianchi, indicò fuori dalla finestra e, imitando Tian Han, disse: "Ci saranno asini e ci saranno mogli, nulla vi mancherà"[28]. Vedendo il padrone della locanda con gli occhi fuori dalle orbite, mi scappò una risata. Quando si accorse che ero sveglio, il mio compagno mi indicò: "Se non ci credi, chiedilo a lui". Per non rovinargli la festa, annuii. Mi ricordai che per strada mi aveva detto che suo figlio aveva preso moglie

[28] Parodia della frase di Lenin "Ci sarà pane e ci sarà latte, nulla vi mancherà" pronunciata nel film russo *Lenin nel 1918* (diretto da Michail Romm, 1939) per rassicurare il popolo sulle prospettive della rivoluzione durante il suo primo anno al potere.

grazie a una gallina. Feci una battuta: "Padrone, anche sua nuora è uscita dal cappello di Tian Han".

"Ci teneva pure le ragazze?", il locandiere ora aveva lo sguardo fisso. Annuii di nuovo. Ah, ah, ah! Ormai il carrettiere ci aveva preso gusto a mettere insieme polli e cappelli. Raccontò che, accucciato in prima fila e con occhio vigile e mano lesta, aveva afferrato quello che poteva. Suo figlio aveva tenuto il cappello e il pennuto era andato a una famiglia del borgo di Jiahu, come regalo di fidanzamento. Si scoprì che era femmina e deponeva le uova in tutte le stagioni. Nel borgo di Jiahu facevano la fila per vederla. Il carrettiere mi chiese se conoscevo Li Youyuan. "Certo, è quello che canta le canzoni popolari dello Shanxi." Lo descrisse come un uomo dai mille talenti, sapeva cantare e coltivare i campi, ogni cosa gli riusciva a puntino. Un giorno di mercato si trovava a Jiahu, era andato a vedere la gallina e aveva detto che era più bella di una fenice. Orma il carrettiere era lanciatissimo, quindi contribuii anch'io con una sparata: "E quella volta si è messo a cantare 'l'Oriente è rosso, la gallina canta, una fenice è arrivata a Jiahu'"[29]. "Ehi! Come fai a saperlo? C'eri pure tu?" Feci uno sforzo per non scoppiare a ridergli in faccia. Ormai non si teneva più, aggiunse la panzana definitiva: Li Youyuan aveva composto *L'Oriente è rosso* ispirandosi alla loro gallina.

Poi disse al locandiere che doveva assolutamente andare a trovarlo a Yan'an e che gli avrebbe fatto conoscere Tian Han, e anche Kang Sheng. L'uomo, al colmo dell'ammirazione, stava a bocca spalancata. Quando sentì di essersi pavoneggiato abbastanza, il carrettiere decise finalmente di mettersi a dormire. La gente del nord dello Shaanxi ha l'abitudine di dormire a chiappe nude, ma lui non voleva togliersi le mutande. "Ci tengo una palla di carta, mi serve per prendere contatti lungo la strada". Era in una tasca sul davanti e, con

---

[29] Parodia dei versi della cantata *L'Oriente è rosso*: "L'Oriente è rosso, il sole sorge, in Cina è nato Mao Zedong".

un gesto non proprio elegante anzi diciamo pure osceno, si mise a frugare, la tirò fuori, me l'agitò davanti agli occhi e la rimise al suo posto. Gli chiesi perché aveva scelto di tenerla lì, rispose che stava tranquillo solo se la sentiva accanto al pisello. Aggiunse che il messaggio poteva anche essere scritto a caratteri cubitali, tanto lui non sapeva leggere. Mentiva. Lungo la strada aveva notato un avviso all'ingresso del villaggio di Yanzhuang e si era subito avvicinato, poi aveva scosso la testa e schioccato le labbra come se ne avesse compreso il contenuto. Gli chiesi di mostrarmi il foglietto. Lui esclamò: "Ohi! È un documento ufficiale e non posso farlo vedere a nessuno". Avrei voluto dirgli che anch'io avevo una palla ufficiale nelle mutande.

Uscii a fare i bisogni e vidi un uomo che conduceva un cammello nel cortile di dietro. Sembrava un mercante di sale. Che fosse anche lui qui per prendere contatti? Il cammello si trovò subito in sintonia con il nostro somaro, allungando il collo si annusavano e si leccavano a vicenda. In perfetto stile comunista, l'uno cedeva il passo all'altro spingendo il foraggio verso il muso del compagno. Tornai nella stanza e continuai a osservarli da uno spiraglio della finestra. La gobba del cammello era illuminata da un gelido raggio di luna e lui mandava bramiti di incoraggiamento al somarello che faceva le capriole a terra. La luna era sospesa nel cielo, su quella faccia di giovinetta dai lineamenti delicati mi parve persino di intravedere il palazzo del rospo della leggenda[30]. Illuminava foreste e valli lontane, e anche Ge Ren. Chissà se sapeva che presto ci saremmo incontrati? Forse in quel momento la stava fissando anche lui. Ero grato a Tian Han, se non fosse stato per lui non sarei arrivato fin lì. Nella prigione di Hougou, la luna non si vedeva di certo. Hai perfettamente ragione,

---

[30] In una leggenda cinese Chang'e, la moglie del divino arciere Hou Yi, si impadronisce dell'elisir dell'immortalità e fugge sulla luna trasformandosi in un rospo.

non immaginavo quale sarebbe stata la mia missione a Dahuangshan. E neppure che la mattina dopo, mentre l'alba tingeva l'oriente di rosso, avremmo fatto colazione con carne di cammello. Quanto al mercante, l'avevano ammazzato e gettato in un pozzo. Il padrone della locanda disse che era ricco, vestiva in abiti di seta e portava una pistola alla cintola. In tempi come quelli, chi poteva permettersi di andarsene in giro in quel modo? Più lo guardava e più si convinceva che non era una brava persona. Doveva essere un traditore o un disertore, tanto valeva toglierlo di mezzo.

Ci passò il piatto di carne, chiedendoci di comunicare al Partito le sue gesta. Per ingraziarsi il carrettiere, aggiunse: "Le cose buone si condividono tra amici. Puoi dire che lo abbiamo fatto insieme". Come in un gioco di prestigio, estrasse dalla manica due oggetti legati con un filo. Se non fossi stato un medico, non le avrei riconosciute. Erano le orecchie del mercante, staccate di netto e lavate a puntino, la prova che aveva ammazzato un traditore. Ero in un bagno di sudore e mi fischiavano le orecchie. Oh, mamma! Se non ci fosse stato il carrettiere, magari avrei fatto anch'io quella fine, trucidato, in fondo a un pozzo e senza orecchie. Così all'inferno non avrei neanche potuto sentire cosa succedeva.

& Il figlio di Li Youyuan

Alcuni particolari del racconto di Bai Shengtao mi permisero di rintracciare il carrettiere. Si chiamava Wu Yishi, era nato nell'anno del cane e, da bambino, il suo nomignolo era Goudan, Palla di cane. Il primo indizio era stato la corda con cui avevano appeso Bai Shengtao, e che lui usava per legare la nuora. Il secondo era il figlio idiota. La fortuna spesso sorride agli stolti e lui aveva quattro figli, due maschi e due femmine. Al più piccolo aveva voluto dare il nome del nonno e non c'era stato modo di fargli cambiare idea. Tanto a quel punto il vecchio Goudan era morto e non si rischiava di fare confusione. Quando i dettagli della storia del carrettiere emersero con chiarezza, scoprii che era morto nel 1944. Su di lui non c'è altro da dire.

Aggiungerei invece qualche informazione su Li Youyuan. Era l'autore dell'inno *L'Oriente è rosso* e aveva avuto contatti con Aqing, la cui testimonianza costituisce la seconda parte di questo libro. Nell'autunno del 1996 ero nel nord dello Shaanxi e trascorsi una notte nel capoluogo del distretto Jia. Mi dissero che eravamo molto vicini al borgo di Jiahu, dove era vissuto Li Youyuan. Raggiunsi il luogo la sera stessa per poi scoprire che, in effetti, lui veniva da Zhangjiazhuang e quindi c'era ancora della strada da fare. Il custode della locanda che mi accompagnava, piuttosto che continuare, si era detto disposto a restituirmi i soldi, di notte la strada non era sicura e non avrebbe voluto lasciarci la pelle. Ci andai da solo il giorno seguente, quando l'alba tingeva l'oriente di rosso. Trovai il figlio di Li Youyuan seduto all'ingresso della sua casa grotta a prendere il sole. Aveva una settantina d'anni, portava una salvietta bianca legata intorno alla testa e, appena arrivava qualcuno, si metteva a piangere come un bambino: "Non vedo più il sole, il mio cuore è buio". Ma non era affatto cieco, ci vedeva benissimo.

Nella casa grotta vidi una fotografia di Li Youyuan quando aveva mezz'età. Asciugandosi le lacrime, il figlio mi disse che era morto di un gonfiore. Non seppe spiegarmi bene, disse soltanto: "Si gonfiava, si gonfiava e alla fine è scoppiato". Guardai fuori, i polli razzolavano tra le giuggiole messe a seccare in cortile. Chissà se la gallina che il figlio di Wu Yishi aveva portato ai futuri suoceri era loro parente? Vidi una distesa di collinette di terra, brulle e avvolte in un silenzio mortale. Decine di anni fa, Li Youyuan in questo luogo con il viso rivolto al sole, aveva cantato "l'Oriente è rosso, il sole sorge e in Cina è nato Mao Zedong, ahi, ohi, ehi, lui è la salvezza del popolo cinese" eccetera eccetera. Gli anziani ricordavano che, a quei tempi, il villaggio era pieno di musica. "Tutti, bene o male, conoscevano qualche nota." Quando chiesi a un gruppo di giovani se sapevano cantare, uno di loro timidamente accennò a qualche canzone moderna, come *La storia di primavera*, *Stirpe di drago* e *Oggi sono felice*. "Gli uomini di oltre quarant'anni si esibiscono nelle feste del primo mese dell'anno lunare. Ma i giovani non sono capaci e, se ti dicono il contrario, è una balla."

Prima di lasciare il villaggio, andai a congedarmi dal figlio di Li Youyuan, lo trovai lì a disperarsi: "Non vedo più il sole, il mio cuore è buio". Piangeva a calde lacrime, con il moccio che gli colava giù dal naso.

@ A Zhangjiakou

Generale, hai mai assaggiato la carne di cammello? Puoi anche risparmiartelo, è fibrosa come canapa e sa di erba marcia. Ma in quel momento ci sembrò squisita. Come direbbe Marx, il suo valore intrinseco era stato superato dal valore d'uso[31].

Il padrone della locanda era un uomo previdente, ne aveva pressato un pezzo come un mattoncino di tè e ce l'aveva dato da portar via. Fuori dalla porta gli diedi un morso, era più coriacea di una suola di scarpa. Dovevi ammollarla con la saliva prima di poterne staccare un boccone. Usciti dal borgo, commentai che il mercante aveva fatto una fine atroce. E il carrettiere: "Beh, chi gliel'ha fatto fare a essere impaccato di soldi?". Il cuore di un uomo non si legge facilmente, ma ora lo conoscevo un po' e sapevo come la pensava. Aggiunse: "La rivoluzione è ammazzare i ricchi che sono in minoranza per dare i soldi ai poveri che sono la maggioranza. A quel punto, saremo quasi arrivati al comunismo". Gli chiesi se intendeva fare rapporto sul gesto eroico del locandiere. "Non ci penso neanche! Se gli danno una promozione e lo trasferiscono, la prossima volta chi ci farà mangiare carne?"

Temeva che non apprezzassi l'importanza del suo contributo e insisteva che, se non ci fosse stato lui, mi sarei di certo beccato una coltellata. Non aveva torto. Senza darmi il tempo di ringraziarlo, mi fece una smorfia, tirando fuori la

---

[31] I concetti di valore intrinseco e valore d'uso sono discussi in dettaglio nel *Capitale* di Karl Marx.

lingua come se fosse il cadavere di un impiccato. Era coperta da una patina spessa e gialla, sembrava quella di un malato di tisi. Si dice: labbra color fegato di pollo, lunga malattia e facile tracollo. Non sarebbe campato a lungo. Cosa? Vuoi che ti controlli la lingua? Generale, diciamo le cose come stanno, hai lingua, labbra e denti perfetti, sei in ottima salute e camperai più di cent'anni. Le labbra sono il sovrano e i denti i ministri[32], o meglio, le labbra custodiscono la lingua e si aprono e si chiudono portando gloria o disonore alla persona. Generale, sono sincero, le mie non sono colorature. Con quelle labbra rosso albicocca, la fortuna ti bacerà senza indugio. Vieni a vedere anche tu (si rivolge all'attendente Ding Kui). Guarda, quando sono chiuse tracciano una linea dritta. Cosa significa? Che il generale analizza i problemi a fondo e li risolve senza lasciare strascichi. La lingua spessa e lunga preannuncia una carriera veloce e un futuro splendente. Generale, ti assicuro che queste non sono lusinghe, non c'è neanche mezza falsità e, se non mi credi, puoi pure fucilarmi.

Va bene, vado avanti. Facemmo ancora un lungo tratto e un giorno a mezzodì arrivammo a Zhangjiakou. Dou Sizhong abitava sulla Quarta strada ed era il padrone del negozio Longyu, che vendeva pellicce e antiquariato, una succursale della sede centrale che si trovava nel vicolo Gaoyibai[33] di Beiping (ora Beijing). Era anche la strada dei bordelli, quello più vicino si chiamava Cuihualou, Palazzo dei fiori di giada. Questo particolare puoi lasciarlo fuori (rivolgendosi a Ding Kui). In ogni caso, quando arriveranno i vostri uomini, Dou Sizhong si sarà già volatilizzato, "la lepre scaltra scava sempre

---

[32] Il discorso è un'accozzaglia di nozioni di medicina tradizionale cinese e fisiomanzia, l'arte divinatoria che si basa sull'interpretazione dei lineamenti del viso.

[33] Spesso la scelta del nome dei vicoli di Pechino era quanto meno opinabile e, con il passare del tempo, alcuni vennero abbelliti utilizzando caratteri omofoni. Il nome dell'odierno vicolo Gaoyibo, traducibile come "onorevole fratello maggiore del padre", deriva dall'originale *gou yiba* "coda di cane".

tre tane". Dou Sizhong non era in negozio, trovammo invece un vecchio commesso che ci trattò con ogni cortesia. Fece preparare due ciotole di spaghetti e dell'acqua calda per lavarci i piedi. Il mio compagno preferì evitare, con i piedi bagnati ci si può beccare un raffreddore. Gli chiese: "Dov'è il padrone?". Era andato a Dihua (ora Urumqi) e non sapeva quando sarebbe tornato. Il vecchio chiamò un giovane commesso per occuparsi di noi. Lui salutò il carrettiere con un "sia fottuto il mio somaro", dovevano essere vecchi amici. Il ragazzo aveva venticinque anni, lineamenti delicati, occhi brillanti e modi cortesi, si era diplomato al liceo Nankai di Tianjin. Pronunciò quel saluto volgare con la schiena curva e il tono esitante di chi, per essere credibile, ha bisogno di enfatizzare la sua solidarietà con le masse rivoluzionarie.

Il mio compagno conosceva il luogo e, senza aspettare che "Nankai" ci mostrasse la strada, mi portò a un padiglione nel cortile posteriore. Mi ero appena coricato quando il ragazzo entrò, si sedette a gambe incrociate sul *kang*, mi chiese se ero stanco e cominciò a chiacchierare. "Ho sentito che tuo suocero abita a Mengzhuang, non è lontano, perché non vai a trovarlo?" La mia testa cominciò a ronzare come se fosse piena di vespe e, per lo spavento, mi si annodarono le budella. Da quando mi avevano bollato come trotskista, avevo cercato di starmene lontano dalla famiglia per proteggerli. Ma le notizie viaggiano più veloci del vento e qui di sicuro sapevano tutto di me. Abbassai la voce: "Non ne avrei intenzione. I rapporti personali non devono intralciare il lavoro rivoluzionario". Generale, diciamo le cose come stanno, non ne avevo alcuna voglia, mia moglie era morta e da quando mio figlio era stato portato a Mengzhuang non l'avevo più visto. Riflettei sui possibili scenari. Come si sarebbe comportato mio suocero? Avrebbe compreso le mie buone intenzioni? Sarebbe stata una vergogna se mi avesse buttato fuori. Più ci pensavo e più non mi sembrava il caso. Nankai insisteva, pareva fosse lui a perderci la faccia se non andavo. "Sono partito in fretta, non ho niente da dargli e non posso andare a mani vuote. Stavolta lasciamo perdere."

Allora arrivò la ramanzina: "Si può rimandare tutto ma non questo, la cura dei vecchi e l'amore per i giovani sono virtù tradizionali del popolo cinese". Stavo per mettermi ridere: vuoi dirmi che gli altri popoli non rispettano i vecchi e non vogliono bene ai loro figli? Ma non dissi niente. Nankai insisteva: "Ho anche preparato un regalo per lui, una giacca di pelle di capra di qualità superiore". Ero a disagio, il carrettiere si intromise: "Non fare l'ipocrita. C'è anche un pezzo di carne di cammello, oppure vorresti tenertelo per te?". Ormai ero furioso ma non potevo darlo a vedere, mi ritrovai davanti alla porta come un idiota e, in un attimo, Nankai aveva portato un cavallo. Era un bell'esemplare grigio scuro a macchie bianche, con la criniera e la coda tagliate corte. Nankai disse che il compagno Dou Sizhong lo aveva tolto ai demoni giapponesi. Tenendolo per le redini, mi invitò a montare in sella: "Guarda che spettacolo, vorrebbero cavalcarlo in tanti ma a loro non è permesso". Il tono indicava che mi sarei mostrato ingrato a non obbedire. Generale, poi ho capito che era il loro modo per dirmi che tenevano in pugno la vita di mio suocero. E che se commettevo il minimo errore sarebbe stato lui a pagarla cara.

Certo che ci sono andato. Avrei potuto fare altrimenti? Nankai mi accompagnò. Mengzhuang, a cinque o sei miglia da Zhangjiakou, era il luogo di origine di Meng Jiang Nü, la donna che fece crollare la Grande Muraglia con il suo pianto[34]. A un certo punto, mi scappò da ridere e Nankai me ne chiese il motivo. Ripensavo a mio suocero che lavorava sodo e risparmiava su tutto, a Yan'an di sicuro lo avrebbero designato "lavoratore modello" come Zhang Side[35]. Camminava sempre

[34] La leggenda della "figlia di Meng e Jiang" è uno dei quattro racconti popolari più diffusi in Cina (con la Leggenda del Serpente Bianco, Liang Shangbo e Zhu Yingtai e il Racconto del Bovaro e della Tessitrice).

[35] Zhang Side (1915-1944) eroico soldato della IV Armata perito nella seconda guerra di resistenza contro il Giappone. Celebrato nel discorso *Al servizio del popolo* (1944) di Mao Zedong.

a testa bassa e, se vedeva un rametto, lo raccoglieva e lo portava a casa per bruciarlo nel focolare; se trovava un fil di ferro, gli brillavano gli occhi, poteva farci dei chiodi. Mia moglie mi raccontava che, durante la sua infanzia, dopo la Festa di mezzo autunno quando le giornate cominciano ad accorciarsi, voleva che consumassero solo due pasti al giorno e andassero a letto presto. Questo aveva due vantaggi: non senti la fame e risparmi l'olio della lampada. In estate quando faceva un gran caldo e gli altri smettevano di lavorare, lui rimaneva nei campi. Aveva la schiena lucida e abbronzata e lo chiamavano Pesce scuro. Durante il riposo invernale della terra, lui si dedicava a piccoli commerci. Cosa faceva? Catturava allodole e le vendeva al mercato. Poi raccontai a Nankai la storia di mio suocero che mangiava la carne. Un anno morì la gallina di casa, se la mangiarono e buttarono via le ossa. Lui tenne una zampa e, a ogni pasto, la metteva nella sua ciotola e quindi c'era sempre qualche goccia d'olio che galleggiava. Il fratellino di mia moglie era un gran goloso e si era fissato che doveva rubargliela. Era proprio ciò che voleva il vecchio. Un giorno chiamò a raccolta la famiglia e sventolò la zampa davanti agli occhi del ragazzino: "Questa cos'è?". "Una zampa di gallina." "Apri bene gli occhi e guarda meglio." E lui, ormai sbavando: "Una deliziosa zampa di gallina". Il vecchio era furioso e gli mollò un ceffone. Poi arrivò la risposta esatta: "È un bene di famiglia. Bisogna vivere ricchi e morire sereni. Chi sa resistere fino all'ultimo avrà la fortuna maggiore". Dissi a Nankai: "Compagno, tieniti la giacca, per lui basta la carne di cammello. Pensaci bene, uno che considera una zampa di gallina un bene di famiglia, se gli dai un pezzo di carne penserà di aver ricevuto un regno".

E scoppiai a ridere di nuovo. Nankai mi ascoltava attento e non rise neppure una volta. Quando gli menzionai quella frase storica di mio suocero, per un attimo mi parve di scorgere un accenno di sorriso, gonfiò i muscoli delle guance come uno stitico che si sforza di andare di corpo, ma poi riacquistò il controllo. Alla fine però fu un cane a strappargli una risata.

Era una bestiola zoppa che, quando fummo al margine del villaggio, sbucò correndo da un vicolo per venirci incontro. Ci girava intorno, io tiravo le redini, non sapendo dove passare. Poi quello alzò la zampa e, prima che me ne rendessi conto, pisciò sulla zampa del cavallo. Forse non ci vedeva più dalla fame e l'aveva scambiata per un alberello? Nankai non si trattenne e finalmente scoppiò in una risata. Capii che si era lasciato andare perché i cani sono bestie inferiori, sono i randagi e insensati scagnozzi del capitalismo[36] e puoi beffarli e insultarli quanto ti pare. Nel caso degli uomini devi invece considerare le differenze di classe, non puoi esprimere liberamente le tue opinioni e tantomeno metterti a ridere come capita.

Stando così le cose, speravo che mio suocero non fosse in casa. Invece era proprio lì, lo faceva apposta a rendermi la vita difficile. Di solito non si fermava un attimo, quel giorno lo trovai sdraiato a dormire, ero perplesso. Il pitale ai piedi del letto era pieno, doveva essere un bel po' che non si alzava. Era malato? In fin di vita? Quel pensiero mi diede un senso di sollievo. Era sempre stato magro ma almeno aveva una parvenza umana, ora pareva uno scheletro coperto di pelle raggrinzita. Il tallone che sbucava fuori dalla coperta mandava un bagliore grigiastro, ero medico e lo sapevo: era segno che stava per tirare le cuoia. Mi scambiò per qualcun altro. "Perché sei tornato indietro?" Quando gli dissi chi ero, rotolò giù dal letto nudo come un verme. "Lo dicevo io, stamattina la gazza non faceva che schiamazzare. Ma non eri a Yan'an? Ti avevo preso per mio nipote." Gli chiesi notizie di mio figlio. "Non l'hai saputo? Si è arruolato con Peng Dehuai." Appresi così che si era unito alle truppe rivoluzionarie. Chiesi a mio suocero perché non era nei campi a lavorare. Mi disse che glieli avevano sequestrati. Accesi il fuoco e lo feci sedere vicino

---

[36] Espressione usata dallo scrittore Lu Xun in un carteggio con il letterato Liang Shiqiu, feroce critico della letteratura romantica cinese moderna e sostenitore dell'estetica come fine ultimo dell'espressione letteraria. Lu Xun ne insulta il comportamento di lacchè prezzolato al soldo del potere.

al braciere, a capo chino mi raccontò che lo avevano bollato come latifondista e si erano divisi le sue terre. Ebbi un tuffo al cuore e l'affetto verso mio figlio rispuntò come i germogli di bambù dopo la pioggia. Dopo aver portato Ge Ren a Yan'an, sarei andato a cercarlo e per il suo bene l'avrei convinto a tagliare i ponti con il latifondista.

Mio suocero aveva conosciuto Bingying, diceva che era bella come una dea scesa tra i mortali, la reincarnazione di Meng Jiang Nü. Nella sua ignoranza credeva che ne fossi segretamente innamorato, commentava che "il fuoco dei campi riscalda solo un lato", di sicuro lei non era interessata. Non sapevo se ridere o mettermi a piangere, era la compagna di Ge Ren che per me era come un fratello, mio suocero doveva smetterla di parlare a vanvera. Temetti che ora mi chiedesse informazioni su di lei e su Ge Ren. Se Nankai si insospettiva, non sarei stato la sola vittima di quella catastrofe. Ah, mi sarebbe bastato un pretesto per far fuori quel latifondista, potevo schiacciarlo come una formica. Lui, ignaro del pericolo, continuava a fare domande inopportune, io tenevo il fiato sospeso. "Che fine ha fatto quel tizio? Sì, quello con la moglie bellissima che pareva uscita da un quadro?". Sua figlia non c'era più e di fronte al genero aveva perso ogni ritegno. Grazie al cielo però non si ricordava come si chiamavano oppure mi aveva letto nel pensiero, in ogni caso non li nominò. Mi affrettai a cambiare discorso cercando di consolarlo, doveva accettare l'etichetta di latifondista e non serbare rancore.

Tutto sommato, mostrò di avere un certo grado di coscienza politica. Disse di non essere arrabbiato ma felice, i campi erano stati appena fertilizzati, quello era il suo contributo alla rivoluzione. Gli chiesi quanta terra era. Dieci *mu* e sette. In quella zona per essere latifondista ne bastavano dieci. La frase successiva mi lasciò senza fiato, mi ringraziava perché se a Pechino non avessi curato le sue allodole, non sarebbe riuscito a comprare i campi. Vendendo le allodole aveva ottenuto un bel guadagno, aveva continuato a catturarle e ad andare a

Pechino per venderle, alla fine aveva racimolato abbastanza per quel pezzo di terra abbandonata in riva al fiume. Anni prima, quando ero andato a Mengzhuang per le nozze, lo avevo aiutato a estirpare i rovi nella speranza di un buon raccolto. I casi della vita sono imprevedibili, chi avrebbe immaginato che, per colpa di una distesa di sterpi, senza colpo ferire sarebbe diventato un latifondista?

Mi disse che ora era tutto a posto, non aveva più terre e poteva dormire fino a tardi come tutti gli altri. Nella vita ci sono due piaceri: sposarsi una seconda volta e tornare a dormire dopo il risveglio. Una nuova moglie non poteva permettersela ma ogni giorno perlomeno dormiva quanto voleva. Si devono soddisfare i bisogni primari prima di pensare al sesso e, dato che era povero in canna, l'idea di prendersi un'altra moglie era fuori discussione. Ringraziava perciò il Partito che gli aveva impedito di offendere la moglie morta. Venni a sapere che mia suocera se n'era andata molto presto. D'un tratto, mi ricordai della carne di cammello. Speravo di ripagare così il debito che avevo nei suoi confronti. Vidi i suoi occhi stringersi in una fessura: "Uhm, alla buon'ora! Sia fottuta tua madre, l'avevo fiutata da un pezzo!". Reggendosi i mutandoni con una mano, andò prima a chiudere il portone e a tirare il chiavistello. Correva a piedi nudi e con le gambe allargate, mi ricordò un vecchio papero. Approfittando di quell'attimo di assenza, Nankai mi disse: "In un villaggio delle dimensioni di Mengzhuang bastano due latifondisti per soddisfare la quota. Il Partito ha deciso di riabilitarlo ma lui non lo sa ancora". Dal tono sembrava sincero, non doveva essere una bugia. Mi precipitai a dire che la benevolenza del Partito era alta come una montagna e profonda quanto il mare, non avrei dimenticato quel gesto per tutta la vita.

Mio suocero prese la carne e ringraziò Nankai. Non sapeva come addentarla e se la rigirava in mano, come una patata bollente. Alla fine diede un morso con troppa forza e gli sanguinarono le gengive. Gli chiesi cosa mangiava di solito. Masticando, roteò gli occhi verso l'alto e rispose: "Merda".

& Il suocero di Bai Shengtao

Il suocero di Bai Shengtao si chiamava Meng Dequan. Lo avevo conosciuto quando ero insieme a Bingying a Pechino nel 1920. Lei era arrivata dalla Francia per cercare Ge Ren. Ma Ge Ren era in prigione e lei era tornata indietro, prima era andata in Francia e poi in Inghilterra.

Così aveva scritto Anthony Thwaite nel suo libro *Bellezze in tempi di caos*. Era lui l'americano che Tian Han aveva menzionato a Zhu Xudong. Nel 1938 era venuto in Cina come giornalista ed era rimasto per due anni. Dopo la guerra, è entrato nel Centro di ricerca sulla Cina dell'Università di Hull, in Inghilterra. Bingying era una delle cinque donne descritte nel suo libro, le altre erano la scrittrice Ding Ling, l'architetta Lin Huiyin, la regista Sun Weishi e l'artista Zhao Yidi. A parte Ding Ling, erano tutte note per la loro bellezza. Il seguente brano, tratto dal libro, è una descrizione di Bingying che ricorda Bai Shengtao e Meng Dequan:

La memoria è *un pettine magico, un recinto di fascine che fischia percosso dal vento. Lei aveva totalmente dimenticato eventi che per gli altri erano fondamentali, ma ricordava come fosse il giorno prima quando era andata con Bai Shengtao a comprare uccelli al mercato di Tianqiao. Lui era più grande di Ge Ren e lo aveva sempre protetto come un fratello maggiore. Ora era a Pechino per chiedergli aiuto a trovare un lavoro. Non sapeva però che Ge Ren era stato arrestato l'anno prima per aver partecipato al Movimento del quattro maggio e ancora giaceva nelle prigioni della Gendarmeria.*

Quando Bai Shengtao arrivò a casa loro, Bingying stava uscendo per andare al mercato di Tianqiao. Era ancora innamorata di Ge Ren, era indecisa sul da farsi e voleva farsi leggere il futuro. Tianqiao si trova fuori del Tempio del cielo e all'inizio del ventesimo secolo somigliava al dipinto Lungo il fiume durante la Festa del Qingming *di Zhang Zeduan*[37], *oppure all'odierno parco di Disneyland. A Qinggeng, Bai Shengtao aveva allevato piccioni e subito fu attratto dal mercato degli uccelli. Vide un uomo e sua figlia che vendevano allodole. Bingying si ricordava che avevano le ali abbassate e l'aria malaticcia. Il mercante voleva liberarsene e gliele avrebbe cedute a un prezzo stracciato. Lei era lì per cercare un indovino, non allodole, ma quell'uomo insisteva. Si chiamava Meng e Bai Shengtao, che era invece alquanto interessato a sua figlia, gli disse che le allodole erano malate e stavano per morire. Era disposto a curarle a condizione che lui ne regalasse qualcuna a Bingying. Se non fosse riuscito a salvarle, gliele avrebbe pagate al prezzo originario. Bingying, che in quei giorni non aveva granché da fare, lo seguì a casa del mercante. Il medico se ne intendeva, nutrì le allodole con spaghetti di grano saraceno immersi nell'aceto e subito si mostrarono più arzille. Poi sciolse dell'oppio nella loro acqua da bere. Una mossa molto intelligente, perché di solito sono i fumatori d'oppio ad allevare uccelli. Assuefatti all'oppio, i pennuti ne fiutano l'odore sui loro vestiti e si mettono a cantare a squarciagola, facendo credere ai futuri padroni di aver trovato l'allodola più melodiosa del bosco.*

La figlia del mercante fece amicizia con loro, la convinsero a non tornare al paese e a rimanere a studiare nella capitale. Il padre le lasciò il ricavato della vendita e tornò da solo a Zhangjiakou… Bingying ricordava di non aver aspettato che Ge Ren fosse liberato per tornare in Francia. Voleva riunirsi con sua figlia e non era sicura di poter avere un futuro insieme a lui. Prima di andarsene, pagò la retta della Scuola di medicina di Pechino per Bai Shengtao e la ragazza. Lasciò il suo indirizzo a Kawada chiedendogli di consegnarlo a Ge Ren. Kawada era un giapponese, un seguace del nichilismo che Ge Ren aveva conosciuto in Giappone e ora insegnava alla Scuola di medicina. Lui le promise che,

---

[37] Dipinto di Zhang Zeduan (1085-1145 d.C.) custodito nella collezione imperiale. Su un rotolo di oltre cinque metri di lunghezza sono raffigurate le attività quotidiane del popolo cittadino durante la festa di Qingming.

appena Ge Ren usciva di prigione, lo avrebbe accompagnato in Francia, dove lui stesso sognava di andare a studiare arte drammatica.

Beh, il dramma ci fu davvero: Kawada si ubriacò e perse l'indirizzo. Lei in Francia aspettava Ge Ren che non arrivò mai. Poi scoprì che era andato in Unione Sovietica insieme a Bai Shengtao e che Bai, prima di partire, aveva sposato la venditrice di allodole…

Vorrei aggiungere un paio di dettagli su Meng Dequan. Un mese dopo la visita di Bai Shengtao, fu giustiziato come latifondista. Il figlio che era stato schiaffeggiato per una zampa di gallina si chiamava Meng Weimao. Morì di malattia, o forse di spossatezza lavorando nei campi, non lo sapremo mai. Il figlio di Bai Shengtao si chiamava Meng Chuiyu, perché aveva preso il cognome del nonno. Un vecchio del villaggio mi raccontò di aver combattuto al suo fianco nel corpo dei Volontari cinesi durante la primavera del 1951, in occasione della guerra di Corea. Nel 1953, l'ultimo giorno dei negoziati di Panmunjom[38], Meng Chuiyu aveva messo il piede su una mina ed era saltato in aria. A Zhangjiakou, le allodole sono famose e il vecchio descrisse così la sua morte: "Chuiyu fu ridotto in brandelli, piccoli quanto un'allodola". Meng Dequan morì senza lasciare eredi. Bai Shengtao invece ebbe una discendenza: la signorina Bai Ling che incontreremo nella terza parte del libro. È la nipote di Bai Shengtao e nell'estate dell'anno 2000, accompagnò Fan Jihuai a Baibei per una ricorrenza importante.

---

[38] Prende il nome da un villaggio abbandonato al confine tra le due Coree, dove nel 1953 il comando Onu guidato dagli Stati Uniti, la Corea del Nord e la Repubblica Popolare di Cina firmarono l'armistizio.

@ Declamare versi

Lasciammo Mengzhuang prima che facesse buio. Sulla strada del ritorno, il carrettiere mi disse che voleva passare a casa a controllare, temeva che sua moglie gli mettesse le corna. "Se per tre giorni non assaggia il bastone, mi manda in malora la casa." Nankai gli raccomandò di "fare attenzione al metodo"[39]. Lui si diede una manata sul petto: "Capisco, rafforzerò su di lei il lavoro ideologico. Sia fottuto il mio somaro, ho già deciso, se scopro che si fa sbattere in giro, gliela strappo!". Detto questo, ci lasciò. A lungo andare, persino tra due somari nella stalla nasce un certo affetto, la sua partenza mi lasciò un vuoto nel cuore.

Dovevo incontrare Dou Sizhong al più presto. Per fortuna lui si fece vivo quella notte stessa. Avevo sognato mio figlio, era quasi l'alba e sentii la porta aprirsi con un cigolio. Nankai, fermo sull'uscio, reggeva una lanterna antivento: "Compagno Bai, guarda chi c'è". Stavo per mettermi a sedere quando un'ombra si avvicinò al mio letto e mi fermò con un gesto. Non c'era bisogno di convenevoli, potevo rimanere sdraiato. La sua mano era più morbida di quella di una donna, mi parve priva di ossa. Proprio così, era Dou Sizhong. Aveva realmente l'aria di un mercante di pellicce, fiutai l'acre odore di animale che si portava addosso. Nankai regolò lo stoppino per fare più luce e, rinculando, uscì dalla stanza. Pensai che Dou Sizhong

---

[39] Dal discorso *Preoccuparsi delle condizioni di vita delle masse, fare attenzione ai metodi di lavoro* (1934) di Mao Zedong.

non era andato affatto a Dihua, era rimasto lì tutto il tempo e forse spedirmi a Mengzhuang era stata una sua idea.

Estrassi la lettera. L'avevo tenuta nei pantaloni e odorava di piscio. Ci soffiai sopra un po' prima di passargliela. Era la seconda volta che me la portavo alle labbra. La prima era stata quando me l'avevano consegnata insieme alle mutande, e l'avevo baciata come fosse stata la mia ragazza... Giurai a Dou di non averla letta e che il cielo mi fulminasse se mentivo. Lui annuì e mi sorrise. Gli diede una scorsa: "Senza offesa, ci sono regole che tutti devono rispettare. Non averla aperta ti fa onore, sai obbedire agli ordini, sei un bravo compagno. Ora puoi leggerla, ti fanno i complimenti". Gli dissi che non ce n'era bisogno, ma lui insisteva. Lessi una frase in codice, la decifrai: "Bai è un compaesano mio e di Zero. Puoi fidarti di lui". Era firmata "Tian". Prese un fiammifero per bruciarla. Era umido e dovette sfregarlo varie volte prima che si accendesse. L'acre odore di zolfo mi fece balzare il cuore in petto. Tra noi aleggiò un fumo tenue misto a cenere. Non c'era niente di più leggero, eppure quando mi raggiunse, senza volerlo mi scostai.

Dou Sizhong si sedette sul *kang* a gambe incrociate e mi chiese quali istruzioni avevo ricevuto. Gli riportai per filo e per segno le parole di Tian Han. Non commentò, sembrava poco interessato. Portò il discorso su mio suocero, era stato lui a suggerire al Partito di riabilitarlo prima di andare a Dihua. Mi chiese di mio figlio. Drizzai la schiena con orgoglio: "Si è arruolato e combatte insieme al generale Peng Dehuai". Allora mi strinse la mano: "Degno figlio di un eroe". Diciamo le cose come stanno, sapevo che era una frase di circostanza eppure mi salirono le lacrime agli occhi per la commozione.

Cominciavo a essere impaziente, chiesi notizie di Ge Ren. "Zero si trova al borgo di Baibei a Dahuangshan, presto potrai incontrarlo." Come me, era preoccupato per lui e lo rispettava profondamente: "A Yan'an ha rinunciato alle alte cariche e si è impegnato nella traduzione per fornire una base teorica al lavoro rivoluzionario. Un'impresa encomiabile". Tirò fuori dalla tasca una fotografia: "Guarda, la porto sempre con me".

Dopo averla osservata un attimo, me la porse. Ritraeva Ge Ren di profilo davanti a una casa grotta, se non sbaglio l'aveva scattata Edgar Snow, il giornalista americano. Dou Sizhong disse che anni prima aveva letto la sua poesia "Chi sono stato" gli era talmente piaciuta che non se ne separava mai. Mi chiese se la conoscevo. Dissi di sì senza aggiungere altro, a parlare troppo si commettono errori. Prese a declamarla, la voce roca che, a tratti, si levava in un acuto mi ricordò lo stridio del piccone che gratta una parete di roccia. Nella foga della recitazione, di tanto in tanto senza alcun preavviso lanciava le braccia in avanti. Pronunciava *xiaoxi* (ruscello) come *yoshi* (benissimo) la parola che ripetono sempre i giapponesi. Sparava a raffica quei versetti spezzettandoli in sillabe, pensai che se Ge Ren fosse stato presente non l'avrebbe neppure riconosciuta.

& Chi sono stato

La poesia è l'opera più nota di Ge Ren e ne esistono tre versioni. La prima "Fiore di fava" è stata composta in Giappone ma il manoscritto è andato perduto. La seconda "Chi sono stato" è quella declamata da Dou Sizhong, che Ge Ren scrisse in prigione. C'è anche una terza versione, di nuovo intitolata "Fiore di fava", di cui parlerò nella terza sezione del libro.

Kong Fantai, un compagno di prigionia di Ge Ren, nel luglio del 1920 menzionò "Chi sono stato" in un'intervista con il giornalista francese Jacques Ferrand. Kong Fantai era stato arrestato insieme a Ge Ren per aver partecipato alla marcia del 3 giugno e chi conosce i dettagli del Movimento del quattro maggio di sicuro lo ha sentito nominare. Era un giornalista e un discendente di Confucio della settantaquattresima generazione. Quando fu liberato, lo intervistarono numerosi media nazionali e stranieri. Nell'intervista rilasciata a Ferrand rivelò i particolari della sua prigionia. Ferrand inviò tutto alla redazione della celebre rivista *Nuovo Secolo*[40] ma "per ragioni di spazio" pubblicarono soltanto la poesia:

[40] Anche chiamata *Nuova Era*, prima rivista anarchica cinese pubblicata a Parigi dal 1907 al 1910 da Li Yuying, Wu Zhihui and Zhang Jingjiang. Organo della Società del Nuovo Secolo fondata al termine della dinastia Qing da Wu Zhihui e Li Shizeng, il "gruppo di Parigi" degli anarchici cinesi, diffondeva i precetti anarco-sindacalisti e del comunismo anarchico, lo studio dell'esperanto e le teorie di Michail Bakunin e Peter Kropotkin.

Chi sono stato
In quel giorno allo specchio
Un ruscello gorgogliante tra i monti
O il fiore di fava sulle sue buie rive?

Chi sono stato
In quella primavera allo specchio
Un'ape nel suo alveare sull'albero
O l'innamorato che canta ai suoi piedi?

Chi sono stato
In quella vita allo specchio
Una fiammella blu che si agita nella brezza
O la rosa selvatica che sboccia nell'oscurità?

Chi mi ha allertato nel buio
Chi mi ha avvicinato tra la folla
Chi ha fracassato lo specchio
Frantumandomi in mille identità?

L'intervista fu poi inserita nella collezione degli scritti di Jacques Ferrand *L'Entretien infini* (*La conversazione infinita*, pubblicato in cinese come *Wujin de tanhua* dalla casa editrice L'altra sponda). Questo è il brano in cui si parla di Ge Ren:

Ferrand: Signor Kong, ho sentito dire che vi avevano rinchiuso nelle stalle e vi picchiavano.

Kong: No, le stalle della Gendarmeria erano molto comode e a noi non capitò quella fortuna. (Ride) Piuttosto ci stiparono in una cella che aveva le finestre oscurate con la carta. Il primo giorno eravamo in trentadue, ma il giorno seguente ci accorgemmo all'alba che due di noi erano morti. Sentivamo i cavalli sbuffare nel cuore della notte. Se iniziavano a picchiarci partendo dal lato delle stalle, di sicuro sarebbe toccato anche a me. Se invece cominciavano dall'altro lato, quello dell'armeria, prima di raggiungermi si sarebbero già stancati. Per fortuna nelle stalle c'era un gran puzzo e non ci andavano spesso.

F.: Come trascorrevate il tempo?

K.: Tra poesie, canzoni, meditazione, sonno, ah già, e bastonate. (Ride)

F.: Poesie e canzoni?

K.: Sì. In quell'occasione un mio compagno scrisse una bella poesia in cui chiunque può ritrovare se stesso. Se vuoi posso trascriverla per te.

F.: Io sono un ammiratore delle arti. Mi faresti conoscere quel poeta?

K.: Eravamo stati arrestati insieme durante la marcia. Di sicuro lo incontrerai in Francia. Lì c'è già la sua fidanzata e vorrebbe andare a farsi curare. È malato ai polmoni, in prigione spesso sputava sangue. Posso scrivergli che lo vuoi intervistare. È un uomo schivo. Buono questo caffè, forse il migliore che abbia mai bevuto.

F.: Grazie. Dici che è *timido?*

K.: Proprio così.

F.: La timidezza è *indulgenza verso se stessi, un modo per proteggere il segreto dell'individualità.*

K.: No, lui non è un egoista, non tutti i cinesi lo sono. Siamo stati arrestati per aver cercato aiutare gli altri. Avevamo entrambi un lavoro, lui insegnava nella Scuola di medicina e io facevo il giornalista, non ci avevano pagato per marciare.

F.: Signor Kong, intendevo dire che quell'uomo sa proteggere la sua geren *(individualità).*

K.: Come sai che si chiama Ge Ren?

F.: Non lo sapevo. (Ride) Me l'hai appena detto tu senza volerlo. Lo conosco e so anche che la sua fidanzata è Bingying, la figlia di Hu An.

Noi sappiamo che Ge Ren invece poi andò in Unione Sovietica. Grazie a Ferrand, Kong Fantai emigrò in Francia e divenne un seguace di Rousseau. Nella primavera del 1943 tornò in Cina dove incontrò Bingying e Fan Jihuai, che ha fornito la testimonianza raccolta nella terza parte del libro.

@ Sangue dal naso

Mentre Dou Sizhong declamava la poesia, si era fatto giorno. I raggi del sole penetrarono attraverso la grata della finestra illuminandogli il viso. Le orecchie, in contrasto, apparivano di un grigio cupo, e la poesia sembrava provenire da lì. Nonostante il freddo intenso, piccole gocce di sudore gli imperlavano la punta del naso. Di tanto in tanto, un lieve tremito agitava l'angolo delle sue labbra, come se lo avesse punto un insetto. Poi la narice sinistra iniziò a sanguinare.

Mi affrettai a farlo mettere sdraiato. Mentre ero piegato su di lui, entrò Nankai. Dou Sizhong continuava a tremare, nella foga della recitazione. Ora sanguinava anche dalla narice destra. Nankai commentò: "Ha tanti pregi e un solo un difetto: non si riposa mai!". Gli spiegai che non era grave e non doveva preoccuparsi. Serviva qualche lumaca, le avrei bruciate e tritate e la polvere, soffiata nelle narici, avrebbe fermato l'emorragia. Si grattò la testa perplesso, con quel freddo dove trovava le lumache? Riflettei, c'era anche un altro rimedio. Mi chiese qual era, esitai un attimo e risposi: "Sterco di somaro". Cambiò subito espressione. Gli spiegai che a Yan'an lo usavamo anche per quello e Dou Sizhong aggiunse: "Se lo dice il dottor Bai sarà vero". Questo mi commosse. Pensai che il somaro del carrettiere doveva averne prodotto un bel po'.

Infatti trovammo gli escrementi in cortile. Li feci seccare sulla stufa a carbone, poi accesi un fiammifero e li bruciai. Inginocchiato accanto a me, Nankai proteggeva la fiammella. Quando furono ridotti in cenere, si mise a quattro zampe e gli diede una sniffata. Era come l'attendente di Tian Han che, quando preparavo la cura per la sua stitichezza, aveva voluto assaggiarla. Quelli però erano fiori di calendula e di pesco, non sterco di somaro. Nankai ne prese un pizzico e se lo mise in bocca. Gli chiesi se sapeva di pesce. Annuì. Era anche un po' dolce? Annuì di nuovo. Nel dolce c'era un punto di amaro? Tutto vero. "Allora è perfetto." Mi lanciò uno sguardo poi mi lasciò fare. Dissi a Dou Sizhong di sdraiarsi con la testa riversa all'indietro e gli soffiai la polvere nelle narici. L'emorragia si era fermata e Nankai mi ringraziò a suo nome. Gli dissi che dovevamo ringraziare il somaro, una bestia rivoluzionaria.

Diciamo le cose come stanno, dopo quell'episodio Dou Sizhong cambiò atteggiamento nei miei confronti. Ora ero un compagno d'armi e mi offrì una lauta colazione a base di focaccine e testina di pecora. C'erano anche i reni che lui mangiava semicrudi. Non capiva perché Ge Ren avesse deciso di rifugiarsi in quel postaccio e chiese il mio parere. Gli fornii la mia ipotesi come medico, forse voleva curarsi i polmoni con l'umidità e il sole del Sud. "Di sicuro c'è anche qualcos'altro", commentò Dou Sizhong. Aggiunsi che un letterato ha bisogno di tranquillità per scrivere, per questo era andato a Dahuangshan. Non mi aspettavo fosse d'accordo. A quel punto mi ammonì, i suoi scritti erano proprietà della rivoluzione, dovevo portarli via tutti per non lasciare che cadessero in mano nemica. Indurendo l'espressione aggiunse che non era una sua opinione ma una direttiva superiore.

& Coprologia[41]

Se devo essere sincero, la testimonianza di Bai Shengtao mi aveva lasciato alquanto perplesso. Pensai, questo tizio parla sempre di escrementi, deve avere un problema o, perlomeno, pessimi gusti. Quando poi venni a sapere che era un coprologo, capii che era un interesse professionale.

Come abbiamo detto, aveva studiato alla Scuola di medicina di Pechino con il professor Kawada, un esperto della materia. Il professor Yu Chengze, ora relatore di dottorandi presso l'Università di Scienze mediche di Shanghai e all'epoca compagno di classe di Bai Shengtao, ricorda che Bai era lo studente più attento, il beniamino del maestro. Il professor Yu ha pubblicato vari articoli nella rivista *Cento scuole di medicina* e nella colonna "Medici celebri" del numero di maggio 1993, si legge:

Bai Shengtao era più grande di noi ma si era iscritto dopo. Kawada, che aveva studiato alla Scuola di medicina di Sendai ed era stato allievo di Fujino Genkuro insieme a Lu Xun, aveva appena iniziato a fare

---

[41] Lo studio delle feci, utilizzato per diagnosi e terapia delle malattie del tubo gastroenterico. L'urinoterapia era conosciuta e applicata sin dai tempi di Ippocrate (460-377 a.C.), nel mondo moderno tuttavia l'ingestione di feci è considerata una manifestazione patologica associata ad alcune gravi forme di demenza. Nel compendio di materia medica trascritto nel papiro egizio di Ebers (1550 a.C.), tra i vari metodi contraccettivi è descritta la pratica dell'inserimento in vagina di escrementi di coccodrillo mescolati a miele per evitare la gravidanza. Sembra che nel XV secolo i medici assaggiassero le feci del paziente per formulare una diagnosi.

lezione agli studenti del primo anno. Aveva un carattere molto diverso da quello di Lu Xun, al giorno d'oggi lo definiremmo una specie di hippie. Spesso parlava di escrementi, in particolare diceva che quelli dei neonati sono fantastici. In piedi vicino alla cattedra se li rigirava in mano, li appallottolava, li spezzava, li divideva in due. Erano di color giallo chiaro e nella sua mano parevano due piccole pere. Sempre spiegando, lanciava le due pere verso l'alto, le riprendeva, le faceva roteare come un giocoliere. Una volta, ci fece andare vicino per toccarle e annusarle. Con nostra sorpresa, ci incoraggiò a morderne un pezzetto per assaggiarne il sapore e sentirne la consistenza. Alcune delle studentesse, atterrite, indietreggiarono coprendosi la bocca. Allora Kawada diede l'esempio. Se ne rigirava in bocca una pallina come fosse gomma da masticare, tirò anche fuori la lingua per farcela vedere. Il primo che lo imitò fu proprio Bai Shengtao. Era sempre pronto a sacrificarsi in nome della verità. Lui fu anche il primo ad andare in Unione Sovietica e a Yan'an. Non ne avrebbe avuto bisogno perché a Shanghai aveva già il suo ambulatorio privato. Poi persi le sue tracce, forse era caduto per la patria.

Kawada ci spiegò che non lo faceva per metterci in difficoltà, voleva che conoscessimo gli aspetti più segreti della vita dell'uomo. Feci, urina, pus, catarro e sangue, fluido cerebrospinale e pleurico sono manifestazioni biochimiche del corpo umano. Ci permettono di capirne le condizioni fisiche e mentali. Un uomo durante la sua vita emette oltre centomila scuregge e produce più di trenta tonnellate di feci. Qualcuno sbottò in una risata. Kawada commentò che non c'era niente da ridere. Un medico deve sapere queste cose, è come un falegname che deve conoscere le venature del legno su cui sta lavorando. Nei giorni che seguirono, ci insegnò anche aspetti religiosi della materia che, di certo, non avremmo potuto apprendere da un insegnante cinese. Una volta chiese chi di noi credeva in Dio. Nessuno reagì. Allora puntando il dito su Bai Shengtao: "Tu non aiutavi in chiesa?". Scoprimmo così che era stato chierichetto. Kawada ci informò che i medici occidentali erano convinti che le feci hanno proprietà miracolose e l'esperienza lo aveva poi dimostrato: lo sterco di cavallo cura la pleurite, il letame di maiale è emostatico, le feci dell'uomo fluidificano il sangue e cicatrizzano le ferite, lo sterco di somaro è un rimedio contro la diarrea emorragica, il letame di vacca mescolato alla pasta di petali di rosa cura l'epilessia e le convulsioni, specialmente nei bambini. Da lui prendemmo l'abitudine di usare metafore attinenti. Di chi non sapeva gestire le emergenze dicevamo: se hai un cervello di merda, tanto vale usarlo come cesso.

Ora so che Kawada ebbe un ruolo importante nello sviluppo della medicina nel nostro Paese, alla stregua di Norman Bethune e Dwarkanath Kotnis. In questo campo abbiamo fatto passi da gigante, gli escrementi non si utilizzano più come rimedio, nella diagnostica si osservano di rado le feci di un paziente. Ma prima della Liberazione, in un Paese molto povero, arretrato e lacerato dai conflitti, capire, conoscere e utilizzare le feci erano alcune delle competenze essenziali di un medico. Questo dimostra quanto il suo apporto sia stato prezioso.

Torniamo a Bai Shengtao. Dal suo arrivo a Yan'an, lui contribuì alla causa rivoluzionaria curando la stipsi. Durante la Lunga marcia, frutta e verdura erano scarse e il riso era stato sostituito dal miglio. Tra i molti compagni affetti da stitichezza, il più noto era Mao Zedong. Clare Hollingworth, la giornalista celebre per lo scoop sullo scoppio della Seconda Guerra mondiale, scrive in *Mao e gli uomini contro di lui* (Casa editrice del Popolo della provincia dello Henan, 1995)[42]:

La comunità di Yan'an aveva progressivamente sviluppato un proprio modello politico e sociale… Nell'isolamento di quel luogo, episodi di minore rilievo acquisivano un'importanza esagerata. In particolare, le evacuazioni di Mao Zedong erano spesso oggetto di conversazione e ogni volta che avvenivano con successo, tutti si congratulavano con lui. Può sembrare ridicolo ma è innegabile che quello fosse un problema condiviso da molti partecipanti alla Lunga marcia…

Anche Tian Han, come Mao Zedong, ogni volta che portava a compimento un'evacuazione riceveva le felicitazioni

---

[42] Il libro di Clare Hollingworth *Mao e gli uomini contro* (1985) fu ampiamente criticato per la mancanza di fonti e di documentazione. Anche nella *Vita privata del presidente Mao* (1994) scritto dal suo medico Li Zhisui, si legge tuttavia che il presidente era frequentemente costipato e che i movimenti delle sue viscere erano accolti con grande giubilo dal suo staff.

dei compagni. Nel libro *Quattro chiacchiere con Tian Han*, Zhu Xudong ha trascritto il suo racconto. Il medico a cui si riferisce è Bai Shengtao:

All'epoca, riuscire a liberarsi era diventato un obiettivo rivoluzionario. Se ci pensi, compagno Zhu, come si può andare in guerra con quell'ingombro nella pancia? La stitichezza era uno dei nostri acerrimi nemici e ringrazio di tutto cuore il medico che mi aiutò a debellarla. Se ne intendeva sul serio, mi diede da bere una roba che sembrava pasta di sesamo e raggiunse subito lo scopo. Glielo dissi e lui si congratulò con me. Quel rimedio portentoso era a base di semi di campanula e, quando non si trovavano, utilizzava semi di rapa arrostiti. Durante la perquisizione in casa di un latifondista scovammo un mucchio di semi e, da quel momento, affrontammo la battaglia a cuor leggero. Tra noi era diffuso un modo di dire: se vai comodamente al cesso, ti lanci all'attacco e la rivoluzione avrà successo.

Tian Han avrà avuto le sue ragioni per mandare Bai Shengtao a Baibei, c'è tuttavia una premessa che non possiamo ignorare: grazie a Bai, Tian Han e gli altri rivoluzionari avevano debellato la stitichezza. Possiamo quindi affermare che all'epoca il coprologo Bai Shengtao portò a termine una missione di valore storico.

@ Cuore di Buddha

Volevo partire subito ma Dou Sizhong mi trattenne per un paio di giorni. Il mio viaggio non era stato facile, Ge Ren era tisico da molto tempo e non sarebbe certo morto se aspettava ancora un po'. Aggiunse che doveva ospitarmi nel migliore dei modi, altrimenti i suoi superiori gli avrebbero fatto osservazione. Diciamo le cose come stanno, tutte quelle attenzioni mi sorpresero piacevolmente.

Al crepuscolo uscimmo a fare due passi. Un cielo grigio cupo incombeva sulle nostre teste, dal Nord soffiava un vento impetuoso e nell'aria c'era odore di neve e polvere da sparo. Mi chiese quali rapporti esistevano tra Ge Ren e Tian Han. "Una solida amicizia rivoluzionaria." Era vero che si erano conosciuti nella chiesa di Qinggeng? Non sapevo quali fossero le sue intenzioni e rimasi sul vago: "Tian Han ora è ateo".

Disse che eravamo soli e potevo parlare liberamente. Ammisi che si erano conosciuti nell'ospizio per trovatelli della chiesa. Anche a Changshu, il suo paese, ce n'era uno gestito da stranieri. Commentò parlando del reverendo Beal: "Ogni tanto i missionari fanno qualcosa di buono, anche se il loro scopo finale è quello di sopire le nostre coscienze con la religione". Ero grato al sacerdote ma non me la sentii di difenderlo contraddicendo Dou Sizhong. Mi chiese com'era morta la madre di Ge Ren, poi volle sapere di suo nonno. Gli dissi che il vecchio era un oppiomane, era morto lasciando la famiglia in disgrazia e il reverendo Beal aveva accolto Ge Ren nell'ospizio. Dou Sizhong sospirò, il compagno Tian Han glielaveva raccontato. Passò a parlare di Tian Sanhu, il leader del movimento contro le religioni straniere[43]. Con orgoglio mi disse che Tian Han aveva riscontrato una somiglianza tra di loro. Generale, forse non sai che Tian Sanhu era un lontano parente di Tian Han. Era un bandito che si era dato alla macchia formando una banda, come Chao Gai del monte Liang nel romanzo *I briganti*. La lepre non mangia l'erba nei pressi della tana e lui non depredava gli abitanti di Qinggeng. Anzi, diciamo le cose come stanno, li proteggeva contro le angherie di altri farabutti. Però non avrebbe dovuto appiccare fuoco alla chiesa. In ogni caso, fece una brutta fine. Chiang Kai-shek durante la spedizione al Nord gli chiese di entrare nei ranghi del KMT, al suo rifiuto il Generalissimo andò su tutte le furie e lo fece togliere di mezzo. Quando sentii che Dou si paragonava a lui, mi complimentai, anch'io lo vedevo come un secondo Tian Sanhu.

Ero perplesso. Se conosceva le vicende di Ge Ren per filo e per segno, perché mi stava facendo tutte quelle domande? Stava mettendomi alla prova per vedere se aggiungevo colorature? Oh, mamma, avevo forse detto qualcosa di sbagliato? Rabbrividii di paura ma, per nascondere il mio stato d'animo, feci finta di essere intirizzito, mi alitai sulle mani e mi soffiai il naso. Dou Sizhong mi mise sulle spalle la sua giacca imbottita. Non avrei voluto accettare, disse che era un ordine. Se mi fossi ammalato ritardando la partenza, avrei arrecato un grave danno alla rivoluzione. L'obbedienza è più importante della cortesia, accettai. Naturalmente mi tornò in mente che Tian Han aveva fatto lo stesso con la sua giacca, glielo raccontai. "Il comandante ha un cuore di Buddha e tratta i soldati come suoi figli." In realtà si stava riferendo a se stesso. Aggiunse: "Sei stato bollato come trotskista e, invece di ammazzarti a bastonate, ti abbiamo offerto un'occasione per

---

[43] Tra i numerosi assalti contro i seguaci delle religioni straniere si ricordano il massacro di Tianjin (1870), l'incidente di Juye nel giorno di Ognissanti (1897), la rivolta dei Boxer (1900), il massacro della chiesa di Zhengding (1937).

riabilitarti". Mi vennero le lacrime agli occhi. A quel punto cambiò discorso. Mi chiese se conoscevo la faccenda della battaglia di Erligang. Certo che sì. Sospirò, se Ge Ren fosse morto in quel momento sarebbe stato meglio per tutti.

A Hougou spesso mi mollavano sberle sulle orecchie e il mio udito non era più quello di una volta, pensai di aver sentito male. Ma la sua espressione mi fece capire che non mi sbagliavo. Ero terrorizzato, non osavo aprire bocca. Continuò: "Tutti noi, compreso il comandante Tian Han, lo amiamo profondamente e, se fosse morto, potremmo celebrarlo come martire ed eroe popolare. Invece ora, se torna a Yan'an, lo giustizieranno come traditore. Sono convinti che, se nel folto della battaglia non cadi da eroe, allora sei un vigliacco. Nessuno gli toglie dalla testa che se è sopravvissuto deve essere un collaborazionista. Anche se noi non potremmo mai crederlo, è naturale che qualcuno lo pensi. E anche se decidessero di risparmiarlo, lo bolleranno comunque come trotskista e lo espelleranno dai ranghi rivoluzionari. Con un gesto di benevolenza il Partito potrebbe lasciarlo in vita ma, a quel punto, sarà lui a preferire la morte".

Sentii, un'esplosione nel cervello, ero come fulminato. Per non perdermi neanche una parola, drizzavo le orecchie ma continuavo a sentire un ronzio. Quando riacquistai la calma gli chiesi cosa avrei dovuto fare. Ma sapevo già la risposta. Si grattò la testa, disse che era in gran difficoltà, non faceva che pensarci, mangiava male e dormiva peggio. Dopo una lunga riflessione aveva concluso che bisognava eliminarlo di nascosto. Oh, mamma! Era ciò che temevo. Più hai paura degli spettri e più quelli vengono a bussarti alla porta. "Tu sei la persona più adatta, compagno Bai Shengtao, ma se non te la senti, il Partito troverà qualcun altro." Non commentai, chiesi soltanto se non c'era altra soluzione. Poi suggerii: "Potremmo chiedergli di fingersi morto e scomparire per sempre nel silenzio". Sarei partito immediatamente e avrei viaggiato tutta la notte per andare ad avvertirlo. Ma più io cercavo di convincere Dou Shizhong e più lui si mostrava scettico. Era troppo tardi, fonti attendibili l'avevano informato che Ge Ren aveva appena pubblicato un articolo rivelando la sua identità. Generale, diciamo le cose come stanno, questo mi mandò su tutte le furie. Come poteva un uomo scaltro come lui aver commesso una simile fesseria?

Dou Sizhong aggiunse: "Compagno Bai, tutti abbiamo un cuore di Buddha, ma per proteggere la reputazione di un rivoluzionario siamo costretti a ucciderlo. Non pensare a lui come all'uomo che conosci. Ci sono persone che sono state sagge per tutta la vita e, in un momento cruciale, hanno commesso un errore fatale. Anche se continuiamo ad amarli, dobbiamo cancellare le loro tracce, facendoli scomparire in silenzio. Soltanto ragionando in questo modo si riesce a superare il dolore". Era ormai buio e la sua voce mi giungeva attraverso l'oscurità. Mi assicurò che era l'opinione di tutti coloro che lo amavano. Vivere sarebbe stato peggio che morire, la morte lo avrebbe reso immortale quindi quella era la soluzione migliore.

Aveva il tono perentorio del comandante di un plotone di esecuzione. Fiutai l'odore di cuoio della fondina che gli pendeva dalla cintola, era più intenso di quello della neve fuori dalla porta. Un giorno la neve si sarebbe sciolta ma quest'altro odore sarebbe per sempre rimasto fisso nella mia memoria. Se avessi provato a rifiutarmi, mi avrebbe fatto un buco in testa. Generale, quella volta ho capito che il terrore parte dai piedi, non dal cervello. Inizia col gelarti i talloni, si arrampica sui polpacci, arriva all'attaccatura delle cosce, ti attanaglia la cistifellea e continua a salire introducendosi nella spina dorsale e trasformandosi infine in un formicolio alla nuca. Dou Sizhong mi chiese cosa stavo pensando, in fretta risposi: "Allo spirito di assoluta devozione verso gli altri senza una minima ombra di egoismo"[44]. Rimase a fissarmi, come se cercasse sul mio viso qualche segno di cedimento.

---

[44] Dal discorso *In memoria di Norman Bethune* (1939) di Mao Zedong.

Soddisfatto di ciò che vedeva, mi aiutò ad abbottonarmi la giacca e mi diede una pacca sulle spalle: "Non dovrai farlo tu. Considerata l'amicizia che vi unisce e la tua professione di medico, il Partito ha voluto risparmiarti questa difficoltà e non ti chiede di agire di persona".

Ero di nuovo sorpreso, temevo ulteriori complicazioni. Mi spiegò: "Loro hanno pensato a tutto. Come puoi armare di bastone un attore abituato alla lotta con la spada?[45] Se ne occuperà Zhao Yaoqing, lui è un soldato, uccide per mestiere e senza batter ciglio. Il tuo compito sarà quello di comunicargli l'ordine e riportare indietro gli scritti di Ge Ren". Disse che erano beni rivoluzionari, non appartenevano a lui ma al Partito e i nostri superiori volevano leggerli.

Tornando a Longfudian, la cosa che mi preoccupava di più era proprio essere contattato da Aqing (Zhao Yaoqing). Dou Sizhong mi stava trattenendo in attesa che lui si facesse vivo. Ma se l'ordine gli fosse arrivato direttamente non avrebbe più avuto alcun motivo per lasciarmi in vita. È difficile sapere cosa ti riserva il destino, quella volta tuttavia fui fortunato, gli spettri non bussarono alla mia porta e io riuscii a lasciare Zhangjiakou senza incontrare Aqing.

---

[45] Dal saggio *Ricordo per dimenticare* (1933) di Lu Xun.

Riguardo a Dou Sizhong, nonostante il suo ruolo fondamentale nella vicenda di Ge Ren, abbiamo informazioni sommarie. C'è una sua fotografia nell'*Autobiografia di Tian Han*, era a fianco del suo cavallo e ne reggeva le redini. Il viso di Dou sembrava piuttosto corto rispetto al muso dell'animale, un groviglio di baffi e capelli fluenti gli dava un aspetto leonino. La foto era stata scattata a Baoan nel 1936. Zhu Xudong racconta che, quando chiese informazioni a Tian Han, lui gli rispose: "Si chiama Dou, come la protagonista dell'opera *L'ingiustizia subita da Dou E*"[46]. Di lui sappiamo soltanto che era originario di Changshu, nella provincia del Jiangsu.

Forse era stato Tian Han a parlargli del reverendo Beal. Il missionario viveva a Qinggeng e, insieme al reverendo Ellis, scrisse *Maestosità d'Oriente*. Samuel Beal era un uomo di vasta cultura e aveva fatto ricerche su molti argomenti, dai dolci nel *Libro dei morti* dell'antico Egitto ai quattro fiumi del Paradiso nel *Corano*. Aveva anche alcune conoscenze di medicina. Durante la Seconda guerra mondiale, era stato volontario nella Croce Rossa Internazionale insieme a Ellis. La mia prozia lo descrisse così: "Era magro e alto, con piedi enormi. Lo chiamavo 'pioppo svettante'. Era un uomo gentile, dalla voce sottile e delicata, come la brezza che soffia all'ombra degli alberi".

---

[46] Dramma di Guan Hanqing (circa 1210-1300). Nella Cina del XIII secolo, Dou E viene condannata a morte da un sistema giudiziario corrotto per un crimine che non ha commesso.

In questo brano di *Maestosità d'Oriente* si descrive l'infanzia di Ge Ren e di Tian Han. Ge Shangren è il nome di Ge Ren da bambino:

Nel 1898, che per i cinesi era l'anno Wuxu, giunsi Qinggeng. Non era soltanto un monte, ma un territorio delle dimensioni di un piccolo Stato europeo. Quando la dinastia Qing emanò un decreto imperiale con le Direttive sul comportamento dei funzionari locali nei confronti dei missionari stranieri[47], *quelli del posto presero a considerarmi il "governatore straniero del distretto". Prima del mio arrivo, era stato il reverendo Ellis a occuparsi degli affari della chiesa. Era stata costruita nel diciassettesimo anno dell'era Wanli della dinastia Ming, mi fece un'ottima impressione. Ricordo i sentieri di mattonelle, le colonne dai sommoscapi intarsiati e dorati, all'interno c'era un dipinto con la Passione di Cristo e sull'altare una statua della Madonna. Purtroppo tutto questo* è *andato perduto.*

Con il reverendo Ellis fondammo un ospizio per trovatelli e raccogliemmo per prima una neonata abbandonata sulla riva del fiume Ji. Poi venni a sapere che era la gemella di Ge Shangren. Accogliemmo anche lui ormai adolescente. Era un ragazzo sveglio, dagli occhi limpidi come gocce di rugiada. Il suo nome rifletteva il rispetto verso la filosofia cinese: shang *(venerare) compare spesso nei testi confuciani e* ren *(benevolenza) era uno dei precetti del filosofo. Sua madre, una donna molto intelligente, morì giovane. Non molto dopo, anche il nonno se ne andò. In riferimento alla sua morte vorrei citare un episodio. Il vecchio aveva un gatto di nome Mimi, aveva l'abitudine di lucidare la pipa da oppio sul suo manto e di leggere l'ora nei suoi occhi. Gli occhi dei gatti mutano con il trascorrere del tempo. A mezzogiorno, per esempio, le pupille diventano sottili e si allungano in verticale. Il vecchio amava il gatto più del nipote, lasciava che dormisse sulla manica della sua tonaca e, per non disturbarne il sonno, l'avrebbe persino tagliata*[48]. *In Cina però l'amore spesso è causa di*

---

[47] Il decreto promulgato nell'anno 1899 ebbe il risultato di scatenare la Rivolta dei Boxer.

[48] Si riferisce all'omonimo racconto di Ameng di Wu (I secolo d.C.). L'imperatore per non disturbare il sonno del favorito Dong Xian taglia la

disgrazie. Mimi fu vittima di quella sua predilezione. Il vecchio, prima di andarsene, lo ammazzò, ci fece il brodo e se lo bevve. Immagino l'abbia ritenuta la più grande dimostrazione di affetto nei confronti dell'animale e, considerando la propria morte come la fine della Storia, aveva deciso di mangiarsi l'orologio.

Tian Cong era il miglior amico di Ge Shangren. I ragazzi dell'orfanotrofio avevano perso entrambi i genitori, Tian Cong aveva un prozio di nome Tian Sanhu che non aveva voluto prenderlo con sé. Anni dopo, Tian Cong divenne un famoso generale. Aveva cambiato il suo nome in Tian Han, sostituendo cong *(intelligenza) con* han *(sudore). Anche questo dimostrava una profonda conoscenza della filosofia cinese, che valuta di più la perseveranza e il duro lavoro dell'intelligenza. Ricordo che era un ragazzino sveglio, irrequieto e un po' timido. Una volta stavo tornando con Ge Shangren e trovammo i bambini in cortile che giocavano con la sabbia. Una bambina si avvicinò a Ge Shangren e gliene diede una manciata, ai raggi del crepuscolo risplendeva come polvere d'oro. Tian Cong per andare a salutarlo si precipitò giù dalla duna sollevando un polverone, non riuscì a fermarsi, inciampò e si fece un bernoccolo in testa. Quando mi vide, si vergognò e arrossì come una femminuccia.*

Nei miei ricordi, loro due sono spesso associati a inverni innevati. Li trovavo fuori dalla porta a pregare nella bufera, per paura che la coltre di neve li allontanasse ancor di più dai loro cari sepolti sotto terra. Un giorno li portai al cimitero fuori del villaggio e bruciammo carta per i morti. Tian Cong non sapeva dove fossero i suoi, Ge Shangren trovò le tombe di famiglia, si inginocchiò e pianse. Poi il vento cambiò direzione e la neve iniziò a sciogliersi. Li accompagnai di nuovo al cimitero, quella volta pregarono perché i loro cari potessero entrare nel Regno dei cieli. Con noi c'era anche una bambina, era la gemella di Ge Shangren ma loro non lo sapevano. Era triste quanto lui, in silenzio si mordeva le labbra, aveva gli occhi limpidi come acqua di fonte. Era la sua prima volta in quel luogo strano. Io ne ricordo ancora l'ombra e l'umidità, il terreno ricoperto di rami spezzati sotto il peso della neve e di frutti anneriti.

---

manica della veste su cui lui era coricato. L'espressione "tagliare la manica" è così diventata sinonimo di amore omosessuale maschile.

Somigliava alle immagini della Bibbia che mostravo loro, le vecchie liane erano contorte come il bastone di Mosè, inciso con i simboli dell'antico Egitto. Per consolarli dissi che quella somiglianza dimostrava che i loro cari erano in Paradiso.

Per fortuna, io e il reverendo Ellis potevamo consolarci osservando i ragazzi che crescevano. Perché il lavoro di missionari sul monte Qinggeng non era facile come si potrebbe pensare. Per i cinesi il rapporto con la religione era basato sulla poligamia, loro struttura familiare, e adoravano Gesù come fosse una nuova concubina. Per molti di loro, il Regno dei cieli non alloggiava nel cuore ma faceva parte della vita quotidiana, insieme ai dolci, al liquore e al latte. Smisi così di diffondere la religione e passai a insegnare ai bambini la lingua e la grammatica. Per quelle creature adorabili le mie lezioni erano pane per il corpo, acqua limpida in gola e brezza profumata nelle narici e io ero soddisfatto perché sapevo che quello era il vero significato del Paradiso.

Non immaginavo che, proprio in quel momento, sorgessero le difficoltà. Una mossa sbagliata può far perdere la partita, un minuscolo particolare può causare una sciagura. Correndo a piedi nudi sulla sabbia, una bambina sollevò la tempesta che ci costrinse ad andarcene.

La "tempesta", a cui si riferisce il reverendo Beal, è una metafora per il "movimento contro le religioni straniere", di cui aveva parlato Dou Sizhong, nominando Tian Sanhu come uno dei capi. Il reverendo Beal aveva scritto che il bandito era un prozio di Tian Han, in realtà la parentela era molto lontana, oltre i cinque gradi a cui si impone l'osservanza del lutto. E fu una ragazzina a sollevarla con i piedi, che erano al naturale perché nessuno li aveva mai fasciati. La gente li chiamava con disprezzo "le barchette". Nell'ospizio, oltre alla mia prozia, altre quattro o cinque bambine in estate stavano a piedi nudi come i maschi e tutti dicevano: "Guardate che obbrobrio quelle barchette!".

Anche se i bambini avevano perso i genitori, nel clan rimaneva sempre qualche parente. Furono loro a protestare con i missionari: non aver adottato le orfanelle a tempo debito non significava che fossero disposti a sopportare l'inosservanza della tradizione. Il futuro delle bambine era rovinato, ai "governatori stranieri" veniva richiesto un risarcimento e potevano dirsi fortunati per essersela cavata a buon mercato. Dovevano restituirle alla famiglia che avrebbe cercato di rimediare. Quando visitai il monte Qinggeng si raccontavano ancora storie sul "movimento contro le religioni straniere". I parenti contavano di riprendersi le bambine, tenerle a lavorare in casa per alcuni anni e poi maritarle. Con i piedi così grandi non sarebbe stato facile, ma c'era una seconda soluzione: potevano venderle a un bordello di bassa lega, tanto i clienti erano di bocca buona e non gli importava certo delle dimensioni dei piedi.

La gente del luogo protestava per riprendersi le bambine, i "governatori stranieri" si opponevano, la situazione era sempre più tesa e chiamarono Tian Sanhu per fare giustizia. Nelle *Cronache locali di Qinggeng* (1995) viene citato questo brano, tratto dal libro *Al vento dell'Ovest sventola la bandiera rossa* (1968):

Durante il grande movimento patriottico contro le religioni straniere, Tian Sanhu fu un pilastro tra le onde in tumulto. Lui guidò le folle che abbatterono le mura del cortile, frantumarono a sassate le vetrate multicolori e sequestrarono il grano. A quel punto, i missionari imperialisti fuggirono con la coda tra le gambe.

Insieme ai "missionari imperialisti" fuggirono anche il futuro generale Tian Han e quelli che sarebbero diventati l'eroe popolare Ge Ren e Bai Shengtao ovvero "Somarosky". Anche la mia prozia lasciò Qinggeng. Se ne andarono tutti, a parte due bambine che furono riportate a forza in famiglia.

@ Viaggiare in coppia

Il giorno seguente lasciai Zhangjiakou. Prima della mia partenza, Dou Sizhong venne a consegnarmi una lettera, conteneva gli ordini per Aqing. Gli dissi che l'avrei custodita come la luce dei miei occhi, come avrebbe detto il compagno Lenin[49]. Si complimentò con me: se tutti i compagni fossero stati diligenti come me, il KMT sarebbe stato annientato da tempo e i pirati giapponesi già sgominati del tutto. Terminato il mio compito sarei dovuto tornare subito indietro, il popolo aveva bisogno di medici come me. Mandava una persona ad accompagnarmi e prendersi cura di me durante il viaggio. Generale, non immaginavo fosse una giovane donna. Mi disse che si chiamava Xiao Hong, che stava andando a Hankow e quindi facevamo la stessa strada. Per comodità, potevamo fingere di essere marito e moglie, oppure padre e figlia. "Padre e figlia", dissi in fretta. Dou Sizhong scoprì i denti in un sorriso: "L'eccessiva rigidità può farti sprofondare nelle tenebre del soggettivismo. Deciderete sul momento". Beh, alla mia età non avrei potuto che farle da padre.

Quando uscimmo dal negozio Longyu, tirai un sospiro di sollievo. Diciamo le cose come stanno, avevo temuto fino all'ultimo che Dou Sizhong cambiasse idea e mandasse qualcun altro. Un fascio di luce sbucò dalla grata della finestra del Palazzo dei fiori di giada, avevo i nervi a fior di pelle,

---

[49] Dal discorso di Stalin alla morte di Lenin nel 1924. Lenin gli aveva raccomandato di "proteggere l'unità del partito come la luce dei propri occhi".

continuavo a voltarmi per paura di essere seguito. Ma dietro di me non c'era che la mia ombra proiettata sul muro dai lampioni, si allungava massiccia sul terreno. Poi anche quella scomparve. Scorsi un altro bagliore spuntare dalle mura del borgo, o forse veniva da un fortino. Nel cielo terso non era ancora sorta la luna, la Via Lattea scorreva per mille miglia e d'un tratto mi tornò in mente Ge Ren. Chissà se in quel momento, stava anche lui con il naso all'insù a guardare le stelle? Sapeva del compito che mi avevano affidato? Cosa stava pensando? Mi ripromisi di parlare il meno possibile con Xiao Hong. Quando uscimmo dal confine di Chahar dormivamo entrambi, io per finta, lei sul serio. A Beiping si svegliò. Sembrava pratica del luogo, doveva venirci spesso, dopo un lungo giro raggiungemmo la nostra carrozza. Era un treno passeggeri semivuoto perché quasi tutto lo spazio era occupato dalle scorte di emergenza. Come immaginate, erano destinate alle zone colpite dalla carestia nella provincia dello Henan. Da quando il Fiume Giallo aveva rotto gli argini a Huayuankou, le cose erano andate sempre peggio. Certo, molti ritenevano fosse una buona cosa, perché più sei derelitto e più sei disposto a ribellarti. Va bene, lasciamo stare questo discorso. Devo ringraziare Xiao Hong se riuscimmo a salire su quel treno. Sembrava conoscere bene l'ufficiale di guardia. Quando lei voleva fumare, lui le accendeva la sigaretta. Se voleva bere, le porgeva una tazza d'acqua. Mi disse di essere stata lei a regalargli l'accendino, autentica merce americana. Come si chiamava? Non saprei, non me lo disse. Per comodità chiamiamolo "Merce americana". Stava andando a farsi una partita a carte, arrivato alla fine della carrozza tornò indietro e, con un sorrisetto malizioso, ci chiese: "Voi due state insieme?". Non feci in tempo a rispondere che lei gli accarezzò una guancia: "Il mio soldatino è geloso?". Quel gesto fece capire a tutti che tra loro c'era un rapporto speciale. Ottima mossa. Quindi quando Merce americana le serviva il tè, gli altri passeggeri non potevano che rimanere a guardare. Io ero l'unico a fare una figura meschina, di sicuro avranno pensato che non sapevo tenere a bada mia figlia oppure che ero un marito cornuto. Esattamente il risultato che lei voleva ottenere. Mi si sedette in grembo, proprio come una ragazzina che faceva le moine al padre oppure una moglie che voleva rappacificarsi con il marito geloso. Dannazione, decisi che, se me l'avessero chiesto, per dimostrare di essere un vero uomo e non uno che si faceva mettere i piedi in testa, avrei detto che era la mia concubina. Ma senza che nessuno mi chiedesse niente, arrivammo a Xinxiang.

Sulla tratta Beiping-Hankow c'erano spesso incidenti, quindi le luci nella carrozza furono spente molto presto. Reggendo una lanterna, Merce americana venne a chiederci perché non dormivamo ancora. Xiao Hong gli rispose che non aveva sonno. "Non avrai scambiato il giorno per la notte e appena si fa buio ti ringalluzzisci?" Una domanda innocua che però la mandò su tutte le furie: "Ma sentilo, ringalluzzito sarai tu!". Temendo che litigassero mi affrettai a intervenire. Merce americana disse di non essersi affatto arrabbiato, aggiunse però che anche sua nipote Tiemei aveva un caratteraccio, andava trattata con i guanti e, per una parola fuori posto, ti aggrediva come una furia. Pensai, accidenti, stavolta Xiao Hong non gliela perdona. Invece lei scoppiò a ridere: "Guarda che colorito giallastro, come sei sciupato, di sicuro hai fatto un mucchio di stravizi. Finirai come quel debosciato di Jia Rui nel *Sogno della Camera rossa*"[50]. "Mia signora, ebbene sì lo ammetto, sono quelle come te che mi rovinano."

Era un'ovvia allusione. Vuoi vedere che anche Xiao Hong veniva dal Palazzo dei fiori di giada? Fu lei stessa a dirmi di aver fatto il mestiere: "Prima o poi verresti a saperlo, tanto vale che te lo racconti io. Non c'è mica niente di male". Era originaria di Hankow, aveva studiato l'opera di Pechino in una

---

[50] Scritto da Cao Xueqin e pubblicato nel 1792, è uno dei quattro romanzi classici cinesi e racconta le vicissitudini di una famiglia aristocratica durante la dinastia Ming. Il lascivo Jia Rui è ossessionato da Wang Xifeng e muore vittima della sua passione per lei.

troupe di Beiping, le sue eccellenti interpretazioni le avevano procurato molti spasimanti tra gli ufficiali e i personaggi importanti del pubblico. Giovane e sprovveduta, li aveva ignorati per innamorarsi di un bellimbusto che commerciava in auto straniere ed era diventata la sua concubina. Nei giorni buoni era il suo tesoro, se gli veniva a noia la trattava da puttana e, nel peggiore dei casi, le metteva le mani addosso e la sbatteva contro il muro. Quando sarebbero finiti quei giorni amari? Poi un giorno la ditta di lui andò fallita e lei credette di essersene liberata, ma quel bastardo dall'anima nera la vendette a un bordello di Tianjin. "Le donne attraenti sono destinate a soffrire", disse con gli occhi umidi. "Alla fine però ho incontrato un gentiluomo che mi ha salvata da quell'abisso di fiamme." Si trattava di Nankai, le aveva spiegato che tutti possono sbagliare, che bisogna sempre guardare in avanti e, anche se il cammino è difficile, in fondo al tunnel c'è sempre una luce. Poi il Partito l'aveva fatta curare, altrimenti la sua bellezza sarebbe appassita da tempo. A Zhangjiakou ora si occupava di fare qualche lavoretto nel negozio. Le chiesi se conosceva le donne del Palazzo dei fiori di giada, esitò un attimo poi ammise che le facevano una gran pena e, quando aveva tempo, andava a insegnar loro l'opera. Se si impara un'arte ci si può sempre riscattare.

Generale, sapevo di non poter credere ciecamente alle sue parole. Sospettavo avesse un'altra missione. Prendendola alla lontana, le chiesi cosa andava a fare a Hankow. La sua risposta fu ineccepibile: dopo tanti anni voleva tornare a dare un'occhiata. Mi informai se a casa aveva ancora qualcuno, con le lacrime agli occhi disse che i suoi erano morti da tempo. Voleva visitare una sua "sorella d'arte", quella che l'aveva portata a Beiping ed era stata per lei come un padre e una madre. Era una splendida donna, un'ottima attrice e sapeva comporre rime. Ma, per quanto fosse perfetta sotto ogni aspetto, non aveva avuto fortuna, Xiao Hong aveva appena saputo che aveva divorziato. Fino a ora non le avevano permesso di partire perché le strade non erano sicure.

Ma, a forza di disperarsi, era riuscita a convincerli, il Partito le aveva promesso che se qualcuno andava al Sud avrebbe potuto accompagnarlo. Ora ero diventato la sua guardia del corpo? Poi aggiunse una frase che apprezzai particolarmente: le avevano dato istruzioni di aspettarmi a Hankow per tornare insieme a Zhangjiakou. Aveva sempre sognato di andare a Yan'an, sapeva che anche Jiang Qing, la compagna di Mao Zedong, era stata un'attrice e che lì si trovava perfettamente a suo agio. Avrebbe invitato anche sua sorella ad andare.

Per un attimo mi venne il sospetto che la sorella a cui si riferiva fosse Bingying e che la stava raggiungendo per prendere informazioni, ma poi cambiai idea. Bingying era originaria di Hangzhou e non potevano aver studiato insieme. Dopo quel lungo racconto sembrava stanca, poggiò la testa sulla mia spalla. Aveva un buon profumo, le chiesi di che marca era quella crema detergente. Ormai aveva preso confidenza e mi parlò senza remore, dopo tutto era un'attrice: "Ehi, hai l'aria di uno straniero dai gusti sofisticati, non credevo fossi un tale bifolco!". Ma che crema detergente! Era il famoso burro idratante Feisheng[51], l'ultimo grido tra le dive del cinema. E se lo usava Butterfly Wu, doveva averlo anche lei. Non mi credi, generale? Beh, disse proprio così. Mi informò che lo importava in Cina l'agente svizzero Siber Hegner & Co. e con un regalo simile avrei conquistato il cuore di qualsiasi ragazza. Disse anche che, quando lo usava, tutti gli uomini le ronzavano intorno. "Pensi che lo faranno anche a Yan'an?" le chiesi. Rimase interdetta: "Certo, chi non vorrebbe una donna calda e profumata sotto le coperte?". Non avevo esperienza, a Yan'an nel mio letto non c'erano mai state donne. "Lasciamo stare Yan'an e parliamo dell'Unione Sovietica. Ho sentito dire che la usano anche le giumente russe."

[51] Crema di bellezza prodotta nel 1936 in Germania. Il nome Feisheng è probabilmente una traslitterazione della parola "fashion".

& Orme d'anatra sulla neve infangata

Il vero nome di Xiao Hong era Hong Yan, "anatra selvatica". In seguito divenne una celebre attrice di opera di Pechino, con il nome d'arte di Xiao Hongnü, Donnina rossa. Nel 1998 pubblicò *Orme d'anatra sulla neve infangata*, una raccolta dei suoi discorsi presso gli Istituti d'arte e in occasione di convegni. Dopo un'accurata lettura, nel brano "Coraggio d'artista" trovai una menzione del viaggio a Hankow che, anche se in modo ambiguo, getta luce sulla vicenda:

...Come dicevo, i tre giorni di convegno sono stati molto proficui per tutti. Questa è un'ottima cosa e vi faccio le mie congratulazioni. (applausi) Avete davanti a voi una veterana, sono sempre stata in prima linea nella battaglia per la cultura e rievocando il passato ho emozioni contrastanti. Molti compagni sanno che bisogna opporsi alla "sinistra" e alla destra, ma ancor più alla "sinistra"[52]*. Sappiate che il deviazionismo "di sinistra" può essere letale in qualsiasi momento. (applausi) Prima della Liberazione, per poco non commisi anch'io quell'errore. Mi avevano chiesto di affiancare qualcuno che andava al Sud per eliminare un compagno che aveva sbagliato. Pensai: "Perché vogliono uccidere qualcuno che è andato in Unione Sovietica alla ricerca di verità per la salvezza del popolo e del Paese, e ha partecipato alla Lunga marcia? Sicuramente Wang Ming e gli altri hanno cattive intenzioni. Non ci vado". Certo, in quella situazione ci voleva tatto, non potevo vuotare il sacco precipitosamente "come si fa con i fagioli da un barattolo di bambù", dissi al mio superiore: "Non che*

---

[52] Dal discorso *Opporre tendenze ideologiche sbagliate* (1981) di Deng Xiaoping.

abbia problemi ad andare, ma temo di non riuscire nell'impresa. Se volete utilizzare al meglio le compagne dovete assegnar loro compiti adeguati alle loro capacità". Allora lui, che rimaneva una persona ragionevole anche se sotto l'erroneo influsso del deviazionismo "di sinistra"[53] *di Wang Ming, mi mandò a Wuhan con un'altra missione, sulla quale in questa sede non mi esprimerò. Anche lì rischiai di commettere un errore, per fortuna me ne accorsi in tempo, altrimenti me ne sarei pentita per tutta la vita. Di cosa si tratta non sto qui a parlarne, il tempo di tutti* è *prezioso e quindi non mi dilungo. Vale la pena di considerare ogni esperienza, dalle lezioni si può sempre imparare…*

Seppur con le sue ambiguità, il brano in questione dimostra che Donnina rossa era pienamente a conoscenza della missione di Bai Shengtao a Dahuangshan. Ma lei cosa stava andando a fare a Wuhan?

[53] Dal discorso *Criticare le opinioni deviazioniste di destra che si discostano dalla linea generale* (1953) di Mao Zedong.

@ Il precedente lungo viaggio

Tutte le donne russe sono giumente? Stavo per scoppiarle a ridere in faccia. Di certo non avrei mai saputo se usavano o meno la crema Feisheng, perché quando ero lì non le avevo toccate, mi ero conservato puro come giada. Quando lei nominò l'Unione Sovietica, ebbi un tuffo al cuore. Da splendida commediante qual era, quando ci eravamo incontrati aveva finto di ignorare chi fossi. Ora però aveva scoperto le carte, di certo sapeva tutto di me, anche che mi chiamavano Somarovsky.

Dopo essersi riposata, andò a cercare Merce americana. Rimasto solo, mi misi a riflettere sul fatto che la Storia è sempre pronta a prendersi gioco di noi, come una puttana con i suoi spasimanti. Avevo fatto il mio primo lungo viaggio in compagnia di Ge Ren e ora, in questa seconda occasione, stavo tornando da lui. Quella volta ero andato a Nord per aiutarlo e ora mi dirigevo al Sud per ucciderlo. La prima volta a cui mi riferisco era il nostro viaggio in Unione Sovietica. Quando Ge Ren uscì dalla prigione, sarebbe voluto andare in Francia a cercare Bingying ma non aveva l'indirizzo. Lei lo aveva lasciato a quell'ubriacone di Kawada che se l'era perso in una rissa, quando qualcuno gli aveva strappato il vestito. Ge Ren allora era andato a Hangzhou per chiederlo al padre di lei, ma non lo trovò perché era partito per una lunga vacanza. Per quale motivo non era tornato a insegnare alla Scuola di medicina di Pechino?[54] Beh, ci aveva anche pensato ma sapeva che non sarebbe stato possibile. Era

[54] Creata nel 1898 durante la Riforma dei cento giorni, riaperta nel 1903 come Clinica Medica dell'Università Imperiale, nel 1912 divenne la

appena uscito di prigione, di sicuro volevano che stesse alla larga e non l'avrebbero mai ripreso a lavorare.

Generale, devi sapere che allo scoppio della Rivoluzione russa, molti intellettuali sarebbero voluti partire e per questo si erano messi a studiare la lingua. Così facemmo anche io e Ge Ren. Quando lui insegnava ancora alla Scuola di medicina, aveva preso a frequentare l'Accademia di formazione per la lingua russa[55] che si trovava al numero civico 10 del vicolo Dongzongbu (ora è il numero 23). L'interesse per la rivoluzione era affiancato da quello per la letteratura. Adorava le traduzioni di Tolstoj fatte da Qu Qiubai. Gli piacevano anche le poesie di Pushkin, diceva che gli ricordavano i dipinti che sua madre faceva da giovane, con splendidi monti e limpide acque. In quel momento, però, non aveva ancora deciso di partire. Generale, probabilmente non lo avrebbe mai fatto se non fosse stato per le insistenze di Huang Jishi. Sì, proprio il fondatore del *Molo di Shanghai*. Un giorno andò a trovare Ge Ren, gli erano piaciute le sue poesie pubblicate sulla rivista *Nuovo Secolo* e voleva invitarlo a collaborare. Quella volta Ge Ren gli disse che le scriveva per piacere personale e non aveva intenzione di pubblicarne altre. Huang Jishi se ne andò, un po' deluso. Pensavamo che non sarebbe più tornato, invece dopo qualche giorno si rifece vivo. Disse che al giornale serviva un giovane scrittore dalla sensibilità poetica, per raccontare la situazione sociale in Russia dopo la rivoluzione dei bolscevichi. Ovviamente si era informato. "Devi introdurti nella tana della tigre per catturare il cucciolo. So che ami la

---

Scuola di Medicina di Pechino e negli anni '30 fu annessa all'Università di Pechino come Istituto Universitario di Medicina.

[55] Fondata nel 1899 come Scuola di lingua russa della Ferrovia Orientale Cinese (CER), linea a binario unico e collegamento diretto con la ferrovia Transiberiana che dalla città di Čita, attraversava l'interno settentrionale della Manciuria e raggiungeva il porto di Vladivostok a est e Port Arthur a sud. A partire dal 1917 l'Accademia ebbe tra i suoi allievi Qu Qiubai e Geng Jizhi, traduttore dei *Fratelli Karamazov* e altri capolavori russi.

letteratura russa, in questo modo potrai familiarizzarti con la sua ricchezza." Ge Ren continuava a fare resistenza: "Se ti piacciono le uova, non hai bisogno di conoscere la gallina". Poi però Huang Jishi pronunciò la frase magica. Sventolandogli una mazzetta di banconote davanti agli occhi, chiese: "Non vorresti andare in Francia a cercare Bingying? Come pensi di mantenerti durante un viaggio così lungo? Il giornale paga bene e quando avrai racimolato abbastanza potrai andare da lei". E così lo convinse.

Diciamo le cose come stanno, all'epoca non sapevamo che Huang Jishi fosse amico di Zong Bu, e che Zong Bu manovrava il giornale dietro le quinte e probabilmente era stata una sua idea spedire Ge Ren in Russia. Zong Bu era un personaggio misterioso che, come il mitico drago delle leggende, se mostra la testa non ti fa vedere la coda, lui non si palesava mai per intero. Amore e odio sono sempre motivati. Qual era il suo piano? Perché quel contributo in denaro? Quando poi scoprii che aveva avuto una relazione con Bingying sospettai che fosse stata una manovra per tenere Ge Ren lontano dalla Francia. Huang Jishi avrà quindi avuto il compito di toglierlo di mezzo spedendolo nelle steppe ghiacciate della Russia?

Il giornale avrebbe coperto le spese di un assistente e Ge Ren mi invitò ad accompagnarlo per continuare i miei studi. Volevo parlarne con la mia fidanzata. Lei si preoccupava che non avrei mangiato abbastanza. Quando la rassicurai, esclamò: "Ma allora è una fortuna insperata! Devi assolutamente andare". Poi scoppiò a piangere. Andavo dove "il cielo è alto e l'imperatore è lontano", temeva che l'avrei abbandonata. "Per chi mi prendi? Pensi sia privo di coscienza?" Per dimostrarle che si sbagliava, prima di partire la sposai. Eh, aveva ragione Dou Sizhong, i rivoluzionari devono essere spinti dalla fede, non dalla coscienza. Infatti fu proprio quella a farla morire giovane, perché si struggeva continuando a pensare a me. Se l'avessi allontanata, non sarebbe successo. Beh, lasciamo stare.

Prima prendemmo un treno in direzione di Mukden (l'odierna Shenyang), nei pressi di Shanhaiguan scorgemmo l'oceano in lontananza. Era la prima volta che vedevo una spiaggia. Era candida, ammantata di neve. All'alba il sole sorse dalle acque come un'enorme sfera di fuoco. Un piroscafo solcava le onde lasciandosi dietro una scia di fumo nero. Ge Ren mi disse: "Lo senti? È il profumo del mare, della salsedine, della libertà". Era sopraffatto dall'emozione. Quando entrammo nella stazione di Mukden era ormai sera, la piattaforma pullulava di "tigrotti dalle gambe corte" giapponesi, ma di facchini cinesi neanche l'ombra. Sembrava che avessimo già ceduto la Manciuria al Giappone. Per fortuna Ge Ren parlava la loro lingua e riuscimmo a farci trasportare le valigie. Ge Ren era lì per incontrare Kawada, il nostro insegnante della Scuola di medicina che stava per tornare in patria. Vuoi che ti parli di lui? Avevamo il suo indirizzo e arrivammo mentre rincasava. Indossava una gonna e stava sottobraccio a una donna che portava un paio di pantaloni da uomo con la patta aperta. Era ubriaco fradicio e spostava i piedi con difficoltà, come se fosse immerso nell'acqua fino alle ginocchia. Ci riconobbe ed esclamò: "Quanto sono felice! Felice come un somaro". Cosa? Kawada non poteva conoscere i somari? Ah, forse ricordo male. Avrà detto "felice come una bestia". Generale, ma poi perché non avrebbe dovuto sapere cos'era un somaro? In Giappone non ci sono? Dopo tutto quel tempo passato in Cina, come avrebbe fatto a non conoscerli?

Va bene, vado avanti. Diciamo le cose come stanno, il giorno seguente Kawada volle per forza accompagnarci a Hsingking (l'odierna Changchun), ogni volta che il treno faceva una curva lui metteva la testa fuori dal finestrino, adorava quello stridore metallico. Se Mukden era invasa dai tigrotti dalle gambe corte, Hsingking invece pullulava di destrieri occidentali. C'erano russi dappertutto. Kawada era affascinato dalle icone greco-ortodosse e dai colbacchi dei carrettieri. Quando la neve iniziò a fioccare ricoprendo il colbacco che aveva appena acquistato, lui scoppiò in una gran risata. Alla Scuola di medicina era spesso stato ubriaco, ora sembrava perennemente in preda ai fumi dell'alcol, come se non volesse mai riprendere conoscenza. Si mise a strillare che voleva venire a Mosca con noi. Ge Ren fu costretto a promettergli che, non appena ci fossimo sistemati, avremmo mandato un telegramma. In realtà poi perdemmo le sue tracce.

Xiao Hong tornò con un *mantou* al vapore e una ciotola di zuppa di verdure. Esclamai di proposito: "Ottima questa zuppa, mi ricorda il borscht. Eh, manca solo la *kasha*, il porridge di grano saraceno!". Mentre lo dicevo, stavo osservando la sua reazione. Lei accennò un sorriso. Ovviamente sapeva tutto di me. C'è una storia su "*kasha* e borscht". Appena arrivati a Yan'an noi intellettuali non eravamo visti di buon occhio. Io mi vantavo di essere stato nel "cuore della rivoluzione" e non facevo che sbandierare il mio viaggio in Russia. Se qualcuno diceva che c'era troppa acqua nella pappa di riso, commentavo che borscht e *kasha* erano molto brodosi e, se in cielo c'era la luna, si sarebbe riflessa nella ciotola. In quel modo li azzittivo. Ge Ren era un personaggio celebre e, per farmi bello, spesso citavo il suo nome e la nostra amicizia. Rigirando i bastoncini nella ciotola, dicevo: "Mangiando borscht e *kasha*, Ge Ren ha tradotto *Stato e Rivoluzione* di Lenin. Che avete concluso invece voi, che vi nutrite di pappa di miglio e brodo di zucca?". Quasi gli veniva un colpo apoplettico dalla rabbia, ma non potevano farmi niente. Un giorno una donna venne a farsi visitare, si vergognava, balbettava e non riusciva a spiegarmi qual era il suo problema. Capii che era affetta da leucorrea. Era un'intellettuale e aveva studiato in Francia, ma quello purtroppo non era il cuore della rivoluzione e lei era invidiosa delle mie esperienze. Siccome era arrivata a Yan'an un anno prima di me, si sentiva una veterana. Le dissi apposta: "Se fossimo in Russia, ogni giorno potresti mangiare la *kasha* che regola il flusso del *qi* e dilata l'intestino, ed è efficace contro gonorrea e leucorrea". Lei arrossì: "Il grano saraceno c'è anche in Cina". Era vero ma non le diedi soddisfazione. Quando mi bollarono come Somarovsky, "borscht e *kasha*" divennero il loro modo per prendersi gioco di me. Lo facevano anche i carcerieri a Hougou. Mentre mangiavo pappa di miglio, battevano i bastoncini sulla mia ciotola come se fosse la mangiatoia del cane: "Ehi, cosa mangi con tanto gusto?". Non potevo rispondere "pappa di miglio", dovevo dire "*kasha*" e loro si sganasciavano dalle risate. Dandosi pacche sulla schiena l'un l'altro, esclamavano: "Che ridere! Somarovsky non riconosce nemmeno la pappa di miglio". No, ormai non mi arrabbiavo più. Una volta Ge Ren mi aveva detto, ogni sventura degli altri è anche la tua. Quando fui a Hougou capii che si sbagliava: spesso una tua disgrazia è una fortuna per gli altri. Sono contenti se qualcun altro se la passa peggio di loro.

Sapendo che Xiao Hong conosceva quella storia, aggiunsi qualche dettaglio. In Russia *kasha* e borscht sono un pasto fisso, alimenti a buon mercato che saziano facilmente. E se non eri proprio sazio, per lo meno ti eri riempito la pancia di brodo. D'un tratto, mi tornò in mente Ge Ren che lavorava di notte, rimaneva sveglio fino a tardi a scrivere o tradurre. Se gli veniva fame, mangiava un pezzo di pane di segale e una ciotola di *kasha*. Non scriveva poesie, ma reportage di viaggio, oppure faceva ricerche sulla romanizzazione dei caratteri, aveva anche tradotto molte opere. Oramai parlava la lingua correntemente, si era anche trovato un nome russo: Melancovsky. Traduceva romanzi di Tolstoi e di Pushkin, discorsi di Trotsky e di Lenin. Mi piaceva leggere i suoi diari di viaggio perché parlavano dei luoghi che avevo visitato. Generale, i suoi racconti ti davano il piacere di una fresca serata a contatto della natura, c'era una tale quiete che ti pareva di udire le tortore che si riassettano le piume. Gli altri osservavano i problemi dall'alto, lui guardava il mondo nei dettagli. Loro vedevano il fuoco, lui le scintille che schizzavano tra le fiamme. Scriveva di piccole cose, foglie che si risvegliano alla rugiada del mattino, si sdilinquiscono nel torrido meriggio, affrontano solenni gli ultimi raggi del tramonto. No, non l'ho detto io, sono parole sue. Nei Patriarshiye Prudy, gli Stagni del Patriarca che ora chiamano Stagni dei Giovani pionieri, c'era un laghetto come quello di Qinggeng e noi ci andavamo spesso. Nel saggio *Gli Stagni del Patriarca* lui descrisse le increspature sull'acqua, soffici come i capelli della Vergine Maria. Visitando le chiese, ci sembrava di tornare all'infanzia. Le loro architetture finissime parevano fatte di merletto e, quando entravi, abbassavi istintivamente la voce in un sussurro. Aveva anche descritto le carrozze che sfrecciavano davanti all'ingresso. Quando avevo lasciato Yan'an sul carretto tirato dal somaro mi era tornata in mente una di quelle scene. Una nobildonna in carrozza indossava un abito lussuoso che le lasciava scoperte le spalle, era seduta però in maniera leggermente scomposta, come se non avesse ancora imparato le regole del galateo. Ge Ren immaginò che fosse la moglie di un ufficiale bolscevico appena arrivata da una cittadina della Georgia o dell'Ucraina. Forse con il tempo sarebbe riuscita anche lei a sembrare una vera signora. Difficile a dirsi però, perché avrebbe potuto essere scalzata da una delle amanti del marito, oppure se lui veniva giustiziato per qualche motivo, ritrovarsi suo malgrado in prigione.

Diciamo le cose come stanno, da quando Dou Sizhong mi aveva detto che avrebbero potuto bollare Ge Ren come trotskista, non facevo che pensare ai suoi rapporti con Trotsky. Come giornalista lo aveva incontrato varie volte, ma non lo aveva mai sopportato. Sapevo per certo che, all'inizio, non gli aveva fatto una grande impressione, anche se poi aveva affermato che lui sapeva considerare i problemi nel complesso ed era un uomo di valore. Una volta mi disse che gli sembrava uno psicopatico, anche quando non parlava i muscoli del viso gli si contraevano in modo spasmodico, come se un nugolo di vespe gli avesse fatto il nido sotto la pelle. I suoi baffi folti e spessi gli ricordavano una spazzola da scarpe, specialmente quando la faccia si muoveva in quel modo. Mi aveva anche descritto un discorso di Lenin nella sala Sant'Andrea del Cremlino. Si dava un mucchio di arie e per sfoggiare la sua erudizione alternava tedesco, francese e russo. Alla luce delle lampade, la sua ombra era più imponente della pagoda di Yan'an (a quel tempo Ge Ren non ci era ancora andato, quindi il paragone dev'essere di Bai Shengtao) e si proiettava al centro della scritta "Proletari di tutto il mondo, unitevi!". Quei suoi contatti con

Lenin resero Ge Ren un esperto in studi marxisti e leninisti. Nello Shaanxi settentrionale c'è un detto: "puoi non aver mangiato il maiale, ma di certo l'hai visto correre". Nelle terre di confine, erano in pochi a essere andati in Unione Sovietica o ad aver conosciuto Lenin. Ge Ren spiccava tra loro come una cicogna nel pollaio, lui il maiale non solo l'aveva visto correre ma l'aveva anche assaggiato.

No, non ero mica scemo. Quando eravamo in viaggio parlai solo della *kasha* e del borscht, niente Ge Ren, Lenin o Trotsky. Più si parla e più si sbaglia, e io non avevo intenzione di essere punito un'altra volta. Xiao Hong continuava a farmi domande, pensai, la ragazzina vuole attirare il serpente fuori dalla tana[56]. Si può anche parlare ma bisogna scegliere con cura gli argomenti. I teatranti non hanno cuore e le sgualdrine sono senza onore, se avesse deciso di tradirmi, sarebbe stata la mia fine. Era un pensiero che mi atterriva, e mi deprimeva al tempo stesso. Ge Ren aveva scelto bene il suo nomignolo, di recente io sono spesso malinconico, forse dovrei chiamarmi Melancovsky anch'io.

---

[56] Dal discorso *Attirare il serpente fuori dalla tana* (1964) di Mao Zedong.

& Melancovsky

Bai Shengtao ha detto che Ge Ren mandava i suoi articoli su Trotsky al *Molo di Shanghai* ma non sono riuscito a trovarne neppure uno. Che siano stati bruciati insieme agli altri manoscritti? Gli scritti di un uomo spesso ne condividono il destino.

La vita di Ge Ren in Unione Sovietica è stata descritta nel saggio di Kong Fantai *Russia in un giorno d'inverno*, citato in *L'Entretien infini* di Jacques Ferrand. Qui si conferma che aveva preso il nome di Melancovsky:

Ero appena giunto in Francia quando ricevetti una lettera di Ge Ren, mi chiedeva l'indirizzo di Bingying e mi invitava a raggiungerlo in Russia. Desideravo farlo da quando avevo sentito il richiamo della rivoluzione. Presi il treno, poi un'auto e giunsi a Berlino. C'erano due percorsi per arrivare a Mosca: via terra attraverso Polonia e Lituania, oppure via mare, con una nave da Stettin, in Pomerania, fino a Petrograd e poi da lì in treno si raggiungeva la capitale rossa. A Berlino sul fiume Spree, dopo il passaggio della nave rompighiaccio, osservai alcuni uccelli appollaiati sui lastroni di ghiaccio che sbattevano alzando spruzzi. Mi sembrò di scorgere le nostre ombre: io e Ge Ren senza un ramo su cui posarci, costretti a galleggiare sul ghiaccio semovente. Per arrivare prima, decisi di andare via terra.

...Presi alloggio nell'Università comunista dei lavoratori dell'Est. Gli altri studenti mi dissero che non vedevano Ge Ren da giorni, avevano sentito dire che era ricoverato al Sanatorio Gory Vysokie[57]*. Bai Shengtao*

[57] Ospedale specializzato nella terapia della tubercolosi, nel 1921 vi fu ricoverato Qu Qiubai.

lo aveva accompagnato per prendersi cura di lui e continuare a studiare medicina. Il giorno seguente stavo per raggiungerlo ma fu lui a venire da me. Era vestito nella foggia locale, con stivali di feltro, un cappello a tesa larga e occhiali a pince-nez in equilibrio sul naso. Sembrava andare di fretta, un'estremità della sciarpa sciolta gli strusciava a terra. Sulle prime non lo riconobbi. Per completare la messinscena, mi chiese in russo se conoscevo Confumov. Era coperto di neve della testa ai piedi, mi ricordò un messaggero degli dei circondato da nubi di buon auspicio. Si tolse il cappello e vidi che era lui. Finalmente ci eravamo riuniti e mi aveva fatto dono di un nome russo, Confumov. La maggior parte dei cinesi aveva nomi in lingua locale. Chen Yannian si chiamava Sukhanov e suo fratello Chen Qiaonian era Krasin. Zhang Shiyan aveva il nome più semplice: Radin. Anche Bai Shengtao aveva un nome russo, si chiamava Galombik. Ge Ren aveva scelto per sé Melancovsky. Ogni giorno era afflitto da malinconie e indecisioni, e quel nome era un monito per spingerlo a migliorare. Confumov mi ricordava che ero un discendente di Confucio.

Ge Ren aveva molti conoscenti in Russia ma pochi amici. Il più caro era uno zoppo di nome Alexandrovich, noi lo chiamavamo Alexander. Era stato un bolscevico, era un orientalista, sapeva il cinese ma non lo parlava molto bene. Mi sorprese con la sua conoscenza dell'esperanto. La prima volta che ci incontrammo mi chiese: "Cu vi parolas esperanto?"[58]*. Era claudicante perché in guerra era stato ferito a una gamba. Aveva conosciuto Ge Ren il giorno della Festa di mezzo autunno e lui gli aveva fatto assaggiare per la prima volta le torte di luna, di cui fino ad allora aveva letto soltanto nei libri. Voleva portarci a visitare la Collina dei passeri, dove Napoleone era stato testimone dell'incendio di Mosca. Ma Ge Ren aveva la febbre e Galombik (Bai Shengtao) si era opposto. Alcuni*

---

[58] Il movimento esperantista nacque nel 1887 con il nome Doktoro Esperanto (Colui che spera), fu introdotto in Cina a partire dal 1905 insieme ad altre discipline e pratiche occidentali. Gli anarchici cinesi in Giappone, Francia e Cina discussero a lungo sull'adozione dell'esperanto come lingua nazionale in riviste come *Nuova Gioventù* di Chen Duxiu. Nel 1912 l'anarchico Liu Shifu (1884-1915) fondò la Società dei galli che cantano al buio a Guangzhou dove iniziò la diffusione degli ideali anarchici e l'insegnamento dell'esperanto.

giorni dopo, Alexander trovò una carrozza per andare a Jasnaja Poljana[59] *Aveva preparato pane di segale e* kasha *e, con nostra sorpresa, c'erano anche bonbon e una bottiglia di vodka. Ci accompagnava anche sua sorella Nadja, che correggeva la pronuncia di Ge Ren, dicendo che parlava con l'accento di un lituano. Era una ragazza deliziosa, amava cantare e recitare poesie di Pushkin. Galombik mi disse che quell'estate suo fratello l'aveva mandata da loro con un'anguria. Quando Ge Ren l'aveva invitata a prenderne un po', arrossendo aveva detto di averla appena mangiata. Ma poi vedendo come l'assaggiava a piccoli morsi, capirono che era la prima volta. Poi scoprimmo che era innamorata di Ge Ren. La gita a Jasnaja Poljana era stata una sua idea, aveva detto a Ge Ren: "Il tuo amico è appena arrivato, dovresti portarlo un po' in giro".*

...Partimmo prima dell'alba e, verso mezzodì, eravamo a Tula. Nadja ci spiegò che significava "posto di blocco". Era qui che gli abitanti di Mosca, durante le invasioni tartare, avevano innalzato barricate, incendiandole poi per bloccare il nemico. D'un tratto il nostro cavallo iniziò a scartare rifiutandosi di andare avanti, si mise a raspare con lo zoccolo a terra e mollò una scarica di escrementi. Una banda di uomini a cavallo sbucò da un boschetto di sorbi e pini facendo schizzare verso l'alto gli aghi coperti di neve. Il fratello di Nadja schioccò la frusta e provò a fare dietrofront, ma il cavallo non si muoveva. Ci disse allora di scendere subito dalla carrozza e rimanere immobili con le braccia lungo i fianchi. Saranno stati sette o otto, coperti di stracci. Il più anziano, che sembrava il loro capo, fece cenno ai suoi uomini di far rinculare i cavalli per spingerci l'uno contro l'altro. Rimanendo in sella, ci fece un discorso sorprendente. Disse che la Rivoluzione era stata vinta e gli intellettuali e i latifondisti dovevano sottomettersi alle masse. Ge Ren avrebbe voluto mettersi a discutere ma uno degli uomini saltò giù da cavallo, si aprì la patta e se lo tirò fuori. Era come un cannone che spunta dagli spalti, turgido e duro che pareva un manganello, l'imboscata doveva aver eccitato quell'uomo. Nadja si era nascosta dietro il fratello e svenne in preda al terrore. Forse fu la mia paura a rendere il suo affare enorme ai miei occhi, come il membro di un cavallo.

---

[59] La casa dove lo scrittore Tolstoj visse fino alla sua morte nel 1910, "roccaforte letteraria inaccessibile" situata a 12 chilometri a sud ovest di Tula.

L'ho definito manganello perché lo usò proprio in quel modo, sbattendolo più volte contro l'asse della carrozza. Quel suono cupo e inaspettato mi ricordò i rintocchi sul pesce di legno dei monaci orientali in preghiera. Il resto degli uomini iniziò a esibirsi in acrobazie equestri. Ci galoppavano intorno, facevano impennare i cavalli che si mantenevano in equilibrio sulle zampe posteriori. Uno di loro si avvicinò a Nadja, l'espressione lasciva faceva trapelare le sue cattive intenzioni. Mentre noi assistevamo terrorizzati, il suo capo fischiò, l'uomo ritrasse le mani e, in un attimo, erano scomparsi nel boschetto.

Quando risalimmo in carrozza, il fratello di Nadja non era affatto arrabbiato, disse di comprendere perfettamente le loro ragioni. Dovevano averci preso per intellettuali in fuga, la rivoluzione aveva acuito i contrasti tra loro e le masse. All'inizio, gli intellettuali avevano parlato di libertà, democrazia, costituzione e pane, facendo venire l'acquolina in bocca a tutti. Era stato soltanto un rumore di passi ma dalle scale non era sceso nessuno, di tutto quel bendidio non si era vista neanche l'ombra. I bolscevichi e il popolo erano furiosi. Come si dice in Cina: "si strizzano solo i cachi più morbidi", infatti loro se la prendevano con gli intellettuali. Avevano visto che portavamo gli occhiali e dovevano aver pensato che fossimo persone di cultura in fuga con i loro beni. Ge Ren chiese al fratello di Nadja con quale classe si identificava. Lui disse con nessuna, non si sentiva bolscevico, né proletario o intellettuale.

A Jasnaja Poljana io e il fratello di Nadja restammo fuori per paura che ci rubassero la carrozza, e Nadja accompagnò Melancovsky a visitare la casa di Tolstoj. Dopo poco li vedemmo rispuntare fuori dal cancello di ferro. Poi chiesi a Ge Ren le sue impressioni, su uno scaffale aveva visto una traduzione in inglese del Tao te ching[60] *con il testo cinese a fronte. Il custode gli aveva detto che Tolstoj chiamava la stradina nel cortile "il piccolo sentiero francese". Me lo raccontò con lo sguardo fisso, forse davanti ai suoi occhi aleggiava l'ombra di Bingying.*

Sulla strada del ritorno ripassammo per Tula. Quella volta nessuno ci fermò ma fu Melancovsky a chiedere di fare una sosta. Nadja era

---

[60] Potrebbe essere *Taoist Texts. Ethical, political and speculative. Tao Teh Ching* translated by F.H. Balfour (1884).

nervosa ma faceva finta di niente, chiacchierando gli diede una pacca sulla schiena, poi arrossì in imbarazzo. Lui propose di trascorrere la notte in un villaggio e lei, senza attendere la nostra reazione, fu subito d'accordo. Attraversammo il boschetto e, vicino a un cimitero, incontrammo di nuovo i banditi. Montarono subito in sella, forse pensavano che eravamo andati a cercare rinforzi. Il tizio che prima aveva sfoderato il pene, si strinse in vita la cintura con aria belligerante. Ge Ren urlò che voleva parlare e, per dimostrare le sue buone intenzioni, andò avanti da solo.

Chiacchierarono un po', poi Ge Ren tornò insieme al loro capo che ci invitò a essere loro ospiti. Ci diedero kasha *e un brodo di carne, nero come acqua strizzata da un materasso lurido. Dentro c'erano degli affarini che galleggiavano, se non mi avessero detto che era carne avrei pensato a scarafaggi. Da come i bambini si scolarono la zuppa rimasta nelle nostre ciotole, capimmo che ci avevano offerto quanto di più buono avevano in casa. Dopo essersi scusato, il loro capo scoppiò a piangere. Un velo di lacrime rimase sospeso tra le rughe e sulla barba. Quando uscimmo dal villaggio, Melancovsky disse al fratello di Nadja che aveva pensato alla Russia Sovietica come al "laboratorio del comunismo". I chimici bolscevichi, secondo le teorie rivoluzionarie, avevano messo il popolo russo nelle provette dei Soviet e le avevano agitate producendo il nuovo composto socialista*[61]*. Ciò che avevamo visto dimostrava che non era affatto così.*

Poco prima che partissi, una mattina Nadja arrivò e crollò svenuta ai nostri piedi. Suo fratello era morto. La sera prima non era tornato, era andata a cercarlo e aveva trovato il suo cadavere congelato in un vicolo dell'Arbat. Il sangue gli incrostava la tempia in minuscole gocce, piccoli cristalli rossi come ciliègie. Doveva essere spruzzato fuori di getto perché gli macchiava anche il viso e il collo. Le goccioline erano separate l'una dall'altra, parevano bacche di goji e Ge Ren le disse che a Qinggeng le chiamavano il rosario dei bambini morti. Alexander giaceva davanti all'entrata di un ristorante, i vetri smerigliati delle lampade erano stati frantumati dalle pallottole. Il giorno successivo, la polizia aveva fornito la sua versione: si era suicidato per timore della punizione. Per quale crimine, non si seppe mai.

---

[61] Dal saggio *Viaggio nella terra della fame* (1921) di Qu Qiubai.

Dopo la sua morte, Ge Ren ebbe una ricaduta e così fui costretto a posticipare la partenza. Bai Shengtao mi disse che spesso piangeva di nascosto. Sul suo viso liscio, le lacrime non incontravano ostacoli e colavano giù dal mento come pioggia da una grondaia. Non parlava quasi più. Sentiva freddo in tutto il corpo, come se fosse precipitato in una grotta di giaccio. Tossiva ininterrottamente, diceva di avere uno strano sapore in bocca e poi sputava sangue. La malattia si era indubbiamente aggravata. Lui non era d'accordo, diceva che probabilmente si era solo spaccato un capillare. Annotava i suoi ricordi di Alexandrevich, come per dimenticare il suo male attraverso la scrittura. Sapevo che lavorare tutta la notte peggiorava le sue condizioni, specialmente perché stava scrivendo di sogni infranti. Provai ad avvertirlo, mi disse che soltanto così si sentiva il cuore in pace, era felice come se avesse mangiato qualcosa di dolce. Sorprendentemente bruciava i manoscritti appena terminati, non si fidava dei suoi occhi e delle sue orecchie, preferiva pensare che tutto ciò fosse soltanto un brutto sogno…

Nel prossimo racconto di Bai Shengtao leggeremo come sia stato sul punto di raccontare a Xiao Hong dell'imboscata e del bandito con il pene fuori dai pantaloni. Non intendeva descriverlo come Kong Fantai "enorme come quello di un cavallo" e "manganello", ma semplicemente "pisello da somaro". In ogni modo, alla fine per fortuna cambiò idea e si controllò.

@ Scambiarsi i figli per mangiarli[62]

Xiao Hong continuava a provocarmi, quindi stavo per raccontarle quello che mi era capitato in Russia. La storia di quando, andando a visitare la casa di Tolstoj, eravamo stati fermati dai banditi e uno di loro aveva sfoderato il suo pisello da somaro per intimorirci. Tuttavia ero un gentiluomo e quella faccenda non mi sarebbe dovuta uscire di bocca. Diciamo le cose come stanno, il cervello degli uomini funziona in modo strano: più le donne fanno le civette e più ti ritrovi sulla punta della lingua cose sconvenienti di cui non dovresti parlare. Per fortuna fummo interrotti da Merce americana, altrimenti non sarei riuscito a trattenermi. Lui accese una sigaretta e sorrise: "Un vero signore". Mi stavo ancora chiedendo cosa aveva voluto dire quando, alzandosi di scatto, ci informò che eravamo arrivati a Zhengzhou.

Merce americana ci accompagnò a prendere la coincidenza e tornò al suo treno che proseguiva per Kaifeng. Eravamo di nuovo da soli e Xiao Hong si addormentò. Io invece ero sveglio e i miei pensieri continuavano a tornare a Ge Ren. Merce americana doveva far parte del movimento clandestino. Avrei dato qualsiasi cosa per prendere il suo posto, anche se si fosse trattato di assassinare un uomo invece di fare semplicemente la scorta al treno. Pensai che se Xiao Hong fosse stata mia figlia glie l'avrei ceduta volentieri in cambio di quell'onore. Quando una volta avevo sentito dire di gente che, resa folle dalla fame, si era scambiata i figli per mangiarli, avevo pensato

[62] Dal *Commentario di Zuo*, XV anno del Duca Xuan di Lu.

che fosse impossibile. Ora capivo che è più semplice se non sono figli tuoi. E se sei d'appetito, magari ti piacciono anche.

Quell'idea dello scambio dei figli m'illuminò la mente.

Uscendo da Zoujiazhuang, avevo continuato a chiedermi: "Perché Tian Han non mi ha dato l'ordine lui stesso e ha voluto che me lo dicesse Dou Sizhong? A che pro complicare le cose?". Pensando alla faccenda dei figli scambiati, capii. Per Tian Han sarebbe stato difficile affrontare l'argomento e, a un mio rifiuto, sarebbe stato costretto a uccidermi. In fin dei conti ero pur sempre un compaesano. Nelle mani di Dou Sizhong, la faccenda diventava molto più semplice. Lui avrebbe potuto farmi fuori senza problema. Ordinare ad Aqing di uccidere Ge Ren invece di chiederlo a me, rientrava nella stessa logica. Di certo era stato Tian Han a programmare la cosa nel dettaglio, considerando anche le mie difficoltà. Vuoi vedere che dovevo pure ringraziarlo?

Cominciavo a sentirmi insonnolito, ma non riuscivo ad addormentarmi. Ero appoggiato a un sacco di iuta e pensavo quanto sarebbe stato bello essere quel sacco, così non mi sarei dovuto preoccupare di nulla. Che tu sia un sacco oppure una sporta, dove gli servi uno ti porta. Ma visto che lo pensavo, ovviamente non ero un sacco, perché i sacchi non sono dotati di pensiero. Diciamo le cose come stanno, stavo diventando ipereccitabile e la mia testa era sempre più confusa. In quello stato era facile commettere errori. Il treno si spostava in pianura, ma io avevo l'impressione che fossimo sul fondo di una valle, che strisciassimo ai piedi di una montagna, forse stavamo per giungere a Baibei. Il treno avanzava ondeggiando sulle rotaie e aveva cullato tutti nel mondo dei sogni. Mentre gli altri dormivano saporitamente, io avevo le allucinazioni. D'un tratto mi comparve davanti Ge Ren, come se fosse stato in carne e ossa. Feci un salto dalla paura.

Non era cambiato molto, aveva sempre quell'aspetto da studioso fragile e delicato, i soliti occhiali dalla montatura rotonda, le guance tinte di un vago rossore. No, non era l'effetto della tubercolosi, era la luce che emanava dal suo spirito.

Diciamo le cose come stanno, lui era l'unico rivoluzionario che conosco che arrossiva davanti agli estranei, lo faceva anche con gli amici che rivedeva dopo tanto tempo. Quei suoi rossori ricordavano la ritrosia di una fanciulla. Tirò fuori le mani dalle tasche e si accese una sigaretta. "Bai, so che non fumi e non te ne offro una. Che sei venuto a fare a Dahuangshan? Non stavi meglio nelle zone di frontiera a curare la stitichezza?" Non sapevo cosa rispondere e distolsi lo sguardo da quella visione che mi sembrava così reale. Non immaginavo che il nostro incontro si sarebbe svolto più o meno nello stesso modo.

Se Xiao Hong non mi avesse svegliato, il mio sogno a occhi aperti sarebbe andato avanti chissà quanto. Era sempre più confuso e incoerente. Vedevo che Ge Ren indossava abiti imbottiti ma scorgevo anche le sue gambe nude, denutrizione e fatica le avevano rese molto più magre di come le ricordavo, parevano le zampe di una cicogna. Fuori del finestrino uno stormo di uccelli attraversò in volo uno stagno, udii in lontananza dei colpi di cannone. Non capivo se facevano parte del sogno o erano reali. Diciamo le cose come stanno, se non avessimo raggiunto subito Baibei, sarei probabilmente uscito di testa.

Anche Xiao Hong cominciava a essere in ansia. Temeva che la sua amica venendo a conoscenza delle sue esperienze nel bordello, si sarebbe infuriata e l'avrebbe coperta di insulti. Anche se non mi fidavo completamente di lei, mi faceva comunque una gran pena. Non mi sentivo tranquillo a lasciarla sola a Hankow. Era una donna vissuta ma, in quei tempi travagliati, avrebbe potuto accaderle di tutto. No, generale, ti sbagli. Come avrei potuto innamorarmi di una del genere? La chiamerei piuttosto "solidarietà di classe". Beh, se proprio insisti, ammetto che qualcosa c'era. Anche tra due somari insieme nella stessa stalla, dopo un po' nasce una specie di affetto. Non lo definirei amore, tra noi non c'era stato nulla. Tuttavia le ero grato, se durante il viaggio non mi avesse fatto compagnia con le sue chiacchiere, mi sarebbero saltati i nervi da un pezzo. Certo, anche lei si trovava in difficoltà e le mie battute l'avevano distratta. Hai ragione, generale, uomo e donna si completano a vicenda. Le dissi con trasporto: "Xiao Hong, nessuno conosce il proprio fato e io non so quale sarà l'esito del mio viaggio, ma se ne esco vivo verrò a Hankow a cercarti".

Generale, lei come tutte le donne aveva il cuore tenero, le si arrossarono gli occhi e la crema Feisheng si sciolse sotto le lacrime. La consolai: "Non preoccuparti, non succederà niente. Lei sarà generosa e comprensiva". Le donne sono facilmente ingannabili, lei mi rivolse subito un sorriso. Quando sorrideva era bella, una furtiva ombra di timidezza fece capolino sul suo viso come uno spicchio di luna nuova tra le nubi.

Arrivati a Hankow, lei non andò subito dall'amica. Era la sua città e volle fare gli onori di casa invitandomi a pranzo. Mi portò in un ristorante di cui non ricordo il nome, mi pare fosse sulla via Dehua. Il padrone era un uomo tarchiato, calvo e dalla fronte spaziosa, assomigliava un po' a Lenin. Ci chiese se eravamo del posto, Xiao Hong disse che faceva commercio di pellicce. Lui ci salutò cerimoniosamente: "Accogliere compagni provenienti da luoghi lontani non è una gioia?[63] Prego accomodatevi di sopra". Mangiammo molto bene, assaggiai per la prima volta la carpa del fiume Wuchang, era talmente fresca che, mettendola in bocca, ti pareva di sciuparla. Guardai fuori dalla finestra, sull'altro lato della strada c'erano le terme e un barbiere. Xiao Hong mi chiese se volevo lavarmi. Dovevo ripartire subito e non avevo tempo. "Sei proprio fatto di una stoffa speciale, non temi la sporcizia o la stanchezza. Ma anche la stoffa migliore ogni tanto va lavata. Quando sarai ripulito, ti lascerò partire e me ne andrò per i fatti miei." Le chiesi cosa doveva fare. Ridendo, mi disse che non poteva presentarsi a mani vuote, voleva comprare della pasta Meisu, una composta di prugne e foglie di perilla. "È un rimedio contro il vomito e la febbre, la tua amica è malata?" Sin da piccola aveva avuto

[63] Dai *Dialoghi* di Confucio.

problemi di digestione, erano trascorsi tanti anni e non sapeva se fosse peggiorata. Pensai che era un regalo appropriato, le avrebbe stimolato l'appetito. Xiao Hong insisteva che andassi a lavarmi. Pensai alla lettera nelle mutande: "Lo farò quando torno. Te lo prometto".

Wuhan era nel caos, i giapponesi lottavano contro il Kuomintang e il Kuomintang lottava contro l'esercito collaborazionista. Non avrei voluto trattenermi ma Xiao Hong mi chiese di rimanere ancora una notte. Non ridere, non credo lei avesse delle intenzioni nei miei confronti, era solo preoccupata per me, in fondo ci trovavamo dalla stessa parte della barricata. "La situazione è sempre più tesa, ho un compito importante e non posso fare errori", le dissi. Vedendo che ero irremovibile, non insistette. Volle però che cenassimo insieme. Sapevo che anche lei aveva problemi di stomaco, non avrebbe dovuto esagerare con l'alcol. Rispose che potevo stare tranquillo, non si era mai ubriacata. Era però avvampata come una sposina pudibonda. Fissandomi con lo sguardo ebbro, annunciò che mi avrebbe congedato con un brano d'opera. No, generale, non era *La concubina ubriaca*[64], lei cantò *Ode al fiore di prugno - Sull'aria di Busuanzi.* Proprio vero, non bisogna mai fermarsi alle apparenze. Non mi sarei aspettato un'interpretazione così eccellente. Cantò:

Solo al mondo, seppur felice spirito indipendente.
Trascorsi nubi e fumo, esultanza di acquisita libertà.
Fiori caduti al declino della primavera, patiti il vento e la pioggia.
Fiducia nella stagione che si preannuncia, con rinnovata fragranza[65].

---

[64] Uno dei cavalli di battaglia di Mei Lanfang (1894-1961), noto interprete di opera di Pechino. Yang Yuhuan, favorita dell'imperatore Tang Xuanzong, fa imbandire un pasto sontuoso in onore dell'amato e, all'annuncio che lui non verrà perché impegnato con un'altra concubina, si ubriaca con il vino del banchetto.

[65] Dall'ultima opera di Qu Qiubai *Parole superflue*, testamento politico scritto in cattività prima della sua esecuzione nel 1935 per mano del KMT.

Riconobbi le parole della poesia che Qu Qiubai aveva scritto prima di essere giustiziato. Non l'avevo conosciuto ma ne avevo sentito parlare da Tian Han. Sapevo che a Yan'an spesso componeva poesie insieme a Ge Ren. Loro due si assomigliavano e da piccoli avevano avuto lo stesso nomignolo: Ashuang. Dissi a Xiao Hong: "Una splendida melodia, mesta e lieta al tempo stesso. Chi ha scritto questi versi?". Mi colse di sorpresa nascondendo il viso dietro la manica e scoppiando a piangere. Non sapeva chi ne fosse l'autore, era stata la sua amica a insegnargliela. L'aveva ricordata ora perché si sentiva sola e abbandonata. L'ammonii, che non le venisse in mente di cantarla nella zona di frontiera, non si addiceva affatto all'ottimismo rivoluzionario di Yan'an e si sarebbe senz'altro cacciata nei guai. Mi ringraziò per l'avvertimento, ripeté che al mio ritorno avremmo fatto un brindisi per celebrare la vittoria della rivoluzione. Sollevò di nuovo il bicchiere: "Non c'è fretta, puoi lasciare la città quando si fa buio". Anche se non ne avrei avuto intenzione, mi ubriacai fino a perdere i sensi.

Esistono numerose versioni di poesie "ci" composte sull'antica aria *Busuanzi* (L'indovino), nella più antica (1172) Lu You adotta i toni delusi e amareggiati del profeta inascoltato, per lamentare l'ignavia dei governanti. La più nota versione, composta da Mao Zedong nel 1961, è traboccante di ottimismo rivoluzionario e spirito patriottico.

& Pasta (Fratello) Mei Su

Quella che Xiao Hong chiamò "pasta Meisu" in realtà era "fratello Mei Su", un celebre cantante di opera di Pechino. Per non farlo capire a Bai Shengtao, aveva aggiunto che si trattava di un regalo per la sua amica. Nel libro *Primavere e autunni del Giardino dei Peri* (Casa editrice Beihai, 1994) possiamo leggere una sua biografia:

Mei Su (1902-1986), pseudonimo di Su Mei, nome di cortesia Weizhi, nacque a Haikou da una famiglia originaria della provincia del Sichuan. All'età di due anni giunse a Hangzhou insieme al padre Su Minghong, uno dei quattro grandi mercanti di tè della città. Da piccolo frequentò il Gran teatro nazionale di Shanghai e, affascinato dagli insegnamenti di Mei Lanfang, assunse lo pseudonimo di Mei Su. Interpretò con successo il ruolo femminile qingyi *in* Il ritorno della fenice, La concubina ubriaca, Il passo dell'arcobaleno, *recitò a Wuhan, Changsha e in altre città contribuendo notevolmente alla diffusione dell'opera di Pechino. Il suo stile, che ricordava la danza* nihon buyo *popolare nella terra del Sol levante, era molto apprezzato dal pubblico giapponese. Durante la guerra di resistenza, in un gesto patriottico si lasciò crescere i baffi per non essere costretto a recitare davanti al nemico e al governo fantoccio, e si ritirò in eremo a Jiangling. Nel 1946 si esibì per le comunità cinesi di Hong Kong, Singapore, Malesia e Indonesia. In tarda età scrisse le sue memorie* La dea che sparge fiori[66] *e morì di malattia a Hong Kong nel 1986*[67].

---

[66] Opera creata nel 1917 dall'attore Mei Lanfang.

[67] Le vicende del fittizio Mei Su ricalcano la biografia di Mei Lanfang, autore delle opere menzionate. Fu lui a decidere di lasciarsi crescere i baffi

In *Bellezze in tempi di caos* si legge che Mei Su e Bingying si erano conosciuti ad Hangzhou. Nel 1919 lei lo aveva incontrato a Pechino al suo ritorno dalla Francia e, tra la fine degli anni '30 e l'inizio degli anni '40, si erano visti di nuovo a Hong Kong e Shanghai. Poi "si erano scambiati alcune lettere, lui aveva una calligrafia elegante ma leggermente inclinata, come una concubina ubriaca". La mia prozia una volta mi disse che forse non si era mai sposato perché era segretamente innamorato di Bingying. Ma, durante le sue conversazioni con Anthony Thwaite, Bingying non lo menzionò mai. È invece interessante notare come Mei Su sia stato esplicito su questo punto nel suo *La dea che sparge fiori*:

Dopo l'attacco a Pearl Harbor, la situazione a Hong Kong si era fatta molto tesa, la città fu subito occupata, "nel vento d'autunno, da mane a sera risuonavano tetri i corni e i tamburi"[68] *e io fui costretto a tornare a Shanghai. Non mi aspettavo di incontrare di nuovo Bingying. Quando arrivò ero in cortile a fare esercizi di canto, vederla riaccese i miei sentimenti. Era un'intenditrice, e sapeva parlare da esperta delle caratteristiche delle varie scuole: la somiglianza in Mei (Lanfang), il canto di Cheng (Yanqiu), la seduzione in Xun (Huisheng), l'eccellenza di Shang (Xiaoyun)*[69]*. Di solito discorrevamo d'arte ma quella volta le dissi: "Ho pensato che fossi anche tu a Hong Kong, ma credevo di trovarti in compagnia di Zong Bu e non ho osato disturbarvi". Lei finse di arrabbiarsi e fece il gesto di colpirmi con una bacchetta. "Non dirmi che stai ancora pensando a Ge Ren!". Il suo volto fu adombrato da una nube di tristezza, mentre il mio cuore batteva all'impazzata. Mi disse che Ge Ren era nel nord dello Shaanxi, lei gli aveva scritto molte volte ma non aveva mai risposto. Sarebbe voluta partire per lidi lontani, ma il pensiero di lui e della sua figliola dispersa le impediva di prendere quella decisione. Sognava che un giorno l'avrebbe ritrovata. "Ahimè, la fortuna*

---

per protestare contro l'occupazione giapponese.

[68] Dall'opera *Addio mia concubina.*

[69] Le quattro scuole che dettano le regole per l'interpretazione dei ruoli femminili "dan" nell'opera di Pechino.

mi volta le spalle, il mio cavallo si rifiuta di andare, cosa mai posso fare?" [70] *Quel pomeriggio presi il coraggio a due mani e le dichiarai il mio amore, mi disse che una spossatezza del corpo e dell'anima le impediva di concentrarsi su quelle cose. Fu l'ultima volta che ci incontrammo.*

In seguito tornai a Hankow. All'inizio dell'anno Guiwei (1943) incontrai Hong Yan, l'allieva del mio maestro. Lei, vedendomi da solo, mi chiese se ancora mi struggevo per Bingying. Volle sapere se lei era ancora legata a Ge Ren, se loro due si scrivevano. Non le risposi. A Pechino quando studiavo insieme a Hong Yan avevamo recitato Lin Daiyu seppellisce i fiori: *"Se per noi non* è *destino, perché allora l'ho incontrato? Se questo amore era predestinato perché la predilezione non ha significato?... Perché tante lacrime versate, da autunno a inverno, da primavera a estate?". Alla luce della luna, cantammo di nuovo quei versi, mentre io meditavo involontariamente sulla mia felicità, effimera come la luna occhieggiante da uno specchio, come i fiori che si riflettono nell'acqua.*

Dal brano si evince che Xiao Hong stava andando a Hankow per capire se Ge Ren, dopo la battaglia di Erligang, aveva avuto qualche contatto con Bingying, cioè se qualcun'altro sapeva che lui in quel momento era a Dahuangshan. Accompagnava Bai Shengtao anche con un altro compito: se Dou Sizhong fosse riuscito a trasmettere il comando ad Aqing, non ci sarebbe stato più bisogno di lui e avrebbe dovuto toglierlo di mezzo. Era quello che intendeva con "quando sarai ripulito, ti lascerò partire". Non capisco quale piacere perverso ci sia nell'esprimersi in quel modo con un condannato a morte.

Sappiamo però che Bai Shengtao non morì. Non perché lei si trattenne dal commettere l'ennesimo errore, come scrisse in *Orme d'anatra sulla neve infangata*, ma piuttosto perché, in mancanza di Aqing, avrebbe dovuto essere lui a eseguire l'ordine di Dou Sizhong. Nel brano "Il padiglione della gru

[70] Dall'opera *Addio mia concubina.*

gialla" tratto dalle *Orme*, Xiao Hong descrive il suo umore del momento:

Ogni volta che mi trovavo a Wuhan, andavo al Padiglione della gru gialla[71]*. Gli attori devono conoscere a fondo la cultura tradizionale cinese, "dieci anni di pratica per un attimo sul palco", bisogna viaggiare, osservare, riflettere. Ricordo la mia prima visita durante i turbolenti anni '40. Un compagno che lavorava in un ristorante (l'uomo che somigliava a Lenin?) mi accompagnò sulla Collina del serpente dove sorgeva il padiglione. Attraversando il ponte sul fiume Yangtze provai un'emozione indescrivibile. Un attore del luogo (probabilmente Mei Su) mi accompagnò e parlammo di arte, osservando il panorama. Dopo la Liberazione, il mio lavoro di propaganda mi condusse più volte a Wuhan. Il mio nome Hong Yan significa "anatra selvatica" e dicevo ai colleghi "quando la gru gialla si alzerà in volo, l'anatra selvatica tornerà". Di recente ci ho portato i miei nipotini. Mia nipote ascoltava con interesse le mie spiegazioni sui rapporti tra la cultura tradizionale e l'opera di Pechino. Il mio bisnipote era troppo piccolo per capire i nostri discorsi ma si divertiva a saltare e correre ovunque. Guardando il suo visetto innocente, pensai che il passato* è *volato via sulle ali di una gru. Lasciamolo quindi nel dimenticatoio e costruiamo un futuro migliore.*

Donnina rossa sottolinea l'importanza della tradizione e, allo stesso tempo, ci esorta a dimenticare il passato. Sono pensieri contrastanti che dobbiamo comunque accettare. Sua nipote era Xiao Nühong, Rossa donnina, l'interprete che ha partecipato al grande recital della Festa di primavera. Conosceva Fan Jihuai e di lei torneremo a parlare nella terza parte del libro.

---

[71] Si trova nella città di Wuhan, provincia dello Hebei. Una delle "tre famose torri del Jiangnan", la zona a sud del fiume Yangtze.

@ Guanoterapia

Generale, non c'è molto altro da dire. Quando mi risvegliai stava albeggiando. Xiao Hong era proprio volubile! La sera prima era stata lei a trattenermi e ora per poco non mi cacciava via. E così, mentre il sole tingeva l'oriente di rosso, partii. Allo scoppio dei conflitti, la stazione in città era stata chiusa e il padrone del ristorante mi portò fuori a prendere il treno. Ero sul carretto che gli serviva per trasportare le merci e notai sul pianale alcune scaglie di pesce che scintillavano ai raggi del sole come schegge di cristallo. Ebbi un brutto presentimento. Non avrei più rivisto Xiao Hong perché mi attendeva un tagliere su cui avrei fatto la stessa fine di quel pesce?

Quando il padrone mi lasciò per tornare indietro provai una splendida sensazione ma, allo stesso tempo, mi sentii sopraffare dalla solitudine. In compagnia non ero libero, ma da solo mi sentivo perso. Ero proprio un incapace, un dannato buono a nulla. Diciamo le cose come stanno, mai però mi occorse che sarei potuto fuggire. Arrivando a Baibei, speravo che Ge Ren fosse già scappato. Sarebbe stata la soluzione perfetta: avrei potuto giustificarmi con il Partito ed essere a posto con la mia coscienza. Scoppiai a ridere e rallentai il passo. Poi ci ripensai, se fossi arrivato in ritardo e il Kuomintang lo avesse catturato e torturato, una sua confessione avrebbe decretato la fine di entrambi. Quindi mi misi a correre. A Wulongquan salii sul treno. Speravo nella velocità che non lascia spazio a fantasticherie. Diciamo le cose come stanno, durante il viaggio mi sentii il cervello come in pappa. Fuori dal finestrino sfilavano monti e valli, ma io non vedevo niente. Tuttavia il tuo destino è scritto in cielo ed è inutile stare a macerarsi, non mi restava che andare a incontrare Aqing. Generale, se non fosse stato per quello che successe poi, sarei andato da lui a consegnargli il messaggio di Dou Sizhong. Certo, e ora non sarei qui a parlarne con te.

Le cose andarono così. Era passato un giorno, si stava facendo buio e un uomo cadde a terra svenuto. Sono un medico, era mio dovere intervenire. Applicai pressione sul punto *renzhong* alla base del naso, gli versai in bocca un sorso d'alcol dalla zucca che mi aveva regalato Tian Han, tutto senza alcun risultato. Il suo compagno reggeva una lanterna e mi guardava con il viso inondato di lacrime, implorandomi di aiutarlo. Potevamo provare a pungergli il lobo dell'orecchio con un ago e forse si sarebbe risvegliato. L'uomo era disperato, eravamo sul treno, dove avrebbe mai potuto trovare un ago? Qualcuno mi porse un fil di ferro, veniva da una gabbia per uccelli ed era imbrattato di roba bianca, probabilmente guano. Era una questione di vita o di morte e non potevo certo fare il difficile. Gli punsi con forza il lobo dell'orecchio. Una goccia di sangue stillò, alla luce della lanterna luccicava come un piccolo rubino, mi ricordò una bacca di goji. Ero ancora ipnotizzato a guardarla quando sentii delle grida: "È vivo! È vivo!". Si era formato un capannello di gente, un uomo mi offrì una *ciba*, focaccina di patate, per fare amicizia. Commentò che salvare una vita è più meritevole della costruzione di una pagoda a sette piani, mi chiese se ero un medico. Glielo confermai approfittandone per informarmi su quanto mancasse ancora per Shangzhuang. Dou Sizhong mi aveva detto che quella era la fermata più vicina al borgo di Baibei. Chiesi all'uomo di cosa si occupava e lui, abbassando la voce: "Vendo funghi, galline e tigalle". Non capivo, mi spiegò che le "tigalle" erano i galletti. Aveva il vizio di invertire le sillabe, e diceva "tigalle" al posto di "galletti", il "fracasso" era la "cassofra", la "cenere" diventava "nerece"[72]. Generale, diciamo

[72] In linguistica si definisce metatesi, il fenomeno per cui si invertono due fonemi all'interno della stessa parola. In italiano troviamo esempi come

pure le cose come stanno, che lui si chiamava Dabao lo scoprii soltanto in seguito.

Era ormai notte fonda e io ero esausto, lo sferragliare del treno mi cullò portandomi nel mondo dei sogni. Mi assopivo a tratti e, subito dopo, mi risvegliavo di botto, fradicio di sudore come se fossi emerso da un pozzo. In quel modo arrivai fino all'alba e, se non fosse stato per le focaccine e l'alcol di riso di Dabao, sarei svenuto per la fame e la spossatezza. Avevo appena finito di mangiare e stavamo chiacchierando, quando il treno si fermò a Zhiyin. Dabao andò a informarsi: qualche giorno prima un'esplosione aveva fatto saltare in aria le rotaie e dovevamo scendere e continuare a piedi. Quando in seguito incontrai Aqing, lui mi informò che proprio Dabao e i suoi compagni erano responsabili dell'attentato. Dabao disse che stava andando a Ruijin a prendere un carico, Shangzhuang era di strada e potevamo fare il viaggio insieme. Voleva sapere da dove venivo e cosa andavo a fare a Shangzhuang. Gli dissi che ero della provincia dello Hubei e andavo a visitare un parente malato. Commentò: "In terra gli uomini dello Hubei, in cielo l'uccello a nove teste[73]. Voi dello Hubei siete gente molto capace".

Scendemmo dal treno e camminammo fino a Ruijin. Fuori da una taverna che vendeva spaghetti di riso lo aspettavano i suoi compagni, ognuno in sella a un cavallo. Mangiammo qualcosa, trovarono una cavalcatura anche per me e ci addentrammo tra i monti. Sotto il sole ormai alto, le ombre degli uomini e dei loro animali si proiettavano allungandosi a terra, continuai a pensare di essere in un sogno. Di questo

---

"fradicio" e "fracido", "palude" e "padule"; in dialetto esistono "dentro" e "drento", "focaccia" e "cofaccia" (metatesi di foggia antica e vernacolare).

[73] Anche detta "fenice fiammeggiante" è un animale mitico con il corpo di uccello e nove teste dalle sembianze umane, descritto nel *Classico dei monti e dei mari*. Era venerato nell'antico regno di Chu durante il periodo degli Stati combattenti (475-221 a.C.), situato nell'odierno Hubei. In Cina si definisce "uccello a nove teste" chi è dotato di scaltrezza e intelligenza.

passo sarei arrivato a Baibei quando Ge Ren era già morto di malattia. Beh, anche in quel modo sarei stato sollevato dalle mie responsabilità. Risalendo un pendio attraversammo un bosco di querce, avvertii una fragranza di rose selvatiche. Arrivammo a una radura circondata di alberi a basso fusto, erano piegati a terra come se fossero stati schiacciati sotto le capriole di un somaro. Sulla riva di un fiume c'erano due o tre casupole di legno. Sentendo nitrire i cavalli, una donna uscì portando un grosso mestolo per l'acqua. Scorsi sul suo polso lo scintillio di un bracciale d'argento. Prima bevve due sorsi, poi si avvicinò e mise il mestolo davanti al muso del mio animale.

Entrammo in una casa, sulla parete erano appese due immagini: il Buddha in meditazione sul fiore di loto e Guan Yu il dio della guerra dalla faccia rosso scura. Un uomo sulla quarantina stava sdraiato su una panca con una pipa di giada in mano. Era uno scenario per me familiare. Proprio così, generale, pensai subito al nonno di Ge Ren, l'oppiomane che aveva mandato in rovina la sua famiglia. Ma a chi se ne intende basta una sola occhiata, quel grigiore sul viso dell'uomo non era provocato dall'oppio, lui era ferito gravemente. Sembrava il loro capo e chiunque, giovane o vecchio, entrando lo salutava con gran rispetto. Lo attorniarono informandosi sulla sua salute, poi andarono a prostrarsi davanti all'immagine del Buddha battendo la fronte a terra. Mi tornò in mente la mia ultima notte a Hougou, quando mi ero inchinato davanti al ritratto di Lenin. Li imitai, poi Dabao parlò: "Eccolo, comandante, è un uccello a nove teste". Volevano che lo visitassi, ormai ero lì e non avevo scelta. Quando mi avvicinai, mi sentii puntare un oggetto alla tempia.

Come si dice "mai si rifugga dall'apprendere un'arte"[74]. Diciamo le cose come stanno, se non fossi riuscito a curarlo,

---

[74] Dalla *Lampada sui Sentieri Biforcati* scritto da Li Lüyuan (1707-1790), letterato di epoca Qing.

non ne sarei uscito vivo. Il capo non si fidava, con l'aria scettica aspettò che i suoi scagnozzi mi spogliassero. Penso cercassero qualche arma, trovarono invece la fiaschetta di Tian Han e, con un calcio, la mandarono in un angolo. Ero rimasto in mutande ma, per fortuna, era presente una donna e quindi non me le tolsero. Come sai, ci tenevo il mio tesoro. Giusto, la lettera che mi aveva dato Dou Sizhong. Vedendo la protuberanza pensarono che avessi un membro di notevoli dimensioni e scoppiarono in una gran risata. Poi Dabao si ricompose e mi aiutò a rivestirmi. Mi rivolsi al capo: "Se il signore è d'accordo, vorrei curare la sua ferita".

Era sul fianco destro vicino al petto, aveva i bordi grigi tendenti al nero, come una patata lasciata a marcire in cantina. Commentai: "È una lesione causata da un oggetto di metallo appuntito". Gli uomini mormorarono, erano stupefatti. Scoprii poi che era stata proprio una scheggia di ferro a ferirlo, quando avevano fatto saltare le rotaie. Chiesi se avvertiva un certo prurito. Rispose che gli doleva e prudeva. Gli spiegai che se duole non è grave, il prurito è un brutto segno e la mancanza di sensazioni significa che sei in pericolo di vita. Nel sanatorio di Gory Vysokie a Mosca, un medico militare russo mi aveva insegnato un rimedio popolare ma non proprio ortodosso, diciamo pure estremo, per curare quel tipo di ferite. Il generale è proprio un uomo perspicace! Infatti, eccoci di nuovo a parlare di escrementi. Non quelli di somaro però, ora si tratta del guano di astore. Il suo stomaco contiene una sostanza a bassa tossicità, in grado di rigenerare i tessuti e cicatrizzare le ferite. Il capo, come Dou Sizhong, rimase un attimo perplesso ma poi accettò. Dabao e gli altri afferrarono i fucili e montarono in sella. Gli urlai dietro che doveva essere bianco e secco e dovevano catturare anche un astore vivo.

Non ci sarebbe alcun bisogno di dirlo, quei bastardi erano devoti al loro capo e, prima che facesse buio, tornarono con il guano. Lo assaggiai, niente male, era proprio di astore. Nella medicina tradizionale lo chiamiamo "bianco di feci". Dabao portò anche un vecchio uccello, era ancora vivo, aveva le ali macchiate di sangue. "Il vostro capo si salverà." Mescolai il sangue e il guano, in una pasta densa al pari della *kasha*. Prima di applicarla sulla ferita, feci qualche scongiuro, andai davanti al Buddha e mi prostrai battendo tre volte la testa a terra per implorare la sua protezione. Il capo mi chiese l'origine di quel rimedio, gli fornii una risposta tinta delle opportune colorature: "In cielo ci sono le nuvole, in terra gli uomini. I prodi sono come falchi in terra e si curano con i falchi del cielo". A mia protezione aggiunsi anche: "Una ferita da metallo è collegata al cuore, per i prossimi dieci giorni ti prego di astenerti da pensieri omicidi, altrimenti potrebbe riaprirsi". Non usai "intenti criminali" per non mancargli di rispetto. Poi lo paragonai al dio della guerra: "Quando a Guan Yu raschiarono l'osso eliminando il veleno, lui seguì le istruzioni del suo medico Hua Tuo e rimase a lungo lontano dal campo di battaglia"[75]. Terminai il discorso con altri inchini davanti al Buddha e a Guan Yu.

Al Sud la primavera giunge presto. Era mezzanotte, sentimmo brontolare i tuoni e scoppiò un temporale. L'acqua gocciava dal tetto della casupola che dividevo con Dabao e, praticamente, non chiusi occhio per tutta la notte. Il giorno seguente di buon mattino andammo a visitare il capo e la sua donna mi accolse con un sorriso radioso. La ferita stava meglio, poteva muovere il braccio e la mano gli funzionava. Dicendomelo, avvampò. Le fornii qualche istruzione sulla cura del paziente nei giorni successivi, poi scoppiai a piangere: il mio parente era gravemente malato e temevo di non arrivare in tempo. Le donne hanno il cuore tenero, sarebbe andata a intercedere per me. Il capo si fece convincere ma volle che mi fermassi un'altra notte. Poi forse la sua coscienza si risvegliò e accettò di farmi partire quella sera stessa. Mi fece dire da Dabao che lui era un uomo di parola e ogni sua promessa era un debito. Probabilmente le mie baggianate lo avevano intimorito, altrimenti non mi avrebbe lasciato andare tanto facilmente.

---

[75] Dal *Romanzo dei Tre Regni* - Guan Yu si sottopone a chirurgia ossea, Lu Meng attraversa il fiume in veste bianca.

& Dabao

Il nome completo di Dabao era Guo Baojuan e apparteneva alla minoranza Hakka. La tendenza a trasporre le sillabe, dire "tigalle" al posto di "galletti" e via di seguito, è una caratteristica tipica del loro linguaggio.

Suo nipote Guo Ping, segretario comunale di Baibei, mi mostrò *Personaggi degli Hakka* (Casa editrice Feilong, 1998) in cui suo nonno era citato insieme a noti personaggi dell'antichità come Guo Ziyi, il generale Tang che soffocò la ribellione di An Lushan; il Gran Consigliere Zhang Jiuling; il filosofo neoconfuciano Zhu Xi; gli statisti Ouyang Xiu e Wen Tianxiang. In tempi moderni c'erano Shi Dakai e Hong Xiuquan, comandanti della rivolta dei Taiping, Sun Yatsen e Liao Zhongkai che erano stati ai vertici del Kuomintang e, tra i personaggi della storia contemporanea, il primo ministro di Singapore Lee Kuan Yeu e il presidente di Taiwan Lee Teng-kui. Nelle note biografiche si legge:

Guo Baojuan, nacque nel 1912 nel distretto di Liancheng, provincia del Fujian. Nel 1939 si arruolò nella milizia del leader contadino Zhu Yuting (il capo dei banditi curato da Bai Shengtao) e abbatté mura di villaggi fortificati e fece saltare in aria ponti ferroviari. Poi partecipò alla lotta al banditismo messa in atto dal Partito comunista, contribuendo alla pace e alla stabilità di Dahuangshan. La sua lunga attività rivoluzionaria riflette il motto dei guerrieri Hakka: "con duro lavoro e spirito guerresco si conquista gloria futura". L'11 ottobre del 1958 morì di fatica all'età di quarantasei anni, mentre costruiva una fornace per la fusione dell'acciaio.

Fatta eccezione per Lee Teng-kui, fautore dell'indipendenza di Taiwan, le note biografiche degli altri personaggi sono accompagnate da descrizioni di gesta eroiche. Nel caso di Dabao, si tratta dell'esplosione del ponte. È un brano piuttosto lungo e qui ne citiamo soltanto una parte:

Quella notte, in cielo ammiccavano miriadi di stelle. Guo Baojuan guidò i suoi compagni alla spalletta del ponte e controllò ancora una volta il territorio. Una quiete assoluta inondava fossi e ravine e il ponte ferroviario si stendeva sul fiume Baiyun, ignaro dell'imminente catastrofe. Xiaohu disse: "Facciamo in fretta, i compagni sono stanchi di aspettare". Guo Baojuan lo zittì portandosi un dito alle labbra. Al chiarore della luna, i tratti decisi delle sopracciglia facevano da cornice al suo volto rendendolo particolarmente attraente. Dahu, il fratello di Xiaohu, venne a chiedere istruzioni, Guo Baojuan esultò vedendo gli uomini pronti alla lotta. Si rivolse loro, solenne e sincero: "Compagni, comprendo il vostro umore. Tuttavia per ottenere il massimo risultato da questa missione dobbiamo aspettare che il treno sia sul ponte. Non appena appariranno i fari, darò il segnale e ci muoveremo tutti insieme". Udirono uno sferragliare e due fasci di luce lacerarono il cielo notturno. Gli uomini in preda all'eccitazione si strofinavano le mani e lanciavano urla selvagge. Guo Baojuan indurì l'espressione, i lembi della sua giacca fluttuavano al vento mentre urlava il comando: "Compagni, è arrivato il momento di mostrare il vostro valore, date fuoco alle micce!". Mentre la locomotiva si avvicinava, il ponte precipitò nel fiume con un fragore assordante. Colto di sorpresa, il macchinista non aveva fatto in tempo ad azionare i freni e il treno era piombato a valle, come un cavallo che spezza le redini. Un'enorme ondata si sollevò a toccare il cielo, un coro di grida e lamenti riempì l'aria e nei cuori dei compagni sbocciò la felicità…

Trovai strano che non si parlasse di Zhu Yuting, il loro capo. Lo feci notare a Guo Ping e lui rispose: "Non sono stato io a scrivere il resoconto. Se non l'hanno citato non potevo mica obbligarli". Scoprii più tardi che lui ne era infatti l'autore. Il redattore capo aggiunse: "Scrive bene ma ha uno stile troppo secco e stringato che non si addice all'argomento. Ho dovuto rivedere il testo, aggiungendo qualche nota di colore". La frase "indurì l'espressione, i lembi della sua giacca fluttuavano al vento" era di suo pugno, si era ispirato a Li Xiangyang, l'eroe del film *Guerriglia in pianura*[76].

[76] Film rivoluzionario del 1955. Racconta la vicenda di Li Xiangyang, militare dell'VIII Armata che durante la guerra di resistenza perisce insieme ai suoi compagni in un agguato dell'esercito giapponese.

@ Non lasciare testimoni

La parola di un bandito vale quanto una scoreggia, di loro non c'è da fidarsi. Era ormai l'alba del giorno successivo quando finalmente mi lasciarono andare. Dabao disse che il suo capo aveva voluto lasciarmi riposare per timore che fossi troppo stanco. No, non li odiai, consideravo già un miracolo il fatto di essere ancora tutto intero. Provarono a rifilarmi una mazzetta di note di credito *yinpiao*[77]. "La rettitudine del comandante assurge al più alto dei cieli, voi siete Guan Yu tornato sulla terra. Ho fatto soltanto il mio dovere e mi vergognerei ad accettare qualsiasi compenso." Dabao voleva comunque infilarmeli in tasca, perché i compagni avevano passato la notte in bianco per procurarseli. Ognuno ha i suoi metodi, dovevano essere scesi dalla montagna a spennare qualche malcapitato. Insistetti che Hua Tuo, il medico divino, non aveva ricevuto compensi per curare Guan Yu e che era lui il mio modello. Che vuoi che ti dica, alla fine lui si lasciò convincere dalle mie corbellerie.

Dabao mi accompagnò. Mi aveva bendato con un panno rosso, come fanno i contadini del nord dello Shaanxi quando mettono i paraocchi ai somari che girano la macina. No, generale, te lo ripeto, non li odiavo. Ero loro grato per avermi lasciato vivere. Camminammo per ore sotto la pioggia che scrosciava sempre più forte. Nei pressi di un pendio, lui mi tolse la benda e chiese se volevo mettermi al riparo. Risposi

---

[77] "Biglietti d'argento", note di credito emesse da banche private che durante i numerosi collassi finanziari del periodo perdevano valore e non erano necessariamente convertibili in denaro contante.

in fretta: "Non vorrei incomodare oltre il mio prode amico, prego torna indietro e lascia che io vada per la mia strada". Volse lo sguardo verso il cielo e, dopo aver riflettuto a lungo, fece schioccare la frusta contro un albero: "In amicizia ci siamo incontrati e così ci lasciamo. Ti auguro di fare buon viaggio". Seguendo il corso del fiume – seppi più tardi che era il fiume Bai - sarei arrivato alla valle Fenghuang e, più avanti, c'era Baibei. Dabao non sapeva che quella era la mia destinazione finale e aggiunse: "A nord-est di Baibei c'è Shangzhuang". Voleva darmi il suo "pelloca" di paglia, per un attimo mi parve che avesse nominato la mia "pelle", mi sentii le gambe molli e stavo per svenire.

Spesso mi sono ritrovato a pensare che se non avessi incontrato Dabao e quel giorno non avesse piovuto a dirotto, sarei morto senza conoscere il contenuto della lettera. Al suono degli zoccoli del suo cavallo che si allontanava, mi riparai sotto un albero. Il silenzio che mi circondava fu rotto dal gracchiare di una gazza. Sembrava felice per me, quando si accorse che l'osservavo, scrollò le piume e volò via. Pensai, è andata ad avvertire Ge Ren. Rimasi sotto l'albero per non so quanto tempo. Al rombo di un tuono mi riscossi, mi ero addentrato in un roveto e stavo girando in tondo, come un cane che si morde la coda. Un altro tuono mi mise in allarme, mi ricordai della lettera di Dou Sizhong e cercai un altro riparo. Era troppo tardi, probabilmente si era già inzuppata. Ero sotto una roccia sporgente, mi affrettai a tirarla fuori, il timbro rosso aveva iniziato a sciogliersi, una nuvola rosata aveva invaso la carta. Sia fottuto il mio somaro, la guardai sconvolto. Poi scoppiai a ridere, anche il mio pisello era tinto di rosso, come il naso di un clown in un film straniero. Mi accorsi che la busta si era aperta. Non so come, ma un impulso improvviso spinse le mie dita tremanti a estrarre la lettera. Ripetevo: "Non volevo, non volevo". Diciamo le cose come stanno, mi stavo già scusando con il Partito per aver infranto le regole. Decifrai il messaggio e rimasi allibito. Diceva: "Elimina Zero e distruggi i suoi scritti. In seguito avrai spiegazioni, per ora non lasciare testimoni".

Sapevo che Zero era Ge Ren. Tian Han e Dou Sizhong mi avevano detto che il nome era stato scelto pensando alla chiusura del cerchio. Cosa significava "non lasciare testimoni"? Eh, l'avrebbe capito anche un somaro. Sotto la pioggerellina leggera intravidi l'immagine della fondina della pistola appesa alla cintola di Aqing, ne fiutai l'intenso odore di cuoio.

Cosa? Fuggire? Generale, diciamo le cose come stanno, ci avevo anche pensato ma poi non lo feci. I compagni credono che soltanto una fede incrollabile impedisce a un uomo lucido al mattino di confondersi al calare della sera. Era stata la fede a spingermi ad attraversare mari e monti per proteggere la reputazione di Ge Ren. Ora che Baibei era a portata di mano, come avrei potuto fuggire? Dopo aver innalzato una montagna di nove *ren*, perché fermarsi all'ultimo cesto di sabbia?[78] Stringendo in mano la lettera, riordinai i miei pensieri. Ogni monaco può recitare lo stesso sutra in modo diverso. Potevo far credere ad Aqing che, con quella frase, ordinavano a me di far fuori lui. Se non aveva contattato Dou Sizhong, gli avrei mostrato con generosità il messaggio dicendo: "Decidi cosa vuoi fare". E lui me ne sarebbe stato grato mille volte. Forse in un risveglio di coscienza, avrebbe magari deciso di risparmiare Ge Ren e portarlo via con sé. Così mi sarei liberato delle mie responsabilità e avrei potuto fare rapporto al Partito: avevo fallito il compito perché Ge Ren era fuggito insieme ad Aqing. Cosa? E se Aqing avesse deciso di eliminarmi? Ci avevo pensato, se smascherava l'inganno non avrei potuto che rimettermi al volere del Cielo. Sissignore, non avrei fatto resistenza. Il mio sacrificio avrebbe salvato la reputazione di Ge Ren e la vita di mio suocero e di mio figlio, sarebbe stata una morte gloriosa e più pesante del monte Tai[79].

Raggiunsi Baibei nel pomeriggio. Generale, i tuoi calcoli sono giusti, vi ho preceduto di tre giorni. I contadini del

---

[78] Dal *Classico dei Documenti* – I mastini dei Lü.

[79] Dal discorso *Al servizio del popolo* (1944) di Mao Zedong.

nord dello Shaanxi dicono "la pioggia si ferma a Ligou", da questa parte scrosciava e di là era sereno. Proseguii lungo il fiume Bai, attraversai la valle Fenghuang e, risalita la collina, mi trovai davanti il sole rosso che tramontava. Dietro le mie spalle si stendevano le ombre, più lunghe del cammino rivoluzionario che avevo percorso per arrivare fin lì. Cespugli di rovi e piante rampicanti avviluppavano gli alberi di goji. In quell'inizio di primavera, i rami erano spogli, non era ancora il momento della fioritura. Tuttavia agli ultimi bagliori mi sembrò di scorgere le bacche, erano di un rosso brillante come minuscole lanterne. Proprio così, mi sembrò di essere tornato a Qinggeng. Da noi le trovavi sulla sponda del fiume e intorno alla chiesa, numerose come le stelle in cielo. Vidi un borgo, spire di fumo si innalzavano dai comignoli. Era Baibei, mi misi a correre poi mi fermai di botto e caddi seduto a terra. Dannazione, ansimavo a bocca aperta come un cane, mi disprezzai.

Generale, il seguito lo conoscete. Non andai subito da Aqing, come mi aveva ordinato Dou Sizhong. Volevo prima stabilire se Ge Re era lì. Chiesi informazioni a un vecchio, arrivai alla scuola elementare dove l'avevano rinchiuso. L'avevo vista entrando nel villaggio, due uomini stavano di guardia alla porta. Erano in borghese, non sembravano del posto. Probabilmente Aqing non si era messo in contatto con Dou Sizhong e mi attendeva ignaro. Mi accorsi di essere seguito. Vedendo il mio atteggiamento guardingo, uno degli uomini di Aqing si era insospettito e mi si era messo alle calcagna. Non c'era da stupirsi, all'idea che stavo per incontrare Ge Ren avevo il cuore in subbuglio e le gambe molli. No, non lo vidi il giorno stesso. Prima di raggiungere il cancello della scuola, mi ritrovai un'arma puntata alla schiena. Qualcuno soffiò in un fischietto e mi portarono al borgo. Dannazione, avevo fatto male i calcoli. Prima dell'arrivo di Aqing, i suoi uomini per poco non mi tolsero di mezzo. Mi appesero a una trave, mi frustarono, mi buttarono acqua addosso, insomma, me la vidi proprio brutta.

Quando finalmente lui comparve, ero ancora sospeso a mezz'aria. Che interprete d'eccezione! Si accigliò, si adirò, li insultò e venne a tirarmi giù. Appena toccai terra con la punta dei piedi, mi abbracciò e, avvicinandomi la bocca all'orecchio come se volesse morderlo, mi chiamò per nome. Mi misi in allarme, forse dopo tutto Dou Sizhong era riuscito a contattarlo. Diciamo le cose come stanno, il suo sorriso malevolo mentre mi scioglieva dalle corde mi gettò nella disperazione, forse stavo realmente per andarmene in paradiso...

& La fine di Bai Shengtao

Il racconto di Bai Shengtao termina qui. Ho controllato l'originale della testimonianza, archiviato nell'Istituto di ricerca su Ge Ren, e l'ultima parola è proprio "paradiso". Ding Kui che la trascrisse doveva aver praticato la calligrafia ricopiando antiche iscrizioni su pietra e assicelle di bambù, il testo sembra redatto da uno scrivano di epoca Han. Per sapere come Bai Shengtao trasmise l'ordine ad Aqing, dobbiamo leggere la seconda parte del libro.

La storia del dottor Bai si concluse a Hong Kong dove lui si stabilì e sposò He Lianhui, una giovane donna originaria di Canton. Morì tre anni dopo il matrimonio lasciando un figlio, Bai Yangu, che ebbe a sua volta due maschi e una femmina. Da piccola Bai Ling aveva sentito parlare vagamente del viaggio del nonno a Dahuangshan. Ricordava che sua nonna diceva spesso che lui era "una zucca sigillata" e si teneva tutto dentro. Quando lesse il manoscritto, ne scoprì invece la grande eloquenza e quella sua avventura la colmò di ammirazione: "Wow, eccitante! Sembra un film di 007".

Nell'estate dell'anno 2000 la convinsi ad accompagnare Fan Jihuai a Dahuangshan e, lungo la strada, lui le raccontò il suo viaggio. La Storia aveva quindi chiuso il cerchio: Bai Shengtao aveva rilasciato una testimonianza a Fan Jihuai e Fan Jihuai ne aveva parlato con sua nipote. Peccato che non sapremo mai cosa pensasse di tutto questo il dottor Bai, dal suo osservatorio lassù in paradiso.

PARTE SECONDA

Lo giuro davanti al presidente Mao

Data: 3 maggio 1970
Luogo: campo di rieducazione della piantagione di tè di Xinzhuang, Xinyang.
Narratore: internato Zhao Qingyao (Zhao Yaoqing)
Ascoltatore: membri del gruppo di indagine
Trascritto da: compagno Yu Fenggao

@ Lo giuro davanti al presidente Mao

Sapevo che sareste venuti, l'ho capito stamattina quando ho sentito la gazza gracchiare in cima all'albero. Non mi ha avvertito nessuno, lo giuro davanti al presidente Mao. Compagni, ho il pregio di non fare colorature, se dico che me l'ha annunciato la gazza potete credermi.

Guardate, quelli dell'altra volta mi hanno lasciato i *Tre articoli*[80] del presidente Mao. Li leggo ogni giorno e ne traggo saggezza, coraggio e forza illimitata. Voi che mi avete portato? Cosa mi serve? Topicida. Ma no, non è per me, è contro i ratti. Il presidente Mao ha detto che sono uno dei quattro flagelli[81] e questo posto ne è infestato. Quanto a me, avrò anche commesso degli errori ma, quando penso che "migliaia e migliaia di martiri hanno eroicamente dato la vita per gli interessi del popolo"[82], non sono ancora pronto a morire.

---

[80] *In memoria di Norman Bethune* (1939), *Al servizio del popolo* (1944), *Come Yu Kung rimosse le montagne* (1939) anche detti *I tre articoli da leggere costantemente* (Lao san pian) hanno contribuito alla diffusione del Mao-pensiero. Nel 1959 quando Lin Biao fu eletto Ministro della difesa suggerì quei testi come materiale di studio per la nazione, affermando che racchiudevano le direttive ideologiche della rivoluzione cinese.

[81] Campagna di igiene pubblica lanciata da Mao Zedong con il *Programma dodicennale di sviluppo agricolo* 1956-1967: "Nei dodici anni a partire dal 1956 si deve procedere a far piazza pulita di topi, cimici, mosche e zanzare ovunque ciò sia possibile".

[82] Dal discorso *Sul governo di coalizione* (1945) di Mao Zedong.

Avrei anche bisogno di sonniferi. Sono stati "anni impegnati, mesi di fatiche"[83] e, quando me ne ricordo, mangio male e dormo peggio. Gli spettri dei martiri mi balenano davanti agli occhi e mi salutano. Uno mi porge un bicchiere d'acqua, l'altro mi accarezza la testa, c'è chi mi dà una pacca sulle spalle, chi mi offre una sigaretta. Ma no, non lo dico perché voglio fumare. Beh, se me ne offri una la prendo. Di che marca sono? Fenghuang? Cazzo! Sarà un secolo che non ne fumo una! Per quelle sigarette provo un affetto particolare, mi ricordano quand'ero nella valle Fenghuang di Dahuangshan. Perdonatemi, qui non ho acqua e non posso offrirvi un tè. "L'irrigazione ha un'importanza vitale per l'agricoltura"[84] e ogni sorso è un goccio sottratto alla natura. Perciò non bevo mai, sono quasi diventato una tartaruga, loro non hanno bisogno di acqua. Non le avete mai viste in montagna? Vivono praticamente d'aria. Ne ho trovata una, stava schiacciata sotto una lapide da chissà quanto tempo e riusciva a muovere solo la testa avanti e indietro. "L'esempio ha una forza senza limiti"[85] e io imparo dalle tartarughe così risparmio acqua.

Va bene, bando alle ciance. Di cosa volete che vi parli? Ancora di Ge Ren? Certo che ho indovinato. Anche i due dell'altra volta mi avevano chiesto sue informazioni. Si appuntavano ogni frase su un quadernetto e, se tossivo, scrivevano "tossisce". Come faccio a saperlo? Il piccolo generale rivoluzionario[86] si era dimenticato come si scrive, stava lì con gli occhi al cielo e spremersi le meningi, gli ho detto di metterlo in *pinyin*, cioè la romanizzazione. Si è stupito che la

---

[83] Verso della poesia "Changsha" (1925) di Mao Zedong.

[84] Dal discorso *La nostra politica economica* (1934) di Mao Zedong.

[85] Frase attribuita a Jiao Yulu, quadro del Partito comunista eletto a modello di correttezza morale e protagonista di una campagna di emulazione lanciata subito dopo la sua morte nel 1966, tramite tre editoriali del *Quotidiano del Popolo*.

[86] Appellativo congratulatorio di Mao Zedong nei confronti delle Guardie rosse. Probabilmente utilizzato per la prima volta nel *Discorso alla presenza di una delegazione militare albanese* (1967).

conoscessi. Stai scherzando? È stato Ge Ren a insegnarmela, e grazie a lui parlo anche le lingue straniere. Ovvio, mi servono per criticare il capitalismo e smascherarne l'orribile aspetto. E se, con benevolenza, vorrete riportare ai superiori che sono "rosso ed esperto"[87] di certo non ve lo impedirò.

Volete che vi racconti tutto dall'inizio? Eh, di sicuro è la pura verità, lo giuro davanti al presidente Mao. Ge Ren diceva: "Il compagno Aqing è un uomo onesto". Quando? Come potrei ricordarmi? In ogni caso, succedeva spesso. Lui si interrompeva nel bel mezzo di un discorso e mi dava una pacca sulle spalle: "Aqing è un buon compagno, un uomo onesto". Eh, "la modestia fa progredire e l'orgoglio fa indietreggiare"[88], quindi non vado certo a sbandierarlo in giro.

Avete sete? Vado a prendervi dell'acqua. Mandate qualcuno ad accompagnarmi? Non ce ne sarebbe bisogno, la brocca non è pesante, posso portarla da solo.

---

[87] Uno dei *Sessanta punti sui metodi di lavoro*, bozza di risoluzione del Comitato centrale del Partito comunista cinese (1958).

[88] Dal *Discorso d'apertura dell'ottavo Congresso nazionale del Partito comunista cinese* (1956) di Mao Zedong.

& La squadra di rieducazione attraverso il lavoro

Nel 1969 Aqing fu internato nella piantagione di tè di Xinzhuang, provincia dello Henan, per essere rieducato attraverso il lavoro. Il 5 aprile del 1997 ho incontrato a Zhengzhou il compagno Yu Fenggao, allora capo del gruppo di indagine. Mi ha detto che, a quel tempo, Aqing si faceva chiamare Zhao Qingyao:

Mi avevano ordinato di andare al campo di rieducazione. Prima della partenza, uno dei compagni dirigenti mi convocò per comunicarmi che dovevo investigare un certo Zhao Qingyao. Il suo caposquadra aveva fatto rapporto, quell'uomo aveva un passato complicato, non gli pareva fosse un internato qualsiasi. Avevano scoperto che il suo vero nome era Zhao Yaoqing. Proveniva dalla provincia del Zhejiang, era stato membro del Partito comunista clandestino, poi aveva rinnegato la rivoluzione e fatto perdere le sue tracce. Tuttavia "immensa è la rete del cielo, e dalle sue maglie, pur lente, nulla passa"[89]*. Dopo anni alla macchia, era ricomparso. Ora sapevamo che, nella primavera del 1943, si era rifugiato a Zhumadian spacciandosi per mendicante, poi aveva preso moglie ed era andato a vivere in casa dei suoceri. Il cane però non si toglie il vizio di mangiare merda, quelli come lui insistono a cantare una melodia opposta a quella delle masse. Aveva criticato il movimento che mandava i giovani istruiti a "salire in montagna e scendere nei villaggi"*[90]*. Cazzo, diceva*

---

[89] Dal *Daodejing* di Laozi.

[90] Movimento di migrazione forzata dei giovani cinesi istruiti, dopo le aberrazioni delle Guardie rosse durante la Rivoluzione culturale. A partire dal 1968, i giovani furono inviati nelle aree più povere del paese per essere

che non ne sarebbe uscito niente di buono, se non inguaiavano le ragazze di buona famiglia come minimo avrebbero rubato le galline nei pollai. Ovviamente, i giovani istruiti lo avevano subito denunciato alle autorità ed era stato mandato al campo a riformarsi. Il compagno dirigente aggiunse che, era soltanto grazie allo spirito di vigilanza del caposquadra, se quel pericoloso nemico di classe non aveva abbindolato tutti cavandosela con due soli anni di riforma.

Rassicurai il mio superiore: sarebbe stato un gioco da ragazzi costringerlo a confessare. Mi sorrise, voleva piuttosto che ottenessi informazioni su un certo Ge Ren che, ingannando il popolo e il Partito, si era fatto credere morto a Erligang per poi rifugiarsi a Dahuangshan. Con grande lungimiranza, il mio superiore mi ammonì di non rivelare a Zhao Yaoqing che Ge Ren era stato bollato come traditore: "Lascia che vuoti il sacco, che scoreggi a volontà e, se te lo chiede, raccontagli che Ge Ren è considerato un eroe nazionale." Ero riluttante a mentire con tale spudoratezza ma mi rassicurò, visto che era stato lui a ordinarmelo la responsabilità non era certo mia. Quando a Xinzhuang vidi quell'uomo, mi andò il sangue alla testa. Puzzava in maniera insopportabile, non avevo mai incontrato qualcuno sporco in quel modo, saranno stati secoli che non si lavava. Blaterava senza sosta passando di palo in frasca, per ogni tua domanda aveva otto risposte, non faceva che sparare cazzate. Poi a un certo punto si metteva a dare di matto e, mentre stavi lì ad ascoltarlo, d'un tratto si soffiava il naso e spalmava il moccio dove gli capitava. Una volta, con la scusa di darmi una pacca sulla spalla, per poco non si puliva la mano sul mio colletto. Fumava come una ciminiera e con due o tre boccate si succhiava una sigaretta intera. A quei tempi un pacchetto costava come qualche chilo di tofu. Non stava sperperando di proposito i beni dello Stato? In quell'occasione fummo molto efficienti, lo torchiammo dalla mattina all'alba del giorno dopo e riempimmo pagine e pagine di appunti. Era originario del Zhejiang, il dialetto dello Henan lo aveva appena imparato e lo parlava in modo bizzarro, per fortuna io riuscivo ancora a capirlo. Ho sentito dire che, dopo la nostra visita, è schiattato.

---

rieducati dalle masse e completare la loro formazione politica al fianco dei contadini.

Alcuni dicono che si è gettato in un pozzo, altri che era malato di fegato da tempo. Quando l'ho saputo mi sono imbufalito. Ma guarda che infame, stava male e non ci aveva detto niente! A momenti tirava le cuoia e ci ha invitato a bere dalla sua tazza! Come me lo spieghi? Non lo faceva apposta per infettarci? Aveva studiato medicina, quindi avrebbe dovuto saperlo. Che gran fetente, che anima nera! Puah!

In preda alla rabbia, il compagno Yu Fenggao "puah!" sputò fuori anche la dentiera. Si era fatta ora di pranzo e cordialmente mi propose di continuare il discorso nel ristorante di fronte. Ovvio, lui ordinò e io pagai il conto. Poi lo invitai ancora e stavo da una parte a guardarlo mangiare. Suo figlio disse che era malato di epatite B. Lui, adducendo una carenza di calcio, sosteneva di aver bisogno di mangiare "animali col guscio", frutti di mare. Se gli avessi detto che sapevo dell'epatite, avrebbe di sicuro dato la colpa ad Aqing anche se erano passati trent'anni dal loro incontro.

@ Gele, la Collina del canto di giubilo[91]

Bene, "puntatemi nella giusta direzione e io sparerò". Una sera di febbraio dell'anno 1943 ero andato insieme ad alcuni amici in una sala da ballo e mi ero imbattuto in Bingying, Hu Bingying. La considero la donna più affascinante che abbia mai visto. Anzi preferisco definirla "incantevole", perché un fascino conturbante può corrompere gli uomini mentre la bellezza incantevole li esalta e li spinge all'eroismo. Non esagero quando dico che assomigliava un po' a Ke Xiang, la protagonista dell'opera modello *Il monte delle azalee*[92]. Ma cosa andate a pensare, io ero impegnato nel movimento clandestino e la rivoluzione era il mio unico amore. Era un locale chic ed esclusivo e si trovava sulla collina Gele di Chongqing. Arrivammo a festa iniziata, li trovammo che ballavano la rumba. Sai come si scrive? "Lunba". No, non è il "lun" di "*chelun*", ruota del carro, ma quello di "*lunli daode*", etica e morale della società feudale.

---

[91] Si trova alla periferia di Chongqing. Dal 1938 vi sorse la famigerata Residenza bianca di Dai Li, capo del Juntong, che alloggiava anche le prigioni dei "criminali" politici con relative camere di tortura. Anche definita la "tomba da vivi", vi hanno trovato la morte numerosi di martiri della rivoluzione.

[92] Opera modello scritta nel 1973, narra la creazione delle forze contadine di autodifesa nel sud della Cina nel 1928. Durante la Rivoluzione Culturale la rappresentante del partito Ke Xiang divenne un'icona di moda e bellezza femminile e l'acconciatura "alla Ke Xiang" fu per anni in voga tra le donne rivoluzionarie.

La rumba si balla abbracciati. Cosa? L'unico vero ballo è la danza della fedeltà?[93] Se queste sono le nuove direttive, perché il caposquadra non ce l'ha comunicate?

Va bene, vado avanti. Passami quella tazza che ti faccio una dimostrazione. No, è troppo larga. Proviamo con i bastoncini. Niente da fare, troppo rigidi. Qualcuno vuole fare coppia con me? No? In effetti neanch'io ho una gran voglia di ballare e sono d'accordo con voi, la danza della fedeltà è decisamente la migliore. Va bene, per la rumba ora vi faccio un esempio: pensate a due serpenti rizzati sulla coda e pronti all'attacco, uno si piega a sinistra e l'altro ondeggia a destra, poi *bam*, di colpo voltano la testa dall'altro lato. Beh, fu in quell'attimo che la vidi e, non ci sarebbe neanche bisogno di dirlo, lei si accorse di me. Tuttavia continuò a sgambettare come se niente fosse. Portava un fiore infilato nel cappello inclinato[94], un baschetto che le donava molto, non esagero se dico che era la ragazza più incantevole della sala. Pensai: "Strano, ma che cazzo ci fa a Chongqing?".

Al termine di un brano andai a salutarla con il bicchiere in mano. Era seduta a gambe accavallate e mi lanciò un'occhiata: "Sono stanca, ufficiale, non ho voglia di ballare". "Così mi chiamano gli altri, non tu". "L'ufficiale deve aver alzato il gomito, non mi pare di conoscerla". Mi aveva messo alla berlina di fronte agli amici e se fosse stata una qualsiasi non avrei esitato a darle una lezione. Ma era Bingying, la donna del mio amico Ge Ren e, pensando a come lui si era sacrificato

---

[93] Danza di gruppo creata durante la Rivoluzione Culturale e ispirata ai balli tradizionali dello Xinjiang. Era costituita da semplici passi accompagnati dalle strofe di una canzone rivoluzionaria, veniva eseguita impugnando il *Libretto rosso* ed esprimeva le tre fedeltà: al presidente Mao, al Mao-pensiero e alla sua linea rivoluzionaria. Si ricorda la fotografia della bambina di cinque anni che danza per i soldati plaudenti in un raduno nello Stadio delle Guardie rosse di Harbin, scattata nel 1968 da Li Zhensheng, fotografo del Quotidiano dello Heilongjiang.

[94] Espressione che descrive un atteggiamento scanzonato e senza pensieri.

per la rivoluzione, mi frenai. Da piccolo ero stato spesso ospite in casa di lei. Dico questo per sottolineare che provengo da una famiglia proletaria. "Dal drago nasce un drago, una fenice dalla fenice, mentre la prole dei topi è destinata in eterno alle tane"[95]. Se la mia è una famiglia proletaria significa che io, sin dalla nascita, appartengo alle masse rivoluzionarie.

Va bene, vado avanti. Pensai: "Dopo questa figuraccia non posso rimanere qui, meglio squagliarsela". I miei amici non avevano voglia di andare, avevano trovato compagnia e stavano ballando. Per un po' avevo bevuto da solo in un angolo poi avevo avuto bisogno di liberarmi, cioè dovevo andare a pisciare. Sapete cosa vuol dire "liberarsi"? Meglio per voi. Uscii dal locale, mi misi una sigaretta in bocca e qualcuno si avvicinò con un fiammifero acceso. Chi era? Ovvio, era Bingying. Tesi il collo per accendere e lei spense il fiammifero soffiandoci sopra. "Ancora arrabbiato?", mi chiese dandomi un colpetto sulla testa con il giornale che aveva in mano. Quella domanda dissipò all'istante il mio malumore. Stavo per chiederle perché era a Chongqing ma, accendendomi la sigaretta, lei mi sussurrò che aveva bisogno di me e mi invitò a casa sua.

Abitava ai piedi della collina, a un centinaio di passi dalla sala da ballo. Perché si chiama Gele, Canto di giubilo, un

---

[95] Nella teoria della linea di sangue introdotta durante la Rivoluzione Culturale si distinguevano "cinque categorie rosse" composte dai legittimi successori della rivoluzione socialista che erano "rossi dalla nascita" (figli di operai, contadini poveri, quadri del partito, martiri, soldati della rivoluzione) e "cinque (poi allargate a nove) categorie nere". Nel 1966 divenne popolare il detto "il figlio di un eroe è un vero uomo, il figlio di un reazionario un farabutto". Yu Luoke, un giovane operaio di Pechino ingiustamente perseguitato per le cattive origini del padre, nel 1967 pubblicò il saggio *Sulle origini familiari* citando teorie marxiste e maoiste che prioritizzano l'identità politica e la coscienza rivoluzionaria, e scatenando così un dibattito che mise in discussione "la linea di sangue". Nel 1970, Yu Luoke fu poi accusato del reato di "organizzazione di gruppi controrivoluzionari" e giustiziato sulla pubblica piazza.

nome che evoca inni alla pace e alla spensieratezza? Io una vaga idea ce l'avrei: la leggenda racconta che Yu il Grande, dopo aver domato le acque, fosse venuto qui a sposarsi e abbia fatto allestire un gran banchetto per gioire e cantare insieme ai compagni[96]. No, Bingying non mi offrì un banchetto, lei mi portò sulle rive del fiume Jialing. Una parete di roccia si stagliava dietro le nostre spalle, ci sferzava un vento gelido. Io però non lo avvertivo perché, come dice la canzone, "sulla rupe rossa sboccia vermiglio il fiore di pruno, mille miglia di ghiacciai ho attraversato, non temo il rigido inverno della terza novena, al sole si schiude il mio cuore scarlatto"[97]. Non ho idea se lei avesse freddo. In silenzio, camminava avanti e indietro con le braccia conserte, sembrava che un peso le opprimesse il cuore. Quando il vento mi portò il suo profumo, mi sembrò di essere tornato a Hangzhou nella sua casa sempre piena di fiori. No, non fiori di pruno, erano gardenie dal profumo inebriante. La nostra conversazione prese spunto proprio dai fiori. Quali fiori? Quelli di fava. D'un tratto mi chiese se conoscevo la poesia "Fiore di fava". Disse che l'aveva scritta Ge Ren, era bellissima e dovevo assolutamente leggerla. Volle sapere se avevo sue notizie. Le risposi affranto che l'eroe caduto tragicamente non era ancora stato vendicato soltanto perché il momento non era arrivato[98]. "Va bene, va bene, ora però smettila di piagnucolare." Poi aggiunse in un sussurro: "E se hai qualche notizia fammela sapere". Era morto, che altre notizie avrebbero mai potuto esserci? Pensai si stesse

---

[96] La maggior parte delle notizie su Yu il Grande derivano dalle *Memorie storiche* di Sima Qian. Secondo il mito, fu il primo sovrano della dinastia Xia e l'ottavo pronipote dell'Imperatore Giallo. Famoso per aver operato il controllo delle acque fluviali, è considerato paradigma di temperanza e determinazione, e viene venerato come l'amministratore perfetto.

[97] Dal motivo "Ode al rosso fiore di pruno", melodia principale dell'opera *Sorella Jiang* (1964), che narra il sacrificio di Jiang Zhuyun eroe della resistenza, martire rivoluzionaria a soli 29 anni.

[98] Dagli *Scritti di antica saggezza*, testo pedagogico di autore anonimo, riveduto e corretto da Zhou Xitao (1644-1911).

riferendo al cadavere, avevo sentito dire che era stato sepolto in una fossa comune. Forse, in nome del loro antico amore, avrebbe voluto portarlo altrove. "Le sue gesta eroiche hanno scosso il cielo e la terra e commosso demoni e dei. Puoi star tranquilla, lui è sempre nel mio cuore e se scopro qualche cosa non mancherò di comunicartelo."

Con mia sorpresa, appresi che non era al cadavere che stava pensando, lei continuava a illudersi che fosse ancora vivo. Provai una gran pena, il dolore doveva averle ottenebrato il cervello. Poi disse che nulla sfuggiva allo sguardo del Juntong[99], se avessero saputo che Ge Ren non era morto avrebbero mandato un sicario a toglierlo di mezzo. Suggerì che mi facessi avanti per assolvere quel compito. Ero indignato, mi vennero le lacrime agli occhi: "Se davvero non è morto, pensi che io potrei andare a sopprimerlo? Stammi bene a sentire, Bingying, io sono un uomo non una belva sanguinaria". Scoppiò a ridere: "Ma no, cosa hai capito, ti sto chiedendo di aiutarlo, voglio che lo porti al sicuro". Perplesso, finsi di assecondarla dicendole che anch'io avevo sognato che lui non era morto e lottava per liberare l'umanità.

Compagni, ora però mi stavano venendo dei dubbi. Forse le parole di lei non erano così astruse e la faccenda di Ge Ren aveva avuto sviluppi che ignoravo. Possibile che la sua morte fosse stata tutta una messa in scena? Ma allora lui dov'era? Prigioniero dei giapponesi in un luogo segreto? In tal caso, io non sarei certo riuscito a portarlo in salvo. Come ufficiale del Kuomintang dovevo obbedire agli ordini dei miei superiori e sapevo per certo che quella banda di incapaci non avrebbe

---

[99] Ufficio Nazionale di Indagine e Statistica (in cinese *Junshi weiyuanhui diaocha tongjiju*), era una delle due agenzie dei servizi segreti militari del governo nazionalista. Creato nel 1932 e capeggiato da Dai Li fino al 1946, fu responsabile per attività di sorveglianza e intimidazione, rapimenti e omicidi di spie giapponesi, collaborazionisti cinesi, membri del partito comunista clandestino, dissidenti politici e intellettuali simpatizzanti con la sinistra e critici del governo di Chiang Kai-shek.

mai affrontato apertamente i demoni giapponesi. Per i peli del mio pisello! C'era solo una possibile via d'uscita, dovevo contattare subito Dou Sizhong e chiedergli di mandare qualcuno a prelevare Ge Ren. Quindi, senza fare una verifica e basandomi soltanto sulle visioni di Bingying, inviai un telegramma rischiando di rivelare la mia identità. Un grave errore per il quale avrebbero potuto tacciarmi di avventurismo di sinistra[100].

[100] Errore commesso dai membri del partito che favoreggiavano la terza linea deviazionista "di sinistra". Fu un'accusa mossa a Wang Ming e al gruppo dei 28 bolscevichi ed espressa nella *Risoluzione su alcune questioni della storia del nostro Partito*, adottata nel 1945 dalla settima riunione allargata del sesto Comitato centrale del Partito comunista cinese.

& Fiore di fava

Come già menzionato nella prima parte del libro, esistono due versioni della poesia: "Chi sono stato" e "Fiore di fava" e hanno qualche minima differenza tra loro.

Bingying aveva letto "Fiore di fava" quando ancora si trovava a Shanghai e recitava in teatro. Secondo le cronache del tempo la sua ultima interpretazione fu *Lungo viaggio nella notte* di Yu Ling, una tragedia che narra le vicende di tre famiglie nella concessione internazionale di Shanghai durante l'occupazione giapponese. Poi chiusero tutti i teatri e lei, come molti suoi colleghi, passava le notti fra bagordi e festini, annegando nell'alcol la sua frustrazione. Nel libro *Bellezze in tempi di caos* Anthony Thwaite scrive:

A Shanghai, Bingying passava le notti a far bisboccia ma nel suo cuore albergava un profondo senso di smarrimento. Sarebbe voluta andare a Yan'an per riunirsi con Ge Ren ma la notizia della sua morte l'aveva gettata nella disperazione. Scriveva nel diario: "Uno dopo l'altro passano i giorni, la brina alla finestra offusca ogni barlume di speranza". In quel momento, era ricomparso Zong Bu, che durante la guerra aveva trasferito a Hong Kong la redazione del Molo di Shanghai. *Lei non sapeva perché fosse tornato. Aveva la barba grigia e un'espressione triste, le sembrò molto invecchiato. Quando era entrato aveva la neve sulle sopracciglia e, per un attimo, lei aveva pensato si fossero incanutite anche quelle. Lui le aveva detto di essere lì per caso, ma lei non gli aveva creduto.*

Aveva portato la rivista Scritti eterodossi[101]*, pubblicata a Hong Kong. Mentre lei impartiva alla servitù istruzioni per il pranzo, lui si*

[101] Rivista di storia e letteratura pubblicata a Shanghai dal 1936 al 1937.

era messo a sfogliarla come se l'avesse appena comprata. Poi bevendo la zuppa aveva continuato a borbottare: "Interessante". Quando lei gli aveva chiesto cosa ci fosse di tanto interessante, lui si era fermato per un attimo rimanendo assorto, poi era tornato a mangiare. Era destino che lo sguardo le cadesse sull'indice. Come tutti sanno, in greco la parola "destino" non sta a indicare "solennità, necessità, valore" ma piuttosto "casualità, gioia, sfortuna". Quando lei aveva preso la rivista, una gioia fugace e una serie di sfortune erano ricadute sulle sue spalle.

Lesse una poesia, si chiamava "Fiore di fava" le ricordò il soprannome di sua figlia Piccola fava, era firmata da un certo signor You Yu, Melanconia. Capì che Zong Bu era andato a Shanghai con l'intento di mostrargliela. Anni prima lui ne aveva letto un'altra versione nella rivista Nuovo Secolo, *si chiamava "Chi sono stato" ed era firmata da Ge Ren. Le disse: "In Unione Sovietica si faceva chiamare Melancovsky*[102] *e, se non ricordo male, quella volta l'aveva dedicata a te e a tua figlia". Aveva pensato di pubblicarla sul* Molo di Shanghai, *ma dopo aver riflettuto a lungo, aveva abbandonato l'idea. "Pensi che l'abbia modificata prima di essere ucciso? Oppure è stato qualcun altro? C'è però anche un'altra possibilità: che lui sia ancora vivo e, in tal caso, vi rivedrete presto." Bingying scrisse poi che Zong Bu sembrava sinceramente felice all'idea e, in quell'attimo, il suo risentimento si sciolse, come brina alla finestra finalmente riscaldata dal sole…*

Anthony Thwaite aggiunge:

Da quel momento, Bingying si convinse che Ge Ren avrebbe potuto essere ovunque. Decise di andare a Chongqing a cercare Zhao Yaoqing, era un ufficiale dei servizi segreti del Kuomintang e avrebbe potuto avere sue notizie. Zong Bu avrebbe voluto accompagnarla ma lei preferì andare da sola. Il terzo giorno dal suo arrivo incontrò Zhao Yaoqing in un bar e lui la stupì giurandole di non sapere nulla. Probabilmente mentiva perché, dopo la loro conversazione, era andato al borgo di Baibei a Dahuangshan. Nei giorni seguenti Bingying, piangendo a calde lacrime, aveva declamato

---

[102] Anche Qu Qiubai in Russia adottò un nome locale: Victor Strakhov.

"Fiore di fava" sulla collina Gele, sulle rive del fiume Jialing, davanti al tempio di Confucio…

Zhao Yaoqing era stato sospettato ingiustamente: quando loro due si erano incontrati, lui era realmente all'oscuro di tutto. Più tardi torneremo a parlare della nuova versione della poesia.

@ L'ordine

Con mia somma sorpresa, qualche giorno dopo ebbi la conferma che Ge Ren era ancora vivo e ricevetti l'ordine di andare a Dahuangshan. Non ho mai saputo se fosse stata un'idea di Dai Li, il capo del Juntong.

Ti sbagli, perché dovrei prendere le sue difese? Dai Li era un gran bastardo. Vuoi che parli con coscienza? Mai stato più coscienzioso di così! "Coscienziosamente" è la parola più temuta al mondo, ma è quella che i comunisti pronunciano più spesso[103]. Lo chiamavo padron Dai, lui era un demone strisciato fuori dall'inferno che uccideva senza batter ciglio, una zucca sigillata che non lascia trapelare nulla. Prima di partire, lo incontrai alla Residenza bianca. Arrivai mentre stava insultando un tizio. Sapete qual era il suo mantra? *Damned fool*! Vuol dire "maledetto idiota". Non conosci l'inglese? Vieni, te lo scrivo io. È vero che dobbiamo sostenere tutto ciò che il nemico combatte, e combattere contro tutto ciò che il nemico sostiene[104] ma se il "maledetto idiota" è anche un fottuto bastardo, uno come deve comportarsi? Non potevo mica farmelo amico solo perché Dai Li lo stava prendendo a parolacce. Azzanna un cane e ti ritroverai la bocca piena di peli. Certo che conoscevo Dai Li, siamo entrambi originari del cantone di Baoan. Lì c'è il monte Xianxia, lui veniva dal passo Longjing che sta in alto e io dal villaggio Fenghuang

---

103 Dal discorso *Agli studenti cinesi a Mosca* (1957) di Mao Zedong.

104 Dall'*Intervista con tre corrispondenti dell'Agenzia Centrale d'Informazione, del Sao Tang Pao e del Hsin Min Pao* (1939) di Mao Zedong.

che è più in basso. Hai ancora sigarette? Dammene una. Quando fumo le Fenghuang ripenso a casa mia. Ha ragione quel detto "in cima ai monti più belli, in riva alle acque più chiare, in compagnia delle donne più frivole, è sempre presente la nostalgia di casa". Va bene, taglio corto. Essere suo compaesano mi aveva permesso di farmi una certa posizione nel Juntong, lui non immaginava però che ero un lupo in vesti di agnello. All'apparenza servile e rispettoso, in realtà non vedevo l'ora di seppellire Chiang Kai-shek con tutta la sua corte dei miracoli. Gli umili sono furbi e i potenti idioti. Nonostante la spocchia, Dai Li in finale era soltanto un *damned fool* perché non si era accorto di niente. Ovvio, anche grazie alle mie strategie elusive. Politica e tattica sono la vita stessa del Partito[105] e io, per il bene del popolo, mi comportavo con la massima cautela.

Dico bene?

Non rividi più Dai Li, lui mandò Fan Jihuai a parlarmi. Visto che conoscete in ogni dettaglio il passato rivoluzionario di Ge Ren dovreste aver sentito parlare di lui. Da giovani erano andati insieme in Giappone, Ge Ren a studiare medicina e Fan Jihuai per studiare legge. Voi compagni dovreste saper bene che quando si parla di legge si intende la "legge dello Stato" quella che esprime le condizioni di esistenza della classe dominante della società[106]. Da ciò capirete che Fan Jihuai è sempre stato un poco di buono. Mi informò che avevano ricevuto una soffiata, Ge Ren era al borgo di Baibei in Dahuangshan. Scossi la testa: "Non è possibile. Dev'esserci un errore". Mi chiese perché lo pensavo. "Quando un uomo muore è come una lampada che si spegne. A quest'ora dovrebbe già puzzare, come potrebbe essere ricomparso?" "Per questo ti mandiamo a controllare e, se è lui, devi scoprire qual è la sua missione. Mi raccomando muoviti con cautela,

---

[105] Dalla *Circolare sulla situazione* (1948) di Mao Zedong.

[106] Dal *Manifesto del Partito Comunista* di Karl Marx e Friedrich Engels.

non battere l'erba altrimenti spaventi il serpente[107]. E, fino a nuovo ordine, non torcergli un capello."

Che idiota! Come avrei potuto fargli del male proprio io? Non dissi niente per non scoprirmi, ma gli chiesi candidamente: "E perché?". "Ge Ren è un personaggio noto e qualsiasi mossa falsa potrebbe mettere in cattiva luce il Kuomintang." Ricordo anche che aggiunse: "La lenza lunga farà abboccare il pesce". Era una battuta pronunciata dal giapponese Jiu Shan nell'opera modello *La lanterna rossa*[108]. Evidentemente io ero l'uomo adatto per quella missione, conoscevo il posto perché ci ero già stato ed ero amico di Ge Ren. Ma scegliere me fu anche il loro errore più grande, non sapevano che "lottavo al fianco di Cao Cao, ma il mio cuore era fedele agli Han" e che in petto avevo un cuore rosso che palpitava per Yan'an.

Chi è quello che si è affacciato? Uno dei vostri? Fatelo entrare. Ah, è il nostro caposquadra, a lui piace ascoltare le mie storie. Ha una bella voce, il suo cavallo di battaglia è *Auguriamo vita eterna al presidente Mao*[109]. Canta *L'Oriente è rosso* come fosse un duetto, la voce maschile per "l'Oriente è rosso" e quella femminile per "il sole sorge". Lo definisce "uomo e donna in sintonia e la fatica vola via". Prima lo interpretava insieme a una tizia ma l'anno scorso lei ha ingoiato abbastanza topicida da stramazzare un bufalo ed è morta. Perché si è avvelenata? Chiedetelo a lui. Adesso che è rimasto solo viene spesso a trovarmi: "Ti canto una canzone così mi racconti una storia". La sua voce in falsetto mi rapisce e in un attimo mi porta sugli altopiani dello Shaanxi. Poi io, per onorare la promessa, gli racconto qualcosa. No, certo che non gli ho

---

107 Dalla *Storia Moderna dei Tang Meridionali* (977) di Zheng Baowen.

108 Una delle Otto opere modello. La frase è pronunciata dal personaggio di Jiu Shan, comandante dell'esercito giapponese, che lascia a piede libero Li Tiemei, Nonna Li e Li Yuhe nella speranza di recuperare il codice cifrato utilizzato per le comunicazioni dal partito comunista clandestino.

109 Inno di battaglia di Proteggi l'Oriente, fazione delle Guardie Rosse dell'Università Nankai di Tianjin.

parlato di Ge Ren, in decenni di vita rivoluzionaria non l'ho mai nominato a nessuno. A lui piacciono le storie di donne libertine e dissolute e non si stanca mai di ascoltare i dettagli piccanti della tresca tra Dai Li e l'attrice Butterfly Wu[110]. Ogni volta sputa a terra: "Puah! Dannazione, che puttana, che baldracca svergognata!". Forse un attimo fa si è affacciato perché pensava stessi parlando di quei due.

Cosa dicevo? Ah sì, che ero al servizio del generale Cao Cao ma nel mio cuore avevo giurato fedeltà alla dinastia Han. Cioè ero infiltrato nel Kuomintang e facevo la spia per il Partito comunista. Qualche giorno fa il caposquadra ci ha portato a vedere un film di spionaggio, siamo arrivati tardi e ci siamo messi seduti dietro lo schermo. Un ragazzo ha commentato affascinato: "Che bello fare l'agente speciale, mangi carne, bevi alcol e le donne ti scaldano il letto. Quel bastardo fottuto non se la passa mica male!". Se non avessi temuto di disturbare gli altri spettatori, gli avrei impartito una bella lezione di politica. Il nostro è un mestiere difficile e, a meno che tu non abbia una faccia così tosta che non la bucano neanche i proiettili e un cuore di pietra e senza scrupoli, puoi anche scordartelo. Il ragazzo non sapeva che, nell'analisi dei problemi, tutto può essere diviso, è sempre un caso dell'"uno che si divide in due"[111]. All'inizio, quando il Partito comunista mi chiese di infiltrarmi nel Juntong, io esitai proprio in ragione di quelle difficoltà. Poi ricacciai indietro con forza ogni sprazzo di egoismo, il fuoco della rivoluzione divampò nel mio cuore e decisi di accettare l'incarico. Perché

---

[110] Dai Li si invaghì di Hu Die, conosciuta in Occidente come Butterfly Wu, icona del cinema di Shanghai negli anni '20 e '30 e minacciò di assassinarne il marito se lei non avesse avuto una relazione con lui. Le loro foto e i particolari della vicenda furono oggetto di una straordinaria copertura mediatica su tutti i quotidiani e le riviste scandalistiche dell'epoca.

[111] Dal *Discorso a Hangchow* (1965) di Mao Zedong. Si riferisce al concetto che "analisi e sintesi sono al tempo stesso divisibili e indivisibili", un approccio dialettico nell'osservazione della realtà.

nella causa rivoluzionaria "non esistono compiti alti o bassi, imprese nobili o lavori ignobili"[112]. Volevano che recitassi la commedia e sia, avrei fatto la puttana per loro e, alla fine, mi sarei guadagnato un arco celebrativo. Il bene sarà premiato e il male sarà punito, non è ancora capitato perché il momento non è arrivato[113]. Non ho forse ragione? Ora voi siete venuti a trovarmi e mi avete offerto tè e sigarette, non sarebbe anche questo un modo per celebrarmi?

---

[112] Citazione dal discorso di Liu Shaoqi alla Conferenza dei Collettivi e dei lavoratori modello, anche conosciuta come Consesso nazionale degli eroi (1959).

[113] Dagli *Scritti di antica saggezza*.

& L’Oriente è rosso

Aqing scoprì che era stato il caposquadra a segnalarlo per un’indagine, perciò l’ultima cosa che fece prima di morire fu di denunciarlo. Zhang Yongsheng, già professore dell’Università di Jizhou ora in pensione, all’epoca era rinchiuso nello stesso campo e si definisce suo “collega di riforma”, ha dichiarato in un’intervista:

Come ha detto Aqing, al nostro caposquadra piaceva cantare, aveva una bella voce e noi lo avevamo soprannominato “la cicala”. Aveva fatto istallare un altoparlante sul vecchio albero di sofora, che da lontano pareva un grosso nido ricoperto di guano. Forse non lo sapete ma, a quel tempo, le nostre giornate cominciavano con L’Oriente è rosso *e finivano con* L’Internazionale.

Prima che Aqing morisse avevano iniziato a indagarlo e gli internati più zelanti erano stati incoraggiati a fornire prove dei suoi crimini. Cosa? Vuoi sapere se l’ho fatto anch’io? Tu cosa ne dici? Lasciamo stare, torniamo ad Aqing e al caposquadra. Lui, preso com’era a raccogliere le delazioni, lavorava fino a notte fonda e di giorno se la dormiva della grossa. Aveva scambiato il giorno con la notte, si alzava di sera e mentre l’altoparlante trasmetteva L’Internazionale *lui cantava* L’Oriente è rosso *e, al mattino prima di andare a dormire, alla melodia dell’*Oriente è rosso *gorgheggiava* L’Internazionale. *Una volta Aqing si accorse che al posto di “a lui dobbiamo la nostra salvezza” aveva cantato “senza ideale in cui sperar”. Quindi lo aggredì: “Noi celebriamo il presidente Mao come salvatore del popolo e tu dici che non abbiamo ideali? Stai forse negando che sia lui il nostro ideale? Canti di proposito la strofa sbagliata, sventoli la bandiera rossa allo scopo di sconfiggere la bandiera rossa!”*[114]. *Il caposquadra era verde di paura.*

---

[114] Dalle *Conversazioni con Edgar Snow* (1970) di Mao Zedong. Si ritiene che, in questo caso, Mao Zedong si stesse riferendo a Lin Biao.

Le argomentazioni di Aqing non facevano una piega ma nessuno di noi gli diede man forte. Doveva aver però capito di avere i giorni contati e, come il maiale morto che non teme l'acqua bollente, si impegnò in tutti i modi per rovinare quell'uomo. Era però destino che schiattasse prima di aver completato l'opera. Allora il Partito avviò un'indagine sul caposquadra ma, prima che ottenessero qualche risultato, anche lui si suicidò. Così ogni volta che sento L'Oriente è rosso *ripenso a Aqing, al caposquadra e all'altoparlante. Certo, anche al guano. In fondo ad Aqing non è andata male, è riuscito a vendicarsi prima di uscire di scena. Una bella fortuna, non vi pare?*

@ Precipitarsi al funerale

Come ho conosciuto Ge Ren? È una storia lunga. Prima ho incontrato suo padre, si chiamava Ge Cundao e gestiva una fabbrica di tè a Hangzhou. Non ho mai capito se fosse realmente un seguace di Kang Youwei. Il padrone della fabbrica era Hu Zikun e con Ge Cundao si erano conosciuti in Giappone. Ora Hu Zikun era a letto paralizzato, non poteva occuparsi degli affari e, in assenza di suo figlio Hu An, l'intera attività era sulle spalle di Ge Cundao. Proprio così, Hu An era il padre di Bingying e Hu Zikun era suo nonno. Anche mio padre lavorava nella fabbrica, mia madre era morta quando avevo quattro o cinque anni e lui mi aveva portato con sé. Ma le disgrazie non vengono mai da sole, dopo un po' morì anche lui e Hu Zikun mi prese a vivere con loro. Ogni giorno vedevo Ge Cundao che "faceva la rivoluzione e stimolava la produzione"[115], lui "lavorava da quando apriva gli occhi fino a luci spente"[116], conquistando una vittoria dietro l'altra. Io gli piacevo perché gli ricordavo suo figlio, diceva che ero intelligente e assennato, piccolo di età ma con grandi aspirazioni, quando si esercitava nella calligrafia mi voleva al suo fianco a preparare l'inchiostro. Come Ge Ren, anche lui era un letterato di animo nobile, amava la pulizia e aveva l'abitudine di spazzolarsi i denti. La prima volta che lo vidi con

---

[115] Dall'editoriale del Quotidiano del Popolo *Portiamo fino in fondo la Grande Rivoluzione Proletaria* (1967).

[116] Uno dei precetti dell'Esercito popolare di liberazione.

la schiuma bianca alla bocca, pensai fosse la reincarnazione del leggendario bue rivoluzionario[117].

A quell'epoca, una donna avvenente veniva spesso da Shanghai a trovarlo, portava i capelli tagliati a caschetto e una sciarpa attorno al collo come Sorella Jiang, quella del film. Ogni volta regalava caramelle ai figli degli operai. Cosa? Sono le pallottole ricoperte di zucchero della borghesia?[118] Se lo dici tu, ma agli eredi del proletariato piacevano molto. Va bene, torniamo a Ge Cundao. Al suo ritorno da Shanghai mi portava sempre dei dolci. Gli chiedevo: "Quando torni a Shanghai? Quando viene la zietta?". Lui mi accarezzava la testa: "Anche Ashuang ha due vertigini sui capelli". Era il nomignolo di Ge Ren da piccolo. "Quando potrò conoscerlo? Anche lui mi porterà le caramelle?" Mi rispose che viveva in un posto chiamato Qinggeng che si trovava lontano da Hangzhou, mi promise che un giorno saremmo andati a trovarlo. Non immaginavo che in vita non l'avrebbe più rivisto. Una volta Ge Cundao tornò da Shanghai e io, invece di avventarmi sui dolci, gli dissi: "Corri, il padrone sta male". Quando arrivò al suo capezzale, Hu Zikun aveva già esalato l'ultimo respiro.

Dico bene così? Allora vado avanti.

Ge Cundao scrisse a Hu An chiedendogli di tornare, anche quella volta fui io a preparargli l'inchiostro. Hu An si trovava in Francia, il suo viaggio durò alcuni mesi e, quando arrivò, Hu Zikun era già morto e sepolto. Dapprima non lo riconobbi ma quando sentii che lo chiamavano "signorino" capii che era il figlio venuto per la morte del padre. Lo accompagnava una ragazzina, in abitino a fiori, avrà avuto sette o otto anni più di me, sembrava una piccola straniera. Proprio così, era Bingying. Di razza mista? No, sua madre era cinese e studiava

---

[117] Simbolo di onestà, costanza e duro lavoro, citato nel *Diario di Wang Jie* (1967). Wang Jie, che, come Lei Feng era un soldato dell'Esercito Popolare di Liberazione, sacrificò la vita per proteggere alcuni civili da un'esplosione.

[118] Dal *Rapporto alla seconda sessione plenaria del settimo Comitato centrale del Partito comunista cinese* (1949) di Mao Zedong.

all'estero, ma lei non era venuta e non l'ho mai conosciuta. Bingying non mi portò le caramelle, ma un cagnolino che si chiamava Bastille. Non sapevo che anche i cani potessero avere un nome, diventammo subito amici. Loro non si tolgono mai il vizio di mangiare merda e ogni volta che vado al gabinetto penso a lui. Quando dissi a Bingying che il cane mangiava la mia cacca, lei non mi ci lasciò più giocare. Si chiamava Bastille perché l'avevano trovato fuori dalla prigione. Cosa? Randagio e insensato scagnozzo del capitalismo? Anch'io l'avevo pensato ma Hu An mi spiegò che in Francia anche i proletari allevano cani, Bastille di sicuro apparteneva a uno di loro che lo aveva abbandonato perché non poteva più nutrirlo.

In Francia Hu An studiava teatro, non avrebbe saputo gestire una fabbrica e, come suo padre, lasciò il compito a Ge Cundao. Hu An preferiva andarsene in giro con Bingying e qualche volta li accompagnavo anch'io, a Shanghai eravamo ospiti di Sorella Jiang. Chi era Sorella Jiang? Ma te l'ho appena detto, quella donna che spesso veniva a trovare Ge Cundao e assomigliava alla protagonista del film. Il suo cognome era Lin, come il vice comandante supremo Lin Biao, che sempre sia in buona salute[119]. Sognavano di costruire una biblioteca nei pressi della casa di Sorella Jiang, Hu An aveva portato i libri dalla Francia e, per il momento, li custodiva lei. Ricordo chiaramente che a lui piaceva leggere a voce alta e quando s'infervorava, a volte piangeva e a volte scoppiava a ridere. Diceva: "Questo è il teatro, il teatro di Shakespeare". Chi è Shakespeare? Un drammaturgo straniero, anche lui ha scritto una specie di opere modello. Non mi piaceva sentirlo declamare, ma gli facevo lo stesso i complimenti così lui mi portava fuori a mangiare cose buone. Oppure restavamo in casa e mi mandava a comprare qualche *shaomai*. Cosa sono

---

[119] Frase che precedeva spettacoli ed eventi durante la Rivoluzione Culturale fino al 1971 (epoca del presunto colpo di stato orchestrato da Lin Biao), veniva pronunciata subito dopo l'augurio di lunga vita al presidente Mao.

gli *shaomai*? Fagottini di pasta ripieni, assomigliano ai *baozi*. No, il mio non è un modo subdolo per avanzare richieste al Partito, sto solo raccontando come andavano le cose. Fra poco arriverà il pranzo, voi prendetevi la carne che tanto a me basta il brodo. Se non c'erano gli *shaomai*, dovevo andare più lontano a comprare il pane. A quel tempo non sapevo cosa fosse e mi facevo accompagnare da Bingying. Mi aveva detto che in Francia lei lo mangiava tutti i giorni. Cosa? Hu An era un capitalista e faceva uno stile di vita decadente? Non dimenticarti che veniva dalla Francia dov'è nata la Comune di Parigi, che esisteva molto prima della nostra comune popolare di Qiliying[120] ed era molto più importante. Durante la sua lunga permanenza di certo partecipò alla Comune[121], scese nei villaggi francesi e prestò servizio nella milizia popolare con il fucile semi-automatico in spalla. Il pane è un cibo capitalista? Per i peli del mio pisello! Ecco che qui ti sbagli. Lo mangia anche il compagno Lenin ed è stato proprio lui a dire: "Ci sarà pane e ci sarà latte, nulla ci mancherà".

Una volta Ge Cundao rimase a Shanghai più a lungo del previsto e, al suo ritorno, si infuriò perché la fabbrica era sporca, piena di mosche e infestata dai ratti. Fummo mobilitati per distruggere i quattro flagelli, lavoravamo da quando si aprono gli occhi fino a luci spente. Poi, nella primavera di quell'anno, le luci per lui si spensero per sempre. Che vuol dire? Che lo tolsero di mezzo.

---

[120] Creata nel 1974, fu oggetto della ricerca di Li Chu *In una comune popolare* che ne descrive le strutture di partecipazione del popolo: consigli, brigatisti e produttori, secondo l'impegno dimostrato nel lavoro e nella lotta.

[121] Deliberato anacronismo volto a generare effetto comico. Si ricorda tuttavia che, nel discorso *I sedici punti* (1966), Mao Zedong afferma riferendosi al "manifesto a grandi caratteri" che segnò l'inizio della Rivoluzione culturale: "Il giornale murale di Nieh Yuan-tzu e degli altri sei docenti dell'università di Pechino è un manifesto della Comune di Parigi per gli anni sessanta del secolo ventesimo: è il manifesto della Comune di Pechino".

Vuoi sapere come? A Geling, la collina dei Ge, gli sparò un sicario appostato su un albero di bodhi. Che coincidenza, quella collina era il luogo di origine del suo clan. Miseria! Certe volte capitano cose incomprensibili. Sapete per esempio, che Feng Chu, il generale di Liu Bei, fu colpito da una freccia e morì a Luofengpo, il Poggio dove cadrà Feng? No, non sono superstizioso, anzi odio le superstizioni, sto solo dicendo che, cavolo, certe faccende proprio non si spiegano. Gli avevano sparato con una rivoltella, ne avete mai vista una? Il potere politico nasce dalla canna del fucile[122] e non può fare a meno della rivoltella. Nella mia vita rivoluzionaria, durante le spedizioni a Sud e le battaglie a Nord[123] me ne sono servito spesso. È più corta del tuo pisello quando è dritto e ha la canna sottile e liscia come la narice di un neonato. In tasca è grande quanto un pacchetto di Fenghuang. In effetti, me ne fumerei volentieri un'altra.

Ge Cundao aveva una fibra robusta e non morì sul colpo, quando lo portarono a casa era esangue ma riusciva ancora a parlare. Disse che voleva andare a incontrare la sua donna. No, non si riferiva a Sorella Jiang ma alla madre di Ge Ren. Il giorno seguente cambiò idea, chiese di essere sepolto a Hangzhou. Hu An disse: "Signor Ge, non ti affaticare, chiudi gli occhi se vuoi tornare a Qinggeng e aprili se vuoi restare a Hangzhou". Ma lui prima li apriva e poi li chiudeva, e noi non capivamo niente. Una mattina, mentre il dottore lo stava medicando, disse a Hu An che non voleva restare a Hangzhou né andare a Qinggeng, dovevano seppellirlo a Shanghai nel luogo dove sarebbe stata costruita la biblioteca. Ora che la questione era definita, chiese di vedere suo figlio. Hu An si infuriò, perché non l'aveva detto prima? E mandò subito qualcuno a Qinggeng a prendere Ge Ren.

---

[122] Dal discorso *Problemi della guerra e della strategia* di Mao Zedong (1938).

[123] Dal *Manoscritto per l'estensione dello Specchio esauriente in aiuto del governo* (1183) opera di Li Tao, storico vissuto durante la dinastia Song settentrionale.

Ge Cundao resistette per alcuni giorni, oggi si direbbe "lottò tra la vita e la morte" ma non riuscì a vedere suo figlio, quando Ge Ren arrivò a Hangzhou lui era già nella bara. L'avevano disposta nella dimora degli Hu e l'odore della vernice fresca ti pizzicava il naso. Ge Ren arrivò di notte e il feretro nero in cortile che scintillava al chiarore della luna gli fece pensare a una barchetta arenata in una secca. Quando Hu An lo condusse vicino, lui non scoppiò a piangere, l'accarezzò e si sporse in avanti per annusarla. Avrà pensato di stare sognando. In effetti era tutto come un sogno: la riunificazione tra padre e figlio non era andata come previsto e lui dopo aver viaggiato a lungo aveva trovato suo padre con gli occhi già chiusi.

& La morte del padre

Nell'anno 1900 l'ingegnere inglese John Moses Browning inventò la rivoltella. Le fotografie del suo laboratorio mostrano che, fuori dalla finestra, cresceva un albero di bodhi. E quattordici anni dopo, fu proprio dalla chioma di un albero di bodhi sulla collina dei Ge a Hangzhou, che spuntò la canna della rivoltella che liquidò Ge Cundao. Nello stesso momento, Gaston Calmette, redattore del quotidiano francese *Le Figaro*, moriva per un colpo di rivoltella sparatogli in un caffè di Parigi. Il 26 giugno dello stesso anno, in Bosnia fu sempre una rivoltella a uccidere l'Arciduca Francesco Ferdinando, erede dell'impero austro-ungarico, scatenando così la Prima guerra mondiale. Nella primavera del 1943 qualcuno puntò una rivoltella al petto di Ge Ren. Chissà se Browning immaginava che il frutto del suo lampo di genio avrebbe sconvolto il mondo in tal modo? Ora vorrei parlare di Ge Cundao. È ormai accertato che, in gioventù, sia stato un seguace di Kang Youwei. Dopo il fallimento della Riforma dei cento giorni, fuggì in Giappone e nella biblioteca Fukurin di Kyoto conobbe Lin Xinyi, quella che Aqing chiamava Sorella Jiang, e il giovane Zou Rong, originario come lei del distretto Ba nella provincia del Sichuan, che ammirava profondamente Ge Cundao per i rapporti che lo legavano a Kang Youwei e a Tan Sitong. Nel 1903 i tre tornarono insieme a Shanghai e, nell'estate di quell'anno, Zou Rong pubblicò *L'esercito rivoluzionario* che incitava il popolo a rovesciare il governo Qing. Le autorità ne ordinarono l'arresto e lui chiese asilo al consolato britannico. Ge Cundao, ricercato come complice, fuggì a Hangzhou insieme a Lin Xinyi. Si rifugiò da Hu Zikun che aveva conosciuto due anni prima in Giappone dove lui era andato a vendere il suo tè. Liu Qinrong nel capitolo "Gli incontri del tè di Hangzhou" tratto dal suo libro *L'uomo del tè* (Casa editrice Benliu, 1927) ha descritto alcuni particolari della vita di Ge Cundao:

Dopo la faccenda di Zou Rong, Ge Cundao si rifugiò a Hangzhou insieme alla sua compagna e io feci la sua conoscenza in occasione di una delle mie visite all'amico Hu Zikun. Un giorno eravamo seduti nel cortile posteriore della casa illuminati dai raggi di una splendida luna e accarezzati da una delicata brezza. Assaporando il tè fragrante, Ge Cundao commentò: "Gli inglesi proteggono Weidan (nome di cortesia di Zou Rong), possiamo quindi considerarlo fuori pericolo". Gli feci presente che gli stranieri non esitano mai ad anteporre il proprio tornaconto all'onore, e che dovevamo comunque intervenire per metterlo in salvo. Ge Cundao non era d'accordo: "Inghilterra, Francia e Stati Uniti hanno assicurato il loro supporto, se gli inglesi si rimangiano la parola, ci sono sempre i francesi e gli americani. Zou Rong è un sostenitore delle dottrine di Jean-Jacques Rousseau e crede nella moralità di George Washington, è convinto che Francia e Stati Uniti non rimarranno indifferenti al suo travaglio". Hu Zikun disse che appena si calmavano le acque, sarebbe comunque andato a Shanghai a prenderlo. "È ancora scapolo, a Hangzhou gli troverò una moglie." Quando Zou Rong morì in prigione, capii che anche gli uomini colti sbagliano per ignoranza, "il fungo che vive un solo mattino non conosce la durata tra mattino e sera, la cicala che vive una sola stagione non conosce il succedersi di primavera o autunno"[124].

"Quando Zou Rong si rifugiò nel consolato britannico, gli inglesi fecero la voce grossa e, in nome della difesa dei diritti umani e della libertà di parola, si rifiutarono di consegnarlo alle autorità" (Quotidiano *Le masse*, 15 ottobre 1903). Poi,

[124] Dal *Zhuangzi* – Libertà naturale.

in seguito alle pressioni del governo Qing e "al clamore sollevato da personaggi di alto rango che la ritenevano una grave ingerenza negli affari interni del Paese" (Rivista *La voce del gentiluomo*, numero 13 del 1905) cedettero e lo misero alla porta. Fu quindi catturato e gettato in prigione e, per un certo periodo, i circoli intellettuali si mobilitarono nel tentativo di salvarlo. Ma presto si dimenticarono di lui e il suo nome scomparve dai giornali. Ritornò a fare notizia due anni dopo, nel 1905, quando all'età di soli diciannove anni, con il corpo ormai scheletrito dagli stenti, moriva in carcere.

A quel punto diventò appetitoso come la carne del monaco Tang Sanzang di cui tutti vogliono assaggiare un boccone[125], e sfruttarlo per i loro scopi. Il quotidiano *Le masse* lo descrisse poeticamente come "la farfalla imbalsamata più suggestiva di un esemplare vivo". Gruppi politici di ogni affiliazione ne narrarono il sacrificio in toni esaltati e ristamparono *L'esercito rivoluzionario* per farsi pubblicità. Sun Yat-sen modificò il titolo dell'opera in *Lottare per sopravvivere* e la pubblicò a Singapore, a San Francisco e in Giappone, gettando così le basi ideologiche per la sua ascesa a primo presidente della Cina.

Nel libro *L'uomo del tè* si legge che, dopo la morte di Zou Rong, Ge Cundao iniziò a collezionare differenti edizioni dell'*Esercito rivoluzionario*. Felice che avesse ottenuto tale fama, commentava: "Se lui potesse vederci dall'aldilà, di sicuro ne sarebbe orgoglioso" (*L'uomo del tè*, pag. 49). Fu probabilmente allora che nacque l'idea di un luogo in cui custodire quei tesori e, visto che Ge Cundao e Zou Rong si erano conosciuti in una biblioteca, era anche un modo per commemorare l'amico. Non sappiamo se Hu Zikun abbia sostenuto il progetto, ma sull'atteggiamento di suo figlio Hu An non ci sono dubbi. Huang Jishi, che in seguito collaborò con Zong Bu alla

[125] I demoni e gli altri esseri sovrannaturali nel *Viaggio in Occidente* desiderano assaggiare un pezzo della carne del monaco Tang Sanzang, Tripitaka, che renderebbe immortali.

pubblicazione del *Molo di Shanghai* e all'epoca era redattore del *Giornale del popolo*, scrisse nelle sue memorie *Metà della mia vita* (Casa editrice Pegaso, Hong Kong, 1956):

Ge Cundao ricevette una donazione destinata alla biblioteca da un mercante del tè ritornato dall'estero. Dicono che i mercanti siano tutti disonesti ma quell'uomo era un'eccezione. Si definiva un vieux chinois, *un cinese d'altri tempi, e si esprimeva come uno straniero: "Le biblioteche sono opere pubbliche e le collezioni sono attività private". Ge Cundao notò: "Biblioteche e collezioni raccolgono libri ma con una fondamentale differenza. Le prime sono di pubblica utilità, le seconde soddisfano meramente gli interessi personali. Il mio amico disprezza i tornaconti privati, per questo ha compiuto un tale gesto encomiabile".*

I piani erano di costruire la biblioteca in via Songlu. In fase di progettazione, un collezionista privato di nome Fan Gongming andò a far visita a Ge Cundao lodando l'iniziativa e portò in dono una sua calligrafia: "Le collezioni hanno valore millenario, solo il cuore sa a qual prezzo"[126]. Aveva studiato anche lui in Giappone e diceva di essere erede di sesta generazione di Fan Qin, antico collezionista e fondatore della biblioteca Tianyige a Ningbo. Successive ricerche hanno tuttavia stabilito che era semplicemente un suo ammiratore e tra loro non esisteva alcuna parentela. Mentre si congratulava con Ge Cundao, stava già tramando di ucciderlo.

Assoldò il sicario Dou Niancheng e gli chiese di seguire Ge Cundao fino a Hangzhou. Alcuni studiosi hanno provato a stabilire un collegamento tra Dou Niancheng e Dou Sizhong per via dello stesso cognome, ma è un'ipotesi non verificabile e non la prenderemo in esame. Dou Niancheng fu arrestato nel 1920 per l'omicidio di Song Jiaoren, uno dei fondatori del Kuomintang, alla stazione ferroviaria di Shanghai. Tirando

---

[126] Verso della poesia "Senza nome" di Du Fu (712-770), modificato sostituendo "collezioni" a "poemi".

un filo si scioglie la matassa e, fu in quell'occasione, che lui confessò di aver assassinato anche Ge Cundao. E, cosa strana, si definì un ammiratore di Zou Rong:

Sono un veterano della rivoluzione, un percorso che ho iniziato quando ero a studiare in Giappone. All'epoca ero un seguace della Perovskaya (Sofja Perovskaja, anarchica russa, condannata all'impiccagione all'età di 27 anni per aver preso parte all'attentato in cui trovò la morte lo zar Alessandro II di Russia) e ora ammiro Zou Rong, lui era un uomo di lettere e un duro al tempo stesso, "una sua scoreggia faceva tremare una foresta", le sue parole ebbero un impatto profondo.

In Giappone ero membro di una banda di sicari che tramava di assassinare Cixi, l'imperatrice madre. Come gli uomini della Perovskaya, indossavamo guanti bianchi e ce li sfilavamo un dito per volta, con grande eleganza. Un chimico che veniva da Canton ci aveva insegnato a costruire ordigni esplosivi. Quando tornai in patria, conobbi Wu Yue. Amava giocare a weiqi, *che i giapponesi chiamano* go, *e un giorno mi disse: "Guarda, questo gioco ti permette di attaccare, aggirare, tagliare la strada, pressare, allinearti, avanzare compatto, indietreggiare, bloccare, cambiare direzione, agganciare, contrastare, accerchiare, strizzare, accostarti, insinuarti, stringere in una morsa, strisciare, conquistare! Qualsiasi mossa può essere fatale". E fatalmente lui perì nel tentativo fallito di far saltare in aria alcuni ministri Qing. In seguito trovarono una sua nota che spiegava come l'attentato non fosse mirato a un personaggio in particolare, il suo intento era provocare l'ira del governo inducendolo a fare una strage di innocenti e, a quel punto, il popolo avrebbe reagito ribellandosi. Per far rimbalzare in alto la palla, devi prima colpirla con tutte le tue forze…*

Seguendo il suo esempio agivo da solo… dopo il primo omicidio ero come il bonzo che si è *appena liberato dell'abito e non* è *sazio se non mangia carne tutti i giorni. Un giorno andai ad Anqing a incontrare il rivoluzionario Xu Xilin. Quell'uomo aveva due passioni, le armi e i piedini fasciati di sua moglie, e io gli stavo portando in dono un paio di scarpette ricamate per "i loti d'oro" della signora. Se fossi riuscito nella mia missione, forse avrei avuto il piacere di toccarli. Me lo chiedi? Certo che non volevo mettermi in combutta con lui, mi pagavano per ammazzarlo. No, non sapevo chi fosse il mandante, avevo incontrato solo un intermediario. Era il mese di giugno (dell'anno 1907) e prima mi fermai in un bordello sulla strada. Quel ritardo mi fece perdere l'occasione, quando arrivai lo avevano già catturato, gli avevano strappato il cuore e se l'erano cotto e mangiato. Avevo speso l'argento del mio compenso senza portare a termine il compito ma, all'intermediario che lo rivoleva indietro, risposi: "Anche se non per mano mia, lui è morto lo stesso. Potete quindi ritenervi soddisfatti". Quello insisteva, allora persi la pazienza e lo tolsi di mezzo.*

*Sì, sono stato io a uccidere Ge Cundao. Quella volta incontrai il mandante, si chiamava Fan. Gli chiesi perché lo voleva morto. Rispose che ogni famiglia ha le sue regole e ogni mestiere i suoi precetti, Ge Cundao li aveva violati e quindi doveva morire. Avrei preferito agire a Shanghai, ma lui insisteva che andassi fuori città. Eh, lavorare per gli intellettuali è proprio una faccenda macchinosa! Tu ti lamenti di me, ma lui era anche peggio. Ge Cundao si recava spesso per affari alla collina dei Ge e quella volta lo avevo preceduto. Dannazione! In questo mestiere non si dovrebbe essere curiosi ma io all'epoca ero giovane e ficcanaso. Lo seguii di nascosto in una casa da tè e, stavo per agire, quando lo sentii raccontare a un amico che il giorno seguente avrebbe ricevuto una copia in inglese dell'*Esercito rivoluzionario. *Amavo il libro di Zou Rong, ne possedevo varie versioni e mi mancava quella inglese. Decisi di aspettare un giorno e prendermi il libro insieme alla sua vita. Lo sentii anche nominare la versione francese dei* Trattato illustrato sui regni marittimi *di Wei Yuan*[127]. *In Giappone era molto popolare e lo avevo letto varie volte. In particolare mi aveva colpito una frase: "imparare le tecnologie avanzate dai barbari stranieri". Quelle parole si riferivano a me, anch'io apprezzavo le loro tecnologie avanzate, per questo usavo la rivoltella.*

Non prevedevo che quel ritardo me l'avrebbe fatto sfuggire di mano ma ero stato pagato e dovevo mantenere l'impegno. Rimasi in attesa a Hangzhou, dopo alcuni giorni i miei sforzi furono premiati e lo incontrai sulla collina dei Ge. Mi arrampicai su un albero di bodhi in piena fioritura, le foglie mi sferzavano il viso ma la posizione era ottima.

---

[127] Scritto da Wei Yuan, funzionario Qing, nel 1843, è considerato uno dei primi trattati cinesi sui progressi tecnologici stranieri.

L'indice contratto sul grilletto come una larva nel bozzolo, aspettai che uscisse da una casa da tè. Dopo un paio d'ore comparve e io lo presi di mira, la rivoltella guizzò tra i rami e Ge Cundao crollò a terra. Ma la canna da zucchero non è mai dolce da entrambi i lati, avevo compiuto la mia missione ma scivolando giù dall'albero mi ero ferito alla fronte. Guarda, ho ancora la cicatrice, sembra una voglia che mi porto dietro dalla nascita…

Rispettando le ultime volontà di Ge Cundao, Hu An lo fece seppellire in un boschetto lungo la via Songlu, a un passo dal luogo dove sarebbe sorta la biblioteca. Lin Xinyi continuò a occuparsi del progetto ma l'anno seguente morì di crepacuore. A quel punto l'idea svanì dalla memoria di tutti, come il miraggio dei giardini pensili di Babilonia soffiato via dal vento.

@ Amicizie rivoluzionarie

Al campo di lavoro di Xinyang organizzarono una cerimonia per darmi il benvenuto ed esortarmi ad accettare di buon grado la rieducazione. Sapevo che l'anno prima era arrivato un mio conoscente e volevo incontrarlo al più presto. Quando scoprii che era morto, rimasi sconvolto. Cosa doveva aver provato Ge Ren in una situazione simile, arrivando a casa dopo la morte del padre? Lui però era fatto di una stoffa speciale, la sofferenza lo rese più forte e lo spronò a lanciarsi in una vita appassionata.

Proprio così, dopo i funerali non tornò a Qinggeng. Passava i giorni in casa degli Hu a leggere e a dipingere. Certo, quando ho parlato di "vita appassionata", mi riferivo alla passione per lo studio. Bingying aveva un precettore, si chiamava Xu Yusheng e ammirava i dipinti di Ge Ren. Aveva anche conosciuto Ge Cundao ed elargito una donazione per la sua biblioteca. Ge Ren trascorreva con lui molto tempo, amavano viaggiare e spesso Bingying li accompagnava. Io ero una piattola? In effetti, gli stavo sempre appiccicato alle costole.

Ora vedete che non mi stavo vantando? La mia amicizia rivoluzionaria con Ge Ren nacque in quel momento e fu lui a insegnarmi a leggere e a scrivere. Compagni, ora che abbiamo annientato il sistema feudale, che gli imperialisti sono fuggiti con la coda tra le gambe[128] e anche nell'America Latina, il loro cortile di dietro, arde il fuoco della rivoluzione, possiamo

---

[128] Parole della canzone rivoluzionaria *Il socialismo* è *buono* (1958).

permetterci di promuovere il principio dell'inutilità dello studio[129]. Ma al tempo in cui imperialismo e feudalesimo si erano issati sulle spalle del popolo e gli pisciavano e cacavano addosso[130], non potevamo rimanere analfabeti. Iniziammo con il mio nome. Io non volevo imparare, dicevo: "Che lo sappia scrivere o meno, rimango sempre Aqing". Ge Ren ribatteva: "Allora stasera puoi anche non mangiare". Gli chiedevo perché. "Quello che entra poi esce, tanto vale risparmiarsi la fatica." "Non voglio mica morire di fame." "Prima o poi uno se ne deve andare, perché non subito?" Come vedete non si esprimeva affatto con lo stile stereotipato del partito[131], lui spiegava concetti difficili nel modo più semplice. Non avevo giustificazioni, dovetti mettermi a studiare. Per spronarmi a migliorare, ogni giorno mi diceva che ero "pieno di vigore, in piena fase di crescita, simile al sole delle otto o delle nove del mattino. Le sue speranze poggiavano su di me"[132]. Diceva proprio così e se credete sia una balla, potete darmi pure del "cane". Mi insegnava anche l'inglese. Perché? Pensaci bene, la ragione è molto semplice, come dice il presidente Mao "riusciremo a superare la Gran Bretagna e gli Stati Uniti in quindici anni"[133]. Questa, compagni, è una grande causa da non prendere sotto gamba, altrimenti "ci toglieranno la cittadinanza di questo pianeta"[134]. Dici bene, ora li abbiamo già superati. Per i peli del mio pisello! Trent'anni a est del fiume e quarant'anni a ovest. Adesso saranno loro a perdere

---

[129] Tendenza sociale prevalente durante la Rivoluzione Culturale, come conseguenza della critica degli intellettuali colpevoli di rappresentare l'autorità accademica reazionaria.

[130] Dal discorso *Alla riunione allargata del centro* di Mao Zedong (1962).

[131] Dal discorso *Contro lo stile stereotipato nel partito* (1942), uno dei due discorsi di Mao Zedong che lanciarono le campagne di rettifica a Yan'an (1942-1944), l'altro era *Rettificare lo stile di lavoro del partito* (1942).

[132] Dal discorso *Agli studenti cinesi a Mosca* (1957) di Mao Zedong.

[133] Dalla *Conferenza suprema dello Stato: primo discorso* (1958) di Mao Zedong.

[134] Dal discorso *Rafforzare l'unità del partito, continuare la tradizione del partito* (1956) di Mao Zedong.

la cittadinanza. Dico bene così? Allora vado avanti. Studiavo giorno e notte e anche Hu An disse che facevo grandi progressi. "Se il treno sfreccia spedito, il merito è certo della locomotiva", e dovevo quindi ringraziare Ge Ren. Anche gli stranieri alzavano il pollice e mi facevano i complimenti per il mio inglese. Erano due religiosi, si chiamavano Beal e Ellis e avevano tutti e due una barbetta caprina come Norman Bethune, quello dei *Tre articoli*.

Insieme a loro c'era una ragazzina che fece subito amicizia con Bingying. Aveva la carnagione chiara e i lineamenti delicati, portava i capelli tagliati a caschetto e indossava sempre abiti di colori neutri. Era più grande di Bingying di qualche anno, a loro piaceva giocare a nascondino nel cortile posteriore. Xu Yusheng, il precettore, le aveva fotografate in varie pose, c'era un'immagine in cui le vedevi con le sciarpe al collo che danzavano attorno a un'aiuola. Quei giochi da femminucce non facevano per me, ma la solidarietà di classe mi spinse comunque a unirmi a loro. Nel cortile crescevano gardenie, alberi di ibisco e piante grasse. Bingying si graffiò il piede con le spine di un'aloe vera, la ferita fece infezione e chiamarono il dottore. Vidi l'altra ragazzina inginocchiata a mani giunte sotto il porticato a borbottare qualcosa, credo implorasse la Bodhisattva degli stranieri di proteggere Bingying. È vero, Marx ha detto che la religione è l'oppio dei popoli, ma loro erano ancora piccole e non lo sapevano. Penso spesso a lei. Poi andò a Hangzhou insieme ai due preti, volevano fondare un orfanotrofio ma non ci riuscirono. È stata lei a spiegarmi che gli stranieri non adorano la Bodhisattva ma il Signore del Cielo, che è maschio e ha tutti gli attributi, proprio come voi e me.

& Primo amore

Ge Ren rimase a Hangzhou per due anni. Nel 1929 in un incontro con Lu Xun a Shanghai[135] gli descrisse la sua vita di allora:

Vidi la città per la prima volta dipinta su un ventaglio. Un certo signor Xu Yusheng, che venne a prendermi a Qinggeng per condurmi da mio padre, si sventolava con l'immagine del Lago dell'ovest e mi disse che era il paradiso terrestre. Il paesaggio sembrava tracciato con un ferro incandescente, dipinto con la cautela minuziosa di una fanciulla che danza su un cumulo di macerie[136]*, sebbene possedesse la procace bellezza della concubina Yang Yuhuan e la leggiadria impalpabile della consorte imperiale Zhao Feiyan sarebbe tuttavia svanito nel tempo.*

Dopo il funerale, rimasi a Hangzhou per un periodo, Xu Yusheng spesso mi portava al lago insieme a Bingying. Mentre sostavo sulle sue rive, avvertivo l'urgenza di andarmene. Era un luogo che mi affascinava e respingeva al tempo stesso, una visione che allietava gli occhi ma inquietava il cuore, era come una donna elegante che ami avere al braccio per sfoggiarla ai ricevimenti ma alla quale non apriresti mai il tuo cuore.

---

[135] Le vicende del personaggio Ge Ren spesso ricalcano la biografia di Qu Qiubai. Durante la sua permanenza a Shanghai negli anni dal 1931 al 1933, Qu intrattenne stretti rapporti con lo scrittore Lu Xun a cui era legato da profonda amicizia.

[136] Frase del letterato ed eminente calligrafo Zhu Zhishan (pseudonimo di Zhu Yunmin, 1460-1527) conosciuto come "uno dei quattro letterati del Jiangnan", descrive le difficoltà incontrate nell'arte della pittura su ventaglio a causa dello spazio limitato, la forma particolare e le diverse consistenze dei materiali: carta colorata, seta sottile e così via.

Mi aveva stregato, come potrebbero lo sfarfallio di neve in estate, i fiori che sbocciano d'inverno, una tiepida brezza autunnale, foglie che cadono in primavera, era una poesia ricca di assonanze ma priva di rime. Le gocce stillavano dal remo che si sollevava dall'acqua come dita che pizzicano le corde del zheng, *e da loro si diffondeva una melodia mesta.*

Bingying a Hangzhou non si sentiva a suo agio, ancor meno di me che ero di Qinggeng. Andavamo spesso al lago e sulla collina dei Ge. Lei era fragile e delicata, mi ispirava un senso di protezione. Una volta mi donò un flauto fatto con una foglia di salice e subito Xu Yusheng declamò un verso della "Vergine Savia" dal Classico delle odi: *"Pianta che vieni dai pascoli, davvero bella nella tua rarità. No, non sei tu che sei bella: sei il dono di una beltà!". Lei non capì, pensò stesse borbottando chissà cosa tra sé e sé, io credo di essere arrossito fino alle orecchie…*

Alcuni critici hanno rilevato nel brano precedenti i primi segni del "travaglio psicologico" che spinse Ge Ren a recarsi in Giappone (*Rivista di studi su Ge Ren*, n. 2). Io ritengo invece che gli anni a Hangzhou siano stati per lui un raro momento di felicità, non esiste nulla di più bello del primo amore.

Xu Yusheng era originario di Xikou nella provincia del Zhejiang, aveva conosciuto Ge Cundao in Giappone e per questo andò di persona a prendere Ge Ren per portarlo da lui. Il brano seguente è tratto dal suo saggio *Neve sulla pagoda al centro del lago* ed è stilato in uno stile letterario e vernacolare, tradizionale ed esotico al tempo stesso, che riflette il gusto dei tempi. Nel testo Ge Ren, Bingying e Aqing sono indicati con le lettere R, Y e Q:

Quando portai R, Q e Y al Lago dell'ovest, nel cielo terso dopo la neve spiccava una luna splendente. Lo avevano già visitato ma era la prima volta che ci andavamo in barca. R non ancora ventenne era dotato di una sensibilità e un'intelligenza inusitate. Q era un ragazzino che lavorava per la famiglia di Y.

Eravamo diretti alla pagoda al centro del lago per ammirare il paesaggio innevato. La barca aveva piccole finestre dalle grate intarsiate e i vetri squisitamente dipinti, a prua le colonnine sostenevano il tetto arcuato, lo decoravano lanterne variopinte che ricordavano frutti autunnali o boccioli di loto avvolti nella nebbia. Stando in piedi si potevano scorgere entrambe le sponde del lago e, nell'ora in cui i monti toccano il cielo e le nuvole si chinano a sfiorare l'acqua, la banchina squarciava l'orizzonte come una lunga ferita, punteggiata dai padiglioni seminascosti nell'oscurità. R e Y erano a prua ad ammirare il panorama, Q a poppa giocava con l'acqua, io sdraiato all'interno sorseggiavo del vino. Al languido ritmo del remo mi sembrava di solcare banchi di nuvole mentre la mia mente ottenebrata dall'alcol si increspava di onde leggere.

Sotto il ponte d'un tratto udimmo una musica che si diffondeva nell'aria. Tra i mattoni di pietra nera che recavano i segni del tempo, fui grato all'interprete per il raro dono di una melodia che mi ricordò tiepida giada. Scorgemmo la sagoma di una barca e, mentre ci inebriavamo della sua leggera fragranza, ci accorgemmo che la musica si era interrotta. Il rematore disse: "È la reincarnazione di Su Xiaoxiao (cortigiana del periodo delle Sei dinastie)". R declamò: "Eh, la giovinetta della famiglia Su di rinomato splendore, salice accarezzato dal vento, si strugge in speciale dolore[137]*; della famiglia Su il fragile salice di leggiadra bellezza, sulla tomba di Yue Fei il pino veglia con tristezza". Sulla barca scorgemmo una donna dagli splendidi occhi truccati di nero. "Ecco il vino! Dunque si canti, perché breve è la vita"*[138]*. La luna brillante sospesa nel cielo*[139] *illuminava la magica quiete di quell'attimo. Suggerii a R di raggiungerla per un brindisi sulla sua barca. Mi rispose: "Su Xiaoxiao non si mostra in strada né si accompagna a uomini comuni. Serberò questo scenario nel cuore come un prezioso talismano. La voce mi è sufficiente per immaginarne l'aspetto". E prendendo per mano Y, tornò all'interno.*

Giunti alla pagoda, indossammo abiti più caldi e accendemmo il fuoco, chiesi a Q di riscaldare il vino. Ormai ubriachi riprendemmo la via del ritorno.

---

[137] Verso della poesia "Lirica sul ramo di salice" di Bai Juyi (772-846).

[138] Verso della poesia "Stile di canto breve" di Cao Cao (155-220) statista, signore della guerra, generale e poeta. Fu composta prima della Battaglia delle Scogliere rosse (208).

[139] Verso della poesia "Due inni" di Shi Fazhi (960-976) pittore e poeta di epoca Song.

Scritto da Yusheng di Xikou nell'inverno dell'anno Jiayin (1914).

Di Xu Yusheng parleremo ancora. A Hong Kong pubblicò la rivista *Scritti eterodossi* – dove nel 1943 Bingying trovò la poesia di Ge Ren "Fiore di fava" - poi si trasferì a Chongqing. Sul frontespizio del suo *Cronache del sogno di Qiantang*, da cui è tratto il brano precedente, troviamo una fotografia di Bingying, Ge Ren e Aqing. C'è anche la mia prozia, la ragazzina arrivata a Hangzhou insieme a Beal ed Ellis. Aqing porta uno zucchetto in testa, è accucciato in prima fila e sembra timido di fronte all'obiettivo. Bingying indossa un impermeabile grigio chiaro da cui spuntano il bordo di uno scialle a quadri e gli stivali di pelle. Ge Ren, al suo fianco, ha lo sguardo rivolto verso la mia prozia che, su un mucchio di macerie, tiene in braccio una neonata. Mi aveva raccontato di averla raccolta in una strada di Hangzhou, purtroppo però era morta subito dopo. Sullo sfondo uno stormo di cigni si leva in volo dalla foresta. Come aveva detto Aqing, la mia prozia indossa un abito di colori neutri e porta i capelli tagliati a caschetto.

Quando il giornale aveva pubblicato la notizia della morte di Ge Cundao, la mia prozia era andata subito a Hangzhou, ma neppure lei aveva fatto in tempo a vederlo prima della sepoltura. I due sacerdoti le avevano già rivelato che era la sorella gemella di Ge Ren. Rimase a Hangzhou per sei mesi e, dagli sguardi che si scambiavano Ge Ren e Bingying, capì che tra loro era nato l'amore.

Anthony Twaithe in *Bellezze in tempi di caos* scrive che Bingying se ne era accorta alla vigilia della partenza di Ge Ren per il Giappone:

Neppure Bingying sapeva quando fosse nato il suo sentimento per lui né che Gen Re aveva iniziato ad amarla. "Quando stava per lasciare Hangzhou mi accorsi che non potevo fare a meno di lui. Accantonai la mia timidezza di adolescente, lo abbracciai e non avrei più voluto lasciarlo andare. Fino a quel momento eravamo stati semplici compagni di gioco." Le sue parole ci ricordano che "al bocciolo non è dato di sapere quando diventerà fiore". Le spiegai che i primi amori sono come perle di brina sui rami, nascono nell'attimo in cui l'aria è impregnata di umori e, sotto i raggi del tempo, sprigionano un arcobaleno di colori. Mi sorrise, era d'accordo. Non riuscirei a narrare il loro primo amore, come non saprei descrivere la grazia della brina sui rami. Anche il fotografo più talentuoso non sarebbe in grado di coglierne per intero il fascino.

Le parole di Bingying sono confermate dalla seguente testimonianza di Aqing.

@ Ge Ren va in Giappone

Pensavo che non ci saremmo mai separati, non immaginavo che sarebbe partito per il Giappone. Avrei voluto fermarlo per continuare a studiare con lui, ma il mio "spirito di assoluta devozione verso gli altri senza la minima ombra di egoismo" mi fermò. Cosa andava a fare in Giappone? A cercare la verità per salvare il popolo e il Paese. Come? In realtà voleva studiare medicina? Beh, non mi sembra una contraddizione. La medicina può salvare la nazione e il popolo[140], non lo sapete?

Hu An, il padre di Bingying, aveva pagato le sue spese di viaggio e andammo tutti ad accompagnarlo al porto di Shanghai. Bingying sarebbe voluta partire con lui, ma Hu An non era d'accordo. Lei protestò: "Il compagno Mao Zedong ha detto: i tempi sono cambiati, uomini e donne sono uguali[141], le donne sostengono metà del cielo[142]. Perché non vuoi che vada con lui?". Alla fine il padre acconsentì a condizione che attendesse l'anno successivo. "Lo raggiungerai quando si sarà sistemato." Al porto di Shanghai, lei piangeva, lo abbracciava e non voleva che andasse, diceva che "i pesci non possono

---

[140] Motivazione che spinse lo scrittore Lu Xun ad andare in Giappone nel 1902 per studiare medicina.

[141] Titolo di testa del *Quotidiano del Popolo* del 1977 in occasione della Festa della donna. Tratto dalla nota introduttiva all'articolo "Le donne sono entrate nel fronte del lavoro" (1955) di Mao Zedong.

[142] Concetto citato per la prima volta dal *Quotidiano del Popolo* nell'editoriale "La nuova forza da non sottovalutare" del 1958, si riferisce allo sforzo delle donne in Hunan nella produzione dell'acciaio durante il Grande balzo in avanti.

lasciare l'acqua, né i meloni lasciare la vite"[143]. Il compagno Ge Ren era in imbarazzo, aveva il viso paonazzo come quello del dio Guan Yu.

---

143 Strofa della canzone rivoluzionaria *Navigare per i mari dipende dal timoniere*.

& La Tachang Maru

Un giorno la mia prozia mi raccontò che, dopo aver lasciato Hangzhou insieme ai due religiosi, le era stato detto che Ge Ren aveva rischiato di morire. Nel libro di Huang Yan *Tornando a sognare quei cento anni* si legge un resoconto dell'incidente. Ho già menzionato che il primo giornalista che parlò della battaglia di Erligang, si era imbarcato per il Giappone sulla stessa nave di Ge Ren e Fan Jihuai. Nel terzo capitolo intitolato "La Tachang Maru" descrive il loro viaggio e, nel brano seguente, troviamo la conferma che la partenza di Ge Ren era parzialmente motivata dalla necessità di sfuggire al pericolo:

In un piovoso giorno d'autunno il piroscafo giapponese Tachang Maru lasciò Nanchino. Il cielo si era rasserenato ma una rigida brezza soffiava sul fiume anticipando la stagione fredda. La nave sostò brevemente a Shanghai. La Cina era dilaniata dai conflitti tra i signori della guerra ed io ero furioso e triste al tempo stesso per essere stato costretto a partire. Poi la stanchezza prese il sopravvento e, cullato dalle onde, mi assopii sognando la morte di mio padre a Nanchino l'anno prima. Nel mio sonno irrequieto vidi cumuli di cadaveri, teste che cadevano sotto la mannaia, cominciai a lamentarmi. Quando mi svegliai, davanti a me c'era un giovane dall'aspetto fragile e gentile, schivo e attraente. Poi seppi che si chiamava Ge Ren e stava andando anche lui a studiare in Giappone. Mi chiese sottovoce: "Non ti senti bene?". Le sue attenzioni erano un raro conforto al mio dolore inconsolabile, tuttavia ricordo di avergli risposto in maniera scortese: avevo sognato che la nave era affondata e tutti i passeggeri erano morti. In piedi al mio fianco, con il volto imporporato, lui si torceva le mani in imbarazzo.

Fu il viaggio più lungo della mia gioventù, lo avevo affrontato per allontanarmi da dolorose memorie. Ma su quel ponte di terza classe, le onde infiammate dall'alba e dal tramonto continuavano a ricordarmi il sangue di mio padre. Dissi a Ge Ren che le carte dei dolci e i tappi di bottiglia che rotolavano spinti dal vento mi facevano pensare a teste mozzate. Se vieni morso da un serpente, per dieci anni temi la corda del pozzo. Un morso però non sempre ti uccide, mentre con una corda possono impiccarti. Appese alle mura di Nanchino le teste martoriate da vecchie ferite tenevano gli occhi rivolti verso l'alto, forse a chiedersi di quale pelle fossero fatte le corde per essere così resistenti. Quel giorno a mezzodì, Ge Ren raccolse tutte le carte e i tappi e li gettò in mare. Poi mi venne vicino e, da sotto la giacca, estrasse una bottiglia di vino Rosso della figliola. Mi accorsi che la sua timidezza celava una profonda melanconia ma che era anche estroverso, lo vidi stappare la bottiglia e bere un lungo sorso con spavalderia giovanile. Disse di essersi imbarcato a Shanghai. "Tu sei salito a Nanchino, vero? Ti ho visto borbottare appoggiato al parapetto come un corista di chiesa che mima con la bocca." Sul momento quella strana immagine mi lasciò perplesso, poi seppi che era cresciuto in un orfanotrofio a fianco di missionari. Quella sera ponemmo i nostri giacigli uno accanto all'altro. Vicino a noi c'erano altri due uomini, quello più basso si chiamava Fan Jihuai, ora so che è diventato un giurista di fama ma all'epoca a malapena lo notai. Quello che invece mi colpì fu il suo compagno, un tipo alto e magro che si lasciava andare a scoppi di risate improvvise e inspiegabili, mettendoti in ansia. Aveva una ferita al ginocchio già infetta quando salì a bordo. Ogni sera si ricopriva di una sottile membrana simile a gelatina che la mattina lui grattava via con le unghie e poi, vedendo colare fuori il pus, sospirava di sollievo. Ge Ren gli aveva chiesto da dove veniva e lui aveva risposto: "Anqing", senza aggiungere altro. Ge Ren un giorno mi raccontò di una certa signorina Hu che avrebbe voluto accompagnarlo ma, all'ultimo momento, suo padre non gliel'aveva permesso. Da come la descriveva capii che ne era profondamente innamorato. Anni dopo seppi che si trattava di Bingying, una delle prime attrici cinesi di prosa.

Gli amori giovanili sono come un paesaggio notturno visto attraverso l'oblò di una nave, nell'oscurità semitrasparente come carta oleata la quiete è rotta dal frastuono dei motori, mentre il vascello solca le acque ora lento ora più veloce. Mi tornò in mente la mia amata, se così posso arrischiarmi a definirla. Era una mia cugina, eravamo cresciuti insieme e da sempre ci legava un affetto profondo, poi alla Festa di primavera era andata in moglie a un funzionario del governatorato. Avevo incontrato quell'uomo un'unica volta ma, da allora, era sempre stato presente nei miei sogni: lo vedevo impiccato, ferito mortalmente in una caduta da cavallo con il piede intrappolato nella staffa, lo decapitavano con una mannaia smussata, lo trafiggevano con un pugnale appuntito, moriva soffocato nel letto in una ridicola posizione, si feriva pulendo la pistola, vestendosi veniva strangolato dalla cinta che gli si era attorcigliata attorno al collo. Non ricordavo la sua faccia ma i lineamenti distorti dalla morte lo facevano assomigliare a un cane che avevo allevato in passato. Quando stavo per lasciare Nanchino, mia cugina venne a salutarmi ed evitando il mio sguardo mi porse un paio di calze che aveva fatto per me, aveva sentito dire che i giapponesi andavano a piedi nudi. Ottima cosa, ora potevo anche sognare l'uomo che moriva soffocato con una calza puzzolente a doppio strato infilata sulla testa.

Ge Ren mostrava già la sensibilità che lo avrebbe accompagnato per il resto della sua vita e i suoi sogni erano ricchi di immagini poetiche. Passeggiava con la signorina Hu in un cortile, nei pressi di un padiglione circondato da gardenie, fiori di ibisco e loti, da lei spirava una fragranza di ninfea che, al calar della sera, si trasformava in menta punteggiata dal leggero sentore amaro del tè. Mi raccontava queste cose timidamente e a voce bassa. Gli feci notare che il desiderio segreto di ogni uomo è quello di dedicarsi agli studi notturni con una bellezza profumata al suo fianco e gli chiesi come aveva potuto abbandonarla per mettersi in viaggio. Prima disse che era stato un consiglio di amici che non aveva potuto ignorare, poi mi confessò di esserne stato costretto. C'era stato un attentato in una casa da tè, alcuni suoi conoscenti erano convinti fosse diretto a lui, era stato fortunato a non fare la fine del padre. All'epoca non sapevo chi fosse suo padre, più tardi scoprii che era Ge Chundao, l'uomo che aveva sognato di costruire la prima biblioteca pubblica cinese.

Il viaggio da Shanghai durò dieci giorni ma a me sembrò lungo quanto un secolo. Tra noi era nata un'amicizia sincera, non avevamo più segreti l'uno per l'altro. Ge Ren diceva di amare l'aria pulita, l'incanto del cielo stellato, gli uccelli dal becco rosso che si posavano sulla nave, le onde come bestie possenti dai dorsi inarcuati. Avrebbe voluto dare un nome a tutte le meraviglie che popolano il mondo, ascoltare la loro naturale melodia e osservarne la magia, accarezzare la loro morbidezza e svelarne i sorprendenti segreti. E se il tempo della sua vita non fosse stato sufficiente, si sarebbe dedicato ad allevare con amore dei figli che avrebbero continuato la sua opera.

Una sera, mentre gli ultimi raggi del tramonto si spegnevano desolati, accadde qualcosa. L'uomo di Anqing volò in mare come un lenzuolo soffiato dal vento, la Tachang Maru ignara proseguì la sua corsa e lui fu inghiottito dai flutti. Noi ci disperammo pensando che avesse messo un piede in fallo ma poi, quando stavamo per arrivare, trovammo nel suo bagaglio una lettera d'addio. Si chiamava Yin Jifu ed era un amico di Chen Duxiu. Quando incontrammo Chen Duxiu che in quel periodo studiava a Tokyo presso l'Athénée Francais[144]*, ci raccontò che quell'uomo era un poeta, lavorava a Shanghai presso la casa editrice Orientale*[145] *e stava andando in Giappone per parlare della rivista* Jiayin[146]. *Dopo quel viaggio che mi era sembrato lunghissimo, la nave finalmente entrò in porto. Appena sbarcati, battemmo i piedi come a sincerarci di essere sulla terra ferma. Avvolto nelle tristi nebbie di quel paese straniero, mi strinsi nelle spalle e, d'un tratto, insieme a Ge Ren e agli altri compagni di viaggio, sentii i miei occhi inondarsi di lacrime.*

La casa da tè si chiamava Yixiangyuan, scrive Anthony Thwaite in *Bellezze in tempi di caos*. Un'ondata di attentati aveva insanguinato la Cina, ma non fu mai chiarito se Ge Ren fosse o meno uno degli obiettivi. In ogni caso, dopo l'assassinio di suo padre Ge Cundao, Hu An si era messo in allarme e gli aveva consigliato di partire.

---

[144] Scuola di lingua fondata nel 1913 nel distretto Chiyoda di Tokyo.

[145] Si riferisce alla Shanghai Oriental Book Company (1922-1927) che pubblicò le riviste *The Tiger* e *New Youth*.

[146] Rivista conosciuta anche come *The Tiger*, iniziata dagli intellettuali cinesi Chen Duxiu e Zhang Shizhao nel 1914 nell'intento di proporre un'alternativa alla propaganda del KMT. Nel 1915 venne sostituita da *New Youth* (*Xin qingnian*) che terminò la pubblicazione nel 1926.

Ge Ren scrisse a Bingying che sperava di ricongiungersi presto con lei. In *Bellezze in tempi di caos* si cita un brano della lettera:

Sono trascorsi venti giorni dal nostro congedo a Huating (un quartiere di Shanghai). Sono ospite dell'amico Kawada e tutto va per il meglio. La mia stanza ha il pavimento in legno leggermente rialzato dal terreno e le finestre si schiudono con l'eleganza di ali di farfalla. Sono sicuro ti piacerebbe. La nostalgia mi spezza il cuore, mi sento come "una piccola carpa in una pozzanghera, in fondo a un solco della strada"[147]. *Riunirmi con te qui in Giappone sarebbe la mia felicità più grande.*

Non immaginava che, al loro prossimo incontro, Bingying sarebbe stata già madre di una bambina.

[147] Dal *Zhuangzi* – Le cose esteriori.

@ La faina augura buon anno alla gallina

Ge Ren era partito e io avevo perso il mio compagno di giochi. Bingying aveva deciso di ignorarmi perché mi colava sempre il naso, le avevo giurato sul presidente Mao che non sarebbe più accaduto ma non era servito a nulla. Lei amava il teatro, aveva conosciuto un certo Su Mei (l'attore Mei Su) e spesso andavano insieme a Shanghai a vedere gli spettacoli d'opera. Una volta il temporale li aveva costretti a fermarsi per la notte in casa di Zong Bu, un amico del padre di Bingying, e lui li aveva riaccompagnati in macchina il giorno dopo. Sì, quello che aveva fondato la rivista *Molo di Shanghai*. Quale molo sarebbe? Quello che ora chiamano il Bund. Perché usava un nome diverso? Stava cercando di disorientare le masse, di cantare una melodia contraria quella del popolo? Per i peli del mio pisello! Chiunque ci provi farà una brutta fine. Nel suo caso andò proprio così.

Zong Bu rimase a Hangzhou fino al giorno dopo, Hu An lo invitò a cena e per tutta la sera non fece che parlare di azioni, diceva che erano molto più redditizie del commercio del tè. Non sai cosa sono le azioni? Te lo spiego con una filastrocca: "Con quattro soldi in tasca vai alla borsa, compri a prezzo basso e quando si alza hai venduto, ora fai un bel sorriso perché ti sei arricchito". Il governo del popolo ha abolito la borsa ed è stata un'ottima decisione, tanto non c'entra un cavolo con le masse rivoluzionarie e serve solo a far ingrassare un gruppetto di borghesi. Quella volta Hu An non si lasciò convincere.

Va bene, vado avanti. Zong Bu possedeva un microscopio, si vantava che fosse più potente dello specchio rivela-demoni dell'Imperatore di giada e Bingying ne era affascinata. Ne avete mai visto uno? Se pensate di avere la faccia pulita, mettetela sotto la lente. Per i peli del mio pisello! Scoprirete che pullula di vermi. Zong Bu lo definiva "creare qualcosa dal nulla"[148]. Visto che a Bingying piaceva, lui glielo lasciò. I giovani sono ingenui e non sanno che se mangi nel piatto d'altri devi obbedir loro, se accetti un regalo li devi assecondare. Quando lui tornò a riprenderselo, il microscopio si era rotto e Bingying avrebbe voluto rimborsarlo. "In che modo?" chiese lui. Le aveva messo gli occhi addosso da tempo, si era fatto delle strane idee e, come la faina che augura buon anno alla gallina, non era certo animato da buone intenzioni. Se Ge Ren fosse stato ancora lì, lui non si sarebbe mai permesso. Cosa dici? Che le mosche si posano sull'uovo già crepato? Non ho intenzione di affrontare questo argomento. Comunque lei era giovane, senza esperienza e non sapeva come difendersi.

Alla fine rimase incinta. La sua pancia si gonfiava a vista d'occhio, io le stavo sempre intorno e l'assillavo per sapere cosa avesse mangiato di buono per ingrassare in quel modo. Lei non rispondeva, mi tirava le orecchie e quasi me le staccò. Ero ancora piccolo e non sapevo lottare, altrimenti avrei fatto fuori Zong Bu o, per lo meno, gli avrei rovinato i piani. Giurai che non l'avrei mai più incontrato. Non mi aspettavo certo di ritrovarmelo a Dahuangshan.

---

[148] Settimo dei trentasei stratagemmi, si può intendere sia come "creare dal nulla l'illusione di esistenza" che "negare l'esistenza del reale".

& Il microscopio

Il microscopio che aveva Zong Bu era stato un dono di Kang Youwei che, a sua volta, lo aveva ricevuto da un missionario nel decimo anno del regno dell'imperatore Guangxu (1884). Nell'*Autobiografia cronologica di Kang Nanhai*[149] (Casa editrice Zhonghua, 1992) l'autore afferma che quell'oggetto gli ispirò l'idea della "equivalenza"[150]. "Sotto la lente che le ingrandisce migliaia di volte, le pulci sono grandi come ruote del carro, le formiche enormi quanto elefanti. Così esiste l'equivalenza tra il grande e il piccolo. Un raggio di luce elettrica può attraversare centomila miglia in un secondo e così si afferma il concetto di similitudine tra la lunghezza e la brevità del tempo." Lo diede in prestito a Tan Sitong ma, come leggiamo nella sua *Raccolta completa* (Editrice Zhonghua, 1988), lui non lo trovò di particolare interesse. Disse che quegli strumenti erano serviti agli stranieri per capire che "i pianeti sono sferici come la terra e migliaia di giorni per un pianeta equivalgono a un anno, la minima particella di polvere e ogni goccia d'acqua sono popolate da miriadi di creature - ma tutto questo si trova già nei sacri testi del Buddha". Glielo restituì.

---

[149] Autobiografia cronologica di Kang Youwei, pubblicata per la prima volta nel 1953 dalla China History Association nella raccolta di materiale sulla Riforma Wuxu, descrive le vicende della sua vita fino al 1898, l'anno della Riforma dei cento giorni.

[150] Il principio della "equivalenza" è uno dei capisaldi del pensiero filosofico di Kang Youwei che, sviluppatosi nella visione di una società utopistica basata sui precetti confuciani, viene poi enunciato nel *Libro della Grande Unità*, sua opera più importante.

Al fallimento della Riforma dei cento giorni, Tan Sitong fu giustiziato, Kang Youwei fuggì in Giappone e, prima di andare, lasciò a Zong Bu il suo microscopio. Per quale motivo? Huang Jishi scrive in *Metà della mia vita*:

Zong Bu mi raccontò che, all'inizio, quell'oggetto non lo aveva particolarmente stupito, non gli era sembrato diverso dagli occhiali, entrambi hanno lenti di vetro e servono per vederci meglio. Poi Nanhai (nome di cortesia di Kang Youwei) gli aveva spiegato che con gli occhiali si vedono le cose già esistenti, mentre il microscopio serve a "creare qualcosa dal nulla", a rendere evidente ciò che non esiste. Capì che per lui costituiva la metafora di un'idea, uno strumento per trasmettere i suoi insegnamenti: nel momento in cui la società attraversa una metamorfosi dal vecchio al nuovo, in tempi confusi e travagliati[151]*, osservando i dettagli si comprende l'intera immagine, si vedono emergere gloria e splendore, stabilizzarsi vita e società.*

Quell'oggetto era ora colmo di profondi significati e Zong Bu non se ne sarebbe più separato. Lo aveva portato nella sua borsa da viaggio durante i suoi viaggi prima a Hong Kong e poi in Francia, e trovandosi in terra straniera si era arricchito di ulteriori implicazioni. Huang Jishi scrive ancora:

Zong Bu raccontava che l'oggetto lo aveva accompagnato nei suoi vagabondaggi in esilio, nonostante fosse un'invenzione straniera lo legava alla sua terra e simboleggiava il suo patriottismo.

È interessante notare come Zong Bu e Hu An per caso si imbarcarono sullo stesso piroscafo che andava in Francia. Partirono da Hong Kong senza conoscersi, poi un incidente a bordo li avvicinò. In *Bellezze in tempi di caos*, Anthony Twaithe cita una lettera di Zong Bu a Huang Jishi che descrive le circostanze del loro incontro:

---

[151] Citazione dal saggio *Leggendo la storia di Yingying* dello storico e letterato Chen Yinke (1890-1969).

Mentre facevamo rotta verso sud nel Mar della Cina, un tifone stava quasi per far capovolgere la nostra nave. Alcuni dissero che piuttosto che essere divorati dagli squali, si sarebbero tirati un colpo di pistola. Quando tornò la calma, trovammo il cadavere di un vecchio, non si era suicidato, lo aveva ucciso il rollio delle onde. Secondo la legge del mare, i morti si gettano in pasto ai pesci. Durante le esequie conobbi un giovane cinese, si chiamava Hu e veniva da Hangzhou. Mi raccontò di aver visto l'uomo diventare cereo e morire scosso dalle convulsioni. Mentre il cadavere piombava tra i flutti, il pensiero della mia morte mi attanagliava il cuore. Hu disse che, quando sarebbe stato il momento, anche lui avrebbe voluto essere gettato in mare. Era curioso di tutto, lo interessavano lo squallore di Singapore, gli elefanti, i cobra dagli occhiali e i fachiri di Ceylon, persino la scimmia allevata da una donna cingalese. Quando vide il mio microscopio, ne rimase affascinato e non se ne sarebbe più separato. In India io avevo messo gli occhi su una incantatrice di serpenti e lui avrebbe voluto comprarmela in cambio del mio strumento. Non accettai, non avevo intenzione di lasciare in India un piccolo Zong Bu che si guadagnava da vivere incantando serpenti tra le palme da cocco.

È quindi probabile che Zong Bu abbia portato a Hangzhou il microscopio per ravvivare la sua amicizia con Hu An e non, come ha detto Aqing, per sedurre Bingying. Alcuni giorni dopo, lui tornò con due obiettivi: rievocare il passato e riprendersi il prezioso strumento. Nella testimonianza di Aqing era stata Bingying a romperlo. In *Bellezze in tempi di caos*, lei ricorda l'episodio:

Quando Zong Bu tornò a Hangzhou, il microscopio era ormai ridotto in pezzi. Quella mattina, mentre stavo osservando le formiche insieme ad Aqing, il postino mi consegnò una lettera di Ge Ren. Andai a leggerla nel giardino posteriore e, d'un tratto, sentii Aqing che piangeva. Per inseguire le formiche si era arrampicato su un albero con lo strumento che era poi caduto in terra. Quando vidi arrivare Zong Bu andai a nascondermi, in seguito mi feci convincere ad accompagnarlo in città. Conosceva un po' il francese e parlare con lui mi riportò all'infanzia, ebbi la stessa sensazione che si prova incontrando un amico in terra straniera. No, quella volta si comportò correttamente e tenne le mani a posto. Mi chiese del microscopio, io mentii dicendo che non sapevo dov'era, non accusai Aqing che, nel frattempo, si aggirava per casa con l'aria di un cane bastonato. Rassicurai Zong Bu che un giorno sarebbe rispuntato, come succede quando si perdono le chiavi. Sospettava che l'avesse nascosto mio padre per giocarci un po' e disse che sarebbe tornato a riprenderselo più tardi. Alcuni giorni dopo era di nuovo da noi, mio padre si offrì di comprargliene un altro, ma lui non accettò. Neppure il microscopio più eccellente avrebbe potuto sostituire quello che aveva perso. Cosa avrei potuto fare?

Poco prima del tentativo del generale Zhang Xun di reinstaurare l'imperatore sul trono, lo incontrai di nuovo. Quel piano fallì e lui venne a rifugiarsi da noi. Per evitare di essere scoperto, quando uscivamo insieme voleva che mi spacciassi per sua figlia. All'inizio era divertente, poi le cose presero un'altra piega…

Zong Bu era tornato a Hangzhou perché Kang Youwei lo aveva incaricato di contattare l'esercito locale, doveva convincerli a sostenere il generale Zhang Xun nel suo tentativo di porre l'imperatore Pu Yi a capo di una monarchia costituzionale. Poi si innamorò di Bingying che lo accompagnava fingendo di essere sua figlia, la chiamava Meng Ke[152] "pietra di sogno" e le scrisse numerose lettere. "Ke" è il nome di una pietra preziosa simile alla giada, il carattere può significare un ornamento sui finimenti del cavallo o riferirsi al cavallo stesso, si ritiene quindi che al tempo Zong Bu già la considerasse la sua compagna. Secondo Anthony Twaithe il nome potrebbe essere stato semplicemente la trascrizione fonetica del francese *mon coeur*, cuor mio.

Nel luglio del 1917, il golpe del generale Zhang Xun fallì miseramente e Zong Bu, che era ricercato, fuggì a Shanghai insieme a Bingying per andare a nascondersi in casa dell'amico Huang Jishi, che scrisse in *Metà della mia vita*:

---

[152] Titolo del romanzo d'esordio della scrittrice Ding Ling, scritto nel 1927. Racconta di una giovane donna alla scoperta della sua sessualità che sceglie di non cedere alle seduzioni di ricchi spasimanti.

Zhang Xun, il generale dal codino, si era rifugiato nella concessione olandese nel Quartiere delle legazioni. Il signor Nanhai (Kang Youwei) era nell'Ambasciata americana e passava i giorni leggendo gli Annali delle primavere e degli autunni *di Confucio. Zong Bu era tornato a Shanghai portando con sé la figlia di Hu An. Lei era adorabile come le donnine dei calendari pubblicitari e aveva il vezzo di inclinare la testa da un lato per mostrare il suo disappunto. Senza dubbio quei due già vivevano insieme. I ricconi di Shanghai si vantavano di avere giovinette che li accudivano, per loro erano succulenti bocconcini alla stregua dei germogli di tè o del maialino da latte, erano ghiotti della carne delle vergini come i demoni del* Viaggio in Occidente. *Ma Zong Bu era fatto di un'altra pasta, lui era follemente innamorato della figlia di Hu An, se lei gli metteva il broncio si disperava e cercava di assecondarla in tutti i modi. A mio parere, ciò che vedeva in lei era il suo doloroso passato e la sua gioventù perduta, lei era lo specchio di bronzo in cui si riflettevano quel dolore e quella perdita.*

I ricordi di Bingying non si allontanano dalla descrizione di Huang Jishi. I suoi alloggi occupavano il primo piano di un palazzetto dal vasto salone, ma con un corridoio stretto e scale dalla balaustra scheggiata. Avevano spesso ospiti, la maggior parte di loro aveva studiato all'estero, alcuni sostenevano l'imperatore e maledicevano il governo, altri appoggiavano il governo e insultavano l'imperatore. Passavano il tempo a vantarsi, a lusingare gli altri, a recitare poesie, spesso sospiravano affranti, piangevano, ridevano, facevano giuramenti, inveivano. Sparsi ovunque nella stanza c'erano sigarette e oppio, bottiglie di champagne e di vino Huadiao, tessere da *mahjong* e carte da poker. Alcuni venivano per giocare d'azzardo, alla roulette russa. Bingying rimaneva chiusa nella sua stanza in cima alle scale e davanti allo specchio della toletta – non quello di bronzo di cui parla Huang Jishi, ma un comune specchio di vetro – piangeva in silenzio:

Bingying racconta che lo specchio aveva una crepa, era stata lei a romperlo. "Poggio il viso sul dorso della mano e non oso specchiarmi, mi sento una donna perduta come quelle di cui si legge nei libri. Quando Zong Bu torna a casa, sono sempre di malumore. Passo i miei giorni nel torpore, come una ninfea che galleggia in una pozza di acqua malsana e sogno spesso Ge Ren. Svegliandomi, mi chiedo se sono io a sognare lui, oppure è lui a sognare me che condivido il letto con un uomo più anziano di suo padre[153]*. Vedo la mia vergogna riflessa nello specchio, l'incrinatura taglia il mio viso a metà raddoppiando la mia umiliazione."*

Il brano seguente lascia trapelare l'ossessione per i piaceri sensuali e la complessità della vita interiore di una giovane donna. "Spesso mi accorgo con orrore di aver perso ogni ritegno. Con Zong Bu siamo andati a un ballo in casa di un amico e vedendo alcune giovinette timide e impacciate ho notato quanto fossero inesperte, non sapevano civettare e non capivano i desideri degli uomini, erano solo bambine. Tornati al nostro appartamento, ho assaggiato di nuovo il gusto di un piacere perverso sulle sue labbra."

Giaceva sul letto di teak e, mentre con il cuore era vicina a Ge Ren, il suo corpo se ne allontanava sempre di più…

Quella vita non durò a lungo. Una mattina, Zong Bu si svegliò e scoprì che lei se ne era andata. Sul letto trovò una nota, gli chiedeva di non cercarla. Non era tornata a Hangzhou, era prima andata a Tianjin dalla mia prozia che, insieme al reverendo Beal, stava fondando un ospizio per trovatelli. La vergogna le impedì di raccontarle la sua storia con Zong Bu. La mia prozia la riaccompagnò a Hangzhou e suo padre Hu An la mandò in Francia, dove viveva sua madre. In quel momento, Bingying portava già in grembo mia madre Candou.

Quando Bingying lo abbandonò fu come se a Zong Bu avessero "strappato l'anima". Questa espressione mi piace perché testimonia il suo amore per lei. Sapere che si erano amati è importante per me che sono loro discendente. Ho

---

[153] L'immagine è un chiaro riferimento al sogno di Zhuangzi (369-286 a.C.). Nella parabola taoista il filosofo al suo risveglio era confuso e si chiedeva come determinare se, invece di Zhuangzi che sogna di essere una farfalla, non fosse piuttosto una farfalla che aveva iniziato a sognare di essere Zhuangzi.

cercato di descrivere positivamente e con parole eleganti la loro vita sentimentale, anche per dare un senso alla mia vita e a quella di mia madre. Quando ho letto questa lettera in *Bellezze in tempi di caos* mi è parso di aver scovato un tesoro:

Meng Ke, tuo padre mi ha detto che sei partita per la Francia. Vivo ogni attimo nella speranza del tuo ritorno, come il mulo nel deserto mi struggo nel desiderio dell'acqua. Come un uomo rozzo bacio con trasporto la cipria che porta il tuo profumo, accosto le labbra all'incrinatura dello specchio. "Di uno specchio rotto si possono ricomporre i frammenti"[154]*, questa è per me la frase più bella. Sono arrivato a invidiare le tue scarpe perché ti accompagnano ovunque.*

Ti prego scrivimi, anche solo una frase per dirmi cosa ho sbagliato. Ti imploro di non dimenticarmi. Se vuoi puoi fingere di ricordarti di me, qualsiasi menzogna è meglio di questo silenzio. Continuerò ad amarti con tutto me stesso, fino a quando non sarò altro che un mucchio di ossa sbiancate.

Non so se Bingying in Francia si sia commossa leggendo quelle parole. Ad Anthony Thwaite disse soltanto che tra le lettere che aveva ricevuto ce n'era una della mia prozia. Diceva che Ge Ren, su richiesta di Aqing, aveva spedito un microscopio dal Giappone.

---

[154] Dal trattato *Sulla poesia radicata negli eventi* scritto da Meng Qi (circa 886).

@ Che brava Candou. Candou fai la brava.

Dico bene? Allora vado avanti. Avrei voluto scrivere a Ge Ren per raccontargli che Zong Bu aveva sedotto Bingying, poi però cambiai idea. Come dice il comandante supremo Lin Biao "l'impazienza nelle questioni di poco rilievo offusca i progetti importanti"[155], Ge Ren era impegnato a preparare la rivoluzione e non potevo disturbarlo. Se glielo avessi detto forse si sarebbe persino arrabbiato perché, ossessionato dai dettagli, disdegnavo il quadro generale.

Ora sapete quanto mi manchi il passato, "ricordo anni impegnati, mesi di fatiche". Ho dimenticato un mucchio di cose ma di Ge Ren ho conservato ogni memoria. Perché? Sapevo che queste mie vecchie ossa potevano ancora servire a qualcosa, prima o poi il Partito avrebbe mandato qualcuno a chiedermi di narrare le sue eroiche gesta. Non avevo forse ragione? L'ho capito stamattina quando ho sentito la gazza gracchiare sull'albero. Forza, dammi un'altra sigaretta.

Di cosa volete che vi parli? Come ho già detto, "puntatemi nella giusta direzione e io sparerò". Passarono gli anni e rimanemmo a lungo senza incontrarci. Poi lui tornò a Pechino dal Giappone e io sarei voluto andare a trovarlo. Avrei visitato piazza Tian'anmen dove sorge il sole rosso[156], vedendo il Monumento degli eroi del popolo avrei ricordato i martiri della rivoluzione. Come? All'epoca non esistevano ancora? Come

---

155 Dai *Dialoghi* di Confucio.

156 Uno dei tanti appellativi di Mao Zedong, al pari di "sole rosso al centro dei nostri cuori" e "grande timoniere".

non detto. In ogni caso stavo per andare da lui quando scoprii che era partito per l'Unione Sovietica. No, all'epoca non era ancora considerata revisionista[157]. Ritornò dopo anni per insegnare all'Università di Shanghai e io lo raggiunsi subito.

Compagni, non potete dire questo, non tutti quelli che insegnano all'università sono "fetenti della vecchia nona categoria"[158]. Anche Mao Zedong, Guo Moruo e Li Dazhao hanno insegnato all'Università di Shanghai. Ge Ren incontrava spesso Li Dazhao. Dove lavorava? Fammici pensare, mi pare fosse in via Lingyun (si sbaglia, era via Qingyun, nel distretto Zhabei). Come si dice: oh, professore tu mi stupisci, più insegni e più dimagrisci. Infatti lo trovai molto magro ma pieno di entusiasmo. Insegnava letteratura russa, da lui ho imparato che "Tolstoj è lo specchio della rivoluzione"[159]. Ah, ah! Puoi anche non essere d'accordo, non erano parole sue, stava citando Lenin. E se il compagno Lenin definiva Tolstoj uno specchio, doveva essere così.

Quando arrivai a Shanghai per prima cosa mi rimpinzò di cibo, ero talmente sazio che non la smettevo di ruttare. Quello che era avanzato potevo portarlo via e, mentre mi avviavo barcollando verso la scuola con un vassoio di *baozi*, incontrai un

---

[157] Inorridito dalla progressiva destalinizzazione dell'Unione Sovietica, iniziata nel 1956 con il discorso *Sul culto della personalità e le sue conseguenze* di Nikita Khrushchev, Mao Zedong nel 1961 denunciò formalmente il comunismo sovietico come opera di "traditori revisionisti" e accusò l'Unione Sovietica di socialismo imperialista.

[158] Durante la dinastia Yuan (1279-1368) i conquistatori Mongoli suddivisero la popolazione in dieci caste: burocrati, funzionari, monaci buddhisti, preti taoisti, medici, operai, cacciatori, prostitute, letterati confuciani e mendicanti. Successivamente durante la Rivoluzione culturale furono definite le "nove vecchie categorie": latifondisti, contadini ricchi, antirivoluzionari, cattive influenze, individui di destra, traditori, spie, coloro che seguivano la linea capitalista e gli intellettuali.

[159] Nel suo tentativo di strumentalizzazione di Tolstoj per la propaganda del regime, Lenin con un discorso del 1908 lo definì "lo specchio della rivoluzione russa" per le sue descrizioni delle profonde disparità nella società e ne fece il campione del realismo critico, premessa del realismo socialista.

branco di straccioni che volevano rubarmeli, io feci volare un calcio e loro se la diedero a gambe. Poi vidi un uomo affamato, era talmente debole che non riusciva a muoversi, li lasciai a lui. Quel mio gesto fu molto apprezzato da Ge Ren, mi chiese che programmi avevo. "Voglio studiare con te!" Rifletté un attimo e disse: "Aqing, hai un buon carattere, sei coraggioso e preciso, saresti adatto a fare il medico. Ti presenterò alla Scuola di Medicina, in futuro potrai conquistarti un posto in società". Per me ogni sua parola era oro colato. Risposi senza indugio: "Bene, da domani comincio a studiare". Ge Ren pagò per le mie lezioni e io rimasi a lungo come uditore nella Scuola. Non faccio per vantarmi, se avessi terminato gli studi sarei senz'altro diventato un medico di prim'ordine. Poi decisi di smettere, la retta era troppo costosa e non volevo continuare a essergli di peso.

Un giorno andai da lui dopo le lezioni. Lo trovai che stava per uscire con un libro sotto il braccio. Voleva farmi incontrare qualcuno, prendemmo un risciò e arrivammo a via Moulmein (oggi via Maoming). Entrammo in un cortiletto, bussammo a una porta e indovinate chi venne ad aprire? Era Bingying e, dietro di lei, c'era una bambina che pareva una bambolina straniera e le assomigliava come una goccia d'acqua. Non la capivo perché mi parlava in una lingua sconosciuta.

Di chi era figlia? Ovvio, di Bingying. Visto che già lo sapete posso vuotare tranquillamente il sacco: era il frutto dell'unione tra Bingying e Zong Bu. Sin da piccola aveva saputo distinguere tra amici e nemici, era consapevole delle contraddizioni tra noi e i nostri nemici[160], quindi ignorava Zong Bu e trattava invece Ge Ren come fosse il suo padre naturale. Che non lo fosse non è importante perché, se conoscete l'opera modello *La lanterna rossa*, saprete anche che Li Tiemei non era figlia di Li Yuhe e che Li Yuhe non era il figlio di nonna Li, ma erano più affiatati di veri parenti. Cosa? Dal drago nasce un drago,

[160] Dal discorso *Sulla contraddizione* (1937) di Mao Zedong.

una fenice dalla fenice, mentre la prole dei topi è destinata in eterno alle tane? Ce l'ha insegnato il presidente Mao. No? L'ho detto io? Allora è una fesseria.

Va bene, vado avanti. Se lo faceva Li Yuhe, poteva farlo anche Ge Ren. Per lui quella bambina era come una figlia, la coccolava e la proteggeva in tutti i modi, le aveva anche scelto un nomignolo: Candou, Piccola fava. Appena arrivata, aveva un faccino smunto dal colorito giallastro e lui si era messo subito in cucina a prepararle deliziosi manicaretti. Lei gli era molto affezionata e voleva che l'accompagnasse ovunque, anche a trovare il nonno materno a Hangzhou. Ge Ren aveva composto una filastrocca: "Fiore di fava, fiore di fava, cuore del tuo papà, la notte fai i capricci per dormire, al mattino invece ridi, ah, ah, ah". Come? Non è così? Allora mi sbaglio. Aspetta, ora me la sono ricordata: "Che brava Candou. Candou fai la brava. Sei come il sole delle otto o delle nove del mattino, per solcare i mari ci si affida al Grande timoniere[161], io ho Candou a cui potermi affidare". Quando Candou si addormentava, Ge Ren poteva dedicarsi allo studio e Bingying al suo fianco cuciva suole da scarpe.

Proprio così, suole da scarpe. Mi è tornato in mente qualche giorno fa durante la campagna "ricordiamo l'amarezza del passato per apprezzare la dolcezza del presente"[162]. Il caposquadra ci aveva ordinato di mangiare erbacce e crusca di riso e qualcuno aveva detto: "Lo abbiamo appena fatto. Non si potrebbe aspettare qualche giorno prima di ripetere l'esperienza?". Lui si era quindi lanciato nel solito lavoro

---

[161] Negli anni '40 l'inno rivoluzionario di celebrazione delle vittorie del partito comunista *Sei il nostro faro*, recita: "tu sei il timoniere che ci guida verso l'avvenire" riferendosi a Mao Zedong. A partire dall'undicesimo Plenum dell'ottavo Congresso del Partito comunista (1966), Mao Zedong fu definito "quattro volte Grande": Grande guida, Grande leader, Grande comandante, Grande timoniere. È interessante notare come l'appellativo "timoniere" fu utilizzato per la prima volta nel 1941 per celebrare Chiang Kai-shek, acerrimo nemico di Mao Zedong. In seguito gli editoriali del *Quotidiano del Popolo* fecero riferimento anche a Lenin e Stalin come "timonieri".

[162] Campagna lanciata nel 1963 e durata fino al 1976.

ideologico. "Sapete cosa mangia di solito il presidente Mao?" Nessuno gli aveva risposto, allora si era rivolto a Zhang Yongsheng: "Lao Zhang, rispondi tu che conosci *il Libretto rosso* a menadito". Lui è un gran vigliacco che ha paura persino delle sue scoreggie, era diventato tutto rosso e non faceva un fiato, come se gli avessero messo la mordacchia. Poi cedendo alle insistenze del caposquadra, finalmente parlò: "Non l'hai detto tu che il presidente Mao tiene vicino al cuscino un barattolo di zucchero in cristalli e uno di torroncini al sesamo?". "È vero, ma per ricordare l'amarezza del passato e apprezzare la dolcezza del presente ora mangia *wowotou*, conetti di granturco al vapore." Poi chiese a me: "E tu sai cosa fa di solito Jiang Qing?" "C'è bisogno di chiederlo? Studia i *Tre articoli* del presidente Mao." "E quando li ha finiti?" Cadde di nuovo il silenzio e il caposquadra si infuriò: "Per i peli del mio pisello! Possibile che non sapete neanche questo? Dopo aver letto i *Tre articoli*, la compagna Jiang Qing seduta al fianco del presidente Mao cuce suole da scarpe. Ora che è iniziata la campagna per ricordare l'amarezza del passato, ha messo da parte le suole e intreccia sandali di paglia". E così ho pensato a Bingying che, mentre Ge Ren studiava, lavorava al suo fianco. Oltre a studiare, Ge Ren scriveva un libro dal titolo *L'ombra che cammina*. Cosa vuol dire? L'ombra ti segue ovunque tu vada, l'uomo retto non teme di avere l'ombra storta. Gli chiedevo: "L'ombra ha raggiunto la meta?". "Non ancora." Non faceva che scrivere e poi correggere. Era tardi, gli dicevo di andare a dormire e mi rispondeva: "Vai prima tu, non pensare a me". Non ascoltava neanche Bingying, perciò lei mandava Candou. E lui si interrompeva per cantarle la filastrocca. Quale? Ma non te la sei scritta un attimo fa? Eri troppo distratto ad ascoltarmi? Va bene, visto che vi piace, la recito di nuovo: "Che brava Candou. Candou fai la brava. Dormi fino all'alba, quando in cielo splende rosso il solleone[163], vieni

[163] Strofa della canzone rivoluzionaria *Il sole rosso splende in cielo.*

con me a fare la rivoluzione". Candou si addormentava e lui tornava a scrivere.

Poi non ne ebbe più il tempo. Perché? Lo attendeva un compito più importante, obbedendo alla chiamata del Partito era andato nel Soviet di Dahuangshan. Ge Ren vi si recò due volte, questa fu la prima. Io lo seguivo ovunque come la sua ombra e, un passo dopo l'altro, intrapresi insieme a lui il cammino della rivoluzione. Poi la causa mi portò a recitare la commedia e le nostre strade si separarono. Ma i pesci non possono lasciare l'acqua, né i meloni lasciare la vite, e il mio cuore rimase per sempre legato al suo.

& L'ombra che cammina

Nella prima parte del libro ho già detto che, dopo il Movimento del quattro maggio, Bingying era tornata a Pechino a cercare Ge Ren, ma lui era ancora in prigione e non si incontrarono. Dopo un periodo in Francia, lei si trasferì in Inghilterra insieme alla madre. Vivevano a Sawston, un pittoresco villaggio a sei miglia da Cambridge. Anthony Twaithe lo aveva visitato mentre scriveva *Bellezze in tempi di caos*. La figlia della padrona dello spaccio ricordava ancora quella signora cinese alta ed elegante, con le spalle avvolte in uno scialle traforato e l'espressione malinconica, che andava a comprare le sigarette accompagnata da una bambina. Twaithe riporta:

Quando era allo spaccio a prendere le sigarette, Bingying aveva notato una lettera che doveva essere lì da molto tempo. Lin Huiyin, l'architetta che avrebbe poi disegnato l'emblema nazionale cinese, l'aveva scritta a Xu Zhimo. Bingying seppe così che anche lui aveva abitato a Sawston e che si faceva spedire la corrispondenza allo spaccio. Chiese a un amico a Parigi di mandare lì le sue lettere. Le ricevette in pieno autunno, venivano tutte dalla Cina. Un'amica che lavorava per la chiesa (la mia prozia) le scrisse che Ge Ren era appena tornato dalla Russia e aveva lavorato nell'orfanotrofio del reverendo Beal a Tianjin, poi il rettore Yu Youren e il direttore amministrativo Deng Zhongxia lo avevano invitato a insegnare all'Università di Shanghai. Anche lui era solo e continuava ad amarla, a desiderarla come il cervo l'acqua di fonte.

I ricordi tornarono a bussare alla sua porta e le immagini del passato le inondarono il cuore. Dando finalmente voce alle sue pene, Bingying annunciò alla madre che voleva tornare in Cina per riunirsi con Ge Ren e, insieme alla figliola, raggiunse il porto di Southampton. Scriveva nel diario: "Siamo in pieno autunno e in Inghilterra fa buio presto. Salpiamo nella notte tra le onde agitate del Canale della Manica. Mentre il mio cuore galoppa nel desiderio di tornare, mi sembra che la nave rimanga immobile sul posto. Poi d'un tratto cala il silenzio e scorgo le luci dell'isola di Wight in lontananza".

Dopo la lunga traversata, un forte vento impedì alla nave di entrare nel porto di Shanghai. Solo una sottile linea d'acqua li separava l'uno dall'altra ma avrebbero potuto essere mille miglia, i due giorni di attesa le sembrarono lunghi un'eternità. Molti anni prima, proprio in quel luogo si erano separati. Guardando sua figlia, il volto le si inondò di lacrime.

Era l'autunno del 1923, Ge Ren insegnava russo all'Università di Shanghai[164] insieme a Qu Qiubai e viveva in via Moulmein con Bingying, non lontano dalla casa di Qu e di sua moglie Wang Jianhong. Ding Ling, che sarebbe poi diventata una nota scrittrice, studiava all'Università di Shanghai e abitava sulla stessa strada. Aqing viveva con Ge Ren e Bingying. Nel 1927, Ge Ren smise di insegnare e iniziò a tradurre romanzi di Pushkin, Chekhov e Tolstoj, e anche il *Macbeth* di Shakespeare dal russo. Da anni desiderava scrivere un romanzo a carattere autobiografico che narrava la storia della sua famiglia e le sue esperienze personali. Scelse il titolo *L'ombra che cammina* dall'atto quinto, scena V del *Macbeth*:

La vita è solo un'ombra che cammina, un povero attorucolo sussiegoso che si dimena sopra un palcoscenico per il tempo assegnato alla sua parte, e poi di lui nessuno udrà più nulla; è un racconto narrato da un idiota, pieno di grida, strepiti, furori, del tutto privi di significato!

Quando il reverendo Beal andò a Shanghai a trovarli, vide il manoscritto e in *Maestosità d'Oriente* annotò:

---

164 Qui le vicende di Ge Ren ricalcano nuovamente la biografia di Qu Qiubai.

Su quella pila di fogli ingialliti era scritta la storia di suo padre. Agli occhi di Ge Ren, Ge Cundao era "l'attorucolo sussiegoso che si dimena sopra un palcoscenico" e che, come un'ombra, si era fatto silenziosamente da parte. Avrebbe poi voluto parlare di sé e di Candou dedicando il resto della sua vita alla scrittura di quell'opera. Come si legge nei Salmi, io "prestavo l'orecchio a un proverbio, cantai sulla cetra il mio enigma"[165] *e approvai la scelta del nome. "Certo, l'uomo va e viene come un'ombra. Certo, l'uomo s'affanna per quel che è vanità"*[166].

Sappiamo che Ge Ren morì prima di portare a termine il compito.

Nel 1932, l'esercito giapponese invase il distretto Zhabei di Shanghai. Dopo la fine della guerra, Ge Ren andò nel Soviet di Dahuangshan e in seguito partecipò alla Lunga marcia. Bingying racconta: "A Dahuangshan portò il manoscritto su cui stava lavorando. Io e Candou lo seguimmo, diceva che lì avremmo potuto iniziare una nuova vita, una vita in libertà".

---

[165] Dalla *Bibbia* - Libro dei Salmi 49:4.
[166] Dalla *Bibbia* - Libro dei Salmi 39:6.

@ Yang Fengliang

Ora capite perché l'ordine di Fan Jihuai di andare a Dahuangshan a cercare Ge Ren mi aveva riempito di gioia. Per i peli del mio pisello! Sentivo palpitare il mio cuore rosso, stava quasi per saltarmi fuori dal petto. Ho già detto che Fan Jihuai mi aveva assegnato il compito di stabilire l'identità di quell'uomo, se non era Ge Ren dovevo lasciarlo andare e se era lui avrei dovuto scoprirne le intenzioni. In cuor mio speravo fosse Ge Ren, avevo tanta voglia di rivederlo. Fan Jihuai si era raccomandato che non gli torcessi un capello e io dentro di me avevo riso di quell'idiota, non sapeva che non gli avrei mai fatto del male.

Stavo per mettermi in marcia e Fan Jihuai mi fermò: "Qualcuno è già arrivato a Dahuangshan, si chiama Yang Fengliang". Prima di fare qualsiasi mossa, avrei dovuto mettermi in contatto con lui. Per i peli del mio pisello! Anche Yang Fengliang era lì? Questo cambiava tutto. Cominciai a sperare che l'uomo non fosse Ge Ren, perché non sarei riuscito a farlo fuggire senza far saltare la mia copertura nel Juntong. Dissi a Fan Jihuai di mandare un altro e, quando me ne chiese il motivo, inventai una balla: avevo avuto dei contrasti con Yang Fengliang e mi sarebbe stato difficile collaborare con lui. Fan Jihuai era tutto eccitato e voleva conoscere i dettagli. Dopo aver riflettuto un po' ebbi un'idea: "Yang Fengliang è uno che mangia nella ciotola tenendo gli occhi sulla pentola, avevo tanto faticato a rimediare una donna e lui, dopo qualche giorno, me l'aveva rubata lasciandomi in bianco". Ah, ah, ah! Compagni, ci era cascato in pieno e si era messo a consolarmi: "Poveri e bianchi, questi due punti deboli sono anche dei punti forti. I poveri aspirano a fare la rivoluzione. Noi siamo come un foglio bianco, è proprio quello che occorre per scriverci sopra"[167]. Disse proprio così, lo giuro davanti al presidente Mao. Aggiunse che di donne è pieno il mondo e Yang Fengliang a Dahuangshan aveva un'amante la cui rara bellezza metteva in ombra la luna e in imbarazzo i fiori. Avrei potuto rendergli la pariglia portandogliela via.

Dico bene? Allora vado avanti.

Più io mi schermivo e più lui insisteva. "Per i peli del mio pisello! Come può un duro come te farsela sotto nel momento cruciale?" "Generale, non si tratta di questo. Lui con le donne ci sa fare e io non riuscirei mai a spuntarla". Fan Jihuai apprezzò le mie parole: "La modestia fa progredire e l'orgoglio fa indietreggiare. Se ci sono le condizioni bisogna andare avanti, se non vi sono, bisogna crearle e andare avanti". Ora che ci penso, prendendomi la sua donna le avrei fatto un favore, perché Yang Fengliang era un gran figlio di puttana.

Non lo dico perché sono geloso ma perché era stato lui ad avvertire Fan Jihuai che Ge Ren era a Dahuangshan. Stava andando a Changding in Fujian per il funerale del padre e aveva deciso di scendere dal treno a Baibei. Gli era venuta voglia di vedere la sua amante che aveva una casa da tè e gli aveva partorito un piccolo controrivoluzionario. Era rimasto tre giorni con loro e quella mattina madre e figlio lo stavano accompagnando alla stazione di Shangzhuang. Non era lontana, ci si arrivava a cavallo nel tempo che serve per mangiarsi una ciotola di spaghetti. Sulla strada, il piccolo bastardo vide Ge Ren e corse a fargli l'inchino. A Yang Fengliang era sembrato avesse un aspetto familiare, ma non l'aveva riconosciuto subito e aveva chiesto alla sua donna: "Chi è quello? Com'è che il ragazzino lo saluta con tanta cortesia?". Era il maestro della scuola e si chiamava You Yu. Infatti, quello era uno dei nomi usati da Ge Ren. La faccenda

---

[167] Dal discorso *Sui dieci grandi rapporti* (1956) di Mao Zedong.

sarebbe finita lì se quel giorno qualcuno non avesse deciso di far saltare in aria le rotaie a poche decine di miglia a nord di Shangzhuang. Ci volevano alcuni giorni per ripararle, Yang Fengliang rimase a Baibei e così scoprì che You Yu era Ge Ren. Era al nono cielo, si era ricordato di una taglia di diecimila dollari d'argento che Chiang Kai-shek aveva fatto mettere sulla sua testa. Per precauzione non lo fece fuori subito: una testa così preziosa non si poteva mozzare impunemente, di certo era ambita dal Kuomintang e dallo Stato. Agire da solo comportava dei rischi e avrebbe potuto costargli la vita, quindi fece rapporto a Chongqing e si preparò ad attendere. Vorrei aggiungere che quel furbone di Yang Fengliang per una volta si era comportato da idiota, non immaginava che, segnalare la presenza di Ge Ren, gli avrebbe accostato la mannaia al collo.

Arrivai a Dahuangshan e andai subito da lui. Senza fermarmi neanche per mangiare, gli chiesi di portarmi da Ge Ren e, a mezzogiorno, lui mi accompagnò. Indovinate dove l'aveva imprigionato? Nella scuola elementare Fangkou. Cazzo, solo a lui sarebbe potuta venire un'idea del genere! Non stava spargendo sale sulle ferite? Perché dico così? Hu An, il suocero di Ge Ren, ne aveva finanziato la costruzione nel 1934 e all'epoca anche io avevo aiutato a trasportare terra e alzare muri. Ogni volta che sento cantare "sono uno scolaretto, vado a scuola con il mio zainetto"[168] ripenso alla scuola che ho contribuito a costruire. Era sulla riva del fiume Baiyun, nei pressi di un laghetto e di una chiusa, *fangkou*. Per questo Ge Ren l'aveva chiamata così. Da quando era tornato l'aveva fatta riparare e lì avrebbe formato gli eredi della rivoluzione. Ora quel cane fottuto di Yang Fengliang ce lo aveva rinchiuso dentro.

Sulla strada lo informai: "I nostri superiori hanno mandato me perché sono un suo vecchio amico, posso convincerlo ad arrendersi e a servire il Kuomintang e lo Stato". Yang Fengliang

---

[168] Strofa della canzone per bambini *Sono uno scolaretto*.

assentì inchinandosi, mi assicurò di essersi preso buona cura di lui, di non averlo messo in difficoltà. "Molto bene, farò un buon rapporto sul tuo comportamento impeccabile". Mi offrì una sigaretta e me l'accese. Ma no, raccontavo solo cosa ha fatto Yang Fengliang, se insisti però ne accetto volentieri una.

Dico bene? Allora continuo.

Alcuni uomini in borghese stavano di guardia al cancello. Non mi conoscevano ma, osservando l'atteggiamento servile di Yang Fengliang, pensarono che fossi un personaggio importante e si affrettarono a mettersi sull'attenti. Io alzai il braccio destro e dissi loro: "Compagni, avete lavorato sodo!"[169]. Risposero in coro: "Anche lei, comandante, ha lavorato sodo!". Li elogiai per aver completato con onore la missione, il Partito avrebbe ricompensato i loro sforzi, ora potevano accompagnare il loro comandante al funerale del padre, con i miei auguri di brillante carriera e grandi ricchezze. Quella manica di bastardi scodinzolava dalla felicità, mi facevano il saluto, battevano le mani, per poco non si prostrarono a terra per ringraziarmi. Già che c'ero, mi arruffianai Yang Fengliang per confondergli le idee: "Un generale valoroso non ha uomini deboli al suo comando. Il comportamento dei tuoi soldati mostra che hai la stoffa del condottiero". Sul viso di Yang Fengliang il sorriso sbocciò come un fiore. Quale fiore? Boh, magari un dente di cane? Dovevo battere il ferro finché era caldo, annunciai che quella sera stessa avrei offerto loro un banchetto di addio. La fiamma della fede comunista mi ardeva in petto, "l'ideale nostro sarà l'Internazionale futura umanità" e io stavo per far fuori lì per lì quella banda di cani. Poi mi tornò in mente il monito di Lin Biao "l'impazienza nelle questioni di poco rilievo offusca i progetti importanti". Perciò mi trattenni e decisi di recitare la commedia fino in fondo.

---

[169] Atteggiamento e parole di congratulazione tipiche del presidente Mao in occasioni pubbliche.

Presto avrei rivisto Ge Ren e avevo il cuore che batteva all'impazzata per l'eccitazione. Per non rivelare il mio stato d'animo camminando con le mani dietro la schiena andai a ispezionare il muro di cinta. Tornai e dissi a Yang Fengliang: "Anche all'uomo saggio, nel considerare migliaia di aspetti, prima o poi capita di commettere errori"[170]. Lo vidi rabbrividire, ribadii: "Bisogna sempre valutare i problemi in modo dialettico. Considerare i progressi e anche le mancanze". Mi chiese spiegazioni e io, come se stessi scacciando una mosca, indicai ai suoi uomini di farsi da parte. "Non avresti dovuto mandare via gli studenti e interrompere le lezioni. Per i peli del mio pisello! La gente si insospettirà e questo non faciliterà certo il nostro compito." Ora tremava come pula nel setaccio. Sorrisi e gli assicurai che non avrei fatto rapporto ai superiori. Si inchinò di nuovo, mi disse di averci pensato, proprio perché non voleva che gli studenti perdessero le lezioni aveva trovato un altro insegnante e li aveva trasferiti in un tempio, poi aveva sparso la voce che il maestro You Yu si era ammalato. Commentai: "Non è troppo tardi per riparare il recinto anche se sono già scappate le pecore[171]. Beh, speriamo che non ci siano intoppi".

Voleva accompagnarmi ma lo fermai con un gesto. Perché, secondo voi? Ve lo spiego subito. Per agevolare la messa in scena, Ge Ren doveva fingere di non conoscermi. Avrei detto a Yang Fengliang: "Generale, ma che cazzo hai fatto? Hai preso l'uomo sbagliato! Quello non è Ge Ren, su un albero non esistono due foglie identiche, può anche somigliargli ma di certo non è lui". Di fronte ai suoi dubbi, avrei ribadito: "Non insistere, anche se lo avessero scorticato ne riconoscerei le ossa". Ma per rendere credibile la finzione dovevo prima avvertire Ge Ren. Dissi: "Generale Yang, aspettami qui. Non ti

---

[170] Dagli *Annali delle Primavere e Autunni del maestro Yan* (578-500 a.C.).

[171] Dagli *Intrighi degli Stati Combattenti* - Libro di Chu, di Liu Xiang (79-8 a.C.).

preoccupare per me, è un fragile letterato che non ha neppure la forza di tirare il collo a una gallina". Lui si era convinto, batté i tacchi e mi fece il saluto: "Stia attento, comandante". Lo ringraziai e promisi che non avrei corso rischi, la rivoluzione non è ancora completata, i compagni devono continuare a lottare[172]. Mi accesi una sigaretta ed entrai.

Trovai Ge Ren in una grande stanza di una decina di metri quadrati, era umida e con le pareti ricoperte di muschio, lui era sdraiato sull'anta di una porta e dormiva con un libro ancora in mano. Forse stava sognando di insegnare agli eredi della rivoluzione e io non me la sentii di disturbarlo, lo giuro davanti al presidente Mao. Rimasi in piedi al suo fianco, mentre nel mio cuore si agitavano mille emozioni. Pensai: "Guarda come si è consumato per la causa rivoluzionaria". Era sempre stato magro, ora mi sembrò scheletrico. Il corpo è il capitale della rivoluzione[173]. Vedendolo sottile come un foglio di carta, mi commossi fino alle lacrime (nota del trascrittore: Zhao sembra afflitto come se gli fosse appena morta la madre). Quando uscii, Yang Fengliang mi si avvicinò in fretta e chiese com'era andata. "Non ti agitare! L'ho trovato che stava dormendo, non ha detto una parola." Stava per andarsene e lo fermai: "Compagno, anche tu hai lavorato sodo! Più tardi brinderò in tuo onore".

No, compagni, lo giuro davanti al presidente Mao, non vi stavo chiedendo un goccetto. E va bene, se siete voi a volerlo, obbedisco agli ordini e vi faccio compagnia.

---

[172] Parole di Sun Yat-sen (Sun Zhongshan, 1866-1925) in punto di morte. Considerato il padre della Cina moderna, fu uno dei più importanti rivoluzionari cinesi e il fondatore del Kuomintang.

[173] Slogan attribuito a Mao Zedong. Spesso si fa riferimento al suo saggio *Uno studio sull'educazione fisica* (1917) per sottolineare l'importanza da lui attribuita alla cura e all'allenamento del corpo.

& In riferimento a Yang Fengliang

Yang Fengliang era una vecchia conoscenza di Ge Ren e, nella terza parte del libro, Fan Jihuai spiegherà perché lo aveva inviato a Dahuangshan. Abbiamo rintracciato un testimone di allora che ci ha fornito ulteriori informazioni. Si tratta di Bodde Sun, il cui vero nome è Sun Guozhang, ora esperto mondiale di filosofia occidentale e fenomenologia e all'epoca uno dei sottoposti di Yang Fengliang. Nell'inverno dell'anno 2000, su invito del rettore Wang Jiling è tornato in patria per insegnare presso l'Università privata dello Stretto di Fuzhou e io sono andato a intervistarlo:

Eravamo entrambi originari di Changding in Fujian, un luogo famoso per i polli di Hetian, i cappelli di bambù, i poggiatesta di pelle e il tè. Yang Fengliang si fidava di me perché eravamo compaesani. All'inizio mi aveva detto che prima del funerale del padre voleva fermarsi a Dahuangshan per vedere la sua donna, durante il viaggio aveva anche ironizzato sulla sweet bitterness[174], *il dolce amaro di quella situazione e io gli avevo creduto. Poi all'arrivo mi confessò che era venuto a prenderla per portarla via con sé. Era stanco delle lotte politiche e degli intrighi di potere, era solito dire che la politica e il sesso delle donne erano le due cose più sporche al mondo e tuttavia più amate dagli uomini. Lui era meglio di tanti altri, le donne gli piacevano ma detestava i giochi politici per la loro spietatezza. Da tempo cercava un pretesto per lasciare Chongqing e ora Fan Jihuai lo aveva mandato a verificare la presenza di Ge Ren a Dahuangshan.*

[174] In inglese nell'originale.

Tutti pensavamo che fosse morto e anche Yang Fengliang la riteneva una possibilità molto remota, ma a Dahuangshan "il cielo è alto e l'imperatore lontano"[175] e il viaggio gli avrebbe fornito un'occasione irripetibile per allontanarsi dal vortice degli eventi.

Anch'io mi stupii sentendo il nome di Ge Ren, ero convinto come tutti che fosse caduto a Erligang. Dopo alcuni giorni di vane ricerche, dissi a Yang Fengliang: "Generale, non perdiamo altro tempo, comunichiamo a Chongqing di aver fatto un buco nell'acqua". Lui mi chiese di stilare un telegramma e iniziò a prepararsi per la partenza. La sua donna viveva a Baibei da anni e non se ne sarebbe voluta andare, ci vollero tutti i nostri sforzi per convincerla. Quella sera stessa accadde un incidente, avevo appena preso sonno quando fui risvegliato da un boato sordo, come un rombo di tuono che squassa i margini del cielo. Il giorno dopo seppi che alcuni banditi avevano fatto saltare le rotaie, c'erano state numerose vittime e le linee ferroviarie erano interrotte. Fummo costretti a posticipare la partenza. Ripensandoci anni dopo, ritengo sia stata una manifestazione della "volontà di verità"[176] a cui allude Foucault, infatti ci permise di scoprire che Ge Ren si nascondeva da tempo in quella zona, insegnava nella scuola elementare e stava scrivendo le sue opere. Deng Xiaoping, dall'inizio della riforma economica e della politica di apertura, ci ha incoraggiato a cercare la verità nei fatti[177], io sono perciò convinto che, in nome dell'amicizia e del rispetto che provava verso di lui, Yang Fengliang in ogni caso non gli avrebbe fatto del male…

I "banditi" a cui si riferisce Bodde Sun erano quelli della banda di Dabao. Non si possono fare ipotesi sulla Storia, Sun tuttavia era convinto che, se non ci fosse stato quell'incidente, Ge Ren avrebbe avuto un destino migliore:

---

[175] Dalle *Note sull'ozio passato e presente* di Huang Pu. Tuttora usato in riferimento alla corruzione per esprimere il concetto che le autorità centrali hanno poca influenza sugli affari locali.

[176] Dalle *Lezioni sulla volontà di sapere* di Michel Foucault.

[177] Dalla *Dichiarazione di apertura al terzo Plenum dell'undicesimo Comitato centrale del Partito comunista* (1978) di Deng Xiaoping.

Se l'esplosione non avesse mandato all'aria i piani di Yang Fengliang, Ge Ren avrebbe probabilmente avuto un destino migliore. Yang discusse con me il contenuto del telegramma, i suoi legami con Ge Ren gli imponevano estrema cautela. Eh, la genealogia, la genealogia delle emozioni![178] *Stavo spiegando agli studiosi cinesi il modo in cui Foucault, attraverso lo studio della dialettica, della genealogia e della strategia, arrivò a identificare diverse tipologie di comportamento umano e, durante la lezione, mi tornò in mente la nostra conversazione. Visto che Fan Jihuai stesso dubitava di quell'informazione e lo aveva mandato a controllare, avremmo potuto semplicemente comunicargli che quell'uomo non era Ge Ren e poi darci alla macchia.*

Yang Fengliang esitava, prima di prendere una decisione voleva parlarne con Ge Ren. Quando gli chiese della battaglia di Erligang, lui sorrise in silenzio come se avesse difficoltà ad affrontare l'argomento. Yang voleva convincerlo a partire ma lui rispose: "La mia malattia è all'ultimo stadio, non mi permette di affrontare i disagi di un viaggio". Non sembrava però così grave e probabilmente sarebbe potuto andare lontano, a Fuzhou o in qualsiasi altro luogo dove avrebbe potuto ricevere le cure adatte. Mentre aspettavamo che riparassero le rotaie, la situazione si complicò. Nessun muro può tenere fuori il vento, le notizie si diffondono in fretta. Prima arrivò un certo Zong Bu che diceva di essere un insegnante, in realtà la notte prima della mia partenza capii che era lì per Ge Ren… Poi venne un uomo mandato da Fan Jihuai, era un generale di nome Zhao e diceva di essere una vecchia conoscenza di Ge Ren.

Alcuni giorni dopo l'arrivo di Zhao, lasciai il borgo di Baibei. La ferrovia era ancora interrotta quindi me ne andai a piedi. Avevo un cattivo presentimento e mi congedai da Yang Fengliang con queste parole: "Vado a occuparmi del funerale al posto tuo, tu sbrigati ad andartene. Se rimani qui, di sicuro non te la caverai". Non potevo immaginare che sarebbe andata proprio così e non ci saremmo più rivisti. Non rimasi a Changding ad attenderlo, sospettavo gli fosse successo qualcosa e temevo che qualcuno fosse sulle mie tracce per eliminare ogni testimone. Nei pressi di quella che

---

[178] Probabile riferimento al saggio *Genealogia della morale* di Nietzsche, scritto nel 1887 a integrazione e chiarimento dell'opera *Al di là del bene e del male.*

è ora Shenzhen presi il largo su una barchetta che mi portò a Hong Kong, e poi andai all'estero. Non sapevo fare nulla e decisi quindi di intraprendere lo studio della filosofia, la disciplina più inutile al mondo.

Aqing racconta che Yang Fengliang mandò un telegramma a Fan Jihuai e, nella terza parte del libro, Fan Jihuai confermerà di aver ricevuto il seguente messaggio: "Zero a Baibei compone mirabili scritti". Ne chiesi cautamente conferma a Sun Bodde che mi rispose: "Non vedo perché dovrei mentire. Yang non ha mai spedito quel telegramma. La stima che provava verso Ge Ren non gli avrebbe mai permesso di consegnarlo alle autorità, era rimasto proprio per decidere insieme a Zhao come allontanarlo da Dahuangshan. Il telegramma fu abbozzato ma mai inviato". Quando gli ho riportato le parole di Aqing e Fan Jihuai, Bodde Sun ha sbuffato col naso in segno di disprezzo senza commentare. Dopo aver letto questo libro, i lettori si formeranno una loro opinione. Nel frattempo vorrei far loro notare che, se Bodde Sun ha detto la verità, l'assassinio di Yang Fengliang per mano di Zhao Yaoqing fu un errore grossolano.

@ Telegramma in codice

Sono completamente ubriaco, un attimo fa mentre bevevo mi è parso che il comunismo fosse già arrivato. Il nostro caposquadra dice che, quando sarà, avremo solo l'imbarazzo della scelta fra cibi prelibati e liquori di prim'ordine, potremo nutrirci di carne grassa e persino le nostre scoregge stilleranno olio. Non riesco a smettere di pensarci. Però ha ragione il detto: la strada è tortuosa e irta di difficoltà e, soltanto stringendoci intorno al Partito, marceremo di conquista in conquista e realizzeremo il comunismo.

Il Partito è sempre nel mio cuore. Dopo aver visto Ge Ren, inviai un messaggio in codice al mio contatto, il compagno Dou Sizhong. Non lo conoscete? Allora lasciamo stare, era stato Tian Han a presentarmelo e di lui non so granché. Gli scrissi che Ge Ren era prigioniero a Dahuangshan e lui mi avvertì che d'ora in poi avrei dovuto chiamarlo Zero. Prima della mia partenza da Chongqing, Fan Jihuai aveva usato lo stesso nome in codice per designare Ge Ren. Non trovate straordinario che comunisti e nazionalisti lo condividessero? Cosa significava? Dopo una lunga riflessione conclusi che i nostri avevano ricevuto una soffiata e stavano imbrogliando il Kuomintang con i suoi stessi mezzi. Quando incontrai Bai Shengtao lui però mi informò che erano stati i comunisti a scegliere quel nome, pensando alla chiusura del cerchio. Pregai Dou Sizhong di mandare qualcuno a salvare Ge Ren e gli garantii che sarei rimasto ad aspettarli. Mentirei se dicessi che era stata una decisione facile, sapevo che se il piano fosse fallito ci avrei rimesso la pelle anch'io. Sarebbe stato meglio se avessero mandato delle donne, loro sono brave a far abbassare la guardia al nemico. Giusto, ora si chiamano "compagne". Cazzo, invece alla fine arrivarono degli uomini. Certo, so benissimo che il Partito si preoccupava per me e voleva evitare che il mio uccello si cacciasse nei guai.

Il giorno seguente, quando stava appena albeggiando e la gazza ancora non gracchiava, andai di nuovo alla scuola. Quella piattola di Yang Fengliang avrebbe voluto mettersi alle mie calcagna ma glielo proibii. Trovai Ge Ren curvo a scrivere sull'anta della porta che usava come letto e, stranamente, quando mi vide non si mostrò sorpreso. Mi sorrise dicendo: "Generale Zhao, hai lavorato sodo!". Quelle parole mi commossero, ci stringemmo la mano e sentii la sua ardere del fuoco della rivoluzione. Mi chiese se non ero già passato il giorno prima. Come poteva saperlo? Lo aveva sognato e citò un verso dalla poesia "Luna sul Fiume occidentale – Allarme al mondo" di Zheng Banqiao "sogno nel sogno quale delizia, una farfalla ti conduce in un mondo di meraviglie". Sorrisi, avevo mille cose da dirgli ma non sapevo da dove iniziare. "Generale Zhao, immaginavo che saresti venuto, sono giorni che ti aspetto." Pensai: "Non sarà stato Yang Fengliang ad anticiparglielo?". Per i peli del mio pisello! Se Yang Fengliang ha rivelato un'informazione riservata, tanto meglio. Finalmente l'avrei avuto in pugno e, come lo Scimmiotto, risoluto avrei levato la pesante mazza di ferro[179] e fatto a pezzi il traditore della patria. Ma Ge Ren negò che fosse stato lui a dirglielo.

Pensi sia stato io ad avvertire Ge Ren? Come avrei potuto se ci separavano mille monti e diecimila fiumi? Sono sincero e lo giuro davanti al presidente Mao, secondo me era stato il suo istinto rivoluzionario a fargli presagire il mio arrivo. Se non mi credete, vi fornisco un altro esempio: sapeva anche che stava per arrivare Bai Shengtao, mandato da Tian Han. All'epoca

[179] Verso della poesia di Mao Zedong "Sun Wu-kung scaccia tre volte il fantasma dello scheletro" (1961).

io non lo conoscevo ancora. Chiesi informazioni a Ge Ren e mi disse che, oltre a essere amico suo e di Tian Han, era un medico quindi la persona più adatta. Straordinario! Qualche giorno dopo infatti arrivò il dottor Bai.

Mentre parlavamo, mi accorsi che la stanza era gelida. Ordinai ai bastardi che stavano di guardia di accendere subito il fuoco. Tornai dentro, lui era seduto sul letto, mi squadrò dall'alto in basso e mi offrì da fumare. Erano Feima, sul pacchetto c'era l'immagine di un cavallo a cui spuntano le ali e spicca il volo verso il comunismo. Tirai una boccata, il tabacco sapeva di muffa, gli porsi uno dei miei sigari. Fece un tiro e gli venne un attacco di tosse, diventò paonazzo, poi si riprese. Sull'anta c'erano i due buchi lasciati dal chiavistello, come potevo lasciare che si coricasse lì sopra? Corsi di nuovo fuori e ordinai che portassero un letto di legno con sponde e baldacchino.

Dopo tutto quel daffare, finalmente mi misi tranquillo. Avevo molto da raccontargli, ma non sapevo da dove iniziare. "È duro vivere in queste condizioni. Dimmi di cosa hai bisogno e io provvederò". Mi sorprese dicendo che si trovava bene ed era felice. Compagni, ero rimasto interdetto, pensai di aver capito male e ripetei la domanda. Voleva della carta. Non aveva mai avuto la tranquillità per scrivere e, ora che sembrava possibile, la salute gli stava dando dei problemi. Gli chiesi se stava ancora scrivendo *L'ombra che cammina*, non mi rispose. Provai a confortarlo dicendo che aveva tempo e che non c'era fretta, il corpo è il capitale della rivoluzione, davanti a una foresta come ci si può preoccupare che manchi la legna da ardere? Subito mi criticò: "Aqing, ti sbagli, dimentichi che il presidente Mao ci ha insegnato 'diecimila anni sono troppo lunghi, impegniamoci nell'arco di un giorno'?"[180]. Ha detto proprio così e, se pensi che sia una balla, dammi pure del "cane". Chiesi di nuovo se stava scrivendo *L'ombra che cammina*. Si mise a ridere: "Perché

---

[180] Verso della poesia di Mao Zedong "Risposta al compagno Kuo Mo-jo" (1963).

quest'insistenza, mi fai l'interrogatorio?". Mi affrettai a negare, era solo una mia curiosità.

Era il suo modo indiretto per ricordarmi che la disciplina del Partito insegna a non fare domande inopportune[181]. Di capitale importanza è l'esercizio della critica e dell'autocritica all'interno del partito[182], quindi mi accinsi immediatamente ad auto-criticarmi, riconobbi il mio errore ed espressi la volontà di rettificare il mio comportamento. Si dichiarò entusiasta della fulminea rapidità dei miei progressi, un complimento che mi mise alquanto in imbarazzo.

In quel momento, le guardie con gran trambusto portarono dentro il letto, e aggiunsero anche un tavolo, una sedia e una bacinella per lavarsi il viso. Diecimila anni sono troppo lunghi e bisogna cogliere l'attimo, Ge Ren si mise subito al lavoro. Io non volevo disturbarlo oltre, ero in attesa della risposta di Dou Sizhong e tornai alla casa da tè. Infatti, ora vivevo lì. Prima ci abitavano anche Yang Fengliang e la sua donna ma, dopo il mio arrivo, si erano trasferiti al tempio di Subhuti in riva al fiume Baiyun.

Presto ricevetti il messaggio in codice, annunciava l'arrivo di Bai Shengtao con istruzioni per me. Compagni, come potete immaginare Ge Ren si era conquistato la mia ammirazione incondizionata per le sue capacità di veggente, non esagero se dico che, per quello, mi sarei senz'altro prostrato ai suoi piedi. Come ho già menzionato, non fui io a informarlo ma lui a prevederlo, poi pensai che in fondo non c'era da stupirsi, era stato il pensiero del presidente Mao ad armargli la mente[183]. Mentre leggevo il telegramma, l'operatrice che mi aveva aiutato a decifrarlo mi chiese con aria maliziosa come pensavo

---

181 Una delle regole nella disciplina dei membri del partito "non prendere ciò che non ti appartiene, non chiedere ciò che non ti riguarda, non parlare di ciò che non ti compete".

182 Dal discorso *La situazione attuale e i nostri compiti* (1947) di Mao Zedong.

183 Dal discorso *Rapporto sulla revisione dello statuto del partito comunista* (1945) di Liu Shaoqi.

di ringraziarla. D'un tratto mi resi conto che avrebbe potuto rivelarne il contenuto a Yang Fengliang, dovevo fare qualcosa per fermarla. La tattica è la vita stessa della rivoluzione e va applicata a ogni condizione. Quando mi si strusciò addosso non mi irrigidii, anzi finsi di assecondarla e l'abbracciai, poi le misi le mani intorno al collo e iniziai a stringere lentamente. All'inizio si contorceva e rideva, come se le stessi facendo il solletico. Per i peli del mio pisello! Mi ficcò un capezzolo in bocca e, continuando a ridacchiare, me lo spingeva dentro a tutto spiano, la mia bocca si stava allargando, rischiava di spaccarsi. Pensai: "Vediamo se adesso continui a ridere". Le afferrai il collo flessuoso e, con la velocità del tuono che non ti dà il tempo di coprirti le orecchie[184] e la furia del vento d'autunno che spazza le foglie[185], con uno schiocco sonoro lo spezzai e mandai quella diavolessa a incontrare Yama, il re degli inferi. Ottimo lavoro! Per depistare le indagini fracassai l'apparecchio del telegrafo, provai a sfilarle i pantaloni ma non riuscivo a slacciare la cinta. Avevo la gola infuocata per l'ansia, mi ammonii: "Aqing, così non può andare, devi rimanere lucido". Come di consueto, il Partito mi infuse la saggezza e il coraggio necessari[186], presi il coltello e le strappai i pantaloni scoprendo le cosce candide. Poi le assestai un calcio all'inguine, non faccio per vantarmi ma fu un goal perfetto. Soddisfatto, riacquistai la calma. Sapevo che avrebbero pensato all'aggressione di un delinquente e infatti non fui mai sospettato. Per l'odio c'è comunque una ragione e ogni debito ha sempre un padrone[187], il sangue si lava col sangue e io, a beneficio dei miei uomini, feci finta di investigare a fondo l'omicidio. E alla fine riuscii ad affibbiarlo a Yang Fengliang.

---

[184] Da *Sei insegnamenti strategici segreti*, trattato di strategia militare attribuito a Lü Shang (XI secolo a.C.).

[185] Dalle *Cronache dei Tre Regni* – Biografia di Xin Pi.

[186] Dall'opera modello *Prendere con l'astuzia il Monte della Tigre* (1964).

[187] Dalla *Continua Trasmissione della Luce* (1101) di Ju Ding.

& La soluzione dell'enigma

Dopo aver letto la testimonianza di Bai Shengtao, mi sono chiesto per quale motivo Dou Sizhong non si fosse messo in contatto con Aqing. Ora lo so, lui aveva spaccato l'apparecchio del telegrafo e ammazzato l'operatrice.

@ Pregare le stelle, implorare la luna

Dopo aver eliminato quella strega, uscii in strada e raggiunsi la riva del fiume Baiyun. Ero di ottimo umore, stava per arrivare Bai Shengtao, lo mandava Tian Han ed era amico di Ge Ren, tutto sarebbe andato per il meglio. Pregai le stelle, implorai la luna che facesse in fretta.

Dico bene?

So benissimo che ora Tian Han è il segretario distrettuale del Partito a Wuji. L'anno scorso in un giorno d'estate, il caposquadra ci ha chiamato a raccolta e mi ha chiesto di leggere la notizia a voce alta. "La troupe artistica di propaganda del pensiero di Mao Zedong è andata a esibirsi a Wuji, il segretario Tian Han ha donato loro uno stendardo e hanno posato insieme per una foto ricordo". Quando vidi il suo nome fui sopraffatto dalla commozione. Il caposquadra mi mollò un calcio: "Non piangere, leggi!". Continuai: "Accompagnata dal segretario Tian Han, la compagna Donnina rossa che interpreta il ruolo del capo della brigata femminile, è andata nei campi e ha recitato un brano dell'opera *Chaoyangpo* per i contadini poveri e medi dello strato inferiore". Il caposquadra mi interruppe: "Fermati, cazzo, non leggere più". Io obbedii di nuovo e lui annunciò: "Ora drizzate bene le orecchie, vi canterò un brano da *Chaoyangpo*". Conoscete il posto? Proprio così, non è lontano da Erligang, meno noto della comune di Dazhai[188] ma importante almeno quanto il villaggio

[188] Alla fine degli anni '50 i contadini di Dazhai collettivizzarono le loro proprietà. La comune di Dazhai, secondo la retorica comunista, rappresenta

rivoluzionario modello di Xiaojinzhuang[189]. Nell'articolo si scriveva che Donnina rossa andava spesso a Chaoyangpo per immergersi nella vita reale[190]. Chissà cosa significa, la vita non è sempre reale? Quando ho saputo che mangiava con i contadini e dormiva insieme a loro, ho capito che si fa così. No, non me l'ha detto il caposquadra, lui non capisce niente. Però ti concedo che canta niente male. E quindi lui cantò. Conosco anch'io quel brano, volete sentirlo? Che fretta c'è? Poi continuo a parlare. Ormai ci sono abituato, se per un giorno non canto mi pizzica la gola e, dopo due giorni in silenzio, mi viene l'ansia.

A Chaoyangpo mai si calma il vento né si quietano le onde,
in allerta anche in tempo di pace, orecchie tese ai rombi dei fucili
dopo la riforma agraria, i latifondisti volevano la rivalsa
digrignavano i denti per riprendersi il cielo
oggi la rivoluzione culturale canta a gola spiegata
imperialisti, revisionisti e controrivoluzionari si dimenano come cani rabbiosi
mentre il mondo è avvolto nella nebbia, i cuori rossi sono uniti nella lotta
giovani istruiti mettete radici e fate la rivoluzione

---

una brillante storia di successo durante il Grande balzo in avanti, non soltanto sono sopravvissuti alla Grande carestia (1959-1961) ma hanno aumentato la produzione del mais per ettaro. L'editoriale del *Quotidiano del Popolo* "Un buon esempio della costruzione delle zone di montagna in spirito rivoluzionario" (1964) lanciò la campagna "In agricoltura impara da Dazhai".

[189] Designato villaggio modello nel settore dell'arte e della cultura da Jiang Qing, che in una visita nel 1974 lo definì il "suo luogo", acquisì prominenza nazionale per l'entusiastica partecipazione alla campagna "critichiamo Lin Biao, critichiamo Confucio" (1972-1974) e per la perizia nell'applicazione delle "dieci novità".

[190] Concetto menzionato per la prima volta da Mao Zedong nei *Discorsi alla conferenza di Yenan sulla letteratura e l'arte* (1942), la profonda immersione nella vita reale costituisce la base fondamentale per la produzione artistica nel realismo socialista.

i nemici di classe non saboteranno il grande movimento
compagni aprite gli occhi, i loro complotti non passeranno
anche in primavera, fate attenzione al gelo e alla brina
dopo la vittoria, contrastate il riflusso della Storia, la lotta di classe continua
mio amato Partito, Partito caro, sei come il cipresso e il pino
radici profonde, ampie chiome, sempreverde per millenni
portiamo le tue parole incise nel cuore
a Chaoyangpo ci ergiamo maestosi, senza mai appassire.

Che ne dite? Non canto bene? Allora devo continuare a esercitarmi. Voi siete di sicuro più bravi di me, "il cavallo magro ha la criniera cascante, le parole del povero non contano niente". Il caposquadra la faceva sembrare una nenia funebre ma io fingevo di ascoltarlo rapito. In realtà stavo osservando la foto di Tian Han seduto sulla sponda di un campo, impegnato a conversare cordialmente con le masse rivoluzionarie[191]. Mi sembrò pieno di energia, aveva il volto colorito, era seduto a gambe accavallate e, come me ora, aveva una tazza di tè in una mano e il prezioso *Libretto rosso* nell'altra. Vederlo in ottima salute mi riempì di gioia.

Va bene, vado avanti. La nostra amicizia rivoluzionaria era grande come il cielo e profonda quanto il mare, queste non sono colorature e io non sto esagerando, lo giuro davanti al presidente Mao. Tian Han e Ge Ren erano compaesani, entrambi originari di Qinggeng. Certo che lo conoscevo, sapeva fare i giochi di prestigio, "un batter di ciglia ed ecco che la vecchia gallina a un'anatra somiglia"[192] era la sua specialità. Quando lo incontrai la prima volta sembrava uno straccione, più magro di adesso e pieno di pidocchi, puah, puah, puah, non faceva che sputare dappertutto, però allevava

[191] Probabile riferimento all'iconografia di Mao Zedong, vedi il poster "Inchiesta sulle campagne" (1959) di Qi Deyan.

[192] Tratto da *Wu Song*, opera interpretata da Wang Shaotang (1889-1968) noto cantastorie nello "stile di Yangzhou".

colombe ben pasciute e con le orecchie grasse. Era venuto a Hangzhou a cercare Ge Ren ma lui, al ritorno dal Giappone era andato a Pechino a insegnare alla Scuola di Medicina. Dici che sono fandonie, e le colombe non hanno orecchie? Allora come avrebbero potuto udire i comandi del segretario Tian e obbedire all'istante? Gli diceva: "Andate sull'albero ad acchiappare gli insetti nocivi". E loro eseguivano. "Venite a recitare i *Tre articoli*." E loro si mettevano a tubare in coro. "Siete stanche? Riposatevi, per ristabilirvi dalle fatiche della campagna militare[193], nutrite i cavalli e affilate le armi"[194]. E le colombe ripiegavano la testolina sotto l'ala e si mettevano a dormire.

Poi Tian Han andò a Pechino per unirsi al Movimento del quattro maggio e, prima di partire, mi lasciò alcune colombe. Fu un gesto dal significato profondo: sono gli uccelli della pace[195] e in qualsiasi momento mi avrebbero spronato a lottare contro gli imperialisti, i revisionisti e i controrivoluzionari per la liberazione dell'umanità. Quando dopo molti anni lo incontrai di nuovo, era ormai un generale dell'Armata Rossa. Come ho già detto, avevo seguito Ge Ren a Dahuangshan, vidi un tizio che mi sembrava di conoscere anche se non ne ricordavo il nome. Chiesi a Ge Ren: "Chi è quel compagno più attraente e più elegante di Yang Zirong?"[196]. Ge Ren mi artigliò la narice con il dito piegato: "Ma come, non lo riconosci? È il compagno Tian Han". Lui invece aveva un'ottima memoria, ricordò subito chi ero e mi appellò

---

193 Dal *Romanzo dei Tre Regni* – Dietro il paravento, Lady Cai origlia un segreto. Attraverso il torrente Tan, il cavallo Dilu trasporta il suo padrone.

194 Dal *Commentario di Zuo*, XXXIII anno del Duca Xi.

195 Riferimento alla Genesi e alla storia di Noè nella Bibbia. È improbabile per un internato in un campo di riforma e aggiunge una sfumatura ironica alle sue parole.

196 Protagonista maschile dell'opera modello *Prendere con l'astuzia il Monte della Tigre* (1964) che, infiltrandosi nel gruppo dei briganti che hanno conquistato la montagna capeggiato da Zuo Shandiao, riesce a riconquistare il territorio per l'Armata rossa.

affettuosamente "demonietto". D'un tratto mi si riscaldò il cuore e le lacrime rotolarono giù dalle mie guance spargendosi a terra, come perle da una collana spezzata.

Compagni, potete quindi immaginare quanto mi rendesse felice l'imminente arrivo di Bai Shengtao. Sarebbe stato come vedere Tian Han stesso, come essere a Yan'an per ricongiungermi a lui. Compiuta la missione, avrei detto al Partito che da qui avrei salutato[197], non volevo più essere un infiltrato. Addio, vita né da uomo né da fantasma. Addio, Juntong! Addio, Leighton Stuart![198] Per i peli del mio pisello! Anch'io mi sarei spolverato le chiappe e sarei corso a Yan'an.

---

[197] Verso della poesia "Congratulazioni allo sposo – Addio all'amico" (composta da Mao Zedong nel 1923 ma pubblicata nel 1978 sul *Quotidiano del Popolo*). Si dice sia stata dedicata alla seconda moglie Yang Kaihui, giustiziata nel 1930 dal KMT a Changsha all'età di 29 anni, oppure a Tao Yi (1896-1931), intellettuale della cerchia di Wuhan, una delle prima ragazze di Mao Zedong che, dopo aver rinnegato la causa rivoluzionaria, morì prematuramente a 35 anni.

[198] Titolo del discorso di Mao Zedong (1949). John Leighton Stuart era un missionario, fu presidente della Harvard Yenching University e in seguito ambasciatore degli Stati Uniti in Cina. In tono sarcastico si celebra la sua partenza simbolo del fallimento della politica imperialistica americana in Cina.

& Quando sulla montagna è tutto un tripudio di fiori[199]

A pagina 215 delle *Cronache locali di Wuji* (edizione del 1990) ho trovato l'articolo, citato da Aqing, che descrive la visita di Donnina rossa:

Vento e pioggia danno il commiato alla primavera, la neve volteggiante le porge il benvenuto[200]*. Sull'onda del vento rivoluzionario dell'Est, la troupe di propaganda del pensiero di Mao Zedong è giunta a Wuji. Quando il cielo aveva iniziato tingersi del bianco della pancia di un pesce, il compagno Tian Han li ha accompagnati ai campi a terrazza per recitare l'opera* Chaoyangpo *al cospetto delle masse rivoluzionarie. La compagna Donnina rossa, nel ruolo del capo della brigata femminile, ergendosi su un'alta roccia con lo sguardo rivolto verso il sole che sorgeva, cantò: "A Chaoyangpo mai si calma il vento né si quietano le onde". Alla strofa "giovani istruiti mettete radici e fate la rivoluzione" i giovani al lavoro nei campi avevano sollevato le braccia e urlato con entusiasmo: "Viva il presidente Mao! Lunga, lunga vita al presidente Mao". Vedendo le loro mani piagate dalle rocce e dai martelli, Donnina rossa versò calde lacrime e compose una poesia: "La roccia è la difficoltà e il martello la volontà. Il martello spacca la roccia, insieme superiamo le avversità"*[201]*. Il compagno Tian Han pronunciò un discorso: "Da quando Pan Ku separò il cielo dalla terra, dall'epoca dei Tre Re e dei Cinque Imperatori*[202] *Wuji*

---

199 Verso della poesia "Il prugno" (1962) di Mao Zedong.

200 Ibid.

201 Ritornello di uno spettacolo *shuanghuang*, sketch popolare in voga dall'epoca Qing, in cui recita una coppia di attori, quello seduto di fronte mima il contenuto recitato dal secondo, nascosto dietro di lui.

202 Dal discorso *Sulla tattica contro l'imperialismo giapponese* (1935) di Mao Zedong.

è *sempre stata ammantata di foreste, non ci sono mai stati campi coltivati. Ma quale 'la montagna è tutto un tripudio di fiori', quali 'uccelli canori e fiori profumati'*[203]*, sono tutte frivolezze borghesi! Mossi dall'impeto rivoluzionario 'si può salire al nono cielo per abbracciare la luna, si può scendere nei cinque mari a pescare tartarughe'*[204]*, noi taglieremo gli alberi e bruceremo le erbacce e da queste terre scorreranno fiumi di grano e di riso. E quando Donnina rossa tornerà a Wuji insieme ai compagni della troupe di propaganda potremo offrir loro il riso cresciuto su queste terrazze. Compagni, mi credete?". Le loro grida di giubilo si levarono alte in cielo. Incoraggiati da Donnina rossa e sostenuti da Tian Han, la loro combattività e il loro morale mai erano stati così alti*[205]*, con rinnovato coraggio ed energia, anche se feriti non avrebbero abbandonato la prima linea*[206] *e, prima di mezzogiorno, gli alberi furono tagliati e le erbacce bruciate. Ora sulla montagna brulla le bandiere rosse fluttuavano al vento e sui volti dei compagni brillavano sorrisi vittoriosi.*

Come diceva Aqing, in un baleno le vecchie galline possono trasformarsi in anatre e prendere il volo. Poco dopo che Aqing ebbe ricevuto la visita del gruppo di indagine, Tian Han cadde in disgrazia. Il motivo si trova nel brano precedente. Nelle *Cronache locali di Wuji* (pag. 223) leggiamo:

Le guardie rosse del distretto di Wuji nello spirito di "colui che non teme di essere trafitto da mille pugnali e osa disarcionare l'imperatore"[207] *hanno arrestato Tian X, la spia infiltrata tra le masse. Con le sue idee controrivoluzionarie si potrebbe riempire un carro, non basterebbero tre*

---

[203] Dall'opera comica *Una coppia di sogliole* di Li Yu (1611-1659).

[204] Verso della poesia "Visitando il monte Chingkang" (1965) di Mao Zedong.

[205] Dalla *Presentazione di una cooperativa* (1958) di Mao Zedong.

[206] Lo scrisse Mao Dun parlando di Lu Xun e del suo atteggiamento di fronte alla gravità della malattia.

[207] Dal *Discorso alla seconda Sessione plenaria dell'ottavo Comitato centrale del Partito comunista cinese* (1956) di Mao Zedong, in cui incoraggia le Guardie rosse a castigare Liu Shaoqi ("l'imperatore") ormai caduto in disgrazia e successivamente demonizzato.

giorni e tre notti per elencarle. Nell'esempio più recente ha cantato una melodia opposta a quella del sole più rosso, più rosso che è al centro dei nostri cuori[208]*. Come si è permesso di dire che il tripudio di fiori in montagna era una celebrazione della frivolezza della borghesia? Non sa che è* stato *proprio il presidente Mao a insegnarci che "Vento e pioggia danno il commiato alla primavera, la neve volteggiante le porge il benvenuto… Quando sulla montagna è tutto un tripudio di fiori, il prugno tra loro sorride"?* [209] *I suoi crimini sono ora scritti nero su bianco, spiccano come chiodi piantati nel ferro e non se la caverà impunemente, ora l'ha fatta grossa e non riuscirà certo a pulirsi il culo, perché noi abbiamo svelato le sue losche trame e lo abbiamo smascherato al cospetto delle masse rivoluzionarie. Nel momento cruciale della lotta all'ultimo sangue, senza tema di essere trafitti da mille pugnali, noi oseremo disarcionare l'imperatore, criticheremo Tian X fino alla fine, lo schiacceremo sotto i piedi e lui non riuscirà più a voltare pagina e a ricominciare da capo*[210].

Nell'*Autobiografia di Tian Han* compilata da Zhu Xudong è citato questo brano, a testimonianza delle ingiustizie subite da Tian Han durante la Rivoluzione culturale. Al momento della stampa delle *Cronache*, era già stato riabilitato e si è quindi ritenuto opportuno indicarlo come Tian X, citarne il nome completo sarebbe stato pesantemente offensivo.

---

[208] Appellativo che si riferisce a Mao Zedong.

[209] Verso della poesia "Il prugno" (1962) di Mao Zedong.

[210] La minaccia è pronunciata nel tipico Mao-linguaggio utilizzato nei *dazibao*, i giornali a grandi caratteri.

@ Ottenere il supporto di tutte le forze utilizzabili[211]

Pregando la luna e implorando le stelle, i giorni passavano ma di Bai Shengtao neanche l'ombra. Ero sempre più agitato e, per ingannare il tempo, andavo a sedermi nella casa da tè. Un giorno mentre il sole sorgeva a oriente, vidi Yang Fengliang dirigersi verso il tempio ancestrale in compagnia di un uomo in tonaca grigia dall'aspetto familiare, da lontano non riuscivo a vederlo bene in faccia ma ero quasi sicuro di conoscerlo. Mi chiesi: "Non sarà Bai Shengtao? E se quello fosse un nome falso?".

L'impazienza nelle questioni di poco rilievo offusca i progetti importanti, decisi di non seguirli e pazientare. Chiamai invece una delle donnine della sala da tè e la feci sedere al mio fianco. Per attirare l'attenzione dell'uomo, le tolsi lo spillone dai capelli e le punsi una chiappa, lei cacciò un urlo e mi saltò in braccio. Schiacciato sotto il peso delle sue grasse natiche, mi sentivo l'uccello indolenzito. Come previsto, il tizio che era insieme a Yang Fengliang si voltò, gli uomini di bassa lega non riescono a essere superiori ai meschini interessi[212], ma era comunque troppo lontano e non fui in grado di identificarlo. Frustrato, mi sfogai di nuovo sul sedere di quella poveretta.

Passai la giornata in preda all'ansia. La sera mi ero appena coricato quando il mio attendente venne a bussare alla porta dicendo che qualcuno voleva vedermi. Pensando fosse Bai

---

[211] Dal discorso *Rafforzare l'unione nel Partito e portarne avanti le tradizioni* (1956) di Mao Zedong.

[212] Dal discorso *In memoria di Norman Bethune* (1939) di Mao Zedong.

Shengtao non persi tempo a vestirmi e corsi fuori a chiappe nude. Era invece il tizio dalla tunica grigia, si avvicinò al tavolo e tirò verso l'alto lo stoppino della lampada. Tuoni e fulmini, demoni e dei, quando lo riconobbi per poco non mi misi a urlare. Era Zong Bu, anche un idiota avrebbe capito che era lì per Ge Ren e io, dopo aver ricevuto per anni l'insegnamento del Partito, non ero affatto un idiota. Non sapevo però chi lo mandava e quali fossero i suoi rapporti con Yang Fengliang. Disse che ora faceva il mercante e veniva spesso a Dahuangshan a comprare tè, funghi, semi di loto e fave. Pensai: "Balle! Qui le fave non ci sono mai state". Non commentai e rimasi a guardarlo aspettando di sentire quali altre fandonie mi avrebbe propinato. Continuò dicendo che il tè non era ancora sul mercato e, nell'attesa, pensava di offrire i suoi servigi come precettore in qualche famiglia benestante. "Forza, sei bravo a inventare storie ma vedrai come smaschererò la finzione, come straccerò la tua pelle dipinta"[213]. Yang Fengliang gli aveva proposto di insegnare nella scuola e lui aveva accettato, tanto per lui uno o più studenti non faceva differenza. Sapeva che eravamo in buoni rapporti e mi chiese se ci conoscevamo da molto, lui al contrario disse di averlo appena incontrato.

Quella sera non parlammo granché. Dopo un paio di giorni venne a invitarmi a fare quattro passi. "Che ci fai qui, non dovresti essere a scuola?" Le lezioni per quel giorno erano terminate. Cosa stava insegnando? Citazioni da Confucio: "Studiare e praticare costantemente quanto appreso non è forse un diletto? Accogliere compagni provenienti da luoghi lontani non è una gioia? Non è forse uomo nobile di animo chi non si preoccupa se nessuno lo conosce?"[214] Pensava sul serio di confondere i fiori della madrepatria con quelle baggianate? Faceva anche declamare loro versi semplici e orecchiabili:

---

[213] Riferimento alla storia omonima nei *Racconti fantastici dello studio di Liaozhai* di Pu Songling, in cui si narra che un demone vestito di pelle umana ammalia gli uomini per poi nutrirsi dei loro cuori.

[214] Dai *Dialoghi* di Confucio.

"*Guan, guan*! Gridano i falchi pescatori, sull'isolotto in mezzo al fiume. Quella fanciulla bella e riservata sarebbe degna sposa del Signore"[215]. Ma senti che boiate! Mi misi subito in allarme. Vecchio depravato, gli stai insegnando questa roba oscena e decadente per corromperli e portarli sulla cattiva strada?

Va bene, ora vado avanti. Dovevo ottenere il supporto di tutte le forze utilizzabili, quindi decisi di accompagnarlo. Compagni, ci trovammo davanti a uno splendido paesaggio, a quella incomparabile vista "innumerevoli eroi si inchinarono a gara"[216]. Unico neo in tanta perfezione, la primavera era in ritardo e il bambù non si era ancora palesato nel suo rivoluzionario splendore[217]. Salimmo su una collinetta, ai nostri piedi si stendeva la valle Fenghuang dove in antichità, secondo la gente del posto, vivevano le fenici. Infatti, ne fumerei volentieri una. Non ve l'ho detto? Mi piacciono proprio perché in quella valle io ci sono stato. Con le mani sui fianchi osservo il panorama, sulle onde si innalza la marea del mio cuore[218] e d'impeto sorgono i nobili sentimenti rivoluzionari. Con lo sguardo sul nero muro di cinta e sul tetto di tegole grigie della scuola elementare Fangkou dove tenevano prigioniero Ge Ren, senza indugiare oltre chiesi a Zong Bu se era venuto per lui. Disse di aver scoperto che era lì soltanto al suo arrivo. Per i peli del mio pisello! Come potevo credere a quelle fottutissime balle? "Sei venuto a salvarlo per amore di Bingying?" Ora era ammutolito.

---

[215] Dal *Libro delle Odi*.

[216] Verso della poesia "Neve" (1936) di Mao Zedong.

[217] Nella retorica rivoluzionaria il "bambù di Jinggangshan" rappresenta gli eroi e i martiri caduti per la causa. La zona era situata al confine tra le province dello Hunan e del Jiangxi e fu sede del primo Soviet contadino creato da Mao Zedong nel 1927 subito dopo il massacro di Shanghai. Quando nel 1934 le truppe del KMT forzarono i comunisti rivoluzionari fuori dal Jiangxi iniziò la Lunga marcia che terminò l'anno seguente a Yan'an.

[218] Verso della poesia "Il padiglione della Gru Gialla" (1927) di Mao Zedong.

Dopo un lungo silenzio, mi rilanciò la palla: "E tu cosa intendi fare?". Cazzo, non potevo dirgli che stavo aspettando Bai Shengtao. "Con gli occhi rivolti verso le sei vie e le orecchie ad ascoltare nelle otto direzioni[219], attendo sviluppi favorevoli." Mi rivolse un sorrisetto ipocrita. "Bene, bene." Chissà che cavolo avrà voluto dire. Cominciò a scendere il pendio, non sapevo cosa stesse tramando e decisi che sarebbe stato meglio rimanere alle sue calcagna. Quando arrivammo vicino a un masso spiccò un'azalea appena sbocciata che cresceva in una fessura, se la piazzò sotto il naso socchiudendo gli occhi e poi la rimise sulla roccia. Quelle smancerie borghesi mi davano sui nervi ma non reagii, stavo ancora aspettando una risposta. Pensavo: "Il fiore l'hai annusato, le arie te le sei date, non sarebbe ora di parlare francamente?". Lui continuava a camminare, poi si fermò sulla riva di un ruscello, prese l'acqua con entrambe le mani e la guardò a lungo senza dire nulla. Sulla riva opposta passarono due monaci questuanti, venivano dal tempio di Subhuti ed erano talmente poveri che non avevano neanche il rosario *mala* al collo. Zong Bu, stringendo gli occhi in una fessura, li osservò e finalmente aprì bocca. Sentite come, con il cuore dell'uomo meschino, misurava le intenzioni dell'uomo nobile[220] e quali fesserie mi propinò. Disse che a Dahuangshan "il cielo era alto e l'imperatore lontano" e per quello Ge Ren l'aveva scelto come ultima dimora. Parole fetenti quanto una scoreggia che pronunciò come fossero pregne di significato. Aggiunse che appena arrivato aveva avuto lo stesso pensiero, anche lui avrebbe voluto ritirarsi lì. Mi suggerì di fare al Juntong il seguente rapporto: Ge Ren non si occupava più di politica,

---

219 Dalla *Lampada sui Sentieri Biforcati. Le* "sei vie" consistono in: sopra, sotto, davanti, dietro, destra e sinistra; le "otto direzioni" sono: nord, sud, est, ovest, sudest, nordest, sudovest, nordovest.

220 Dal *Commentario di Zuo*, XXVIII anno del Duca Zhao. In origine il detto era "desiderare che lo stomaco dell'uomo mediocre si espanda fino a raggiungere le dimensioni del cuore dell'uomo nobile".

non era più di alcuna utilità per nessuno, tanto valeva abbandonarlo al suo destino.

Avevo la mano in tasca e stavo per tirare il grilletto, lo avrei fatto fuori seduta stante. Poi mi trattenni, l'impazienza nelle questioni di poco rilievo offusca i progetti importanti, meglio non complicare la situazione prima dell'arrivo di Bai Shengtao e, a quel pensiero, mi ringoiai la rabbia.

Sulla strada del ritorno mi chiese se sapevo quando Yang Fengliang sarebbe partito, disse che dovevo guardarmi da lui, era uno che, messo alle strette, sarebbe stato capace di qualsiasi cosa. "Non c'è bisogno che me lo dici, so benissimo che quel cane fottuto non ha certo buone intenzioni." Rimase in silenzio fumando una sigaretta dopo l'altra, me ne offrì una e ciò mi mise in allarme: se mangi nel piatto d'altri devi stare attento a come parli, se accetti un loro regalo devi piegarti alle loro richieste. Ritrassi la mano poi cambiai idea, la corruzione e lo spreco sono crimini di estrema gravità[221] ma sperperando i beni del nemico si contribuisce alla causa della rivoluzione, quindi l'accettai. Che marca erano? Drago d'oro della Compagnia del tabacco dei Mari del Sud. Proprio così, persino il nome odorava di lusso.

Avevo appena mandato in fumo un po' della sua ricchezza quando mi chiese se avevo un piano per liberarmi di Yang Fengliang. Scoppiai a ridere: "Se fosse stato una scoreggia me ne sarei liberato da tempo, purtroppo non è così". Mi sorprese dicendo che aveva un modo per convincerlo a tornarsene in Fujian. "Ottima idea, se ci riesci ti conquisterai la mia eterna gratitudine." Si vantò: "Prometto che in capo a tre giorni sarà scomparso". Mi preparai ad assistere a quel prodigio. Se un semplice insegnante riusciva a mettere in fuga un loro generale, significava che il Kuomintang era proprio agli sgoccioli. Per i peli del mio pisello! Il nostro principio è che il partito comanda il fucile[222], se lo fanno anche i maestri dove andremo a finire?

---

[221] Dal discorso *La nostra politica economica* (1934) di Mao Zedong.
[222] Dal discorso *Problemi della guerra e della strategia* (1938) di Mao Zedong.

Dico bene così? Allora vado avanti.

Vuoi sapere quale fu il risultato della sua conversazione con Yang Fengliang? Ora te lo racconto così ti fai due risate. La sparata di quel giorno era stata così potente da far rintronare persino le orecchie delle mucche di Shuiyun (un villaggio nei pressi della piantagione di tè). Il giorno seguente però venne a dirmi che Yang non voleva sentire ragioni, nonostante lui lo avesse informato di aver analizzato gli otto caratteri della sua nascita[223] e di aver scoperto che in casa sua c'erano problemi probabilmente collegati a una tomba. In realtà ero stato io a parlargli del lutto in casa sua, lui aveva semplicemente ripreso la notizia colorandola un po'. Yang Fengliang lo sapeva già, il pessimo *fengshui* della tomba di famiglia rischiava di compromettere la sua discendenza, per questo aveva un mucchio di amanti, sparava un colpo e cambiava posto[224], e seminava ovunque. Spandeva il suo seme per "la legge della trasformazione reciproca di qualità e quantità"[225], tra tutti quei figli ne sarebbe uscito almeno uno che valeva qualcosa. Zong Bu era stupefatto, accarezzandosi la barba gli aveva ripetuto che doveva tornare a casa a controllare, altrimenti la sua vita sarebbe stata in pericolo. Per convincerlo e provargli che non mentiva, si era persino detto pronto a dimettersi dal posto di insegnante. Poi gli offrì dei soldi per le spese di viaggio. Giusto, un tentativo di corruzione. Chiesi a Zong Bu se era riuscito a colpirlo con le sue pallottole ricoperte di zucchero, mi rispose di averlo preso in pieno. Aveva aggiunto di avergli augurato una brillante carriera e enormi ricchezze, sperava che se un giorno avesse avuto bisogno di lui, si sarebbe ricordato di quella sua generosità. Yang Fengliang aveva accettato il denaro, ma era ingordo come un serpente che

---

223 La divinazione definita anche "dei quattro pilastri del destino" è basata sugli otto caratteri dell'anno, mese, giorno e ora della nascita (per ognuno si calcolano i due caratteri del tronco celeste e del ramo terrestre).

224 Tecnica di guerriglia resa popolare dal film *Guerriglia nei tunnel* (1965).

225 Dal discorso *Materialismo dialettico* (1937) di Mao Zedong.

vuole papparsi l'elefante[226] e non gli bastava mica. Proprio così, c'era anche la taglia offerta da Chiang Kai-shek. Quindi non se ne andò. Cosa? Vuoi sapere se Zong Bu aveva offerto soldi anche a me? Certo e io li avevo pure accettati. Non l'ho già detto? Sperperando i beni del nemico si contribuisce alla causa della rivoluzione.

Zong Bu non era riuscito nel suo intento, sentiva di aver perso la faccia e il giorno seguente se ne andò. Addio, Leighton Stuart! Da quella volta non l'ho più rivisto, era destinato alla pattumiera della Storia[227] e possiamo smettere di occuparci di lui. Non l'ho più incontrato, è la pura verità, lo giuro davanti al presidente Mao. Non c'è bisogno di ricordarmi che abbiamo una responsabilità nei confronti della Storia. Sono le masse a fare la Storia[228] e anch'io vi appartengo. E se pensate che vi sto imbrogliando potete insultarmi, chiamatemi "essere abietto, figlio dell'imperialismo americano, nipote del revisionismo sovietico". Ecco, adesso vi ho convinto?

---

[226] Dal *Libro dei monti e dei mari* - Libro dei Paesi meridionali all'interno del mare – "Il pitone Bashe mangia un elefante e dopo tre anni ne sputa le ossa". Un'immagine spesso usata in riferimento alla politica espansionistica del Giappone in Cina.

[227] Trotsky con questa espressione accompagnò il ritiro in segno di protesta dei menshevichi dal primo Congresso panrusso dei Soviet del 1917. "Andate pure dove siete destinati d'ora in poi – nella pattumiera della Storia". Citata da Mao Zedong nel discorso *La grande Rivoluzione culturale rifulgerà sempre di tutto il suo splendore* (1976) "Può accadere che i piccoli personaggi grotteschi che vanno contro il senso della Storia riescano temporaneamente a imporsi, ma alla resa dei conti saranno gettati dal popolo nella pattumiera della Storia".

[228] Parole di Lin Biao.

& Il viaggio di Zong Bu da Dahuangshan

Bingying ha sempre negato di essere stata lei a mandare Zong Bu a Dahuangshan. Quando aveva saputo di quel viaggio si era infuriata, riteneva che non avesse agevolato Ge Ren in alcun modo, anzi ne avesse accelerato la fine. Perché "la presenza di Zong Bu aveva obbligato Ge Ren a confrontarsi con i suoi fallimenti e l'aveva reso ancor più disperato". Non è necessario lambiccarsi il cervello per comprendere il significato di quell'affermazione: Bingying si vergognava di aver sposato Zong Bu, pensava che Ge Ren condividesse quel sentimento e ritenesse la loro unione il suo più grande fallimento.

All'inizio del 1943 Bingying e Zong Bu si incontrarono in una Shanghai innevata, poi lei andò a Chongqing. Lui invece raggiunse Hong Kong per cercare Xu Yusheng, il redattore capo della rivista *Scritti eterodossi* che aveva pubblicato la poesia "Fiore di fava", e chiedergli notizie di Ge Ren. Nel suo libro *Cronache del sogno di Qiantang* leggiamo che Xu Yusheng in quei giorni era a Hangzhou a visitare la tomba dei genitori, quindi Zong Bu non lo incontrò. Partì senza aver appurato se Ge Ren fosse ancora vivo, qualcosa però gli diceva che lo avrebbe trovato a Dahuangshan. Come si era fatto quell'idea? Lo spiega questo brano tratto da *Metà della mia vita* di Huang Jishi:

In quei giorni, Zong Bu portava sempre con sé una copia degli Scritti eterodossi, *sembrava confuso e spesso in procinto di scoppiare in lacrime. La presi per dargli un'occhiata ma non vi trovai nulla di particolare. In un articolo si diceva che Chiang Kai-shek e sua moglie Song Meiling, in volo verso il Cairo*[229],

[229] Viaggio compiuto da Chiang Kai-shek nel 1943 per partecipare alla Conferenza del Cairo, dove incontrò Franklin D. Roosevelt e Winston Churchill.

erano stati in pericolo di vita quando il pilota, sorvolando la Gobba di cammello sui monti dell'Himalaya, aveva avuto un attacco di cuore. Zong Bu non condivideva affatto le posizioni politiche di Chiang e questa non avrebbe potuto essere la notizia che lo affliggeva. Tanto più che era anche superata, sappiamo bene che il 21 novembre Chiang aveva già raggiunto l'Egitto e, nello stesso giorno, incontrato il primo ministro inglese Winston Churchill. Quel pomeriggio il cielo era cupo come se fosse già calato il crepuscolo, mi accorsi che Zong Bu aveva di nuovo un'aria assente e gliene domandai la ragione. Nella rivista c'era la poesia "Fiore di fava" firmata da un certo You Yu, sospettava l'avesse scritta Ge Ren e che lui fosse ancora vivo. Forse la battaglia di Erligang gli aveva indicato una via d'uscita e, dopo essere scampato al pericolo, era andato a cercare la sua figliastra a Dahuangshan, luogo in cui pareva si fossero perse le sue tracce nell'anno Jiaxu (1934). Zong Bu a quasi settant'anni sentiva che i suoi giorni erano contati, era ossessionato dal pensiero di Candou e avrebbe voluto rivederla. Era determinato ad andare a Dahuangshan e nessuno sarebbe riuscito a fargli cambiare idea.

Alcuni studiosi d'oltremare leggendo questo brano si sono quindi convinti che Ge Ren fosse andato a Dahuangshan alla ricerca di Candou. Non oso trarre conclusioni affrettate dal momento che, come ha detto Bai Shengtao "nei confronti di Ge Ren qualsiasi tentativo di comprensione equivale a una distorsione". Una cosa però è certa: all'inizio Zong Bu si era recato a Dahuangshan non per salvare Ge Ren ma per cercare la sua figliola. Non la incontrò perché, nel 1934 subito dopo l'abbandono di Dahuangshan da parte dell'Armata rossa[230], la mia prozia insieme al reverendo Ellis era andata a prenderla per portarla via con sé. Ma di questo parleremo in seguito.

Huang Jishi aggiunge che Zong Bu partì "portando nella borsa un'ingente somma di denaro", era destinato a Candou "se lei si era già sposata sarebbe stata la sua dote,

---

[230] Nel 1934 il KMT lanciò un quinto attacco su vasta scala alle basi dell'Armata rossa nella provincia del Jiangxi.

altrimenti sarebbe stato un modo per scusarsi delle sue pecche come padre". Non l'aveva incontrata e i soldi erano finiti "tornò a Hong Kong con la sacca vuota come quella di un mendicante". Come li aveva spesi? Sappiamo che gli erano serviti per corrompere Yang Fengliang e Aqing.

Quando intervistai Bodde Sun nell'inverno dell'anno 2000, lui mi raccontò di una conversazione che si era svolta tra Zong Bu e Yang Fengliang. Zong Bu non aveva trovato Candou, aveva saputo che Ge Ren era stato imprigionato e aveva così deciso di modificare il suo piano originale e usare quel denaro per corrompere Yang Fengliang e convincerlo a liberarlo:

La sera prima della mia partenza, Zong Bu mi palesò le sue intenzioni con un atto che in filosofia viene definito aletheia *(dal greco: svelamento)*[231]*. Voleva riscattare Ge Ren e chiedeva a Yang Fengliang quale fosse il suo prezzo. Era stato uno dei seguaci di Kang Youwei insieme al padre di Ge Ren, poi aveva conosciuto suo figlio e ora sentiva di essere in debito con lui. Yang Fengliang volle saperne di più. Zong Bu aveva pagato per il viaggio di Ge Ren in Unione Sovietica, quell'esperienza lo aveva elevato ai massimi ranghi del Partito comunista cinese, per questo ora c'era una taglia sulla sua testa ed era stato imprigionato. Yang Fengliang commentò: "Ho sentito dire che è stato uno dei seguaci di Kang Youwei a portargli via Bingying, credo sia l'uomo che ora ho davanti". Zong Bu con la fronte imperlata di sudore ammise che il senso di colpa lo perseguitava da anni, avrebbe speso qualsiasi somma di denaro per salvargli la vita e mettere a tacere la sua coscienza. Yang Fengliang lo rassicurò, non appena la ferrovia fosse stata riparata lo avrebbe portato via con sé e la sua vita sarebbe stata fuori pericolo. Zong Bu non sembrava convinto, lo ammonì che in molti tenevano gli occhi puntati su quella faccenda, non poteva avere* oscillations[232], *se qualcosa fosse andato storto e Ge Ren avesse*

[231] Martin Heidegger nell'*Introduzione alla Metafisica* (1935) la descrive come "non-ascosità" e spiega che dall'eliminazione dell'oscuramento deriva il disvelamento.

[232] In inglese nell'originale.

perso la vita a Baibei, la sua fama di criminale sarebbe rimasta registrata negli annali della Storia. Lui si fece una gran risata e gli disse di stare tranquillo. Sappiamo che quella sera Yang Fengliang espresse l'intenzione di consegnare il denaro a Ge Ren, ma non se lui l'abbia poi accettato.

Leggiamo in *Bellezze in tempi di caos* che, dopo il suo ritorno a Hong Kong, Zong Bu aveva scritto una lettera a Bingying rassicurandola con ingenua semplicità che Ge Ren si sarebbe salvato e che presto avrebbe ricevuto sue notizie. Sentiva che, con la cattura di Ge Ren, la Storia gli aveva finalmente offerto l'occasione di riscattare le sue colpe, aveva parlato anche del dolore per la perdita di Candou che lo avrebbe perseguitato per tutta la vita.

I lettori avranno notato che, nella testimonianza di Aqing, Zong Bu è stato descritto come un cialtrone. I discendenti di Aqing hanno detto che erano state le circostanze a costringerlo "a picchiare il cane anche dopo che era caduto in acqua". Secondo Yu Fenggao, il capo del gruppo di indagine, "Aqing era un opportunista e un ipocrita, falso e disonesto, sempre pronto a sfoderare i suoi trucchi da spione". Cosa avrà pensato realmente di Zong Bu? Aqing spesso scriveva e disegnava e ha lasciato vari appunti, alcuni dei quali sono finiti in mano a Yu Fenggao. Quando tornai a trovarlo, scoprii che era morto ed era suo figlio Yu Liren ora ad avere quelle carte. Lui aveva fondato una società di vendita piramidale, la Lega dei consumatori Huawei, che faceva ottimi affari con il grasso di foca dell'Alaska. Nella prima parte del libro ho parlato del programma di un'emittente televisiva e delle confezioni di grasso di foca dell'Alaska distribuite come premi in occasione del quiz sulla battaglia di Erligang. Per avere la possibilità di consultare il materiale, fui costretto a entrare nella società. Da un cassettino sotto l'urna delle ceneri del padre, Yu Liren estrasse un quaderno con la copertina di plastica rossa che conteneva una lettera spiegazzata. L'intestazione della pagina era una frase del *Libretto rosso* di Mao Zedong tratta dal discorso "Contro il liberalismo" (1937): "Essere conscio dei propri errori ma non cercare di correggerli, e peccare di liberalismo verso se stessi. Questo è l'undicesimo tipo". Aqing scriveva:

Oggi sono venuti i compagni del gruppo di indagine a chiedermi di raccontare le gesta eroiche di Ge Ren e torneranno di nuovo domani. Sono stato costretto a menzionare Zong Bu. Lui non è più tra noi, i morti non possono difendersi e io continuando "a picchiare il cane dopo che era caduto in acqua"[233] *l'ho coperto di insulti. Zong Bu, se lo hai saputo, ti supplico di perdonarmi. Ti faccio le mie scuse e mi prostro ai tuoi piedi. Non aggiungo altro, tanto fra poco ci incontreremo e potrò scusarmi di persona, mi mozzerò le orecchie e le cucinerò offrendotele come accompagnamento al vino. Voglio che tu sappia che l'ho fatto per il bene di Ge Ren e quando sarò dall'altra parte ne riparleremo. A quel punto nulla mi farà più paura. Che il riso sia broda oppure pappa, in finale chi vuoi che se ne sbatta. Mandami un sogno per dirmi cosa ti serve e io non mancherò di portartelo. Te lo dico subito però, se vuoi una fotografia di Candou, purtroppo non ce l'ho.*

Due settimane dopo, Zhao Yaoqing si tolse la vita gettandosi in un pozzo.

[233] Dal discorso *Su Lu Hsun* (1937) di Mao Zedong, che prosegue: "ora il cane arrabbiato, l'imperialismo giapponese, non è ancora caduto in acqua. Noi dobbiamo imparare questo spirito da Lu Hsun e applicarlo all'intero paese". In realtà l'espressione attribuita allo scrittore Lu Xun esisteva da tempo come detto popolare.

@ Riappendere Bai Shengtao

Il tentativo di Zong Bu era fallito miseramente e io stavo in fibrillazione come una formica su una piastra arroventata. Dovevo salvaguardare la salute di Ge Ren in attesa dell'arrivo di Bai Shengtao, andai a chiedergli cosa voleva mangiare. Aveva voglia di tofu, questo mi metteva in serie difficoltà perché a Baibei non c'erano fagioli di soia. "Come mai proprio il tofu?" "Il tofu cinese è delizioso, il miglior cibo del mondo"[234]. Che volete che vi dica? Persino in quelle tristi circostanze era animato da spirito patriottico, amava il nostro Paese e il tofu. Già che ci sono, per cena potrei avere del tofu stufato? Sono giorni che non assaggio quella delizia.

Gli feci preparare ottimi pasti, carne e alcol in abbondanza, ma niente tofu. Intendevo tuttavia soddisfare il suo desiderio, mandai qualcuno a Ruijin a prenderlo barattandolo con funghi ed emerocallidi. Ora, felice, gli stavo a fianco a guardarlo mangiare. Mi disse: "Generale Zhao, serviti anche tu". Sentirgli nominare il mio rango mi mise in imbarazzo, gli ricordai che ero semplicemente Aqing. "Aqing, trova un medico che sa fare le dissezioni". Gliene chiesi il motivo. Mi spiegò che la sua malattia era allo stadio terminale, voleva donare i polmoni a un ospedale per potenziare la ricerca sulla tubercolosi[235].

Compagni, da quando Pan Gu separò il cielo dalla terra, dai tempi dei Tre Re e dei Cinque Imperatori, chi mai è stato

---

[234] Dal libro *Parole superflue* (1935) di Qu Qiubai.
[235] Ibid.

disposto a rinunciare ai propri organi interni per la scienza? Questo era vero spirito materialista[236]. Lo fece anche Qu Qiubai? Come non detto. Mi affrettai a interromperlo: "Ma cosa vai a pensare, non dire così che porta male. Prometto che non ti succederà nulla". Vedendomi in ansia, Ge Ren si mise a ridere: "Va bene, non parliamone più".

Nel cortile davanti alla sua stanza c'era un pozzo con il cavalletto di legno e la carrucola nuova che, ogni volta che si calava il secchio, cigolava lamentosamente. Ge Ren disse che in estate avrebbero potuto tenerci a bagno le angurie, agli studenti piacevano belle fresche. "Anche a me piacciono in quel modo", dissi io. Lui scoppiò a ridere: "Peccato, non farai in tempo a mangiare quelle che ho appena messo a freddare". Quella sera era di ottimo umore, io feci aggiungere alcune portate e bevemmo insieme in cortile, ammirando la luna. Poi mi invitò ad andarmene: "Avrai di certo molte faccende importanti da sbrigare". Gli assicurai che il mio compito più importante era prendermi cura di lui. Quando la luna scivolò fuori dalla cornice del cortile, disse che era stanco, aveva mal di testa e sarebbe rientrato a dormire. Commentai: "Il corpo è il capitale della rivoluzione. Riposati però, non rimetterti a lavorare. Un lungo cammino ci attende, questo è solo il primo passo di una lunga marcia di diecimila *li*"[237].

Me ne tornai indietro al chiaro di luna e, mi ero appena coricato, quando uno dei miei uomini venne a fare rapporto. Avevano catturato un tizio dall'aria sospetta che veniva da fuori, gli avevano dato una strigliata e stavano per rimetterlo sotto torchio. Pensai: "Vuoi vedere che è Bai Shengtao? Forse Ge Ren mi aveva spronato a tornare indietro perché sapeva che stava arrivando? Furbo, veramente furbo!". Vedendomi sorridere i miei uomini pensarono che fossi soddisfatto e, nella

---

[236] Dal *Discorso alla Conferenza nazionale di propaganda del Partito comunista cinese* (1957) di Mao Zedong: "I veri materialisti non hanno mai paura".

[237] Dal *Rapporto alla seconda sessione plenaria del settimo Comitato centrale del PCC* (1949) di Mao Zedong.

speranza di essere premiati, si pavoneggiarono raccontando come gliel'avevano suonate di santa ragione. Quei bastardi buoni a nulla non facevano altro che crearmi problemi ma, per non insospettirli, diedi loro una ricompensa. Compagni non sgranate gli occhi, tanto sapevo che prima o poi glieli avremmo fatti ricacciare e li avremmo restituiti al popolo.

Quando lo vidi, i miei uomini lo avevano appena tirato giù dalla trave. Gli rivolsi uno sguardo cortese e severo al tempo stesso, e mi chinai per aiutarlo a rimettersi in piedi. Quella merda di cane non aveva alcuna intenzione di alzarsi né di ringraziarmi. Me lo ricordo in ginocchio e a occhi chiusi, con il naso imbrattato di fango, che tremava come pula nel setaccio. Gli mormorai all'orecchio: "Bai Shengtao, Bai Shengtao". Cazzo, mi stava praticamente ignorando. Aveva perso quasi tutti capelli, la fronte enorme, lucida e imperlata di sudore, lo faceva sembrare una cavalletta appena emersa dall'acqua. Mi disse che gli erano caduti durante il viaggio per Dahuangshan. Mi insospettii, come poteva Yan'an aver mandato un tale sfigato? Era solo, dove aveva lasciato gli altri? Pensai: "Per i peli del mio pisello! Prima fatemi capire chi è e poi si vedrà. Se è un semplice mercante, niente paura, gli svuoto le tasche e lo risbatto in strada". Mi chiedi perché volevo derubarlo? Primo, perché rubare ai ricchi per dare ai poveri è un atto rivoluzionario; secondo, per dimostrare ai miei uomini che, in nome del Kuomintang e dello Stato, sapevo essere spietato. Compagni, ora sappiamo che Bai Shengtao fuggì insieme a Fan Jihuai rinnegando la rivoluzione, ma a quell'epoca mi era sembrato un duro che, primo, non teme le difficoltà e, secondo, non teme la morte[238]. Non avendo ancora appurato la sua identità, non mi opposi quando i miei uomini decisero di appenderlo di nuovo. Quella strapazzata se la meritava e ora era ridotto uno straccio poi, arrivato in cima, si rianimò. Diceva: "Forza, alzatemi ancora". Oppure:

---

[238] Dal *Diario di Wang Jie*.

"Se mi date una ciotola di spaghetti con l'uovo, potete tenermi qui quanto vi pare". Ondeggiava avanti e indietro, sembrava un grosso ragno appeso al filo della ragnatela. Per i peli del mio pisello! Non la smetteva più! Cosa diceva? "Spostatevi, se la corda si spezza vi schiaccio. Suggerirei di prendere quella che serve a legare gli asini maschi, è più resistente." E altre stronzate del genere, roba da farti montare su tutte le furie. Figlio di puttana, era davanti alla canna del fucile, con le chiappe sull'accetta e continuava a farsi beffe della morte. A quell'epoca, ne conoscevo un mucchio di disperati come lui. Me ne era appena capitato uno che era un mercante del posto, era andato fuori per affari, aveva perso tutto il capitale e, una volta tornato a casa, aveva scoperto che gli straccioni del villaggio gli avevano sterminato la famiglia e fatto piazza pulita dei suoi beni. A quel punto il suo obiettivo era farla finita, e più gliele suonavi e più ci prendeva gusto. I rinnegati irriducibilmente avviati sulla via capitalista preferiscono morire piuttosto che pentirsi[239] e, a parte ammazzarli a bastonate, non c'è molto altro da fare. Mi tornò il dubbio che fosse Bai Shengtao e chiesi ai miei di tirarlo giù. Lo posarono a terra e gli mollarono una frustata tanto per gradire, lui stirò il collo, dalla sua gola uscì un gorgoglio come se stesse per vomitare, ma non venne fuori niente.

Hai ragione, era necessario che mi spremessi il cervello ed escogitassi una strategia. All'ora di cena feci preparare qualche manicaretto e mandai a chiamare due puttane dalla casa da tè. Mangiò tutto così se moriva per lo meno non sarebbe diventato uno spettro famelico, ma rimandò indietro le puttane perché a scopare proprio non ce l'avrebbe fatta, magari se ne riparlava tra qualche giorno. Il giorno seguente andai a parlargli da solo e gli feci le mie scuse: "Si picchia per affetto e chi insulta ama. Tu eri legato ma a soffrire ero io".

---

[239] Dal *Rapporto al nono congresso nazionale del Partito Comunista cinese* (1969) di Mao Zedong, si ritiene sia un riferimento a Liu Shaoqi.

Per spiegarmi meglio, gli ricordai che "Zhou Yu frusta Huang Gai… io le prendo e tu me le dai"[240], cioè stavamo recitando la commedia con un obiettivo comune. Dissi che mi chiamavo Aqing e gli chiesi se era venuto per Ge Ren. Si presentò come Bai Shengtao ma aveva perso il messaggio di Dou Sizhong per provarlo. A Wuhan era stato derubato e ci aveva quasi rimesso la pelle, non dovevo preoccuparmi però perché quella banda di delinquenti era interessata solo ai soldi e di sicuro il messaggio non sarebbe arrivato nelle mani delle autorità. Aveva già preso contatti con il movimento clandestino informandoli dell'accaduto e Dou Sizhong gli aveva spiegato che non era altro che una lettera di presentazione per stabilire un collegamento con me. In ogni caso tutto avrebbe dovuto svolgersi secondo il piano prestabilito. Era quello che volevo sentire, chiesi quale fosse il piano prestabilito. Il Partito gli ordinava di portare Zero in una località segreta e, per evitare fughe di notizie, non avrebbe dovuto contattarli prima di aver concluso la missione.

Dico bene così? Allora vado avanti.

Mentirei se affermassi che i miei dubbi su di lui erano scomparsi e, per capire se mi stava imbrogliando, gli chiesi notizie di Tian Han. Mi disse quello che più o meno già sapevo, di essere stato il suo medico e di avergli risolto un grosso problema. Quale problema? Quello della stitichezza che, durante la Lunga Marcia, aveva afflitto numerosi compagni. Arrivato a Yan'an, Tian Han viveva in modo frugale e mangiava fagioli neri tutti i giorni, gli regalavano mele e pere ma lui non le toccava e la situazione aveva continuato a peggiorare. A Chongqing conoscendo le sue condizioni io

---

[240] In un episodio del *Romanzo dei Tre Regni*, il generale Zhou Yu frusta il proprio sottoposto Huang Gai davanti alle spie di Cao Cao che riporteranno il fatto. Huang Gai potrà così infiltrarsi nei ranghi del nemico. In cinese questa espressione si definisce *xiehouyu*, una similitudine popolare enigmatica composta da due elementi: una frase che assomiglia a un indovinello e la seconda che ne fornisce la soluzione.

ero stato in preda all'ansia, poi avevo saputo che la faccenda si era sistemata e, per la felicità, non avevo chiuso occhio tutta la notte. Sapevo che era stato un certo dottor Bai, ma non che si trattasse proprio di Bai Shengtao. Come l'avevo saputo? Una soffiata che avevano fatto al Juntong. A quell'epoca, Chiang Kai-shek era affetto da diarrea cronica, praticamente defecava acqua e non si riusciva a curarlo. Aveva chiesto a Dai Li, il capo del Juntong, di risolvergli il problema. Noi avevamo sentito parlare del dottor Bai di Shanghai che stava assistendo Tian Han a Yan'an. Se sai curare la stitichezza puoi occuparti anche della dissenteria. Andarono a prendere un suo allievo, mi pare si chiamasse Xu, lo portarono a Chongqing e fu lui a visitare Chiang Kai-shek. Se l'uomo che avevo davanti sapeva della stitichezza di Tian Han, doveva per forza essere uno dei nostri. C'era però ancora qualcosa che non mi tornava: come avevano potuto mandarlo da solo? Bai Shengtao mi fornì una spiegazione plausibile. Dou Sizhong, temendo che troppe bocche complicano la faccenda e che qualche spiffero sfugge sempre dal muro, aveva preferito non fornirgli una scorta.

& Diarrea cronica

In mancanza di altre fonti, siamo costretti a prendere per buona la versione di Aqing sul "piano prestabilito" di Bai Shengtao. Per prima cosa vorrei chiarire che il medico di Chiang Kai-shek, non si chiamava Xu ma Yu. Era Yu Chengze, che ho già menzionato nel capitolo "Coprologia", e non era un allievo di Bai Shengtao bensì un suo collega. Nell'articolo "A colloquio con le celebrità" pubblicato sulla rivista *Cento nomi della medicina* (n. 7 anno 1993) racconta:

Nella primavera del 1942 un giorno mi accorsi di essere pedinato da alcuni uomini in borghese. All'inizio pensavo fossero spie giapponesi ma mi dissero che lavoravano per Dai Li. Mi invitarono a "fare un giro" e io non opposi resistenza, tanto a quell'epoca mi ero stufato di campare e nulla mi faceva più paura. Mi chiesero notizie di Bai Shengtao, dissi loro che non lo vedevo da un bel pezzo, in realtà sapevo che si trovava a Yan'an. Andammo prima a Xi'an e da lì in aereo a Chongqing, mi trattarono con grande cortesia e mille attenzioni. Da questo capii che il mio paziente doveva essere un pezzo grosso, certo non mi aspettavo però che fosse addirittura Chiang Kai-shek.

Arrivati a destinazione, mi consegnarono la cartella clinica di un paziente anonimo affetto da diarrea cronica. L'assistente che mi avevano assegnato mi disse che era un metodista di poco più di cinquant'anni – Chiang Kai-shek all'epoca ne aveva cinquantacinque - che andava di corpo dalle otto alle dieci volte al giorno e nelle feci avevano trovato tracce di muco, pus e sangue. Avevo i sintomi, ora dovevo scoprire la causa. In normali condizioni, la peristalsi intestinale che provoca l'espulsione delle feci si verifica da due a quattro volte al giorno. Non mi permettevano di visitarlo, suggerii a chi gli stava accanto di registrare i movimenti del suo intestino e fornirmi i risultati degli esami di laboratorio.

Due giorni dopo, analizzando le informazioni e i valori ricevuti, formulai la diagnosi. A causa di un'alterazione della motilità, il cibo sostava nell'intestino del paziente per un tempo troppo breve e il nutrimento non veniva assorbito, inoltre un disordine del sistema neurovegetativo gli provocava spasmi al colon e diarrea. Tali disturbi avevano origini nervose e probabilmente il paziente soffriva anche di insonnia e aveva difficoltà di concentrazione. La chiesa metodista sostiene che la felicità si basa sulla tranquillità interiore, dalle feci di quell'uomo si capiva che non era felice affatto.

Avevo usato un tono scherzoso ma il mio assistente reagì andando nel panico, si fece terreo e si mise a tremare come una foglia. Quando poi venni a sapere che il paziente era Chiang Kai-shek compresi le ragioni di quello sgomento.

Ironie della Storia: era stata l'invasione dei giapponesi in Cina a far venire la diarrea di Chiang Kai-shek e chiedevano proprio a me, che ero stato un allievo del dottor Kawada, di curarlo. In seguito durante la Rivoluzione culturale, mi hanno spesso accusato di conoscere Chiang Kai-shek ma io ho sempre negato categoricamente. L'ho detto allora e lo ripeto adesso, ho visto soltanto la sua merda.

Come medico, aver incontrato un uomo non è importante quanto averne analizzato gli escrementi. Attraverso quell'esperienza Yu Chengze divenne il maggior esperto nazionale di coprologia e la pubblicazione del presente articolo accrebbe ulteriormente la sua fama. Negli ultimi anni della sua vita fu supervisore di dottorandi e consulente in un ospedale privato. File di pazienti affollavano il corridoio reggendosi la pancia, non era però lui a visitarli ma uno dei suoi allievi che ridendo ammise che la cacca di Chiang Kai-shek era stata una splendida pubblicità per il loro ospedale. In quel momento mi ritrovai a pensare che se, invece di Yu Chengze, fosse stato Bai Shengtao a "farsi un giro" con gli uomini in borghese, forse la vicenda di Ge Ren sarebbe andata in altro modo.

@ Bai Shengtao incontra Ge Ren

Bai Shengtao aveva fretta di visitare Ge Ren e io lo accompagnai alla scuola elementare Fangkou. Sapendo che veniva da Yan'àn, Ge Ren lo accolse a braccia aperte, esclamando: "Un amico viene da lontano, non è dunque una gioia?". Notai i suoi abiti a bagno in una bacinella e ordinai alla guardia di andare a lavarli. Non sapeva dove trovare la "soda straniera", cioè il sapone, oppure i baccelli di gleditsia. Lo insultai: "Imbecille! Perché non vai a procurarteli al borgo?". Avevo sentito dire che un certo Zhou Bapi allevava anatre, polli e piccioni, e nel cuore della notte si infilava nel pollaio a rifare il verso al gallo così i suoi braccianti si sarebbero alzati al buio per andare a lavorare[241]. Uno che va nel pollaio dovrà pur lavarsi la testa, vuoi che in casa non abbia del sapone? Per carità, compagni, non pensate che incoraggiassi i miei uomini a derubare il popolo, ma Dahuangshan era così povera che le lampade non avevano olio, nei campi non c'erano buoi e alle donne mancavano gli svaghi. Perché? Perché gli uomini erano morti quasi tutti. Va bene, non cambiamo argomento. Quelli che avevano il sapone erano ricchi, opprimevano i contadini poveri e medi dello strato inferiore e, prima o poi, sarebbero stati eliminati. Certo, stavo spedendo il mio uomo al borgo anche per togliermelo dai piedi.

---

[241] Inspirata a Zhou Chunfu un latifondista realmente esistito, la storia di Zhou Bapi, Zhou lo Spellatore, è raccontata nel cartone animato *Il gallo canta nel cuore della notte* (1964). Da quel momento Zhou Bapi divenne il paradigma dei possidenti sfruttatori e schiavisti.

Bai Shengtao si informò sulla salute di Ge Ren, voleva sapere quanto pesava, com'erano l'appetito e la qualità del suo sonno. Mi infuriai. Per i peli del mio pisello! Non mi stava offendendo? Se c'ero io a occuparmi di lui, come avrebbe potuto non nutrirsi a sufficienza o dormire male? Gli chiese se aveva sbocchi di sangue, se dopo il riposo pomeridiano aveva la febbre. Mi intromisi dicendo che nel pomeriggio non dormiva mai, dedicava ogni suo attimo al lavoro per il Partito.

Volle sapere se aveva la tosse, mentre Ge Ren faceva cenno di "no" fu colto da un violento accesso e sputacchiò un bolo di catarro che, manco a farlo apposta, finì dritto sull'orecchio del medico. Forse era un modo per fargli capire che ne aveva abbastanza delle sue domande. Ma Bai aveva la pelle così dura che non la bucavi neanche con una mitraglietta e quindi rimase impassibile. Con il dito piegato a uncino tamburellò sul petto di Ge Ren. Gli chiesi: "Che stai facendo?". Pulendosi l'orecchio, mi spiegò che si chiamava "percussione". Disse a Ge Ren che avrebbe dovuto dormire sul fianco e non supino, lui piccato lo informò che era proprio quello che faceva, poi chiese: "Quindi? Come sto?". Bai lo rassicurò che non era grave, con il riposo e le medicine adatte sarebbe presto migliorato. "Non sei qui solo per visitarmi, vero?" Bai Shengtao avvampò. Per i peli del mio pisello! Era diventato rosso fino alle orecchie. Bofonchiò e, alla fine, gli confessò che i suoi superiori gli avevano ordinato di portarlo via.

Dico bene così?

"Lontano da Baibei migliorerai in fretta, questo luogo non ti fa bene alla salute, mancano i dottori e le medicine." Ge Ren chiese dove avrebbe voluto portarlo. Bai Shengtao non lo sapeva, usciti da Dahuangshan qualcun altro l'avrebbe preso in consegna. Poi Ge Ren disse qualcosa che mi lasciò una profonda impressione. "Non intendo essere di incomodo per i compagni, loro non dovrebbero sacrificarsi per me." Ringraziò Bai Shengtao per aver affrontato il lungo viaggio e gli chiese notizie di Tian Han. Bai disse che Tian Han stava bene, era stato proprio lui a mandarlo.

Mi intromisi: “Il problema della stitichezza è stato risolto”. Ge Ren, felicissimo, strinse la mano al medico: “Ottimo lavoro! Ottimo lavoro! A nome del Partito e delle masse io ti ringrazio”. Poi si informò su suo suocero. Bai Shengtao rispose: “Sta benissimo, è diventato uno dei militanti della riforma agraria”[242]. “E tuo figlio?” “Si è arruolato nell’esercito e lotta per la liberazione dell’umanità”[243]. Dopo essersi vantato di quel bastardo di suo figlio, assicurò Ge Ren che avrebbe messo a sua disposizione i medici migliori e le cure più efficaci. Lui agitò la mano: “Non ho bisogno di medicine, lasciatele per i compagni”. Vedendo il suo volto cereo, le lacrime mi rotolarono giù dagli occhi, come perle da una collana spezzata. No, compagni, le mie non sono smancerie borghesi, il suo spirito di sacrificio e la nobile amicizia rivoluzionaria che lo univa a Tian Han mi avevano sinceramente commosso. Ge Ren, con spirito di assoluta devozione verso gli altri e senza una minima ombra di egoismo, per sé non voleva nulla e lasciava tutto agli altri, nella più totale abnegazione. Che spirito è questo? Autentico spirito comunista. Non è difficile per un uomo fare qualche buona azione; il difficile è agir bene tutta la vita, senza mai far nulla di male[244]. Nell’ultimo atto della sua vita, ogni pensiero di Ge Ren era rivolto ai compagni. Sono sicuro che se foste stati presenti, avreste pianto anche voi. Ovvio, Bai Shengtao era un’eccezione, lui non versò neppure una lacrima. Cosa ci sarà stato di così prezioso in quel piscio di cavallo? Puah!

---

[242] La riforma agraria iniziata nel 1946 prevedeva una serie di misure di redistribuzione della terra. Raggiunse il picco di massima violenza nel periodo dal 1949 al 1953 con esecuzioni di massa dei latifondisti e dei “nemici della classe rurale”.

[243] Dal libro di Nikolai Ostrovsky *Come è stato temprato l’acciaio* (anche intitolato *Genesi di un eroe*) (1936). Scritto nella tradizione del realismo socialista, fu uno dei libri più venduti di tutti i tempi.

[244] Dal discorso *Felicitazioni al compagno Wu Yu-Chang in occasione del suo sessantesimo compleanno* (1940) di Mao Zedong.

Ricordo che, quando restammo soli, chiesi a Bai Shengtao di dirmi le reali condizioni di Zero. Indovinate un po', compagni, cosa mi rispose quell'anima nera? Non è affatto esagerato definire la sua risposta più fetente della scoreggia di un cane: Ge Ren era agli sgoccioli, la sera si toglieva le scarpe e chissà se la mattina avrebbe avuto la forza di rimettersele, se non prendevamo subito provvedimenti sarebbe stato troppo tardi. Per i peli del mio pisello! Non stava smorzando l'ardore dei propri uomini e incoraggiando i nemici?[245]

Quel giorno per la prima volta rivelai i miei piani: quando sarebbe stato il momento, li avrei muniti di una scorta per uscire da Dahuangshan. Ge Ren mi chiese: "Sono uomini fidati?". Lo rassicurai, li avevo scelti personalmente e sparavano nella direzione che gli indicavo, e se gli chiedevo di scalare montagne di coltelli o di gettarsi in abissi di fiamme[246] lo avrebbero fatto senza indugio. "Non hai paura che poi facciano la spia?" Ecco che di nuovo si preoccupava per la mia incolumità. "Non temere, giunto ai piedi del monte il carro troverà la strada, arrivata sotto il ponte la barca si raddrizzerà. Al momento opportuno saprò cosa fare." Non era ancora convinto, gli spiegai che il "poi" non ci sarebbe stato perché, terminato il compito, li avrei fatti fuori uno per uno e, con un gesto elegante, mi passai la mano di taglio sul collo per sottolineare il concetto. Ge Ren si complimentò con me, in quegli anni avevo imparato molto. La modestia fa progredire e l'orgoglio fa indietreggiare. Mi affrettai a ribadire che stavo solo facendo il mio dovere ed ero ancora molto lontano dal soddisfare le aspettative del Partito nei miei confronti[247].

Ge Ren disse che non sarebbe stato in grado di andare a cavallo. Replicai che l'avremmo portato in palanchino.

---

[245] Dal *Romanzo dei Tre Regni*.

[246] Dal sutra *Il bodhisattva Mulian risponde alle domande degli spettri* in cui si spiegano le ragioni della trasformazione degli uomini in spettri affamati (*preta*) dopo la morte.

[247] Una delle tipiche motivazioni inserite nei moduli di domanda per ottenere la tessera del Partito comunista.

& Translucido, leggiadro, cremisi

Nonostante ne abbia già parlato ampiamente, continuo ad avere delle perplessità circa la malattia di Ge Ren e ritengo quindi doveroso citare anche il reverendo Ellis, che ne fornì il resoconto più dettagliato tra quelli a mia disposizione. Ellis era arrivato in quelle terre dieci anni prima insieme alla mia prozia alla ricerca di Candou e nei villaggi e nei borghi circostanti si trovavano ancora le tracce del suo impegno come membro della Croce rossa. Durante una delle sue visite aveva scoperto che Ge Ren era a Dahuangshan e il lettore troverà un racconto di quell'episodio nella terza parte del libro.

Scrisse in *Maestosità d'Oriente* che fosse anche stato un indovino non avrebbe mai previsto di incontrare Ge Ren e Aqing da quelle parti. Aqing invece non ha mai menzionato il loro incontro. Possibile che lo abbia dimenticato? Oppure temeva che "più si parla e più si sbaglia"?[248]

Il reverendo Ellis descrive così le condizioni di Ge Ren:

Sulle rive del fiume Baiyun mi imbattei per caso in Ge Ren, che era confinato agli arresti domiciliari. Quasi non lo riconobbi, aveva i capelli lunghi, la malattia gli aveva segnato il viso, mi ricordò una puerpera subito dopo il parto. Fece finta di non riconoscermi, probabilmente per proteggere la mia incolumità. Quando si era già allontanato, un taglialegna mi disse che la gente del luogo lo chiamava You Yu, a quel punto mi convinsi

---

[248] Dal *Guiguzi* (Il saggio della valle degli spettri), una raccolta di antichi testi di strategia e retorica di autore ignoto compilata tra il tardo Periodo degli Stati combattenti e la fine della dinastia Han (400 a.C. - 270 a.C.).

che era proprio lui. Tornai subito alla base e, dopo aver sbrigato alcune commissioni, andai di nuovo a Baibei, un nome che in cinese è ricco di significati. Bai *vuol dire "bianco, puro, pallido" e anche "inutile spreco";* bei *che si può pronunciare anche* pi *o* po, *oltre a "riva, stagno, argine del fiume, poggio" significa "viaggio pericoloso".*

Sapevo che aveva i polmoni malati sin dall'infanzia e gli portai della penicillina. Me l'aveva fornita un collega della Croce rossa che aveva conosciuto il dottor Fleming (Alexander Fleming, nel 1928 scoprì la penicillina e nel 1945 ottenne il premio Nobel per la medicina), descrivendola come un rimedio prodigioso. Speravo potesse curarlo ma ammetto di essere stato pronto al peggio, da tempo si era allontanato da nostro Signore e, se aveva contratto una malattia fatale, non mi restava altro che pregare per lui.

Grazie a una vecchia conoscenza dei tempi di Hangzhou (si riferisce a Aqing) riuscii a visitarlo. Come prevedevo, il più grave dei suoi malanni era la tubercolosi. In Cina chi ne era affetto aveva scarse possibilità di sopravvivenza ma io lo trovai in condizioni migliori del previsto. Quella malattia in inglese viene anche definita consumption, *perché le ripetute emorragie provocano un deperimento e "consumano" il fisico. Nel suo caso era all'ultimo stadio ma, mentre il corpo lottava contro il morbo, il suo portamento aveva acquisito ancor più eleganza e dignità, a volte sembrava persino di umore vivace. La malattia lo consumava rendendolo sottile come un foglio di carta, leggero quanto una farfalla, conservava tuttavia la sua vitalità, era translucido, leggiadro, cremisi come i petali dei fiori dalle sottili venature che sbocciano nei pressi di una sorgente. Mi convinsi che, con attente cure, si sarebbe ripreso.*

Ricordo che ero a Baibei da poco quando arrivò anche il dottor Bai. In passato aveva spazzato il cortile della nostra chiesa a Qinggeng, poi era andato a studiare medicina a Pechino e in Unione Sovietica. Concordò con me sulla diagnosi e suggerì di aggiungere ai farmaci occidentali alcuni rimedi tradizionali per aumentarne l'efficacia. Nella ricetta che compilò c'erano decine di elementi: asparago cinese, mughetto giapponese, peonia bianca, lilium, digitale, campanula, mandorle, radice di riso glutinoso, corteccia dell'albero di goji. Faccio fatica a ricordarli tutti, ce n'era uno però che non posso dimenticare: escrementi di volpe maschio. Mi insegnò che si fanno bruciare e la cenere diluita nell'alcol si beve a stomaco vuoto.

Sappiamo quindi che, perlomeno prima dell'arrivo di Fan Jihuai, Ge Ren era debole ma non al punto da non potersi spostare a cavallo.

@ La morte di Yang Fengliang

Che fretta c'è? Mi fumo una sigaretta per rinfrancarmi e poi vado avanti. Avevo appena accompagnato Bai Shengtao fuori dalla scuola quando l'uomo che avevo mandato a cercare il sapone ritornò. Aveva il viso imbrattato di sangue, vedendo la sua espressione mortificata mi infuriai. Aveva perso un dente e bofonchiava, ci misi parecchio a capire cosa era successo. Arrivato da Zhou Bapi aveva trovato gli uomini di Yang Fengliang che gli mettevano a soqquadro la casa, oltre al sapone volevano prendersi anche le galline. Appena lo avevano visto gliele avevano date di santa ragione. "Gli hai detto a cosa ti serviva?" Lo aveva spiegato ma non era servito a nulla. A quel punto, il mio rivoluzionario istinto di vigilanza si risvegliò[249] e gli chiesi di ripetermi le parole esatte che aveva usato. "Ho detto che serviva al generale Zhao." Avevano voluto sapere perché. "Il signor You Yu, il maestro della scuola, deve partire e ha bisogno di abiti puliti." Mi balzò il cuore in petto, decisi che quell'idiota aveva le ore contate.

"Che impudenza! Se picchi un cane devi prima controllare chi è il padrone. Andiamo, indicami chi è stato e gliela faccio pagare." Si prostrò battendo la testa a terra, gli chiesi di farmi strada e lui si mise a correre, veloce come una lepre. Andando a passo svelto inciampai in un bastone fermaporta, non era né sottile né troppo spesso, faceva proprio al caso mio. Quando arrivammo in un luogo appartato, gli dissi:

[249] Dal discorso *Sulla dittatura democratica popolare* (1949) di Mao Zedong.

"Eh, ti chiedo ancora un sacrificio. Un dente è troppo poco, devi perdere ancora un po' di sangue così li arrestiamo e li puniamo secondo la legge marziale". Pensando di prendersi una bastonata sui denti, quello chiuse gli occhi e aprì la bocca. "Bravo!" e gli calai una mazzata sulla testa. Il presidente Mao ci ha insegnato "nella repressione dei controrivoluzionari bisogna colpire con fermezza, precisione e durezza"[250] e io non ho fatto che mettere in pratica le sue direttive. Fu un ottimo lavoro e lui, senza fare un fiato, se ne andò a incontrare Yama, il re degli inferi.

Proprio vero che quando gli eroi si confrontano si accorgono di vedere le cose nello stesso modo[251]. Infatti, sarei andato da Yang Fengliang ad accusare uno dei suoi uomini dell'omicidio. Bai Shengtao non voleva seguirmi, gli lanciai un'occhiata feroce: "Le tue ragioni non m'interessano, devi venire lo stesso. Per fare la rivoluzione non si può essere schifiltosi". Ridotto al silenzio, fu costretto a obbedirmi. Come ho già detto, Yang Fengliang abitava insieme alla sua puttana nel tempio di Subhuti e, mentre io mettevo a ferro e fuoco le strade, loro se ne stavano rintanati "a fare *guan guan* come i falchi pescatori". Lo chiamai fuori: "Ci sono guai, è successo un incidente". "Quali guai? È arrivato qualcun altro da Chongqing?" "No, uno dei tuoi sottoposti ha picchiato un mio uomo, quelli del mio seguito si stanno preparando al contrattacco, li ho appena fatti calmare e sono corso a cercarti." Aspirò una boccata d'aria fredda: "Chi sarà stato? Chi avrebbe il fegato di offendere il generale Zhao?". Poi notò Bai Shengtao fermo da un lato: "Questo è...?". Gli dissi che era un dottore che avevo chiamato per medicare le ferite del malcapitato. "Chiariamo prima le cose tra fratelli, risolviamola fra di noi così evitiamo che si sparga la voce. Se in alto vengono

---

[250] Dal discorso *Nella repressione dei controrivoluzionari, bisogna colpire con fermezza, precisione e durezza* (1950) di Mao Zedong.

[251] Dalle *Cronache dei Tre Regni*.

a saperlo, ci perdiamo tutti la faccia". Aggiunsi: "È noto che non si entra nel Juntong se non si è ben collegati con i piani alti. Per quanto ne so io, la vittima si chiama Hu ed è un compaesano di Butterfly Wu, l'attrice che ha una tresca con Dai Li. Stava facendo la gavetta e prima o poi avrebbe fatto carriera, tuttavia 'la rivoluzione non è ancora completata' e lui è morto senza sapere perché. Se questa faccenda viene investigata, ci daranno del filo da torcere".

Ora quel cane fottuto se la stava facendo sotto dalla paura. Era uscito con la cinta slacciata, la sua mano lasciò la presa e i pantaloni gli ricaddero attorno alle caviglie. Aspettava le mie istruzioni. Aggrottai le sopracciglia e mi venne un'idea. Non c'era tempo per discutere, gli proponevo tre possibilità. Potevamo incolpare Ge Ren, dicendo che aveva tentato di fuggire, il mio uomo aveva cercato di fermarlo e lui lo aveva ammazzato con una bastonata. Era una buona spiegazione per Dai Li e lui magari avrebbe accettato di riconoscerlo come martire, per la gloria dei suoi antenati. Yang Fengliang era d'accordo: "Ottimo! Mi sembra una splendida idea!". Certo, come idea non era male, peccato che tutti sapevano che Ge Ren era un debole studioso, oltretutto gravemente ammalato e senza la forza di tirare il collo a una gallina, non sarebbe stato in grado di menare un colpo tanto forte. Se poi i superiori scoprivano che era stato sul punto di fuggire, ci avremmo fatto una pessima figura. Commentò: "Infatti, proprio così". La seconda possibilità era dire che il mio uomo stava rubando in casa di qualcuno che lo aveva scoperto e ammazzato. Trovare un responsabile e fucilarlo sarebbe stato un gioco da ragazzi e la faccenda si sarebbe risolta in quattro e quattr'otto, ma poi dovevamo fare tabula rasa e sterminare tutta la sua famiglia altrimenti ci sarebbero state ripercussioni. Riteneva che anche quel piano era da prendere in considerazione. Mi chiese quale era la terza possibilità. "Tu mi consegni il colpevole e me ne occupo io." Abbassò la testa e ci pensò un po', mi chiese cosa gli avrei fatto. "Stai tranquillo, generale, lo rinchiudo per dimostrare ai miei uomini che ho risolto il caso e poi trovo il modo di farlo scappare." Ribadii che la faccenda doveva rimanere tra noi e che lui non doveva parlarne con nessuno. Il mio splendido piano lo convinse e, dopo essersi tirato su i pantaloni, disse che sarebbe andato a prenderlo. Non dovevo scomodarmi, me l'avrebbe portato fuori impacchettato come si deve.

Il tempo di fumare una sigaretta e Yang Fengliang tornò con quel povero disgraziato. Era un tipo dalla fronte alta, gli occhi infossati e una faccetta da ragazzino. Evidentemente si credeva chissà chi, perché non faceva che sbraitare: "Cacchio, ma che volete? Stavo per andare a dormire!". Dall'accento capii che era originario del Sichuan. Lo presi per mano, dissi che volevo solo fargli qualche domanda e l'avrei lasciato andare. "Qual è il tuo cognome?" Disse di chiamarsi Qiu (collina), a me sembrò avesse detto "Cacchio". Poi disse di chiamarsi Fan[252]. Per i peli del mio pisello! Prima era Qiu, adesso era Fan, stavo perdendo la pazienza. Ripetei la domanda. Si decise a dirmi la verità: il suo cognome era Qiu, come Qiu Shaoyun (un eroe della guerra contro l'America in supporto della Corea, aveva specificato Aqing), si chiamava Qiu Aihua. Continuai a parlare tirandomelo dietro, feci varie svolte a destra e a sinistra fino ad arrivare al posto dove era successo il fattaccio. Con la torcia illuminai l'uomo che giaceva a terra, forse non era ancora morto, mi accorsi che muoveva il sedere. Chiesi a Qiu Aihua se era stato lui. Con gran sussiego, sollevò la testa piegandola dal lato in segno di sfida: "Se è sì oppure no, tanto tu che mi fai?". In quel mentre si avvicinò Yang Fengliang: "Smettila con le stronzate, guardalo bene e rispondi alla domanda". Io ordinai a Qiu Aihua di abbassarsi, lui si mise in ginocchio e d'un tratto svenne. Per i peli del mio pisello! Quel cacasotto non aveva sopportato la vista della poltiglia verdastra e insanguinata che fuoriusciva dal cranio.

---

[252] Era il figlioccio di Fan Jihuai, utilizza perciò il suo cognome per provare di avere contatti importanti.

Insieme a Bai Shengtao, sorreggemmo Qiu Aihua lungo il fiume fino a un punto isolato circondato da una folta vegetazione. Yang Fengliang ci seguiva ignaro. Dissi a Bai Shengtao di mettere giù Qiu Aihua, poi il medico si inginocchiò per esaminarlo. "Generale, questo è svenuto sul serio, vogliamo rianimarlo?" Yang Fengliang si chinò a guardare borbottando quanto fosse patetico il suo uomo. Io imprecai sottovoce: "Mi fotto tua madre, che c'è da guardare?" e partii all'attacco. Avevo pensato di ammazzarlo senza rumore ma poi, per fare in fretta, decisi di spararagli. Non c'era problema, chi mi sentiva avrebbe pensato che era partito un colpo a qualcuno che puliva una pistola. Poi gli infilai il coltello nel cuore e gli diedi una bastonata sulla testa. Quando crollò a terra gli mollai un calcio nelle palle. Compagni, avete mai sentito il rumore che fanno quando le schiacci? Pare un palloncino che scoppia. Con un altro calcio lo feci volare dritto nel fiume Baiyun. Ottimo lavoro! Ora c'era Qiu Aihua da sistemare. Era ancora a terra quando gli piantai un coltello in corpo. Balbettò: "Ahio, mamma, perché m'ammazzi?" e reclinò la testa da un lato. Anche lui era andato.

Dico bene così? Allora vado avanti. Eliminati i due bastardi "pieno di baldanza e gonfio di orgoglio attraversai il fiume Yalu"[253]. Certo, quello non era il fiume Yalu ma il Baiyun. Quando ci trovammo sul ponte, Bai Shengtao mi chiese dove stavamo andando. "Al tempio di Subhuti." "Non c'è tempo per bruciare incenso, sbrighiamoci a salvare Ge Ren." Ma quale incenso, quelle sono superstizioni feudali. Lo criticai: "Dobbiamo farci coraggio e inseguire i banditi in fuga. Non si può essere clementi imitando Pai Wang[254]. Se non avanzassimo

---

[253] Dall'inno *Marcia dell'esercito volontario durante la guerra di Corea*. Nel 1950, i volontari attraversarono il fiume Yalu al seguito del generale Peng Dehuai.

[254] Verso della poesia "L'Esercito popolare di liberazione occupa Nanchino" (1949) di Mao Zedong. Pai Wang (233-203) fu un sovrano generoso che dopo aver sconfitto il suo rivale gli permise di governare la parte occidentale del paese, lui ne approfittò per riarmarsi e sconfiggerlo.

quando le masse chiedono di avanzare peccheremmo di opportunismo di destra"[255]. Ridotto di nuovo al silenzio, mi seguì. Compagni, quando quella notte attirai l'amante di Yang Fengliang fuori dal tempio con l'inganno e le piantai un coltello in corpo, Bai Shengtao rimase fulminato dal terrore.

Non risparmiai neanche il piccolo bastardo, mi riferisco al figlio di Yang Fengliang e di quella puttana. Perché lasciarlo in vita a contrattaccare, regolare conti e minare le basi del socialismo? Le masse rivoluzionarie non me l'avrebbero mai perdonato. Quindi inseguii il bandito in fuga e procedetti a eliminare la malerba estirpandola alla radice[256]. Il piccolo controrivoluzionario era tenero come tofu, morbido come pasta di fecola. Lo scaraventai a terra e lo schiacciai sotto i piedi fino a ridurlo in poltiglia. Se ho lasciato tracce? Ma per chi mi prendete? Gettai lui e sua madre in pasto ai pesci.

Mi chiedete cosa faceva Bai Shengtao? Che volete che vi dica, i pesci perlomeno sono capaci di azzannare la preda, di staccargli la carne dalle ossa, lui neanche quello. Non sapeva distinguere gli amici dai nemici e stava cercando di mettermi i bastoni tra le ruote, continuava a chiedermi se ero consapevole di cosa stavo facendo. Certo che sì! "Nella lotta di classe, alcune classi trionfano, altre vengono eliminate. Questa è la Storia, questa è da millenni la Storia della civiltà"[257]. Mentre gettavo i cadaveri nel fiume anch'io stavo scrivendo la Storia. Hai fatto bene a ricordarmelo: "il popolo, il popolo e solo il popolo è la forza motrice che crea la Storia del mondo"[258]. Visto che ne faccio parte anch'io, non posso

---

Mao Zedong qui allude alle pressioni esercitate sul Partito comunista perché interrompesse l'avanzata verso Sud, lasciando la Cina meridionale al Kuomintang.

[255] Dal *Discorso ai redattori del Quotidiano dello Shansi-suiyuan* (1948) di Mao Zedong.

[256] Dal *Commentario di Zuo*, VI anno del Duca Yin.

[257] Dal discorso *Abbandonate le illusioni, preparatevi alla lotta* (1949) di Mao Zedong.

[258] Dal discorso *Sul governo di coalizione* (1945) di Mao Zedong.

che essere pienamente d'accordo. Come sapete: ho due pregi, detesto le colorature e non mi adagio sul registro dei meriti[259]. Ovvio, se decideste di ricompensarmi mettendomi il cappello alto[260] non mi opporrei "se non otteniamo riconoscimenti saremo ricompensati dal duro lavoro"[261]. Sono modesto, ho semplicemente fatto la mia parte come ogni rivoluzionario che si rispetti[262].

Chiamai a raccolta gli uomini di Yang Fengliang nel tempio di Subhuti. Un detto popolare affermava giustamente "sotto il Kuomintang molte imposizioni, con i comunisti molte riunioni"[263]. Le tasse ti svuotano le tasche, in sostanza vogliono i tuoi assegni; nelle riunioni ti elargiscono il tesoro della conoscenza. Per questo alla fine il popolo voleva "più riunioni e meno tassazioni". In quell'occasione mi preparavo a distribuire assegni a vuoto. Dissi che Yang Fengliang era partito per una missione speciale e mi aveva ordinato di occuparmi di loro, potevano chiedermi qualsiasi cosa e sarebbero stati soddisfatti. Non sembravano convinti, mi chiesero chi lo aveva accompagnato. Una domanda che avevo previsto, mi sedetti lentamente, accavallai le gambe e mi accesi una sigaretta. Era un segreto di Stato ma, dato che eravamo dalla stessa parte, ero autorizzato a informarli che era andato con Qiu Aihua. Mi guardarono perplessi, poi improvvisamente unirono i tacchi e scattarono sull'attenti. Per i peli del mio pisello! Per fortuna sulle panzane non si pagano imposte. Ora ero pronto a emettere i miei assegni a vuoto: sapevo che a Dahuangshan

---

259 Dal *Romanzo dei Tre Regni*. Sul registro dei meriti si registravano le conquiste accumulate in battaglia, in attesa della ricompensa.

260 Dalla *Storia delle Dinastie Settentrionali* – Biografia dello studioso confuciano Xiong Ansheng. I ministri nell'antica Cina a corte erano obbligati a indossare cappelli alti, in tal modo si sarebbe notato se avvicinavano la testa per bisbigliare durante le udienze.

261 Dal *Discorso alla prima sessione plenaria del Comitato Centrale eletto dal nono Congresso del Partito comunista cinese* (1969) di Mao Zedong.

262 Dall'intervista di Oriana Fallaci a Deng Xiaoping (1980).

263 Espressione in voga durante i primi anni della Nuova Cina.

avevano lavorato sodo, garantivo loro che tornando alla capitale provvisoria avrei fatto rapporto sui loro meriti e uno per uno sarebbero stati ricompensati. Erano pazzi di felicità, si precipitarono a farmi il saluto militare, a inchinarsi portandosi le mani al petto e coprendo con una l'altra chiusa a pugno.

& Qiu Aihua

Bodde Sun mi informò che Wang Jiling, il rettore dell'Università privata dello Stretto, gli aveva rivelato di essere stato lui a picchiare l'uomo di Aqing e che Qiu Aihua era morto ingiustamente. Il giorno che accettò di essere intervistato, Wang Jiling mi ricevette nel suo tinello arredato con mobili di mogano delle dinastie Ming e Qing. Era stato un mercante d'oltremare, i suoi gesti timorosi e circospetti, e il mobilio che risaliva a epoche remote mi fecero una profonda impressione. Mi chiese di promettergli che, prima della sua morte, non avrei pubblicato quello che stava per dirmi, altrimenti avrebbe negato tutto, persino di essere stato intervistato. Nell'autunno dell'anno 2001 è deceduto a causa di un'emorragia cerebrale e io, mantenendo la mia parola, l'ho trascritto solo adesso:

Per prima cosa vorrei dichiarare di essere all'oscuro del cosiddetto "caso Ge Ren". La mia filosofia di vita è sempre stata "massimo rispetto per la Storia e niente mosse avventate". La morte di Ge Ren a Erligang è un fatto risaputo e solo tenendo in considerazione le conoscenze in nostro possesso si può godere di spazio di manovra. Non so chi fosse l'uomo imprigionato nella scuola di Fangkou. Bodde Sun crede che sia stato Ge Ren? Ognuno ha diritto alle proprie opinioni e lui è libero di pensarla come vuole. Bisogna vedere per credere[264]*, io non ho visto e non intendo parlare*

[264] Dalla raccolta di racconti storici e aneddoti *Il giardino dei discorsi* di Liu Xiang (79-8 a.C.).

a sproposito. Il corvo è volato, la lepre è corsa via[265]*, il tempo passa veloce come una freccia*[266]*. Del passato posso aver dimenticato molte cose ma non certo Qiu Aihua. Lui è morto al posto mio, ero stato io a litigare con l'uomo del generale Zhao per un pezzo di sapone. Ci trovavamo in casa di un certo signor Zhou, si chiamava Zhou Qingshu, Zhou Celebra la scrittura, e non Zhou Bapi, lo Spellatore. Un uomo istruito non avrebbe mai potuto avere un nome così volgare. Gli stavo chiedendo del sapone in prestito quando era arrivato il sottoposto del generale Zhao. Tra noi è scoppiato un alterco e siamo venuti alle mani, ma le nostre forze erano pari e non ci furono vincitori o vinti. Quando Yang Fengliang chiese chi era stato ad attaccare briga, io mi feci avanti ammettendo le mie responsabilità. Lui si mise a ridere, disse che la cosa non era importante e non c'era nulla da temere. Poi consegnò loro Qiu Aihua al posto mio, forse aveva voluto proteggermi perché ero giovane oppure perché ero un suo compaesano. Qiu Aihua aveva un'aria distinta, un talento per la diplomazia e modi da signorino, ci sembrò la scelta migliore. Non sentimmo più parlare di lui e pensammo fosse morto poi, durante la riunione nel tempo di Subhuti, il generale Zhao ci disse che era partito insieme a Yang Fengliang per una missione.*

In quell'atmosfera solenne "cupe nubi incombevano sulla città"[267]*, loro due forse avevano già raggiunto le Sorgenti gialle dell'aldilà. Quella notte non chiusi occhio, prima dell'alba andai a Ruijin e, navigando lungo il fiume, raggiunsi Canton… Non so come andò poi a finire e non ho altro da dirti.*

Non scoprirò mai quale delle due descrizioni - quella di Wang Jiling o quella di Aqing - si avvicini maggiormente al vero Qiu Aihua. Mi interesserebbe però capire perché Yang Fengliang aveva deciso di scambiare il fucile con il cannone[268]

---

[265] Verso della poesia "Presto in cammino in un giorno d'inverno" di Wei Zhuang (tarda dinastia Tang). Il corvo e la lepre rappresentano il sole e la luna.

[266] Verso della poesia "Fragranze in viaggio – Inizio d'autunno" di Su Dongpo (1037-1101).

[267] Verso della poesia "Il cammino del governatore di Yanmen" di Li He (790-816).

[268] Dal romanzo *Storia di eroi ed eroine* (1878) scritto da Yanbei Xianren, pseudonimo di Wen Kang (1821-1850).

e consegnare ad Aqing l'uomo sbagliato cioè Qiu Aihua. Forse per l'aria distinta e il talento per la diplomazia? Oppure c'erano altri motivi? E perché Aqing aveva ucciso Qiu Aihua senza una ragione apparente? Lo sapremo soltanto leggendo la testimonianza di Fan Jihuai nella terza parte del libro.

@ Ge Ren non partì

A Bai Shengtao si era raggelato il sangue dall'orrore. Quando uscimmo dal tempio di Subhuti, mi seguiva a piccoli passi, chiedendomi di continuo se non avevo paura. Per i peli del mio pisello! Ma paura di che? Il presidente Mao ci ha insegnato che "i veri materialisti non hanno mai paura"[269]. Mi interrogò sulla prossima mossa. "Ascoltami bene, abbiamo spazzato via gli ostacoli che impedivano il nostro cammino[270] e fatto il primo passo di una lunga marcia di diecimila *li*. Ora possiamo andare a salvare il compagno Ge Ren."

Arrivammo alla scuola elementare Fangkou e, entrando nel cortile interno, vedemmo la luce nella sua stanza spegnersi di colpo. No, non si stava mettendo a dormire. Se la pensi così vuol dire che con quel trucco avrebbe imbrogliato anche te. Lui stava fingendo. Perché? Non ci sarebbe neanche bisogno di dirlo, voleva che smettessi di preoccuparmi della sua salute e che andassi a riposarmi anch'io. Era così con i compagni, tenero come la brezza in primavera[271]. Le lacrime mi inondarono il volto. Sapevo che, non appena ce ne fossimo andati, avrebbe riacceso la lampada e lavorato fino a quando la gazza non si metteva a gracchiare sul ramo. Quell'idiota di Bai Shengtao non l'aveva capito, disse: "Non vuole essere disturbato, andiamo a dormire anche noi".

---

[269] Dal *Discorso alla Conferenza nazionale di propaganda del Partito comunista cinese* (1957) di Mao Zedong.

[270] Dal discorso *Sulla guerra di lunga durata* (1938) di Mao Zedong.

[271] Dal *Diario di Lei Feng* (1963).

Come si può dormire nel vortice della rivoluzione? Gli dissi: "'Sparsi astri oscurati dal lunare scintillio, verso Sud i neri corvi volano via'[272], questo è il momento migliore per viaggiare, un'occasione unica che non si ripeterà". Doveva assolutamente convincerlo a partire.

Come previsto, Ge Ren dopo un po' riaccese la lampada. Entrai per raccontargli la faccenda di Yang Fengliang e, quando seppe che l'avevo gettato nel fiume, scoppiò a ridere e fece anche la battuta che da quel momento non avrebbe più mangiato pesce. Compagni, lui era così, riusciva a scherzare anche in un simile frangente. Mi chiedi il perché? Il suo cuore traboccava di ottimismo rivoluzionario. Gli annunciai di aver annientato la tigre che gli sbarrava il passo, ora poteva partire insieme a Bai Shengtao e i miei uomini li avrebbero scortati fuori da Dahuangshan. Si preoccupava che mi avrebbero messo nei guai. Lo rassicurai, quando tornavano li avrei sterminati senza lasciare tracce. E se i miei superiori avessero chiesto spiegazioni avrei incolpato Yang Fengliang, tanto i morti non possono difendersi. Fissando Bai Shengtao, Ge Ren gli chiese: "Dove vorresti portarmi?". "Usciti da Dahuangshan tutto si può fare, fuori ci sono persone ad aspettarci." Ge Ren si mise a ridere: "Non mi muovo, qui si sta benissimo". Aggiunse una frase che mi stupì: "Se volete che me ne vada è semplice, uccidetemi e trasportate il mio cadavere". Rivolgendosi a Bai Shengtao aggiunse: "Vai da solo, il più lontano possibile". Sentite queste parole, lui si gettò in ginocchio e, tra i singhiozzi, dichiarò che avrebbe condiviso il suo destino.

Come ho già detto, a quel punto Bai Shengtao non aveva ancora mostrato la sua vera faccia e il suo comportamento sul momento mi convinse. Soltanto quando riuscii a strappargli la pelle dipinta, capii di essere stato imbrogliato. Tuttavia se ritenete che all'inizio io fossi completamente privo di dubbi, mi state certamente sottovalutando. Pensai: "Ma guardati

---

[272] Verso della poesia "Stile di canto breve" di Cao Cao.

povero sfigato, credi di essere degno di sacrificarti insieme a Ge Ren? Lui ha fatto una gran vita e ha avuto una morte gloriosa[273], mentre la tua morte è più leggera di un pelo del mio pisello"[274]. Bai Shengtao continuava a piagnucolare, gli dissi: "Smettila con questa lagna, lasciamo riposare il compagno Ge Ren". Lo trascinai fuori.

Era ormai notte fonda e io volevo ragionare con lui sul da farsi. Tra una cosa e l'altra erano passate molte ore e, in un attimo, il cielo a oriente si sarebbe tinto di bianco come la pancia di un pesce. Sentii che stavamo perdendo una preziosa occasione. Perché Ge Ren non voleva andarsene? Temeva di stancarsi troppo? Un rivoluzionario non ha paura della morte, come può temere la stanchezza? Anche Bai Shengtao era perplesso. Dopo aver riflettuto a lungo, esposi quelle che per me erano le sue ragioni. Per prima cosa Ge Ren si preoccupava delle conseguenze, dopo la sua fuga io non sarei riuscito a rimanere nel Juntong e per il Partito comunista sarebbe stata una grave perdita. In secondo luogo, stava approfittando di quel momento per tirare le somme delle sue esperienze di vita rivoluzionaria. Ora Bai Shengtao si era totalmente convinto. Gli ribadii che non avevamo molto tempo, avrebbe dovuto portare Ge Ren il più lontano possibile e io avrei pensato al resto. Indovinate cosa rispose? Che avrebbe cercato di parlargli ma se lui non voleva andare, non poteva farci niente.

In preda alla rabbia, lo apostrofai: "Perché pensi che il compagno Tian Han ti abbia mandato se non per portare in salvo Ge Ren? E tu, al momento cruciale, te la fai sotto e scarichi la responsabilità su di lui?". Le mie critiche lo annientarono, era rimasto senza parole. Ma quando poi lo vidi arrendersi a Fan Jihuai, capii che quell'infame aveva solo voluto guadagnare tempo.

---

[273] Frase dedicata da Mao Zedong a Liu Hulan, martire rivoluzionaria ed eroina della resistenza uccisa nel 1947 dal KMT a soli 15 anni.

[274] Probabile riferimento al discorso *Al servizio del popolo* (1944). "Tutti gli uomini muoiono, ma la morte di alcuni ha più peso del monte Tai, mentre la morte di altri è più leggera di una piuma".

& Con odio sincero

Ho sempre sospettato che Aqing lo abbia fatto apposta a descrivere Bai Shengtao come un cialtrone, proprio come aveva fatto per Zong Bu. Ma come la pensava in realtà? Se volevo saperlo dovevo tornare da Yu Liren, il figlio di Yu Fenggao. Ovvio, c'era un prezzo da pagare: ogni volta che desideravo consultare gli appunti di Aqing avrei dovuto presentare alla Lega dei consumatori Huawei un nuovo socio. Che, dopo aver acquistato quattro confezioni di grasso di foca dell'Alaska al prezzo di mille e seicento *yuan* e aver versato cento *yuan* per i moduli d'iscrizione, avrebbe ricevuto una tessera stampata più finemente della tessera di membro del Partito, di un certificato di laurea di dottorato o di un libretto di risparmio della banca. Reclutando un socio si diventava il suo capofila, in gergo "socio capofila", e si accumulavano punti che venivano inseriti in un sistema computerizzato "a due direzioni". Funzionava in questo modo: il socio capofila riceveva mille punti per aver presentato due persone che acquistavano una confezione di grasso di foca ciascuna; in seguito ognuno dei soci al di sotto di lui avrebbe a sua volta introdotto due persone e così via in una struttura piramidale e, ogni aggiunta di nuovi soci alla base, avrebbe aumentato i punti dei capifila. Diecimila punti valevano duemila *yuan* e ogni cinquantamila punti si riceveva un bonus di undicimila *yuan*. Nesuno dei miei conoscenti era interessato a partecipare, quindi pagavo di tasca mia usando i loro nomi e, alla fine, aggiunsi persino Bingying, Zong Bu e Hu An. Soltanto dopo aver ottenuto una nuova tessera, Yu Liren mi avrebbe permesso di consultare una nota di Aqing. Quando ebbi letto tutto ciò che riguardava Bai Shengtao, capii che le cose stavano in un altro modo.

Il brano di seguito era stato scritto su un foglio di carta da lettere che, secondo la consuetudine, aveva sull'intestazione una citazione dal *Libretto rosso*: "praticare, nei periodi d'istruzione, il metodo dell'insegnamento reciproco tra ufficiali e soldati e tra i soldati stessi"[275]:

Il gruppo d'indagine non sembrava interessato a Bai Shengtao. Fui io a nominarlo. Dopo Liu Shaoqi, è la persona che odio di più al mondo. Infatti, ho saputo che il presidente Mao ha bombardato Liu Shaoqi e il suo quartier generale borghese[276]*. Ottima mossa! Perciò ora tutto il mio odio può concentrarsi su Bai. "A scrosci cade la pioggia su questa terra del Nord, bianchi cavalloni si lanciano verso il cielo. Due pescherecci partiti da Cinwangtao non se ne vede più uno, su tutto l'oceano. Dove saranno fuggiti?"*[277] *Avevo riposto tutta la mia fiducia in lui, volevo che portasse via Ge Ren, ma lui continuava a comportarsi da donnicciola e a tergiversare. Ammetto di essere stato anch'io un vigliacco. Se avessi mandato un telegramma a Fan Jihuai negando che quell'uomo era Ge Ren, Fan non sarebbe venuto a Dahuangshan e Ge Ren non avrebbe fatto quell'orribile fine. Ma non era colpa mia, dovevo obbedire a Dou Sizhong e attendere i suoi ordini. Non avevo mica "occhi di fuoco e sguardo dorato"!*[278] *Come potevo sapere che Bai si sarebbe arreso al nemico? Bai Shengtao, siano fottute diciotto generazioni dei tuoi antenati, mi hai rovinato!*

Come vedete, l'odio di Aqing non avrebbe potuto essere più sincero. Vorrei far presente che la signorina Bai Ling non si è arrabbiata leggendo questo brano, perché Aqing aveva maledetto gli antenati di Bai Shengtao, lei era una discendente e quindi la faccenda non la riguardava.

---

[275] Dal discorso *Il movimento democratico nell'esercito* (1948) di Mao Zedong.

[276] Con il manifesto a grandi caratteri redatto da Mao Zedong *Fuoco sul quartier generale!* (1966) si preannuncia la caduta di Liu Shaoqi e del suo "quartier generale borghese".

[277] Verso della poesia "Peitaiho" (1954) di Mao Zedong.

[278] Prerogative di Sun Wukong, lo Scimmiotto del *Viaggio a Occidente*, che gli permettono di smascherare travestimenti e illusioni.

@ Le briglie del cavallo

A forza di chiacchiere ero riuscito a convincere Bai Shengtao a portare Ge Ren via con sé. Ormai era l'alba e Ge Ren, dopo aver lavorato tutta la notte, era andato a dormire. Bai Shengtao mi disse: "Lascialo riposare, ce ne andremo quando fa buio". Eh, trovava sempre il modo di procrastinare. Passato mezzogiorno, andai a vedere e trovai Ge Ren già alzato. Gli ripetei le ragioni per cui doveva partire. Dopo avermi ascoltato in silenzio, disse che voleva andare a fare due passi alla valle Fenghuang. Forse si preparava a dire addio a quei luoghi. Chiamai uno dei miei uomini e gli chiesi di accompagnarlo. Quel tizio mi era fedele come un cane, se io annunciavo che un gallo aveva fatto l'uovo lui confermava di averlo visto con i propri occhi. Dissi a Bai Shengtao: "Non startene con le mani in mano, vai a preparare le sue cose così appena farà buio potrete andarvene".

Dico bene così?

Dopo aver fatto tutti i preparativi, montai a cavallo e andai alla valle anch'io. La primavera stava per arrivare e ovunque erano sbocciate le peonie. Trovai Ge Ren seduto su una roccia a fumare. Vedendomi, si animò e declamò la poesia del presidente Mao "Visitando il monte Chingkang"[279]. Poi arrivò Bai Shengtao che, ipocritamente, lo ammonì: "Non dovresti fumare, ti fa male alla salute". Ge Ren lo ignorò rivolgendosi di nuovo a me. Disse che poteva fare a meno di tutto ma non

---

[279] Si noti il deliberato anacronismo, probabilmente dall'intento comico. La poesia infatti è stata composta da Mao Zedong nel 1965.

dell'alcol e del tabacco. Portandomi la mano sul petto, gli promisi che non glieli avrei fatti mancare, lo giuravo davanti al presidente Mao.

Era quasi buio e convinsi Ge Ren a tornare alla scuola. Avevo dato istruzioni di apparecchiare il tavolo con alcol e pietanze. Certo, c'era anche il tofu. Ge Ren bevve soltanto e non toccò il cibo. Lo invitai a mangiare qualcosa, mi rispose che la grappa era un distillato di cereali, bevendo era come se mangiasse. Mi chiese di rimanere, voleva fare quattro chiacchiere con me. Anni prima, a Shanghai, quando stava partendo per il Giappone, avevamo condiviso del Rosso della figliola. A quel tempo io non ero abituato all'alcol, ora lo reggevo senza problemi ma non potevamo dilungarci, altrimenti si sarebbe ritardata la partenza. Feci condurre il mio cavallo in cortile, lo avevamo sequestrato all'ufficio postale di Xiguanzhuang ed era una bestia molto mansueta. Sottovoce dissi a Bai Shengtao: "Ci vediamo a Yan'an!". Cosa mi rispose? Cos'altro poteva dire? "A Yan'an!"

Volevo che si muovessero subito, un mio uomo avrebbe portato i loro bagagli con un bilanciere. Misi le briglie in mano a Ge Ren, lui le guardò, disse che non ce l'avrebbe fatta e le porse a Bai Shengtao. Ecco un comportamento da comunista modello, era il primo a soffrire le avversità e l'ultimo a godere delle comodità[280], avrebbe lasciato la cavalcatura all'altro e sarebbe andato a piedi. Per i peli del mio pisello! Bai Shengtao riuscì a rovinare anche quel nobile gesto. Commentò che, in effetti, Zero non era in condizioni di cavalcare e sarebbe stato meglio costruire un palanchino. "Sia fottuta tua madre! Il dottore sei tu, ma perché non l'hai detto subito? Solo quando te la stai già facendo sotto ti viene in mente di scavare una latrina?" Ero furioso. Bai Shengtao disse che i mutamenti del cielo sono impossibili da prevedere, se avesse iniziato a piovere e Zero si fosse preso un malanno, come avrebbe

---

[280] Dal saggio *Come essere un buon comunista* (1939) di Liu Shaoqi.

potuto lui giustificarsi con Tian Han? Cos'altro potevo fare? Riaccompagnai Ge Ren all'interno.

Quella notte non chiusi occhio. Perché? Dovevamo sbrigarci a costruire il palanchino. Mandai a chiamare un paio di falegnami e chiesi loro di lavorare tutta la notte. Avremmo potuto prendere il legno demolendo una casa ma "se batti sull'erba spaventi il serpente" e io non volevo destare sospetti. Nell'ansia mi ricordai di alcuni alberi che crescevano nel cortile posteriore della casa da tè e mandai uno dei miei a controllare. Lui tornò a fare rapporto, c'erano alberi di tung, sofore, alberi di bodhi, quale volevo? "Sia fottuta tua madre! Taglia quello che ti pare." "Allora prendiamo il bodhi." Era sacro e di buon auspicio, così gli dei avrebbero protetto Zero durante il viaggio. Cosa? Questa è una manifestazione di idealismo?[281] Non me ne importa un fico, tanto non l'ho mica detto io. Va bene, vado avanti. Al sorgere dell'alba il palanchino era pronto. Per evitare fughe di notizie, ordinai al mio uomo di eliminare i falegnami e scaraventarli nel pozzo sul retro. Due dei miei uomini portavano il palanchino, ci avviammo verso la scuola. Eravamo quasi arrivati al cancello quando ci accorgemmo che a ogni tre passi c'era una guardia e a ogni cinque una sentinella. Tuoni e fulmini, demoni e dei! Mi salì il sangue in testa e pensai: "Troppo tardi! Ecco Fan Jihuai, Ge Ren non può più partire".

Ma l'emergenza aguzza l'ingegno. Dissi ai miei uomini di fare dietrofront, per strada li eliminai e li gettai in pasto ai pesci. Quella volta non ebbi pietà, lo giuro davanti al presidente Mao. Poi tornai alla scuola, a quel punto era giorno fatto, proprio come adesso. Davanti al cancello trovai Bai Shengtao che si sperticava in salamelecchi con Fan Jihuai. In preda a una furia omicida stavo per giustiziarlo seduta stante, ma

---

[281] Sul tema delle contraddizioni tra materialismo e idealismo, si veda il discorso *A proposito dell'esperienza storica della dittatura del proletariato* (1955) di Mao Zedong.

Ge Ren mi si avvicinò per fermarmi. Capii che era pronto al sacrificio, avrebbe dato la vita per proteggere la mia identità e il mio lavoro sotto copertura per il Partito.

Compagni, questo è quanto volevo raccontarvi. Non intendo dire altro e in ogni caso non c'è molto altro da dire. Ge Ren morì a Dahuangshan, martire glorioso per la causa rivoluzionaria e, in tutti questi anni, ogni volta che ci penso mi sento come se un coltello mi stesse lacerando il cuore (nota del compagno Yu Fenggao: Aqing appare afflitto come se gli fosse appena morta la madre). Ci sono alcuni ultimi aspetti che vorrei esternare. Prima del sacrificio di Ge Ren, non rivelai la mia identità. Ricordo chiaramente che, al suo arrivo, Fan Jihuai mandò a chiamare me e Yang Fengliang perché gli facessimo rapporto. Se hai davanti un nemico astuto meglio andarci piano con le colorature, altrimenti si rischia di nuocere al Partito. Incurante del pericolo e con il volto impassibile, pronunciai poche frasi che lo convinsero totalmente: "Mio generale, Yang Fengliang ultimamente faceva il bello e il cattivo tempo, era un gradasso, esercitava autorità assoluta e aveva perso ogni ritegno. Si è macchiato dei dieci imperdonabili abomini[282], ha ucciso l'operatrice del telegrafo, il mio uomo di fiducia e Qiu Aihua, uno dei suoi stessi sottoposti. Non potevo più sopportarlo e ho deciso, per il Kuomintang e per lo Stato, di eliminare quella canaglia". Fan Jihuai fu costretto a credere alle mie parole. Non ridete, compagni, è la pura verità. Vorrei dire un'ultima cosa: ogni uomo ha i suoi limiti, io ho fatto tutto ciò che era in mio potere per salvare la vita di Ge Ren e, anche se non ci sono riuscito, morirò senza rimpianti…

---

[282] Nella legge tradizionale cinese, erano dieci i crimini abominevoli ritenuti un'estrema minaccia per la sicurezza della società civile.

& La morte di Aqing

Questa è la completa testimonianza di Aqing. Il compagno Yu Fenggao disse che la mattina del 4 maggio 1970, quando il caposquadra andò a chiamarli per portarli alla mensa, Aqing avrebbe voluto seguirli per scroccare l'ennesimo pasto ma non glielo lasciarono fare. Due giorni dopo, Yu Fenggao tornò con due incarichi per il caposquadra: tenere sotto stretta sorveglianza i movimenti di Aqing e mobilitare i prigionieri più zelanti per scrivere lettere di delazione contro di lui. Ma prima che la documentazione fosse pronta, Aqing era morto. Secondo il suo "collega di riforma", il professore in pensione Zhang Yongsheng, Aqing prima di suicidarsi gettandosi nel pozzo non aveva fatto che ripetere di aver tradito Ge Ren e deluso le aspettative di Tian Han:

Un giorno andai a trovarlo e lui mi sorprese mettendosi a blaterare di Ge Ren e Tian Han. Ne parlava come se avesse combattuto al loro fianco, capii che quell'uomo doveva avere un passato complicato. Era già ammalato gravemente e aveva il ventre gonfio da far paura, ma noi eravamo sicuri che fosse tutta una finta. Lo accusavano di rubare il cibo ai compagni, non solo, anche la sbobba ai maiali. In realtà era l'addetto al porcile che rubava il mangime ma oggi fa il supervisore di dottorandi, è un personaggio importante ed eviterò di citarne il nome.

La pancia di Aqing era talmente grossa che sembrava incinto di gemelli. Dissero che si trattava di ascite, pare sia molto dolorosa ma lui non si lamentava anzi sembrava contento. Per usare le parole del giornalista della CCTV Bai Yansong, era "nel dolore e felice"[283]*. Il giorno prima*

[283] Fa riferimento al libro *Felice nel dolore* (2000) di Bai Yansong.

della sua morte lo incontrai alla latrina. Ripeté di aver tradito Ge Ren e deluso le aspettative di Tian Han, parlò anche di un certo Fan Jihuai ma non ricordo cosa disse.

Conosco quel nome solo perché spesso si legge sui giornali. Il giorno seguente si gettò nel pozzo e, quando lo ripescarono, la pancia si era gonfiata ancora più. Faceva un gran caldo e, prima che lo seppellissero, scoppiò con un boato sordo, come il pneumatico di un'auto straniera. Ma non parliamone più altrimenti non riesco a mangiare. Nel campo di rieducazione io avevo la calligrafia migliore e scrivere citazioni e slogan era sempre stato il mio compito. Tappezzai gli alberi di note che dicevano "Zhao Qingyao si è suicidato per timore della punizione, merita di essere dannato all'inferno per i suoi crimini"[284] *Cosa? Si chiamava Zhao Yaoqing? Troppo ridicolo: prima aveva perso il nome, ora il suo corpo era scoppiato e non aveva più neanche quello.*

Non saprò mai cosa disse Aqing a Zhang Yongsheng circa Fan Jihuai. So però con certezza che, fino all'ultimo, Aqing ignorò le vere intenzioni del generale Fan.

---

[284] Dal *Libro degli Han* – biografia di Lu Wenshu.

PARTE TERZA

Ok! tale e quale!

Data: 28-29 giugno 2000
Luogo: in viaggio da Pechino a Baibei
Narratore: Fan Jihuai
Ascoltatore: Bai Ling
Registrato da: Bai Ling

@ Mantenere una promessa

Mia cara signorina, ammetto di esser stato io a dire che non volevo l'aereo. Ho suggerito ai dirigenti della municipalità di Baibei di risparmiare soldi e spenderli per la Scuola della speranza. Certo viaggiare in treno è faticoso, ma il pensiero che così "i fiori della patria"[285] potranno avere una penna in più mi rende estremamente felice. Sei stata costretta a condividere con me questo disagio? Vorrà dire che una volta a Pechino sarai ripagata del disturbo. Ok, dimmi, cosa vorresti? Anche se ora sono nelle retrovie, non mi sono ritirato dal palcoscenico della Storia. Nella capitale le mie parole continuano ad avere un certo peso.

Uno scompartimento ferroviario costa più di un biglietto aereo? Sei proprio intelligente, non ti si può nascondere niente. Infatti, ho paura di volare. Ora ti pongo un quesito che dovrebbe farti riflettere: a tuo parere, vale di più una frittella o un aereo? Siamo materialisti dialettici[286] quindi vorrei provare a rispondere "dialetticamente". Se dal cielo cadessero frittelle sarebbe una cosa buona, quando è un aereo a precipitare si chiama "disgrazia". Secondo i numeri ufficiali, ogni trentasei ore cade un aereo. Mi è lecito pensarlo ma non posso certo esternarlo, quindi ho deciso che la cosa migliore fosse addurre la scusa del risparmio.

---

[285] Citazione dal titolo del film omonimo (1955).

[286] Dal discorso *Materialismo dialettico* (1937) di Mao Zedong. Teoria dialettica della natura e della storia fondata sul metodo dialettico di Hegel utilizzato in chiave materialista, una concezione filosofica del marxismo sviluppata da Engels e Lenin.

Ovvio, il treno ha il vantaggio anche di permetterci di dialogare in piena tranquillità. Non hai detto che vuoi scrivere la mia biografia? Non credere non me ne sia accorto, la storia su cui sorvoli sempre ma che in effetti ti interessa di più è il mio momento (a Baibei) insieme a Ge Ren. Se c'era anche Bai Shengtao? Certo, parleremo anche di lui. Mi torna spesso in mente, specialmente quando soffro di stitichezza. Si è poi trasferito a Hong Kong, ho sentito dire che ha fatto un'orribile fine. A voi giovani non può certo far male familiarizzarvi con la Storia. Lo studio della Storia "può abbreviare e attutire le doglie del parto"[287], lo ha detto anche Karl Marx nel *Capitale*. Se avessi avuto figli capiresti che aveva ragione, con quelle parole ha posto le basi teoriche della nostra causa.

In passato sono venuti varie volte a intervistarmi, erano cinesi e stranieri, uomini e donne, giovani e vecchi. Li ho cacciati tutti via. Un tizio mi ha detto: "Signor Fan anche se non l'hai mai ammesso, sappiamo che sei stato tu a far fuori Ge Ren". Un altro, che diceva di appartenere all'Istituto di ricerca su Ge Ren, è rimasto per due settimane fuori dal cortile di casa mia a girare in tondo come un cane che si morde la coda, alla fine mi sono rifiutato di incontrarlo. Un cane per la disperazione può saltare il muro, lui mi lanciò un ultimatum, la carta non può avvolgere il fuoco e, prima o poi, avrei dovuto confessare. Beh, io sono cresciuto con il latte di mia madre non a forza di minacce, e non mi si intimorisce facilmente. Ho mandato la mia segretaria a dire che avrei parlato, ma non con lui. È vero la carta al fuoco brucia. Ti dico però che se questa storia è un drago, gli altri ne hanno visto solo due scaglie e mezzo artiglio. Tutti quelli implicati sono morti, Bai Shengtao e Zhao Yaoqing, Bingying e Tian Han, il sottoscritto è l'unico sopravvissuto. Quindi potrei tranquillamente decidere di non aprir bocca e di portare questa faccenda sotto terra con me nel cimitero di Babaoshan. Ora però ho cambiato idea

---

[287] Dalla Prefazione alla prima edizione del *Capitale* (1867) di Karl Marx.

e voglio parlarne. Mi vedi ancora arzillo, ma in qualsiasi momento Marx potrebbe venire a infilarmi un invito sotto la porta. Ho detto che sto andando alla cerimonia di apertura della Scuola della speranza, in realtà voglio mantenere una promessa che ho fatto a Ge Ren molti anni fa. Davanti alla sua tomba ho giurato: "Addio, amico mio, tornerò a trovarti nella valle Fenghuang, te lo prometto". Ora finalmente posso farlo. Vorrei andare a dare un'occhiata, bruciare un po' d'incenso e inchinarmi davanti alla sua lapide. Eh, il tempo scorre in un baleno, la vita dell'uomo passa tra cielo e terra "come un puledro bianco che salta una scarpata, un lampo ed è tutto finito"[288]. In un attimo è trascorso mezzo secolo. Sei stata fortunata a cogliere l'occasione, magari più in là mi sarebbe passata la voglia. Quando l'uccello sta per morire il suo canto è lugubre, quando l'uomo è in punto di morte le sue parole sono buone[289]. Quello che sto per dirti è la verità, la pura verità. Consapevole dei miei doveri nei confronti della Storia, ho deciso di lasciare ai posteri la mia testimonianza.

Vorrei però ammonirti, ciò che sentirai sarebbe meglio lo tenessi per te. Ok? Sai chi era Hu Shi? Beh, lui pronunciò una frase famosa: "Se non avessimo avuto cura delle nostre penne, come potremmo essere qui a parlare?"[290] Ti pregherei perciò di attendere che io sia morto prima di pubblicare la mia biografia. Ok? Quando me ne sarò andato, potrai calunniarmi a piacere e non avrà più alcuna importanza. Il Cielo potrebbe anche cadere, non sarà più affar mio. Ti sembra che le mie parole siano contraddittorie? Non importa, ogni elemento è regolato dalla legge dell'unità degli opposti[291].

---

[288] Dal *Zhuangzi* – Intelligenza viaggia verso nord.

[289] Dai *Dialoghi* di Confucio.

[290] Pare che questa frase sia stata pronunciata da Hu Shi nel 1922 in conversazione con Chiang Kai-shek, un'informazione peraltro spesso messa in dubbio dagli studiosi.

[291] Discorso *Sulla contraddizione* (1937) di Mao Zedong.

& Un cenno di spiegazione

Per convincere il vecchio Fan a essere intervistato ho esaurito tutte le mie risorse, senza ottenere nulla. La sua segretaria mi ha informato che lui era un personaggio di spicco nella cerchia della giurisprudenza cinese e che la sua agenda era prenotata fino all'inizio del ventunesimo secolo. Più volte ho bussato alla sua porta, ma puntualmente sono stato cacciato via. Avrete capito che quello che "girava in tondo come un cane che si morde la coda" davanti alla sua porta ero proprio io.

Nei primi giorni di maggio nell'anno 2000, quando mi trovavo a Baibei per un'intervista, ho scoperto per puro caso che vi si sarebbe recato in visita. Negli ultimi anni quel luogo si è sviluppato molto velocemente, era un borgo e, nel 1983, è passato a distretto, poi nel 1997 è stato elevato al livello di municipalità. Il governo locale aveva invitato Fan Jihuai alla cerimonia per il terzo anniversario della fondazione della città, occasione in cui sarebbe stata anche inaugurata la Scuola della speranza. Sapevo che lui aveva paura dell'aereo, perciò se avesse accettato l'invito, sarebbe sicuramente andato in treno. La notte stessa feci ritorno a Pechino e presi subito appuntamento con la signorina Bai Ling. Fu poi lei ad accompagnare Fan Jihuai a Baibei e a registrare le sue parole. Ho già menzionato che era la nipote di Bai Shengtao e, in quel momento, si trovava a Pechino per motivi di studio. Le avevo fatto leggere la testimonianza di suo nonno ed era molto interessata alle sue attività passate. Fan Ye, la nipote di Fan Jihuai, li aveva fatti incontrare. Loro due avevano fatto subito amicizia – quanto la bellezza di Bai Ling abbia influito su questo, non saprei dire. Anche l'idea stessa della scrittura di una biografia di Fan Jihuai, era un espediente che avevamo concordato sin dall'inizio. Grazie al cielo, il vecchio Fan le aveva creduto.

Quando Bai Ling tornò da Dahuangshan mi fece subito una telefonata: "Missione compiuta! Ho tutto, pagare moneta e vedere cassetta". Le avevo promesso che, completata l'intervista, le avrei versato un anno di spese di studio e, quando il libro sarebbe stato pubblicato, le avrei dato un compenso. Nel mettere in ordine il materiale mi sono trovato di fronte a difficoltà inaspettate, quindi sono stato costretto a chiederle di occuparsene insieme a me. Alla fine del lavoro mancava ancora il titolo e Bai Ling ebbe un'ispirazione: "Chiamiamolo 'Ok! Tale e quale!', è uno dei suoi mantra preferiti". Vorrei perciò sottolineare come ogni cosa di questa parte, dal titolo al testo, sia stata merito della signorina Bai. Esprimo quindi la mia profonda gratitudine nei suoi confronti, nella consapevolezza che, senza il suo aiuto, questa capitolo di Storia sarebbe finito, come ha detto Fan Jihuai, sottoterra insieme a lui nel cimitero di Babaoshan.

@ Chi dimentica tradisce il passato[292]

Sto andando a Baibei per Ge Ren e anche l'inaugurazione della Scuola della speranza è collegata a lui. È stata costruita da un giapponese che si chiama Kawai. È il boss di una società a capitale misto, in Giappone sono seconde soltanto a quelle a capitale unico. È una grossa finanziaria che collabora con gli Stati Uniti. Parteciperà anche lui all'inaugurazione della Scuola. I giapponesi sono un popolo ostinato, all'inizio insisteva che doveva chiamarsi Scuola Ge Ren. Gli ho spiegato che era meglio non nominarlo, altrimenti non sarei andato. Lui voleva conoscere a tutti costi le ragioni della mia riluttanza. Cercare di spiegare le condizioni locali agli stranieri è come suonare la cetra alle mucche, tutto tempo sprecato. Ok, quindi sono stato costretto a inventarmi una balla. Gli ho detto che me l'aveva chiesto lo stesso Ge Ren visitandomi in sogno. Solo così sono riuscito a tenere a bada quel demonio.

D'altro canto comprendo le sue intenzioni, è il suo modo di commemorare un vecchio amico. Molti anni prima, quando eravamo a studiare in Giappone, abbiamo entrambi vissuto in casa di Kawai. Appena arrivati a Tokyo, studiavamo giapponese alla East Asian Higher Preparatory School[293] e, visto che non c'erano sufficienti posti letto nella scuola, la sua famiglia ci aveva ospitato. Con noi c'era anche un altro

---

292 Citazione dal film cinese *Nel nome della rivoluzione* (1960). Nel film le parole sono pronunciate da Lenin, nelle sue opere tuttavia non se ne trova traccia.

293 Istituto di formazione frequentato dagli studenti cinesi in Giappone.

studente cinese, si chiamava Huang Yan. Più tardi a Yan'an fondò un giornale, ora con la scusa di andare a trovare i parenti si è trasferito in America. Di quelli come lui ce ne sono a bizzeffe, fanno la rivoluzione per tutta la vita e poi da vecchi si gettano nelle braccia del capitalismo. Io mi sono comportato esattamente al contrario. Ho trascorso metà della mia esistenza in un paese capitalista e, ora che sono vecchio, sono ritornato al socialismo. Eh, siamo sempre stati due treni che sfrecciano in direzioni opposte.

Ok, lasciamo stare quel buono a nulla e torniamo a parlare di Kawai. Si dice sempre "piccoli giapponesi"[294], in realtà nella loro famiglia erano tutti alti di statura. Suo fratello si chiamava Kawada e aveva cinque o sei anni più di me e di Ge Ren. Kawai ne aveva cinque o sei meno di noi. Vivevano in una villetta con un piccolo cortile, noi eravamo al primo piano, se aprivi la finestra scorgevi le piante di fava che sbocciavano in giardino. La loro mamma doveva essere stata una donna molto attraente e anche da anziana conservava il suo fascino. Ogni giorno la sentivi camminare in cortile con i *geta*, gli zoccoli di legno, il loro ritmo sulle piastrelle ricordava il picchiettare sul pesce di legno dei monaci buddisti in preghiera. Lei amava la cultura *shina*[295] e voleva che i suoi figli studiassero il cinese con noi. La sorella di Kawai si chiamava Yoko e aveva sei o sette anni, era candida e fragile come una figurina di porcellana. Noi ragazzi andavamo molto d'accordo e stringemmo legami profondi scrivendo una pagina importante nella storia dell'amicizia tra la Cina e il Giappone. Furono in molti i cinesi che attraversarono quel cortile, il più famoso tra loro è stato Chen Duxiu. Una volta chiese a Kawada com'era andata la raccolta delle fave. Lui gli rispose che non le coltivavano per mangiarle ma come piante medicinali, i fiori in infusione

---

[294] Soprannome dispregiativo utilizzato dai cinesi, al pari di "piccoli diavoli giapponesi".

[295] Nome in giapponese per designare la Cina, si ritiene derivato dal sanscrito oppure dal latino.

curano l'ipertensione. Sua madre aveva la pressione alta e il tè ai fiori di fava era molto efficace nella terapia. Prima di venire in Giappone sapevo che le fave stimolano la digestione e favoriscono il funzionamento degli organi interni, ma ignoravo che anche i fiori avessero poteri terapeutici. Si può sempre imparare qualcosa di nuovo. Fu sotto l'influenza di Kawada che decisi di cambiare specializzazione e passare a giurisprudenza. Inizialmente ero andato per studiare medicina. Otto o nove cinesi su dieci andavano in Giappone per quel motivo. Mio nonno e mio padre erano entrambi dottori di medicina tradizionale, e sarebbe stato logico per me seguire le loro orme. Kawada tuttavia mi convinse che quello era il peggiore dei mestieri, perché hai perennemente a che fare con imperfezioni e difetti. Se fai il dentista sei confrontato da fauci spalancate e denti digrignanti. Un ortopedico affronta braccia rotte e gambe spezzate. Se poi diventi ginecologo è la fine, ti tocca sgobbare tutto il giorno tra le cosce delle donne. Non rida, signorina, dobbiamo cercare la verità nei fatti e quelle furono esattamente le sue parole. Concluse: "Dimmi tu se ti pare una professione accettabile!". Fu una doccia fredda che mi precipitò nel caos, avevo smarrito la mia direzione e andai a chiedere consiglio a Ge Ren. Lui si dichiarò d'accordo con Kawada. "Tra i professionisti la discendenza ha già tre decimi della conoscenza. Di certo hai una buona istruzione medica, perché non studiare qualcosa di nuovo? Dovresti fare giurisprudenza, la Cina ha bisogno di uomini di legge". Ok! Diciamo di volere lo Stato di diritto, la riforma economica e la politica di apertura di certo creeranno un gran bisogno di esperti in materie legislative. E così cambiai disciplina. Quanto a Ge Ren, lui continuò a studiare medicina e, nel tempo libero, a occuparsi di altre cose. Di che cosa? Gli piaceva comporre poesie. Ne scrisse una che si chiamava "Fiore di fava" e descriveva la fioritura nel cortile. Durante il Movimento del quattro maggio (1919) la modificò cambiandogli nome, mi pare fosse "Chi sono stato". Tu sei tu, perché ti chiedi "chi sei stato"? La ricordo bene proprio perché trattava quell'argomento insolito.

Kawada era stato un allievo di Fujino Genkuro e lavorava all'Ospedale di Kyoto, ma "se hai il sedere a punta non stai mai comodo da nessuna parte", e lui appena aveva un attimo ritornava a casa per stare insieme a noi. Era un buongustaio e spesso ci invitava al ristorante. Uno dei nostri locali preferiti era Xizhilang, situato a Hirakawacho nel quartiere di Kojimachi. Lo frequentava anche Chen Duxiu. Quanto a Kawai, inutile dirlo, come tutti i ragazzini amava la confusione e ci seguiva ovunque. Nel ristorante cucinavano un tofu niente male, era uno dei piatti prediletti da Ge Ren. Una volta Ge Ren, Chen Duxiu, Kawada, Kawai e io, ci scattammo una fotografia di gruppo al tavolo del ristorante. Un cliente ne porta dieci e dieci ne portano cento, alla fine il locale era sempre pieno di studenti cinesi.

& Chen del Sud e Li del Nord[296]

Prendendo spunto dalle parole del vecchio Fan, aggiungerò qualche particolare al racconto della vita di Ge Ren in Giappone. Citando la *Storia dell'Istituto privato superiore dell'Asia orientale*, in quel momento in Giappone c'erano oltre 4000 studenti cinesi e nell'Istituto almeno 360. Per questo era necessario affittare alloggi fuori dal campus. Nel libro di Huang Yan *Tornando a sognare quei cento anni*, si descrive la loro vita di pensionanti in casa d'altri. Si parla anche della fotografia di gruppo menzionata da Fan Jihuai:

Di tutti i membri della famiglia di Kawada, sua sorella e suo fratello furono quelli mi lasciarono l'impressione più profonda. Lei era ancora piccola e, ignara di tutto, si aggirava scalza per la casa. Noi eravamo abituati a vedere le bambine con i piedi fasciati e, anche se non lo erano, di rado li tenevano scoperti. Ge Ren disse che i piedi naturali delle giovinette gli ricordavano i dolci di riso glutinoso, delicati e soffici, emanavano un profumo soave. Ricordo che recitò anche un sonetto lirico in stile "ci", *si chiamava "Splendido Jiangnan": "Blusa di cotone, gonna in seta, fusciacca verde giada a cingere la vita; bracciale d'argento, spillone di giada, fiori al lato della tempia. Ecco, scompare scivolando come uno sbuffo di fumo"*[297]. *E a scomparire come uno sbuffo di fumo era anche la madre di Kawada. Con i suoi* geta *di legno sulle pietre del sentiero in*

[296] Chen Duxiu e Li Dazhao, anche conosciuti come Chen l'occidentalista e Li il nazionalista.

[297] Verso del poema "Splendido Jiangnan" di Zhang Runan, menzionato da Zhou Zuoren nel saggio *Memorie dallo Studio della saggezza* (1964).

cortile, il picchiettare ta, ta, ta, *era il ritmo costante di una lancetta di orologio che si sposta in avanti. Un suono che dava l'illusione di essere tornati al passato remoto della Cina. Qualche carattere in stile* kanji *sugli edifici, intravisto dalla staccionata che racchiudeva i fiori di fava, riconfermava quella impressione. Ricordo che lei spesso indossava un kimono azzurro chiaro con la raffigurazione di un paesaggio di Kobe.*

Per un periodo fummo ossessionati dalla fotografia. Un paziente di Kawada possedeva una macchina fotografica. Era uno zoppo, aveva un'adorazione per il suo medico e gli insegnò a scattare foto. Ricordo che per la maggior parte erano ritratti di Chen Duxiu. A lui piaceva mettersi in posa. Lo avevamo conosciuto nel villaggio di Takada alla periferia di Tokyo, viveva insieme a Li Dazhao. È un peccato che, di nascosto, io abbia bruciato tutte le sue fotografie. Quando andai a Yan'an, ogni volta che mi chiedevano se per caso in Giappone avessi frequentato Chen Duxiu, io scuotevo la testa con forza, non ebbi mai il coraggio di ammetterlo.

Takada[298], di cui parla Huang Yan, è un piccolo villaggio che si trova nei sobborghi di Tokyo. Ge Ren aveva appreso da Xu Yusheng, un amico di famiglia, che il padre vi si era stabilito quando era fuggito in Giappone. Era quindi andato a visitarlo, immagino in un moto di nostalgia verso il padre. Aveva raccontato alla mia prozia che le case erano semplici e rozze, su un lato c'era una collina e, subito dietro, un vecchio tempio in rovina dalle cui gronde sbeccate si levava dolce il cinguettio degli uccelli. Venivano dai salici e dai cespugli di robinia che coronavano lo stagno, oltre il muro crollato sul retro del tempio. I salici erano adorni di un tripudio di gemme verde smeraldo, i rami della robinia erano ancora brulli e neri, come i carboncini che lui usava da bambino per disegnare insieme alla madre. Un abitante del luogo gli aveva detto che in passato un uomo *shina* aveva vissuto lì con una donna. Lui aveva vagato per il villaggio immaginando la vita da fuggiasco di suo padre, cercando la sua ombra. Un giorno sull'anta della

[298] Uno dei luoghi in cui visse Li Dazhao nel 1916.

porta di una casupola malridotta trovò alcuni caratteri in cinese: Eremo del chiaro di luna[299]. Pensò, forse li aveva scritti suo padre? Poi vide un tizio con un paio di baffetti a manubrio, come l'omino nella pubblicità delle pastiglie Jintan. Era Li Dazhao. In quella casa viveva anche un altro personaggio che era solito fare sfoggio di grande eloquenza. Era Chen Duxiu che, in seguito, lasciò un'impronta indelebile nella Storia della Cina e dei cinesi. Cercando le tracce del padre, Ge Ren trovò invece coloro che sarebbero divenuti "Chen del Sud e Li del Nord" nel movimento della Nuova Cultura[300].

Anche i suoi compagni di viaggio, Huang Yan, Kawada e Fan Jihuai andarono in visita all'Eremo del chiaro di luna. Nel suo libro Huang Yan raccontò questo episodio, aggiungendo alcune descrizioni di una loro gita al fiume Kamogawa di Kyoto:

Li Dazhao portava i capelli tagliati a spazzola, aveva la fronte larga, spesso stava con le labbra serrate. Chen Duxiu aveva l'aspetto di un poeta, un timbro di voce sonoro e gesticolava molto. Osservavi le sue mani danzare nell'aria e ti sembrava che brandisse un'invisibile katana. *Quando Chen Duxiu ci chiese notizie di Yin Jifu, subito ripensammo alla scena di lui che si gettava dal parapetto della Tachang Maru. Ge Ren disse di aver conservato la carta di una caramella, su cui aveva annotato alcune strofe di poesia. Aveva un'ottima memoria, le recitò a Chen Duxiu e lui scoppiò a piangere. Come ho detto in precedenza, Chen ci raccontò che Yin Jifu lavorava alla casa editrice Orientale di Shanghai e stava andando in Giappone per discutere con lui la creazione di una rivista. Al pensiero della sua ferita purulenta e del modo in cui l'accarezzava recitando poesie, provai un moto di amarezza.*

---

[299] Nome della dimora in Giappone del drammaturgo e scrittore Tian Han (1898-1968) e di Li Dazhao.

[300] Fondato nel primo decennio del XX secolo. Criticava gli antichi valori confuciani considerati la causa della decadenza della Cina, promuoveva gli ideali occidentali della scienza e della democrazia, fu la base teorica del movimento del 4 maggio.

Ricordo che Ge Ren parlò loro del padre. Chen del Sud e Li del Nord avevano entrambi perso il loro genitore all'età di due anni e a Li, quando ne aveva tre, era morta anche la madre. Ge Ren aveva avuto una simile esperienza, non aveva conosciuto il padre e in giovanissima età aveva visto morire la madre. Gli orfani hanno molti argomenti in comune. Nel fine settimana seguente Chen Duxiu, con l'indirizzo che gli aveva dato Ge Ren, trovò la casa della famiglia di Kawada. Ge Ren gli chiese un parere sulla poesia "Fiore di fava". È passato molto tempo e non ricordo quale fosse stata la sua valutazione. Ma so che, da allora in poi, Chen Duxiu lo considerò un amico di lettere e spesso si incontravano per discutere di prosa e poesia.

Alcuni giorni dopo, insieme a Ge Ren e a Kawada, portammo Chen del Sud e Li del Nord a visitare Kyoto, risalimmo il fiume Kamo e, nel punto in cui diventava Kamogawa e Takanogawa (i due rami in cui si divide il fiume Kamo a nord della città) il timido Ge Ren fu il primo a spogliarsi e a gettarsi in acqua. In passato aveva paragonato il Giappone alla Grecia antica perché, in un altro secolo e in un altro luogo, ne condivideva la mancanza di inibizioni riguardo alla nudità, rappresentavano entrambi uno stato d'animo e un modo di vita degno di essere imitato[301]*. Pensavo lo dicesse tanto per fare conversazione, non mi aspettavo che si denudasse davanti a tutti e, lungo, magro e tutto bianco come un pesce spatola, si gettasse nel fiume. Quando il pesce riemerse, dai suoi genitali scoperti vidi scorrere una sfilza di gocce d'acqua. Urlò a Kawada di gettarsi in acqua, ma lui non ne aveva alcuna voglia. Stava raccogliendo i lycoris, i gigli del ragno rosso, voleva portarli a un'infermiera che conosceva in ospedale. Chen Duxiu cogliendolo di sorpresa gli diede una spinta, lui cadde in acqua ma subito tornò a riva. Poi Chen si tuffò a volo d'aquila. Quella scena si fissò nella mia mente, la Storia in fondo non è che una sovrapposizione di immagini. Per ragioni intervenute in seguito, fui portato a identificare Chen Duxiu non solo con l'aquila ma anche con Prometeo a cui la stessa aquila divorò il fegato…*

---

[301] Riferimento agli scritti di Zhou Zuoren (1885-1967), ammiratore della Grecia classica e autore di numerosi saggi sulla cultura. Affermò che "i giapponesi potevano essere considerati i greci di un'altra epoca, perché entrambe le civiltà apprezzavano la pulizia e accettavano la nudità".

Vorrei qui puntualizzare che i successivi rapporti tra Ge Ren e Chen Duxiu furono di carattere epistolare. Nel 1929 Chen Duxiu completò la prima stesura del testo *Proposta di trascrizione fonetica della lingua cinese*[302], la spedì a Ge Ren, che faceva ricerche sulla romanizzazione, e gli chiese di aiutarlo nella revisione di alcuni aspetti della pronuncia. Il 27 maggio del 1942 quando Chen Duxiu morì di malattia, Ge Ren era in viaggio verso Songzhuang (oggi Chaoyangpo) e non ricevette subito la notizia. Non sapremo mai quale fu la sua valutazione della vita di Chen Duxiu. Quanto ai suoi rapporti con Li Dazhao, come disse Aqing, erano stati compagni di studi all'Università di Shanghai e si vedevano di frequente. Dopo che il 28 aprile del 1927 Li Dazhao fu strangolato da un sicario assoldato dal signore della guerra Zhang Zuolin, Ge Ren scrisse una lettera alla mia prozia: "Shouchang (nome di cortesia di Li Dazhao) ci ha appena lasciato, oggi provo un'intensa tristezza. È stato il Messia cinese e come lui è morto sulla croce, anche senza che gli inchiodassero mani e piedi e, per questo, immagino di dover ringraziare la magnanimità dei miei connazionali. L'ho incontrato al villaggio di Takada quando ero sulle tracce di mio padre e ogni volta che ci vedevamo lo trattavo con il rispetto che si addice a un fratello maggiore. Ho sentito dire che è morto con la lingua di fuori e la gente, che non era stata interessata a ciò che aveva avuto da dire, era invece curiosa di osservare la polvere che vi si era posata sopra". Queste parole dimostrano l'intenso affetto che Ge Ren provava per Li Dazhao.

302 Il libro fu consegnato alla Commercial Press nel 1929, ma dopo l'arresto di Chen Duxiu non fu mai pubblicato e andò perduto.

@ Chi dimentica tradisce il passato (continua)

Il trasferimento al corso di giurisprudenza prolungò la mia permanenza in Giappone. Tornato a Shanghai come consulente mi occupai di alcune cause giudiziarie. Non molto dopo ricevetti la notizia che Kawada si trovava in Cina e insegnava alla Scuola di medicina di Pechino, con lui c'era anche Ge Ren. Durante il Movimento del quattro maggio andai a Pechino a cercarli, volevo unirmi alle lotte patriottiche. Non trovai Ge Ren che era stato arrestato e rinchiuso nelle prigioni del quartier generale della Gendarmeria cittadina[303]. Riuscii però a incontrare Kawada. Gli piaceva mangiare *luzhu huoshao*, la zuppa di frittelle, frattaglie di maiale e tofu puzzolente. Lo avvertii che se non stava attento si sarebbe trasformato una mosca, le trovi sempre posate su qualcosa di fetente. Lo invitavo spesso a *mishi, mishi* ("mangiare" in giapponese), ogni volta lui si strofinava la bocca e ripeteva *yoshi, yoshi* ("buono, buono"). Gli chiesi di Kawai. Disse che frequentava l'Istituto commerciale di Tokyo[304], dove facevano anche lezioni di lingua *shina*. Ormai parlava speditamente

---

[303] Era il corpo di polizia responsabile per sicurezza della capitale, il cui quartier generale era situato presso la porta Di'an. Conosciuto in origine come Comando militare delle Nove porte, cambiò nome dopo la rivolta di Wuchang nel 1911 e la caduta della dinastia Qing. La Gendarmeria fu sciolta nel 1924 quando Pechino fu conquistata dal signore della guerra Feng Yuxiang, e fu sostituita dalla Terza brigata dell'Esercito del nord, comandata dal generale Sun Yue.

[304] Il primo Istituto commerciale di Tokyo fondato nel 1887, ora Hitotsubashi University.

il cinese, la sua pronuncia strascicata non aveva nulla da invidiare a un autentico pechinese.

Poi, mi giunse la notizia che Kawada si era licenziato. Ho già detto che non trovava pace. Per anni persi le sue tracce. Durante la guerra di resistenza contro il Giappone, d'un tratto venni a sapere che era di nuovo in Cina. Signorina, non hai detto che conosci il mio passato? Allora saprai anche quale era il mio ruolo. Infatti, ero un agente speciale e lavoravo per i servizi segreti. Noi spioni siamo tutti Occhi che vedono mille miglia e Orecchie che vibrano al vento[305]. Mi informarono che Kawada, oltre a occuparsi di ricerche per la Sfera di coprosperità della Grande Asia Orientale, faceva da interprete per un alto ufficiale dell'esercito e che era stato ucciso dall'Ottava armata a Chaoyangpo (Songzhuang). Due anni fa ho letto un articolo di un certo Zhu (Zhu Xudong) che citava le parole di Tian Han: secondo lui Kawada si era suicidato con il veleno. Ormai non è più importante, in ogni caso era morto. Eh, signorina, sai chi era Tian Han? Un compaesano di Ge Ren, erano entrambi originari di Qinggeng. Quando mi trovavo all'estero, ho saputo che, nell'ultimo periodo della Rivoluzione culturale, Tian Han era caduto in disgrazia. Con grande sforzo era poi riuscito a riabilitarsi, ma per un lungo periodo era stato malato e ridotto al letto. Ok, il destino è giusto e imparziale, non si può rimanere per sempre sulla cresta dell'onda. Anche per Kawada fu così: dopo una gioventù felice e spensierata lui perì in terra d'altri.

Kawada era morto, ma suo fratello Kawai era vivo. Si arruolò nell'esercito e venne in Cina anche lui, alla ricerca del fratello maggiore. I nostri due Paesi erano in guerra e io non

---

[305] Nel *Viaggio in Occidente* è il nome dei due generali dell'Imperatore di giada spediti alla ricerca della fonte di due potenti fasci di luce, che si rivelano essere gli occhi di Scimmiotto, appena nato da un uovo di pietra. Sono i demoni al fianco di Mazu, la benevolente dea del mare, simboli di preveggenza e profonda saggezza, in seguito prendono le sembianze di una delle coppie dei guardiani sulle porte cinesi.

andai a incontrarlo. Nel 1943, mi fu assegnata una missione speciale ma non ebbi il cuore di portarla a termine. Per una straordinaria coincidenza mi imbattei in Kawai, gli chiesi di accompagnarmi al borgo di Baibei. Proprio così, Ge Ren era lì e lui voleva incontrarlo per chiedergli notizie del fratello. Fu allora che scoprì dell'esistenza del borgo. In seguito non ebbi sue notizie per un lungo periodo.

Eh, il tempo è passato in un baleno. Alcuni anni fa ho accompagnato in Giappone una delegazione di giuristi. Avevamo un programma intenso e impegnativo, tuttavia riuscii a trovare un attimo per portarli al ristorante Xizhilang. Quando il padrone seppe che eravamo una delegazione di cinesi, fece di tutto per servirci nel migliore dei modi e si dava da fare correndo avanti e indietro. A un certo punto tirò fuori da chissà dove alcune vecchie foto. La marea dei ricordi del passato mi inondò il cuore. Ecco la nostra foto di gruppo, Ge Ren, Chen Duxiu, Kawada, Kawai e io, insieme al padrone di allora. La guida ci raccontò che ogni volta che venivano clienti cinesi, il padrone la usava per vantarsi dell'età del ristorante e del fatto che, in quel luogo, era stata scritta una pagina importante nella storia dell'amicizia sino-giapponese. Fu lui a informarmi che Kawai era ancora vivo e che spesso andava lì a mangiare. Ma quel giorno non mi misi in contatto con lui. Una volta tornato in patria ricevetti una sua telefonata, prima di morire aveva intenzione di venire ancora una volta in Cina. Pensai che lo dicesse tanto per fare conversazione e me ne dimenticai. Chi immaginava che il vecchio demonio mantenendo la promessa venisse a proporre un investimento al borgo di Baibei (ora una municipalità). Appena arrivato si mise in contatto con me. Ero a Guangzhou in una casa di cura, sarebbe voluto venire a trovarmi ma io non acconsentii. Ora finalmente possiamo incontrarci. Come dire, signorina, io sono pronto e, se vorrà porgermi le sue scuse a nome del popolo giapponese, gli risponderò: "Kawai, oh, Kawai, mi raccomando ricorda la Storia, chi dimentica tradisce il passato". Ti prego, signorina, non ti intromettere, ho bisogno di dirgli questo. Penso che se è un uomo intelligente capirà che non lo faccio per danneggiare la sua reputazione. Sto criticando la morale del suo paese non la sua in particolare. Gli standard morali di un uomo possono essere approssimativi, ma uno Stato non può comportarsi da canaglia.

& La Scuola della speranza

Nel mese di luglio dell'anno 1997 in occasione della restituzione di Hong Kong alla Cina, Kawai, direttore della compagnia nippo-americana a capitale misto, era a Hong Kong e poi a Shenzhen in cerca di affari. Una settimana dopo, in qualità di turista e imprenditore, ha visitato Baibei da cui mancava da molti anni. In quell'occasione ha appreso della prossima costruzione di una centrale idroelettrica di 300 megawatt a monte del fiume Baiyun. Non aveva fatto un viaggio inutile, quello sarebbe stato un affare di enorme portata.

In realtà, a differenza di quanto diceva il vecchio Fan, Kawai comprendeva benissimo la situazione locale. Infatti aveva puntato un vice sindaco e organizzato una cena per stringere amicizia. Il numero due della municipalità in considerazione dell'importanza del personaggio aveva chiesto a Guo Ping, segretario comunale e nipote di Guo Baojuan l'eroe Hakka che aveva fatto saltare le rotaie della ferrovia, di andare prima a incontrarlo in albergo. Guo aveva detto francamente a Kawai che le regole richiedevano la partecipazione a una gara d'appalto. Poi, come per caso, aveva menzionato che la scuola Fangkou era in urgente bisogno di riparazioni e che, in un giorno di pioggia, alcune travi erano crollate uccidendo due studentesse delle elementari. "Se si deve morire prematuramente tanto vale farlo al momento opportuno." (Una frase familiare che mi riportò alla mente le parole di Tian Han nel descrivere la battaglia di Erligang.) Il progetto della Speranza mirava a ristrutturare un numero di scuole elementari nella città vecchia. In origine la scuola Fangkou non era stata nella lista, ma fu inserita dopo l'incidente. All'inizio i piani si muovevano in modo spedito ed efficiente e i fondi venivano assegnati celermente. Poi la procedura del passaggio da distretto a municipalità era entrata nella sua fase più intensa, ci si era accorti che "se i soldi non venivano spesi in maniera opportuna si sarebbe persa l'occasione, gli abitanti del distretto non sarebbero diventati cittadini e di sicuro se la sarebbero presa con noi". Per questo motivo, parte dei fondi fu stornata per le spese di rappresentanza. A quel punto, il segretario Guo puntò la lancia in un'altra direzione: "Credevamo la municipalità fosse in grado di colmare la voragine, ma poi intervennero altre celebrazioni assolutamente necessarie, abbiamo attinto di nuovo ai fondi pubblici e il baratro si è allargato".

Kawai che non era uno stupido capì subito l'antifona, manifestò la sua intenzione di offrire un contributo per lo sviluppo dell'istruzione in Cina, avrebbe riparato la scuola senza bisogno di toccare i fondi del governo. Il segretario Guo rispose: "Mi sembra un'ottima idea, possiamo spiegare al sindaco che ci sono stati ritardi nella ricostruzione della scuola perché volevamo fare i lavori nel miglior modo possibile e che, sulla base del progetto esistente, il governo è riuscito ad attirare investimenti stranieri. Sono lavori impegnativi e i tempi naturalmente si sono allungati". A nome del vice sindaco il segretario Guo garantì a Kawai che, al termine del progetto, avrebbero appeso una targa all'ingresso per ricordare il suo contributo. A lui però non interessavano epigrafi incise nella pietra. Molti anni prima, era venuto a Baibei a trovare un vecchio amico e ora avrebbe voluto chiamare la Scuola "Ge Ren" in sua memoria. Come potete immaginare, il segretario Guo ignorava chi fosse il personaggio. In ogni caso gli assicurò che avrebbe comunicato il desiderio ai suoi superiori. Queste furono le sue esatte parole: "Lo sviluppo economico è l'obiettivo centrale. Se il progetto favorisce l'economia, i dirigenti daranno di certo luce verde". Kawai non si aspettava che fosse proprio il vecchio Fan a ostacolare la scelta del nome.

Vorrei aggiungere che la targa della scuola, in finale denominata "Scuola elementare della Speranza Fangkou", porta la calligrafia del vecchio Fan, che dopo averla completata la inviò da Pechino.

@ Mal di mare

Ok, te lo dico sinceramente, a Baibei sono già andato due volte, senza contare quest'ultima, e in entrambi i casi le visite erano collegate a Ge Ren. Per molti anni, mi sarebbe bastato chiudere gli occhi per vedere quel borgo. Giusto, ora si chiama "municipalità". Conosco a menadito ogni suo albero e pietra. Negli anni passati il mio impegno per impartire l'educazione rivoluzionaria in famiglia ha ottenuto ottimi risultati. Persino la nostra cameriera sa dove sono Dahuangshan e Baobei. Come sai nel mahjong, *tiao* è il cerchio, *tong* il bambù e *wan* la moltitudine, *zhong* è il drago rosso, *fa* quello verde e *bai* quello bianco. Se in casa nostra si sta giocando, basta che la cameriera mi dica "Dahuangshan" e io so che in mano ha *baipi* (altra pronuncia di Baibei), il set completo di quattro tessere con il drago bianco. È il suo modo di mandarmi un segnale. Che ragazzina intelligente! Quando sono andato in Giappone l'ultima volta, l'ho portata con me. I membri della delegazione e gli amici giapponesi, tutti l'hanno trovata assolutamente adorabile. Purtroppo i mutamenti del Cielo sono imprevedibili e un giorno mia moglie brandendo il piumino l'ha cacciata via dandole della "sgualdrina". Non ti dico la mia rabbia!

Va bene, torniamo alle cose serie. La prima volta che andai a Baibei fu nell'anno Guiyou, il 1934. Come ho già detto, avevo studiato giurisprudenza in Giappone e, dopo la laurea, sono tornato per offrire il mio contributo alla patria. Per prima cosa a Shanghai ho fatto il consulente per gli stranieri in materia di questioni giudiziarie. Beh, a quell'epoca i cinesi non facevano causa. "L'ingresso dello *yamen* è rivolto a meridione, senza soldi o potere resti fuori dal portone". A quei tempi, prestigio e denaro erano nelle mani degli stranieri quindi io lavoravo per loro, sappiamo bene che è la base economica materiale a determinare la sovrastruttura. Sono concetti sviluppati da Marx e fondamenti della teoria sociale marxista. Ovvio, non era quella la mia intenzione quando avevo iniziato gli studi, ma cosa potevo farci? Ero spesso demoralizzato e andavo a parlare con Ge Ren, in via Qingyun dove insegnava. Poi andavamo a casa sua in via Moulmein a bere qualcosa. Un giorno lo trovai che faceva i bagagli, stava per partire. Non ci fu bisogno di dire nulla, sapevo che stava andando al Soviet di Dahuangshan, ne avevamo parlato varie volte. Era già malato di tubercolosi e avrebbe dovuto prendersi cura di se stesso, ma lui non era tipo da starsene con le mani in mano. Anche Lu Xun gliel'aveva sconsigliato ma non c'era stato niente da fare. Avrai sentito parlare di Lu Xun, no? Lo scrittore che si era innamorato della studentessa? Certo, lei si chiamava Xu Guangping. Somigliava a Maggie Cheung? Beh, in effetti, aveva le stesse palpebre senza piega, sempre leggermente gonfie.

La sera della cena di addio, Ge Ren provò a convincermi a fare il grande salto. Disse che al Soviet avevano bisogno di uomini, era il momento giusto per cambiare il mondo. Quella sera lo invitai al cinema, il film mi pare si chiamasse *Animal world*[306]. No, non era il documentario di Zhang Zhongxiang, era una pellicola prodotta a Hollywood. Al cinema incontrammo Lu Xun. Anche lui era un patito del genere (nel suo diario si legge: domenica primo luglio 1934, di notte è caduto il nevischio, la giornata è ventosa... sono andato al Gran Theatre di Shanghai a vedere il film *Animal World*). Quella volta

306 Si tratta del documentario *Ubangi* (il titolo in cinese è stato modificato) ed è il diario della spedizione di un gruppo di esploratori nel Congo Belga, girato nel 1931.

c'era anche Bingying, appena vide Lu Xun gli chiese perché non aveva portato Xu Guangping, avevano litigato? Ok, ora che ci faccio caso, tu assomigli molto a Bingying, gli occhi, le sopracciglia, il naso, quando ridi sembri proprio lei. Bingying possedeva una bellezza straordinaria. Nel *Sogno della Camera rossa* Jia Baoyu divide le donne in due categorie, le fanciulle e le comari. Beh, Bingying sarebbe rimasta una fanciulla per tutta la vita. Quando uscimmo dal cinema, Ge Ren mi invitò a prendere un caffè. Disse: "Il vero mondo animale è Shanghai, andiamo ai grandi magazzini Nuovo Mondo a farci un giro". Ma scherzi? A Shanghai ero attorniato da creature deliziose, mi dedicavo agli studi notturni con bellezze profumate al mio fianco, guadagnavo, andavo al cinema, bevevo il caffè, insomma avevo tutto, i vantaggi della civiltà spirituale e di quella materiale. Mi spieghi cosa andavo a fare a Dahuangshan, tra monti desolati e acque malsane?

Se non fosse accaduto qualcosa che mi fece cambiare idea, la faccenda sarebbe finita lì. Poi nella mia vita ci fu una svolta epocale. Durante l'estate, come decine di migliaia di shanghaiesi, anch'io mi ero innamorato perdutamente di Ruan Lingyu, la diva del cinema. Lei era distaccata e malinconica, molto diversa da Butterfly Wu, che una femmina elegante e raffinata. Ruan Lingyu era la primadonna della Lianhua Film Company, la beniamina del pubblico. Signorina, sei troppo gentile, io non avevo prestigio né denaro, come avrebbe potuto invaghirsi di me? Il mio era un amore non corrisposto. Ero andato spesso sul set del film *Donne nuove* a guardarla recitare, e alla fine di ogni scena non mi aveva degnato di uno sguardo. Questo non era poi così fondamentale, perché lei faceva la sostenuta con tutti. Ho poi incontrato una donna che le somigliava come una goccia d'acqua. Lo stesso mento appuntito, gli occhi da fenice allungati e con le estremità leggermente rivolte all'insù, le sopracciglia sottili e arcuate come foglie di salice, anche lei portava i capelli in un'acconciatura vaporosa, e indossava *qipao* a piccoli fiori. Si lavava con le saponette inglesi Lux e aveva la pelle così soffice che, se la strizzavi, ne sarebbe stillata rugiada. Proprio così, possiamo dire che fosse un suo clone. Aveva un patrigno che le faceva le prepotenze ed era venuta a cercarmi perché voleva denunciarlo. A forza di incontrarci, fui sedotto dalla sua bellezza. Non ridere, non sono colorature è la pura verità, fu lei a fare il primo passo. Certo, se fossi stato io a prendere l'iniziativa, non ci sarebbe comunque stato niente di male. Come ha ben detto Hu Shi "quale gatto non va in calore, quale intellettuale non dispensa parole?"[307]. Disgraziatamente mia moglie venne a saperlo. Oh, nonna! Era una cagna dal naso fino. Da quel giorno casa mia divenne un gran pollaio, c'era continua canizza. L'esperienza mi ha insegnato che "la stabilità è prioritaria, il principio sovrastante ogni altra cosa"[308]. Ma anche con tutti i miei sforzi, la stabilità era ormai persa. Fuck! Se non potevo confrontarla, avrei potuto evitarla. Decisi di allontanarmi per un po' e tornare quando si calmavano le acque.

Secondo te, perché si dice: "se non esistono coincidenze, come possono nascere le storie?"[309]. Infatti, proprio allora, arrivò da Shanghai un certo Hu An. Era un mercante capitalista che si era arricchito con il commercio del tè, faceva affari sul mercato immobiliare a Hangzhou e Shanghai, insomma nuotava nell'oro. Aveva in braccio un cagnolino, mi disse che era un *shihtzu* e l'aveva portato dalla Francia. Se non ricordo male aveva un nome straniero, si chiamava Bastille ed era il cucciolo di un cane francese. Quell'uomo era il padre di Bingyin e il suocero di Ge Ren. Ah, ah, ah, quando ho detto che le assomigliavi ci sei rimasta male. Ora però sei

---

[307] Si dice che Hu Shi abbia fatto questa battuta con Chiang Kai-shek e con Zhou Enlai.

[308] Dal discorso *La stabilità* è una necessità pressante (1989) di Deng Xiaoping.

[309] Frase attribuita a Shi Nai'an, autore del romanzo *I Briganti*, quando per l'episodio della lotta di Wu Song contro la tigre fu ispirato ascoltando i cani del vicino che si azzannavano.

contenta? Hai capito che mi riferivo al fatto che siete entrambe figliole di famiglie abbienti. Proprio così, ti stavo facendo un complimento. Dopo la partenza di Ge Ren, Bingying ne sentiva la mancanza e aveva voluto seguirlo. Hu An era appena tornato dal Soviet dove aveva appena accompagnato figlia e nipotina. Quel luogo lo affascinava e avrebbe voluto tornarci. Gli chiesi: "Vecchio Hu, cosa ti spingerebbe a trasferirti?". Mi rispose che lì c'era la lotta, vibrante e quotidiana, non come a Shanghai o Hangzhou dove sembrava di vivere in una pozza di acque morte, un'esistenza priva di significato. Era tornato per vendere i suoi possedimenti e stabilirsi a Dahuangshan. Mi chiese se volevo andare con lui, altrimenti avrebbe avuto soltanto il cane a fargli compagnia. Mi stavo lasciando convincere, chiesi quanto sarebbe durato il viaggio. Più o meno un mese e lui avrebbe coperto tutte le spese. Proprio così, era venuto a chiamarmi perché voleva compagnia! Mi disse: "Informa tua moglie, non dirle che vai a Dahuangshan, ma che ti hanno chiamato a Nanjing per una causa". Ok, se non avesse tirato in ballo mia moglie sarei ancora stato in preda ai tentennamenti, ma sentirla nominare fugò in me qualsiasi dubbio residuo. Presto, andiamo subito! Sapevo che Ge Ren era malato di tubercolosi e, prima di partire, andai a comprare alcuni medicinali. In fin dei conti stavo andando a trovare un vecchio amico.

Si giungeva al borgo di Baibei attraverso un percorso segreto. Partendo da Shanghai si usciva da Wusongkou e si andava a sud fino a Hong Kong. Non avevo mai sofferto il mal di mare, ma quella volta chissà perché non smettevo di vomitare. A Hong Kong, un contatto nel partito comunista clandestino ci accompagnò sul traghetto che andava a Shatou, poi prendemmo il treno fino a Chaoan e una barca che risaliva il fiume Baiyun fino a Baibei. Fuck! Il viaggio fu irto di difficoltà, ci spostavamo di notte e di giorno ci nascondevamo sui monti per dormire. A Dapu il contatto locale vide Hu An con il cane in braccio, ci prese per spioni e per poco non ci fece fuori. Per fortuna per risparmiare le munizioni non sparò, mi diede un colpo con il calcio della rivoltella sulla nuca. E Hu An? Lui non svenne quindi poté spiegare, altrimenti ci avrebbero fatto a pezzetti. Quel periodo trascorso né da uomo né da fantasma fu per me insopportabile. Hu An invece se la godeva, adorava quella vita e avrebbe continuato a correre rischi per giorni e giorni. Fan Ye mi ha detto che tu sei come lui, ti piace fare *bungee jumping*, dici che è pura estasi. Ah, ah, in effetti anche Hu An stava inseguendo la sua esperienza mistica. Io mi pentii amaramente di quella decisione ma, una volta scoccata, la freccia non torna indietro. Dovetti stringere i denti e andare avanti. E, dopo quasi un mese di viaggio, quando finalmente arrivammo a Baibei avevo il viso tumefatto, i piedi pieni di vesciche nelle scarpe dalle suole consumate e mi avresti scambiato per l'Immortale scalzo[310].

---

[310] Si riferisce a Liu Cao, uno degli Otto immortali del taoismo portatori di prosperità e longevità.

& Itinerario di viaggio

Wan Guanzhao, il padre di Wan Quanshu fondatore della Lega dei consumatori Huawei, era uno dei contatti del partito comunista clandestino. Il suo nome in codice era Zhangshao, che significa “Mestolo”. Operava nella stazione di collegamento di Dapu, quella menzionata da Fan Jihuai. Era il nodo più importante del percorso. Zhou Enlai, Ye Jianying, Liu Shaoqi, Xiang Ying, Ren Bishi, Bo Gu, Zhang Wentian, Li De e tanti altri sono arrivati al Soviet per quella strada. Dopo il 1949, il compagno Wan Guanzhao era diventato il capo distretto nel suo paese di origine, nella provincia del Fujian. Durante la Rivoluzione culturale lo avevano trasferito in Jiangxi dove era stato promosso capo del comitato di partito regionale. Quando nel 1970 lui morì, suo figlio Wan Quanshu aveva soltanto sedici anni e lavorava nella brigata di produzione della comune popolare di Huangtang, a qualche decina di chilometri da Dapu. Wan Quanshu ci ha spiegato che la struttura piramidale della sua compagnia imitava l’organizzazione della rete di contatti del partito comunista clandestino: i collegamenti si svolgevano in verticale, conoscevi soltanto i compagni al di sopra e al di sotto di te nella catena. La dirigenza della compagnia è formata da trenta membri, lo stesso numero di contatti che componevano il gruppo della stazione di Dapu. Ovviamente, c’è una differenza di fondo: l’obiettivo di Wan Guanzhao e dei suoi compagni era la creazione di un governo rosso, Wan Quanshu e gli altri membri volevano fare soldi a palate e andare a goderseli in un paradiso fiscale, ma prima che ci riuscissero sono stati consegnati alla giustizia.

Non sappiamo se Wan Guanzhao abbia menzionato al figlio la storia di Ge Ren e di Fan Jihuai. Ma, visto che Dapu era il nodo più importante della rete, è assolutamente plausibile che Ge Ren, Hu An, Bingying, Candou e Fan Jihuai siano passati di lì per andare al Soviet. Ho personalmente seguito le loro orme per scrivere questo libro, nel mio viaggio da Dapu a Baibei ho attraversato Qingxi, Yongding, Raoping, Tingzhou, Gucheng, Ruijin, Yanglin, Xiaotang, Shangzhuang. Dopo mezzo secolo rimane comunque un percorso accidentato e difficile, costellato di buche e immerso nel fango, ma questo non mi stupisce affatto. Ciò che invece mi sorprende è che nonostante la Lega dei consumatori Huawei sia stata messa fuorilegge, a ogni tappa trovavo sempre qualcuno che voleva convincermi a comprare confezioni di grasso di foca dell'Alaska.

@ La prima notte

Finalmente arrivammo a Dahuangshan ma non incontrai subito Ge Ren, che era a Ruijin per una riunione. Hu An mi portò a conoscere un'altra persona, era Tian Han che si occupava della registrazione dei nuovi arrivati. Aveva sentito dire che ero amico di Ge Ren e mi accolse con grande cordialità. E altrettanto cordialmente mi fece il terzo grado. Volle sapere dove ero nato, da dove arrivavo e perché ero lì. Io raccontai la verità e chiesi notizie di Bingying. Volle sapere se la conoscevo bene. Risposi che era una vecchia amica. Mi disse che insegnava alla Scuola di teatro Gorkij[311] e si esibiva per i villaggi con la compagnia Cuore a cuore.

Signorina, visto che parliamo della compagnia Cuore a cuore, aggiungerò un dettaglio. Lo scorso anno ho incontrato Donnina rossa e sua nipote Rossa donnina. Conosci Donnina rossa? Come? Quella che sembra Deng Lijun?[312] Beh, in effetti ora che mi ci fai pensare, le somiglia sul serio. Anche la sua troupe si chiama Cuore a cuore, e insiste a dire che quel nome è una sua invenzione. Come si può mentire con tale sfacciataggine? Non ti ho appena detto che la compagnia di

---

311 Fondata dall'Associazione drammatica nel Soviet di Jiangxi nel 1933, era sotto la giurisdizione del Dipartimento politico dell'Armata rossa.

312 Cantante taiwanese, conosciuta in Occidente come Teresa Teng (1953-1995), fu definita la "regina della musica asiatica", le sue melodie romantiche hanno segnato in Cina un momento di rottura con la stoica tradizione rivoluzionaria. *La luna parla per il mio cuore* fu il primo motivo diffuso nel 1977 nella Cina popolare.

Bingying si chiamava Cuore a cuore? Ci vuole proprio una gran faccia tosta! Io sono una persona a modo e non l'ho mai svergognata in pubblico. A dir la verità, tra le due preferisco la nipote. Certo, all'inizio si era messa sulla cattiva strada, era diventata la concubina di un contrabbandiere. Poi l'hanno arrestato e lei è venuta a cercarmi, voleva intercedessi per suo conto e l'aiutassi a farlo uscire. Io l'ho sgridata duramente e l'ho anche insultata. Come sai "si picchia per affetto e chi insulta ama". Allora si è fatta coraggio e ha tagliato i ponti con quell'uomo. Signorina, se ti va di sentirla cantare a cappella, le faccio un colpo di telefono. E se prova a rifiutarsi vado lì e la prendo a sculacciate.

Ok, lasciamo stare e torniamo a Bingying. Chiesi a Tian Han se avevano un palco. Mi rispose: "Certo, ovunque ci sia un'altura costruiremo un palcoscenico". Gli spettacoli si svolgevano all'aperto, Tian Han disse che Bingying interpretava una ragazza cieca nell'opera *Troveremo il modo di ottenere la vittoria*. Commentai che era un peccato far recitare la parte di una cieca a una con occhi grandi e brillanti come i suoi. I ciechi non appartenevano forse alle masse popolari? Con quella frase mi rimise subito in riga. Per Hu An non era affatto un problema. Appena sentì che la figlia aveva ripreso la sua attività di attrice si entusiasmò e mi avrebbe mollato lì all'istante per correre a vederla. Ma Tian Han non disse dove si sarebbe svolto lo spettacolo e quindi tutta quell'eccitazione andò sprecata. Poi Tian Han indicò il cane che portava in braccio e gli disse: "Non sono che poche once di ciccia, che l'hai portato a fare?". "È per far giocare la mia nipotina, anzi dov'è?". "Si lamenta sempre che vuole mangiare la carne, Ge Ren l'ha portata con sé alla riunione."

No, noi due non abitavamo insieme. Hu An si sistemò in casa di Ge Ren, Tian Han mi condusse a Shangzhuan, nei pressi della ferrovia. Arrivammo a un cortile, nel centro del villaggio. Mi disse: "Per stanotte adattati a dormire qui, quando tornerà Ge Ren ti restituirò a lui". C'era una chiesetta che dicevano fosse stata costruita dagli stranieri, le immagini sacre erano state ridotte in frammenti non più grandi di un mattone. Tian Han chiese a un paio di uomini di prendersi cura di me e si congedò. Uno di loro era Zhao Yaoqing, ricordavo di averlo incontrato a Shanghai, Ge Ren lo chiamava Aqing. Era sempre dietro a Ge Ren, manco fosse stato la sua coda. Pensai che Tian Han lo aveva lasciato con me perché voleva controllare se in effetti ero amico di Ge Ren. Fuck! Capii così che non si fidava affatto di Hu An. Aqing mi portò un bacile d'acqua per lavarmi i piedi. Sul fondo c'erano ancora dei rimasugli di pasta, gli dissi che doveva essersi sbagliato. Lui insistette che non c'era alcun errore, era multi uso e andava bene per tutto, per lavarsi il viso e i piedi, per impastare la farina, lo riempivano di liquore, ci facevano bollire il riso. Quando sentii che ci avrebbero cotto dentro il riso, ritirai i piedi. Aqing scoppiò in una gran risata e disse che, se non la volevo, l'avrebbe usata lui. Ma alla fine non lo fece. Ok! Era un uomo intelligente e sapeva come comportarsi. L'acqua era per i miei piedi e, piuttosto si gettava, ma lui non poteva usarla.

Il bacile ricolmo rimase vicino al mio letto e quella notte la luna piena vi si rifletté come in un sogno. Mi addormentai, ma mi risvegliai subito dopo. "Devo liberarmi." No, non intendo adesso. Sto spiegando perché mi ero svegliato. Sentii qualcuno che cantava, la musica si stava avvicinando. Erano i militi che tornavano dal fronte. Cantavano *La disciplina dell'Armata rossa*[313], *Rompiamo il guscio alle tartarughe nemiche*. Ottime canzoni, sane e edificanti, che riempiono il cuore di entusiasmo. Era la prima volta che le sentivo, la mia impellenza mi impediva però di concentrarmi sulle parole.

---

313 L'inno composto nel 1935, enuncia le tre regole e gli otto punti di attenzione emessi nel 1928: obbedire agli ordini; non rubare nulla al popolo, neanche un filo o un ago; consegnare alle autorità i beni confiscati ai ricchi; esprimersi cortesemente; pagare equamente per ciò che si acquista; restituire quello che è stato preso in prestito; riparare i danni causati; non spaventare e non insultare la gente; non rovinare i raccolti; non insidiare le donne; non maltrattare i prigionieri.

Avevo bisogno di uscire, tirai e spinsi la porta, la scossi ma non si apriva. Hai indovinato, signorina, Aqing mi aveva chiuso dentro e stava fuori di guardia. Gli urlai di aprirmi che me la stavo facendo sotto, mi rispose di farla nel bacile. Per la rabbia battevo i piedi a terra, gli dissi che non ci sarei mai riuscito. Lo sentii correre via. Indovina dove era andato? Non hai idea? A chiedere istruzioni. Quando finalmente tornò indietro a comunicarmele, mi era quasi scoppiata la vescica. Fortuna che all'epoca ero giovane e non avevo problemi di prostata come adesso, altrimenti mi sarei pisciato addosso.

"Seguimi, prego", mi disse. Mi accompagnò vicino a un muro, indicò un albero: "Fai pure". Udii dall'altra parte qualcuno che piangeva e si lamentava, lo stavano torturando. Aqing spiegò che erano "briganti bianchi", dopo essere stati catturati si erano arruolati nell'Armata rossa, ma erano bastati due giorni di battaglia per indurli a darsela a gambe. Signorina, probabilmente non sai che ci si lamenta sempre nel proprio dialetto. Uno di loro veniva dalle mie parti. Che orrore, mi misi a tremare come una foglia, era come se al suo posto ci fossi io. Alcuni giorni dopo, Aqing mi confessò di avermi portato vicino al muro proprio per quello, stava picchiando sulla montagna per scuotere la tigre, era un avvertimento. A essere onesti, mi distrassi quasi subito, il canto dei soldati vittoriosi dell'Armata rossa soffocò i lamenti. Avevano acceso un falò poco lontano e si erano messi a cantare e a ballare. Come dire, qui cadevano le teste e là si facevano le feste. I visi tinti di rosso dal fuoco sembravano di ferro incandescente, ricordavano le nuvole ai bordi del cielo infiammate dall'incendio del tramonto. Accompagnato dai loro canti di giubilo feci ritorno alla chiesetta. Mi precedeva la mia ombra che tremolava senza posa, scossa dal fuoco del falò si allungava sempre di più, ebbi la sensazione che non ne sarei mai venuto fuori. Quando finalmente arrivai alla chiesa, una sagoma nera sbucò dalle tenebre facendomi fare un salto per lo spavento. Correva verso il falò portando il bacile, il profumo del liquore mi disse che ora era stato adibito a un altro scopo, sarebbe servito per celebrare il valore rivoluzionario.

& La compagnia teatrale

Il vecchio Fan si è confuso, la compagnia di Bingying non si chiamava Cuore a cuore ma Compagnia del Soviet centrale[314]. Certo, aveva molti punti in comune con quella che poi fu fondata da Donnina rossa. Per esempio, organizzavano entrambe spettacoli itineranti per propagandare le direttive del Partito e rafforzare i rapporti tra i quadri e le masse. Vorrei anche specificare che lo spettacolo di Bingying non si chiamava *Troveremo il modo di ottenere la vittoria* ma *Vinceremo a ogni costo*. A questo proposito, Anthony Twaithe in *Bellezze in tempi di caos* racconta:

Nel ricordare la sua vita nel Soviet, lo sguardo di Bingying attraversava la spessa nebbia del tempo fino ad arrivare a un'aia dove, tra densi sbuffi di polvere, si stava trebbiando il granoturco. Era stato il suo primo palcoscenico. Mi disse che l'opera si chiamava Vinceremo a ogni costo. *"A ogni costo" significava che non sarebbe stato risparmiato alcun mezzo per raggiungere l'obiettivo, uno dei dogmi centrali all'etica rivoluzionaria. Raccontava la storia di un bambino di non più di dieci anni e della sua sorella cieca che, nonostante le torture dei cosiddetti "soldati bianchi" o "briganti bianchi" del Kuomintang, serbavano il segreto e si facevano uccidere senza rivelare le posizioni dell'Armata rossa. Bingying che recitava la sorella cieca, ricordò: "Le fruste dei soldati bianchi non ci*

---

314 Fondata nel 1932 come Troupe del Primo agosto, poi divenne la Compagnia degli operai e dei contadini. Le attività culturali erano coordinate da Qu Qiubai nel suo ruolo di Commissario per la cultura e l'istruzione del Soviet centrale.

colpivano sul serio, ma nello sguardo del piccolo attore scorsi un autentico terrore. Poi mi resi conto che se l'era fatta nei pantaloni". Quello che recitava la parte del soldato bianco nella vita reale era un boia, per la precisione faceva parte del plotone d'esecuzione dell'Armata rossa. La sua recitazione, estremamente realistica, puntualmente infiammava gli animi del pubblico e li riempiva di indignazione. Spesso era dovuto sgattaiolare via di nascosto tra le urla di "ammazza il brigante bianco". Appena emergeva sullo spiazzo dove si svolgeva lo spettacolo, i suoi lo attorniavano per proteggerlo, sapevano che sarebbe bastato il minimo ritardo per esporlo alla folla in tumulto che lo avrebbe trucidato senza pietà.

Bingying ricordava che, a differenza del brigante bianco che se la dava a gambe coperto di vergogna, al termine di ogni rappresentazione il piccolo attore veniva circondato affettuosamente dal pubblico. Gli portavano quel poco cibo che avevano, chi offriva una patata dolce chi una castagna d'acqua, e ben presto i suoi genitori si arricchirono. Poi scoppiò la tragedia: un giorno furono uccisi come possidenti e la loro casa fu saccheggiata. La Storia è sempre più interessante di qualsiasi opera teatrale. Chi avrebbe immaginato che, molti anni dopo, il bambino che recitava l'orfanello, dopo una serie di operazioni di chirurgia plastica – questa potrebbe essere una moderna versione di Vinceremo a ogni costo *– diventasse uno dei più celebri attori caratteristi cinesi, specializzato nell'interpretazione del ruolo di Mao Zedong. Diceva anche di essere il neonato che il presidente Mao aveva perduto durante la Lunga marcia*[315]*. Ci fu tuttavia chi puntualizzò che la sua età non corrispondeva a quella del figlio disperso di Mao…*

Nelle note che Anthony Twaithe aggiunse a posteriori, trovai un riferimento a un articolo della sezione ricreativa del *Giornale della sera del Fiume Giallo* del 26 dicembre del 1992, che parla dell'attore caratterista. Lavorava al nero in varie ricostruzioni storiche e spesso partecipava agli spettacoli della compagnia Cuore a cuore di Donnina rossa. Ovviamente,

[315] Nel 1934, prima di iniziare la Lunga marcia, Mao Zedong e He Zizhen lasciarono il figlio Maomao con il fratello minore di Mao Zedong che lo diede in custodia a una famiglia di contadini e in seguito fu ucciso senza rivelarne il nascondiglio.

in entrambi i casi il suo stile di recitazione era praticamente identico. Nell'articolo si descrive una rappresentazione che si svolse al borgo di Hulu, tra Erligang e Chaoyangpo:

Quando con le mani dietro la schiena emerse da dietro le quinte, in sottofondo risuonava L'Oriente è rosso. *Secondo il contratto stipulato con l'impresario, sarebbe dovuto rimanere sul palco per almeno cinque minuti. Procedendo flemmatico impiegò un minuto per arrivare al centro del palcoscenico, poi concesse al pubblico un altro minuto per applaudire. Agitava la mano e salutava il popolo imitando l'accento di Shaoshan*[316]*. Il giornalista notò che, durante le rappresentazioni della compagnia Cuore a cuore e in quello spettacolo a cui partecipava come secondo lavoro, il discorso non cambiava di una virgola: "Populi, ye ve saluti, molto mi site mancati. Vu site li veri eroi, soli lu populi scrivette lu Stori. Tanto che non ci vedessimo, vivite bene e questo mi rallegra lu cori. Però adesso faciteme andari che Marx fa l'appello e, si nun me trovassi, me donghi bastunari". Il discorso durava due minuti e mezzo. Poi gli serviva un altro minuto per ritirarsi lentamente dalle scene, lasciando indubbiamente una profonda impressione nel pubblico. Infine trascorreva l'ultima mezz'ora del suo tempo a contare il cospicuo compenso e concordare con l'impresario i dettagli dell'apparizione successiva.*

Dopo lo spettacolo, una parte degli attori che non pagavano le tasse furono trattenuti dall'ufficio delle imposte. Quando il giornalista lo venne a sapere, corse al loro albergo Fascino del Fiume giallo. In corridoio incontrò la nota attrice Rossa donnina. Come tutti sanno, la sua interpretazione della nuova versione di Chaoyangpo *era stata accolta con grande entusiasmo dal pubblico. Gli esattori avevano confermato che lei era a posto con i versamenti. La sua integrità morale e professionale aveva sempre suscitato la loro più profonda ammirazione. Rossa donnina condusse il giornalista alla stanza dell'attore caratterista. Lo trovarono che se la prendeva con la cameriera perché l'impianto di riscaldamento emetteva un ronzio incessante. Rossa donnina fece le presentazioni e l'attore fu felice di essere intervistato. Nella seconda parte del colloquio, il giornalista provò a porgli*

[316] Nella provincia dello Hunan, paese natale di Mao Zedong.

una domanda delicata, era una diceria che aveva fatto notevole scalpore: cioè se realmente fosse il figlio che Mao Zedong aveva perduto durante la Lunga marcia. Esattamente nello stesso atteggiamento che si vede nei film a carattere biografico sulla vita di Mao, l'attore accavallò le gambe e, fumando una sigaretta, rispose: "Certo che sì, ho prove a sufficienza". Il giornalista gli mostrò un rapporto in cui si diceva che il bambino era nato durante la marcia, ma la sua partecipazione alle rappresentazioni di Vinceremo a ogni costo *insieme a Bingying e Hu An risaliva a tempi antecedenti. Allora l'attore sbottò: "La minoranza è sempre subordinata alla maggioranza. In molti ritengono che io lo sia, perciò lo sono. Non posso violare il principio del centralismo democratico"*[317].

Nella foga si era dimenticato di imitare la cadenza dialettale di Mao. Il giornalista avrebbe anche voluto chiedere se quella che definiva "maggioranza" comprendeva anche coloro che applaudivano sotto il palco ma non fece in tempo perché l'attore lo sbatté fuori dalla stanza. Con uno schianto, la porta si richiuse dietro le sue spalle. Fuori dall'albergo, Rossa donnina gli fece le sue scuse per la scortesia dell'uomo, avrebbe riportato l'incidente a sua nonna l'attrice Donnina rossa, chiedendole di intensificare il lavoro ideologico sul personale della compagnia. Il giornalista la ringraziò sentitamente, se tutti avessero avuto la sua integrità morale e professionale, il giardino dei cento fiori delle arti sarebbe indubbiamente in pieno rigoglio!

Vorrei qui citare la nuova versione della nota melodia *A Chaoyangpo mai si calma il vento né si quietano le onde* interpretata da Rossa donnina:

A Chaoyangpo mai si calma il vento né si quietano le onde,
in allerta anche in tempo di stabilità, orecchie tese alle dicerie
prima della riforma, il vecchio potere era radicato nel profondo
la schiena rivolta al cielo e la fronte alla terra gialla
oggi l'economia di mercato canta a gola spiegata

---

[317] Dal discorso *Il ruolo del Partito comunista cinese nella guerra nazionale* (1938) di Mao Zedong.

operai, contadini e mercanti mano nella mano corrono verso la prosperità moderata e il benessere
mentre il mondo è avvolto nella nebbia, i cuori rossi sono uniti nella lotta
fratelli contadini, studiate diligenti la scienza e la tecnologia
voci e calunnie non intralceranno la corsa verso la ricchezza
compagni se aprite gli occhi, le vecchie abitudini non torneranno
anche in primavera, fate attenzione al gelo e alla brina
dopo la vittoria, procedete in avanti, la lotta di classe continua
mio amato Partito, Partito caro, sei come il cipresso e il pino
radici profonde, ampie chiome, sempreverde per millenni
portiamo le tue parole incise nel cuore
a Chaoyangpo ci ergiamo maestosi, senza mai appassire

Della rappresentazione di Hu An, che condivise il palco con colui che poi diventò l'attore caratterista, il vecchio Fan parlerà più tardi.

@ Ge Ren mi consigliò di andarmene

Il giorno seguente incontrai Ge Ren. Arrivò a Shangzhuang in sella a un cavallo grigio che aveva chiamato Cenerino. Quando lo vidi feci un salto di sorpresa, pensai di avere le traveggole, il fragile uomo di lettere in sella a un destriero? Ma chi altri avrebbe potuto essere? Non sembrava affatto malato di polmoni. La rivoluzione ha questo pregio, riesce a farti dimenticare i tuoi mali, te stesso e tutto il resto. Lo osservai con attenzione, mi sembrò proprio che la sua salute fosse migliorata. Mi ero caricato tutte quelle medicine inutilmente. Lui però subito mi stupì: ci eravamo appena incontrati ed ecco che già mi diceva di andar via, dovevo andarmene subito! Strano, molto strano, prima sei stato tu a dirmi di venire, ora che sono qui vuoi mandarmi via? Non mi ci raccapezzavo, pensai mi stesse mettendo alla prova. Ma poi sentii che insisteva: "Fratello Fan, questo luogo non fa per te. Devi allontanarti all'istante". Mostrandogli i miei piedi coperti di vesciche, gli chiesi: "Potrei almeno avere un attimo per riprendere fiato?". "E va bene, ti lascio riposare per un paio di giorni, poi però te ne vai."

La sera stessa organizzò una cena di benvenuto in casa sua. In quell'occasione mi spronò di nuovo a lasciare il Soviet. Gliene chiesi il motivo. La situazione al fronte era sempre più tesa e temeva di non riuscire a garantire la mia sicurezza. Anche Bingying era presente, era appena tornata da un luogo chiamato Xiaotang. Mentre noi due chiacchieravamo lei giocava con la figlia. Poi intervenne ribadendo lo stesso concetto. Aveva la voce leggermente roca, dopo la rappresentazione. C'era anche un giovane vestito in maniera ricercata, un tipo taciturno, pareva uno studioso. Non diceva nulla, se ne stava da un lato a fumare una sigaretta dopo l'altra, pareva una ciminiera. Vidi che Ge Ren gliene chiedeva una. Evidentemente si conoscevano bene. Poi Ge Ren me lo presentò e seppi che si chiamava Yang Fengliang, era stato uno dei luogotenenti del generale Cai Tingkai e si era appena arruolato nell'Armata rossa. Quando ci conoscemmo meglio, mi spiegò che erano stati il macroclima e il microclima a spingerlo a rimanere. Il macroclima era la rivoluzione e il microclima l'amore. Si era messo insieme a una del posto. Era una donna molto speciale, conosceva la cerimonia del tè, sapeva cantare l'opera, suonava il *qin*, il violino cinese, era anche molto sexy. Oh, nonna! Sotto la pettorina rossa, i seni che ricordavano due oranges[318] si stagliavano turgidi con le punte verso l'alto. Una volta ero andato a sentirla cantare. Il suo pezzo forte era *Canto dei fiori*[319]. Non la conosci? Ma sì, quella che ha poi ispirato *Fior di gelsomino*: "Oh, che bel fior di gelsomino, mio splendido gelsomino, più di te non profuma neppure un intero giardino". Ok? Niente male come voce, eh?

Proprio così, se non fosse stato per la sua donna "Canto dei fiori", Yang Fengliang non sarebbe rimasto a Baibei. Da ciò si può dedurre la particolare importanza che riveste la produzione artistica e letteraria nel costrutto ideologico e nella sovrastruttura sociale. Eh, cantava proprio bene, ogni sua esibizione ti solleticava il cuore, ti scioglieva le ossa. Poi andai a Chongqing, la capitale temporanea, e scoprii che tutte le prostitute conoscevano *Canto dei fiori*. Yang Fengliang una volta mi disse vantandosi che era stato lui a portare la

---

[318] In inglese nell'originale.

[319] Canzone conosciuta nel distretto di Luhe (Nanchino) a partire dalla dinastia Song meridionale. Nel 1942 il giovane artista He Fang al seguito della Compagnia d'arte della Nuova IV Armata ne trascrisse il motivo adattandolo come *Fior di gelsomino*, che fu interpretata per la prima volta a Pechino nel 1957.

canzone a Chongqing, una scintilla può dar fuoco all'intera prateria[320]. Persino quelli che vendevano i ravioli in brodo per strada la sapevano cantare. Nel Juntong la migliore interpretazione era quella di Dai Li. Aveva una voce potente, un'ottava più alta degli altri. Un anno alla festa di Natale per rafforzare i legami tra i quadri e le masse, lui la cantò per noi. Stringendo la gola, imitava il timbro femminile cantando in falsetto e quando arrivò a "rose in boccio grandi come ciotole. La tua schiava vorrebbe tanto coglierne un fascio, ma temo che mi pungeranno" atteggiò anche le dita a *lanhua*, il fiore di orchidea, come fanno gli attori dell'opera di Pechino[321]. Non ridere, la sua orchidea era decisamente più bella di questa, forse gliel'aveva insegnata Butterfly Wu. Ho già detto che era una donna di gran fascino, elegante e raffinata, tutti erano innamorati di lei. Era l'amante di padron Dai. Come l'attrice Ruan Lingyu, l'oggetto dei miei sogni, anche lei era spesso ritratta nelle pubblicità sui calendari.

Di cosa stavo parlando? Giusto, eravamo su Yang Fengliang. Quando Ge Ren ci presentò aggiunse che lui era incaricato di organizzare la mia partenza, avrei avuto una protezione lungo tutta la strada. Gli chiesi ancora una volta perché voleva mandarmi via, temeva diventassi un peso per lui? Non rispose. Alcuni giorni dopo scoprii che voleva salvarmi la vita. Il governo del Kuomintang stava intensificando la campagna di accerchiamento e di annientamento del Soviet e l'Armata rossa era impegnata nell'eliminazione dei controrivoluzionari. Uno che veniva da fuori come me sarebbe stato visto male su entrambi i fronti. Lui lo stava facendo in nome della nostra antica amicizia. Ora però l'assedio si stava stringendo come

---

[320] Dalla lettera di Mao Zedong *Una scintilla può dar fuoco all'intera prateria* (1930) indirizzata a Lin Biao.

[321] La gestualità delle mani è parte integrante della formazione di un attore di opera di Pechino. Ogni segno racchiude un significato codificato, possiede una valenza semantica ed energetica. L'attore Mei Lanfang ne sviluppò e utilizzò oltre 53 tipi nelle sue interpretazioni.

il cerchio attorno alla botte, come avrei potuto fuggire? Era probabile che, prima che fossi riuscito a lasciare Dahuangshan mi avrebbero mandato a trovare Marx. Se le cose stavano in quel modo, mi conveniva attraversare il fiume tastando le pietre[322], a passo cauto. Per il momento rimasi dov'ero.

---

[322] Una delle tre teorie del primo periodo delle riforme economiche, insieme a quella "del gatto" e "del non-dibattito" ha contribuito alla concettualizzazione e alla diffusione della politica di apertura. La teoria del non-dibattito fu elaborata da Deng Xiaoping per arginare la polemica rivolta a stabilire se le riforme appartenevano alla "famiglia She" (alla tendenza capitalista) oppure "alla famiglia Zi" (alla tendenza socialista).

& Oh, bel fior di gelsomino

Mentre stavo rileggendo questa parte della testimonianza, continuava a risuonarmi all'orecchio la nota melodia del *Canto dei fiori*. Non posso fare a meno di pensare che se Yang Fengliang non avesse incontrato quella donna, se lei avesse cantato un'altra melodia, questo libro probabilmente avrebbe avuto bisogno di essere riscritto di sana pianta.

Prima di parlare della canzone, vorrei descrivere i rapporti tra Ge Ren e Yang Fengliang. Secondo i ricordi di Bingying, Ge Ren conosceva l'esistenza di Yang Fengliang dall'inizio del 1932. Come tutti sanno, il 28 gennaio di quell'anno, la diciannovesima armata comandata da Cai Tingkai aveva incrociato il fuoco con i giapponesi nel distretto di Zhabei a Shanghai, provocando quello che è storicamente noto come "l'incidente di Shanghai". La battaglia durò oltre un mese e nel frattempo si svolgevano i negoziati. Yang Fengliang faceva parte del gruppo dei negoziatori cinesi. Per risolvere alcuni problemi di traduzione, Yang Fengliang aveva mandato qualcuno a via Moulmein a parlare con Ge Ren. Quella volta però non si erano incontrati e, dopo la fine degli scontri, Yang Fengliang era tornato nella provincia del Fujian insieme a Cai Tingkai.

Nel 1933, Cai Tingkai dal Fujian aveva ripreso le attività di resistenza al Giappone e di insubordinazione contro Chiang Kai-shek, aveva proclamato la fondazione di una nuova Repubblica cinese con capitale a Fuzhou, abbandonando la bandiera con il sole bianco in campo blu e adottandone una nuova in cui una stella a cinque punte di stile sovietico campeggiava su uno sfondo rosso nella parte superiore e blu nella parte inferiore[323]. Fu così dichiarato l'inizio della prima Repubblica cinese. In Cina si stava ripetendo la storica situazione dei "Tre Regni come piedi del tripode"[324]: la coesistenza della Repubblica di Cina, della Repubblica cinese e della Repubblica del Soviet cinese. E, come in passato Sun Quan e Liu Bei si erano alleati contro Cao Cao, ora gli altri due "regni" lottavano insieme contro il governo della Repubblica di Cina. In conformità con il sesto articolo della *Bozza di accordo tra la Repubblica del Soviet cinese con l'Armata rossa degli operai e dei contadini e il Governo popolare rivoluzionario del Fujian con l'Esercito popolare rivoluzionario, entrambi uniti nella lotta contro il Giappone e contro Chiang Kai-shek*, le parti tramite un ambasciatore si incontrarono a Ruijin: la Repubblica del Soviet cinese designò Pan Hannian e il Governo popolare del Fujian mandò il suo inviato Yin Shizhong. Yang Fengliang partecipò come assistente dell'ambasciatore Yin Shizhong, cioè l'equivalente di un odierno addetto diplomatico.

Fu così che incontrò la donna che "conosceva la cerimonia del tè e cantava l'opera". Il signor Sun Guozhang mi descrisse quell'episodio in un'intervista:

Noi del Minnan, il Fujian meridionale, non rinunciamo mai a una buona tazza di tè. Yang Fengliang in gioventù era stato un diplomatico e spesso frequentava le sale da tè. Una volta mi raccontò che a Ruijin c'era un locale gestito dalla famiglia Tao, dove si vendeva l'oolong, che noi del Fujian prediligiamo. Quando Ge Ren andò a Ruijin per partecipare alla riunione, lui e quella donna si incontrarono per la prima volta. Yang era in ottimi rapporti con la famiglia Tao. Subito dopo il locale fu requisito

---

323 Il rosso simboleggiava il proletariato, il blu i contadini e la stella era l'unione gloriosa del popolo produttivo. Il governo conosciuto con il nome completo di Governo popolare rivoluzionario della Repubblica di Cina, per distinguerlo dalla Repubblica di Cina di Chiang Kai-shek, durò dal 1933 al 1934.

324 Espressione usata per definire la situazione geopolitica durante il periodo del Tre Regni (220-280).

dal governo del Soviet, e i Tao tornarono a vivere a Baibei. Non appena ne ebbe la possibilità, Yang andò a cercarli. Il signor Tao era fuggito, o forse era morto, e in casa era rimasta soltanto la sua donna. Era originaria della zona di Jiangzhe, aveva una parlantina sciolta e sapeva cantare l'opera. Yang se ne infatuò pensando di aver trovato colei che lo avrebbe reso felice. Anni dopo tornò a Baibei prima di partecipare a un funerale.

Secondo quanto citato nella *Breve storia della canzone popolare* (Casa editrice Mangyuan, 1979), *Canto dei fiori* si diffuse inizialmente nelle zone di Luhe, Yizheng, Yangzhou del Jiangsu settentrionale, e nel sud di Tianchang, provincia dell'Anhui. Il signor Sun Guozhang ha detto che "quella donna" era originaria del Jiangzhe, possiamo quindi pensare che potrebbe essere stata lei a portare la canzone a Dahuangshan. In tal caso avrebbe un ruolo d'importanza storica nella diffusione della melodia. Di seguito se ne cita il testo come riportato nella *Breve storia della canzone popolare*. Lo stile civettuolo e provocante lo rende adatto alle case di piacere. Non ci sorprende quindi che il signor Fan all'epoca si sentisse "solleticare il cuore e sciogliere le ossa":

Che bel fiore di gelsomino, che bel fiore di gelsomino, non profuma più di te neppure un intero giardino.
La tua schiava vorrebbe coglierne un mazzolino, ma teme che poi nell'anno a venire non spuntino più germogli.
Che bel fiore di caprifoglio, che bel fiore di caprifoglio, di fiori a uncino è tutto un rigoglio.
La tua schiava vorrebbe coglierne un mazzetto, ma teme che chi ama i fiori la sgriderebbe.
Che belle rose, che belle rose, rose in boccio grandi come ciotole.
La tua schiava vorrebbe tanto coglierne un fascio, ma teme di pungersi con le spine.

Fior di gelsomino si diffuse successivamente come variante di *Canto dei fiori*. Ci sono due importanti differenze: il caprifoglio e la rosa diventano gelsomini; la "tua schiava" si è trasformata in “io”. Nell’anno 1957 *Fior di gelsomino* fu registrata nella nuova versione dalla Radio Centrale del Popolo e incisa su disco dalla Compagnia di registrazioni della Cina. Nel 1965 per la prima volta superò i confini del Paese per accompagnare una delegazione governativa che partecipava alla Conferenza di Bandung[325]. Poi continuò il suo viaggio deliziando il pubblico di Mosca, Budapest, Tirana, Varsavia, Pyongyang, L’Avana, Hanoi e Baghdad. Spesso in televisione mi è capitato di vedere spettacoli con arrangiamenti strumentali della melodia e balletti accompagnati da quella musica.

A mezzanotte del 30 giugno del 1997, stavo assistendo in tv alla cerimonia del passaggio di consegne del governo di Hong Kong, quando ascoltai ancora una volta *Fior di gelsomino* eseguita dall’Orchestra sinfonica dell’Esercito cinese. Fu l’ultima volta che ebbi sue notizie, poi ne persi completamente le tracce.

---

[325] Nel 1965 in realtà si svolse il decennale della Conferenza asiatico-africana di Bandung. La Cina comunista, rappresentata da Zhou Enlai, aveva preso posto per la prima volta nel 1955 accanto ai membri dei paesi non allineati dell’Asia e dell’Africa.

@ La morte di Hu An

Per il momento rimasi dov'ero, ma "all'eroe non era dato modo di dimostrare il suo valore"[326]. Dissi a Ge Ren che doveva mettermi all'opera altrimenti sarebbe stato uno spreco di talento, un vero peccato. Mi disse: "Ok, abbiamo bisogno di un insegnante di 'lingua nazionale'[327], per qualche giorno potresti occupartene tu". Non avevo mai pensato di fare il maestro. Poi ragionai, in fondo era parte della strategia di sviluppare il Paese attraverso scienza e istruzione[328], quindi acconsentii. "Va bene, in ogni caso è un modo per esservi utile". E così, protetto da Ge Ren, io un mezzo studente di legge impugnai la bacchetta del maestro. Giusto, proprio in quella che oggi si chiama la Scuola della speranza. In origine era un tempio del dio della terra, alla sua prima visita Hu An fece una donazione, lo restaurarono e lo ampliarono trasformandolo in una scuola. Gli studenti avevano varie

---

[326] Dallo *Specchio comprensivo per l'aiuto nel governo* di Sima Guang (1019-1086), storia annalistica che rompe la tradizione della forma quadripartita (annali imperiali, tavole genealogiche e cronologiche, biografie, monografie di argomenti vari) e supera i limiti dinastici.

[327] L'insediamento nello Shaanxi segna per i comunisti un radicale mutamento di vita e di abitudini. Non era necessario, per il momento, impegnarsi nella lotta armata, si procedette quindi a implementare un processo di alfabetizzazione delle masse, che avevano deposto i fucili per andare a scuola.

[328] Dalla *Decisione del Consiglio di Stato in relazione all'approfondimento della riforma del sistema di gestione per la scienza e tecnologia durante il nono piano quinquennale* (1995).

provenienze, alcuni erano già padri, altri portavano ancora i pantaloni aperti sul sedere. Nessuno si impegnava molto e io, in nome della rivoluzione, li redarguivo in continuazione. Ero un bravo insegnante, dall'aspetto sempre pulito e ordinato, e una studentessa si invaghì di me. Anche lei, come te, portava un fermaglio argentato tra i capelli. Era stato un mio regalo, lo avevo comprato il giorno che passai da Dapu, avrei voluto portarlo a mia moglie ma ora non sarebbe più stato necessario. Signorina, non ridere. La rivoluzione e l'amore sono fratelli gemelli[329], dall'antichità l'eroe non resiste alla bella donna[330] e lei soggiace al fascino dell'eroismo. Ok, tale e quale! Perciò dove c'è la rivoluzione nasce la passione. Ge Ren vedendomi felice e senza nostalgia di casa mi chiese se mi ero innamorato di quel luogo. Risposi: "Infatti, si sta meglio che a Shanghai". A Shanghai dovevo preoccuparmi tutti i giorni dell'umore di mia moglie, ora erano gli altri ad adeguarsi ai miei umori. Fuck! Pensavo di poter continuare in bellezza e invece, quando meno te lo aspetti scoppiano le guerre.

Durante l'estate di quell'anno Chiang Kai-shek ordinò al generale Tang Enbo di attaccare il Soviet. Chiang con quel gran senso dell'umorismo che si ritrovava, denominò la strategia bellica "attacco a pettine" anche se lui non aveva un capello in testa. Avrà voluto pettinare Mao Zedong? Signorina, in effetti non ci avevo pensato. È vero, Mao portava i capelli lunghi. Però, a quell'epoca non aveva ancora preso il comando del Soviet. La gestione ancora tendeva pericolosamente verso il deviazionismo di sinistra, il potere militare era nelle mani di Li De[331] e Mao Zedong per il momento era stato messo da parte. Certo che l'ho

---

329 Nella produzione artistica socialista, realismo rivoluzionario e romanticismo rivoluzionario, arte e propaganda marciano di pari passo.

330 Dal *Romanzo dei Tre Regni*. La Trappola della bella è uno dei trentasei stratagemmi.

331 Nome cinese di Otto Braun (1900-1974) rivoluzionario tedesco, agente del Comintern in Cina dal 1934 come consigliere militare durante la Guerra civile. Rimase fino al 1939 e partecipò alla Lunga marcia.

incontrato, veniva a Baibei insieme al compagno Qu Qiubai per parlare con Ge Ren. E siccome lo stavano tenendo alla larga dal governo, Mao era in preda alla frustrazione. Quando quei tre erano insieme discorrevano di ogni cosa. Un giorno Ge Ren mi chiese: "Sai perché riesco a parlare così bene con il compagno Qu Qiubai?". Non lo sapevo. "Abbiamo fatto esperienze molto simili. Tanto per dirne una, da piccoli avevamo persino lo stesso nomignolo 'Ashuang'." Ricordo chiaramente che una volta, mentre stavano discutendo sulla latinizzazione della lingua cinese, arrivò Mao Zedong. Gli esposero la loro idea: "I 'caratteri quadrati' sono troppo difficili ed è per questo che la popolazione ha un basso livello di alfabetizzazione. I nuovi uomini di cultura dovrebbero dare l'avvio allo studio del *pinyin*[332] tra le masse. Quando tutti utilizzeranno il *pinyin*, il livello culturale del popolo farà un grande balzo in avanti". Erano due intellettuali e, quando si mettevano a parlare era come "pulirsi il culo con una buccia di cocomero", non la finivano più. Mao Zedong gli disse: "Signori, lasciamo stare, l'acqua distante non allevia la sete presente.[333] Piuttosto disponiamoci a Porta di drago?" Cosa significa? Semplicemente "mettersi in cerchio a raccontare storie". Naturalmente lui voleva parlare del *Romanzo dei Tre Regni* oppure dei *Briganti*. Non per vantarmi, signorina, ma quelli come me che hanno conosciuto la prima generazione di dirigenti del Partito sono rari come le piume di fenice e i corni dell'unicorno. Ricordo che al tempo Mao era magro e flessuoso come un salice. O meglio, come un salice piangente, con quei capelli lunghi fino alle spalle. Insomma, a parte il neo sul mento, lui e il ritratto sulla banconota da cento *yuan* è come se fossero due persone diverse.

Proprio così, i capelli lunghi fino alle spalle. Non penserai mica che quelli di oggi siano stati i primi capelloni della Storia,

---

[332] Lo *Schema dell'alfabeto fonetico cinese* fu introdotto ufficialmente nel 1958.

[333] Dal *Sogno della Camera rossa*.

è stato Mao Zedong ha lanciare la moda. Certo, nella Bibbia si dice bene: "ciò che è stato sarà e ciò che si è fatto si rifarà, non c'è niente di nuovo sotto la luna"[334]. Tutto esiste già da tempo immemorabile. Una volta ho avuto una discussione con mia nipote Fan Ye. Era convinta che i cantanti rock rappresentino "l'uomo nuovo". Le ho risposto: "Col cavolo! Ora vorresti farmi credere che i ragazzi con le chiome lunghe e le ragazze con il taglio a spazzola che stanno stravaccati a Sanlitun sarebbero la nuova umanità? Se pensi che le donne in abiti maschili siano all'avanguardia come definiresti le vostre prozie, personaggi come Hua Mulan e Zhu Yingtai? E vogliamo parlare dell'abitudine di stare parcheggiati al bar? Beh, io ho pisciato più alcol di quanto voi ne abbiate bevuto, questo quindi mi qualificherebbe come uomo nuovo?". Fan Ye non si rassegnava, strepitava inferocita, dava manate sul tavolo e picchiava sulla panca, mi avrebbe volentieri accoppato. E, se vuoi sapere come la penso, anche in quel caso non sarebbe stata una donna nuova, semplicemente una "nuova criminale". Quel giorno mi ha detto che la sua filosofia di vita è "non attaccheremo se non saremo attaccati; se saremo attaccati, contrattaccheremo"[335]. A quel punto mi sono sganasciato dalle risate. Ma non stava citando il *Libretto rosso*? Da quando in qua sarebbe una nuova filosofia? Smettila di ridere, signorina. Lo so che siete buone amiche e lottate insieme nella stessa trincea. Se non ti trovi d'accordo (con la mia opinione) non m'importa, possiamo tranquillamente continuare a parlarne. "La pratica è l'unico criterio per stabilire la verità"[336]. Il dibattito non mi

---

334 Dalla *Bibbia* - Libro di Ecclesiaste 1:9, il verso è lievemente modificato sostituendo "luna" a "sole".

335 Dall'*Intervista con tre corrispondenti dell'Agenzia Centrale di Informazione, del Sao Tang Pao e del Hsin Min Pao* (1939) di Mao Zedong.

336 Articolo pubblicato nel 1978 sulla *Rivista della Scuola centrale del partito*, sosteneva la "liberazione del pensiero" e produsse un vivo dibattito e la convocazione di una Conferenza di lavoro del Comitato centrale in

fa paura, perché la verità è come lo stoppino della lampada, più l'allunghi e più brilla.

Ok, lasciamo perdere e torniamo al pettine di Chiang Kai-shek. Lui pettinava da sud-ovest verso nord-est, all'inizio la situazione era piena di nodi che poi hanno cominciato a sciogliersi. All'epoca il comando del Soviet era nelle mani di Otto Braun. A te piace il calcio? A me? Certo che sì. Quando sono all'estero, spesso vado alle partite. Negli ultimi due anni ho seguito con interesse i tornei professionali della squadra cinese. Per carità non sottovalutare questo sport, in un microcosmo rispecchia la Storia e l'attualità del Paese. Anche a te piace guardare le partite? Ottimo, così capirai di che parlo. Le cannonate della Rivoluzione d'Ottobre, ci portarono il marxismo-leninismo[337] e quelle della riforma e dell'apertura economica hanno preannunciato Bora Milutinovich. Proprio così, mi riferisco all'allenatore serbo della nazionale cinese, ma non intendo soffermarmi su di lui piuttosto vorrei usare l'esempio del club calcistico. Otto Braun era un allenatore straniero e, come tutti i forestieri, non conosceva la situazione locale. Mao Zedong a porte chiuse l'aveva già detto, si sarà anche diplomato a pieni voti in una delle "scuole Suvorov"[338] ma non è certo all'altezza dei nostri Song Jiang dell'Ottava armata della strada (in realtà, all'epoca era ancora l'Armata rossa). Nei *Briganti* il generale Song Jiang per tre volte lanciò l'attacco a Zhujiazhuang, a ogni passo lasciando il segno delle sue gesta. Ma Otto Braun non conosceva il carattere nazionale e, anche giocando in casa, continuava a regalare punti all'avversario. Il deviazionismo di sinistra è realmente

---

preparazione della Terza sessione plenaria dell'undicesimo Congresso del PCC.

[337] Dal *Discorso sulla dittatura democratica popolare* (1949) di Mao Zedong.

[338] Nome generico delle accademie militari russe. Otto Braun si diplomò nel 1932 presso l'Accademia Militare "M.V. Frunze". Fondata nel 1918, fu la principale istituzione di addestramento per gli ufficiali delle Forze armate sovietiche.

letale! Per lui i soldati dell'esercito del Kuomintang non erano che formiche, bastava tracciare una linea con la polvere di canfora per impedirgli di entrare. Perciò non si difendeva e contrattaccava, preferiva la strategia del calcio totale e, ogni volta che perdeva terreno, si lanciava in avanti alla disperata. Risultato: non era bravo ad attaccare, ma neanche a difendersi. Un mucchio di volte la nostra prima linea è rimasta schiacciata contro l'area di rigore. In questo modo, il nemico non solo conquistava una vittoria dopo l'altra, ma a noi capitava anche di farci qualche autogol, roba da prendersi a schiaffi da soli. I compagni commentavano che a Otto Braun bisognava sequestrare la canfora e sostituirla con il mentolo, almeno così si sarebbe dato una svegliata.

Ho sentito Tian Han che diceva: "Era una casamatta bella solida e a loro è bastata una cannonata per distruggerla". L'esercito del Kuomintang aveva cannoni da montagna di produzione tedesca, come quelli usati dalle Schutztruppe. Come artiglieria pesante, usavano cannoni calibro 102. Erano giocattoli pericolosi che schiacciavano un fortino come fosse una noce. Come suggerisce l'ultimo dei trentasei stratagemmi "quando ogni altro metodo fallisce, ritirarsi". L'Armata rossa si stava preparando a retrocedere, ma noi eravamo all'oscuro di tutto. Un giorno passeggiavo con Ge Ren e d'un tratto vedemmo un battaglione dell'Armata rossa che si dirigeva verso ovest, lungo la riva del fiume Baiyun. Passò il cuciniere con la marmitta in spalla, si avvicinò e fece il saluto militare a Ge Ren, era un uomo semplice e quando Bingying chiese: "Dove state andando?" non le rispose. Quando si fu allontanato, Bingying fece un commento sulla sua scortesia. Ma ti pare possibile? In quella situazione, lei si preoccupava ancora delle buone maniere! Ge Ren le spiegò che probabilmente aveva ordini superiori di non parlare a sproposito, e non sapendo come regolarsi preferiva fare il muto, questa era la ferrea disciplina del partito. Lo stesso giorno notai che la mia donna aveva le vesciche sulle mani, gliene chiesi il motivo. Mi disse che aveva intrecciato sandali di paglia, a ognuna di loro era stato chiesto di prepararne cinque paia. Lei per mostrarsi solerte e militante, e farmi fare bella figura, ne aveva intrecciate addirittura due paia in più. Ehi, c'era qualcosa che non andava. Il nemico è alle porte, e questi non scavano trincee anzi si fanno intrecciare sandali? Quella notte a letto quando sniffai i suoi capelli sentii un olezzo di spaghetti fritti. Le chiesi se durante il giorno aveva fritto gli spaghetti. Mi rispose: "Proprio così". A quel punto avevo mangiato la foglia. Andai da Ge Ren, lui avrebbe dovuto saperne qualche cosa, era appena tornato da una riunione a Ruijin. Mi disse di aver chiesto a Otto Braun e lui gli aveva risposto che stavano addestrando un nuovo battaglione, li mandavano in prima linea per fare esperienza, era il primo volo degli aquilotti. Anni dopo, nel libro *Il 18 brumaio di Luigi Bonaparte* di Karl Marx ritrovai quella frase. "C'est le premier vol de l'aigle"[339]. Ma se era una ritirata, perché lo chiamavano "il volo"? Non mi sentivo affatto tranquillo e andai a chiedere a Tian Han. Lui si disse all'oscuro di tutto. Commentai che sarebbe stato meglio prepararsi per tempo, per non ritrovarsi nel caos quando sarebbe arrivato il momento. Mi chiesero come l'avevo saputo. Raccontai dei sandali di paglia e degli spaghetti fritti. Mi proibirono di andare a raccontarlo in giro. Ge Ren aggiunse: "Conosci la storia di Yang Xiu?". Signorina, sai chi era Yang Xiu? Ok, allora te lo racconto, lui era un uomo dotato di grande sagacia che visse durante il periodo dei Tre Regni. Il generale Cao Cao stava conducendo l'esercito fuori dallo stato di Han con l'intento di attaccare Liu Bei. Quando gli chiesero quale sarebbe stata la parola d'ordine per quella notte, lui sovrappensiero rispose: "Costina di pollo". Sulle costine non c'è molta carne ma è comunque un peccato gettarle via. Il compagno Yang Xiu aggrottò le sopracciglia e rifletté su ciò che aveva sentito. Intuì che Cao Cao voleva battere in ritirata e andò a dirlo a tutti. Non si

---

[339] In francese nell'originale.

aspettava che l'aver saputo leggere nel cuore del generale avrebbe accelerato la sua discesa alle Sorgenti gialle. Quando Ge Ren nominò Yang Xiu, avvertii un inquietante formicolio dietro la nuca.

Ricordo che, dopo tre giorni, mi imbattei in Hu An. Da quando ci eravamo stabiliti nel Soviet non lo avevo più incontrato. Si era fatto un covo in un fosso di montagna in cui stampava banconote false. Aveva in programma di usarle nel distretto dei "bianchi" per destabilizzare il sistema finanziario del Kuomintang[340]. Aveva venduto tutte le sue proprietà per comprare l'attrezzatura necessaria e stampava anche mazzette di dollari americani, quelli con l'immagine del presidente Washington. Erano identici alle banconote vere, compresa la frase "In God We Trust". Pensai che avesse informazioni confidenziali e avesse discusso con il genero la migliore strategia da adottare. Quindi menando il can per l'aia chiesi vagamente che vento tirava, ma quel pezzo di idiota mi rispose che non si muoveva foglia. Disse che era venuto a trovare Bastille. Poi non riuscì più a trattenersi e ammise che era lì per recitare nell'opera. L'opera? Quale opera? Mi rispose: "Lo saprai quando è il momento". Me ne stavo andando e, sempre perché non si sapeva controllare, aggiunse che in quel fosso stava uscendo pazzo, per tutta la vita aveva considerato il denaro come sterco[341] e ora si ritrovava tutti i giorni a maneggiarlo, che noia mortale! Da tempo aveva voglia di recitare ma i dirigenti non glielo avevano mai permesso. Di recente, con grande magnanimità gli avevano concesso di togliersi lo sfizio partecipando a *Vinceremo a ogni costo*. Aggiunse che in Francia aveva già interpretato una parte nel *Macbeth* di Shakespeare. Poi sollevò le sopracciglia verso l'alto e mi recitò per filo e per segno un brano del Bardo.

---

[340] Storicamente risulta che fu invece il KMT a falsificare la "valuta del popolo" introdotta dai comunisti nelle zone liberate.

[341] Dagli *Scritti di antica saggezza*.

"Che te ne pare?" mi chiese. Volendo cercare la verità nei fatti, devo ammettere che aveva sul serio la stoffa dell'attore. Sarebbe dovuto rimanere a Shanghai per recitare in coppia con Ruan Lingyu. Mi disse che, per anni, non aveva avuto la possibilità di salire sul palcoscenico, quella sarebbe stata l'occasione per mostrare il suo talento. Gli chiesi quale sarebbe stato il suo ruolo. Disse che non gli interessava fare l'eroe, quelli hanno sempre l'aria impassibile e la faccia tesa. Sarebbe stato un "brigante bianco". Come dire, aveva scelto di "sventolare la bandiera secondo il vento" e il suo gesto era stato molto apprezzato dal regista. Più tardi scoprii che le cose non stavano proprio così: l'uomo che in origine sosteneva quel ruolo, se n'era andato con un'alzata di testa e quindi si era aperto un posto per lui. Era eccitatissimo, raccontandomelo si era fatto paonazzo. Lo fissai e mi chiesi se non la stavo facendo troppo complicata. Se i compagni volevano ritirarsi non sarebbero stati rilassati al punto da organizzare uno spettacolo.

La rappresentazione si sarebbe tenuta a Shangzhuang. Ho già detto che anche Bingying aveva una parte, ma quel giorno non si presentò e il suo ruolo andò a un'altra attrice. Ge Ren disse che era incinta e non voleva bagnarsi. In effetti, pioviginava. Neanche Ge Ren si fece vedere. Sapevo che Qu Qiubai era andato a parlargli del progetto di latinizzazione, evidentemente era troppo impegnato. Io? Certo che andai. Avrei sfidato una tempesta per sostenere Hu An. Vidi che, con il viso coperto dal trucco di scena, il berretto con la visiera girata all'indietro, si sfilava la cinta di pelle con un gesto teatrale e iniziava a picchiare brutalmente una donna. Voleva farle confessare le posizioni dell'Armata rossa, a turno le colpiva la guancia sinistra poi la destra. Era talmente ridicolo che stavo per scoppiare a ridere, mi accorsi che vicino a me c'era già qualcuno con la mano sulla bocca a soffocare una risata. Mi voltai e vidi che era Yang Fengliang. Si vantò di conoscere l'attrice, spesso andava a trovare la sua donna per prendere lezioni di canto e imparare la cerimonia del tè. Stavamo disturbando e gli altri ci intimarono di chiudere il becco. Poi mi accorsi che avevano stretto i pugni e iniziato a urlare "ammazza il brigante bianco". Hai ragione, vuol dire che la recitazione di Hu An era molto realistica. Insieme a Yang Fengliang anch'io gridai: "Ammazza il brigante bianco! Fatelo fuori!". Non sai chi erano i briganti bianchi? Visto che l'esercito del Kuomintang chiamava i soldati dell'Armata rossa "briganti rossi" noi avevamo soprannominato loro "briganti bianchi". Facevamo il tifo per Hu An, eravamo rauchi a forza di urlare. Non ti dico com'era contento, ora si metteva le mani sui fianchi, ora sputava a terra, muovendosi di traverso faceva avanti e indietro sul palcoscenico, come un grosso granchio con la schiuma alla bocca. Dopo aver "picchiato la donna fino a farle perdere i sensi", a malincuore scomparve dietro le quinte. Ricordo che nell'ultima scena lei si sollevò con grande sforzo, fece un discorso che si concluse con un urlo: "Lunga vita alla Repubblica sovietica cinese, lunga vita a Stalin, lunga vita all'Armata rossa, morte ai briganti bianchi, morte a Chiang Kai-shek, morte a Tang Enbo". Mentre lei gesticolava e gridava, scoppiò una baraonda e partì uno sparo. Per un attimo pensai che fossimo stati attaccati dai veri briganti bianchi. Poi mi riscossi e mi accorsi che erano stati gli spettatori a sparare e a terra giaceva il mio mentore rivoluzionario, il compagno Hu An. Era appena sceso dal palco e non si era ancora tolto il trucco. Era ansioso di conoscere la reazione del pubblico ma prima che facesse in tempo a scoprirla si beccò una pallottola. Ora giaceva in una pozzanghera, la bocca spalancata e gli occhi imbrattati di fango, gli mancava un pezzo d'orecchio, al suo posto c'era uno sgarro a forma di "v".

Ok, dopo tutti questi anni l'immagine continua a balenarmi davanti agli occhi. Da quando Kawai mi ha nominato la scuola, l'ombra di Hu An mi ha sempre accompagnato. Lo scorso anno, una notte che non riuscivo a prender sonno, qualcosa nel presente ha rievocato il passato, mi sono sentito ispirato e ho composto una poesia. Mia moglie credeva fosse una lettera d'amore e aveva insistito per vederla. Chiunque l'abbia letta l'ha apprezzata e io stesso ritengo che non fosse male. Le riviste hanno fatto a gara per pubblicarla, alla fine è stata *Poetica cinese* a vincere la corsa. Ma non vi troverai menzione di Hu An, non che mi dispiacesse parlarne è che non ci sono riuscito. Il motivo è molto semplice: lui è vissuto al fuori dalla Storia. In nessun libro ho trovato sue tracce. Chi vuoi che lo conosca? Nessuno, quindi è inutile citarlo. Oltre tutto, nella poesia cinese la metrica è fondamentale e una parola che faccia rima con il suo nome non si trova facilmente.

& Poetica storica[342]

Ho trovato la poesia di Fan Jihuai nel terzo numero dell'anno 2000 della rivista *Poetica cinese*. Leggendola si capisce che, da tempo, sarebbe voluto tornare a Baibei:

Mille miglia ho attraversato alla ricerca di un sogno, mezzo secolo sono vissuto per le luci della ribalta.
Soldati e civili amano i canti di guerra, a Baibei sul fiume Baiyun il chiarore lunare risalta.
L'est risuona e l'ovest risponde, si solleva il sipario e si aprono le quinte.
Voi in prima linea dovete vincere a ogni costo, tu sei il rosso e io il bianco brigante.
I missionari vengono a est e li confronta il coltello, i nostri generali vanno a ovest votati al sacrificio nella Lunga marcia.
Huangshan non è cambiata, Fangkou è *sempre verde, il rimpianto per il Soviet riga le mie guance di lacrime antiche.*

Come previsto, non c'è traccia di Hu An o del suo gesto eroico: stampare banconote contraffatte per gettare nel caos il sistema finanziario del governo nazionalista. Il vecchio Fan ha ragione, non sarebbe stato facile trovare una rima adatta per "Hu An" e "contraffatte". Quindi la morte del mio bisnonno materno non trovò posto nella Storia o nella poetica.

Il suo "covo di falsario" era in un fosso di montagna a quindici miglia dal borgo di Baibei. Vorrei far notare che, per

---

[342] Riferimento all'omonima raccolta di saggi di teoria letteraria scritta da Alexander Veselovskij nel 1940.

una curiosa coincidenza, anche quello si chiamava Hougou, Fosso di dietro – come la località di Yan'an dove era stato imprigionato Bai Shengtao. Sono andato a visitarlo. Dopo tutto questo tempo, rimane soltanto una casa di pietra sul punto di crollare. Fiori selvatici di cui non conosco il nome crescono negli interstizi tra i massi, è una specie di paesaggio onirico. Tutt'intorno si stende un groviglio di vegetazione, i rami degli alberi sono ricoperti da uno spesso strato di guano. Anche quello è stato dimenticato, relegato ai confini del tempo.

I primi a dare la notizia della morte di Hu An furono il *Giornale dei diritti civili* di Shanghai e il *Giornale della Porta di Tianjin*, con articoli praticamente identici. Di seguito si cita quello pubblicato sul *Giornale della Porta di Tianjin* il giorno 10 ottobre del ventitreesimo anno della Repubblica di Cina (1934) in cui si scrive che "il brigante rosso Hu esperto nella contraffazione" è stato giustiziato da un drappello dei corpi di sicurezza[343], una versione dei fatti totalmente in contrasto con quella del vecchio Fan:

Di recente si è appreso che un drappello della milizia di sicurezza ha giustiziato Hu, un brigante rosso esperto nella contraffazione. Questa vittoria è un grande dono in occasione della Festa nazionale. Da quando nel settembre del ventiduesimo anno della Repubblica (1931), l'ufficio centrale del Kuomintang ha proposto al governo nazionalista di mettere una taglia sulle teste dei briganti rossi, tra le fila del nemico si sono registrate numerose perdite. Hu non era nella lista dei ricercati ma le sue banconote false avevano prodotto danni incalcolabili, danneggiando la Repubblica di Cina, l'unità e la sicurezza sociale. Il criminale, colpevole di sabotaggio del governo nazionalista e di diffamazione dell'immagine

---

[343] Corpo di polizia del *baojia*. Il sistema di responsabilità collettiva per il controllo civile fu istituito durante le riforme del governo Song (1069- 1076). Nel periodo della Repubblica di Cina (1911-1949) fu applicato il sistema *lianzuo* (colpevolizzazione sequenziale) nel quale era coinvolto il *lianbao* (*bao* associato) un gruppo a livello distrettuale composto da numerosi *bao*.

del partito e dell'esercito, è stato ucciso da uno dei nostri agenti in incognito, ma neppure la sua morte basterà per cancellarne i crimini efferati…

Se quanto dichiarato nell'articolo corrispondesse a verità, le cose cambierebbero completamente: il mio bisnonno, vittima della violenza della milizia di sicurezza, secondo le regole del Soviet dovrebbe essere celebrato come martire rivoluzionario. Lui però non ricevette mai tale riconoscimento. Un brano di *Maestosità d'Oriente* del reverendo Beal potrebbe aiutarci a sciogliere l'enigma. La mia prozia fu la prima a leggere l'articolo sul *Giornale della Porta di Tianjin.* Sospettava che il "brigante Hu" fosse Hu An, il suocero di Ge Ren, e si preoccupava che anche lo stesso Ge Ren si trovasse in difficoltà. Il reverendo Beal scrive:

Il motto del Giornale della Porta di Tianjin *era "All the news that's fit to print", di conseguenza capitava spesso che le notizie pubblicate fossero false. Le dissi che probabilmente era una diceria infondata rivolta a ingannare il pubblico. Questo non poté certo consolarla, anzi con l'andare del tempo la sua depressione peggiorò. Un amico che lavorava per la Croce rossa fece qualche ricerca e mi confermò che la vittima era Hu An. Non molto tempo dopo si sparse però la notizia che lui era stato eliminato dall'Armata rossa. Erano stati sconfitti al Nord e stavano pianificando uno spostamento delle truppe, lui quindi non gli era più di alcun uso. Il governo nazionalista invece dichiarò che la sua morte era stata opera di un membro della milizia della sicurezza infiltrato nel Soviet. Questo non faceva che riconfermare la loro strategia di destabilizzazione, il loro scopo evidente era di indurre l'Armata rossa a intensificare le purghe per la soppressione degli elementi controrivoluzionari, l'acuirsi delle lotte intestine li avrebbe quindi scaraventati in un vortice di autodistruzione da cui non sarebbero più riemersi.*

Preferisco credere al racconto del vecchio Fan che rese il mio bisnonno una vittima del confondersi dei confini tra l'arte e la vita reale nell'immaginario del pubblico. Credo che se, dal suo osservatorio nelle Sorgenti gialle, Hu An fosse venuto a conoscenza delle versioni riportate dal *Giornale della Porta di Tianjin* e da *Maestosità d'Oriente*, non ne avrebbe condivisa alcuna. Tuttavia per uno come lui, che amava così tanto recitare, morire per mano del pubblico sarà stato sicuramente il riconoscimento più alto.

Già che ci sono vorrei aggiungere che ho trovato il nome di Hu An nel *Southern Financial Times* del 12 ottobre del 2000. Come tutti sanno, la nostra è un'era all'insegna del consumismo, siamo governati dal dio denaro. Quando ho letto il suo nome ho dapprima creduto si trattasse di un caso di omonimia. Il titolo dell'articolo era "Estradizione detentiva del falsario Lai Zhiguo". La collaborazione tra la polizia di Hong Kong e quella americana ha portato all'arresto di una banda di malfattori, il loro boss Lai Zhiguo è stato deportato dagli Stati Uniti e consegnato alla giustizia di Hong Kong. Ha confessato che sono state le esperienze del suo bisnonno ad avviarlo sulla strada del crimine. Lui gli aveva rivelato di aver appreso quell'arte sublime da un certo Hu An quando erano insieme a Dahuangshan. Questo è il brano più interessante:

La polizia ha dichiarato ai giornalisti che i contraffattori di banconote spesso citano il nome di Hu An, definendolo il loro "gran maestro". Si ritiene che probabilmente, in altre zone del sud del Paese, esistano bande di malviventi collegate a questo personaggio. Le autorità competenti, nella cerimonia per la consegna delle onorificenze, elargendo fiori e riconoscimenti, si sono congratulate con le forze di polizia. Dovevano mantenere un atteggiamento sempre vigile e prodigarsi per ottenere nuovi meriti al servizio del popolo. In quell'occasione, i premiati hanno promesso che faranno tesoro di questa esperienza, che si guarderanno dal cedere a presunzioni e imprudenze[344] *al fine di consegnare il cosiddetto "gran maestro Hu An" nelle mani della giustizia, soddisfacendo le aspettative del Partito nei loro confronti.*

---

[344] Dal *Discorso conclusivo della conferenza nazionale del Partito comunista cinese* (1955) di Mao Zedong.

Che possiamo farci? Fu proprio l'assenza di Hu An nei registri della Storia e della poetica che li portò a cadere in quel pesante equivoco e a deludere le aspettative del Partito nei loro confronti.

@ Ogni giorno qualcuno incanutisce

Quella sera Bingying ricevette la notizia della morte di Hu An e, sopraffatta dal dolore, svenne ripetutamente. A forza di piangere aveva gli occhi gonfi come pesche. Il compagno Ge Ren venne a parlarmi, mi chiese di allontanare subito lei e sua figlia dal Soviet. Il deviazionismo di sinistra stava prendendo il sopravvento, qualsiasi ritardo avrebbe messo in pericolo le loro vite. Gli chiesi spiegazioni. Molti diffidavano di noi a causa dei nostri rapporti con Chen Duxiu in Giappone. Signorina, ti ho già detto che Chen Duxiu aveva visitato più volte la casa di Kawada a Tokyo e aveva stretto con noi un profondo legame di amicizia. Non potevamo immaginare che sarebbe diventato una macchia sul nostro passato politico. Ringraziai sentitamente Ge Ren per avermi messo in guardia. In nome del suo gesto generoso di allora, anni più tardi impegnai tutte le mie energie per aiutarlo a fuggire. Infatti, proprio come hai detto, signorina, se quella volta non fossi fuggito sarei di certo caduto sotto la mannaia del deviazionismo di sinistra. Ora che ne parliamo, vorrei ribadire la fatale pericolosità di quella tendenza. Dobbiamo lottare contro la "sinistra" e contro la destra, ma la lotta contro la sinistra è più importante.

La nostra conversazione si svolse nella valle Fenghuang che si trovava sul retro della scuola, la quiete più assoluta era rotta solo a tratti dall'abbaiare di un cane. Chiesi a Ge Re se avevano trovato l'uomo che aveva aperto il fuoco. Non mi rispose, mi spronò soltanto ad andarmene al più presto. In nome della nostra vecchia amicizia, dovevo portare Bingying e la bambina a Tianjin. Lì avrei trovato i due sacerdoti Beal ed Ellis che avrebbero potuto prendersi cura di loro. Gli chiesi cosa avrebbe fatto lui, mi rispose che, nonostante si chiamasse Ge Ren che è omofono di *geren* (individuo), non era affatto padrone del proprio destino. Avrebbe chiesto ad Aqing di accompagnarci fuori dal Soviet.

Quando tornammo al loro alloggio, Bingying era già sveglia. Disse che sarebbe andata al villaggio di Xiguanzhuang a prendere sua figlia. Siccome lei era sempre impegnata con gli spettacoli e Ge Ren era malato di tubercolosi e avrebbe potuto contagiarla, la bambina era stata affidata a una famiglia di contadini. Ge Ren l'informò di aver già mandato Aqing e le disse di cominciare a preparare i bagagli. E noi ci mettemmo ad aspettare, ma dopo ore e ore di Aqing nessuna traccia. Fuck! Dopo la mezzanotte ritornò da solo, zoppicava e aveva il viso imbrattato di sangue. Ci disse di aver visto Candou, ma di non essere riuscito a portarla via. Ge Ren chiese cos'era successo. Il contadino che si occupava di lei aveva sospettato fosse un malfattore, un ladro di bambini, lui non era riuscito a convincerlo in nessun modo, quello aveva anche sciolto il cane che lo aveva inseguito e gli aveva dato un morso. Ge Ren gli chiese perché aveva il viso insanguinato, disse che aveva incontrato una banda di contadini affamati che gliele avevano suonate di santa ragione e avevano ferito il suo cavallo. Solo quando aveva detto loro di essere un soldato dell'Armata rossa, lo avevano lasciato andare. Bingying stava per svenire di nuovo. Ge Ren la consolò assicurandole che la bambina sarebbe senz'altro riuscita ad arrivare a Tianjin. Lei gli chiese di andare a parlare con Qu Qiubai. Ge Ren le rispose che lui stesso si trovava in pericolo e non voleva dargli altri problemi. Proprio mentre stavano discutendo, arrivò Tian Han con le nostre lettere di transito. Ok, questa era una dimostrazione della speciale amicizia che c'era tra lui e Ge Ren. Le lettere erano come il ciuffo d'erba che si afferra per non piombare nel baratro, senza quelle potevi scordarti di uscire dal Soviet. In quel momento Tian Han finalmente ci disse la verità, l'Armata rossa stava facendo manovre per spostarsi e, prima di questo, ci sarebbe stata un'epurazione[345]. Non sai cos'è? Ok, le epurazioni sono campagne per eliminare gli elementi controrivoluzionari, le schiere rivoluzionarie vengono passate al setaccio e ripulite degli individui sospetti.

Alla fine partimmo in fretta e furia, non mi fu neanche permesso di portare la mia ragazza. Ripercorremmo la strada dell'andata, i luoghi erano gli stessi ma Hu An non c'era più. La scena della sua morte continuava a tornarmi in mente. Quel colpo di pistola si ripeteva risuonandomi nel cervello, come una sfilza di mortaretti. Quant'è difficile predire cosa riserva il futuro! Poco prima lui mi aveva accompagnato al Soviet, ora io conducevo fuori sua figlia. Se dal suo osservatorio nelle Sorgenti gialle mi avesse visto, chissà cosa avrebbe pensato. Corremmo di giorno e di notte e alla fine arrivammo a Dapu. Come ho già detto, era un'importante stazione di collegamento ma quella volta non riuscimmo a trovare nessuno degli uomini di contatto. Fui costretto a lasciare Bingying con una famiglia di contadini. Ovvio, diedi loro dei soldi. Erano falsi? Ah, ah! Che ragazza perspicace! Certo che sì. Non feci in tempo a tirare un sospiro di sollievo che Aqing mi chiese quale sarebbe stata la nostra prossima mossa. Gli dissi che volevo tornare indietro a prendere la mia donna. Mi sentivo in colpa, un uomo grande e grosso come me che, nel momento cruciale, alza le chiappe e se la dà a gambe. Gli chiesi di aspettarmi lì, quando tornavo saremmo passati da Hong Kong per arrivare a Tianjin. Era pronto ad accompagnarmi. Andai a chiedere il parere di Bingying, le dissi che, se tornavo indietro, avrei potuto riportare con me sua figlia. Lei era d'accordo. Era proprio una brava donna, continuava a raccomandarmi di stare attento, dovevo muovermi con estrema cautela, nel frattempo avrebbe pregato per me. Non pensavo che, subito fuori Dapu, saremmo caduti in mani nemiche.

Signorina, io resistetti qualche giorno prima di arrendermi. Dicevano: "Vi spegneremo come candele. Volevate la

---

345 Si riferisce alla Prima campagna di rettifica (1942).

rivoluzione violenta? Beh, ve la facciamo vedere noi, sgomineremo con violenza il vostro Soviet". Io non ero d'accordo, citai *Stato e rivoluzione* di Lenin: "Lenin ha spiegato che la dottrina di Marx e Engels sulla necessità della rivoluzione violenta si riferisce allo Stato borghese. Questo non può essere sostituito dallo Stato proletario per via di 'estinzione'; può esserlo solamente, come regola generale, per mezzo di una rivoluzione violenta. D'altro canto, la soppressione dello Stato proletario non è possibile che per via di 'estinzione'"[346]. Conoscevano Marx, ma non avevano mai sentito parlare di Engels. Elargii una lunga spiegazione al termine della quale uno di loro mi mollò una sberla. "Ma allora quell'Engels era il figlio di un industriale? Un altro capitalista!" Quel ceffone mi fece infuriare, sputavo fuoco e fiamme. Resistetti ancora per qualche giorno ma alla fine capitolai, non avrei potuto fare altrimenti. Di me è stato detto che, per tutta la vita, non ho fatto che gettare le armi e che davanti alle donne mi prostro e batto la testa a terra. Signorina, ti risulta che con te mi sia comportato così? No, vero? Altri dicono che sono un voltagabbana di professione. Ma non fatemi ridere! Pensano che, per capire le mie scelte, basti appiccicarmi addosso un'etichetta? Che cosa sanno la cicala e il colombo selvatico del volo dell'uccello Peng?[347] Come può un nano forgiare la corazza del gigante? Ritengono che io non abbia alcun credo. Balle! Io credo nel progressivo rafforzamento del Paese, nella pronta attuazione del processo di modernizzazione. Ma bisogna prima raggiungere la stabilità, la stabilità è prioritaria e deve sovrastare qualsiasi altra cosa. Tu sai che ho ricevuto una formazione giuridica, ho piena fiducia nell'ordine costituito e nello Stato di diritto. Senza stabilità e unità non si ottiene nulla. Non ti sembra ironico che quelli

---

[346] *Stato e Rivoluzione* - La dottrina marxista dello Stato e del ruolo del proletariato nella rivoluzione. Saggio scritto da Lenin nel 1917, subito dopo la Rivoluzione di febbraio, e pubblicato nel 1918.

[347] Dal *Zhuangzi* – Libertà naturale.

riuscirono a convincermi con colorature e svolazzi retorici? Non chiedermelo, mi vergogno ad ammetterlo ma alla fine mi costrinsero a capitolare. Considerando ancora una volta gli influssi del macroclima e microclima, non ritengo però di dovermi addossare tutta la colpa. A dir la verità, ci sono sempre uomini che gettano la spugna, ogni giorno c'è qualcuno che incanutisce. Così quando in mia presenza si mettono a calunniarmi, mi torna in mente la frase di Lu Xun 'non ti curar di lor, ma guarda e passa'[348].

Quando gettai le armi, mi nominarono vice comandante di un drappello dell'esercito del Kuomintang, però non gli bastavano le parole, volevano da me anche i fatti. Per mostrargli che lottavo per la stabilità e l'unità[349], denunciai la fabbrica di banconote false. Tanto l'Armata rossa si stava spostando e a loro non serviva più. Hu An era morto e non importava se infangavo la sua memoria. Non mi arresi soltanto io, anche Aqing e fornì loro le stesse informazioni. Soltanto nel 1943, quando incontrai di nuovo Bai Shengtao a Dahuangshan, scoprii che fin dall'inizio Aqing era stato uno degli uomini di Tian Han. Qualche giorno fa la mia segretaria mi ha mostrato del materiale compilato da un certo Zhu (si riferisce a Zhu Xudong) in cui si dichiara che, all'epoca, era stato proprio Tian Han a ordinargli di arrendersi. Ripensando a tutto questo, non posso fare a meno di sospettare che sia stata una soffiata di Aqing a provocare la mia cattura. Ovvio, è soltanto una supposizione e non ho alcuna prova. Cosa? Denunciare Bingying? No, no, né io né Aqing facemmo niente del genere, questo posso assolutamente garantirtelo.

---

348 Dalla *Divina commedia* di Dante Alighieri.

349 Dal discorso *Implementare la politica del riassestamento, assicurare stabilità e unità* (1980) di Deng Xiaoping.

& Ulteriori informazioni su Aqing

Il materiale che cita il vecchio Fan si trova nel libro *Quattro chiacchiere con Tian Han* che Zhu Xudong aveva rivisto e pubblicato:

La prima volta che gli menzionai Zhao Yaoqing, il generale Tian Han disse di non aver alcun ricordo di quell'uomo. In seguito però si lasciò sfuggire la frase: "Sono stato io a mandare qualcuno per portare fuori Bingying. Si chiamava Aqing". Lo presi in giro, non sarà stata la Aqing di Shajiabang?[350] *Disse che Aqing era un uomo. Poi raccontò tutto. "Una sera mentre stavo con i piedi a mollo, arrivò in fretta e furia a chiedermi un permesso, Ge Ren gli aveva chiesto di accompagnare Bingying fuori del Soviet e non poteva rifiutarsi. Ge Ren me ne aveva già parlato. All'epoca il deviazionismo di sinistra aveva preso il sopravvento e, se Bingying non fosse fuggita, non soltanto lei sarebbe stata in pericolo ma anche Ge Ren. Gli dissi di non farne parola con nessuno, di ripercorrere la strada dell'andata, seguendo alla lettera le istruzioni di Ge Ren. Aqing temeva di venir catturato dai cani (briganti) bianchi. Gli risposi che anche in cattività avrebbe potuto continuare a lavorare per il Partito. Doveva imparare dal compagno Lei Feng*[351] *(qui troviamo un commento di Zhu*

---

[350] Nell'opera modello *Shajiabang* (1963) la casa da tè di sorella Aqing, membro del Partito comunista clandestino durante la guerra di resistenza contro i giapponesi, è frequentata dalle truppe collaborazioniste del Leale esercito della salvezza.

[351] La campagna "Impara da Lei Feng", iniziata nel 1962, promuoveva l'immagine del soldato come ideale socialista e le sue gesta al servizio del popolo come esemplari. Fu la più duratura tra i movimenti che spronavano le masse a imitare le gesta dei martiri e degli eroi rivoluzionari.

Xudong: il compagno Tian Han doveva essersi confuso, a quel tempo il culto di Lei Feng ancora non esisteva) e accettare qualsiasi compito gli venisse affidato, per essere la perfetta rotella nel grande ingranaggio rivoluzionario[352]. *Se fosse stato catturato, avrebbe potuto rivelare la posizione della fabbrica di banconote nel fosso. Doveva cercare la verità nei fatti, non c'era bisogno di mentire. Gli avrebbero creduto, lo avrebbero trattato come un ospite di riguardo e inserito nei ranghi. Con un tonfo lui cadde in ginocchio, continuava a ripetere che non avrebbe mai osato. Gli accarezzai la testa: "Ma guarda che aria da cane bastonato che hai, tirati su! La fabbrica è stata smantellata, non ci serve più, tanto vale regalarla ai cani bianchi. Se la usano anche loro per stampare denaro falso, questo andrà a sabotare il sistema finanziario del governo nazionalista, sarà una mossa più fatale di un coltello affilato piantato nel petto"*[353]. *Udito ciò, il ragazzo sbottò a ridere. Era più furbo di una scimmia e organizzò tutto alla perfezione, il piano era impeccabile, un abito fatato senza cuciture. Ovvio, il suo successo era anche collegato al rapporto che aveva con Dai Li, visto che erano originari della stessa zona. Quei reazionari dei nazionalisti sono sempre stati dei gran bifolchi, per loro "incontri un compaesano e la commozione ti prende la mano", non esiste altro principio morale che tenga. Aqing ci fornì un mucchio di informazioni segrete. Poi d'un tratto fece perdere le sue tracce. Ho sentito dire che è andato in Henan e durante la Rivoluzione culturale se l'è vista brutta. Poco male, come sai la canna da zucchero non può essere dolce da entrambi i lati. Quando noi eravamo a farci ammazzare in prima linea, tu te la spassavi a Chongqing. Prima il dolce, poi l'amaro, mi sembra anche giusto. Hanno detto che però non voleva rassegnarsi. Vorresti metterti a mercanteggiare con il popolo? Pare che poi si sia gettato in un pozzo. Se vuoi ammazzarti fai pure ma perché inquinare un pozzo perfettamente agibile? Vergogna!*

Quando chiesi a Tian Han se Ge Ren sapeva che la resa di Aqing faceva parte del suo piano, lui mi allontanò con un gesto della mano:

---

352 Dal *Diario di Lei Feng* (1962).

353 Una delle tattiche dell'Esercito popolare di liberazione, citate nel discorso *Condurre la rivoluzione fino in fondo* (1948) di Mao Zedong. Si riferisce alle imprese dei generali Liu Bocheng e Deng Xiaoping che, nel 1947, condussero le truppe sui monti Dabie al fine incunearsi nelle linee nemiche.

"Vai a chiederlo a lui, non sto mica nella sua testa!". Facile a dirsi, come avrei potuto? Era risaputo che Ge Ren fosse morto decine di anni prima a Erligang.

Bingying, rimasta a Dapu, attendeva con ansia il ritorno di Fan Jihuai e Aqing. Poi avrebbe raccontato a Anthony Twaithe che nei paraggi c'era un monte chiamato Jingxian. Dicevano che, attraversando una valle, si potesse arrivare ai piedi alla valle Fenghuang. E spesso lei dalla valle, come se gli occhi potessero perforare il monte, scrutava l'orizzonte nella speranza di veder comparire sua figlia. La sua disperazione aumentava con il passare dei giorni. Pensava che non l'avrebbe più rivista. Ora sappiamo che non avrebbe più visto Candou né il bambino che portava nel ventre. In *Bellezze in tempi di caos*, Twaithe riporta le sue parole:

In un batter d'occhio, erano trascorse tre settimane dalla morte di mio padre. Per i cinesi "tre volte sette" è un giorno speciale per onorare l'anima dei congiunti appena deceduti e andai al monte Jingxian a bruciare incenso. Mentre le spire di fumo si levavano verso l'alto, mi sembrò di udire il pianto di mia figlia, rividi Ge Ren che non riusciva a calmarla. In quel momento temetti che non avrei più rivisto neppure lui. Scoppiai a piangere. D'un tratto vidi il contadino che mi ospitava, era fermo alle mie spalle. Disse che era venuto qualcuno a cercarmi. Pensai fossero Fan Jihuai e Aqing, chiesi se con loro c'era una bambina. Mi rispose di no. Il visitatore era un membro della nostra compagnia, anche lui aveva interpretato il brigante bianco in Vinceremo a ogni costo. *Mi raccontò che Fan Jihuai e Aqing si erano arresi ed erano stati perdonati dal governo nazionalista. Gli chiesi come faceva a saperlo, mi raccontò che li avevano visti in sella a grossi cavalli, con le mani guantate di bianco e le pistole alla cintola, guidare un drappello di soldati che andava a setacciare i monti del Soviet. Gli chiesi di Candou, non ne aveva notizie. Cercai di pensare positivamente, forse Ge Ren era riuscito a spostarsi portandola in salvo. Ma, da quel momento, tristezza e sgomento si fecero strada nel mio cuore. Due o tre giorni dopo ebbi un aborto spontaneo. A Ge Ren piacevano le femmine, pensai fosse un'altra bambina. Non sono mai più riuscita a liberarmi del senso di colpa che provavo nei suoi confronti. Ma il mondo non aveva ancora smesso di torturarmi. Un anno dopo, un amico venuto dallo Shaanxi settentrionale mi disse di aver incontrato Ge Ren, Candou non era con lui. A quel punto vidi tutto nero…*

@ Filosofia canina

Quando fui sicuro che Ge Ren e gli altri si erano già spostati, condussi la pattuglia a Hougou. La stampante era intatta, mi affrettai a farla portar via e a consegnarla a una squadra della milizia di sicurezza stanziata nei paraggi. I miei superiori premiarono la mia lealtà con una ricompensa e trasferirono Aqing nel mio distaccamento. Mi chiesero di organizzare due lezioni sull'importanza della stabilità e dell'unità nella lotta contro il Giappone. Appena trovai un attimo riandai al Soviet. Per tornare alle origini coperto di gloria? Ma smettila! Anzi ero preoccupato di incontrare visi noti, che figura ci avrei fatto? Mi ero messo un paio di occhiali per camuffarmi. All'inizio erano con il bordo dorato ma i miei uomini dissero che sembravo un teppista del Bund. Li sostituii con un paio senza l'oro, ora parevo un contabile e, a quei tempi, chi maneggiava soldi rischiava la vita. Decisi di spaccare una delle lenti, ecco a voi l'uomo misterioso.

I fatti dimostrano quanto le mie preoccupazioni fossero infondate. Lungo la strada fino a Ruijin non incontrai nessuno che mi conosceva. Dopo alcune schermaglie tra l'Armata rossa e il Kuomintang, tutti erano fuggiti abbandonando le case e lasciandosi dietro i cadaveri. Con mia sorpresa li trovai sfigurati e straziati, poi scoprii che erano stati i cani. No, signorina, non lo dico per spaventarti. Non temere, gli spettri non esistono. Io sono un materialista e non credo ai fantasmi. Se sei spaventata sul serio, puoi sdraiarti vicino a me, così non oseranno toccarti. Ok? Non c'è abbastanza spazio? Troveremo un sistema. Devi saper identificare i problemi e risolverli. Lo vedi, se m'interrompi perdo il filo, cos'è che stavo dicendo?

Ah sì, parlavo dei morti. Avevano perso la faccia, erano scarnificati, restavano solo i teschi e gli scheletri. I teschi erano a bocca spalancata come se stessero sghignazzando, se di sfuggita gettavi lo sguardo su quelle orbite vuote ti sembrava portassero gli occhiali neri. Va bene, va bene, la smetto con i racconti dell'orrore, cambiamo discorso. Vidi alcuni monaci che in silenzio seppellivano i morti nei campi, non so da dove venissero. Rivolsi loro la parola, non mi risposero, avevano un'espressione impassibile, sembravano anime perse, spettri vaganti. Tra loro c'erano alcuni stranieri, a quei tempi bisognava stare attenti a non infastidirli, quindi li lasciai stare e proseguii verso Baibei. Sotto il ponte sul fiume Baiyun trovai altri cadaveri. Uno aveva un fermaglio d'argento tra i capelli lunghi. Signore del cielo, mi saltò il cuore in gola. Proprio così, pensai fosse la mia donna e ordinai ai miei uomini di scendere in acqua a ripescare il corpo. In quel momento scorsi un branco di cani. Si stavano avvicinando con lo sguardo fisso su di me. Dico sul serio, a quel punto non potevo sapere quali fossero le loro intenzioni. Uno dei miei uomini raccolse una pietra, gliela scagliò contro ma loro lo ignorarono. Dopo avermi aggirato attraversarono il ponte, si dirigevano verso Aqing che passeggiava sull'altra sponda del fiume. Mi accorsi che, quando teneva le mani dietro la schiena i cani avanzavano, quando le metteva giù loro si fermavano. Fuck! Pareva la scena di un cartone animato.

Poi capii che avevano intenzione di divorarlo. I cani sono in sintonia con gli uomini, la loro filosofia è simile a quella umana. Attraverso il battesimo di sangue di ripetute battaglie anche loro hanno imparato che "è sempre un caso dell'uno che si divide in due". Ai loro occhi, esistono due categorie di persone: gli inermi che hanno le mani legate dietro la schiena, sono i criminali e i prigionieri che stanno per essere giustiziati, si possono mangiare; gli altri che hanno le armi e sono in procinto di fucilarli, quelli non si devono toccare. Appunto, come ho appena detto, i cani sono in perfetta sintonia con gli uomini. Gli uomini mangiano la carne di cane e i cani mangiano la carne umana. Ok! Tale e quale! Ora che ci penso, ecco perché non si vedevano donne, i cadaveri erano asessuati perché i visi e i seni erano già stati divorati. Molti anni dopo, per convincere Ge Ren ad arrendersi, gli parlai di quei cani e lui pianse calde lacrime. Pensai, se piange è fatta, invece mi sbagliavo.

La donna fu portata a riva. Il fermaglio era uguale, ma non era la mia amante. Tirai un sospiro di sollievo quando mi accorsi dell'errore. Aveva un buco sulla guancia, era il foro di un proiettile. Nell'acqua si era allargato, sembrava provocato da una sbarra di ferro. D'un tratto dal buco uscì un grosso granchio. Cosa dici? Un'immagine surreale? Non posso pronunciarmi perché non conosco il surrealismo, ma quello che ti racconto è la pura verità. Ricordo di aver parlato anche del granchio con Ge Ren. Lui ebbe un conato di vomito e, come il cuculo affranto nella leggenda sul colore delle azalee[354], rigurgitò un groppo di sangue.

Raccontai anche a Ge Ren che quella volta ero andato a Baibei a cercare i suoi resti. Era vero. Credevo fosse stato "rettificato" e, ogni volta che vedevo un cadavere, smontavo da cavallo per andare a controllare. Ridendo mi disse che lo facevo per prendermi la taglia. Ok, non posso negarlo. Però ero anche preoccupato per lui. A proposito di coincidenze, quando arrivai a Xiguanzhuang vidi Candou. Era davanti alla porta di una casa ad accendere un fuocherello, giocherellava con un osso, era talmente sporca che pareva una scimmietta di fango. Un vecchio le stava accanto osservandola a occhi socchiusi. Appena mi vide arrivare, corse a nasconderla dietro un muro. Per un attimo mi chiesi se non avessi dovuto portarla via. Ero combattuto poi, dopo un intenso momento di lotta ideologica, mi convinsi che era meglio non fare gesti

---

354 Secondo la leggenda, le azalee (*dujuan*, offerta di Du) erano bianche e fu uno sbocco di sangue del cuculo, reincarnazione del benevolente imperatore Du Yu che ogni primavera cantava con impeto per spronare i contadini alla semina, a tingere i fiori di rosso.

inconsulti. Pensai che, se Ge Ren era ancora vivo e fosse tornato a prenderla, non trovandola sarebbe morto d'ansia. Ok, quella sera dormii alla scuola. Non immaginavo che anche Ge Ren un giorno vi sarebbe ritornato, e che i nostri sentieri si sarebbero incrociati di nuovo. Era notte ma non riuscivo a dormire, andai a fare due passi alla valle Fenghuang. Ero circondato dall'oscurità, l'unica fonte di luce era il fascio della mia lanterna. Udii un lamento tra i cespugli di rovi e di goji. Lo sentirono anche i miei soldati e, come se avessero visto il nemico, si buttarono a terra. Che manica di vigliacchi! Gli ordinai di andare a controllare. Raggomitolati su se stessi si mossero in direzione del suono, strinsero l'accerchiamento e stanarono un uomo gravemente ferito, era talmente debole da non stare in piedi. Non riuscivo a vederlo in faccia, si copriva la testa con il braccio, come la gallina quando nasconde il capo sotto l'ala. Chiesi ai miei uomini di fargli alzare il viso, lui reagì mettendosi a strillare come un ossesso. Vedendo quanto soffriva, pensai che, in un impeto di umanismo rivoluzionario, avrei dovuto spararigli un colpo e spedirlo in paradiso. Mentre ero ancora in preda all'esitazione intravidi grappoli di lucine nel buio, come tanti fuochi fatui. Ah, ah, guarda come sei spaventata. Non l'ho appena detto? Sono un materialista e non credo ai fantasmi. Infatti non erano fantasmi ma occhi di cani, lo avevano circondato e stavano per sbranarlo.

Sentendoli ululare, lui estrasse la testa da sotto l'ala. La mia lanterna gli illuminò il viso imbrattato di sangue. Sentii che diceva: "Vecchio Fan, vecchio Fan, aiutami ti prego!" (sicuri che abbia detto "vecchio Fan"?). Mi aveva chiamato per nome, lo riconobbi. Oh, nonna! Era Yang Fengliang. Mi raccontò di aver portato Canto dei fiori in un borgo lontano per metterla in salvo e che, al suo ritorno, aveva trovato il villaggio pieno di cadaveri, probabilmente anche Ge Ren era morto. Ok, sentita quella notizia, tornai al villaggio a cercare Candou, ma lei non c'era più.

Di nascosto cercai di ottenere informazioni su Ge Ren e ogni giorno leggevo attentamente il giornale ma non trovai mai nulla. Conclusi che forse era morto sul serio. Mi tornò in mente la bambina. La notte prima di lasciare Dahuangshan mi apparve in sogno il suo faccino smunto dalla forma ovale, con gli occhi grandi, le ciglia lunghe, il bianco degli occhi dai riflessi azzurrini come il cielo in una notte serena. Mi fissava a occhi spalancati. Ripensando all'amicizia con Ge Ren, sentii di avergli fatto un torto. Un giorno, insieme ad alcuni dei miei uomini più fidati, tornai a Xiguanzhuang. Con qualche difficoltà rintracciammo il vecchio a cui era stata affidata la bambina. Disse che l'avevano portata via. Era stata una donna, fece dei gesti per descriverla. Strano, pensai fosse Bingying. Fuck! Non erano stupidaggini? Avevo sentito che lei non era più tornata. Impartii all'uomo una lezione di politica, era fondamentale cercare la verità nei fatti, se scoprivo che mi aveva imbrogliato sarei tornato per fargliela pagare. Ma lui continuava a ripetere che qualcuno l'aveva portata via, mandandomi su tutte le furie. Stavo per dargliele di santa ragione, quando uno dei miei uomini gli sparò un colpo. Nota bene, non fui io ma un nazionalista reazionario a sparare. Ti giuro che, in questa vita, non ho mai ucciso nessuno. Le mie mani sono pulite. Il vecchio morendo puntò il dito verso l'alto, come a dire: dove sia Candou, lo sa solo il Cielo. Visto che si era preso cura della figlia di Ge Ren, decisi di dargli una degna sepoltura. No, non lo lasciai in riva al fiume in pasto ai pesci, gli feci scavare una fossa. Direi di essermi comportato correttamente, no? In ogni caso, avevo impedito ai cani di sbranarlo.

& Il virus di Bastille

Non sono riuscito a trovare il nome del vecchio che si prese cura di mia madre Candou. Come ho già detto, era stata portata via dalla mia prozia. Il vecchio aveva puntato il dito verso l'alto forse per dire che non stava mentendo, che il Cielo gli era testimone.

La mia prozia si mise in viaggio nell'ottobre del 1934 per andare a Dahuangshan. "Hu il falsario" era appena stato giustiziato e, per tutta la strada, lei aveva temuto che anche Ge Ren e Bingying avessero fatto una brutta fine e che Candou fosse rimasta orfana. Prese la nave fino a Quanzhou, in Fujian, e da lì arrivò a Baibei. Come ho detto, viaggiava insieme al reverendo Ellis. Quando arrivarono al borgo di Baibei, si trovarono davanti lo stesso scenario descritto da Fan Jihuai: un luogo abbandonato e deserto, infestato da cani randagi che vagavano tra i cadaveri. Certo, come Fan Jihuai anche lei vide i monaci che lavoravano in silenzio. Secondo quanto scrisse il reverendo Ellis in *Maestosità d'Oriente* erano venuti da Jiujian, nel Jiangxi, li aveva mandati la Croce rossa internazionale per seppellire i cadaveri. Fu da loro che la mia prozia ed Ellis sentirono parlare di una bambina con l'accento di fuori che viveva insieme a un vecchio nel villaggio di Xiguanzhuang. Lo avevano implorato di portarla via, ma lui aveva insistito per restare. Insieme a loro c'era un cagnolino. Lei pensò che doveva essere un figlio di Bastille, il cane che Hu An aveva portato dalla Francia. Seguendo quella traccia finalmente trovò il vecchio e Candou.

Il cucciolo del cane trovato davanti alla Bastiglia si chiamava Bastille anche lui. La mia prozia non lo trovò. Alcuni giorni prima era stato azzannato a morte da un altro cane. Il vecchio era affamato, non se la sentì di seppellirlo, lo cucinò e se lo pappò. L'ossicino nelle mani di Candou era il suo femore, liscio e sottile come una pipetta da oppio. Il giorno seguente la mia prozia portò Candou a Tianjin, mentre il reverendo Ellis rimase sul posto. Prima partecipò al lavoro di raccolta dei cadaveri poi a quello di prevenzione delle epidemie e fu lì che, molti anni dopo, incontrò di nuovo Ge Ren.

A Tianjin Candou si ammalò, aveva una febbricola persistente, notte dopo notte si svegliava urlando, non voleva che si spegnesse mai la luce. Al peggioramento della malattia smise di alzarsi dal letto. La mia prozia credette che non sarebbe vissuta a lungo. La diagnosi di Gordon Thompson, un medico dell'ospedale religioso di Tianjin[355] fu che aveva contratto uno strano nuovo virus. Gli cadde lo sguardo sul giocattolo in mano alla bambina, quello che ricordava una pipetta da oppio. Scoprì che era un ossicino di cane e rimase sconvolto. Quando la mia prozia gli disse che la bambina ne aveva mangiato la carne quasi vomitò per il disgusto. Si convinse che il morbo veniva dall'animale e lo chiamò Bastille virus. Il dottor Thompson non poteva immaginare che con la sua teoria avrebbe scritto un capitolo della Storia della medicina nell'*Encyclopedia Britannica*, e quello sarebbe stato il suo grande contributo alla medicina moderna.

Grazie alle sue attente cure, mia madre si riprese. Ma negli anni a venire, il male la rese sempre più irascibile, aveva improvvisi sbalzi di umore e tormentava la mia prozia. Di mio padre non ho alcun ricordo se non che ci lasciò ben presto, perché non riusciva a sopportare quella situazione. Mia madre morì nella primavera del 1965, quando io avevo soltanto due anni. Sono stato allevato dalla mia prozia. Le piaceva dire che eravamo come mucca e vitello, separati da una generazione.

---

[355] Fondato nel 1914, era l'Ospedale del Sacro Cuore dei francescani situato nella zona italiana delle concessioni internazionali di Tianjin.

Raccontò che, alla sua morte, mia madre era completamente paralizzata. Qualche giorno prima l'aveva vista con gli occhi storti, la gola stretta dalle convulsioni e la bava che le colava dalla bocca, con il liquido strizzato ogni giorno dalla federa ci si poteva riempire mezza sputacchiera.

In casa di Yu Chengze, l'esperto di coprologia citato in precedenza, incontrai un virologo e gli chiesi informazioni sul Bastille virus allo scopo di verificare se per caso non fosse ereditario. Quando ero nel processo di rivedere questo libro, spesso mi sono sentito irritabile e ho avuto transitorie perdite di conoscenza. Temevo che, prima di finire il lavoro, sarei stato costretto a dire addio al mondo. Il virologo mi raccontò che, in alcuni casi, i contagiati non resistevano più di due settimane, ma il male avrebbe anche potuto celarsi nel tuo corpo trasformandoti in un vettore per poi condurti lentamente alla morte. Gli chiesi se si trasmetteva geneticamente, non rispose ma aggiunse che, quasi ogni giorno, gli capitava di incontrare dei portatori sani. Ricordo che uno dei dottorandi di Yu Chengze si unì alla conversazione. Ci raccontò che il venerdì precedente i computer erano stati infettati da un nuovo virus, anch'esso chiamato Bastille virus. I due morbi condividevano alcune caratteristiche: colpivano in modo imprevisto, senza preavviso e non si lasciavano eliminare facilmente. Persino i più avanzati programmi antivirus non riuscivano a debellarlo, anzi i computer venivano contagiati e diventavano vettori.

Le sue parole mi riportarono alla mente il destino del dottor Thompson che morì nel 1954 in seguito a un attacco di Bastille virus. Non so se fu mia madre a infettarlo o un altro malato. La sua morte provocò un grande dolore in Fernando Galbiati, il suo studente prediletto che in seguito si conquistò il Nobel per la Medicina. Nel suo libro *The Broken Wave* racconta l'episodio della guarigione di Candou:

Fu una ragazzina cinese a cambiare il destino del mio maestro, il dottor Gordon Thompson. Era la figlia di Ge Ren, un eroe della resistenza contro i giapponesi. Su di lei il dottor Thompson scoprì il

Bastille virus. Bastille era il nome di un cane, era stato Ge Ren (sic) a raccoglierlo davanti all'ingresso della nota prigione. Stranamente, il virus comparve a Parigi soltanto negli anni Settanta. Nel Rapporto annuale dell'Organizzazione Mondiale per la Sanità *si legge di una sua recente diffusione in Africa, in Russia, nella zona centro-occidentale della Cina e nei Paesi del Golfo. Quando l'ho letto, alla mia nostalgia per il maestro si* è *aggiunto il timore…*

@ Tonsillite

Due anni dopo scoprii per caso che Ge Ren non era morto. Sul giornale trovai pubblicato il testo di un telegramma di condoglianze per la morte di Lu Xun. Ne avevo mandato uno anch'io. In quei giorni controllavo sempre per vedere se l'avevano inserito e, invece del mio, ne trovai uno che mi fece pensare a Ge Ren. Ho già parlato dei suoi rapporti con Lu Xun. Erano entrambi uomini di lettere, fatti della stessa pasta e chi si somiglia si piglia, nel telegramma aveva usato metafore altisonanti: "Per il fedele amico di una vita 'le mie lacrime inondano la terra', il dolore che oggi ci accomuna 'circonda le montagne e sommerge le colline'"[356].

Capii quindi che Ge Ren era ancora vivo, non solo aveva partecipato alla Lunga marcia ma era anche arrivato sano e salvo fino allo Shaanxi settentrionale. Poi persi le sue tracce per anni fino a che un giorno, quando ero già entrato nelle schiere del Juntong, un infiltrato mi informò che si trovava a Yan'an e si occupava di traduzioni, Tolstoj per l'esattezza. Lo conosci? No, non è un fashion designer, era uno scrittore. Lenin lo definì "lo specchio della rivoluzione russa".

Dopo che il Kuomintang e il Partito comunista si furono alleati nel Fronte Unito[357], c'era un gran traffico di persone

---

[356] Citazione dal saggio *Il diluvio* di Lu Xun.

[357] Il primo Fronte unito, alleanza tra i comunisti e il KMT contro l'aggressione giapponese, iniziò nel 1924 e terminò nel 1927 con l'epurazione dei comunisti nelle zone controllate da Chiang Kai-shek. Il secondo Fronte unito durò dal 1937 al 1947.

che andava e veniva da Yan'an. Una volta arrivò un gruppo di giornalisti americani da Shanghai, volevano andare a fare delle interviste. Con loro c'era un tizio che si chiamava Goodman, l'avevo già incontrato a Chongqing. Lo invitai a pranzo e lo pregai di informarsi su Ge Ren. Mi fraintese, credeva gli stessi chiedendo di fare la spia e rispose che era un giornalista, non si occupava di politica. Mi affrettai a spiegare che eravamo stati amici d'infanzia, avevo sentito dire che stava traducendo Tolstoj e volevo far pubblicare il suo libro a Chongqing, niente di più. Goodman mi disse che a Shanghai anche l'attrice di prosa Bingying gli aveva chiesto di informarsi, in particolare, sullo stato dei suoi polmoni. Ok, a quel punto ricordai che era malato di tubercolosi.

Quando Goodman tornò da Yan'an, io ero in missione fuori città. Quindi la situazione di Ge Ren rimase per me un mistero. Poi sentii che era morto in una schermaglia contro i giapponesi, una tragica sconfitta in cui era stato annientato tutto il suo drappello. Una faccenda così importante e quel 'sacco di paglia' che avevo infiltrato a Yan'an non ne sapeva niente? Signorina, sai perché lo chiamavo sacco di paglia? In primo luogo perché era un bifolco e poi perché il suo cognome era Xiao, che si scrive con il radicale di "erba". Che tu mi creda o no, glielo dicevo anche in faccia! Ovvio, adesso è morto e non può più sentirmi. Non fu lui a passarmi quell'informazione e io stavo aspettando di leggerla sul giornale. Ma non trovai niente. Ero talmente in ansia che un calore tossico mi invase il corpo, avevo le gengive gonfie e le tonsille infiammate e piene di pus. Signorina, vieni a guardare. Non le ho più, me le hanno tolte quella volta. Non si poteva evitare, mi venivano ascessi in continuazione. In ogni caso, riassumendo la faccenda, stare in ansia non serviva a niente, tanto valeva prendersela con le tonsille. Ricordo che all'epoca c'era lo *Xinhua Daily*, era un giornale dei comunisti e la sua sede si trovava sulla rupe Bocca di tigre. Mandai qualcuno nelle fauci della bestia a informarsi, ma neppure loro sapevano niente.

Eh? Ho versato lacrime? No, non ho pianto. Signorina, tu sei ancora giovane, probabilmente non ti è facile comprendere le sottili implicazioni di tutto ciò. Potrei dire che la notizia mi riempì di felicità e di dolore al tempo stesso. Ok! Nel *Libro delle Odi* è spiegato con chiarezza: "i fratelli bisticciano dentro le mura, ma sono uniti contro gli attacchi esterni". La nozione che lui cadendo in una schermaglia contro i giapponesi era diventato un eroe nazionale, costituiva una fortuna nella disgrazia. Volevo capire bene le circostanze della sua morte, per darne opportuna pubblicità e godere così di luce riflessa. Mi sforzai persino di leggere l'*Hochi Shimbun*[358] alla ricerca di informazioni. Finalmente vi trovai la notizia, celebravano con parole altisonanti la battaglia di Erligang come l'ennesima grande vittoria contro il nemico.

Passò più o meno una settimana e il sacco di paglia di nome Xiao mi mandò finalmente un messaggio segreto da Yan'an, Ge Ren era caduto per la patria durante la battaglia di Erligang e si erano già svolti i funerali. Ero un vecchio amico e avrei voluto spedire un telegramma di condoglianze, in fin dei conti le nostre due fazioni si trovavano sul Fronte unito. Ma era passato troppo tempo, un messaggio ora non sarebbe stato tardivo come piazzare il cannone dietro al cavallo?[359] Non avrebbero pensato che stavo spargendo sale sulle ferite? Dopo aver riflettuto a lungo, decisi di lasciar stare.

---

[358] Ora denominato *Sports Hochi*, è un quotidiano sportivo giapponese fondato nel 1872.

[359] Nel gioco degli scacchi cinesi *xiangqi*, porre il cavallo davanti al generale dell'avversario e rafforzarlo con il cannone in posizione posteriore è una mossa utilizzata come ultima risorsa.

& Null'altro che cani di paglia[360]

In realtà Xiao Bangqi, questo era il suo nome, non era affatto un "sacco di paglia" come ha detto il vecchio Fan. Secondo il *Biographical Dictionary of Republican China* (American White Crow Press, 1989) si era laureato presso l'Accademia medica di Mosca[361], era un medico internista, collega di corso e grande amico di Zhang Zhankun, già citato nella prima parte di questo libro. Nel 1948 andò a Hong Kong, poi insegnò in un'università americana. Nel libro che scrisse in tarda età *La ricomparsa dell'individuo* descrive il suo incontro con Ge Ren. Si parla anche dell'uccisione di Zhang Zhankun. Il brano seguente, originariamente intitolato *Null'altro che cani di paglia* è stato pubblicato separatamente nella rivista *Mare orientale* di Hong Kong e in seguito inserito negli *Atti della conferenza di studi su Ge Ren*, terza edizione:

Zhuangzi ci trasmise parole di grande saggezza parlando dell'albero storto che "non subirà i colpi dell'ascia né l'attacco degli altri esseri. Come può dunque la sua inutilità impensierirvi?"[362]*. Avevo studiato medicina e mi mandarono nello Shaanxi settentrionale, chiedendomi di infiltrarmi tra i comunisti. Dopo la Lunga marcia, i soldati dell'Armata rossa affetti da malattie ai polmoni erano un numero incalcolabile, come i peli sulla groppa di un bue. Zhou Enlai e sua moglie erano malati (*sic*) e Ge Ren,*

---

[360] Dal *Daodejing*. I cani di paglia sono simulacri rituali che, cessata la loro funzione, vengono distrutti al termine delle cerimonie.

[361] Fondata nel 1758, era la facoltà di medicina dell'Università Imperiale.

[362] Dal *Zhuangzi* – Libertà naturale.

come sappiamo. Tra i soldati di basso rango c'erano moltissimi casi e si lamentava una carenza di bende e medicine. Sapevo che, in quel periodo, i due mali più diffusi erano la stitichezza e la consunzione. Quelli del Juntong probabilmente pensavano che mandandomi tra i briganti rossi avrebbero saputo cosa accadeva dietro le quinte. C'è però un antico detto che recita "meglio fare a sud mille miglia di camminata, che spostarsi verso nord per una giornata". Ammetto in tutta franchezza di essere stato restio ad accettare l'incarico. Fan Jihuai mi mandò a chiamare, disse che il signor Hu Shi raccontava che Cao Yin (il nonno di Cao Xueqin, l'autore del Sogno della camera rossa*) il direttore della Manifattura tessile imperiale di Jiangning, era stato inviato dal Dipartimento della casa imperiale come compratore. In realtà agiva come agente speciale per l'imperatore Kangxi e, al sud dello Yangtze, fu strumentale nel collegamento tra le forze imperiali e permise loro di sedare molteplici rivolte, e in tal modo si conquistò l'onore e il rispetto dei posteri... Per prima cosa andai a Baoan che era la tappa conclusiva della Lunga marcia. Avevo sentito dire dal mio amico Zhang Zhankun che il 28 maggio del 1869 (il diciassettesimo giorno del quarto mese del calendario lunare e l'undicesimo giorno del quarto mese dell'ottavo anno del regno Jisi) il distaccamento dei banditi Nian, cioè quello che restava dell'esercito dei Taiping, il Regno celeste della grande pace*[363]*, era giunto per primo a Baoan dove fu annientato dalle truppe della dinastia Qing. Quella fu la fine di un'altra lunga marcia, storicamente prossima a noi. Attraverso lo specchio della Storia valutai che, nell'imminente futuro, l'Armata rossa sarebbe stata sconfitta dall'esercito del Kuomintang e io sarei stato in grado di lasciare quello sterile deserto per tornare alla tranquillità della mia vita precedente. Lao Dan, cioè Laozi disse che "Cielo e Terra non manifestano umana premura, e i Diecimila Esseri trattano come cani di paglia". Circondato dalla devastazione della guerra, come avrei potuto non accorgermi che eravamo soltanto simulacri di paglia, null'altro che cani? Se la pace sotto*

---

[363] Movimento rivoluzionario (1851-1864) molto vicino al tradizionale ribellismo contadino. L'insurrezione allargatasi a guerra civile fu sedata dall'esercito imperiale con il supporto delle truppe britanniche. Il battaglione dei Nian dopo alcune rivolte locali si era unito alla lotta, al grido di "uccidi i funzionari, stermina i ricchi, aiuta i poveri".

il cielo era messa a repentaglio, poteva ciò costituire un cruccio per un misero essere come me?

Vidi Ge Ren il giorno della prima neve. Insieme a Bai Shengtao e a Zhang Zhankun stavamo passeggiando in riva al fiume. Una barchetta scivolava sulle acque non ancora giacciate tra uno sfarfallio di fiocchi di neve, era un paesaggio fantastico. Seduti sulla barca c'erano Tian Han e Ge Ren. Fan Jihuai mi aveva chiesto di indagare sulla sua malattia e io rivolgendomi a Bai Shengtao dissi che avevo sentito che era in fase terminale e i medicinali non gli facevano più effetto, ora però lo avevo visto e capivo che erano soltanto dicerie. Bai Shengtao riconfermò che Ge Ren era gravemente malato e di recente era anche peggiorato, mi chiese di visitarlo per trovare un rimedio. Dopo una settimana, mi portò a incontrarlo, dicendo che non faceva che tossire, aveva un senso di oppressione al petto ed era in condizioni gravi. Andai a trovarlo in una casa grotta. Era immersa nell'oscurità poi, al barlume di una candela, riuscii a distinguerne l'interno: lungo la parete poggiava un tavolo di legno con un portapenne in bronzo che conteneva due pennelli, una matita rossa e blu, e una penna stilografica. C'era anche una raccolta di novelle di Tolstoj, nell'edizione economica tradotta da Qu Qiubai. La sfogliai distrattamente, era costellata di sottolineature in rosso e in blu, annotazioni sul margine superiore e correzioni. Ge Ren mi disse che intendeva tradurla di nuovo e corredarla di una prefazione. Aggiunse che aveva saputo da Bai Shengtao che ero stato in terra di Russia. Aveva una voce bassa e profonda, come un pianoforte suonato pigiando sul pedale della sordina. Gli consigliai premurosamente di far attenzione alla sua salute. Lui sentiva che il suo tempo stava per scadere, gli impegni si accumulavano e non ce l'avrebbe fatta a concludere tutte le cose che aveva in programma. Per esempio avrebbe voluto raccogliere fondi per pubblicare a Yan'an le Opere complete *di Lu Xun, ma non era ancora riuscito nell'intento. Non mi parve volesse farsi visitare ma piuttosto conversare con me. Mi chiese se conoscevo le origini del nome Astapovo, gli risposi francamente che le ignoravo. Mi disse che prima sapeva soltanto che Astapovo era una piccola stazione ma quando era andato a Tula aveva scoperto che significava "posto di blocco". Più tardi Zhang Zhankun mi spiegò che ad Astapovo era morto Tolstoj. Ge Ren in quell'occasione disse solo che Erligang sarebbe stata la sua Astapovo.*

Appresi i fatti concernenti Erligang dal caro amico Huang Yan, quando venne in ospedale a farsi visitare. Disse che da quando aveva saputo che Ge Ren era morto in battaglia, trascorreva spesso notti insonni, aveva capogiri e la vista offuscata, respirava con difficoltà. Avrebbe voluto scrivere un libro per descrivere le gesta eroiche di Ge Ren e promuoverne lo spirito rivoluzionario a beneficio dei posteri. Non so come, ma non ebbi mai occasione di leggere quel capolavoro… Non molto dopo iniziò la campagna per la raccolta del letame e Zhang Zhankun venne investigato. Mi interrogarono sui nostri rapporti, insinuando che se volevo proteggermi dovevo denunciarlo. Riflettei a lungo e conclusi che, tenendo la bocca chiusa, mi sarei trovato in un vicolo cieco e non avrei avuto speranza di ricongiungermi con mia moglie. Decisi quindi di raccontare che mi aveva parlato della Lunga marcia e della sconfitta dell'esercito Nian, implicando che quella dell'Armata rossa non era stata la prima marcia nella Storia. Gli inquirenti dissero che quello sarebbe stata sufficiente per spedirlo a incontrare Yama, il re degli inferi. Perché Mao Zedong ha detto "la Lunga marcia è stata un'impresa mai vista nella Storia, è stata un manifesto, una squadra di propaganda, una seminatrice. Da quando Pan Ku separò il cielo dalla terra, dall'epoca dei Tre Re e dei Cinque Imperatori, ha mai la Storia conosciuto una lunga marcia come la nostra?"[364]*. Prima della fine della campagna per la raccolta del letame, a Zhang Zhankun mozzarono la testa. Sentii dire che aveva confessato di essere un infiltrato del governo nazionalista, il loro agente speciale a Yan'an. In realtà fui io, la vera spia, a spingerlo verso il patibolo. Negli anni a venire continuai a rimproverarmelo, ero perseguitato dal senso di colpa, non riuscivo a liberarmi dal rimorso. Poi il dodici marzo del 1947, le truppe governative attaccarono il Soviet. Fui ferito da una scheggia di granata e mi nascosi in una casa grotta a leccarmi le ferite come avrebbe fatto un cane. Anche se eravamo già in primavera, fioccava la neve. Il diciotto marzo al crepuscolo entrarono a Yan'an, mi presero per un soldato dell'Armata rossa e mi arrestarono. Per fortuna ero ferito a una gamba e non alla bocca, altrimenti non sarei stato in grado di spiegarmi e mi avrebbero giustiziato all'istante.*

---

[364] Dal discorso *Sulla tattica contro l'imperialismo giapponese* (1935) di Mao Zedong.

Quando seppero la mia vera identità, rimasero sorprendentemente delusi. Avrebbero preferito fossi stato un brigante rosso per ottenere meriti al valore e ricompense…

Da Xi'an, Fan Jihuai mi mandò un telegramma per richiamarmi a Chongqing. Risposi che la ferita alla gamba non era ancora guarita e non avrei potuto spostarmi velocemente, confidavo nella sua comprensione… Per anni non tradii i comunisti né mi arruffianai Chiang Kai-shek, entrato nel mio rifugio divento il mio padrone [365]*, nel tentativo di sopravvivere in tempi travagliati* [366] *immagino di trovarmi alla Sorgente dei fiori di pesco*[367]*…*

Il lettore probabilmente ricorda che, nella prima parte del libro, Bai Shengtao dichiarò che Zhang Zhankun era stato condannato in seguito alla sua delazione. Ora ci sembra di capire che parte del merito per la sua decapitazione debba andare anche a Xiao Bangqi. Lo dissi a Bai Ling, aggiungendo che quindi suo nonno non aveva piena responsabilità per quella disgrazia. Il mio intento era di alleggerire le sue colpe, ma lei non me ne fu grata più di tanto. Anzi disse che tanto era tutta una canizza, un cane che azzannava l'altro.

[365] Verso della poesia di Lu Xun "Presa in giro di me stesso" (1932).

[366] Dal memoriale *Commenti durante la marcia* (226 a.C.) di Zhuge Liang.

[367] Dal discorso *Sulla rivoluzione culturale* (1972) di Deng Xiaoping.

@ Discorrere di poesia e dissertare sulla Via

Ok, andiamo pure avanti. Circa un mese dopo, Dai Li mi convocò a Shulu[368] in via Zhongshan, dove c'era il quartiere generale del Juntong. Non la conosci? Beh, ti inviterò a stare lì un paio di giorni e garantisco che sarai più comoda che in un albergo a cinque stelle. Eh! Se pensi che era la base di lavoro di Dai Li, puoi immaginare quanto fosse confortevole. La Storia avanza e tutto progredisce, sia nell'*hardware* che nel *software*, quindi ora è ancora meglio.

Che dire di Dai Li? Aveva l'aspetto di un grande felino e, quando sorrideva, ti sembrava di essere davanti a una tigre che scopriva le zanne. Era un uomo istruito, lo dimostra persino la scelta del suo nome di cortesia, che viene dal *Libro delle Odi* e significa "porto il cappello di bambù" dalla citazione "tu sei assiso in carrozza e io porto il cappello di bambù, ma nei giorni a venire sarai tu a scendere per porgermi un saluto"[369]. Un modo per ricordarti che dovevi salutarlo alla maniera tradizionale. Quindi io, dopo essere scattato sull'attenti per il saluto militare, univo le mani davanti al petto e mi inchinavo di nuovo. Uso spesso quel modo di salutare, per me rappresenta le virtù tradizionali della civiltà cinese. Nel nostro mondo globalizzato, con il diffondersi dell'Aids, in riunioni e convegni ho spesso fatto presente che adottarlo al posto

---

[368] Una residenza di Dai Li a Chongqing, vi abitò insieme a Butterfly Wu durante la loro relazione.

[369] Verso del motivo popolare "Ballata di Yue" della dinastia Han (206-220) di autore anonimo.

della stretta di mano o del bacio, sarebbe un ottimo modo per limitare il contagio.

Ok, torniamo a noi. Dai Li mi sorrise e disse: "Accomodati, senza fare complimenti". Signorina, te lo dico francamente, il mio stile funziona sempre: se sei uno studioso o un uomo di talento ovunque tu vada meriterai rispetto. Dai Li infatti mi ha sempre trattato con grande cortesia. Quella volta mi ha fatto mettere a sedere, mi ha versato il tè e offerto da fumare, voleva chiedermi qualcosa. "Prego, di cosa si tratta?" Lo adulai lodando il suo modo eccellente di entrare in diretto contatto con le masse[370]. Rispose che aveva letto una poesia, non gli dispiaceva ma non era sicuro di averla capita. Il mio cuore si rallegrò. Ok! La poesia era uno dei miei punti forti, potevo dar pieno sfoggio alle mie capacità. Mi porse il numero di *Scritti eterodossi*, la rivista di Xu Yusheng pubblicata a Hong Kong, che conteneva "Fiore di fava". Aveva qualcosa di familiare, non la riconobbi subito ma mi resi conto che l'avevo già letta da qualche parte. Gli dissi: "Fiori di fava? Fiori, vento, neve, luna, i quattro temi della letteratura romantica[371], insulsi svaghi di letterati". Mi rispose che aveva sentito dire che a Chen Duxiu piacevano i fiori di fava, non poteva averla scritta lui? Impossibile, avevo letto le sue poesie ed erano tutte in stile classico. "Beh", insisteva, "allora gliel'hanno dedicata." Ricordo di aver pensato: "Sorriso di tigre dimostra che 'il vero interesse del vecchio ubriaco non sta nel vino'[372], vuole parlare di Chen Duxiu". Risposi era già morto e poteva andarsene al diavolo. Oh, nonna! D'un tratto mi ricordai che l'autore del poema era Ge Ren, lo aveva scritto quando stava in Giappone. Mi pare di averti già detto che dopo il Movimento del quattro maggio, lo avevano pubblicato in una rivista che si chiamava qualcosa come *Nuovo Secolo* e aveva fatto un certo scalpore. La

---

370 Dal *Discorso alla Conferenza nazionale di propaganda del Partito comunista cinese* (1957) di Mao Zedong.

371 Dal saggio *Rivoluzione e letteratura* (1926) di Guo Moruo.

372 Dal saggio *Il padiglione del Vecchio Ubriaco* di Ouyang Xiu (1002- 1072).

firma era scritta in caratteri stranieri, con qualche difficoltà li decifrai: "Melancolia". Non c'erano dubbi, di sicuro era opera di Ge Ren, in russo lui si chiamava Melancovsky.

Pensai, perché Sorriso di tigre me l'ha mostrata? Possibile che mi sospetti in combutta con i comunisti? Tuttavia non mi scomposi. Ge Ren era caduto a Erligang, Dai Li non avrà certo pensato che organizzassi sedute spiritiche per entrare in contatto con le anime dei morti? Gli chiesi di spiegarsi, di dirmi chiaramente cosa aveva in mente. Disse che era riuscito a ritagliarsi un attimo di pausa e voleva allietare la giornata discorrendo di poesia con un amico. E naturalmente aveva pensato a me. Mi chiese se avevo l'abitudine di leggerle. Certamente, la poesia è un modo speciale di vedere la vita, non si può fare a meno di conoscerla. Volle sapere quali erano i poeti contemporanei che preferivo. Chissà qual era lo scopo di quella domanda. Dovevo stare attento a non rovinare un uomo con la frase sbagliata. Risposi che Xu Zhimou non era male, peccato fosse morto. Tagore anche, ma si trovava in India. Dicono che i poeti si lamentano sempre, ma non era il caso di quei due. Parlavano di nuvole al crepuscolo, di uccelli in volo, erano interessati al lirismo puro, ottimi esempi per qualsiasi poeta. Ok, lui commentò: "Un discorso del mio signore vale dieci anni di letture"[373]. Non avevo ancora fatto pieno sfoggio delle mie doti e lui già mi stava incensando, si offrì di fare un brindisi in mio onore. Signorina, probabilmente non sai che, dopo la Terza sessione dell'undicesimo Congresso del Comitato centrale del PCC[374], mi sono imposto di seguire "la regola del tre", bevo solo tre bicchieri e non di più. Quel

[373] Dagli *Scritti di antica saggezza*.

[374] Gioco di parole basato sull'omofonia di *zhong*, due caratteri dal diverso significato di "sessione plenaria" e "calice". La Terza sessione plenaria dell'undicesimo Congresso del Comitato centrale del PCC (1978) stabilì l'importanza dell'economia rispetto alla politica ed è di fatto considerata l'inizio del socialismo con caratteristiche cinesi e della politica di riforma e apertura verso l'esterno.

giorno però feci un'eccezione, ero con il mio superiore quindi mi lasciai andare e bevvi senza ritegno.

A quel punto però, la volpe lasciò spuntare la coda: lui mi chiese cosa pensavo delle poesie di Ge Ren. Cui Yongyuan (il presentatore di un programma della CCTV, l'emittente nazionale cinese) in questo periodo sta trasmettendo "Raccontala com'è"[375]. Beh, visto che non c'erano estranei, la raccontai com'era. Gli dissi che non le conoscevo, in gioventù mi era capitato di leggerne qualcuna, tutto lì. "Infatti, te ne ho appena mostrata una". Proprio vero che "nulla sfugge all'occhio del Dharma", mi battei la fronte come uno che ha appena avuto un'illuminazione. "Padron Dai, ora che ci penso, in effetti è proprio una poesia di Ge Ren, l'ha scritta in Giappone". Dai Li aggiunse che durante il Movimento del quattro maggio era stato anche lui un giovane impetuoso, gli piaceva leggere poesie moderne, la sua scoperta di "Chi sono stato" risaliva ad allora. Visto che quel figlio di un cane sapeva tutto perché lo stava chiedendo a me? Non commentai, ma sentii la rabbia ribollirmi in corpo. Lui batté le mani e chiese alla segretaria di portargli la copia del *Nuovo Secolo* che aveva custodito gelosamente per anni. Era una signorina deliziosa, tutta profumata, pareva una seconda Butterfly Wu. Mi porse la rivista e uscì sculettando dalla stanza. Dai Li aveva fatto bene i compiti, la poesia era sottolineata in rosso proprio nei punti in cui differiva dalla versione attuale. Mi stavo domandando cosa bolliva in pentola, quando mi chiese a bruciapelo: "Signor Fan, Xiao Bangqi ti sembra un uomo affidabile?". Dissi che aveva ricevuto anni di formazione nel Partito e non mi risultava avesse problemi ideologici. Non era stato lui a riportare la morte di Ge Ren? "Non ti avevo già informato?" E fu allora che Sorriso di tigre mi annunciò che Ge Ren probabilmente era ancora vivo. Tra tutte le notizie che avrebbe potuto darmi quella era la più inaspettata. Signorina,

---

[375] Programma trasmesso dalla CCTV dal 1996 al 2002.

non ti nascondo che mi spiazzò totalmente, temetti che avesse perso il lume della ragione. Dopo un po' gli chiesi: "Padron Dai, non starai scherzando?". "Non è permesso scherzare in questo esercito[376]. Dalla poesia si capisce che non solo Ge Ren è ancora vivo, ma si trova a Dahuangshan".

I fumi dell'alcol nella mia testa svanirono all'istante. "E cosa ci sarebbe andato a fare?" Mi rispose che se lo stava chiedendo anche lui. Sapeva che "Fiore di fava" era stata scritta a Dahuangshan e un suo informatore gli aveva detto che, in effetti, al borgo di Baibei c'era un uomo che veniva da fuori. La spia non lo conosceva ma dalla sua descrizione sembrava proprio Ge Ren. Insistetti che non era possibile, che tutte le informazioni lo davano per morto. Lui batté un paio di volte il bicchiere sul tavolo: "Evitiamo di saltare alle conclusioni, facciamo attenzione allo studio e alla ricerca"[377]. Aggiunse di aver già riportato tutto al Vecchio (Chiang Kai-shek), anche lui era d'accordo a inviarmi a Dahuangshan per controllare. Se quello in effetti era Ge Ren, volevano che appurassi quali erano le sue intenzioni e che lo convincessi a mettersi al servizio del Kuomintang. Fuck! Ecco perché mi aveva convocato a Shulu!

Evidentemente aveva riflettuto a fondo per formulare un piano simile. Me ne descrisse i dettagli che riassumerò in tre punti generali: il principio, doveva essere a vantaggio del Kuomintang; la flessibilità, avrei dovuto applicare tattiche e strategie; la disciplina[378], mi imponeva di mantenere il segreto più assoluto. Se avessi rispettato le tre regole, tutto sarebbe andato liscio "quando si tira la corda principale di una rete, tutte le maglie si aprono"[379]. Alla fine Sorriso di tigre mi chiese

---

[376] Dal *Romanzo dei Tre Regni* – Assediato a Tushan, Guan Yu pone tre condizioni; Ripresosi a Baima, Cao Cao assiste a un prodigio.

[377] Dal discorso *Un vento di studi e di ricerche* (1961) di Mao Zedong.

[378] Dal discorso *Sulla istituzione del sistema dei rapporti* (1948) di Mao Zedong.

[379] Dal discorso *Ancora sul mutuo aiuto e sulla cooperazione nell'agricoltura* (1953) di Mao Zedong.

di commuovere Ge Ren con i sentimenti e di convincerlo con la ragione[380] ricordandogli che i pesci non possono lasciare l'acqua, né i meloni lasciare la vite e che la rivoluzione si compie soltanto attraverso i *Tre principi del popolo* formulati da Sun Yat-sen[381].

Signorina, Dai Li sosteneva e applicava la tattica della tensione interna e della distensione esterna, dietro al suo sorriso si nascondeva sempre un coltello[382]. Se ti guadagnavi da vivere lavorando per lui, dovevi stare attento a una cosa: non dovevi farlo arrabbiare per nessun motivo altrimenti avresti fatto una brutta fine. Dopo avermi impartito le istruzioni, finse anche di mostrarsi comprensivo, se avevo difficoltà poteva mandare qualcun altro. Se in quel cruciale momento storico avessi osato rifiutarmi, di sicuro mi avrebbe eliminato. Non avevo alcuna intenzione di morire per mano sua. Senza un battito di ciglia, risposi: "Ok, me ne occupo io. Il grado inferiore è subordinato al grado superiore, tutto il partito è subordinato al Comitato centrale[383], obbedire a te significa obbedire al Generalissimo. Lascia pure fare a me". Ora l'avevo reso felice. Mi chiese di esporre le mie richieste e che l'organizzazione si sarebbe prodigata per soddisfarle.

---

[380] Tecniche di persuasione tratte dal *Guiguzi (Il Maestro della valle degli spettri)*.

[381] Indipendenza della nazione, democrazia parlamentare e socialismo agrario.

[382] Dal *Libro dei Tang* – Biografia di Li Yifu.

[383] Dal discorso *Il ruolo del Partito comunista cinese nella guerra nazionale. Disciplina del Partito* (1938) di Mao Zedong.

& Xu Yusheng e *Scritti eterodossi*

Come sappiamo, dopo l'attentato a Ge Cundao, Hu An mandò Xu Yusheng a Qinggeng per riportare Ge Ren a Hangzhou. Nei due anni che seguirono, Xu Yusheng e Ge Ren furono legati da profonda amicizia. Poi, dopo la partenza di Ge Ren per il Giappone, Xu Yusheng si trasferì a Hong Kong. Come Xu ha raccontato nel suo libro *Cronache del sogno di Qiantang*, quando Ge Ren era in Giappone, loro due intrattennero un'assidua corrispondenza. Ge Ren seppe così che aveva fondato la rivista *Scritti eterodossi* e gli suggerì:

Dovresti pubblicare i capolavori di Zhongfu (Chen Duxiu) e di Shoushang (Li Dazhao). Ti invio il saggio Primavera *di Li Dazhao, in particolare sono state queste parole ad avermi commosso profondamente: "La primavera porta il sole, il vento dell'est scioglie il ghiaccio. Da queste lontane isole del Giappone rivolgo lo sguardo verso il mio Paese in cui la profonda oscurità ha lasciato posto alla chiara lucentezza e il gelido cielo d'inverno è stato ravvivato da un rigoglio di fiori in boccio. Ogni cambio di stagione risveglia ricordi".*

Infatti "Primavera" fu pubblicato in *Scritti eterodossi* e, secondo Xu Yusheng, contribuì a diffondere l'opinione che simpatizzasse con i bolscevichi. Poi i contatti tra Ge Ren e Xu Yusheng si diradarono. Probabilmente nell'anno 1929, Xu ricevette una lettera in cui Ge Ren lo informava di aver iniziato a insegnare all'Università di Shanghai e a scrivere un'autobiografia dal titolo *L'ombra che cammina*. Xu gli rispose che gli sarebbe piaciuto pubblicarla in dispense su *Scritti eterodossi*, e aggiunse: "Conosco alcuni dettagli sulla morte di tuo padre. Se hai tempo di venire a Hong Kong, potrei parlartene e forse ti saranno di aiuto". In mancanza di altra corrispondenza tuttavia Xu Yusheng non perse le sue tracce, sapeva che Ge Ren e Bingying erano stati nel Soviet e che Ge Ren aveva partecipato alla Lunga marcia. Chiese l'autorizzazione al governo nazionalista, voleva andare a Yan'an a fare un'intervista. Non soltanto per raccogliere informazioni, ma anche per incontrare Ge Ren. Ma, a causa del sospetto di tendenze bolsceviche, gli negarono il permesso. Nel 1941 un giornalista di Hong Kong che tornava da Yan'an disse che Ge Ren si stava occupando di traduzioni, quindi Xu Yusheng pensò che avesse terminato la biografia e rinnovò l'offerta di pubblicarla nella rivista. Nell'inverno del 1942, un amico rifugiatosi a Hong Kong lo informò che Ge Ren aveva trovato la morte a Erligang per mano dei banditi giapponesi. Non molto tempo dopo, ancora sopraffatto dal dolore e dal rimpianto, ricevette la poesia "Fiore di fava".

La lettera doveva aver viaggiato a lungo, la busta era sporca e danneggiata, il timbro postale indistinguibile. Non era firmata, ma riconobbi la sua calligrafia elegante, era senz'altro di suo pugno. Il nome dell'autore "Melancolia" era in lingua straniera. Pensai che Ge Ren l'avesse spedita poco prima della tragedia e che potevo considerarla il suo testamento.

L'argomento è già stato citato parlando di una conversazione tra Ge Ren e Fan Jihuai e, in questa sede, non avanzerei altre ipotesi sull'esatta data di spedizione. Come sappiamo, Xu Yusheng pubblicò subito la poesia su *Scritti eterodossi*, "in memoria di un amico a cui sono profondamente legato e per onorare un eroe comunista caduto nella guerra di resistenza". Questa è la poesia "Fiore di fava", pubblicata il giorno 6 gennaio del 1943:

Chi sono stato
In quel giorno allo specchio

Il ruscello gorgogliante tra i monti di Qinggeng
O il fiore di fava sulle rive del fiume Baiyun?

Chi sono stato
In quella primavera allo specchio
L'ape sulla via Arbat
O l'innamorato che canta tra i fiori di fava?

Chi sono stato
In quella vita allo specchio
La fiammella rossa tremolante nella casa grotta
O l'ombra del bocciolo di fava che si agita al vento?

Chi mi ha avvertito nel buio
Chi mi ha avvicinato tra la folla
Chi ha fracassato lo specchio
Frantumandomi in mille identità?

Confrontandola con la versione sul *Nuovo Secolo*, notiamo la presenza di un'identica pressante e audace introspezione alla ricerca dell'autenticità dell'essere, e che le uniche differenze sono costituite da alcune parole nuove: Qinggeng, fiume Baiyun, via Arbat, casa grotta. Come una filza di perle, punteggiavano la vita di Ge Ren tracciandola per intero. E non potevano essere sfuggite a Dai Li, dal fiuto più acuto di quello di un cane.

Come avrebbe potuto immaginare il signor Xu Yusheng che la pubblicazione di "Fiore di fava" avrebbe provocato la morte di Ge Ren? Non solo, ma avrebbe mutato i destini di molte persone a lui collegate, compreso il suo. Il 9 giugno del 1944 infatti fu accoltellato a Hong Kong da un agente segreto del Juntong mentre percorreva il vicolo Sha Shek diretto all'Hotel Repulse Bay.

@ Lavoro di squadra

Presentai ai miei superiori una richiesta molto semplice: volevo che mi fosse permesso di scegliere i miei uomini. Li avrei mandati in avanscoperta. Dai Li era d'accordo e mi diede carta bianca. Ok, ottenuta "la spada preziosa prodotta dallo Shangfang"[384], il nullaosta dei miei superiori, iniziai a formare la mia squadra.

Come li avrei selezionati? Eh, aspetta che te lo spieghi e capirai le mie intenzioni. Per primo presi Yang Fengliang, di cui ho già parlato in precedenza. Quella decisione era nata dopo varie considerazioni, la prima era che Ge Ren non gli aveva mai fatto torto e quindi, anche se Yang Fengliang era entrato nel Juntong, in privato non aveva che parole di rispetto e ammirazione per lui. Pensai, se quell'uomo era realmente Ge Ren, Yang Fengliang non gli avrebbe mai fatto del male. Il secondo motivo era che Yang Fengliang era stato un diplomatico, quindi era particolarmente esperto nell'arte della retorica, uno capace di trasformare una pagliuzza in una barretta d'oro[385] e, viceversa, sminuire l'oro descrivendolo come paglia. Nessuno era più adatto di lui per convincere Ge Ren a passare al nemico. Terzo, avevamo un ottimo rapporto e, quando ci trovavamo insieme nel Soviet, ci distinguevamo entrambi come "diversi". Cosa intendo? Insomma eravamo

[384] Shangfang era l'officina che produceva oggetti rituali in bronzo e giada durante le dinastie Qin e Han. Con il tempo l'espressione ha acquisito il significato di "avere licenza di uccidere".

[385] Dal racconto "Lavori forzati" (1935) di Xia Yan (1900-1995).

come quelli che voi oggi chiamate "alternativi". Ci trovavamo in perfetta sintonia e a Chongqing ci frequentavamo assiduamente. Devi essertene accorta, io sono una persona alla mano, anche dall'alto della mia autorità non mi do affatto arie. Ogni volta che veniva a farmi visita, lo accoglievo sempre con vino squisito e ottimi manicaretti, ci mancava solo che gli trovassi anche le donne. Tanto so che non le avrebbe volute. Era ossessionato dalla sua Canto dei fiori. Una volta mi raccontò che lei viveva a Dahuangshan e gli aveva dato un figlio. Non vedeva l'ora di ricongiungersi a loro. Nel saggio si perfezionano le qualità migliori dell'uomo[386], ovvero la morale e la virtù tradizionale cinese. Perché non applicarle di buon grado?

Mi è appena tornato in mente un episodio. Anni fa, sono stato invitato sul monte Heng per partecipare a un Festival del turismo. Lì ho incontrato un monaco, le cicatrici dell'ordinazione che aveva sul cranio erano grandi come noccioli di giuggiola. Disse che veniva dal tempio di Subhuti. Quando lo nominò, il mio cuore fece un salto di sorpresa, anche a Baibei c'era un tempio dedicato a quel discepolo del Buddha. Al termine dell'evento, il monaco venne a trovarmi in albergo. Aveva un'aria intelligente e lo invitai a rimanere per fare due chiacchiere. Signorina, di sicuro non immagini che quello che mi stava davanti fosse il nipote di Yang Fengliang.

Quando lo disse, riconobbi nei suoi lineamenti qualcosa di familiare. In effetti, gli somigliava molto, specialmente le sue orecchie a sventola, parevano fatte con lo stampo. Aveva gli occhi e lo sguardo vivace e seducente di Canto dei fiori, anche se era un monaco. Durante la presentazione, aveva sentito il mio nome e gli era venuta voglia di pormi una domanda. Era stato un certo Sun Guozhang a parlargli di me. Chi era? Dopo averci pensato a lungo, mi ricordai che era un attendente di Yang Fengliang a Chongqing. Gli chiesi:

[386] Dai *Dialoghi* di Confucio - Yan Yuan.

"Cosa ti ha raccontato?". Aveva detto che Fan Jihuai sapeva com'era morto suo nonno. Risposi che, dato che ora era un monaco, sarebbe stato meglio abbandonare quei pensieri cupi e concentrarsi anima e corpo nella venerazione del Buddha. Lui aveva unito le mani in preghiera, era tutto un "benefattore di qua, benefattore di là", e non sembrava aver voglia di andarsene. Chiesi se c'era ancora qualcosa. Voleva sapere se conoscevo Liu Faqing. Signorina, tu non sai chi è, giusto? Eh, è il nipote di Liu Shaoqi e ora fa l'abate taoista sul monte Heng. Risposi che ero venuto per il Festival del turismo e non mi immischiavo in altre faccende. Fuck! Non mi fu facile liberarmi di lui. Finalmente si congedò con un'ultima frase: "Benefattore, ora riposati. Quando avrai preso contatti con l'abate Liu Faqing verrò di nuovo a trovarti". Fuck! Se quel tizio mi si metteva alle calcagna, non avrei più avuto pace. La notte stessa scesi dal monte. Signorina non preoccuparti, stavolta ho avvertito chi di dovere, per carità niente monaci alla cerimonia, vederli mi fa venire il nervoso.

& La discendenza di Yang Fengliang

Il nipote di Yang Fengliang a cui si riferisce il vecchio Fan, si chiama Yang Min. Dal nome si capisce che era originario del Fujian, storicamente nota come "terra dei Min". Sua nonna era la prima moglie di Yang Fengliang, non Canto dei fiori che, come sappiamo, era morta insieme al figlioletto per mano di Aqing. Nel 1996 era venuto a Baibei a onorare la tomba del nonno, poi era rimasto al tempio di Subhuti e aveva preso i voti con il nome religioso di Minghai, Mare dell'illuminazione.

Ora il tempio si trova al numero 63 di via Zhongshan Nord, nel distretto Guancheng della città di Baibei. Di fronte, al numero 60, una volta c'era la casa da tè di Canto dei fiori. Ora si chiama Cuihuayuan, Giardino di giada, ed è un albergo a tre stelle, un investimento di un mercante di pietre preziose. Quando vado a Baibei scendo sempre lì, è confortevole ed elegante. Ha un unico neo: orde di prostitute ti tempestano di telefonate per offrirti i loro servizi, spesso disturbando il tuo sonno. Quando uscivo dall'albergo andavo a farmi un giro al tempio. Si estende su un'area di cinquanta *mu*, ha un cortile a forma di ferro di cavallo, con giare di terracotta agli angoli del muro. La prima volta che lo visitai stavano organizzando una gara di calligrafia. Il primo premio andò al signor Guo Ping, di cui ho parlato in precedenza. Mi disse di aver praticato l'arte del pennello e dell'inchiostro per molti anni, era prevedibile che si aggiudicasse il premio. Nel cortile a ferro di cavallo intrattenni con lui varie conversazioni, ma Minghai non fu mai nominato.

Riordinando gli appunti sul racconto del vecchio Fan, andai di nuovo a Baibei. In quell'occasione, chiesi al segretario Guo notizie di Minghai. Mi liquidò con una frase: "*Karmavarana*[387], Minghai è entrato nel *parinirvana*"[388]. Morto? Era giovane, come poteva essersene andato così all'improvviso? Ma lui non disse una parola di più. In una casa da tè nei pressi del tempio feci conoscenza con un altro monaco di nome Minghui, un ex monaco, per la precisione, visto che aveva da tempo lasciato l'abito. Gli spunzoni di barba sul faccione rotondo lo facevano sembrare una patata che aveva messo i germogli durante l'inverno. Era originario di Ruijin e, al suo ritorno alla vita secolare, si era stabilito a Baibei e aveva aperto la casa da tè. L'aveva chiamata Minghui, Saggezza illuminata come il suo nome, sapeva che i clienti si fidano dei monaci. Nella sala era appeso uno stendardo con "la lanterna azzurra e il rotolo giallo"[389], rappresentavano l'arduo studio alla fioca luce della lampada a olio su carte ingiallite dal tempo. Era il simbolo del suo locale. Sulla cassa davanti allo stendardo c'era l'altare di Guan Yu, il dio della guerra dal volto rubizzo. In quel contesto non rappresentava lealtà e rettitudine, piuttosto era venerato come dio della ricchezza.

Minghui e Minghai erano legati da una profonda amicizia, insieme si erano recati in pellegrinaggio al monte Heng, la sacra montagna del Nord. Minghui mi disse che era stato lui a raccontare a Minghai la storia dell'abate Liu (Faqing). Mentre ricordava alla cameriera di aggiungere acqua nella mia tazza di tè, si alzò per andare verso la cassa. Tirò fuori una copia dell'*East China Information Daily* che risaliva al 6 agosto del

---

387 "Nebbia dell'ignoranza che offusca la mente", uno dei tre ostacoli sul percorso della purificazione spirituale secondo il canone buddhista.

388 Nei testi canonici del buddhismo, corrisponde all'"estinzione assoluta", stato di completo nirvana alla cessazione di ogni sensazione e sentimento.

389 Dall'opera *Il Padiglione che saluta la luna* del drammaturgo Guan Hanqing.

1995. L'aveva acquistato alla stazione ferroviaria di Shanghai quando faceva il monaco itinerante, conteneva un articolo che riguardava Liu Faqing:

Liu Faqing, nipote di Liu Shaoqi, all'età di trent'anni è stato nominato abate del tempio del monte Heng, la montagna sacra del Nord. Appena nato i suoi genitori furono imprigionati nelle "stalle"[390]. *Suo padre, Liu Yunbin, morì torturato dai Ribelli, una fazione delle Guardie Rosse. Sua madre lo portò al paese d'origine nelle praterie del Qinghai. Fu allevato dai pastori e il Buddha vivente del Tempio lama gli insegnò a leggere, scrivere e recitare i sutra. Poi si arruolò nell'esercito e partecipò alla controffensiva contro il Vietnam. Quando fu smobilitato tornò nel Qinghai e divenne il capo di un cantone. Sei anni orsono, nella grotta Longmen di Baoji è entrato nell'ordine taoista. Da piccolo aveva visitato quel luogo insieme alla sua governante. Liu Faqing ha studiato a fondo il taoismo, ha vagato per i quattro mari, visitato monti venerabili e antichi templi. Nella primavera dello scorso anno si è stabilito sul monte Heng. Il nipote di colui che era stato il presidente della Repubblica, ora portava il* chunyangjin, *il copricapo di seta nera della setta taoista della Retta unità, una tonaca di semplice panno, una cintura di seta gli cingeva la vita, al fianco gli pendeva la Spada dalle sette stelle*[391].

Minghui mi disse che sul monte Heng non lo incontrarono. Al suo ritorno Minghai prese la copia del giornale e lesse e rilesse l'articolo, studiandolo attentamente. Riteneva che, a parte il nome, la religione e alcuni dettagli circostanziali, era

---

[390] Durante la Rivoluzione culturale, gli intellettuali bollati come "demoni-mucca e spiriti-serpente" (vedi *Fare piazza pulita dei demoni-mucca e degli spiriti-serpente*, editoriale del *Quotidiano del Popolo*, 1966, scritto da Chen Boda) erano detenuti nelle "stalle" prima di essere inviati nei campi di riforma delle Scuole dei quadri del 7 maggio (così definite in seguito alla *Direttiva del 7 maggio* diramata nel 1966) per essere rieducati attraverso il lavoro.

[391] Magica arma di straordinaria potenza in grado di ferire e uccidere i demoni. Sulla lama sono incise le sette stelle del Grande Carro, il manico è decorato con tigri, draghi o motivi talismano.

come se parlassero di lui: il nonno non era stato presidente della Repubblica, ma diplomatico; anche suo padre era stato "rettificato" a morte; sua madre lo aveva portato nelle foreste del monte Wuyi dove si era nutrito di bacche selvatiche e di piante. Lui stesso aveva partecipato alla guerra contro il Vietnam, un'esplosione gli aveva spaccato una costola e maciullato alcune dita dei piedi, per quello camminava trotterellando come una papera. Sebbene non fosse stato capo cantone, tutto il resto tornava. Con le lacrime nella voce (una caduta di stile per un monaco buddhista) ricordò che, per una faccenda relativa alle case e ai terreni di famiglia, aveva avuto un alterco proprio con il capo cantone. Lo avevano portato al posto di polizia, immobilizzato con la legatura dei cinque fiori[392]. Se non avesse confessato i suoi reati avrebbero continuato a tenergli la torcia elettrica puntata negli occhi. Minghui disse che non sapeva dire se il racconto di Minghai corrispondesse o meno a verità, perché nel *Surangamasutra*, il *Sutra della marcia eroica*, si legge: "la mente sorge dagli oggetti percepiti, gli oggetti percepiti sorgono dalla mente". Inoltre nel *Mahayana Salistambasutra*, il *Sutra della piantina di riso*, è scritto: "chi vede la legge di causa ed effetto, vede il dharma". Ero confuso, Minghui mi ripeté che è la consapevolezza a produrre gli oggetti percepiti e sono gli oggetti percepiti a produrre la consapevolezza. Temendo che ancora non mi fosse chiaro il concetto, aggiunse: "Per esempio, voglio guadagnare soldi per prendere moglie, quindi ho aperto questa casa da tè. Ora sono ricco e di conseguenza circondato da donne, non ho più bisogno di sposarmi. Se attraverso lo steccato posso mungere la mucca, perché dovrei allevarne una? Questo si chiama 'la mente sorge dagli oggetti percepiti', per questo 'chi vede la legge di causa ed effetto, vede il dharma'".

---

392 Sistema di legatura in cui la corda viene fatta passare intorno al collo e con cinque nodi si immobilizzano le mani dietro la schiena, rendendo impossibile qualsiasi movimento.

Minghai riteneva che, in virtù dell'affinità tra le loro esperienze, se Liu Faqing era riuscito a diventare abate taoista, lui nel tempio di Subhuti avrebbe dovuto ottenere una carica altrettanto importante. Oltre a recitare i sutra, si dedicava con energia all'organizzazione di eventi culturali. La gara di calligrafia era stata una sua idea e, per quella, aveva speso i risparmi di una vita. Si era messo d'accordo con il segretario Guo, al quale avrebbe fatto vincere il primo premio barattandolo con un suo intervento presso le competenti autorità per fargli ottenere il titolo di priore. Preoccupato di un suo voltafaccia, Minghai gli aveva anche regalato una serie di giare che appartenevano al tempio. Il segretario lo tranquillizzò, dall'alto erano arrivate istruzioni di incentivare e promuovere i giovani quadri e il titolo di priore era suo di diritto. Come previsto Guo ottenne il primo premio, ma la "qualifica di priore" (parole di Minghui) andò a un altro. Mentre Minghai era nell'ufficio di Guo per far valere le sue ragioni tra loro scoppiò una lite e, da due che erano, divennero tre perché si unì anche il nuovo priore. Il segretario si era espresso in maniera inopportuna, dando a Minghai dello "zoppo": "Il borgo di Baibei sta per diventare una municipalità, un priore zoppo ci rovina l'immagine". Minghui aggiunse che, sentendo quella frase, a Minghai si era fermato il respiro. Esclamai: "Ah, ecco come ha raggiunto il *parinirvana*!".

"Ma di quale *parinirvana* stai parlando?". Minghui mi guardò con gli occhi sgranati, tondi come biglie. Gli riferii le parole del segretario Guo. A quel punto, sganasciandosi dalle risate mi spiegò che Minghai non era morto, ma come il Bodhidharma "aveva attraversato lo Yangtze su una canna e se era tornato in Occidente". Non conoscevo la storia e Minghui me la raccontò: un giorno il Bodhidharma era con l'imperatore Wu dello stato di Liang a conversare sul *pariyatti*, gli aspetti teorici dell'insegnamento del Buddha, tra loro ci fu un disaccordo e il Bodhidharma sdegnato prese una canna, ci montò sopra e, attraversando il fiume, se ne andò. Minghai era partito con un turista statunitense. Stufo di essere monaco, voleva fare il missionario, era diventato un missionario americano. Aveva anche cambiato nome, era Deng Zhiqiao, in inglese George Deng. Gli feci notare che suonava un po' strano. Minghui mi disse che Minghai si era spremuto le meningi per giorni e poi, d'un tratto, aveva avuto un *satori*. Lo aveva scelto perché suonava come *dengzhe qiao* "aspetta e vedrai". "Cosa dovremmo stare a vedere?" chiesi io, non avevo capito. Minghui mi spiegò che secondo gli insegnamenti buddhisti nel *Trattato sull'immutabilità delle cose*: "se si muove è in riposo, sembra andare ma resta; vi si arriva attraverso la comprensione misteriosa, non la verifica dei fatti"[393].

Bai Ling mi aveva detto che, durante la sua permanenza a Baibei, Fan Jihuai era andato nella casa da tè della Saggezza illuminata, quindi chiesi a Minghui che impressione gli avesse fatto il vecchio Fan. Lui si ricordava perfettamente di Bai Ling e del giapponese Kawai, ma non aveva alcuna memoria di Fan. Ebbe bisogno di vari suggerimenti da parte mia per raggiungere l'illuminazione: "Buddha misericordioso, ho capito di chi parli. L'aveva portato il segretario Guo, era quello dei 'tre tanti', tante chiacchiere, tanto catarro e tanto piscio". Minghui mi raccontò che, nelle pause pipì di Fan Jihuai, il segretario Guo aveva colto l'occasione per invitarlo a entrare nell'organizzazione. Credevo si riferisse al Partito o a chissà quale altra istituzione pubblica, invece si trattava della Lega dei consumatori Huawei. Nonostante fosse stata ufficialmente sciolta a livello nazionale, quando il segretario glielo chiese, Minghai seppur giocoforza dovette acconsentire. Poi mi disse: "Compare, puoi anche non pagare il tè, ma devi assolutamente prenderti una confezione di grasso di foca dell'Alaska".

[393] Trattato di Seng Zhao (374-414) sulla filosofia Madhyamaka nel Buddhismo Mahayana.

@ Due aquile con una freccia

Quando Yang Fengliang partì, una luna scintillante era sospesa in cielo. Me la ricordo, era crescente e aveva le punte molto sottili, ok, pareva il falcetto che i contadini tengono appeso al muro. Andai ad accompagnarlo all'aeroporto e, già che c'ero, gli ripetei le tre regole di Dai Li. Poi dissi francamente: "Fengliang, mi raccomando cerca di capire chi sia quell'uomo. Se è Ge Ren, aspetta che arrivi io a occuparmene, altrimenti tornatene indietro senza fare un fiato. Non battere l'erba sennò spaventi il serpente, non vogliamo far perdere la faccia al Partito e svergognare il Juntong".

Assegnai a Ge Ren un nome in codice: Zero. Signorina, come vedi mi ero proprio impegnato. Significava "zero assoluto, inesistente". Persino un idiota avrebbe capito il sottinteso, figuriamoci Yang Fengliang che era furbo come una scimmia. Certo, intendevo dire che se non era Ge Ren poteva lasciarlo andare. Lui era un uomo intelligente, di sicuro avrebbe saputo come fare. Quando arrivammo alla scaletta, gli dissi di salutarmi Canto dei fiori, aggiungendo che il corpo è il capitale della rivoluzione e doveva prendersene buona cura. Cosa ridi, non c'è niente da ridere, la frase non aveva doppi sensi. Stavo solo mostrando sollecitudine per il mio sottoposto.

Yang Fengliang portò con sé sette o otto uomini. Come è scritto nel *Zuozhuan* "anche se lunga, la frusta non raggiunge la pancia del cavallo"[394]. Per ottenere le corrette informazioni

---

[394] *Commentario di Zuo*, XV anno del Duca Xuan di Lu.

e controllare che Yang Fengliang non facesse brutti scherzi, infiltrai un mio figlioccio nel gruppo. Era un ragazzo attraente con un nome da donna, si chiamava Qiu Aihua. Era rimasto orfano all'inizio di giugno del 1941 durante il bombardamento di Chongqing da parte dell'esercito giapponese. Molti si erano rifugiati nei tunnel sotterranei per sfuggire alle bombe ed erano rimasti schiacciati, tra loro c'erano anche i suoi genitori. Ok, a raccontarlo fa anche un po' ridere. La guerra di resistenza contro i giapponesi durava già da otto anni e le vittime tra gli abitanti di Chongqing saranno state al massimo un migliaio, praticamente una media di poco più di un centinaio all'anno. Quella volta tra i morti calpestati e quelli soffocati, ne perirono oltre diecimila[395]. Mi era stato dato l'ordine di gestire la raccolta dei cadaveri, riempivamo un camion militare dopo l'altro. Quando li stavamo seppellendo in periferia, d'un tratto udimmo un lamento provenire dalla pila dei corpi. Proprio così, era Qiu Aihua, all'epoca avrà avuto quattordici o quindici anni, era nudo e ancora non aveva i peli sul pisellino. Oh, scusami signorina, stavo semplicemente cercando la verità nei fatti. All'epoca eravamo tutti poveri e la dieta era inadeguata, quindi a lui non erano ancora cresciuti i peli sul pisello e il prepuzio non era retrattile. Il governo aveva lanciato una campagna di solidarietà, io risposi alla chiamata e adottai l'orfanello. E lui dimostrò sempre la massima lealtà nei miei confronti. Come dire, se gli avessi chiesto di mettersi a chiappe nude su un blocco di ghiaccio, non se lo sarebbe fatto ripetere due volte. Lo mandai ad arruolarsi nell'esercito per fare la gavetta, e successivamente diventò una pedina importante nel gioco d'infiltrazione e di spionaggio, al fianco di Yang Fengliang, che tuttavia ignorava quali rapporti esistessero fra di noi. Una volta andai a fare un sopralluogo per controllare il

---

[395] Nella notte tra il 5 e il 6 giugno del 1941, ci fu il più intenso raid di bombardamenti giapponesi in otto anni della guerra sino-giapponese. Oltre quattromila persone morirono calpestate o soffocate nei rifugi antiaerei.

suo lavoro, mi accorsi che Qiu Aihua non osservava le regole di decoro nella divisa e gli mollai subito un paio di ceffoni. Di proposito chiesi a Yang Fengliang: "Da dove viene questo ragazzino? Dovresti metterlo in riga". Lui gli diede un calcio e lo mandò a scrivere un'autocritica. Oh, nonna! Se avesse saputo che era il mio figlioccio non si sarebbe mica permesso di trattarlo in quel modo.

Ok, vado avanti. Yang Fengliang era partito e io contavo i giorni in attesa di un suo messaggio. Passò un po' di tempo, pensai che doveva aver raggiunto la meta. La sera non uscivo perché attendevo sue notizie. Oh, nonna! Io aspettavo, aspettavo ma non arrivava niente. Cominciavo a essere in ansia, pensai, Qiu Aihua potrebbe comunque telefonare, ma neanche lui si faceva vivo. Bizzarro! Che quel ragazzino mi stesse giocando un brutto tiro? Poteva aver indovinato i miei veri motivi? Brava, signorina, sei proprio perspicace. Nel 1943 saresti stata un perfetto agente speciale, ne hai proprio la stoffa. Avevo mandato Yang Fengliang perché intendevo infilzare due aquile con una freccia. Ovviamente l'ideale sarebbe stato se avesse lasciato andare Ge Ren di nascosto, senza farlo sapere ad anima viva. Non si temono diecimila preparazioni ma un unico imprevisto che vanifica le precauzioni. Se ci fosse stata una soffiata e Dai Li avesse voluto un capro espiatorio, beh allora, spiacente ma sarebbe stato Yang a finire sotto la mannaia. Cosa? Mi sarei dovuto addossare la colpa? Manco a pensarci! Avevo ancora un mucchio di compiti da svolgere. Non valeva certo la pena sacrificarsi per salvare uno sfigatissimo Yang Fengliang. Per dirla tutta, il vero uomo è colui che ha il coraggio di assumersi la responsabilità delle proprie azioni. Se lui lo era, avrebbe dovuto accettare quell'onere a testa alta e con coraggio.

& Ulteriori dettagli sulla morte di Qiu Aihua

Il vecchio Fan credeva di averla fatta franca. In realtà, secondo quanto scrive Sun Guozhang, Yang Fengliang sapeva fin dall'inizio che Qiu Aihua era il suo figlioccio:

Per tutto il viaggio da Chongqing a Baibei, Yang Fengliang continuava a raccomandarci di essere gentili con Qiu Aihua. Con quel viso grassoccio e infantile mi ricordava Shirley Temple, la stella del cinema americano. Gli diedi da mangiare le uniche scatolette che avevo. Si era portato dietro un record-player, *doveva averlo trovato in casa di Fan Jihuai. Yang lo trattava con grande gentilezza. Una volta lo vidi aprire una scatoletta e porgergliela, come se fosse stato lui il suo attendente e non viceversa. Quando criticai quel comportamento, mi disse che Qiu era orfano e per lui era come un figlio. Al borgo di Baibei, lui (Qiu Aihua) era spesso tormentato dagli incubi. Una notte si fece persino la pipì al letto. Proprio così. Spesso ho ripensato a lui e ai suoi sogni. Sognava continuamente di morire. Probabilmente perché aveva avuto un'esperienza di morte. Come sai, ho poi studiato filosofia. Da un certo punto di vista, lo studio della filosofia* è *paragonabile all'interpretazione degli incubi. In greco li chiamano* ephialtes, *ed Ephialtes è anche il nome del demone che provoca i brutti sogni. In latino invece si dice* incubus, *anche quello significa demone. In tedesco l'incubo è* alp, *traducibile come elfo o demonietto. Wang Jiling mi ha raccontato che Qiu Aihua* è *morto subito dopo la mia partenza. Possibile che sia stato rapito da un incubus?*

L'esperienza di morte è quella di cui ha parlato anche Fan Jihuai, ovvero il "massacro del Grande tunnel". Secondo le testimonianze storiche, i giapponesi hanno lanciato due bombardamenti devastanti su Chongqing. La prima volta fu tra il 3 e il 4 maggio del 1939. Gli squadroni dell'aviazione navale giapponese si staccarono dalla base di Wuhan e, dopo aver penetrato le difese dell'aeronautica militare del governo nazionalista, bombardarono a tappeto la città. Quella volta Kawai era nella prima pattuglia d'attacco. Nella casa da tè della Saggezza illuminata, tanto per fare conversazione, raccontò al segretario Guo e a Bai Ling come erano andate le cose:

Era l'inizio dell'estate del quattordicesimo anno dell'era Showa (1939). A bordo di un bombardiere medio, ci stavamo avvicinando a Chongqing, sarà stata l'una del pomeriggio. Okabe il mio compagno mi disse che il nostro obiettivo era la zona affollata che andava dalla porta Chaotian al Parco centrale. Usò un koan *attribuito a Ikkyu Sojun, il monaco zen: "se incontri un Buddha uccidilo, se incontri un maestro uccidilo"*[396]*. Conoscete il maestro Nuvola folle?*

Okabe è ancora vivo. Non siete voi, gente di Shina, a credere che gli uomini di bassa statura siano particolarmente intelligenti? Beh, lui non superava i cinque shaku *(lo* shaku *è un'antica unità di lunghezza giapponese che equivale a 30,3 centimetri) ed era furbissimo. Dopo la guerra ha assunto il nome religioso di Nikkyu, ha preso i voti come quel signore là (indica Minghui, il padrone della casa da tè). Quel giorno lanciarono un totale di cento bombe demolitrici e settanta bombe incendiarie. Il pomeriggio del giorno seguente ci fu la seconda ondata. Nel primo raid avevamo inviato ventisei aerei, questa volta erano ventisette. Non utilizzammo un gran numero di bombe ma l'intervento fu particolarmente efficace. Per dirlo con le parole dell'Ottava armata: "abbiamo concentrato una forza superiore per distruggere le forze nemiche una alla volta"*[397].

---

[396] Ikkyu Sojun (1394-1481) Nuvola folle, monaco buddhista, eccentrico e iconoclasta maestro zen. I koan sono frasi o quesiti paradossali, assegnati formalmente dal maestro all'allievo per superare le sue abituali modalità di pensiero e favorire la piena espressione delle potenzialità psicologiche.

[397] Dal discorso *Concentrare una forza superiore per distruggere le forze nemiche una alla volta* (1946) di Mao Zedong.

Bombardammo alcune chiese e consolati e ci fu un numero incalcolabile di morti e feriti.

Secondo quanto si legge nel *Grande bombardamento dell'esercito giapponese* (Casa editrice Città di Yu, edizione 1989) in quelle due giornate ci furono 3991 morti e 2323 feriti, 847 edifici furono distrutti dalle bombe. Le istituzioni religiose colpite furono la Chiesa della Santa congregazione, la Chiesa del Riposo, l'Assemblea cattolica, l'Assemblea dei cristiani cinesi. Dopo l'incendio, della Cattedrale cattolica di Qixinggang rimase soltanto un campanile alto trenta metri che ospitava la grossa campana portata dalla Francia. Una fotografia mostra un organo reclinato nel cratere di una bomba, ricorda un piccolo feretro. La tipografia, l'ufficio di redazione e il reparto commerciale dello *Xinhua Daily* che si trovavano in via Cangping furono rasi al suolo. Nel teatro Guotai perirono duecento spettatori. Quindi l'affermazione del vecchio Fan: "la guerra di resistenza contro i giapponesi andava avanti già da otto anni e le vittime tra gli abitanti di Chongqing saranno state al massimo un migliaio, praticamente una media di poco più di un centinaio di persone all'anno", non era propriamente esatta.

Due anni dopo, il 5 giugno del 1941, ci fu un secondo attacco aereo. Quello che il vecchio Fan ha definito "il massacro del Grande tunnel". Nel tardo pomeriggio intorno alle sei, sentendo il fischio penetrante della sirena d'allarme, gli abitanti di Chongqing si erano accalcati in massa nel tunnel. La gente era stipata al punto che "non ci si riusciva a infiltrare una goccia d'acqua"[398], si pativa per la mancanza d'aria e per la temperatura che aumentava sempre di più. Quelli all'interno volevano uscire e chi era all'esterno cercava di entrare, c'era un pigia pigia spaventoso. Gli aerei nemici raggiunsero Chongqing alle sette, a quel punto quelli che si

---

[398] Dal discorso *Critica a Peng Chen* (1966) di Mao Zedong.

erano rifugiati nel tunnel erano già morti soffocati o calpestati, un numero incalcolabile di vittime. Quella sera tra le otto e le dieci, ci fu la seconda "ondata di impatto" (parole di Kawai), per le undici tutti quelli che si trovavano nel tunnel erano morti. Ora sappiamo come sono periti i genitori di Qiu Aihua. Nonostante Kawai non abbia partecipato a questo bombardamento, conosceva abbastanza dettagli per descriverlo:

Non ho partecipato all'attacco del sedicesimo anno dell'era Showa (1941). Quello è stato opera di un altro squadrone, niente a che fare con me. Dovete sapere che, in un certo modo, noi disprezzavamo chi aveva partecipato al bombardamento del 6 giugno. Le vittime erano state falciate dal terrore, erano morti asfissiati o calpestati, non si poteva considerare una prova della prodezza militare del Giappone. Come recita un haiku "le banane sono già mature, il vento soffia dal sud, fiori di primavera azalee selvatiche". Quando soffia il vento, le banane sono mature, le une non hanno nulla a che vedere con l'altro.

Qiu Aihua, salvato da Fan Jihuai tra le pile dei cadaveri, non immaginava che sarebbe morto a Dahuanshan. Ci chiediamo tuttavia se, tra tutti gli incubi che lo avevano tormentato, non ce ne fossero alcuni che preannunciavano quella fine. Torniamo per un minuto all'attimo cruciale raccontato da Aqing. Per un pezzo di sapone, uno dei suoi uomini si era azzuffato con un sottoposto di Yang Fengliang, quindi Aqing prima aveva ammazzato il suo uomo e poi aveva dato la colpa all'attendente di Yang. Era andato al tempio di Subhuti per chiedere a Yang Fengliang di consegnargli il colpevole e Yang Fengliang gli aveva dato Qiu Aihua. Come sappiamo, non era stato lui a rubare il sapone a Zhou Qingshu (quello che Aqing chiamava Zhou lo Spellatore) ma Wang Jiling, che ora fa il professore presso l'Università dello Stretto. Possiamo quindi ipotizzare che Yang Fengliang abbia consegnato Qiu Aihua ad Aqing perché voleva che lo eliminasse per suo conto, così si sarebbe tolto dai piedi la spia che faceva rapporto a Fan

Jihuai. Yang Fengliang non immaginava che Aqing, dopo Qiu Aihua, ammazzasse lui, la sua donna Canto dei fiori e pure il loro figliolo, mandandoli tutti a ingrassare i pesci nel fiume.

Se la nostra ipotesi è in qualche modo fondata, possiamo allora procedere a definire i seguenti punti: primo, Yang Fengliang era decisamente intenzionato a liberare Ge Ren; secondo, Yang Fengliang non avrebbe più potuto mettersi in contatto con Fan Jihuai. Pertanto l'affermazione di Fan Jihuai, che Yang gli aveva mandato un telegramma, non corrisponde alla realtà dei fatti.

@ Bingying nella nebbia

Oh, nonna! Dopo altri due giorni Yang Fengliang finalmente mi mandò una nota. Fuck! Si era andato a cacciare dove non doveva ed era successo proprio ciò che temevo. Era un messaggio stringato: "Zero a Baibei compone mirabili scritti". Dannazione! Ma lo stava facendo apposta a mettermi nei guai? Per la rabbia sputavo fuoco e fiamme. Yang Fengliang sei vissuto abbastanza! Sotto il cielo esistono un mucchio di balordi come lui, che non si fanno certo problemi a mettere in difficoltà i loro capi.

Ero a Chongqing e ancora ribollivo di indignazione quando, senza alcun preavviso, arrivò Bingying. Era stato uno dei miei uomini a informarmi. Conosceva un pianista e, un giorno che portava suo figlio a lezione, lo aveva trovato che litigava con la moglie. All'aeroporto di Jiulongpo aveva incontrato Bingying e, una volta tornato a casa, più guardava la moglie e meno gli andava a genio. Lei aveva mangiato la foglia, lo aveva afferrato per un orecchio e stava cercando di fargli confessare se aveva messo gli occhi su un'altra. Indovina un po' come le aveva risposto? "Sei come un vecchio pianoforte stonato, per quanto mi sforzi non riesco a tirare fuori una melodia decente". Lei gli afferrò anche l'altro orecchio e chiese qual era il pianoforte che non stonava mai. Lui non rispose. Poi di nascosto disse al mio uomo che l'unico pianoforte sempre intonato era Bingying e ammise di averla vista all'aeroporto. Si erano conosciuti quando studiavano entrambi all'Università di Shanghai e, dopo tanti anni, era ancora bella come una volta.

"Chi parla non presta attenzione, ma chi ascolta lo fa con intenzione". Il mio uomo corse subito a farmi rapporto. Pensai, in questo cruciale momento storico cos'è venuta a fare? Possibile che sia per Ge Ren? In sostanza, stavo decisamente sulle spine. Per sincerarmi che il pianista non avesse avuto le traveggole, presi una macchina e andai a Jiulongpo a chiedere notizie di Bingying. Conosci Jiulongpo? Infatti, ora è una stazione ferroviaria. Ma a quel tempo era un aeroporto, quando Mao Zedong e Zhou Enlai vennero a Chongqing per i negoziati, atterrarono lì.

Si trovava nel territorio di mia competenza, individuare le sue tracce fu un gioco da ragazzi. Non ci misi molto a verificare che era realmente lei e abitava sulla collina Gele. Mandai subito qualcuno a tenerla d'occhio. Probabilmente si accorse di essere spiata e si trasferì nei pressi dello stagno Fuzi, il luogo dove si andava per venerare Confucio. Anche se si era spostata non era un problema, io ero come il Buddha Tathagata e, per quanto si sforzasse, non sarebbe uscita dal palmo della mia mano[399]. L'uomo che la seguiva mi disse che lei aveva incontrato solo Zhao Yaoqing. Ok, gli ordinai di rimanere appostato, dovevamo sapere di cosa avevano parlato. Il mio uomo aggiunse che non gli era sembrato uno scambio di informazioni importanti, avevano bruciato incenso al tempio ed erano andati a liberare testuggini nello stagno. I devoti, uomini e donne, per ingraziarsi le divinità usavano restituire la libertà alle testuggini rigettandole nello stagno Fuzi. Chiamai una macchina e mi recai nei paraggi. Li vidi dal finestrino, erano proprio Bingying e Aqing. Compravano testuggini e le mettevano nell'acqua, una tradizione buddhista per acquisire meriti nell'aldilà. Chongqing è anche detta la capitale della nebbia perché, quando si addensa, il suo velo

---

[399] Nel *Viaggio in Occidente* Scimmiotto scommette con il Buddha che può sfuggire alla sua influenza. Fugge lontano e crede di essere arrivato ai confini del mondo, vede cinque pilastri e urina alla base di uno di loro, per poi scoprire che erano le dita della mano del Buddha.

opaco compromette totalmente la visibilità. Non riuscivo a vederla in viso ma il suo profilo rivelava che aveva conservato il fascino di allora. Portava un cappello a falda larga che il vento aveva soffiato di traverso mettendo in risalto la sua bellezza. Come nel detto popolare "il fiore infilato nel cappello inclinato", usato per definire un'avvenenza disinvolta.

Mi è appena tornato in mente un episodio. Durante la Quinta sessione del diciottesimo Congresso Nazionale del Popolo, Chongqing ha acquisito lo status di "municipalità direttamente sotto il controllo del governo centrale"[400]. In quell'occasione visitai di nuovo la città e andai allo stagno Fuzi. Era stato riempito, il tempio in rovina era stato demolito e, al suo posto, avevano costruito una scuola media. Il compagno che mi faceva da guida mi raccontò che, durante la Rivoluzione culturale, due fazioni delle masse rivoluzionarie avevano ingaggiato in quel luogo una lotta furibonda con vere armi. Mentre erano nel fitto della battaglia, accadde un fatto bizzarro. Schiere di testuggini marciarono fuori dalla latrina e, come mini dinosauri in un film di Hollywood, arrivarono fino al centro della strada e rimasero lì a guardarsi intorno. Ok, a quel punto la gente smise di gonfiarsi di botte, gettò le armi e si diede alla fuga. E fu così che poi raccontarono che erano state le tartarughe a mettere fine a quella lotta di una ferocia senza precedenti. Le autorità locali dichiararono che gli uffici competenti avevano accertato che le testuggini erano quelle gettate in passato nello stagno. Come avevano fatto a vivere così a lungo? Eh, la città di Chongqing si trova in collina, il sottosuolo è attraversato da fenditure e le testuggini avranno vissuto negli anfratti della roccia. I colpi di fucile le avevano spaventate ed erano salite in superficie a vedere cosa succedeva. Mentre me lo raccontavano, sprofondai nei pensieri. Forse tra le testuggini c'erano anche quelle liberate

[400] Nel 1997, la città di Chongqing ha ottenuto lo status di municipalità ed è ora dipendente direttamente dal governo centrale.

da Bingying quel giorno? Sarebbe stato magnifico se fossero vissute fino a oggi, avremmo potuto suggerire all'allenatore Ma Junren di metterle nel calderone del suo estratto di tartaruga Zhonghua[401]. Se gli atleti lo avessero preso come ricostituente, alle Olimpiadi ci saremmo accaparrati tutti gli ori dell'atletica leggera.

Cosa dicevo un attimo fa? Giusto, stavo parlando di Bingying e Aqing. Lui che, di solito, si dava un mucchio di arie, con Bingying si stava sperticando in inchini e gentilezze. Osservando quei salamelecchi, nella mia mente si accese una lampadina ed ebbi un'illuminazione: perché non mandare lui a Dahuangshan? Probabilmente non sai che era stato uno dei servitori in casa di Bingying e aveva seguito Ge Ren nei suoi viaggi al Nord e al Sud. Come? Te l'avevo già detto? Lo vedi, per me la storia recente è già storia antica. Dopo un attimo ho dimenticato tutto. Non sarà che mi sono fatto vecchio sul serio? Vecchio Fan, vecchio Fan, a forza di chiamarmi così siete stati voi a farmi invecchiare. Eh, c'è anche qualcuno che mi chiama "venerabile". D'ora in poi basta chiamarmi vecchio Fan, signor Fan può bastare. Signorina, dovresti comprendere questa logica: ogni uomo di nobile carattere e grande prestigio vorrebbe vivere in eterno, ma nessuno vuole sentirsi vecchio, specialmente di fronte a una bella ragazza.

Dopo aver riflettuto a lungo mi convinsi che Aqing era la persona adatta. Mentre ero assorto in questi pensieri mi accorsi che loro due si stavano separando. Vidi Aqing che si congedava per primo, dopo un po' anche Bingying che era rimasta sulla riva del lago, se ne andò. Aspettai che si fosse allontanata e poi la seguii in macchina. Cosa? La stavo pedinando? Certo che no. Sarebbe stato uno spreco di talento e, oltretutto, non

---

[401] Alle olimpiadi di Sydney del 2000, sei sportivi della squadra nazionale cinese di atletica allenati da Ma Junren furono espulsi perché risultati positivi al test per eritropoietina (EPO). In sua difesa l'allenatore dichiarò di aver somministrato loro soltanto sangue di tartaruga ed estratto di fungo bruco (cordyceps sinensis).

proprio dignitoso. Un ufficiale deve comportarsi come tale. La seguivo perché volevo ravvivare la mia amicizia con lei e Ge Ren. La nebbia si inspessiva e in quella foschia sembrava così sola. Dove stava andando? Mi posi di nuovo la domanda. Era tornata per la faccenda di Ge Ren? Avrà già saputo che lui è ancora vivo? Ripensai agli ordini di Sorriso di tigre, mi chiedeva di convincerlo a venire a Chongqing e mettersi al servizio dei nazionalisti. Pensai, se viene a Chongqing, loro due possono incontrarsi, no? Ero loro amico, avrei dovuto contribuire al loro ricongiungimento dopo tutto quel tempo.

Sempre standole alle calcagna, arrivai a un ristorante.

Ok, me lo ricordo ancora, si chiamava Yiheyuan, no, non come il Palazzo d'estate, il carattere *yi* era un altro, quello che significa felicità. Bingying entrò. Io non potevo rimanere appostato sulla strada, entrai anch'io e andai direttamente al primo piano. Potevo vederla dalla balaustra seduta al piano di sotto. Arrivò un uomo e le fece il baciamano. Bam! Il mio cuore fece un salto. Chi si comportava con tale audacia? Mi dava le spalle e non riuscivo a vederlo in viso. Come puoi immaginare, non riuscii a inghiottire neppure un boccone. Lo osservavo prendere il cibo con i bastoncini e metterlo nella ciotola di lei, vidi che lei faceva altrettanto. Bingying aveva appena fatto un brindisi in suo onore, lui restituì la cortesia. Avevano appena toccato i bicchieri, e ora li toccavano di nuovo. Oh, nonna! Chi era quello? Quale fortuna gli aveva conquistato i suoi favori? Quando fu il momento di pagare il conto, finalmente lo vidi in faccia. Oh, nonna! Era Kong Fantai. Probabilmente non sai chi è, durante il Movimento del quattro maggio era stato un compagno di prigione di Ge Ren. Io lo avevo conosciuto a Shanghai, era appena tornato dalla Francia e voleva andare a insegnare all'Università. Ge Ren mi aveva detto che era il discendente di Confucio della settantesima generazione. A suo tempo lo avevo invitato a pranzo qualche volta, ci potevamo considerare vecchi amici.

Quando loro due si separarono, mandai qualcuno a pedinare Bingying e io mi misi alle calcagna di Kong Fantai.

Noleggiò una portantina e, con tutta calma, si mise a vagare per la città. Chongqing è costruita in collina e le strade sono tutte strette e in pendio. Non potevo seguirlo in macchina, la lasciai al mio attendente e presi una portantina anch'io. Dopo aver fatto un lungo giro, si diresse verso lo stagno Fuzi. Lì trovai uno dei miei uomini ad aspettarmi, mi spiegò che anche Aqing era tornato. In quell'attimo, Kong Fantai mi notò. Nel momento del pericolo, si mostra la vera natura dell'eroe[402]. Feci finta di averlo appena visto anch'io e, con la massima naturalezza, gli andai incontro. Signorina, porgimi la mano. Ecco, gliela strinsi in questo modo, poi lo abbracciai. E lui, totalmente spiazzato dalla mia cordialità, si mise a balbettare, non sapeva cosa dire. Esclamai che il mondo è piccolo, che passavo per caso, l'avevo visto di spalle e mi era parso una sagoma conosciuta, mai avrei immaginato che fosse realmente lui. Lo chiamai Confucio e lui mi chiamò avvocato Fan. Lo invitai a bere qualcosa in un locale, poi a casa mia. Quella sera fu mio ospite. Gli chiesi quali erano i suoi impegni a Chongqing. Era venuto allo stagno Fuzi per venerare il suo antenato. Ah, ah, ma a chi la dava a bere? Tutta quella strada per bruciare un po' d'incenso? Dovevo capire se la sua visita era collegata in qualche modo a Ge Ren. Presi l'iniziativa e tirai in ballo il nostro incontro a Shanghai di anni orsono. Non mi aspettavo che, non appena sentì nominare Ge Ren, il suo viso si inondasse di lacrime, mi sembrò disperato come se gli fosse appena morta la madre. Disse che, quando era ancora in Francia, aveva sentito dire che lui era caduto in guerra. Versare il sangue sul campo di battaglia era la giusta morte per un eroe. Le sue lacrime sembravano vere e anche il moccio che gli colava dal naso. Era tuttavia più forte di me, non sapevo se credergli e, dato che "attraverso l'apparenza si percepisce l'essenza"[403], di proposito tirai in ballo Bingying. Se

[402] Verso della poesia "Ambizione" di Lu Yu, conosciuto come Lu Fangweng, Il vecchio che fa ciò che vuole (1125-1210).

[403] Dal *Capitale* di Karl Marx.

avesse detto di averla incontrata, avrei creduto alle sue parole; se invece avesse taciuto, significava che le sue erano colorature che avevano lo scopo di confondermi le idee. Dissi che doveva essere stato un duro colpo per lei, la coppia di innamorati perfetti come il ragazzo d'oro e la fanciulla di giada di colpo vengono separati e si possono incontrare soltanto nell'aldilà. Se la vedevamo avremmo dovuto confortarla, dirle che avrebbe dovuto portare avanti l'eredità che Ge Ren le aveva lasciato, trasformare il dolore in forza interiore[404] per offrire al Paese il dovuto contributo. Kong Fantai disse: "Ok!". Aggiunse che lei stava bene, non gli era sembrata particolarmente provata. "Mio caro Confucio, come fai a saperlo?". Mi raccontò di averla appena vista, disse che avevano parlato della *comedie francaise* e non aveva neppure nominato Ge Ren.

"Bingying è a Chongqing?" Finsi di essere stupefatto e, di proposito, saltai in piedi rovesciando la tazza del tè. Confucio me lo confermò ma aggiunse che lei non aveva voglia di incontrare nessuno. Mi convinsi così che la visita di Bingying a Chongqing non aveva nulla a che fare con Ge Ren. Chiesi a Kong Fantai se aveva visto altri amici, mi parlò di Aqing. Disse che, quando lo aveva incontrato, gli era tornato in mente Ah Q, il personaggio di Lu Xun. L'unica differenza era che Ah Q portava un cappellaccio di feltro e remava in una barca da pesca *wupeng* con il tetto di stoffa nera, mentre Aqing preferiva un berretto militare e usava la jeep per gli spostamenti. Io dissi: "Proprio vero, il compagno Ah Q ha fatto fortuna". Commentò che neanch'io me la cavavo troppo male. Mi affrettai a negare con un gesto della mano e gli spiegai che, anche fossi diventato un funzionario di massimo grado, sarei sempre e comunque rimasto un servitore del popolo[405].

---

[404] Frase pronunciata da Deng Yingchao alla morte del marito Zhou Enlai.

[405] Nella direttiva interna *Combattere il burocratismo, l'autoritarismo, le violazioni della legge e l'inosservanza della disciplina* (1953) Mao Zedong sviluppa il

& Le memorie di Ferrand

Nella prima parte del libro abbiamo nominato il signor Kong Fantai, compagno di prigionia di Ge Ren, che con l'aiuto del giornalista Jacques Ferrand riuscì ad andare in Francia per poi diventare un seguace di Rousseau. Loro due rimasero amici per tutta la vita. Nella primavera del 1943, appena tornato in Francia, Kong Fantai morì di malattia. Dopo la sua morte, Ferrand scrisse in suo ricordo *L'Entretien infini* (La conversazione infinita) da cui prese il nome anche la raccolta, che descriveva il viaggio di ritorno in Cina di Kong Fantai. Così ho appreso che era andato a Chongqing non certo per bruciare incenso e venerare i suoi avi, ma per incontrarsi con Lu Xun e gli altri che avevano fondato la Lega per la protezione dei diritti civili. Cito di seguito il brano dell'articolo che parla di Ge Ren, Bingying e Kong Fantai:

...fu soltanto nel 1942 che Kong (Fantai) scoprì leggendo un articolo sulla visita di George Bernard Shaw in Cina (nel febbraio del 1933) che Lu Xun, Cai Yuanpei e Yang Quan avevano fondato la Lega per la protezione dei diritti civili[406]*, allo scopo di liberare i prigionieri politici, fornendogli assistenza legale, e di proteggere i diritti di libertà di stampa, espressione, riunione e associazione. Questo si uniformava*

---

concetto come critica all'atteggiamento arrogante dei *guan laoye* "funzionari che si comportano da signori e padroni".

406 Associazione creata nel 1932 a Shanghai, in risposta alla crescente oppressione degli intellettuali di sinistra e di coloro sospettati di simpatizzare con i comunisti. La sezione di Pechino era presieduta da Hu Shi.

alla sua fede nel "diritto di natura"[407]*, e aveva quindi deciso di tornare immediatamente in patria per prendere contatto con loro. Pensando ai vecchi amici che avrebbe incontrato in questa occasione, quella notte fu talmente eccitato che non riuscì a chiudere occhio… Mi aveva parlato anche di Ge Ren, il suo compagno di prigionia, un poeta, un fiore segreto che cresceva in piena solitudine. Ricordo che quella sera, Kong mi recitò alcuni suoi versi "Chi sono stato… la fiammella blu che si agita nella brezza o la rosa selvatica che sboccia nell'oscurità". Il signor Kong era entrambe, la fiammella blu e la rosa selvatica che, nella notte oscura, mandava il suo conturbante profumo. Ricordai che alcuni anni orsono, quando lo avevo incontrato per la prima volta, mi aveva recitato la stessa poesia. Era appena uscito dalla prigione nelle stalle della gendarmeria e puzzava di sterco di cavallo.*

Quando il suo aereo tornando in patria aveva appena superato la Gobba del cammello (la catena dei monti dell'Himalaya), lui era venuto a sapere che la Lega era stata sciolta nel giugno del 1933 e che stava quindi facendo un viaggio a vuoto. Non riuscì neppure a incontrare Yang Quan, il segretario che all'epoca aveva avuto il compito di organizzare la visita di George Bernard Shaw[408]*. Al suo ritorno mi disse che, nel giugno del 1933, Yang Quan*[409] *era stato assassinato dalle spie del Kuomintang a Shanghai, la Parigi d'Oriente. Ricordo che in quell'occasione Kong aggiunse, non senza una punta di scherno, che gli shanghaiesi amavano paragonare la loro città a Parigi, New York e Londra, avrebbero fatto meglio a pensare a Kuala Lumpur, Saigon (oggi chiamata Ho Chi Minh City) e Manila, perché Parigi, London e New York non erano mai state colonizzate. A Shanghai gli agenti segreti ammazzavano la gente in pieno giorno. Avevano sparato a Yang Quan una domenica mattina insieme a suo figlio. Ricordo chiaramente che Kong Fantai definì "gangsters" gli uomini che l'avevano fatto.*

---

[407] Dal *Leviatano* (1651) di Thomas Hobbes.

[408] Lo scrittore e drammaturgo George Bernard Shaw in Cina incontrò lo scrittore Lu Xun e fu ricevuto da Song Qingling.

[409] La Lega per la protezione dei diritti civili si sciolse dopo sei mesi, quando il segretario Yang Quan (1893-1933) fu assassinato dagli uomini di Dai Li nella concessione francese di Shanghai.

A Chongqing incontrò Bingying, la vedova di Ge Ren, un certo Zhao (si riferisce ad Aqing) che era stato servitore di Ge Ren e Bingying nei tempi andati, e l'avvocato Fan Jihuai, un amico che aveva conosciuto a Shanghai. Consigliò a Bingying di seguirlo in Francia, ma lei disse che era molto malata e non sarebbe riuscita a viaggiare. Un aspetto curioso era che Aqing e Fan Jihuai erano entrambi ufficiali di alto grado nei servizi segreti del Kuomintang. Quando Fan gli chiese perché era tornato in patria, Kong Fantai rispose "per venerare il mio antenato". Apparentemente l'avvocato credette a quella versione. Sappiamo che Kong era un discendente di Confucio, un filosofo vissuto nel sesto secolo, e da quando la città di Qufu nello Shangdong, luogo di origine del suo avo, era caduta nelle mani dei giapponesi[410] *il tempio nei paraggi dello stagno Fuzi era diventato il luogo di culto per eccellenza. Kong mi disse che la mattina del giorno successivo alla loro conversazione, Fan lo accompagnò al tempio. La vecchia amicizia che esisteva tra di loro si ravvivò ma non fu comunque sufficiente a colmare il profondo divario politico che li divideva. Quando Kong provò a menzionare la sua insoddisfazione per la situazione politica nel Paese, l'avvocato gli rispose ambiguamente con un termine che Lao She, un autore vissuto a lungo in Inghilterra, aveva coniato scrivendo* La città dei gatti*: è il tuttovismo, una necessità dettata dello stato di guerra. Su suggerimento di Kong, ho controllato scoprendo che il significato del neologismo è "tutti lavorano, tutti sono felici, tutti se la godono". La citazione da Lao She ha un significato profondo: per prima cosa ci informa che Fan Jihuai non era estraneo alle attività politiche dei cinesi all'estero, poi che era contrario alle opinioni sui diritti innati dell'uomo sostenute da Kong Fantai e approvava l'atteggiamento irresponsabile dei gatti del libro. Kong mi raccontò che al termine della loro conversazione, Fan aveva detto in tono sarcastico: "Io come cinese ho sempre creduto in Confucio, tu sei uno dei suoi discendenti e tradisci la morale confuciana".*

Fan Jihuai aveva ragione, nell'ottica dei precetti confuciani che hanno un valore eterno in Cina, non è necessario applicare i diritti umani. Il

---

410 La regione dello Shandong fu occupata dai giapponesi durante la Seconda guerra-giapponese (1937-1945) e rimase sotto il loro controllo fino alla loro resa.

mondo di Confucio funziona in termini dualistici: c'era chi lavora con la mente e chi con la forza, l'uomo meschino e il gentiluomo, i nobili e gli schiavi. Da quel punto di vista, Confucio e Rousseau erano diversi tra loro come una scheggia di ghiaccio e un tizzone ardente. Adesso il signor Kong Fantai, gentiluomo orientale e seguace di Rousseau, percorrendo un sentiero tracciato tra gelo e fiamme, è giunto in paradiso…

Da questo brano si capisce che persino Ferrand, così familiare con la situazione della Cina di allora, era convinto che Ge Ren fosse caduto in guerra. Per molti anni a venire questa fu l'opinione condivisa e diffusa anche in Occidente.

@ Pulirsi bene il culo

Ok, appena Confucio se ne fu andato, feci avvicinare Aqing. Gli ripetei quello che avevo già detto a Yang Fengliang. Ovvio, ora bisognava considerare che “nella nuova situazione, ci sono nuovi problemi”[411]. Gli feci capire che, una volta arrivato a destinazione, poteva eliminare Yang Fengliang.

Come gli trasmisi il concetto? Troppo semplice. Dissi: “Aqing, quando sarai lì, se riesci a collaborare con Yang Fengliang bene, altrimenti impadronisciti del potere militare”. Sentendo questo, Aqing era felice come se gli avessi appena trovato moglie, disse che si sarebbe impegnato per assolvere gloriosamente il compito assegnatogli dal Partito. A rigor di logica, un ordine così importante avrei dovuto metterglielo per iscritto, con una mia nota Yang Fengliang avrebbe accettato di buon grado di cedergli il comando. Ma non la scrissi di proposito. Aqing che era un ragazzo intelligente, non mancò di farmelo notare. Gli mentii dicendo che avevo già avvertito Yang Fengliang: sapeva che chiunque avessi inviato avrebbe fatto le mie veci in tutto e per tutto, e avrebbe dovuto obbedire ai suoi ordini. Per eliminare tre guerrieri, basta chieder loro di condividere due pesche[412]. Ok, tra Yang Fengliang e Aqing sarebbe scoppiata una guerra segreta o una battaglia in campo aperto. Sapevo meglio di chiunque altro che Yang

---

[411] Dalla raccolta *Alta marea del socialismo nelle campagne cinesi* (1955) di Mao Zedong.

[412] Dagli *Annali delle Primavere e Autunni di messer Yan*, di autore ignoto e datazione incerta.

Fengliang non ce l'avrebbe fatta contro Aqing, perché lui era fondamentalmente un diplomatico e aveva l'abitudine di ragionare sui problemi. Ma quando "il letterato s'imbatte nel militare, ogni ragione va a farsi benedire". Aqing non era esattamente un ignorante, anche lui aveva una certa cultura, ma a confronto di Yang Fengliang era "lo stregone minore al cospetto di un mago potentissimo". Molto probabilmente senza attendere che Yang finisse il suo sproloquio, la lama di Aqing sarebbe entrata bianca per uscirne rossa[413]. La dialettica tuttavia ci insegna che bisogna sempre guardare il dritto e il rovescio di un problema[414]. Presi in considerazione anche la seconda possibilità, cioè che Yang Fengliang riuscisse a togliere di mezzo Aqing. Beh, anche in quel caso, non sarebbe mica crollato il cielo. Nel momento in cui Yang si fosse accorto che avevo perso la fiducia in lui, sarebbe fuggito da Dahuangshan portandosi dietro Ge Ren. Per quanto mi riguardava, era un epilogo che avrei potuto accettare senza problemi.

Aqing partì dall'aeroporto di Jiulongpo. Quando lo accompagnai, mi chiese se avevo altre istruzioni da dargli. Dissi soltanto: "Pulisciti bene il culo". Quando fu sulla scaletta, gli urlai di nuovo in modo palesemente allusivo: "Ehi, ricordati il culo!". Certo che capiva ciò che intendevo. Pensai, ogni volta che si pulisce, penserà al mio consiglio.

Lui se ne era andato e io iniziai la mia lunga attesa. Oh, nonna! Ma che strano, fu proprio come l'altra volta, aspetta, aspetta, ma il messaggio di Aqing non arrivava mai. Nel frattempo, il mio superiore (Dai Li) mi chiamò per avere notizie, risposi: "Siamo costretti ad aspettare. Siamo nell'era dell'informazione e le informazioni sono tutto, non possiamo agire senza notizie accurate, altrimenti commetteremo un errore di avventurismo"[415]. Gli chiesi di portare pazienza. "Chi, dunque, alla perspicacia s'affida per governare il

---

413 Dal *Sogno della Camera rossa*.

414 Dal *Daodejing*.

415 Dalla *Conferenza di Mosca: terzo discorso* (1957) di Mao Zedong.

regno, ne sarà il flagello"[416]. Per evitare che si insospettisse, gli somministrai un "tranquillante": lo rassicurai sulla profonda lealtà di Aqing nei suoi confronti, nei miei e in quelli del Partito, dissi che non ci avrebbe mai tradito e che, non appena io fossi stato in possesso di notizie, sarei partito senza indugio alcuno. Tutto sommato, pensai, sono riuscito a infinocchiarlo. Non passarono due giorni però che si rifece vivo per convocarmi a Shulu. Scoprii che voleva mandarmi a Wuhan, i giapponesi avevano catturato un pilota americano, dovevo negoziarne il rilascio e proseguire direttamente per Dahuangshan. E, a quanto pareva, era necessario che andassi io, di persona. "Ok, vado a fare i preparativi e parto immediatamente". Ne aveva già parlato con il vecchio Chiang e le istruzioni erano che, una volta arrivato a Dahuangshan, se appuravo che quell'uomo era Ge Ren avrei dovuto accettare di buon grado qualunque sua richiesta. Se avesse acconsentito a passare dalla parte del Kuomintang, loro gli avrebbero permesso di formare un nuovo partito, che avrebbe avuto sei seggi nell'Assemblea rappresentativa presso il Consiglio supremo della difesa[417]. Chiesi a Dai Li se potevamo considerarlo un impegno garantito da Chiang. Mi rispose: "Poi si vedrà, se non sono sei saranno cinque e se non cinque perlomeno quattro". Pensai che anche averne quattro non sarebbe stato male.

Parlammo della faccenda del pilota catturato. Certo che i giapponesi avevano un gran fegato per mettersi contro gli americani. Fuck! Non stavano "disturbando la terra sulla testa del Taisui"?[418] Ovviamente, anche in quel caso, il

---

[416] Dal *Daodejing*.

[417] Creata nel 1937 per riunire personalità non allineate con il KMT, impegnate nella lotta contro l'aggressione giapponese.

[418] Dal *Tagliere di morselli di Youyang* di Duan Chenshi (803-863), un saggio *biji*, in punta di pennello, scritto nella tradizione dei primi *zhiguai* (note sull'insolito) che raccoglie appunti di storia della filologia, storia naturale, botanica, zoologia, religione e folclore cinesi. Il *Taisui* (dio dell'anno) è una massa carnosa forse di origine micotica che se rimossa o disturbata ha

problema andava analizzato dialetticamente, l'uno si divide sempre in due. Gli yankee si credevano onnipotenti, ovunque praticavano l'egemonismo e interferivano nel governo degli altri Paesi, perciò se i giapponesi li stuzzicavano un po' non era una cattiva cosa, come minimo ci offriva la possibilità di ingraziarceli facendo finta di essere dalla loro parte. Il mio modo di pensare piacque molto a Dai Li. Disse che, per quanto riguardava le relazioni diplomatiche, in qualsiasi momento i rapporti con gli americani erano la priorità della priorità, in quella partita non si potevano fare mosse sbagliate. Accettai l'ordine senza indugio alcuno. Portai con me Yunichi Inamoto, una spia giapponese. Ricordo che non solo parlava fluentemente il mandarino, ma conosceva anche il cantonese, solo che pronunciava "tu" come "du", "signorina" era "siniolina", "compagno" era "cobanio". Ah, ah, ah! Ci stavamo preparando a scambiare il cobanio giapponese con lo yankee.

C'è un detto popolare "la ruota della fortuna gira in varie direzioni". Sul traghetto da Chongqing a Hankou, riflettevo che la Storia si diverte a ripetere il suo corso con qualche impercettibile differenza nei dettagli circostanziali. Ok, pensaci un attimo anche tu e dimmi se non ho ragione. La prima volta andai a Dahuangshan invitato da Ge Ren e fui fatto prigioniero. Ora toccava a lui essere catturato. Continuando lungo quel filo di pensiero ricordai che all'epoca eravamo andati insieme a studiare in Giappone su un piroscafo postale, ora io avevo preso lo stesso tipo di vascello con il compito di trovarlo e convincerlo a passare dalla parte del nemico. Ricordo chiaramente che a bordo incontrai Zhang Xiruo, un membro del Consiglio Politico Nazionale. Non lo conosci? A quel tempo era un personaggio di notevole rilievo. Una nota spina nel fianco della politica governativa, dotato di una forte

---

enormi proprietà distruttive. Disturbare la terra sulla testa del Taisui ha il significato di "oltrepassare i limiti".

dose di bastiancontrarismo, si permetteva di fare a cornate persino con il vecchio Chiang, il Generalissimo. Quando mi vide, mi prese da parte e chiese: “Ma è vero che Bingying è a Chongqing?”. Risposi che non ne sapevo niente. Esclamò che su quelli come me non si poteva fare affidamento. Anche lui era appena tornato dalla Francia. Oh, nonna! Pensa che disastro se avesse subodorato che stavo andando da Ge Ren, in un attimo avrebbe sparso la notizia ai quattro venti. Signorina, te lo dico francamente. Se non fosse stato così famoso avrei spedito di sicuro qualcuno a toglierlo di mezzo. Mandai comunque uno dei miei a tenerlo d’occhio, per scoprire cosa sapeva e riportarmelo immediatamente.

& Zhang Xiruo

Anch'io come la signorina Bai Ling, ignoravo chi fosse Zhang Xiruo. Dopo aver letto la testimonianza del vecchio Fan iniziai a prestare attenzione alle notizie che lo riguardavano.

Era nato nel 1889 e aveva dieci anni più di Ge Ren, era originario di Chaoyi, nella provincia dello Shaanxi. Come la maggior parte dei personaggi in questo libro, in gioventù aveva studiato medicina, per poi si era dedicato alla ricerca in scienze politiche. In Cina è stato un pilastro della scienza politica moderna, direttore dei dipartimenti di scienze politiche dell'Università Tsinghua e dell'Università Nazionale Associata del Sud-ovest. Nel numero del 5 ottobre 1925 del *Supplemento al Giornale del mattino*, si trova una sua descrizione firmata da Xu Zhimo: "Zhang Xiruo è un duro, un uomo tutto d'un pezzo, dotato di autorità naturale e inviolabile, ma da quella durezza emerge anche un'insolita grazia, come nei generali Zhang Fei del periodo dei Tre Regni o Niu Gao che prestò servizio con Yue Fei".

Durante la guerra di resistenza contro il Giappone, Zhang Xiruo fu eletto membro del Consiglio Politico Nazionale, era il rappresentante per le organizzazioni culturali. Come ha detto il vecchio Fan, "spesso faceva a cornate" con il Generalissimo Chiang Kai-shek. Nel 1941, in sua presenza denunciò ferocemente la corruzione del governo e il suo regime dittatoriale, facendogli perdere totalmente la faccia. Chiang non poté che metterlo in guardia: "le opinioni contrastanti sono bene accette, ma non si può essere troppo caustici". Zhang Xiruo sdegnato, si alzò e, con un frullo d'abiti, abbandonò la sala. Nel 1946 alla vigilia della vecchia Conferenza Consultiva, Zhang Xiruo fu invitato a parlare davanti al comitato degli studenti dell'Università Nazionale Associata del Sud-ovest, e dichiarò "se ho occasione di incontrare Chiang lo inviterò a farsi da parte, per dirla in modo cortese. Se poi vogliamo essere più espliciti, gli chiederò decisamente di togliersi dai piedi". Il vecchio Fan aveva ragione, Zhang Xiruo era "una spina nel fianco".

Come si legge nella *Raccolta delle opere di Zhang Xiruo*, Zhang Xiruo in veste di patriota e figura indipendente e apartitica, fu invitato a partecipare alla prima Conferenza Politica Consultiva. Durante la discussione per la scelta del nome del Paese, furono proposti tra gli altri "Repubblica Popolare Democratica Cinese" e "Nazione Democratica Popolare Cinese". Zhang Xiruo riteneva fossero troppo ridondanti, suggerì "Repubblica Popolare Cinese" con la motivazione che il nome "Repubblica Popolare" già racchiude il concetto di "dittatura democratica del popolo", non era quindi necessario ripetere la parola "democrazia". Quell'argomentazione fu accettata e "la Conferenza decise di adottare la sua proposta". Oh, nonna! (Per usare l'intercalare preferito dal vecchio Fan.) Se al molo di Chongqing, Fan Jihuai lo avesse fatto eliminare, forse oggi il nostro Paese avrebbe un altro nome.

Nel maggio del 1957, il governo invitò alcuni personaggi apartitici a collaborare alla campagna di rettifica. Mao Zedong chiese il suo parere e lui mosse quattro critiche al movimento: "propensione per la grandiosità e sete di successo, desiderio di risultati veloci e benefici istantanei, spregio per il passato e cieca fiducia nel futuro". A dire il vero, era un miracolo di per sé che fosse vissuto fino al 1957. Secondo quanto si legge a pagina 498 della *Raccolta*, l'anno precedente aveva dichiarato che "urlare 'lunga vita' a qualcuno, rappresenta il declino della civiltà umana".

E nel 1973, mentre nella sacra terra di Cina si acclamava: "Lunga vita al presidente Mao! Lunga lunga vita!", Zhang Xiruo morì.

@ Kawai va in cerca del fratello

Mentre eravamo a bordo della nave, mi impegnai a fondo nel lavoro ideologico su Yunichi Inamoto. "La Cina e il Giappone sono separati da una sottile striscia d'acqua, dovremmo comportarci da buoni vicini[419]. Per fortuna, tu mi sembri una persona ragionevole, dovresti assumere un ruolo di punta nel contrastare questa guerra ingiusta." Lui stava con le orecchie ritte, senza dire nulla. Quando scoprì che avevo studiato in Giappone, divenne subito più cordiale. Gli dissi che in Giappone avevo molti amici. Me ne chiese notizie e allora gli parlai della famiglia di Kawada, del fratello Kawai, di Yoko. Gli dissi che appena la guerra fosse finita, sarei andato di nuovo a trovarli, per offrire il mio contributo all'amicizia tra i nostri due Paesi. Oh, nonna! Non mi credeva affatto. Allora insistetti: "Fidati, i cinesi mantengono sempre le promesse"[420]. Signorina, sai che io sono andato in visita in Giappone. Giusto, anche la nostra visita a Dahuangshan per incontrare Kawai costituisce un contributo all'amicizia sino-giapponese.

A Hankou mi fermai due giorni, con la cooperazione dell'organizzazione segreta (si riferisce al Juntong) conclusi lo scambio del pilota americano e mandai qualcuno a

---

[419] Dal *Comunicato congiunto del governo del Giappone e del governo della Repubblica popolare di Cina* (1972).

[420] Frase di monito agli Stati Uniti che minacciavano di invadere la Corea (1950), pronunciata da Zhou Enlai attraverso il presidente del Pakistan.

portarlo a Chongqing. In quei giorni, si combatteva su tutta la pianura di Jianghan. I proiettili non hanno mica gli occhi, non si sa quando un colpo potrebbe prenderti in testa. Quindi congedato lo yankee, non vedevo l'ora di mettere le ali e spiccare il volo per allontanarmi da quel posto maledetto. Quella sera mi stavo preparando a partire, quando d'un tratto mi comparve davanti un giapponese. In prima battuta non lo riconobbi. Stava appoggiato allo stipite della porta, con un mazzo di fiori in mano. Erano fiori di ciliegio già appassiti. Signorina, scommetto che non indovinerai mai chi fosse. Ah, ah, ah, ma sì proprio quel Kawai che stiamo andando a incontrare. Eh! "Parli di Cao Cao ed ecco che te lo ritrovi davanti". Lo avevo appena nominato con Inamoto e ora era lì, cavolo, che velocità strabiliante! Era venuto a chiedermi notizie del fratello. Mi disse che i fiori li aveva raccolti sua madre nei pressi della tomba del padre, doveva portarli a Kawada. Vedendoli lui avrebbe capito il messaggio. Chiesi qual era. Il fratello doveva tornare per occuparsi degli affari di famiglia. Signorina, probabilmente non sai che nelle famiglie giapponesi questo è il compito del figlio maggiore, soltanto se lui rinuncia è il turno del secondo figlio. Girando in cerchio nella stanza, stavo riflettendo, Kawai di sicuro aveva ottenuto il mio indirizzo da Inamoto. *Bakayarou*[421], pezzo di idiota! In un frangente simile, quello da dove era spuntato fuori?

Kawai mi disse che sua madre porgendogli il mazzo di fiori aveva detto che sarebbe bastato trovare Ge Ren, Huang Yan oppure Fan Jihuai, uno di loro sicuramente sapeva dov'era suo fratello. Ora, Ge Ren era morto, Huang Yan era vivo ma a Yan'an, anche se avesse voluto incontrarlo non ci sarebbe mai riuscito, perciò restavo solo io. Belle parole, "chiedermi notizie del fratello" equivaleva a chiedermi di consegnarglielo. Ma come avrei fatto, era morto da un pezzo, cosa avrei potuto

---

[421] Insulto in giapponese, traducibile come "bifolco, idiota quanto un cervo".

dargli in cambio? Dal suo atteggiamento, capii che se non glielo davo potevo scordarmi di lasciare Hankou. Oh, nonna! Gli stranieri hanno un vizio insopportabile, prendono tutto così dannatamente sul serio. Suo fratello era morto, cosa lo cercava a fare? E poi, era morto in Cina e quindi era un eroe nazionale giapponese, avrebbe dovuto esserne fiero. Con quell'aria desolata, non stava infangando il suo onore? Ovvio, puoi pensarlo, ma mica dirlo a parole. Signorina, stavo proprio riflettendo su questo quando tra le nuvole si aprì uno spiraglio. Eroe nazionale! Ok, fai bene a ricordarmelo, quando avevo scoperto che Ge Ren era morto a Erligang avevo pronunciato le stesse parole. Davanti al giapponese il concetto si fece strada in maniera ancor più pressante nel mio cervello. Avrei cavalcato la tigre. Se bisognava togliere di mezzo Ge Ren, perché non coinvolgere Kawai, così Ge Ren sarebbe stato dichiarato eroe nazionale per la seconda volta?

Come? Questo è "uccidere con una spada presa in prestito"?[422] Ragazzina insolente, come ti permetti! Io lo facevo sempre e solo per il bene di Ge Ren. Se si fosse trattato di qualcun altro non sarei stato così propositivo. Ok, se la vedi così io non posso farci nulla. Ma, come anziano, ho il dovere di informarti che le cose del mondo vanno sempre in questo modo. Se il fine è buono, non devi aver paura di usare cattivi mezzi. È come quando l'avvocato difende un uomo in tribunale. Signorina, ti faccio presente che qualsiasi avvocato prova un senso di colpa nel difendere un colpevole. E che anche se si tratta di un innocente, sulla sua saliva c'è sempre un po' di veleno. Signorina, tira dentro quella linguaccia. Sei ancora una ragazzina e non capisci questa logica: da piccolo, pensi che le cose siano come le vedi, vivi attraverso i tuoi occhi; da grande, entri a far parte della società, sei come ti vedono loro, vivi attraverso gli occhi degli altri. Mi capisci? Se l'hai capito, meglio così. È una verità inconfutabile. Come

---

[422] Uno dei trentasei stratagemmi.

dire che "due metà equivalgono all'uno". Pensaci, Ge Ren era così intelligente, di sicuro avrebbe compreso che lo facevo per il suo bene. Può sembrare assurdo, ma perché in questo mondo assurdo si conquistasse l'immortalità, io ero costretto a prendere una tale decisione audace. Indurii il cuore. "Forza," mi dissi, "portalo con te a Dahuangshan, lascia che sia lui a chiedere a Ge Ren dov'è finito suo fratello". Non potevo dirglielo direttamente, quindi feci fare al discorso una curva più elegante. Stavo andando al Sud a trovare un amico che forse aveva notizie di suo fratello, non appena avessi fatto chiarezza lo avrei informato. No, non gli dissi che quell'amico era Ge Ren. Altrimenti avrebbe pensato che lo stavo imbrogliando, di sicuro aveva già ricevuto la notizia della sua morte. Avevo appena finito la frase che lui prese un fiore dal mazzo e me lo offrì: "Vecchio Fan, sei veramente il mio *Shichi fukujin*, le sette divinità della fortuna". "Siamo in confidenza, lascia stare i complimenti, ma che sette o otto divinità! Sto semplicemente applicando l'etica del popolo cinese. La tua famiglia all'epoca mi ha trattato con squisita cortesia, la grazia di una goccia d'acqua va reciprocata con una sorgente. Quando sarò tornato, troverò il modo per contattarti". Lui si affrettò a fermarmi: "Se ti lascio andare, temo che non ti rivedrò mai più". "Non ti fidi? Se 'uno, non temi le difficoltà e due, non temi la morte' potresti accompagnarmi".

I giapponesi hanno un carattere impetuoso, e sono ossessionati dall'efficienza, volle partire la notte stessa. Forse non sai che loro chiamano il treno *kisha* "carro a vapore" e l'auto *jidousha* "carro semovente". Disse che voleva prendere un *jidousha* per lasciare Wuhan e poi il *kisha*, questo generò una certa confusione. Il mio attendente non aveva capito niente. *Bakayarou*, pezzo di idiota! Ero lontano dal Giappone da troppo tempo, anch'io ero un po' confuso. Il mio uomo credeva che il carro semovente fosse il risciò, andò in strada e ne trovò un paio. Io gli ordinai di mandarli via. No, non che li disprezzi. Non ti ho detto che si combatteva su tutta la pianura di Jianghan? Wuhan era come una fottutissima galera, una volta entrato non uscivi più. Scusa, detesto il turpiloqio, ma per cercare la verità nei fatti sono costretto a esprimermi in questo modo. Oh, nonna! Per fuggire ci spalmammo sul viso la fuliggine del fondo delle pentole, ci tingemmo i capelli con la cenere, alla fine sembravamo una banda di straccioni usciti dalla penna di Jin Yong. Ora dimmi, come avrebbero potuto dei mendicanti permettersi di andare in risciò?

Corremmo senza sosta fino a un luogo chiamato Wulongquan, dove ci fermammo un attimo a tirare il fiato e a lavarci il viso. Riflessi nell'acqua eravamo più orridi di spettri. Ma ti pare una vita da uomini? Nessuno avrebbe potuto capire le mie sofferenze, quanto a Kawai, lui continuava ad assillarmi dicendo che dovevamo fare in fretta, ero al limite della pazienza. Pensai: Yang Fengliang e Aqing, è tutta colpa vostra! Se Aqing avesse mandato un messaggio dicendo che quell'uomo non era Ge Ren, avrei potuto fare marcia indietro e smettere di sopportare quella tortura. Però, per tutta la strada fino a Dahuangshan, non ricevemmo sue notizie.

Lo storico incontro tra Fan Jihuai e Kawai ebbe luogo nell'albergo Giardino di giada, di cui ho parlato in precedenza, alla vigilia della cerimonia di inaugurazione della Scuola della speranza. In questa sede vorrei aggiungere che *Cui hua yuan*, i tre caratteri dell'insegna, erano usciti dal pennello del segretario Guo. Secondo quanto dichiarato dalla signorina Bai Ling, proprio mentre il vecchio Fan "stava sulle sue aspettando che Kawai andasse a omaggiarlo" arrivò Guo a chiedergli se aveva riposato bene. Fan gli disse che, appena entrato in stanza, aveva ricevuto la telefonata di una signorina che voleva fargli un servizietto a domicilio. Pensando si trattasse della pulizia delle camere, l'aveva fatta entrare. Quella si era subito messa a slacciargli la cinta dei pantaloni. Guo gli garantì che avrebbero intensificato la lotta contro la prostituzione. Fan esclamò: "Anche Maria Maddalena faceva quel mestiere e vendeva il suo corpo per soldi". Guo non la conosceva, comunque era un nome straniero, pensò che il vecchio Fan le preferisse forestiere. Gli sussurrò all'orecchio: "Ci sono delle russe, dicono di venire da via Arbat, sono belle ed esperte, perché non ne chiamiamo una per prendersi cura di lei?". Il vecchio Fan scosse la mano: "Grazie dell'offerta, ma prima dobbiamo assolvere il nostro compito".

Bai Ling mi raccontò che, proprio in quel momento, arrivò Kawai. Fece il dovuto inchino e il vecchio Fan lo abbracciò. "Cavolo, parevano una coppia di orsi che si fanno le coccole." Poi le due parti si accinsero a intraprendere "lo scambio amichevole". In quell'occasione, Kawai usò ancora una volta il termine *Shichi fukujin*. Attraverso una ricerca ho appreso che si tratta di Daikokuten, il dio dell'abbondanza e della ricchezza; Bishamonten, il dio della guerra; Benzaiten, la dea della bellezza, della musica e di tutto ciò che scorre; Ebisu, il dio del cibo quotidiano; Fukorokuju, il dio della buona sorte e della lunga vita; Jurojin, il dio della conoscenza e della longevità; Hotei, il dio della felicità. Non so esattamente cosa rappresentassero per lui, ma è evidente che si trattava di divinità di buon auspicio, felicità e fortuna. Riporto di seguito un brano della conversazione tra Fan Jihuai e Kawai, registrata dal segretario comunale Guo Ping:

Kawai: (rivolgendosi a Bai Lin e Guo Ping) Il Vecchio Fan è stato il mio Shichi fukujin, *voi mi capite? I cinesi hanno tre divinità: Fu, il dio della fortuna; Lü, il dio della prosperità; Shou, il dio della lunga vita. Noi ne abbiamo sette. Ho sentito dire che in Cina ne hanno aggiunto un altro: Xi, il dio della felicità. Ignoravo quale fosse il carattere, poi mi hanno spiegato che è quello di* xique *(gazza) che tradizionalmente è un uccello di buon auspicio. Vecchio Fan, ti porgo i miei migliori auguri di pace, fortuna, prosperità, felicità e lunga vita.*

Fan Jihuai: Ah, ah, ah, tale e quale, tale e quale! Xiao Guo, trova un musicista che sappia suonare Gli immortali al Ponte delle gazze[423], *è una specie di haiku, così faremo sentire il signor Kawai completamente a casa.*

K.: È stato il destino a farmi incontrare il Vecchio Fan. Se lui nel diciottesimo anno dell'era Showa (1943) non mi avesse portato a Baibei, io sarei stato spedito a Nagasaki. Molti dei miei amici vi furono inviati come kamikaze, i Corpi speciali d'attacco del vento divino. L'anno dopo li mandarono a Luzon (nelle Filippine) e di loro non è *rimasto che un mucchietto di cenere.*

---

[423] Titolo di un poema "ci" di Ouyang Xiu. Nel settimo giorno del settimo mese dell'anno lunare le gazze formano un ponte attraverso la Via lattea per permettere alla Filatrice e al Bovaro (in origine i nomi di due stelle) di incontrarsi.

F.: *Erano lo squadrone della corazzata Yamato, quella della Grande armonia?*

K.: *Infatti. Comunque anche se non fossero andati a Luzon sarebbero morti lo stesso, nel ventunesimo anno dell'era Showa, sotto le bombe atomiche americane che distrussero Hiroshima e Nagasaki. Dopo la fine della guerra, sono andato a Nagasaki. Che orrore! C'è un waka (poema patriottico) dedicato alla città e alle vittime. "Orribile è ora la nostra patria, l'inutilità del sacrificio di molti ci colma di rimpianto". Nel secondo anno dell'era Heisei (1990) andai di nuovo e, vedendo i ciliegi in fiore nel porto, mi tornarono in mente i meriti e le virtù del vecchio Fan.*

F.: *Non c'è di che. In Cina esiste un antico detto "salvare una vita* è *più meritevole della costruzione di una pagoda a sette piani". Ricordo che, quando sei venuto a Hankou, avevi con te un mazzo di fiori di ciliegio.*

K.: *Lo portai fino a Dahuangshan. Non avevo capito che il signor Fan voleva che uccidessi qualcuno. Mi stava portando a eliminare Ge Ren.*

F.: *In Cina c'è anche un altro detto "è passato e tu lascialo andare". Lasciamo andare quella storia. Piuttosto, tu come stai?*

K.: *Tutto bene. Solo che con l'età gli intestini non mi funzionano più tanto, come dire… ce l'ho sempre un po' dura.*

F.: *Anni fa un medico (si riferisce a Bai Shengtao) mi disse che la carne di gazza regola le funzioni intestinali. Ricorda però, bisogna usare gli esemplari maschi.*

Il vecchio Fan avrebbe voluto interromperlo, ma Kawai proprio non capiva l'antifona, continuò a raccontare che all'epoca aveva lasciato lo squadrone aereo della marina, da una parte perché non voleva morire e dall'altra perché voleva trovare suo fratello. Quel suo gesto lo rese un disertore della patria. Non tornò a Wuhan ma fuggì a Hong Kong. Dove continuò a nascondersi per evitare i sicari dei servizi segreti. Poi si mise in contatto con gli inglesi, li convinse che era un attivista per la pace. Con il loro aiuto, si imbarcò sulla Empress of China diretta negli Stati Uniti. Il suo status gli avrebbe permesso di stabilirsi in America, ma con il passare del tempo sentiva sempre di più la mancanza della madre e della sorella, rimaste in patria. A quel punto Kawai citò un *haiku* di Yosa Buson (noto poeta giapponese, 1716-1783) "Padre e madre, non penso ad altro, in questa fine di autunno". Nel quarantottesimo anno dell'era Showa (1973) apprese casualmente che al tempio Yasukuni in Giappone stavano costruendo un nuovo *torii* (porta sacra). D'un tratto prese una decisione che contrastava con il ruolo che aveva impersonato in tutti quegli anni: voleva donare fondi per la sua costruzione e trasferire lì la tavoletta "sede dello spirito" di suo fratello. Evidentemente il passo da pacifista a nazionalista era stato breve. Questo era anche il desiderio di sua sorella. Gli aveva raccontato che, dopo la morte della loro madre, mettendo in ordine le sue cose aveva trovato una lettera di Kawada. Spiegava i motivi che lo avevano portato in Cina. Ora, lei l'aveva inviata a Kawai.

Leggendola compresi la scelta di mio fratello. Era fiero e orgoglioso di essere vissuto in questa era. Prima della guerra la sua esistenza era stata oziosa, insulsa, volgare e priva di significato. Finalmente aveva conosciuto l'azione e il valore, si era liberato del nulla che lo impantanava. Cercava di convincere nostra madre a lasciarmi andare in Shina a condividere quella vita. A quel punto capii perché mia madre me lo aveva concesso.

Kawai pensava che, con la sua tavoletta nel tempio Yasukuni, l'anima di Kawada sarebbe stata protetta dalle *Shichi fukujin*. Portando un'ingente somma di denaro tornò in Giappone.

Kawai: Incontrai mia sorella a Kudanshita (fermata della metropolitana di Tokyo, nei pressi del tempio Yasukuni). In una mano reggeva la foto di mio fratello, nell'altra una bandierina della marina militare. C'eri anche tu nella fotografia. Hai capito? Era quella che avevamo scattato al ristorante Xizhilang. Con lei parlammo di Cina, di Ge Ren e di Huang Yan.

Fan Jihuai: C'ero anch'io? Allora era una foto molto preziosa. Un simbolo dell'amicizia sino-giapponese. Tua sorella sta bene? Ricordo che all'epoca era bella come un fiore di fava.

K.: È *invecchiata anche lei. Arrivò portando un fagottino. Pensai, sicuramente dentro c'è qualcosa che mia madre ha conservato. Lo sciolsi, conteneva una divisa immacolata come quella che avevo indossato all'epoca, con le mostrine e i bottoni luccicanti.*

F.: (rivolgendosi al segretario) Xiao Guo fai fare una copia della fotografia e appendila nella biblioteca della Scuola della speranza. L'amicizia sino-giapponese deve essere tramandata per generazioni, la Storia non deve essere dimenticata. Ricordati, chi dimentica tradisce il passato.

A quel punto arrivò un'inserviente per condurli al banchetto che si svolgeva al piano inferiore. Nel corridoio ornato di fiori freschi, il segretario Guo sussurrò a Bai Ling di chiedere al vecchio Bai di ricordare a Kawai che nel discorso non doveva usare la parola "Shina" per indicare la Cina. "Non è cortese. Il nostro sindaco ha già manifestato il suo disappunto, ma l'amicizia sino-giapponese lo ha frenato, non gli sembrava opportuno correggerlo in pubblico." Bai Ling raccontò che, dopo aver ascoltato le parole del segretario, Fan Jihuai le prese la mano e la strinse forte per mostrarle di aver capito.

Quella sera al banchetto c'era un piatto degno di nota: la gazza in salsa di soia. Evidentemente, le opinioni sulla stitichezza che il vecchio Fan aveva condiviso con Kawai, erano state prese sul serio dal governo locale. E da allora quello fu ricordato come il Banchetto delle gazze. Già che ci siamo dirò che da quel momento la gazza in salsa di soia divenne uno dei piatti speciali del Giardino di giada. Le gazze sono sempre più rare, quindi soltanto gli ospiti importanti venuti da lontano possono gustarle. Quando il sindaco arrivò al fianco del vecchio Fan per fare un brindisi, il vecchio Fan gli disse: "Con l'augurio che la città di Baibei possa quadruplicare la produzione e giungere presto alla moderata prosperità[424]

[424] "Xiao kang" dal *Libro delle Odi*, concetto di benessere ideale nella filosofia confuciana. Introdotto nuovamente da Deng Xiaoping nel 1979

e alla modernizzazione in stile cinese, leviamo i calici". Il sindaco avrebbe voluto fare altri tre brindisi, ma il vecchio Fan declinò, "in onore della Terza plenaria" beveva sempre e solo tre bicchieri. Poi in preda all'ebbrezza, fece il suo discorso. La seconda volta che andai a Baibei per un'intervista, guardai un video di quella occasione. Nonostante il discorso consista in una serie di sproloqui, privi di senso in alcuni punti e infarciti di errori grossolani come chiamare Kawai "Kawada", fu tenuto con grande trasporto e fu molto trascinante:

"Il vecchio destriero confinato nella stalla sogna ancora di galoppare mille miglia, l'uomo di nobili ideali sebbene sia al crepuscolo non rinuncia alle alte aspirazioni"[425]*. In passato "al canto del Grande fiume mi volsi verso Oriente"*[426]*. Perché? "Dopo dieci anni a guardare il muro, ero ormai pronto a sfondarlo, ad abbandonare lo studio delle vane scienze, alla ricerca di un mondo migliore". Eh? "Dieci anni a guardare il muro"*[427] è *un'idea originaria dell'India, come la parola "Shina". Nel quinto secolo, era il nome che gli studiosi cinesi di buddhismo davano a se stessi. Tripitaka nel suo viaggio in Occidente alla ricerca delle Sacre Scritture amava chiamare il suo Paese con orgoglio "la nostra grande Shina". I giapponesi iniziarono a usare questo termine quando il Buddhismo giunse in Giappone. Ma alcuni compagni sono convinti che alla base di questa consuetudine ci sia il nome inglese China, adottato in Giappone durante il periodo Edo (1603-1867). Quale errore grossolano! Per noi giuristi la realtà dei fatti è di massima importanza, perché nella ricerca della verità la legge considera i fatti come prove. Ora io vi chiedo, pensarla in*

---

come obiettivo delle Quattro modernizzazioni, nel campo dell'agricoltura, industria, difesa e scienza e tecnologia.

[425] Versi della poesia "Sebbene la tartaruga viva a lungo" di Cao Cao (155- 220).

[426] Versi della poesia "Al canto del Grande fiume mi volsi verso Oriente" di Zhou Enlai.

[427] La leggenda racconta che il Bodhidharma, propagatore delle dottrine del Mahayana in Cina e iniziatore dell'addestramento dei monaci di Shaolin nelle arti marziali, rimase in meditazione davanti a una parete per nove anni.

questo modo non avrebbe l'effetto di sminuire la storia dell'amicizia sino-giapponese? Chiedete pure al signor Kawada quando il popolo giapponese ha iniziato a chiamarci Shina. Ok, vedete quindi che è pienamente d'accordo con me. Dopo la sconfitta del Giappone, il governo nazionalista intimò al Ministero degli affari esteri giapponese di interrompere l'utilizzo del termine, un appellativo considerato offensivo e umiliante e che avrebbero dovuto rivolgersi a noi come "Repubblica cinese". A quell'epoca mi trovavo all'estero e, quando lessi la notizia, capii che il governo di Chiang Kai-shek era ormai agli sgoccioli. Puro autolesionismo! Non avevano un briciolo di orgoglio. Se non sei calvo non temi che si nominino le lampadine. Certo, il vecchio Chiang era pelato, la sua testa era una distesa brulla, senza un filo d'erba. Fuck! Ti portano rispetto, dicono che hai una storia millenaria e un solido retroterra culturale, e tu lo prendi come un insulto. È *evidente che sei uno smidollato. Un governo del genere non può conquistare il cuore del popolo, è destinato a crollare miseramente. Compagni, poco fa durante il mio incontro con il signor Kawada sono stato felice di sentirlo nominare la Shina con riverenza. Cari compagni, ciò dimostra che il signor Kawada onora e ama la nostra Storia ed esistono i corretti presupposti per una cooperazione amichevole. Brindiamo quindi all'amicizia e alla collaborazione tra la Cina e il Giappone.*

La profonda erudizione del vecchio Fan lasciò tutti a bocca aperta. Bai Ling racconta che, alla fine del Banchetto delle gazze, il vecchio Fan si rivolse al signor Kawai che lo stava accompagnando in stanza: "Sigaretta". Kawai si affrettò a porgergli una sigaretta. "Acqua", e Kawai prese la tazza di tè dalle mani dell'inserviente e, reggendola con entrambe le mani, gliela passò. Fan aggiunse: "Fuoco" e Kawai gli accese la sigaretta. Il vecchio Fan diede una tirata: "Ottima" poi la spense. "Bene, possiamo dire che anche stavolta ti ho pulito il culo. Ma ricordati, una volta fuori da Baibei, non usare mai più la parola Shina. Non sei stato a lungo in America? Allora chiamaci China people. Se ti chiedono perché, rispondi che in America c'è Chinatown e ti sei abituato così. Ehi, l'hai saputo? Huang Yan si è trasferito a Chinatown, ma non so se sia ancora vivo.

@ Studio e ricerca[428]

Oh, nonna! Non intendo dilungarmi su tutte le sofferenze e le amarezze che ho dovuto patire lungo la strada. Era comunque mio dovere, a che serve continuare a parlarne? Assolutamente a niente. Non sopporto quelli che, qualunque cosa facciano, hanno bisogno di strombazzarla al vento, per paura che nessuno lo sappia. Però, mia cara signorina, come dovere nei confronti dei lettori e delle prossime generazioni nel tuo racconto ti pregherei di aggiungere qualche dettaglio sull'asperità del cammino. Ok? Per esempio, il fatto che rischiavamo in qualsiasi momento di essere bombardati dagli aerei, quanta fame abbiamo sofferto, roba del genere. Dispiega le ali della tua fantasia. Come dire, qualsiasi disgrazia e difficoltà ti venga in mente, io l'ho attraversata. Anche Kawai ha sofferto? Certo, questo è vero. Ma lui lo faceva per se stesso, io per Ge Ren. I due obiettivi non si possono confondere l'uno con l'altro, tra loro esiste una differenza sostanziale.

Arrivato a Dahuangshan, non andai subito a Baibei, mi fermai a Shangzhuang che si trova nei paraggi. Durante la mia prima visita a Shangzhuang avevo alloggiato nella vecchia chiesetta. Lo feci anche questa volta. La trovai pulitissima, doveva essere abitata. Mandai i miei uomini a controllare, ma non trovarono tracce umane. Seduto di fronte a quel panorama mi abbandonai ai ricordi, rividi lo scenario della volta precedente. Ricordai che Aqing mi

---

[428] Dal discorso *Un vento di studi e di ricerche* (1961) di Mao Zedong.

aveva portato un bacile d'acqua per lavarmi i piedi. Lo aveva messo vicino al letto, rifletteva la luna piena e mi era parso di essere in un sogno. Come se il mio attendente mi avesse letto nel pensiero, mi portò un bacile d'acqua. Con i piedi a bagno, iniziai a lavorare. "Chi non fa inchieste non ha diritto di parola, anche chi non fa inchieste giuste non ha diritto di parola"[429]. In mancanza di adeguate informazioni, non si può pianificare la corretta strategia. In sostanza, la prima fase consiste nell'indagine e nello studio per la raccolta di informazioni rilevanti. Dissi al mio attendente: "Ragazzino, ci penserò io a buttare l'acqua. Fai un salto a Baibei a controllare cosa stanno combinando Yang Fengliang e Zhao Yaoqing e, con l'occasione, portami Canto dei fiori". Chiese se volevo sentirla cantare. Lo rimisi subito al suo posto. "Fuck! Ti pare il momento di ascoltare canzonette? Prima il lavoro, la musica casomai verrà dopo. Forza, muoviti!" Volle attendere che avessi finito per gettare l'acqua. Eh, adesso dove lo troveresti un compagno così solerte?

Quando fu uscito, chiamai Kawai. Stavo ancora cercando un modo per affrontare l'argomento, quando il mio uomo tornò di corsa urlando come un ossesso. Quando vide Kawai si bloccò esitante. Gli chiesi: "Parla, cosa è successo di tanto orribile per spaventarti in questo modo?". "Ho visto uno straniero, sta venendo da questa parte." "Uno straniero? Qui ci sono gli stranieri? Non sarà un prete della zona?" Guardai fuori dalla finestra e infatti c'era un vecchio forestiero. Ed era proprio un prete che lavorava per la Croce rossa internazionale. Poi scoprii che era il reverendo Ellis di cui mi aveva parlato Ge Ren, era stato lui a pulire la chiesetta.

Mandai il mio attendente a chiamarlo. Quando mi vide, fu un attimo perplesso, poi mi chiamò "signor Fan". Come poteva sapere il mio nome? Possibile che qualcuno avesse fatto trapelare il nostro piano segreto? Ricordo chiaramente che

---

[429] Dall'omonimo discorso di Mao Zedong, tenuto nel 1931.

quando glielo chiesi lui pronunciò tre caratteri: “Ge Shang Ren”. Pensai, sarà il suo pessimo accento, mi era parso che invece di “Ge Ren” avesse detto “Ge Shangren”. Comunque Ge Ren doveva averlo saputo da Yang Fengliang e Aqing. Ok, mi sarebbe bastato appellarmi al segreto militare per fucilare entrambi seduta stante.

Non m’importava, in ogni caso ora sapevo che le informazioni in possesso di padron Dai erano corrette, quell’uomo era di sicuro Ge Ren e molto probabilmente l’avrei trovato ancora lì. Come dire, signorina, anche se me l’ero aspettato, ora avevo come una spina in gola e non riuscivo a spiccicare parola. Dopo un po’ mi riscossi e gli chiesi spiegazioni. Non disse di essere un prete, ma un dottore venuto a visitare Ge Shangren. Avrebbe voluto portarlo via ma lui gli aveva detto che stava arrivando un altro medico famoso, si chiamava Fan Jihuai. “Parlava di te, no? Non hai studiato medicina in Giappone?” Kawai, che fino ad allora era rimasto in disparte, intervenne nella conversazione. Meglio così, pensai, avevo difficoltà a introdurre la faccenda di Ge Ren, ora mi sarei risparmiato la fatica. Lo feci mettere seduto e gli dissi: “Proprio così, piccolo giapponese, la persona che dobbiamo incontrare è il nostro comune amico Ge Ren, è ancora vivo ed è l’unico ad avere notizie di tuo fratello”. La sua bocca si spalancò e rimase a lungo in quel modo. Poi disse che dovevamo subito andare a cercarlo. Lo fermai. “Calmati! Se qualcuno viene a sapere che sei giapponese ti riducono come un alveare”. Lui non capiva, continuava a fissarmi. Estrassi la pistola e feci il gesto di puntargliela contro. Ora sapeva che non stavo scherzando e se ne tornò buono al suo posto, obbediente come un cane.

Trascorsi la serata con il reverendo Ellis. Mandai uno dei miei uomini a mettere Kawai sotto chiave, altrimenti se ne sarebbe andato in giro a raccontare stupidaggini. Con l’aria di quello che sta investigando il problema, chiesi notizie della salute di Ge Ren. Mi disse che aveva la tubercolosi. Bella scoperta! Pensava non lo sapessi? Mi controllai e rimasi zitto.

Gli aveva fatto un'iniezione di penicillina, sembrava stare un po' meglio. Dissi: "Allora continuiamo con le iniezioni". Pensando che fossi medico anch'io, si mise a discutere con me sulla prevenzione della malattia. La sua ingenuità era disarmante. Quando mentii dicendo che ero cattolico, gli si illuminarono gli occhi, si accarezzava la barba tutto contento. Marx? Sì anche Marx aveva la barba. Si assomigliavano anche un po', ma non tantissimo. Come dire, se Marx era un cavallo di razza, Ellis poteva essere un somaro. Ah, ah, ah, gli somigliava anche. Mi chiese di rimanere con lui, a curare la gente e a diffondere la religione. Dissi che aveva ragione: la medicina risolve i problemi del corpo, la religione quelli dello spirito. Il corpo è la base materiale, lo spirito costituisce la sovrastruttura ed entrambi vanno afferrati e controllati con mano salda e polso fermo. Ora era al nono cielo, si accarezzava la barba con rinnovata passione. E così, con il minimo sforzo, mi conquistai la sua completa fiducia. Ora parlava a ruota libera e non la finiva più. Scoprii che Ge Ren era nella scuola di Fangkou, cioè la Scuola della speranza dove ci stiamo dirigendo.

Signorina, non mi avevi chiesto di Bai Shengtao? Ok, ora ti parlerò di lui. Fu quello straniero dalla folta barba a menzionarlo per la prima volta. Disse che anche il dottor Bai poteva rimanere a lavorare insieme a noi. Ero perplesso: il dottor Bai? Chi è il dottor Bai? Un medico di medicina tradizionale, Zhao Yaoqing lo aveva invitato per curare Ge Ren. Utilizzava un rimedio molto particolare, a base di escrementi di volpe. Dapprima credetti che fosse un ciarlatano locale, poi scoprii che veniva da Yan'an e che era esperto di patologie intestinali. Non aver fretta, signorina, parleremo ancora di lui. Non ti avevo detto che lo penso spesso? Durante la lunga storia della mia vita, ogni volta che mi è capitato di avere problemi di stitichezza, mi è tornato in mente. Ah, e anche quando ho mangiato le banane. Perché? Non mi dire che ignori anche questo! Allora te lo spiego, quando non vai in bagno mangia una banana, i tuoi escrementi prenderanno la stessa consistenza e poi, in fila indiana, uno dietro l'altro raggiungeranno l'altra sponda.

Ok, torniamo al punto. Quella volta indagine e studio proseguirono fino a notte inoltrata. La mattina seguente quando andai a cercarlo, il reverendo Ellis era già uscito lasciando una nota. Era andato a comprare medicine per Ge Shangren. Non scrisse dove, perciò non potevo andare a cercarlo. Un tipo reticente quello, un gran furbastro. Degli stranieri non ti puoi fidare. Cosa? Volevo farlo fuori? Beh, sei proprio una ragazza perspicace. Non ti nascondo di averlo pensato. Come recita il detto: "non può essere grande l'uomo che non è spietato"[430]. Quel somaro però era scomparso prima che potessi eseguire il mio piano.

Poi arrivò il mio attendente a fare rapporto: Yang Fengliang era scomparso da Baibei. Bam, sentii un'esplosione nel cervello. Aqing doveva averlo già tolto di mezzo. "E Canto dei fiori?". Sparita pure lei. Fuck! Vuoi vedere che ha ammazzato anche la sua donna? Al pensiero di quell'adorabile femmina caduta sotto i colpi di Aqing, mi parve che un artiglio di gatto mi ghermisse il cuore. Classica strage degli innocenti, mancanza di organizzazione e di disciplina[431], pura anarchia! Quando conobbi il dottor Bai, lui mi insegnò una parola nuova: "liberalismo". Unendo la teoria alla pratica[432] ora avevo capito tutto. Ecco, Aqing aveva peccato di liberalismo[433]. Cosa? Ero stato io a chiederglielo? Come puoi dire questo? Beh, adesso che mi ci fai pensare, in effetti gli avevo detto di pulirsi bene il culo. Sono pronto ad assumermi la responsabilità di ciò che

---

[430] Nel modo di dire originale "non può essere grande l'uomo che non ha lungimiranza" (frase tratta dall'opera *zaju* della dinastia Yuan *Il padiglione lungo il fiume* di Guan Hanqing) il carattere "du" (lungimiranza) è stato sostituito dall'omofono "du" (spietatezza).

[431] Critica di Zhou Enlai al maresciallo Chen Yi che in veste di Ministro degli esteri nel 1965 espresse parere favorevole alla conduzione della Conferenza Afroasiatica, senza consultarsi con il governo centrale.

[432] Dal discorso *Riformiamo il nostro studio* (1941) di Mao Zedong.

[433] Dal discorso *Contro il liberalismo* (1937) di Mao Zedong.

dico. La Storia si declina sempre al passato e io pagherò i debiti che ho accumulato. Tuttavia, stammi bene a sentire, io gli avevo detto che, se necessario, poteva mandare Yang Fengliang in paradiso, mica spedire Canto dei fiori all'inferno. Oh, nonna! Era un buon sutra ma il monaco l'ha rovinato recitandolo a bocca storta[434]. Quel degenerato si meritava la tortura dei mille tagli, a forza di pulirsi il culo se l'era rotto.

Dissi al mio uomo: "Ragazzino, per cortesia vai a chiamare Qiu Aihua". Lui rimase in silenzio per un bel po'. Poi disse che era scomparso insieme a Yang Fengliang. Vuoi vedere che Aqing aveva ammazzato pure Qiu Aihua!?!

---

[434] Dal discorso *Soluzioni ai problemi derivanti dalla trasformazione delle imprese capitaliste in comproprietà pubbliche-private* (1956) di Chen Yun.

& L'inizio di ciò che sono ora

Dopo aver lasciato Baibei, il reverendo Ellis scrisse una lettera a Beal raccontando le sue conversazioni con Ge Ren e Fan Jihuai. L'episodio si trova nel libro *Maestosità d'Oriente*:

Con il permesso di Aqing, andai a cercare Shangren che si trovava in cortile. Era seduto a gambe incrociate su una panca e mi parlò a bassa voce. Fuori dal portone, i monti saltellavano come montoni, le colline come agnelli[435]*, la superficie del lago si increspava al ritmo dell'organo, le onde del fiume vibravano alla melodia del* qin. *Disse: "Un uomo di nome Fan arriverà a Dahuangshan e andrà ad abitare a Shangzhuang". Le sue parole mi sorpresero. Lui si mise a ridere, poi tossì leggermente. Gli chiesi come lo sapeva, disse di aver fatto un sogno, era insieme a Fan sulla nave che li portava in Giappone: "Il letto ondeggiava, come una nave in balia delle onde". Rise di nuovo. "Shangren, se ciò che dici è vero, allora si tratta un miracolo, il Signore ti sta dicendo di lasciare Baibei. Come quando si mostrò a Mosè e gli ordinò di condurre gli israeliti fuori dall'Egitto. Dio* è *glorioso e tremendo, temerlo e venerarlo è giusto, saggio è chi ascolta i suoi comandi, lodato sempre sia il Signore". Disse che non aveva sognato Mosè e il suo bastone. Come sai (Ellis qui si rivolge a Beal) il tempo anche se innocente può rendersi complice di misfatti. Perciò ribadii che doveva andarsene, provai anche a spiegarlo con il metodo cinese dell'interpretazione dei sogni: "La nave fa presagire una partenza, devi credere nel messaggio dei sogni". Mi rispose: "C'è una meta, ma non una via; ciò che chiamiamo via* è *un indugiare"*[436]*. Lo esortai a convertirsi.*

---

[435] Dalla *Bibbia* – Libro dei Salmi 114:4.

[436] Dagli *Aforismi di Zurau* di Franz Kafka.

Mi rispose: "Nonostante ami profondamente la vita, fino a oggi non ho sposato un credo. Il mio unico scopo è scrivere un'autobiografia. Sarà più brillante di qualsiasi romanzo. Racconterò come sono diventato ciò che sono ora. Quello che è forse stato l'inizio di tutto. Anche se so che non riuscirò a terminarla". Si alzò e andò a prendere un foglio. Sulla carta ingiallita c'era una frase 'L'ombra che cammina'. Capii che aveva deciso di rimanere dov'era. Mentre pregavo per lui, scoppiò in lacrime. Da quando ci eravamo incontrati a Baibei, quella fu l'unica volta che lo vidi piangere. Parve vergognarsi di quella sua debolezza. La nuvola purpurea dell'imbarazzo passò colorandogli il volto, come l'aurora che scivola sull'acqua. Mi disse: "I ricordi dell'infanzia sono indelebili, ma nessuno può tornare bambino". Mi consigliò di andarmene subito: "Non dovresti rimanere qui, altrimenti sarò in pena per te".

Shangren aveva previsto l'arrivo di Fan, ciò dimostra che aveva riflettuto sul suo destino. Pensai, forse la loro amicizia riuscirà a evitargli la morte. La poesia ci insegna che l'amicizia può trasformare la nuda roccia in uno stagno, il deserto in una sorgente. Come Shangren aveva previsto, incontrai Fan a Shangzhuang. Era un uomo magro, cortese e rispettoso, serio come un monaco di un monastero medievale. Nel mio cuore nacque la speranza, passai la notte a conversare con lui. Shangren mi aveva detto che da giovane era stato un medico, quindi lo chiamai dottor Fan. "Come il crogiolo è per l'argento, il forno fusorio per l'oro, la prova dell'uomo sono le lodi che riceve"[437]*. Lo incensai per il suo alto senso morale. Per il bene di Shangren non gli chiesi quali erano i suoi veri scopi, non volevo provocarlo. "La pietra è grave e la sabbia pesante, ma l'irritazione dello stolto pesa più dell'una e dell'altra"*[438]*. Gli dissi che qui c'era abbondanza di fiumi, in primavera i poggi rinverdivano tra greggi di pecore e una chiesa, le donne pestavano il riso nei mortai per liberarlo dalla lolla, avrebbe potuto godersi in pace la vita e curare le malattie dei poveri. Risposе che le mie parole avevano un senso, promise che ci avrebbe riflettuto. Notai che aveva sonno, gli dissi di andare a riposare. Quando si coricò era l'alba, ne approfittai per correre da Shangren, volevo dirgli*

[437] Dalla *Bibbia* – Libro dei Proverbi 27:21.
[438] Dalla *Bibbia* – Libro dei Proverbi 27:3.

che il miracolo si era avverato, Fan era a Shangzhuang. Fui bloccato dai soldati e non riuscii a vederlo. Mi dissero che era stato sveglio tutta la notte, si era coricato sul far del giorno. Non tornai a Shangzhuan, andai a Guangzhou a comprare le medicine per Ge Ren. Quando lasciai Baibei, era giorno fatto. Pensai, forse Fan aveva già letto la mia nota: "Non spezzerà la canna rotta, non spegnerà il lucignolo fumante; insegnerà la giustizia secondo verità, e le genti osanneranno il suo nome"[439]. *Pensai, se ci tiene alla sua reputazione, non lascerà che Shangren perisca.*

Una nota alla lettera spiega che, due settimane dopo, quando il reverendo Ellis tornò a Baibei, trovò la scuola di Fangkou deserta e abbandonata.

[439] Dalla *Bibbia* – Libro di Isaia 42:3.

@ Aqing fa rapporto

Aqing aveva l'olfatto più acuto di quello di un cane. E non mi riferisco a un cane qualsiasi, ma come minimo un cane poliziotto. Proprio la mattina che avevo deciso di andare da Ge Ren, Aqing si presentò alla mia porta. Ok, era appena entrato che, bam, si buttò in ginocchio e si mise a battere la fronte a terra. Poi mi porse la pistola con le mani sollevate sopra la testa, voleva che lo punissi per primo. Il suo alito puzzava di alcol e cipolla. Se c'è una cosa che non sopporto sono quelli che mangiano cipolle. A te piacciono, signorina? No? Ottimo. Come vedi possiamo abitare insieme. Bene, quando torniamo a Pechino vieni a vivere nel mio *siheyuan*.

Ok, ne parliamo dopo, ora torniamo ad Aqing. In quel momento ho pensato, vuoi vedere che non si è attenuto allo spirito della Nona plenaria?[440] Nel nostro mestiere, l'ubriachezza è assolutamente proibita. Perché la verità sta nel vino e non c'è nulla di più pericoloso della sincerità. Aggrottai le sopracciglia: "Tirati su! Un militare che non si preoccupa del decoro e della disciplina, roba da matti! Alzati!". A quel punto, tutto mogio si rimise in piedi. Disse che non era riuscito a portare a termine il compito, che aveva deluso le aspettative dei suoi superiori. "Siediti e racconta con calma." Non ebbe il coraggio di sedersi, rimase in piedi mortificato e, dopo essersi spolverato le ginocchia, mi disse: "Un disastro, Yang Fengliang mi ha rovinato". Signorina, puoi chiederlo alla mia segretaria,

[440] Bere nove bicchieri, tre di birra, tre di vino rosso e tre di grappa.

ho il pregio di saper mostrare solidarietà con le masse e con i sottoposti. Gli chiesi cosa era successo. Da quando era arrivato a Baibei, Yang Fengliang si era comportato malissimo con lui, non solo non collaborava anzi gli faceva di continuo le pulci sul lavoro. Lui voleva incontrare Ge Ren e Yang non gliel'aveva permesso, non gli aveva neanche detto dove lo teneva imprigionato. Nello stesso tempo, disobbedendo alle tre regole di padron Dai, aveva sparso la voce che Ge Ren era a Baibei. "Davvero? E a chi lo avrebbe detto?" Mi rispose: "Pensa, persino a Zong Bu. Secondo te, quello non andrà a spifferarlo a tutti?". Zong Bu faceva il giornalista, era più pericoloso di Radio Chongqing, la notizia sarebbe subito diventata di dominio pubblico. Oh, nonna! Una situazione che non avevo previsto, sentii come se mi avessero trafitto il cuore con uno stiletto di bambù.

"Forza, continua." Gli ordinai. Un giorno aveva scoperto che Ge Ren era rinchiuso nella scuola di Fangkou e si era alzato presto per andare a vedere. Ma appena arrivato al portone gli uomini di Yang Fengliang lo avevano fermato. Aqing tenendo le mani dietro la schiena si ributtò a terra in ginocchio, per mostrarmi come lo avevano legato gli scagnozzi di Yang. In quel momento aveva visto Ge Ren. Scortato da due guardie, tornava da una passeggiata alla valle Fenghuang. Aveva cercato di segnalargli la sua presenza, ma i soldati di Yang gli avevano infilato uno straccio in bocca e quasi lo soffocavano. Mi disse, decisamente mortificato: "Fin da piccolo, mi è capitato solo due volte di essere imbavagliato in quel modo, questa è la seconda". Quella frase mi incuriosì, gli chiesi di raccontarmi la prima volta. Si trovava a Hangzhou e aveva detto a qualcuno che il padre di Ge Ren era stato ucciso da un colpo di rivoltella, allora Hu An, il suocero di Ge Ren gli aveva ficcato una salvietta in bocca perché non andasse in giro a raccontare fesserie. Perché quel furbastro, in un momento così critico, mi stava raccontando una simile storia? Voleva farmi sapere che aveva rapporti stretti con la famiglia di Ge Ren, oppure che serbava rancore nei loro confronti? Ti sbagli, signorina, qui non si tratta di valutare il problema in modo dialettico. Secondo me, il suo intento era mostrarmi che, anche se Ge Ren in passato lo aveva trattato bene, non significava che non provasse risentimento nei suoi confronti. "Ok, ora che finalmente sei arrivato, fai pure ciò che vuoi. Non è certo affar mio come decidi di sistemare Ge Ren." Dannazione! Quel tizio era furbo come un demonio.

Chissà quali altre stronzate intendeva propinarmi. Gli intimai di continuare. Tornato a Baibei, era andato a cercare Yang Fengliang. Lui gli aveva fatto le sue scuse, c'era stato un malinteso. Per non compromettere il grande disegno, Aqing aveva soprasseduto e non si era messo a discutere. Poi Yang Fengliang lo aveva interrogato per capire come aveva saputo che Ge Ren era rinchiuso nella scuola di Fangkou. A forza di chiedere, Yang aveva cominciato a sospettare di un certo Qiu Aihua. "Qiu Aihua? Chi è Qiu Aihua? Com'è che il nome non mi suona nuovo?" Chiesi io di proposito. Aqing disse che Qiu Aihua era un uomo di Yang Fengliang, un tizio di Chongqing capace e intelligente, a cui non piacevano i maneggi di Yang con Canto dei fiori, perché quel comportamento trasgrediva i precetti del movimento per la Nuova vita del Generalissimo Chiang[441]. Yang Fengliang lo considerava una spina nel fianco, un sasso nella scarpa e cercava un'occasione per toglierlo di mezzo. "E poi?" Aqing disse che, quella sera, uno dei suoi uomini era tornato a fare rapporto che, durante la ronda, aveva sentito qualcuno sulla riva del fiume Baiyun che urlava: "Bastardi, non farete una bella morte!". Poi c'erano stati alcuni spari. In tutta fretta era andato insieme ai suoi a controllare. A questo punto, Aqing si era messo a piangere. Era arrivato troppo tardi, non aveva visto il cadavere di Qiu Aihua ma aveva trovato il suo sangue a terra.

---

[441] Lanciato nel 1934, promuoveva la ricostruzione morale e politica del Paese basata sugli ideali tradizionali confuciani.

"Perché non mi hai informato subito?" Mi disse che, arrivato a Dahuangshan, avrebbe voluto mandarmi immediatamente un messaggio ma Yang Fengliang aveva fracassato l'apparecchio del telegrafo. Poi si era rimesso in ginocchio, non era riuscito a portare a termine il suo compito e implorava me, il suo superiore, di punirlo. Gli chiesi dov'era Yang Fengliang. Immediatamente saltò in piedi e, con l'aria di chi si aspetta di essere premiato per l'impegno, disse che, sapendo che stavo per arrivare a Baibei, per andare sul sicuro e vendicare la morte del compagno, lo aveva fatto fuori. "E Canto dei fiori?" "Se la cagna non alza la coda, il cane non se l'ingroppa. Se Yang Fengliang era caduto così in basso, era anche colpa sua." Perciò aveva liquidato anche lei.

Ovviamente avevo seri dubbi su ciò che mi stava dicendo ma, il fatto che fosse completamente brillo, mi indusse a fidarmi di lui. La verità sta nel vino. E poi dopotutto, se non avessi creduto a lui, cos'altro potevo fare? Liquidarlo seduta stante non sarebbe servito a risolvere quel pasticcio. Quindi, anche se andava contro la mia coscienza, lo lodai per aver fatto la cosa giusta, avrei riportato le sue gesta eroiche a Dai Li chiedendo una ricompensa. Scattò sull'attenti facendo il saluto: "Ringrazio il mio comandante per l'insegnamento". Quando due giorni dopo venni a sapere dal medico Bai la vera identità di Aqing e appresi quale era stato il reale scenario della morte di Yang Fengliang, lui se l'era già data a gambe. No, non era tornato a Chongqing, non so dove accidenti fosse andato a cacciarsi. Tuttavia in quel momento non potei che ammirare l'impeccabile recitazione. Quella volta aveva anche bevuto un goccetto per potenziare la messinscena. Signorina, in una goccia d'acqua si può riflettere la luce del sole. In quel momento pensai, se perfino uno come Aqing poteva compiere una tale bravata voleva dire che Chiang Kai-shek era finito sul serio e che il partito comunista avrebbe vinto la partita. Che ne dici, avevo ragione, no? Ovvio, lo sto dicendo con il senno di poi.

Ricordo che quando Aqing ebbe terminato il suo discorso, si accostò allo stipite della porta facendomi segno di passare.

Sarebbe stato la mia guardia del corpo mentre andavamo a incontrare Ge Ren. A sentire il tono, pareva che fosse merito suo se avevo trovato Ge Ren ancora vivo. Un cavallo era fermo al lato del sentiero, mi avviai in quella direzione infilandomi i guanti bianchi. Mi accorsi che non ci riuscivo. Oh, nonna! Avevo il palmo delle mani tutto sudato e li avevo bagnati. Come sarei potuto andare a incontrare il mio vecchio amico? D'un tratto mi chiesi se non avevo incolpato Yang Fengliang e Aqing ingiustamente, se Ge Ren avesse provato a fuggire, entrambi lo avrebbero sicuramente assecondato. Evidentemente era lì perché aspettava il mio arrivo, voleva parlare con me della nostra vecchia amicizia. I miei occhi si riempirono di lacrime. Signorina, stavo piangendo di commozione. Chiesi ad Aqing di precedermi a cavallo per annunciargli il mio arrivo, per informarlo che un attimo dopo ci saremmo rivisti. Però, Aqing si era immedesimato talmente nella parte dell'ubriaco che non riusciva a montare in sella. Dissi al mio attendente: "Ragazzino, vai a dargli una mano". Ah, ah, ah, Aqing era proprio ridicolo. Il mio uomo lo spingeva da una parte e lui scivolava dall'altra. Alla fine andò a sbattere contro un sasso, si ferì a uno stinco e sparse il suo sangue ovunque.

& La realtà è finzione?

Confrontando le testimonianze di Aqing e del vecchio Fan, scopriamo che, spesso e volentieri, lo stesso episodio cambia aspetto se raccontato da un altro. Per esempio, Aqing ha detto di aver incontrato Fan alla scuola di Fangkou, quando aveva chiesto ai suoi uomini di portare il palanchino costruito per Ge Ren e si stava preparando a trasferirlo in un posto sicuro. "Eravamo quasi arrivati al cancello quando ci accorgemmo che a ogni tre passi c'era una guardia e a ogni cinque una sentinella. Tuoni e fulmini, demoni e dei! Mi salì il sangue in testa e pensai: 'Troppo tardi! Ecco Fan Jihuai, Ge Ren non può più partire'." Il vecchio Fan invece ha detto di aver incontrato Aqing a Shangzhuang e che "era stato Aqing a presentarsi alla porta".

Come accade spesso a chi legge, anch'io mi sono illuso che l'ultima versione di una storia fosse quella più fedele alla realtà. Intendo dire che, rileggendo la testimonianza di Fan Jihuai, ho avuto la sensazione che le parole di Aqing fossero false e che quelle di Fan possedessero un più alto quoziente di verità. Uno psichiatra mi ha detto che ciò significa che, a livello subconscio, sono un evoluzionista e credo che, con il passare del tempo, la razza umana si evolva diventando più attendibile.

In realtà, anche la "verità dei fatti" è un concetto illusorio. Citerei una metafora basata sulla cipolla: la verità è nel cuore, ma se spelli la cipolla uno strato dopo l'altro, alla fine non resta più niente. Parlando di cipolle aggiungerei che è improbabile che, come ha raccontato Fan Jihuai, Aqing avesse mangiato cipolle. A Baibei hanno iniziato a coltivarle soltanto nel 1968.

La mia convinzione sull'aspetto illusorio della realtà è nata dalle conversazioni con la signorina Bai Ling. Una volta le dissi: "Se riesci a farti raccontare da Fan Jihuai le vere circostanze della morte di Ge Ren, ti ricompenserò". Lei si affrettò a mettere le mani avanti: "La lingua è sua. Come faccio a sapere se è sincero oppure racconta balle?". Aggiunse di temere che neppure lo stesso Fan fosse ormai in grado di stabilire qual era la verità. "Sul treno, per provarmi che aveva i denti saldi, masticò alcuni cubetti di ghiaccio. Sentivo che gli scricchiolavano in bocca. Devi sapere che lui porta la dentiera, anche se falsi però non possiamo negare che siano denti." La sua eloquenza mi ridusse al silenzio. Con gran disinvoltura aggiunse: "Poche storie! Tanto ormai di vero ci sono soltanto i dollari". Per questo, quando discutemmo del compenso, insistette che non voleva *renminbi*. Di proposito la stuzzicai: "Anche i dollari possono essere contraffatti, il mio bisnonno era un eccellente falsario". Non sapeva che Hu An era da tempo passato a miglior vita e, abbassando la voce, mi chiese se potevo procurargliene un po'. La macchina verificatrice di banconote della banca nei pressi dell'università era come le orecchie di un sordo, stava lì per bellezza, aveva fatto passare un mucchio di banconote false. "Certe volte invece si mette a ululare come una sirena, poi li controlli e, cavolo, sono veri." Le dissi che forse anche la macchinetta era contraffatta. Mentre pronunciavo queste parole, d'un tratto mi resi conto che "la verità dei fatti" era come Aqing che tenta di montare in sella nel racconto del vecchio Fan, la spingi da una parte e scivola giù dall'altra. Ero assorto a ragionare su questo aspetto quando lei mi interruppe tutta seria: "Non provare a imbrogliarmi! Li faccio controllare da chi se ne intende".

Eh, poi lo fece sul serio, me lo raccontò il suo ragazzo. Lui sarebbe dovuto essere quello "che se ne intende", era un americano che si faceva chiamare Mick Jagger, come il cantante dei Rolling Stones. Ho sempre sospettato che non fosse il suo vero nome. E infatti i miei dubbi sono poi stati confermati: per diventarne il sosia, si era fatto crescere i capelli e con un'operazioni di chirurgia plastica aveva aumentato lo spessore delle labbra. Se trovi sexy i labbroni scimmieschi, saresti rimasto affascinato dai suoi. Peccato che neanche lui fosse in grado di capire se i miei dollari erano contraffatti. Durante un pranzo, si lasciò scappare che era andato con Bai Ling a farli esaminare da un esperto. Lei di fronte a questa ammissione mostrò un lieve imbarazzo. Le dissi che non ci trovavo nulla di offensivo. Potevo leggerla positivamente, la interpretavo come palese testimonianza della sua sete di verità, le cose del mondo potevano essere ingannevoli ma per lo meno la sua sete era autentica.

Parlavo di Bai Ling ma, nel contempo, mi riferivo a me stesso: se non fosse stato per il desiderio di scoprire la verità, non mi sarei messo a riordinare le tre narrative, né mi sarei spremuto le meningi per coordinare, integrare e rettificare ovvi errori, omissioni e incongruenze. Sono rimasto troppo a lungo a vagare nella nebbia. Mentre avvertivo la mia impotenza nei confronti di quelle storie, la mia impossibilità di distinguere tra verità e menzogna, alla fine compresi un concetto: ogni testimonianza nel libro rappresentava l'eco della Storia. Tornando alla cipolla del vecchio Fan, anche se il cuore è vuoto ciò non ne compromette il sapore, gli strati che l'avvolgono sono ugualmente piccanti e saporiti.

@ Bai Shengtao

Alla fine Aqing non era riuscito a montare in sella e, zoppicando, stava davanti a farci strada. Arrivati al ponte sul fiume Baiyun, qualcuno ci venne incontro per darci il benvenuto. Signorina, immagini chi poteva essere? No, non era Zong Bu. Quando io arrivai a Dahuangshan, Zong Bu era già uscito di scena. Hai detto che vuoi saperne di più su Bai Shengtao? Bene, era proprio lui. Lo ricordo chiaramente, aveva in mano una briglia come se avesse perduto il cavallo. La camminata barcollante di Aqing attirò la sua attenzione. Stava lì impalato e Aqing me lo presentò, disse che era il dottor Bai, esperto nell'arte di "osservare, ascoltare e odorare, interrogare e palpare"[442]. Gli strinsi la mano e lo ringraziai di essere venuto. Rispose che era suo dovere. Aggiunsi che doveva aversi accorto che Aqing era ferito a una gamba, io non avevo medicine e gli chiesi di curarlo. Il dottor Bai accettò di buon grado. Andò dietro al cavallo, raccolse un mucchietto di letame e disse: "Questo può fare al caso nostro".

Ok, sterco di cavallo, efficace e a buon mercato. Gli chiesi dove aveva trovato quell'ottima ricetta, mi disse che era nella Bibbia. Volevo sapere se era cattolico, non mi rispose. Disse soltanto di aver lavorato in un ospedale religioso. Quando arrivò davanti ad Aqing portando il letame caldo e puzzolente, a lui la sbronza sfumò di botto. Gridò: "Ma non è merda di cavallo? Come puoi curarmi con questa?". Il dottor Bai ripeté

[442] I quattro metodi diagnostici della medicina tradizionale cinese.

che era un ottimo rimedio. Neppure Wang Hai, l'eroe della lotta contro i falsi[443] (parole testuali del vecchio Fan), oserebbe negarlo. Però Aqing continuava a indietreggiare tappandosi il naso. Sapevo che il letame andava applicato sulla ferita ma gli dissi di proposito: "La parola onesta offende l'orecchio ma è ottima guida per l'azione, la medicina è amara al gusto ma aiuta nella cura, mangiala"[444]. Aqing continuava a nascondersi dietro di me, come se gli stessero porgendo una bomba a orologeria. Dissi che la rivoluzione non è ancora terminata, i compagni devono continuare la battaglia, se la ferita fosse guarita lui poteva proseguire nella lotta. Il dottor Bai, a quel punto, lo rassicurò che non era da mangiare, doveva applicarlo sulla ferita. Aqing allora si convinse e si arrotolò la gamba dei pantaloni. Il dottor Bai gli spalmò con cura il letame sullo stinco, come stesse applicando calce idrata sul tronco di un albero da frutto.

Quando ebbe terminato quella operazione, ci avviammo verso la scuola di Fangkou. Ero elettrizzato, era un luogo in cui avevo vissuto, studiato e lottato. Aqing era consapevole di puzzare tremendamente, disse che in quelle condizioni non gli sembrava opportuno incontrare Ge Ren. Lo ignorai. Chiesi al dottor Bai: "Compagno dottore, in questo periodo sei stato di frequente in contatto con il paziente. Dimmi, quali sono le sue condizioni di spirito?". Infatti, non feci il suo nome, lo chiamai "il paziente". Il dottor Bai chiese se mi riferivo a Zero. Proprio così, come faceva a sapere che si chiamava in quel modo? Glielo aveva detto il generale Zhao e, visto che era un nome insolito, gli era rimasto impresso. Gli ordinai di non farne parola con nessuno. Mi assicurò che era stato medico di un ospedale religioso e, oltre a curare le malattie, non si interessava alle cose del mondo. Quando lo interrogai

---

443 Giurista paladino dell'applicazione della legge a tutela dei consumatori, introdotta nel 1993 e modificata nel 2013.

444 Dalle *Memorie Storiche* - biografia della casata del Marchese di Liu, compilate da Sima Qian.

di nuovo sulla situazione di Ge Ren, prima disse "amen" poi che Zero aveva la tubercolosi ed era bisognoso di riposo. Allora chiesi, in fin dei conti, quanto avrebbe resistito ancora? Rispose con un altro "amen" e aggiunse che il Signore avrebbe potuto chiamarlo a sé in qualsiasi momento. Se aveva bisogno di qualcosa come penicillina o altro, gli dissi, non avrebbe dovuto badare a spese. Commentò: "Appena ha aperto bocca, ho capito che il generale se ne intende. Un esperto guida l'altro, con metà dello sforzo il risultato sarà doppio"[445]. Signorina, ebbi l'impressione che fosse sincero. Non c'è niente da fare: se hai un livello superiore, gli altri se ne accorgono. Si raccomandò, quando incontravo Zero dovevo convincerlo a prendere regolarmente le medicine.

Così parlando arrivammo al cancello della scuola. Signorina, nonostante ormai io abbia una certa età, il ricordo del nostro incontro è ancora presente e vivo davanti ai miei occhi, come se fosse ieri. Quando Ge Ren mi scorse venne ad abbracciarmi, disse che non avrei dovuto scomodarmi per lui. Beh, io mi sentii sopraffatto. A dir la verità, mi mise molto a disagio. Gli dissi che, vedendo la poesia pubblicata su *Scritti eterodossi*, avevo capito che era vivo ed ero venuto a trovarlo. Su questo argomento era particolarmente suscettibile e, prima ancora che terminassi la frase, si affrettò a spiegarmi che quella faccenda non aveva niente a che fare con la rivista e che non voleva mettere nei guai Xu Yusheng. Con una risata lo rassicurai. Gli ricordai che il Presidente (Sun Yat-sen) aveva detto "ciò che è sotto il cielo è per tutti", ok, i suoi amici erano anche i miei e poteva stare tranquillo, per Xu Yusheng non ci sarebbero state conseguenze. Mi sembrò che ancora non si fosse completamente tranquillizzato, aggiunse che anche Xu Yusheng di sicuro era convinto che fosse morto. La poesia era stata spedita prima della battaglia di Erligang. Quando aveva ricevuto una sua lettera che gli chiedeva se avesse terminato

445 Dal *Mencio* – Dialogo con Gongsun chou.

l'autobiografia, lui che in tutti questi anni, non aveva avuto sufficiente tranquillità mentale per mettersi a scrivere, per rimediare gli aveva mandato la nuova versione di una sua vecchia poesia. Eh, a ripensarci, mi sento ancora male. Signorina, signorina mia, ti pare giusto? Lui aveva soltanto pubblicato una poesia e io per questo dovevo prendermi la sua vita. Quella faccenda mi stava dilaniando.

Disse che, rivedendola, gli era venuta voglia di tornare a Dahuangshan, di rivedere il fiume Baiyun, di cercare la figliola che qui aveva perduto. Se non fosse stato scoperto, sarebbe rimasto a vivere nella scuola che Hu An aveva fatto costruire, a riscrivere il suo libro dall'inizio, sarebbe stata la coronazione del suo sogno da bambino, essere un letterato! Ok, non ridere, aveva detto proprio così. Non immaginava che, subito dopo aver spedito la lettera, lo avrebbero mandato a Erligang insieme ai suoi uomini e che il suo drappello in netta inferiorità numerica sarebbe stato sgominato. Sebbene ferito, era riuscito a cavarsela. Era arrivato a Baibei e lì era rimasto sotto mentite spoglie, fortuna che quelli che lo conoscevano erano tutti morti e nessuno lo riconobbe, in quel modo era riuscito ad avere qualche giorno di pace. A quel punto, non mancò di sottolineare che di sicuro Xu Yusheng, come tanti altri, aveva creduto che lui fosse caduto per la patria, altrimenti non avrebbe pubblicato la poesia. Per provare che non mentiva ribadì che, anche avesse voluto spedirla, a Baibei non c'era l'ufficio postale. Mi sembrò che nell'ansia di giustificarsi stesse "disegnando le zampe al serpente"[446], aggiungendo particolari superflui. In seguito mandai qualcuno a verificare. Eh, in realtà a Xiguanzhuang l'ufficio c'era eccome, lo aveva costruito la Croce rossa internazionale. Però a quel punto Ge Ren era già morto e non avrei potuto confrontarlo con quella informazione. Ricordo ancora che ci lavorava uno zoppo, pare che fosse stato il morso di un cane a renderlo invalido. Il

[446] Dagli *Intrighi degli Stati combattenti* - Libro di Qi.

mio sottoposto era uno capace e zelante e, per evitare fughe di notizie, in nome della stabilità e dell'unità e ovviamente anche con lo scopo di pulirsi il culo, lo giustiziò seduta stante. Cosa? Come si chiamava il mio uomo? Eh, a questa età non ho più memoria, ce l'ho sulla punta della lingua ma non riesco a ricordarlo.

Tuttavia Ge Ren insisteva di aver spedito la lettera prima di arrivare a Dahuangshan. Vedendolo così in ansia e per fargli smettere di tossire, io con la mano sul petto giurai che, ok, non mi importava se Xu Yusheng sapeva o no che lui non era morto, in ogni caso io non gli avrei fatto del male. Signorina, sono un giurista e una mia promessa "vale più di mille pezzi d'oro"[447]. Infatti, Xu Yusheng con me se l'era cavata. Poi fu ammazzato con nove pallottole al petto, però è stato qualcun altro e io non c'entro un bel niente.

---

[447] Dalle *Memorie Storiche* - Ji Bu e Luan Bu.

& L'ufficio postale di Xiguangzhuang

Nella *Storia dei servizi postali in Cina* (Casa editrice del Sud, 1998) si legge che l'ufficio di Xiguanzhuang, costruito nell'ottobre del 1935, fu uno dei primi nella zona di Dahuangshan. Il vecchio Fan aveva un'ottima memoria, era opera dei missionari che erano nella Croce rossa. Con l'occasione aggiungo che la maggior parte delle lettere che il reverendo Ellis scrisse al reverendo Beal furono spedite proprio da lì. Nella *Storia* c'è una fotografia, era una casupola grigia con il tetto di tegole, sul cancello cresceva un albero di gleditsia. È ancora lì e la sua chioma enorme crea una vasta zona d'ombra che in estate offre qualche sollievo dal caldo. Ho visto sul tronco un cartello con la scritta in inchiostro rosso "indurisci il cuore e tronca i due tubi" firmata "UffSpiSoc". Poi ho capito che i "due tubi" sono i dotti deferenti e le tube di Fallopio e che l'aveva esposto l'Ufficio per la costruzione della civiltà spirituale socialista di Xiguanzhuang. Non potei fare a meno di pensare che, forse proprio all'ombra di quell'albero, Ge Ren aveva spedito la poesia "Fiore di fava" a Xu Yusheng. Ovvio, non è stato tuttora possibile stabilire l'esatta data. Secondo il vecchio Fan, Ge Ren diceva di averla mandata prima di arrivare a Dahuangshan, ma io ritengo che fosse un modo per proteggere Xu Yusheng. Come ho già detto, credo sia giusto collocare l'invio in un momento successivo al suo arrivo. Per ragioni molto semplici: primo, cercando Candou Ge Ren era sicuramente arrivato fino a Xiguanzhuang e Fan Jihuai (oppure il suo uomo) aveva ammazzato lo zoppo, pensando che avrebbe potuto riconoscere Ge Ren e per evitare ulteriori problemi; secondo, Xu Yusheng aveva scritto nelle *Cronache del sogno di Qiantang* di aver ricevuto la poesia alla fine del 1942. Se Ge Ren l'avesse spedita da Yan'an, cioè prima di spostarsi a Songzhuang (Chaoyangpo), la lettera sarebbe arrivata al più tardi nel maggio del 1942. Intendo dire che, seppure in quell'epoca di tumulti e disordini, sei mesi per far giungere una lettera a destinazione sembra un periodo troppo lungo e poco credibile.

Se la mia ipotesi è valida, allora mi porrei le seguenti domande: Perché Ge Ren ha spedito la poesia a Xu Yusheng? Sperava di informare parenti e amici che non era morto a Erligang e non era diventato un eroe nazionale, voleva che il mondo sapesse che la sua esistenza di 'uomo vero' era appena iniziata? Forse, come scrisse il reverendo Ellis, era "l'inizio di ciò che sono ora"? Non sono in grado di fornire una risposta ma immagino che ognuno, dopo aver letto questo libro, troverà la propria.

@ Seguire l'ordine prestabilito

Parlando con Ge Ren notai che aveva un colorito sano, era soltanto un po' macilento. Si era rasato di fresco e sembrava ancora il professore che insegnava all'Università di Shanghai. Come dire, se non avesse tossito e sputato sangue, non sarebbe neppure parso malato. Il problema erano le emottisi, che non potevano non preoccuparmi. Gli chiesi come andava la salute. In sogno aveva visto i suoi polmoni, erano rosso scuri come tofu fermentato, ma il dottor Bai e il prete gli avevano detto che piuttosto dovevano sembrare formaggio, perché la sua era una tubercolosi caseosa. Gli dissi di curarsi bene, una volta debellata la malattia poteva continuare la lotta, il corpo è il capitale della rivoluzione. Ricordo che si accese una sigaretta, flemmaticamente mi informò che il dottor Bai era contrario, ma visto che tanto era condannato a morte non poteva certo impedirglielo. Chiese a Bai di prepararmi un tè, lo aveva portato Aqing, era buonissimo. Quel furbone di Aqing si affrettò a intromettersi dicendo che aveva soltanto eseguito un mio ordine. Oh, nonna! Almeno per una volta soddisfaceva le aspettative dei superiori.

Come vedi, l'incontro di quel giorno si svolse secondo un ordine prestabilito, nel rispetto dei dettami della diplomazia, partendo dalla superficie per arrivare in profondità. Ricordo che poi Ge Ren aveva osservato: durante un incontro tra vecchi amici "non si parla di affari di stato"[448]. Confermai

[448] Ammonimento affisso nelle case da tè durante la dinastia Qing, per proteggersi da agenti governativi inviati a identificare voci di dissenso. Si

che ero d'accordo e avrei bevuto tre bicchieri per punizione. E così, cara signorina, proprio come abbiamo fatto oggi, iniziammo dai convenevoli di rito. Parlammo della Tachang Maru, di Kawada e Kawai, di Huang Yan e Hu An, insomma spaziammo in terra e per mare. Se aveva desideri poteva esprimerli liberamente e io li avrei trasmessi all'organizzazione. Mi disse che si trovava bene e che aveva tutto il necessario. Non ero stato io, all'inizio, a dire che qui si stava meglio che a Shanghai? Vedi, il mio commento di molti anni prima era rimasto impresso nella sua mente, quell'uomo aveva un cervello straordinario. E visto che la pensava in quel modo, mi raccomandai con Aqing e il dottor Bai: "Il servizio deve essere dei migliori, impeccabile sia nell'*hardware* che nel *software*". Gli chiesi se aveva trovato Candou, mi disse di averla cercata ovunque, ma ormai il posto era pieno di gente venuta da fuori che ignorava la Storia di quegli anni, quindi aveva fallito miseramente. Provai a consolarlo "le donne crescendo cambiano diciotto volte e ogni volta si fanno più belle". Dopo tutto quel tempo magari si era sposata e se l'avesse incontrata forse non l'avrebbe neppure riconosciuta. "Com'è possibile? Sin da piccola assomigliava a Bingying come una goccia d'acqua, la riconoscerei ovunque". Con l'occasione gli prospettai la possibilità che fosse stata condotta nella zona del Soviet. "Quando il carro arriva al monte ci sarà a strada, dove c'è una strada serve la Toyota"[449]. Di certo ora stava benissimo e lui non aveva bisogno di preoccuparsi. Mi rispose con un sospiro. Aggiunsi: "Se non esiste la pelle dove possono attaccarsi i peli?"[450]. Se il suo corpo si manteneva in salute c'erano ampie possibilità che potesse riunirsi con sua figlia.

---

ricordano idonei cartelli "qui non si parla di politica" esposti nelle osterie italiane ai tempi del fascismo.

[449] Slogan pubblicitario del 1987, anno d'ingresso della Toyota sul mercato cinese. Prende ispirazione dal detto "giunto ai piedi del monte il carro troverà la strada, arrivata sotto il ponte la barca si raddrizzerà".

[450] Dal *Commentario di Zuo*, XIV anno del Duca Xi.

In realtà avrei voluto dirgli: "Non è neanche la tua figlia naturale. Oh nonna! Perché tutti questi sforzi?". Ma non parlai, anche perché non sarebbe servito a nulla. Persino in punto di morte rimaneva un letterato, romanticamente affetto dal mal d'amore. Dissi invece: "Al mondo niente è difficile, basta avere la volontà di elevarsi"[451]. Se poteva attendere che finissi ciò che avevo per le mani, lo avrei volentieri aiutato a trovare Candou. Mi rispose che non aveva molti giorni. Avrebbe voluto vederla almeno una volta prima di morire. Primo, per rimediare alle mancanze passate e, secondo, perché lo doveva a Bingying. Ora la situazione era: il libro non lo aveva scritto e la figlia l'aveva perduta. Ok, aveva tirato in ballo Bingying e questo mi faceva comodo. All'origine avevo pensato di usarla come scusa per convincerlo, ma avevo difficoltà a pronunciare quel nome. Mia nipote Fan Ye a volte canta nel bagno, com'è quella strofa "sei l'eterna agonia del mio cuore"?[452] Non ho idea di chi sia l'agonia del cuore di mia nipote, ma per Ge Ren di certo era Bingying. Come ho già detto, non riusciva a liberarsi del mal d'amore. La mia diplomazia mi impediva di nominarla. Ora era stato lui il primo a parlarne, quindi non avrebbe potuto farmene una colpa. Mi affrettai a dirgli che l'avevo incontrata nella capitale provvisoria di Chongqing. Rimase interdetto, cosa ci faceva lì, che fosse andata per uno spettacolo? Mentendo dissi che era per chiedere sue notizie. Gli accesi una sigaretta: "Ge Ren, sei proprio fortunato con le donne, si vede che ti ama ancora".

Al mio penetrante intuito non sfuggì il tremito del suo cuore, continuai a battere il ferro finché era caldo: "Fratello, perché non vieni con me a Chongqing e ti riunisci con lei?". Mentre lo dicevo, ebbi un'illuminazione: forse era tornato in questi luoghi per rivivere i giorni del loro amore passato. Non

---

[451] Verso della poesia "Visitando il monte Chingkang" (1965) di Mao Zedong.

[452] Tema musicale del film *As the tears go by* (1988) diretto da Wong Kar-wai.

l'ho detto prima? A Dahuangshan lui e Bingying avevano avuto dei momenti felici. Mi sorrise e disse: "Vecchio Fan, finalmente hai scoperto le carte. Sei qui per convincermi alla resa?".

& Le tribolazioni della prozia

Mi pare ci siano varie versioni sulle ragioni che portarono Ge Ren a Dahuangshan: per Bai Shengtao, lui era un letterato nel profondo dell'anima, aveva bisogno di tranquillità per scrivere, oppure era andato a curarsi, i suoi polmoni avevano bisogno dell'umidità e del sole del Sud; Zhao Yaoqing invece riteneva che stesse tirando le somme della sua vita rivoluzionaria e volesse fornire basi teoriche alla lotta. Ora il vecchio Fan, con le parole dello stesso Ge Ren, ci informava che era andato non solo per scrivere ma anche per cercare Candou e rivivere nel ricordo i "giorni dell'amore passato". In queste circostanze, tutte le versioni sono possibili, è difficile decidere quale sia quella giusta. Tuttavia di qualcosa sono assolutamente certo: prima di arrivare a Baibei, Ge Ren non sapeva che Candou non c'era più. La mia prozia mi ha raccontato:

Quando nel 1936 lessi il telegramma di condoglianze inviato per la morte di Lu Xun, capii che Ge Ren era ancora vivo. Mi chiesi se era il caso di informarlo sulla sorte di Candou. Non sarebbe stato difficile. La Croce rossa spesso mandava personale nello Shaanxi settentrionale, sarebbe bastato chiedere a qualcuno di portargli un messaggio. Ma non lo feci. Dopo tutto quel tempo, forse lui l'aveva dimenticata. Se avesse saputo che era così malata, di sicuro si sarebbe rimproverato mille volte di averla abbandonata. Non me la sentivo di dargli anche quel dispiacere. Non lo dissi neanche a Bingying, per lo stesso motivo. A dire il vero, lo stavo facendo anche per la sicurezza di Candou. I "Giuda" possono annidarsi ovunque. Se avessero saputo che era la figlia del comunista Ge Ren, l'avrebbero sbeffeggiata, insultata, magari imprigionata. In quel caso l'unica via d'uscita sarebbe stata il suicidio. Per molti anni a venire, tenni le labbra sigillate serbando il segreto. Nessuno sapeva che era figlia di Ge Shangren e Bingying. Durante la Rivoluzione culturale, in un articolo che criticava Chen Duxiu nominarono Ge Ren. Non oso pensare cosa sarebbe successo, se in quel momento si fosse scoperto che lei era sua figlia.

Come abbiamo detto, anche il reverendo Ellis era andato a Dahuangshan a cercare Candou. E nella primavera del 1943, prima che arrivasse Fan Jihuai, aveva incontrato Ge Ren e probabilmente lo aveva informato che sua figlia era al sicuro. Ellis non condivideva le tribolazioni della mia prozia anche perché non sapeva che, a Tianjin, Candou si era ammalata. Purtroppo non sono riuscito a trovare nessuna prova che Ellis avesse informato Ge Ren sulla sorte di mia madre. La mia prozia sospettava che, anche se fosse stato messo al corrente, non avrebbe lasciato Dahuangshan per recarsi a Tianjin. Come in passato aveva presagito gli arrivi delle persone a Dahuangshan, così ora sentiva che, se fosse andato a Tianjin, qualcuno lo avrebbe seguito e allora non sarebbe soltanto stata la sua fine, ma anche quella di Candou e della mia prozia.

@ Convincere alla resa

Signorina, ti sarai accorta che un altro mio pregio è che sono un "uomo limpido che non pronuncia parole oscure". Ok, Ge Ren mi aveva posto una domanda diretta, ora anch'io potevo uscire allo scoperto. Replicai: "Bene, diciamo pure che sono venuto a pregarti di arrenderti". Gli versai del liquore, gli accesi una sigaretta, raccontai cosa mi aveva detto Dai Li prima di lasciare Chongqing. Il vecchio Chiang aveva parlato della creazione di un nuovo partito e della concessione di sei seggi nell'Assemblea rappresentativa presso il Consiglio supremo della difesa, lo ritenevo un grandissimo onore. "Sei? Uno in più di Chen Duxiu?" Scoppiò a ridere. Confermai che era così. Prima che Chen Duxiu morisse il Kuomintang si era impegnato a lasciargli fondare un nuovo partito, con cinque seggi riservati nell'Assemblea. "Ci si può fidare delle parole del vecchio Chiang?". Sembrava interessato alla proposta, facemmo subito un brindisi. "C'è bisogno di dirlo? Le sue supreme direttive hanno il valore di un editto imperiale. Una sua frase ne vale diecimila"[453].

Signorina, lascia che ti mostri il gesto che fece Ge Ren. Porgimi la mano. Quant'è morbida, più di quella di Ruan Lingyu. Non mi fraintendere, non ho l'abitudine di prendere le ragazzine per mano, è solo farti una dimostrazione. Quando dissi a Ge Ren che avrebbe potuto avere sei seggi, lui li contò sulle dita e mi disse: "Avvocato Fan, sono troppi

[453] Parole di Lin Biao riferite a Mao Zedong (1966).

per contarli su una mano. Lasciamo stare". Fuck! All'inizio pensai che facesse il modesto, poi capii che realmente non era interessato. Mi disse: "Ho capito quali sono le tue intenzioni. Vorresti informare le masse che Ge Ren è ancora vivo e che la battaglia di Erligang è stata una montatura. Una pura invenzione creata a Yan'an per ottenere un riconoscimento al valore dal governo centrale".

Devo ammettere che era un uomo perspicace, sul serio. Non si era fatto ingannare dalla messinscena. Dai Li me lo aveva detto, per questo era importante convincerlo a passare dalla nostra parte. Ora però ero seduto al tavolo delle trattative, dovevo stringere i denti e negare a tutti i costi. Risposi: "Sei troppo paranoico, il governo è a conoscenza della tua vasta erudizione, per questo mi ha mandato a Baibei con il compito di riportarti a Chongqing. Lo fa per offrirti una carriera". Beh, indovina un po' cosa mi rispose? Che la lotta di resistenza contro il Giappone sarebbe presto terminata, poi ci sarebbe stata una guerra civile, a quel punto il vecchio Chiang sarebbe stato sconfitto e sarebbe franato come una montagna sotto i colpi del partito comunista. A dir la verità, in quel momento non gli credetti, pensai fosse la febbre a farlo farneticare, perché al tempo i territori in mano ai comunisti non erano più grandi di una scoreggia. Dal mio osservatorio controrivoluzionario fui costretto a metterlo in guardia: "Ge Ren, cerca di essere realista. Ora il Paese sta affrontando una grave crisi, Chiang Kai-shek è acclamato pubblicamente come il leader della guerra di resistenza contro il Giappone, persino Zhang Xiruo si è messo dalla sua parte. Che bisogno hai di stringerti al petto le tue convinzioni, senza spostarti di un millimetro? Credi siano sufficienti a riempirti la pancia? Nossignore. Non temere, il vecchio Chiang può accomodare anche te. Sai che con Zhang Xiruo si prendono sempre a cornate? Beh, in ogni caso Chiang prova per lui un profondo rispetto".

Ge Ren mi interruppe, non era mai stato accecato dalle sue convinzioni, questa faccenda non aveva nulla a che fare con le opinioni politiche. Mi fornì una spiegazione partendo dal suo nome. Si chiamava Ge Ren che è omofono di *geren* (individuo) ed era nel suo ruolo di individuo che ora mi stava parlando, niente a che vedere con le lotte partitiche. Replicai: "Fratello mio, qui non ci sono estranei, non essere modesto, pensi che non ti conosca a fondo? Credi nel comunismo e questo ti rende portavoce di molti. Vi siete meritati la mia segreta ammirazione, ma la vita è fugace come un sogno[454], a che serve 'appendersi a un solo albero', vedere solo una strada?". Signorina, ti garantisco che non sto aggiungendo colorature, quelle parole scaturivano dal profondo del mio cuore. Ma lui non si lasciò convincere.

Eh, non ero riuscito a convertirlo e passi, ora però lui stava provando a convertire me. Roba da matti. Ero stato io a gettare l'amo e ora il pesce voleva farmi abboccare. Mi consigliò di non tornare a Chongqing, la capitale provvisoria, altrimenti, come i guerrieri di terracotta del primo imperatore Qin Shi Huangdi, sarei morto immolato sulla tomba di Chiang Kai-shek. Come? A quel tempo i guerrieri non c'erano ancora? Signorina, devi proprio venire a stare da me, così ti faccio qualche ripetizione di Storia. C'erano al tempo della dinastia Qin, sarebbero la prima meraviglia del mondo, anche se ora sono considerati l'ottava. Due anni fa, ho accompagnato alcuni ospiti stranieri a vederli, stavano a bocca spalancata e con gli occhi sgranati, sconvolti dall'intelligenza e dal talento del popolo cinese. Cosa? Al tempo del discorso di Ge Ren non erano ancora stati rinvenuti?[455] Beh, in effetti questo è vero. Va bene, non c'è bisogno di discutere su queste stupidaggini. In ogni caso, Ge Ren mi stava consigliando di non tornare a Chongqing. Gli dissi che era proprio buffo, mi stava per caso chiedendo di passare dalla parte di Yan'an? Scoppiò a ridere.

---

[454] Verso della poesia "Ricordare la Battaglia delle Scogliere rosse" di Su Dongpo.

[455] I primi guerrieri dell'esercito di terracotta furono dissotterrati casualmente nel 1974 da un contadino che scavava un pozzo.

"Non lo dico per tornaconto personale, io non ho alcun potere. È un consiglio sincero in nome della nostra antica amicizia." Aggiunse che era consapevole delle mie buone intenzioni e del mio arduo impegno, apprezzava il fatto che avessi mandato Aqing e Yang Fengliang per spingerlo a fuggire. Lui soltanto sapeva leggermi nel cuore! Lo abbracciai di nuovo. Disse che non dovevo rimproverarli, loro due non c'entravano, era stato lui a rifiutarsi di partire. Capii così che ignorava che Yang Fengliang fosse finito in pasto ai pesci. Gli dissi di stare tranquillo, "il mare accoglie acqua da cento fiumi, tale tolleranza è espressione della sua maestà"[456]. Quei bastardi erano miei buoni amici, non li avrei messi in difficoltà.

Senza che ce ne accorgessimo si era fatto giorno. Fu Bai Shengtao a farcelo notare. Durante la conversazione, avevo voluto che rimanesse al nostro fianco. Disse che il gallo aveva già cantato tre volte. Esortò Ge Ren ad andare a riposarsi, altrimenti la sua salute ne avrebbe risentito. Spense la luce ma Ge Ren la riaccese. Gli chiese se voleva ancora scrivere. "Ma quale scrivere! Ho bruciato tutti i manoscritti. Vorrei fumarmi una sigaretta prima di andare a letto." Gli sentii dire che "nella vita ci sono le brevi pause e il lungo riposo, dormire è una breve pausa, la morte un lungo riposo. Non vedo l'ora di riposarmi a lungo"[457]. Dove avevo già sentito quelle parole? Mentre lasciavo la Scuola della speranza (a Fangkou) me lo ricordai: era stato Qu Qiubai a pronunciarle.

---

[456] Parole dello statista Lin Zexu (1785-1850) funzionario e uomo politico le cui misure di contenimento del commercio dell'oppio a Canton portarono allo scoppio del conflitto con la Gran Bretagna.

[457] Da *Parole superflue* di Qu Qiubai.

& Brevi pause e lunghi riposi

Probabilmente a causa dell'età avanzata, il vecchio Fan a volte si contraddice. Questo è uno dei casi. Prima aveva detto che durante la conversazione con Ge Ren non c'erano altri uomini, ora invece che "aveva voluto che il dottor Bai rimanesse al suo fianco". Come? Il dottor Bai non era un uomo? Beh, di questo discuteremo poi. Ora però vorrei aggiungere che, oltre al dottor Bai, c'era anche un'altra persona nella stanza, Ding Kui l'attendente di Fan.

Nella primavera del 1996, dopo aver letto la testimonianza di Bai Shengtao, con una certa difficoltà sono riuscito a intervistare il signor Ding Kui, colui che aveva trascritto e rivisto la sua testimonianza. Prima di allora, l'unica impressione che avevo su di lui era stata una fotografia nella *Rivista dell'Istituto di ricerca su Ge Ren*. Si vedeva che era già agli sgoccioli e non gli restava che qualche anno: aveva il doppio mento, le borse sotto gli occhi, lo sguardo vacuo, i muscoli del viso flaccidi. Durante il nostro incontro mi confessò di essere stato lui, su ordine di Fan Jihuai, a bruciare l'*Ombra che cammina*, il manoscritto di Ge Ren.

(A partecipare alla conversazione) jessimo in tre. Ah, non capisci il dialetto di Shanghai? Va bene, allora parlo mandarino. Sì, a partecipare a quella conversazione fummo in tre. Fan Jihuai, Ge Ren e io. Giusto, c'era anche un medico, il dottor Bai. Mangiavamo tofu e parlavamo. Ge Ren non accettava di passare dall'altra parte. Fan Jihuai l'aveva informato dei seggi che Chiang Kai-shek gli avrebbe concesso nell'Assemblea ma tanto da quell'orecchio lui non ci sentiva. Quanti fossero, sinceramente non me lo

ricordo. Disse che desiderava coricarsi, che il sonno è *una piccola pausa, la morte* è *il lungo riposo. Avrebbe voluto riposare a lungo. Quello che adesso vorrei fare anch'io. Eh, mi manca poco, il fegato* è *andato e il cuore pure.*

"Quando l'uomo è in punto di morte, le sue parole sono buone". In queste condizioni io non posso che essere sincero. Non andare a raccontarlo in giro però, aspetta che faccia la mia uscita. Quanto al libro di Ge Ren, sono stato io a bruciarlo. Non l'ho nemmeno aperto, figurati se mi mettevo a leggerlo. Era stato Fan a ordinarmelo. Era di carta giallastra, spesso come un mattone, pareva il Dizionario Xinhua. *Fan ha detto che lo distruggevamo per proteggere la reputazione di Ge Ren, altrimenti ci sarebbero state grane. Quali grane? Avrebbero saputo che non era morto (cioè che Ge Ren non era caduto a Erligang) e allora, cazzo, il nostro piano sarebbe andato in malora.*

"Quando l'uomo è in punto di morte, le sue parole sono buone". Sarei quindi propenso a credere a Ding Kui. Poco dopo il nostro incontro, lui infatti morì. Ho sempre provato un certo rispetto nei suoi confronti: se non avesse fornito la testimonianza di Bai Shengtao, io non avrei mai conosciuto le circostanze della morte di mio nonno Ge Ren. Certo, ho poi appreso da sua nipote che non l'aveva "fornita", l'aveva venduta a caro prezzo all'Istituto di ricerca.

Dopo la sua morte, ho ricevuto una lettera di sua nipote:

Circa una settimana dopo il vostro incontro, mio nonno che ormai non si alzava più dal letto, si è *messo a leggere una poesia. Certo, mi riferisco proprio a quella, com'è che si chiama? "Fiore di fava". La declamava a voce alta e scuoteva la testa. Stava facendo un tal baccano che siamo usciti di casa per non sentirlo. Era quasi mezzogiorno e siamo tornati per preparare il pranzo. L'abbiamo trovato in silenzio e quando ci siamo avvicinati a controllare, ahia! Aveva la testa girata da un lato e un filo di sangue gli usciva dall'angolo delle labbra. L'occhio rivolto verso la porta era ancora aperto, come se aspettasse l'arrivo di qualcuno. Aveva in mano una scatola di legno tutta impolverata. Doveva essere caduto mentre la prendeva. Era troppo tardi, già non respirava più, era di un pallore cadaverico anche se il corpo era ancora caldo.*

Pensai che nella scatola ci fosse qualche testimonianza relativa a Ge Ren, le chiesi se potevo vederla. Prima mi disse che non sapeva dove era finita, poi, in maniera velata, mi informò che avevano speso un mucchio di soldi per il funerale, adesso c'era il socialismo di mercato. Se ero interessato a vedere cosa conteneva, non è che avremmo potuto seguire le regole economiche? La sua richiesta non mi stupì. Come ho già detto, Yu Liren il figlio di Yu Fenggao aveva fatto una richiesta simile. Certo, lei ne aveva una in più: non voleva che ne parlassi ai suoi. "Se lo vengono a sapere, cercheranno di scucirti una fortuna. Te lo dico francamente, sono già andati a battere cassa all'Istituto di ricerca su Ge Ren. Però, cazzo, i soldi li hanno dati a mio fratello." La scatola era sotto la toletta, la tirò fuori e ci batté una mano sopra: "Voilà, ecco la meraviglia. Direi che vale questo!". Mi mise un dito davanti agli occhi. Pensavo volesse dire "mille", beh, intendeva diecimila.

Dopo aver mercanteggiato un bel po', acconsentì a scambiarla con due confezioni di grasso di foca, tanto a me non servivano. Dentro la cassetta c'era un mucchietto di ritagli di giornale ormai ridotti a brandelli. Trovai anche degli escrementi, capii che erano stati mordicchiati dai topi. Con una certa difficoltà lessi sulla testata di due ritagli le parole "giornale" e "confine", una doveva essere la copia del *Giornale della guerra di confine* dell'11 ottobre 1942 che conteneva l'articolo di Huang Yan "Un fiume di ferro dietro le linee nemiche", di cui ho parlato nella prima parte del libro. La data sull'altro frammento la scoprii soltanto più tardi. Poi c'era anche una copia del *Quotidiano popolare* e una del *Molo* [...], probabilmente il *Molo di Shanghai* di Zong Bu e Huang Jishi. Su un altro brandello lessi [...] *dossi*, ripensando al racconto di Fan Jihuai capii che si trattava di *Scritti eterodossi*, la rivista che Xu Yusheng pubblicava a Hong Kong.

@ Sono i vincitori a scrivere la Storia[458]

Proprio così, "brevi pause e un lungo riposo", l'aveva detto Qu Qiubai. Le parole si capiscono dal tono, i tamburi si giudicano dal suono. Pensai, forse Ge Ren stava insinuando di essere vissuto abbastanza e che dovevo eliminarlo, come Song Xilian aveva fatto con Qu Qiubai? Non sai chi era Song Xilian? Il comandante della trentaquattresima divisione dell'esercito nazionalista, diplomato all'accademia di Whampoa. Di lui è stato detto "in cielo tutti i corvi sono neri", "nel distretto di Hongdong non ci sono brave persone"[459]. Oh, nonna! Quale visione monolitica, questa è pura metafisica! Song Xilian in realtà, era un brav'uomo. Altrimenti come sarebbe potuto diventare rappresentante del popolo nell'Assemblea Nazionale? (A essere precisi, era membro della Conferenza Consultiva). Anch'io sono una brava persona, anche se non ho saputo salvare Ge Ren. Altrimenti perché sui giornali avrebbero messo nero su bianco che sono un "uomo di nobile carattere e grande prestigio"?

Come dire, signorina, anche se eravamo a quel punto, io stavo ancora cercando un modo per salvargli la pelle. Pensai, cosa potevo fare? Forse parlarne con Dai Li? Anche se non sapevo come avrebbe reagito, avrei potuto "attraversare il fiume tastando le pietre", fare un tentativo. Quindi dopo la mia conversazione con Ge Ren, chiamai Dai Li al cellulare

---

[458] Parole di Joachim Peiper (1915-1976) comandante delle Waffen-SS, colpevole di gravi crimini di guerra.

[459] Dall'opera *Yu Tang Chun* (*La storia di Su San*).

(intende dire "al telefono"). Avevo appurato che l'uomo era Ge Ren, tuttavia si rifiutava di passare dalla nostra parte. Gli feci presente la gravità della sua malattia. Chiesi qual era la prossima mossa, rimanevo in attesa di istruzioni. Mi disse di richiamarlo più tardi. Signorina, sei proprio perspicace, non poteva decidere da solo e doveva chiedere istruzioni al vecchio Chiang. Lo richiamai. Era uno dal cuore feroce e con la mano spietata, non per niente lo chiamavano Sorriso di tigre. Disse che visto che era già più morto che vivo, tanto valeva toglierlo di mezzo. Gli chiesi se voleva che lo riportassi a Chongqing. "A che pro? Se non si arrende non ci serve a nulla e tutta quella manfrina ci costerebbe tempo e denaro." No, non nominai Kawai. Non è facile spiegarsi al telefono. Se veniva a sapere che avevo rapporti con i giapponesi si sarebbe insospettito. Proprio così! Le confidenze si fanno a quattr'occhi, così hai modo di esporre tutto nei dettagli. Eh, signorina, durante questo viaggio con me te ne sei fatta di esperienza nelle strategie di lotta!

Mentirei se dicessi che, mettendo giù il telefono, non ero addolorato. Tuttavia la prossima mossa era stata decisa dal macroclima e dal microclima, come avrei potuto contrastarli? Volendo cercare la verità nei fatti, devo ammettere che la gravità di quel dolore non era tale da farmi preferire la morte. Primo, perché ero preparato psicologicamente e sapevo benissimo che dalle fauci di quel cane di Dai Li non sarebbero mai spuntate zanne d'avorio; secondo, perché per Ge Ren avevo fatto tutto il possibile e se lo eliminavamo ora avremmo esaudito un suo desiderio. Diceva che il partito nazionale sarebbe crollato e il partito comunista avrebbe trionfato, se fosse morto ora non sarebbe diventato un martire della patria? Come disse Hu Shi: "La Storia è una giovinetta che ognuno agghinda come vuole"[460]. Chi vince si fa re e chi perde bandito[461], sono i vincitori a scrivere la Storia.

---

[460] La frase che invece avrebbe pronunciato è "la realtà è una giovinetta obbediente…".

[461] Dalla *Storia completa di Master Ji*, romanzo classico del diciannovesimo secolo scritto da Guo Xiaoting.

Il piano era chiaro, ora si trattava solo di metterlo in pratica. Cosa? Se l'ho fatto con le mie mani? No. Come avrei potuto? Se si fosse venuto a sapere, la mia reputazione sarebbe stata fatalmente compromessa. Sapevo che saresti stata d'accordo e, puoi non credermi, ma Donnina rossa era della stessa opinione. Lo scorso anno mi ha chiesto se, in quella occasione, non fossi stato dilaniato da un profondo conflitto ideologico. Le ho risposto che no, non mi era capitato nulla del genere. "La tua troupe si chiama Cuore a cuore, anch'io ti sto parlando 'cuore a cuore'". Si era messa a ridere e aveva detto: "Guarda, guarda. È diventato tutto rosso". Non siamo ridicoli! Mica è una cosa di cui vergognarsi, perché sarei dovuto arrossire? Avrei voluto spiegarle, poi mi sono detto: "Lasciamo perdere, non vale la pena di perdere tempo con questa gente. Dopo tutto è un'artista e le manca l'adeguata struttura cognitiva, sarebbe come suonare la cetra per una mucca". Tu sei diversa, signorina, e a te vorrei fare un'esposizione più dettagliata. Quanto alla biografia, sei libera di scrivere ciò che vuoi, non ho alcuna intenzione di interferire. Che questa mia frase però ti serva di monito: ti consiglierei di non trascrivere ciò che sto per confessarti. Non ho tirato personalmente il grilletto perché credevo perlomeno per metà alle opinioni di Ge Ren sulla vittoria del partito comunista. "Zhuge Liang fu prudente tutta la vita, Lü Duan aveva le idee chiare sulle faccende importanti"[462], bisogna agire con cautela. L'ho imparato durante la mia lunga pratica di lotta rivoluzionaria. Non si temono diecimila preparazioni ma quell'unico imprevisto che vanifica le precauzioni. Se l'Ottava Armata fosse stata sconfitta, Ge Ren non sarebbe morto invano? Ok, pensai, meglio lasciare che se ne occupi Kawai. Così, a prescindere da chi avesse vinto e da chi si sarebbe occupato di scrivere la

---

[462] Dal *Discorso alla decima sessione plenaria dell'ottavo Comitato centrale* (1962) di Mao Zedong, parole riferite al maresciallo Ye Jianying (1897- 1986). La citazione originale è del filosofo Li Zhi (1527-1602).

Storia, a Ge Ren l'alloro di eroe nazionale non glielo avrebbe tolto nessuno. Eh, mia cara signorina, "chi mi conosce pensa che io sia triste, chi non mi conosce crede che io stia cercando qualcosa"[463], non tutti mi capiscono. Ma io ho la coscienza a posto, ho agito per il bene di Ge Ren. Pensai che sarebbe stato meglio se la faccenda non fosse venuta fuori, ma se per caso si fosse risaputo, avrei sempre potuto dire: "Infatti, Ge Ren è caduto a Dahuangshan per mano dei giapponesi. Io sono arrivato troppo tardi e non sono riuscito a portarlo in salvo". Certo, come dici tu, avevo programmato tutto partendo da Wuhan, per questo mi ero portato dietro Kawai. Ora mi trovavo a considerare una nuova situazione e nuovi problemi, non ero sicuro di trovare Ge Ren ancora a Dahuangshan.

Ordinai ai miei uomini: "Presto andate a prendere il piccolo giapponese". Era stato rinchiuso in un bugigattolo buio, arrivò tutto sporco di polvere, con le ragnatele impigliate nei capelli a spazzola. Sgranando gli occhi mi chiese: "Vecchio Fan, hai saputo cosa ne è stato di mio fratello?". Lo feci sedere, gli versai una tazza di tè e, in tono funereo, comunicai: "Fratello, ho chiesto a Ge Ren. Ti prego di non disperarti, tuo fratello è caduto in battaglia". Aveva le lacrime agli occhi, rimase a lungo in silenzio. Fuck! Pareva inebetito. Lo redarguii: "Se vuoi vedere l'arcobaleno, devi sopportare la pioggia"[464]. Signorina, ora che ci sono vorrei dirti una cosa: se Kawai ha toccato simili vette nell'odierna economia globalizzata, lo deve ai miei insegnamenti di allora. Fui io "a versargli sulla testa il *ghee* dell'illuminazione". Lentamente si riprese, poi mi chiese come era successo. Presi il coraggio a due mani e pronunciai il discorso che avevo ripetuto tante volte nella mia testa. "Kawai, sentimi bene, sai chi è stato a orchestrare la battaglia di Erligang?". Lo sapeva, era stato Ge

---

[463] Dal *Libro delle Odi*, citata nella prefazione di *Parole Superflue* di Qu Qiubai.

[464] Parole della canzone *Gli eroi non muoiono mai* (1993).

Ren. "Allora sappi che tuo fratello è morto a Erligang." Gli dissi che non avrebbe dovuto odiare Ge Ren, suo fratello si era sacrificato per Tenno, l'imperatore del Sol levante. Per un suddito significava "aver fatto una grande vita e aver avuto una morte gloriosa", di questo avrebbe dovuto ringraziare Ge Ren. "Ringraziarlo?" Saltò su lui. Gli intimai: "Non ti agitare. Anzi ti dirò che, non solo dovresti essergli grato, ma dovresti aiutarlo. Ormai è gravemente malato, quindi uccidendolo esaudisci un suo desiderio. Primo, così lui diventa un eroe nazionale; secondo, tu torni a Wuhan, dici ai tuoi superiori che hai fatto fuori Ge Ren e ti viene riconosciuto il merito di eroe della razza nipponica". Quando ebbi finito di parlare, mi accorsi che era terrorizzato, aveva il viso pallido come le mie chiappe. Che buono a nulla! Continuava a indietreggiare, un passo dopo l'altro si era messo con le spalle al muro. Poi si era accovacciato, si era preso il viso tra le mani ed era scoppiato a piangere. Evidentemente, il mio discorso non aveva raggiunto il suo scopo. Allora gli intimai: "Smetti di piangere! Te lo proibisco!". Si asciugò le lacrime e, con la voce rotta dal pianto, chiese se avevamo intenzione di ammazzare anche lui. Scoppiai a ridere. Era talmente ingenuo da essere quasi divertente ma lui mi fraintese, pensò che dietro al sorriso nascondessi un coltello e volessi realmente la sua testa. Fuck! A che mi sarebbe servita? A quel punto, guardami signorina, cominciò a sgattaiolare in questo modo con aria furtiva verso la porta. Lì trovò uno dei miei uomini di guardia, quindi piombò in ginocchio, mi chiamò *Shichi fukujin* e implorò che lo lasciassi in vita, per suo fratello e sua madre. Gli mollai un calcio nel sedere e gli dissi di mettersi subito sull'attenti. Poi per calmarlo e indurlo a portare a termine il suo compito, gli propinai un "tranquillante": "Ho promesso che ti lascerò andare e noi cinesi manteniamo sempre la parola".

Il piano era deciso e quella sera stessa Ge Ren divenne martire ed eroe nazionale. Mi pare fosse il giorno del *jingzhe*, il risveglio degli insetti, (il 6 marzo nel calendario solare), in cielo tuoni e fulmini si susseguivano senza tregua e nei pressi del fiume Baiyun stavano seminando la zizania. Io non ero presente, quel giorno aveva piovuto ininterrottamente e non avevo voglia di uscire. Ovvio, non stavo mica con le mani in mano, rintanato nella chiesetta di Shangzhuang scrivevo messaggi in codice indirizzati a Dai Li. Signorina, non faccio per vantarmi, ma quello che poi è stato riportato in Cina sul *Quotidiano popolare* e a Hong Kong sulla rivista *Scritti eterodossi* veniva tutto dai miei rapporti segreti. Stavo proponendo al governo centrale di insignire Ge Ren del titolo di eroe nazionale e modello per la patria. Quando terminai, si era quasi fatto giorno. Avevo lavorato a lungo, avevo bisogno di riposare un po'. Mi ero appena addormentato che feci un sogno. Come? Un sogno a occhi aperti? Puoi definirlo in questo modo, perché non ero affatto in grado di distinguerlo dalla realtà. Sognai Ge Ren che mi sorrideva felice. Cosa significava? C'è bisogno di chiederlo? Mi stava ringraziando per tutto ciò che avevo fatto per lui. La gratitudine mi mette sempre in imbarazzo e io ripetevo: "Ma non c'è di che! Non c'è bisogno di complimenti! Ho fatto soltanto il mio dovere". Oh, nonna! In quell'attimo, il mio attendente mi svegliò, Aqing e il dottor Bai si stavano azzuffando, se lui non fosse accorso a separarli Bai Shengtao ci avrebbe rimesso la pelle. Andai su tutte le furie, Aqing stava mancando di rispetto agli intellettuali. Ordinai al mio uomo di investigare, dovevo capire il motivo della lite e poi avrei fatto scrivere un'autocritica ad Aqing e l'avrei mandata ai miei superiori, in attesa di istruzioni.

Quando se ne fu andato, non riuscii comunque a riprendere sonno. Pensai, di sicuro era per il letame. Avevo dimenticato di dirti che un giorno Aqing era caduto da cavallo, si era fatto male alla gamba e Bai Shengtao gli aveva messo il letame di cavallo sulla ferita. Come? Te l'ho già raccontato? Ma che testa che ho, per me la storia recente è già storia antica. Di sicuro Aqing pensava che lo stessi sbeffeggiando ma, non avendo il coraggio di prendersela con me e dato che "si strizzano sempre i cachi più morbidi", si era sfogato sul dottor Bai. Il mio uomo tornò dicendo che aveva capito come stavano le cose, era stato Aqing a cominciare. Gli chiesi se era per la faccenda del letame. Mi disse di no, era per Kawai. Bai Shengtao aveva detto ad Aqing di averlo visto prima di mezzanotte che parlava con Ge Ren, nella seconda metà della notte si era accorto che la luce nella stanza di Ge Ren era ancora accesa ed era andato a dirgli di mettersi a dormire. Ma quando era entrato lo aveva trovato sdraiato sul letto, un occhio ancora aperto che guardava verso la porta. Poi si era accorto che era già freddo. Era andato a dire a Aqing che di sicuro era opera di Kawai. Aqing non gli aveva creduto e lo aveva colpito con il calcio del fucile. Dissi: "Ragazzino, torna di nuovo lì e portami Aqing, con la nuova situazione, si sono presentati nuovi problemi". Il mio attendente disse che Aqing era scappato. Dove era andato? Si era lanciato all'inseguimento di Kawai. Fuck! Aqing era proprio un buono a nulla, non ne azzeccava una. Mai che comprendesse gli sforzi dei suoi superiori. Ero stato io a strappare la rete per far fuggire Kawai. Allora dissi: "'La pioggia cade quando vuole, la vedova si risposa a suo piacere. Non possiamo farci nulla!'"[465]. Gli chiesi di portarmi Bai Shengtao.

Proprio così, dapprima avevo pensato di portare Bai Shengtao con me a Chongqing. Se il mio superiore (Dai Li) avesse chiesto spiegazioni, lui avrebbe potuto farmi da testimone, attestando che ogni frase del messaggio in codice che avevo mandato corrispondeva a verità. Poi però, dato che parlando troppo è facile commettere errori, quando passammo per Hong Kong lo lasciai andare. Ovvio, era anche per mia convenienza. Giusto, avevo già pensato a una via d'uscita. Se Dai Li avesse sospettato di me, avrei optato per il trentaseiesimo stratagemma "se tutto fallisce, ritirarsi" e, chissà, magari a Hong Kong lui avrebbe potuto essermi di aiuto.

In ogni caso, il dottor Bai mi fu grato fino alla morte per quella mia generosità. Signorina, ricordo ancora il suo aspetto

[465] Parole pronunciate da Mao Zedong quando apprese la notizia della fuga di Lin Biao.

quando me lo portarono, ah, ah, ah, aveva il naso rotto e il sangue che scorreva a fontanella. Chiesi al mio attendente di lavargli il viso, poi mi informai su dove sarebbe voluto andare. Per fortuna aveva i riflessi pronti, disse che voleva seguirmi, che il Paese aveva bisogno di uomini e forse lui avrebbe potuto contribuire in qualche modo. Signorina, non ti nascondo che se, in quel momento, avesse fatto il minimo passo falso, non avrei esitato a spararegli un colpo e mandarlo dritto in paradiso…

& Coda

La testimonianza del vecchio Fan non termina qui, ma questo è tutto ciò che riguarda Ge Ren. Dopo aver riordinato il testo, sono andato a riprendere i materiali custoditi da Ding Kui: la copia degli *Scritti eterodossi* del primo giugno del trentaduesimo anno della Repubblica (1943), il *Quotidiano popolare* del 2 giugno, il *Molo di Shanghai* del 3 giugno, il *Giornale della guerra di confine* del 4 giugno. In tutti si parlava della morte di Ge Ren. Tuttavia erano stati pubblicati più o meno tre mesi dopo l'incidente (svoltosi intorno al 6 marzo). L'articolo sulla rivista *Scritti eterodossi* era il più esaustivo. Nello stesso numero c'erano articoli sull'inflazione galoppante e sui ladri vittime di rapine; sulle città stuprate e le donne violentate dai giapponesi; un guidatore di risciò si era presa una concubina e un bordello faceva sconti del venti per cento; il Giappone aveva invaso la Birmania e la Burma Road[466] era stata chiusa; un ragazzino si era perso e una ragazzina era scappata. Il breve articolo su Ge Ren si trovava tra la pubblicità delle pastiglie Jintan e quella del prodigioso burro idratante Feisheng:

In questi giorni, con i colleghi della rivista abbiamo voluto commemorare il signor Ge Ren. Era originario di Qinggeng, discendente di Ge Hong e figlio di Ge Cundao, un seguace di Kang Youwei. Dopo aver

---

466 Importante percorso di collegamento degli Alleati con la Cina nella Seconda guerra mondiale, insieme al volo sull'Hump (la Gobba del cammello) dell'Himalaya dall'India, in particolare dopo la perdita di accesso al mare a seguito della conquista di Nanning da parte dei giapponesi nel 1939.

studiato in Giappone è tornato in patria per partecipare al Movimento del quattro maggio, si è poi recato in Russia per studiare i cambiamenti sociali riconducibili alla Rivoluzione di ottobre. La sua esperienza gli ha permesso di assurgere alle alte cariche della gerarchia bolscevica cinese nel Soviet di Dahuangshan. Durante quegli anni ha stilato la sua autobiografia L'ombra che cammina *che purtroppo è andata perduta. Lo scorso anno in questo stesso giorno ha preso le armi e, dopo aver ingaggiato una feroce battaglia contro l'esercito giapponese, è caduto a Erligang e ancor adesso non si hanno notizie del suo cadavere. Di recente abbiamo udito che Ge Ren è ancora tra noi e questa notizia ci ha colmato di una felicità inaudita. In realtà si faceva riferimento al suo spirito immortale e imperituro. Quando si applicherà la Grande via, il mondo potrà appartenere a ognuno*[467]*. Lui ha concluso la sua vita tracciando un maiuscolo punto fermo, diventando un modello esemplare per gli intellettuali di tutto il mondo.*

L'ultima frase ovviamente aveva messo in allarme il governo centrale. Probabilmente ritenevano che "il maiuscolo punto fermo" alludesse a Ge Ren visto che Zero era il suo nome in codice, implicando così che non fosse affatto caduto a Erligang. Quindi il giorno seguente nel *Quotidiano popolare* fu pubblicato il seguente articolo:

Notizie dell'alba di oggi: il governo centrale sta progettando una campagna di studio degli eroi della resistenza contro il Giappone. A prescindere dal loro partito di affiliazione e dalla loro nazionalità di appartenenza, coloro che sono caduti nella lotta contro i giapponesi sono preziosi modelli da seguire per ogni cittadino. Zhang Zizhong morto a Taierzhuang, l'americano Frank Schiel membro delle Tigri Volanti[468] *ucciso a Hengyang, Ge Ren caduto a Erligang, il canadese*

---

[467] Dal *Libro dei Riti*, uno dei cinque classici confuciani.

[468] Squadra di piloti volontari inviata dagli Stati Uniti alla Cina nazionalista per aiutarla militarmente contro il Giappone durante la Seconda guerra mondiale. All'atto della costituzione della squadra, gli Stati

Norman Bethune perito a Huangshikou… (un totale di dieci personaggi costituiscono il primo gruppo).

Il giorno seguente sul *Molo di Shanghai* di Zong Bu fu riportata la notizia con le stesse parole e l'aggiunta di una nota editoriale:

Il giorno 10 maggio del 1943, la giornalista americana Pearl S. Buck ha pubblicato nella rivista Life *l'articolo "Un monito sulla Cina", in cui leggiamo che "gli elementi oppressivi all'interno del governo stanno aumentando le loro pressioni", "i cinesi chiedono all'America che gli aiuti concessi arrivino al popolo e siano per il popolo, non per sponsorizzare partiti e organizzazioni"*[469]*. Speriamo vivamente che il governo accolga questo monito e lo consideri la strategia migliore.*

Nel libro *Metà della mia vita* di Huang Jishi si legge che la nota editoriale era un'aggiunta che Zong Bu aveva scritto di suo pugno. Aggiungerei che, dopo aver controllato tutti i giornali dell'epoca, escludo categoricamente che, nel periodo che seguì, il governo nazionalista abbia mai organizzato la suddetta campagna.

Nel *Giornale della guerra di confine* del 4 giugno, ho trovato l'articolo di Huang Yan "Un anno di lotta" che, ricordando il 4 giugno dell'anno precedente, descrive come quel giorno Wang Shiwei, il portavoce della corrente trotskista, fu trascinato davanti al raduno per una serie di sessioni di critica. L'articolo si conclude con una nota positiva su Ge Ren:

L'anno passato è *stato un anno di lotta, un anno di vittorie. Lo scorso anno in questa data eravamo ancora occupati in raduni che criticavano il comportamento fetente di Wang Shiwei, oggi possiamo dire di aver*

Uniti non erano formalmente in guerra e gli aerei portavano le insegne della Cina nazionalista.

[469] Dall'articolo "Un monito sulla Cina" (Life magazine, 1943) di Pearl S. Buck.

annientato tutti i trotskisti che si annidavano tra i ranghi del partito. L'obiettivo della campagna di rettifica è stato raggiunto in pieno... I fatti dimostrano che Wang Shiwei era senza vergogna, non sapeva quanto è alto il cielo e quanto sia spessa la terra, non aveva il senso della misura, era capace soltanto di barcamenarsi utilizzando sofismi e menzogne. Alcuni giorni fa sulle rive del fiume Yan ho incontrato il compagno Tian Han, mi ha raccontato una storia che mi ha aiutato a comprendere meglio Wang Shiwei. Quando il compagno Ge Ren era ancora in vita lui raccontava come Wang Shiwei avesse un bassissimo livello di conoscenza del russo, ma ovunque si faceva passare per esperto, incurante delle critiche dei compagni. Quando gli altri dicevano una frase, lui rispondeva con dieci. Ora lo hanno finalmente costretto a chiudere il becco... Più odiamo i millantatori come Wang Shiwei, più ci mancano i bravi compagni come Ge Ren... Compagni, anche se abbiamo ottenuto una grande vittoria, dobbiamo comunque rimanere in stato di allarme e applicarci con diligenza nello studio. Soltanto così elimineremo gli ostacoli e estirperemo i rovi sul cammino rivoluzionario per permetterci di avanzare con coraggio.

Ho anche trovato un articolo pubblicato sull'*Asahi Shimbun* del 6 giugno del diciottesimo anno dell'era Showa (1943), è intitolato "I ciliegi della patria" e parla di Ge Ren:

Il primo giugno abbiamo partecipato alle celebrazioni in occasione della Festa dei bambini in un asilo di Tokyo. Alla presenza dell'esercito imperiale, i piccoli hanno cantato I ciliegi della patria *commuovendo il pubblico fino alle lacrime. In questo stesso giorno diciassette anni orsono (1942), durante la battaglia di Erligang l'esercito imperiale ha annientato il comandante dell'Ottava armata Ge Ren, quella schiacciante vittoria è stata una delle tappe cruciali della Grande guerra dell'Asia Orientale. Si sa che l'Ottava armata è esperta nelle tattiche di guerriglia ma abbiamo appena ricevuto la notizia che, nella zona di Shijiazhuang al nord della Cina, la divisione dell'Esercito imperiale stazionata sul monte Gui è riuscita ad accerchiare il comandante Shen Furu e il suo "distaccamento dei somarelli". Possa la canzone dei bambini volare attraverso i mari e incoraggiare i nostri soldati a ottenere un'altra vittoria come quella di Erligang.*

Avevo cercato quell'articolo perché sapevo che lo aveva scritto Yoko, la sorella di Kawai. Dal contenuto si evince che Kawai non le aveva fatto parola del suo viaggio a Dahuangshan. Bai Ling mi ha detto che, dopo aver partecipato alla cerimonia di taglio del nastro della Scuola della speranza, mentre stavano andando in macchina a visitare la stazione idroelettrica sul fiume Baiyun, aveva chiesto a Kawai perché non aveva diffuso la notizia della morte di Ge Ren a Dahuangshan. Lui era rimasto in silenzio e il vecchio Fan si era affrettato a risponderle al suo posto: "C'è bisogno di chiederlo, signorina? Anche lui, come noi, ha taciuto per amore". Una frase molto bella seppur ambigua. Ancora oggi ignoro chi fossero i "noi" a cui si riferiva il vecchio Fan e chi costituisse l'oggetto di quell'amore.

Scritto da maggio 1999 a luglio 2001 a Zhengzhou.
Riveduto a Zhengzhou tra agosto e ottobre 2001.

Finito di stampare nel mese di maggio 2023
per conto de «L'ERMA» di BRETSCHNEIDER®
da Centro Stampa di Meucci Roberto - 06012 Città di Castello (Pg)